风雨送春归

吴　东 ◎ 著

浙江人民出版社

01

三伏酷暑，时至深夜，暑气仍然没有消散。东江市阳浦港货运码头上，一排排集装箱整齐地码放在空地上，惨白的路灯照亮着码头的各个区域，间或有码头工人在货柜间巡查。

海港码头西北角的一间大仓库，墙上刷有"大麦集团仓库"字样。借着窗外的灯光，可以看到仓库内不规则地堆放着很多大小箱子。箱子上印着一些不知名的化学品名称。此时，有一个箱子冒出了一丝白烟。接着白烟渐大，进而迸出了一粒火星子，箱子开始燃烧起来，引燃了旁边的箱子，白烟越来越大，从仓库的门窗缝隙中往外钻出去。

两名码头工人巡查到大麦集团仓库前，他们拿着手电朝着大麦集团仓库门上照了照，看到有白烟从门窗缝里钻出来，互相对望了一眼，冲过去扒着门缝朝仓库里面看。一股刺鼻的味道呛进两人的鼻子里，两人同时咳嗽起来。他们捂着口鼻，朝里再看，只见仓库里箱子上已经蹿起了火苗子。两人的脸上露出惊恐的神色，退后几步，拿起手里的对讲机，用颤抖的声音高喊："值班室，值班室……大、大麦仓库着……着火了！快，报警！"

长长的警笛声划破了消防中队的夜幕。二楼、三楼的消防员们一骨碌从床上蹦起来，穿上消防服，直接从攀爬杆上一落而下，冲向院中的消防车。

此时，仓库前已经聚集了二三十个身穿工作服、头戴安全帽的人，眼看着仓库里火势越来越大，可是他们就是进不去，急得团团转。两辆消防车拉着警笛从码头外快速驶来，停在了仓库前。消防中队长袁浩第一个从车上跳下来。码头上一个负责人冲到他面前："袁队长，你终于来了，大麦公司管仓库的两个人，一个回老家，一个去城里会女朋友，我们连门都打不开，没法救啊！"

袁队长："林主任别急，你们让开，我们来。一班长，切割机，破门！二班长、三班长，接通水源，准备灭火。"

三名班长同时道："是。"

一班长提着切割机，带着两名战士跑到仓库大门前，三两下就把钢制锁弄掉了，打开了库门。一股刺鼻气流伴随着火势冲出来，一下子把大家熏得直往后退。

袁队长："不好，是化学品，咱们车上没有灭火条件。一班长，马上向支队报告，请求危化品扑救支援。"

一班长："是。"

袁队长："林主任，这个火势压不住了，让大家赶快撤。"

林主任："这，这难道不救了吗？"

袁队长："不是不救，林主任，我们车上的设备没法救。赶紧撤吧，再不撤引起爆炸就来不及了！"

林主任："好，撤、撤！"

大家伙正准备撤离，忽然一声巨响，仓库中物品瞬间爆炸，超强冲击波裹挟着火龙把大家震趴在地上，巨大的火球将仓库的顶部掀起来，在空中形成一朵"蘑菇云"，顿时烈焰冲天，映红了整个码头的夜空。接着，爆炸声接连响起来，一个个火球像迸射的烟花，蹿上码头的上空。

半小时后，一辆红旗牌轿车快速驶来，停在大麦集团仓库前五十米处。东江市委书记余仲君走下车来，看到市长赖利民和分管副市长鲁俊都到了。十几辆特种消防车抵在最前面，上百名消防人员围着仓库，有的端着水枪，有的拿着泡沫灭火器，对着大火奋力扑救。

余仲君严肃地问阳浦港总经理李建波:"怎么回事,咱们这个普通仓储码头哪来的危化品,谁批准存放的?"

李建波:"余书记,我不知道呀。大麦集团的仓库是免检仓库,他们存放了什么东西,我们也不知道啊!"

余仲君:"把麦思源给我找来!"

余仲君径直往前走,秘书递给他一顶安全帽和一个防护口罩。余仲君戴好防护设备,来到正在现场指挥的消防支队长齐大元面前:"大元,怎么样,能控制吗?"

齐大元:"现在还不好说,咱们只能先稀释、消毒、防扩散,如果没有其他意外,估计再过两小时就可以控制了。"

此时,远处驶来一辆奔驰豪华轿车,车上下来一名40岁左右、油头粉面的家伙和两个随从。他捂着鼻子,远远地站在人群外面朝余仲君这边看着,不敢朝前挪动半步。

有人对余仲君说:"余书记,麦思源来了。"

余仲君朝身后一看,向着麦思源走过去,朝他吼道:"麦思源,你这个仓库怎么回事?谁批准你存放危化品了?"

麦思源见到余仲君,装出一副可怜和委屈样:"余书记,我也不知道呀。这个应该是化工公司拿来临时存放的。我听化工公司的林森总经理说,菲律宾的货船遇到风浪,晚来几天,这批货临时在码头存放一下。我没想到,这是一批危化品啊。我马上把林森叫来!"

余仲君:"真是岂有此理!赶快给我查清楚。"

麦思源"是,是"地答应着,转身打起了电话。

早上6时55分。市委常委会议室正在召开书记市长办公会,市委书记余仲君、市长赖利民、纪委书记赵达声、分管副市长鲁俊以及市委常委以上领导全部参加,安监、公安、监察、检察、劳动保障等局办领导列席会议。余仲君环视大家一圈,说:"'阳浦港爆炸事件',三名消防战士和一名干部牺牲,两名群众死亡，三十多人受伤，这是血的教训。为了不让他们的血白流，市委决定，成立事故调查领导小组，组长由赖利民市长担任，鲁俊副市长担任副组长，港口、安监、消防等相关单位负责人担任成员。同时，成立专案组，由市纪委书记赵达声同志任组长，纪委、检察、公安等部门负责同志参加，立即介入调查事故背后的腐败问题。由于赵达声同志对军队熟悉，市委决定由他负责与省军区防化团的联络工作，希望大家齐心协力，务必查个水落石出！大家看还有什么意见？"

市长赖利民清了清嗓子："我说两句，这次事故事发突然，但必定事出有因，我作为事故调查领导小组组长，一定深入调查，查找问题，在最短时间内，把事故原因调查清楚，给全市人民一个交代。"

余仲君看着赵达声："达声，你看还有什么问题？"

赵达声："一句话，绝不姑息，一查到底。"

余仲君："好，希望大家密切配合，抓好落实。无论这次事件涉及谁，地位如何特殊，只要触犯了法律，我们该抓的抓，该判的判，绝不姑息！"

赵达声和纪委副书记欧阳春在市委开完会回到市纪委办公楼，刚从电梯里出来，迎头撞上纪委纪检监察一室主任宋天意。宋天意一见到他们，着急地说："赵书记、欧阳书记，不好了，大麦化工的总经理林森死了。"

赵达声："死了？"

宋天意："是啊，今天早上，邻居发现林森从他家 16 楼阳台跳下，当场死亡。"

赵达声："蹊跷。啊，这算是畏罪自杀呢，还是被杀人灭口呢？看来事情的发展越来越复杂了，老子非得给他捣鼓明白不可！天意，你跟公安联系一下，向他们要一份林森死亡的勘查报告。"

宋天意："好。"

赵达声："欧阳，你让办公室召集一下，通知副局长、常委以上领导，九点钟一起专门研究一下调查阳浦港爆炸事件有关事项。"

欧阳春："好的。"

细雨迷蒙中，调查组的车辆呼啦啦开进码头，停在了大麦集团仓库废墟前。赖利民和赵达声从各自的车上下来，穿上雨衣，领着众人朝消防支队队长齐大元走去。齐大元看到赖利民和赵达声，也朝这边过来，三人一一握手。

赖利民："大元，现在勘查情况怎么样？"

齐大元："从目前情况看，大麦化工有限公司存放危化品肯定是有问题的，在不具备存放条件的库房存放危化品，库房也没有明显的标志。但具体的危化品目录还无从知晓。"

看到惨烈的爆炸场面，安监局局长崔名贵似乎有些紧张，不时下意识地抬起手腕看看金色的手表。也许是为了掩饰紧张，崔名贵掏出一根香烟叼在嘴上，凑上同样金色的打火机，刚想点，马上像又感觉场合不对，赶紧藏起打火机，掐掉香烟。他的细微动作被赵达声看在眼里。

赵达声走到崔名贵身边问道："哎，名贵，大麦化工的危化品经营资质应该没问题吧？"

"这个没问题，我刚才还专门问了一下业务科室，大麦化工有限公司的危化品经营资质是正规的，只是他们没有遵守相关规定，存在违规运输、违规存储的问题。"

"噢，那大麦化工的经营资质是谁审批的？"

崔名贵眼神躲闪了一下说："是局里研究集体决定的。"

"噢。"赵达声又走到齐大元跟前："大元，省军区防化团快到了吗？"

"刚才联系过了，他们已经进入东江市区，估计马上就到了。"

"好，你让非防化编队的消防官兵全部撤离，咱们要绝对避免爆炸事故造成二次伤害。"

正在这时，十几辆军车浩浩荡荡开进港区，其中还有两辆核生化侦检车。车子开到面前，从最前面的猎豹越野车上下来一名上校军官，赵达声认识，是省军区防化团团长孟天骄。赵达声大叫一声："孟团长。"孟天骄也叫一声："赵书记。"两双手紧握在一起。

越野车上又下来一名少校军官，组织官兵下车集合，等待任务。

赵达声动情地说："孟团长，这次可得麻烦你们啦！谁让你们设备先进呢！"

赖利民走上前来，赵达声回头指着赖利民对孟天骄说："哦，孟团长，这是东江市市长赖利民同志。"

赖利民握住孟天骄的手："孟团长，危化品处理这个（硬骨头）只有靠你们来啃了啊！"

孟天骄："赖市长，赵书记，你们就别客气了。说大了，咱们是支援地方救灾；说小了，咱们是军民鱼水情。请你们下达任务吧。"

赖利民："好，孟团长，你看现在事故已经发生了，当务之急是控制有害物质进一步扩散，将损失降到最低。再一个就是，弄清有害物质，查清相关责任。好不好，我们马上行动。"

孟团长对着赖利民行了一个军礼："请两位领导放心，坚决完成任务。"

孟团长对身后的军官叫道："刘参谋，组织侦测分队、洗消分队检查装备，立即进入爆炸区域开展作业。"

刘参谋立正："是。"他跑到队伍前："各分队注意，检查装备，向指定区域进发。"

官兵们整装待发，准备进入核心区域。

这时候，从码头外驰来一辆豪华奔驰轿车，后面跟着三四辆大客车，轰隆隆开到官兵们的队伍前停下，从车上鱼贯而下上百号人，清一色保安打扮，手拿警棍，一字排开，与部队官兵形成对峙状态。大麦集团老板麦思源从奔驰轿车上下来，朝着部队官兵喊话："解放军兄弟们，你们辛苦了，这次爆炸事故是我们大麦集团的家事，这里的善后工作就不劳烦大家了，我们自己可以处理，你们回去吧。"

孟团长走上前去："你们是哪来的！？不要妨碍我们执行公务，请马上让开，否则后果自负。"

麦思源："我说上校同志，你听不懂我的话是怎么的，我说这是我大麦集团的家事，我们可以自己处理，不劳烦解放军兄弟们了，请你们少管闲事。"

孟团长："你算什么东西，竟然对着部队官兵指手画脚，我们岂是受你这种人指挥的。请你们赶紧让开，否则后果自负。"

麦思源："我们偏不让，你能咋的？"

赖利民看到这个阵势，走到麦思源跟前问："我说麦总，你这是唱的哪一出啊？"

麦思源："哦，今天这事儿我刚才跟这位上校说了，是我们大麦集团的家事，我们自己会处理好的，就不劳烦解放军同志了，也请赖市长赶紧回吧！"

赖利民："麦总，你可知道现在是非常时期，我受市委、市政府的委派，彻查阳浦港爆炸事件，任何人阻碍这次行动，都将受到严厉惩处。希望麦总不要触碰这根红线。"

麦思源："我可不敢碰什么红线，我只是想自己家的仓库自己来打扫，不麻烦你们了。您看这天公也不作美下着雨，你们还是早点回去吧。"

赵达声在旁边看不下去了，走到麦思源面前："麦总，刚才赖市长说了，现在是非常时期，你不要以身试法，小心伤及自身啊。"

麦思源："哟，您就是大名鼎鼎的赵达声书记吧？听说您当年上战场，震坏了脑子，老婆孩子都被战友拐跑了，不会是这会儿脑子还不好使吧？"

赵达声吼道："麦总知道得还不少啊！可这跟今天这事儿没关系，你不要在这儿扮小丑了，不要以为有个省委副书记的叔叔就可以目无法纪了。告诉你，'阳浦港爆炸事件'无论涉及谁，无论有什么背景，只要触犯了法律，我们都将一视同仁，严查不怠。请把你的人解散，否则一切后果自负。"

麦思源："我也告诉你姓赵的，今天我就是寸步不让，看你能把我怎么样！"

赵达声："行，你别后悔！"他回过头对孟天骄说："孟团长，你们战士的战斗力如何？"

孟团长："个个都是小老虎，嗷嗷的。"

赵达声附在孟天骄耳边："你看到没有，这帮人都是乌合之众，咱们只要把麦思源拿下，今天的侦测就能顺利进行。"

孟团长："没错。老首长，你下命令吧。"

赵达声："行，你让一个排的战士插过去，把麦思源与保安队隔开，然后派一个班的战士，把麦思源拿下，交给我就行了。"

孟团长："是。"

孟团长回头对刘参谋耳语了几句。刘参谋转身与两名带队中尉也耳语了几句，然后一声令下："行动！"

只见一名中尉率领一个排的战士忽然之间插到保安队和麦思源之间。没等保安队和麦思源反应过来，另外一个班的战士三下五除二就把麦思源控制住了。保安队想上前来抢人，被战士们的人墙挡住，怎么都冲不过去。这边侦测车辆和其他官兵都迅速起动，向着爆炸核心区域挺进。麦思源眼睁睁看着战士们从眼前冲向爆炸核心区域，连喊几声却毫无用处。他捶胸顿足，破口大骂赵达声："赵达声，你等着，总有一天，我会让你好看。"

赵达声没理会他，顾自对宋天意说："天意，你带人去港口办公室，把大麦集团仓库有关物品台账及资料封存起来，仔细检查，发现情况迅速报告。"

宋天意："是。那麦思源怎么办？"

赵达声对随队调查的公安局副局长梁栋梁说："栋梁，麦思源就交给你了。"

梁栋梁："交给我？怎么处理？"

赵达声："妨碍执行公务，怎么处理就不要问我了吧？"

梁栋梁："知道了。"

梁栋梁让三名消防员把麦思源拖进车子。麦思源依然梗着脖子，对着赵达声喊："赵达声，先别得意，总有一天，我会让你生不如死。"

赵达声朝车子挥了挥手，车子轰轰地走远了，麦思源的骂声也听不到了。保安队一看老板被拉走了，无心纠缠，没过一会儿也都乘车走了。

余仲君正在办公室里批阅文件，电话铃响了。他接起电话："麦书记啊，您好，这不让阳浦港爆炸事件搞得焦头烂额，这会儿见缝插针把积压的文件批一下。老领导有什么事您尽管吩咐！嗯，是的，好的，好的。我知道了，您放心吧麦书记，我会妥善处理的。好的，到时我及时向您汇报。好的，再见麦书记。"

余仲君放下电话，赶紧拨通了公安局副局长梁栋梁的手机："栋梁啊，我听说你们把麦思源抓了？噢，拘留是吗？嗯，是太猖狂了。不过，这个事情还是应该大事化小，咱们不能激化政府与群众的矛盾是吧，我看如果没有其他事情，还是先放了吧，好吧？行，那先这么着吧。好的，再见。"

　　傍晚，赵达声气呼呼地从外面闯进余仲君办公室，头发、衣服、鞋子上还滴着水珠子。他冲余仲君嚷嚷："老鱼头啊，老鱼头啊，让我怎么说你好呢？我在前头冲锋陷阵，你倒好，给我来个背后一枪。你说，这什么意思？"

　　余仲君抬头看着他，嘴角微微笑着，也不急着解释，起身倒了一杯水，递到赵达声面前。赵达声没接，余仲君将水杯放在桌子上。

　　"达声啊，你我是老战友了，你应该了解我的为人，我决不会干对战友背后来一枪的事儿。"

　　"那你为什么让梁栋梁把麦思源放了？像麦思源这种人，就是应该给他一个教训，省得他总以为有一个省委副书记的叔叔就不知道天高地厚。"

　　此时，高秘书敲门进来："余书记。噢，赵书记也在啊。"

　　"什么事？"

　　"余书记，德国经贸团已经到了，下榻在东江饭店，过半小时会见，车已备好，可以出发了。"

　　"知道了。达声，麦思源的事儿，回头再聊。咱们先把手头的事儿处理好，八一建军节不是马上到了嘛，老规矩，今年到我家，让玉兰给咱们做些好菜，咱们开怀畅饮，不醉不休。好吧，我先走了。"说完，余仲君拿起办公桌上的皮包，匆匆朝外面走去。

　　赵达声朝着余仲君的背影喊："哎哎，这就走了？哎，每次都让玉兰弄那么多菜，你自己不会弄啊。你个混球……"

　　麦思源带着几名分公司老总和一拨朋友到酒吧喝酒，看到电视上正在播阳浦港爆炸事件新闻发布会现场，赖利民正在接受电视台采访："下一步，我们重点做好四件事：一是深入做好现场生化侦测工作；二是做好牺牲战士和干部群众的善后工作；三是……"

这时，化工公司的副总接完一个电话，凑上来问麦思源："老大，林森的老婆向公司要钱，开口三百万。"

麦思源："三百元万？真是狮子大开口，告诉她，老子只有十万元，要就要，不要拉倒。"

副总："这娘们会耍泼，难缠，是不是再加点，否则她指不定会怎么闹呢。"

麦思源："闹！行啊，我倒是想看看她究竟怎么闹。这样，你派两个弟兄去会会她，看看她到底是真泼还是假泼。"

麦思源眼睛盯着电视屏幕，看到镜头中插播进余仲君和赵达声在爆炸现场的画面。麦思源向电视中的赵达声伸出一根中指，指着电视，朝大家说："我要这个人下台，三个月之内，我一定要让这个人下台。"

第二天一早，赵达声正在办公室与欧阳春、宋天意、孙海商量阳浦港爆炸事件调查事宜，电话铃声响了。

赵达声按下了电话免提键："喂，是仲君啊，正在研究呢。什么，省里派来了调查组？"

"是啊，省里十分重视阳浦港爆炸事件，派出由公安、安监、消防等部门组成的联合调查组，直接调查爆炸事件。调查组上午就到，我刚才跟赖利民说过了，你们准备一下手头工作，中饭前交接一下。"

"省里直接调查，为什么？我们刚刚查到点苗头，正准备深入调查呢，是嫌我们工作不力吗？"

"不是这个意思。达声，我跟你说，这件事省里要查就让他们去查吧，该什么结果就什么结果，反正跟你我都没有直接关系，你何必吃力不讨好呢？"

"这件事儿我们已经介入了，我不想让人说我们调查组、专案组碰到困难了，就当甩手掌柜。给我们一段时间，完全可以查清楚，给全市百姓一个交代。"

"达声啊，你做事就是太较真，有时候会得不偿失的。听我的，午饭前把工作交接掉，省里工作组已经在来东江的路上了。"

"那具体调查工作让我们也参与吧，我们熟门熟路，到哪儿都方便。"

"全部交接，你这边还有更重要的任务呢。"

没等赵达声说话，余仲君"啪"的一声挂掉了电话。赵达声一怔，握着话筒还想说什么……

赵达声放下电话，朝大家环视一圈，无奈地摇摇头："得，咱们专案组解散了。大家把手头情况整理整理，中饭前全部交到我这里。好吧，分头准备吧！"

宋天意盯着赵达声的眼睛，憋不住问："赵书记，难道真的全部交掉啊？这可不像您的作风啊！"

欧阳春："莫非……我懂了，咱们来个明修栈道，暗度陈仓。"

赵达声笑笑："听着，该交的咱们都交掉，该查的咱们也不落下。我不知道你们注意到了没有，从阳浦港爆炸发生到现在，咱们的安监局长崔名贵神色一直很慌乱，他都不敢直视我。还有，我发现他的手腕戴着名贵的金表，就连打火机都是镀金的。危化品不是他安监局管的嘛，咱们就从崔名贵身上'撕开口子'。这样，欧阳，你派人给我二十四小时盯着崔名贵，发现问题马上向我报告。天意，你负责把大麦化工抢走的资料给我找回来。事故不让我们查，但我们查市里干部的腐败问题总可以吧。"

欧阳春、宋天意笑了。

欧阳春："赵书记，真有您的。"

赵达声："切，跟我侦察连长玩心眼，他们还嫩着点。"

欧阳春等人起身往外走。

宋天意没动："赵书记，周强局长的事儿我了解到了一些情况。"

"说说。"

"致远县交通工程有限公司是交通系统工程建设长期合作单位，他们在以往交通系统组织的招投标项目中，中标率达到70%，一半多的工程都是他们拿下的。因而，他们与交通局有关领导和科室负责人关系十分密切，周强局长就是通过一封群众来信中发现线索，顺藤摸瓜，挖出了这个腐败窝案。而实名举报周强局长的就是致远县交通工程有限公司副总经理李桂林。他举报周强局长在查办市交通系统腐败窝案时，收受他赠予的价值五十万元的财物。我觉得周强局长肯定被人陷害了。"

"你说的这个情况我知道。但是，既然这家公司要费这么大工夫来陷害周强，恐怕还另有隐情。"

"赵书记您真是料事如神啊。您猜怎么着，这家公司虽然资质过硬，但是他们不做实体工程，而是全部转包给另一家公司来做，而接手的公司恰恰是大麦集团下属的一家建筑公司。"

"又是大麦集团，真是见了鬼了。看来，咱们跟大麦集团算是耗上了。"

"我听说大麦集团老总麦思源仗着叔叔的靠山，与市里各部门领导大搞庸俗关系，打着政策的擦边球，甚至违反政策规定，干着损公肥私的勾当，百姓反应很大。"

"这个麦思源，拉拢腐蚀干部，目无法纪，败坏党风政风，咱们明明知道他在捣鬼，可又对他没有一点儿办法。"

"难道只有干部犯事儿被追究责任，他们腐蚀干部的人就没有办法治他们吗？"

"他没有达到行贿的程度，法律也对他没办法。"

"唉……这种人，你对他批评教育，那根本就是对牛弹琴，没有任何效果。"

"所以说法治化建设任重道远啊。"

八一建军节，余仲君、赵达声两家在余仲君家里聚餐。这是两家每年一次的固定节目。余仲君看着赵小军、赵小燕，心里不是滋味。那时候，赵达声是侦察连连长，而他是副连长，他们就像生死兄弟一样。在战场上，他们可以用身体为对方挡住每一颗飞来的子弹。

余仲君想，如果不是那场战争，现在自己也可能儿女双全了。

也正是因为那场战争，赵达声被敌人的炮弹炸晕，失去了记忆，流落到边民家里。而部队则以为他已经为国捐躯。看着王玉兰和赵小军孤儿寡母，那时的余仲君只有一个念头，为战友把儿子抚养大。谁想过了三年，感情又将三个人组成了一家人。而王玉兰却一直没有为余仲君生下一儿半女。后来，赵达声回到部队，找到了妻子和儿子，可是母子俩已经成了最好战友的妻子和养子。赵达声看到他们其乐融融的一家子，不忍心把这个家再拆散一次。后来，通讯员许兆丰把当老师的姐姐许盈介绍给了自己的连长，赵达声才又成了家，有了女儿赵小燕。时过境迁，赵达声从野战部队师长转业回地方后，当上了东江市委常委、纪委书记，与任东江市委书记的余仲君又在一起共事。两家人虽然有纠结的往事，但是浓浓的战友情与骨肉情，又将两家紧紧地联系在一起。

赵小军从酒柜里拿出一瓶外国红酒、一瓶茅台，转头问大家喝什么酒。

赵小燕："我要喝红酒，小军哥，开红酒。"

赵达声拿过红酒，放眼前瞅了瞅，对余仲君说："呵，洋酒啊，这酒不便宜吧？"

"便宜，在加拿大才六美元一瓶。一个华侨回来后，在这里弄了个酒窖，我自己花钱买的。这个不违反规定吧？"

"我不信你自己买的，肯定是人家送的。"

"你不信，我拿发票给你看，我把发票都存着呢，我就知道你不信。"

说完，余仲君起身准备去取发票。

许盈刚好端着饺子出来："好了好了，吃个饭都吃不太平，你在外头当纪委书记还嫌没当够，回到家还正儿八经的，折腾啥呢。"

赵达声笑了，拿起桌上的茅台："行，行，我信你。不过，我不喝这玩意儿，让他们喝，咱们喝茅台。你这还是咱们打仗时候留下的酒吧？让我看看，中国人民解放军总后勤部特供，你这酒咋还没喝完？你小子当初弄回来多少酒？"

"你忘了，当时军需科那个助理员不是咱们连司务长出去的吗？我副连长弄几瓶酒喝那不是小意思。哎，咱们的通讯员小丰子呢，许盈，你弟弟今天又没来？"

许盈："他在东望镇当个党委书记，整天忙得不着家。现在东望的经济一直上不来，他都愁死了，谁知道又上哪儿招商去了。"

赵达声："小丰也不易啊，压力不比你我小。当时，他是我的通讯员，你是副连长，老熊是指导员，我是连长。那时，我比你大半格，现在，你是党委书记，我是纪委书记，你比我大半格，爬我上头去了啊。"

余仲君："什么官大官小，咱们是生死兄弟。来，大家把酒都斟上，楚楚你喝果汁，今天是八一建军节，是咱们军人的节日，也是达声回地方后，咱们两个特殊家庭每年一次的聚会日。咱们老规矩，这第一杯酒，敬我们长眠于边疆、流血牺牲的战友们！来，干！"

众人："干！"

赵达声："唉，三十多年过去了，可是战友们冲锋陷阵的身影时不时地从我脑子里蹦出来。仲君啊，我还是叫你老鱼头吧。那次抵近侦察要不是你带着三排来接应，咱们侦察分队恐怕就被敌人'包饺子'了。说起来，你还是我的救命恩人啊。"

余仲君："只可惜三排长牺牲了，要不然，现在咱们没准三个人在一块儿喝酒呢。"

王玉兰："就是那个一笑两酒窝的浙江人吧，又会拉二胡，又会唱《血染的风采》的那个？"

赵达声泪光闪闪的："就是他，当初你还想给他介绍对象来着。唉，好兄弟啊！"

余仲君："是啊，战场无情，枪炮无眼，你不也差点报销了吗？"

赵达声眼一瞪："就你能？要不是我被炮弹震晕，失忆了三年，流落到边民家里，被部队误认为阵亡，玉兰和小军能归你？你捡了便宜还卖乖。你自罚一杯！"

余仲君看看王玉兰，看看赵小军："行，我敬大家一杯。"

许盈："又来了，又来了，每次八一聚会，你就说这个事儿，你不说不行啊？"

赵达声："不行，这是我心里头的一个结，咱们生死战友喝酒的时候翻腾翻腾不行啊。不过，话说回来，老鱼头，我得感谢你，是你让玉兰和小军迈过了一道坎，挺过了最艰难的岁月，你也不容易！"

王玉兰和赵小军听着表情有些尴尬。

余仲君："达声，痛苦也罢，难受也罢，过去的事儿就让它过去吧，关键是咱们两家现在还能聚在一起，咱们老哥俩还能坐在一起喝酒，我觉得这就够了，这比什么都重要。来，咱哥俩喝一个。"

赵达声把手掌伸过来放在余仲君的手背上，两人举杯碰了一下，一仰脖子，一饮而尽。

赵小燕有些不耐烦了："哎呀，烦死了，烦死了，老爸，这些陈芝麻烂谷子的事你都说了八百多遍了，每次八一聚会就说这事儿，你烦不烦啦，下次再说，我不参加了。"

赵达声："好，不说了，不说了。咱们喝酒，来，我们两家一起喝一个，楚楚，你现在也是咱家的一分子，你也来。"

众人碰杯喝酒。

王玉兰："哎，对了，燕儿大学毕业了，工作找好了吗？"

许盈："还没呢，这不正商量呢。我们想让她好好复习，考个公务员或者事业单位什么的，这孩子就是不愿意，愁都愁死了。"

赵小燕："我才不愿意当公务员呢，咱们有这两个大公务员还不够啊。我想到企业去或者自己创业。"

赵小军看看赵达声，又看看余仲君："对了，爸，我们天心集团新成立一个天心评估公司，现在正在招聘总经理，我看燕儿行，不如让燕儿来干吧。"

赵达声："天心集团？谁不知道天心集团靠着你爸的影响才发展起来，没有你爸，你能干得起来！不行，燕儿不能干这个总经理，你们兄妹俩，都是市领导的孩子，是不能在东江开公司的，到时说不清楚。仲君，这个事情不行，违反中央规定。"

许盈："就是，不行，不行，她学的中文师范，要么到机关，要么当老师。女孩子家家的，当什么总经理啊。女强人，连男朋友都找不到。"

余仲君："这个我先解释一下，小军的天心集团我是知道的，他注册地在杭州，也不在咱们东江开展业务，所以这个政策是允许的。对于燕儿的择业问题，我看你们不如让她自己决定，要是她心里不喜欢，真干上了公务员或者老师，与其别别扭扭的难受，不如直接干自己喜欢的事情。现在的年轻人啊，哪像咱们那时候，党叫干啥就干啥，半点私心都不敢有。"

赵小燕："叔叔说得对，我自己决定，谁也别想动摇我。小军哥，你接我的时候不是说晚上卡拉 OK 吗，我们去唱歌吧。"

赵小军："等一会儿，我还没有吃好呢。"

赵小燕："不要吃了，等会儿包厢里有得吃。"

赵小军抓过一个白切鸡腿："行，行，那走吧。"

赵小燕："楚楚，我们走。"

楚楚："我也还没吃好呢。"

赵小燕："没事，那边有东西吃。"

赵小燕拉起楚楚的手："走喽，走喽。爸、妈、叔、姨，拜拜！"

许盈："早点回来！唉，这孩子，死活不当公务员和老师，这脾气怎么那么拗呢。"

余仲君："孩子们的事儿，就让孩子们自己决定吧。来，咱们喝酒。"

晚饭后，王玉兰和许盈在餐厅收拾碗筷，余仲君泡了两杯绿茶，和赵达声来到隔壁书房里。

"来，坐坐，达声，我给你看几样好东西。"

"什么好东西？"

"你看了就知道了。"

余仲君打开书柜下面的门，露出一个套柜，再打开门，里面放着一些古旧书，每一本都用塑料封皮包着。他拿出其中的三本，放到赵达声面前："看，这是什么？"

"《春明退朝录》！我知道，这部书是明弘治十四年的活字刻本，木刻，白棉纸。内容为宋元笔记，全三卷，宋朝宋敏求撰、尚成校点。书中记载唐宋典章故事，官诰礼仪、仕宦进拟等掌故，史料翔实，颇具研究价值。好书！"

"行啊，对古籍还是你有研究。我不懂那么多，纯粹就是喜欢。上次到上海出差，看到朵云轩放着这套书，咬牙买了下来，花了我三万多元钱呢。"

"是吗，你真舍得。你这几十年的爱好还没变啊！"

"你呢，你不是也喜欢古籍吗，怎么现在不玩了？"

"不玩了，我自从当上团长就不玩了，早些年还会忍不住把收藏的东西拿出来翻一翻，后来干脆全部卖掉了。也许等退休以后，才有可能再去摆弄摆弄。"

"为什么？你当年那么喜欢古籍书，简直如痴如醉。怎么说不玩就不玩了？"

"你知道的，一个人当了一官半职以后，找你办事的人就渐渐多起来了，人家知道你有这个爱好，他们就想办法花钱买来送给你，迎合你，拉拢你。他们这些人，就怕你没爱好。说实在的，他们根本不懂古籍，这些东西，有的我根本就看不上。但有的还不错，我确实也动过收下的念头。毕竟人总是有贪念的，也许这就是人性的弱点。但一想，这可是人家花钱买来的，是因为有求于我才送给我，绝对不能收。后来我干脆把收藏的古籍全部转卖掉了，眼不见为净。还是这样好，落得轻松自在。"

"达声，你这也太小心了，按你这么说，人就不能有个爱好什么的？"

"当然可以有啊，这只是我个人的处事方式，或许人家有更好的，但是只有我这种最彻底。"

"哎，你上回说要研究领导干部权力监督问题，现在你业余时间不会在弄这个吧？"

"没错，我正在做这方面的研究。《党内监督条例（试行）》颁布快十年了，听说中央正在进行修订，我呢，主要是立足基层，结合实际，对贯彻落实方面做一些研究。现在我们一些领导干部手中的权力确实太集中，特别是各级各部门的一把手，对党内的制度规定置若罔闻，我行我素，有的虽然没达到违法的程度，但违规违纪如同家常便饭，在百姓中的影响很坏。实践中，上级、同级、下级的监督普遍存在远、软、空的现象，媒体、群众、制度监督又存在很大的真空地带，领导干部普遍存在产生权力腐败的便利条件。又如，如何适应国内外形势推进监察体制改革，如何发挥巡视工作的作用，等等。我觉得这些问题都值得深入研究。"

"达声啊达声，我就是佩服你，想干就干，想断就断，干脆利落，毫不拖泥带水。"

"我这么说，可不是反对你有这个爱好，你尽可以玩收藏，但是得花自己的钱。这我可提醒你，不要到时候犯事，怪我对你不留情面啊。"

余仲君故意板起脸："哟，刚喝完我的茅台就开始教训起我来了啊，你走时记得把钱给我留下，不然小心我向省纪委告你的状啊！"

"哟哟哟，瞧你小气的样儿！"

"哎，达声，我听说你对省调查组接管阳浦港爆炸事件有想法？"

"没想法，谁调查还不是一样。只是，我怕的是省调查组碍于某些领导的情面，而偏于公心啊。"

"不会，不会，这么大的事儿，能瞒得了吗！"

"我看难说。哎，省委麦副书记可是你的老上级啊，你的每一点成长进步都是靠他的赏识提携，他对你可有知遇之恩啊。"

"是啊，他是我的老上级，对我不薄。不过，在大是大非面前，我还是知道该怎么做的，这点原则性我还是有的。你这个纪委书记尽可以放心。"

"对你，我当然放心，几十年的老战友了。"

"对了，那个谁，我原来的秘书李大可，在纪委干得怎么样？"

"哦，大可啊，挺好的，话不多，城府挺深的样子，不会是向你学的吧。"

"瞧你说的，我有什么城府！我还听说，最近楚楚有点小情况？"

"是的，这孩子很敏感。不知道什么人跟她说，是我把她父亲送进监狱的，小家伙可能觉得我是坏人，有一次还一个人出走，把我们吓坏了。现在终于有点明白了，许盈还经常送她去上各种学习班，比那时候管燕儿上心多了。"

"唉，一个干部犯错误，最遭罪的还是孩子啊。"

"是啊。"

第二天，赵达声坐在办公室里，桌上放着欧阳春和宋天意前期调查得来的情况报告。他简直不敢相信自己的眼睛。崔名贵用受贿所得购买别墅养情人，大麦化工违规存储危化品，证据确凿。他拿起电话，把欧阳春和宋天意叫到办公室。

欧阳春："通过前阵子对崔名贵的监控和调查，发现崔名贵和情人李娜住在镜湖湾的一套别墅里。虽然别墅登记在李娜的名下，但是当时付款是以崔名贵工商银行的账户走的账，总共868.23万元。如果崔名贵不贪污受贿，他不可能付得出这笔款子。虽然如此，崔名贵的老婆和女儿还是住在一个老小区里的中套房子里，老婆还患有比较严重的肾病，但是崔名贵对老婆不管不顾的。我建议立即对崔名贵进行组织调查。"

赵达声："嗯。天意，你也说说。"

宋天意："我这里是这样的，我们通过技术处工程师登录大麦化工的局域网，获得了大麦化工有限公司在阳浦港危化品存储的目录、数量和品名，大麦化工在阳浦港存储危化品是严重违规的。从崔名贵拥有巨额财产看，大麦化工有向崔名贵行贿的嫌疑。"

赵达声："好。我让案管室马上履行手续，对崔名贵进行组织调查。李娜作为特殊关系人让她协助调查。一旦认定她触犯法律，立即移交司法部门处理。下一步，咱们必须把证据做细做实。比如，崔名贵收受了哪些人的贿赂，金额是多少，是人家行贿还是他主动索贿。看来我们必须抓紧时间调查，省阳浦港爆炸事件调查组可能很快就要向我们通报调查结果了，我们必须赶在他们通报前，把证据全部查实。对了，崔名贵这么对待老婆女儿，你们找找她们母女俩，兴许会有所发现啊。"

欧阳春、宋天意同声道："好的，我们马上去落实。"

工作人员把崔名贵带进处处带有软包装的纪委调查室。崔名贵整个人好像缩小了一圈，他抬头朝房间四下里仔细地看着。只见房间二十多平方米，里面有一张单人床，上面放着一床小被子。一张桌子，三把椅子。房间里亮着节能灯，没有发现窗户。目光所及之处，全部都是厚厚的软性材料包装。崔名贵走到桌子前，桌上放着一本党章。他伸出手，在软性包装上抚摸着，最后"唉"地叹了一口气，手也无力地垂了下来。两名工作人员一前一后看着他。

崔名贵："我要喝水。"

工作人员把一个装有白开水的软性茶杯递给他。

崔名贵端起茶杯，手捏了一下，软软的。他怔怔地看着茶杯，仿佛在看一件奇怪的物品，然后慢慢地喝了一口。

崔名贵瞪着两名年轻的工作人员说道："我说你们可不可以出去，让我一个人静一静，不要老在我面前晃悠？"

工作人员对他笑笑："对不起，这是我们的工作，我们要保证你的安全。"

崔名贵无奈地一口把杯中的水喝掉，然后一下子躺到床铺上。

一名工作人员走过来："对不起，现在是白天，不能躺床铺，请你起来。"

崔名贵："我是党员领导干部，我不是犯人，请你们尊重我。"

工作人员看看他，没有再理睬他。

崔名贵无奈地坐起来，来到桌子前，翻看起党章来。

第二天，欧阳春和宋天意来到调查室，两名工作人员让崔名贵坐到一边的凳子上，便退了出去。欧阳春和宋天意坐在桌子面前，他们看着崔名贵。崔名贵一直看着面前的地面，不正眼看他们。

欧阳春："崔名贵同志，考虑得怎么样了，问题想清楚了吗？"

崔名贵抬起头，用傲慢的神态看着两人："我什么问题，我不知道什么问题。"

宋天意："你不知道什么问题？你在安监局副局长、局长位置上一干就是十年，作为一名党员领导干部，你做了哪些对不起党和人民的事儿，你不知道？"

崔名贵："我知道什么，我只知道全心全意为人民服务，难道这也有错吗？"

欧阳春："全心全意为人民服务是没错，但是我想问你一句，你都做到了吗？"

崔名贵："没完全做到，谁都没完全做到。欧阳书记，你敢说你完全做到了吗？"

欧阳春："现在是我们代表组织，让你向组织说明问题，而不是讨论如何全心全意为人民服务。"

"行，你代表组织，那我就向组织说道说道。想当年，东江市安监局成立时，我还是个主任科员，那时候要啥没啥，矛盾成堆，咱们摸着石头过河，没日没夜地工作，三天三夜不睡觉，累得吐血住院。那时候组织在哪儿？咱们工作做了一火车，工资却买不起一张破铁皮，组织的温暖在哪儿？咱们工作兢兢业业、任劳任怨，获得了'市级劳动模范'称号，只享受了一次疗养，调了一档工资，这时候组织的关心又在哪儿？不是我不相信组织，而是组织离我们越来越远了。"崔名贵越说越激动，唾沫星子在面前乱飞。

欧阳春："崔名贵同志，少安毋躁。你有功劳，咱们不否认，谁也不能把你的功劳抹掉。但是，即使你的功劳再大，也不能置党纪国法于不顾，你的行为一旦触碰党纪国法的红线，必将受到严厉的制裁。"

崔名贵："那是针对腐败分子的，跟我有什么关系。"

欧阳春："那这样吧，你先消消火，我们去一个你熟悉的地方，兴许那里可以让你回想起一些重要的事情。"

崔名贵抬头看看欧阳春："你们要带我去哪里？"

欧阳春、宋天意和六名工作人员带着崔名贵来到镜湖湾十三号别墅。几人进入屋里。别墅装修豪华，富丽堂皇，客厅当中的水晶灯令人炫目。从客厅看出去，院子里有一个五十平方米左右的小型恒温泳池，里面蓄着碧绿的清水。

欧阳春、宋天意及所有工作人员不禁发出啧啧的惊叹。

欧阳春口中发出啧啧的声音："名贵同志，你这套别墅值不少钱吧！你捞了多少钱弄的这个？"

崔名贵："谁说这房子是我的，我没有这样的房子。"

宋天意指着墙上他和李娜的照片，说道："不是你的房子，里面怎么会有你的照片？你别以为用了别人的名字，就可以把你贪来的东西藏匿起来。要想人不知，除非己莫为。账还是会算到你的头上的。这是开发商向我们提供的你购买别墅时的付款凭证，你看仔细了。"

宋天意把从开发商那里拿到的付款凭证复印件交给崔名贵。

崔名贵："一定是他们弄错了，或许是同名同姓吧。我一个政府官员怎么会有那么多钱？"

宋天意："有没有那么多钱，不是由你自己说了算的。"

崔名贵："那由谁说了算？"

宋天意："由事实说了算。"

欧阳春对其他人说："我们好好看看，还有没有值钱的东西，让我们再开开眼。"

大家分头去各处搜寻可疑的物品。不一会儿，工作人员从屋子的各个柜子、抽屉、储物间等地方搜出了几部手机、五块金色的进口手表，还有几件玉石。他们还在二楼的储物间，发现堆着十几盒人参、燕窝、鹿茸、虫草等礼品。

欧阳春："把东西全部登记造册，拍照留影。"

这时，一名工作人员在二楼的大衣橱柜里发现了一个大保险箱。欧阳春把崔名贵带过去。

欧阳春："崔名贵，密码总还记得吧？"

崔名贵："不是我的房子，我哪儿知道什么密码？"

宋天意："崔名贵，你老实点，你对抗组织调查，到头来吃亏的还是你自己。"

崔名贵："我真的不知道。"

欧阳春："行，你可以再坚持一下，我们迟早会让你承认的。"

宋天意掂掂搜出来的手表，和崔名贵佩戴的手表一样都是金表，很气派。"名贵同志，你这手表可够多的啊，都快赶上那位'表哥'了啊。不知道这么一块手表需要多少钱啊？"

崔名贵："手表怎么啦？难道工作几十年，连这几块手表都买不起吗？"

宋天意："没说你买不起。但是，如果是非法所得就不好了。"

崔名贵不吭声了。

纪委干部教育中心的调查室里，宋天意和苏红坐在桌子面前，崔名贵的情妇李娜坐在他们对面的椅子上。

宋天意："李娜，你想清楚了没有？"

李娜:"想,想清楚什么?"

宋天意:"李娜,我希望你有一些自知之明。你不会是想把崔名贵拉的一泡臭屎揣到自己兜里吧。告诉你,购买这套房子的钱属于巨额财产来源不明,他崔名贵是想让你替他扛雷知道吗,有一种罪叫作特定关系人受贿罪,你不会想体验体验这种罪的感受吧?"

李娜脸色一变:"我……是崔名贵硬要以我的名义登记这套房子啊,他许诺可以随便让我住,原来是要我当替罪羊啊。宋主任,我要告发他,他的事情其实跟我一点关系都没有啊。"

宋天意和苏红相视一眼。

苏红:"那你知道别墅保险柜的密码吗?"

李娜:"知道,知道,是我生日的年月和崔名贵生日的日期相合而成。我现在就带你们去打开它。"

宋天意:"嗯,你的态度还是值得肯定的,这样,我们现在就随你去。"

李娜:"好,好。宋主任,只要不让我坐牢,我愿意向你们交代全部问题!"

宋天意:"等你把问题交代清楚再说吧。"

李娜:"好,好。"

三天后的一个晚上,大家在赵达声办公室坐着讨论崔名贵的事。

欧阳春:"三天过去了,崔名贵还是不开口。"

宋天意:"是啊,我总觉得崔名贵还隐藏着更大的秘密。"

苏红:"李娜似乎真的不知道崔名贵的其他事情,问多了,她就哭哭啼啼的,好像我们冤枉她似的。"

赵达声:"他和李娜的银行账户情况怎么样?"

宋天意:"哦,上午我们和苏红去四大国有银行及三个商业银行查了,发现他们只是正常的工资收入和正常的开支。没有发现什么可疑的地方。"

赵达声:"不是发现有一个 ipad 吗,让技术室查看了吗?"

苏红:"看过了,小刘说都是一些上网记录,没有什么文件。"

这时,技术室小刘给苏红打来电话。

苏红："噢，知道了。我们马上去问。"

苏红放下电话："刚才小刘说，他发现了一个拼音为李娜的云盘，但是需要密码才能打开。上次保险柜的密码是多少来着？"

宋天意："834265，赶紧让小刘试一下。"

苏红马上拨通小刘的电话："喂，小刘，密码834265，你赶紧试一下。好的，好的，怎么样？打开了，太好了，我马上过来拿。"

没过一会儿，苏红泄气地走进来，把ipad交给宋天意。

苏红："真是空欢喜一场，云盘里啥都没有，只有一个记事本文件，记了一些买黄豆和红豆的数量信息及卖主姓名。敢情他们喜欢喝豆浆啊，买黄豆都要记下来，真是无聊！还有红豆兑换黄豆，三千两红豆兑换十两黄豆。还把卖主的姓名也记下来，不知道什么意思。"

宋天意看着上面记录的信息，一脸迷茫。

赵达声拿过ipad，目光凝视着电脑，没有说话。

欧阳春："赶紧去问问李娜，这到底什么意思。"

宋天意和苏红答应一声便朝外走。

赵达声忽然抬头，眼睛盯着宋天意："不用问了，去镜湖湾别墅。"

赵达声带着四名工作人员再次来到镜湖湾十三号别墅，又开始在屋子里搜寻起来。赵达声在客厅及房间里走来走去。大家忙乎了半夜，结果还是一无所获。赵达声和欧阳春来到院子里，看着院里盆景、花草树木和碧绿的泳池。赵达声走到泳池边上，蹲下身子朝池子里看着。

忽然，赵达声说："把泳池的水全部放干。"

随着水闸的打开，泳池里的水渐渐地落了下去，池子慢慢见底了。只见下面是防滑地砖，做得非常考究。

赵达声吩咐工作人员："大家到泳池里仔细看看，到底有什么机关。"

工作人员下到泳池底部看了一会儿："报告赵书记，没有发现什么机关。"

赵达声也下到泳池底部，蹲下身子在不同位置的瓷砖上仔细地敲了起来。

赵达声："把泳池底上瓷砖全部揭掉。"

只见工作人员把瓷砖的两个角敲开,然后慢慢往中间撬,瓷砖比较松,一片一片地被撬开。瓷砖底下还铺着一层塑胶一样东西,工作人员揭起塑胶,发现下面有东西。他拿起一块一看,金灿灿的,是金条。

赵达声:"赶快把瓷砖全部撬掉。"

工作人员加紧撬起来,再把瓷砖清理出泳池。等把瓷砖全部清理掉,宋天意下到泳池底部,和其他人把塑胶全部揭了起来,在场的人都被惊呆了。只见泳池底部,是一个一个小方块,方块里面整整齐齐嵌着一排排金灿灿的金条,像铺着一副巨大的麻将牌。

工作人员赶紧拍照留影登记,并对金条数目进行统计估价。赵达声在崔名贵别墅里踱来踱去。

宋天意问领队的:"总共有多少?"

领队:"一百克规格的金条总共四千一百一十八根整,折合人民币一亿两千八百万元。"

赵达声黑着脸:"崔名贵啊崔名贵,你要这么多金条干什么,现在的金条,真的是催你命来了。"

苏红惊叹:"哇,真是了不得了啊,他怎么可能收了那么多金条。太不可思议了!"

赵达声:"别惊叹了,这样,你们迅速查一下,ipad 上记载的姓名是何许人也,然后一一核对,一个都不能遗漏。"

欧阳春、宋天意:"是。"

苏红:"赵书记,我想问一下,您好像知道 ipad 里记载的黄豆、红豆是什么意思似的?"

赵达声:"明代弘治年间有个臭名昭著的太监叫李广,他仗着权势,收受巨额财产,每收一笔钱,必记录在案。为了避免被查,他把金子记做黄米,银子记做白米。所以我一看崔名贵记着黄豆,觉得可能记的也是黄金。"

苏红:"那红豆是什么意思呢?"

赵达声:"应该是人民币吧。"

苏红："您怎么知道得这么多？"

赵达声："这还是我当年喜欢古籍积累下的知识。那本明代李绍文的《皇明世说新语》八卷就记载着这个事情。"

苏红："赵书记，您真厉害！"

赵达声："所以，没事的时候多看点书，兴许什么时候就能用上了。"

苏红："知道了。"

宋天意走来说道："赵书记，经过核查，加上别墅、礼金等，崔名贵的受贿所得已经基本算出来了。"

赵达声："噢，总共多少人民币？"

宋天意："一亿四千两百八十多万元。"

赵达声："什么？"

宋天意："一亿四千两百八十六万四千八百元。"

赵达声："一个处级干部，任职十年，受贿一亿多元，这可能是东江最大的处级干部腐败案了吧！欧阳，这个案子，咱们得好好总结总结。"

欧阳春："这个崔名贵确实很奇怪，2008 年以前他收的现金比较多，后来他都把现金兑换成了金条。大家也都投其所好，全部送他黄金，而且都是一百克的小型金条。可能这样，可以规避银行走账留下的痕迹吧。"

省阳浦港爆炸事件调查组一行九人正在大办公室里开会，调查组组长、省安监局王副局长和市纪委领导正在沟通爆炸事故调查报告。

王副局长："同志们，这位是东江市纪委的赵达声书记，他有阳浦港爆炸事件的新证据，我们一起看一下。如果证据没问题，那我们的调查报告要作相应的调整。下面请赵达声书记介绍情况。"

赵达声："这样，我们先看一下影像资料。"

只见苏红打开电脑，宋天意帮忙连接上投影仪，然后开始播放 PPT 文件。

苏红向大家解释画面上的内容："请大家看画面，这是前期东江市特种消防支队对阳浦港爆炸现场勘察结果的报告数据。这是我们利用技术手段取得的大麦化工有限公司在阳浦港仓库存储化学品的品名、目录以及数量。从我们调查的结果看，大麦化工有限公司存放在阳浦港仓库的化学物品，是确确实实的危化品，而不是一般的化学用品和化学原料。"

赵达声："还有，根据调查，东江市安监局局长崔名贵存在收受巨额贿赂的重大嫌疑，目前我们正在作进一步深入调查。所以，我建议省事故调查组，对阳浦港爆炸事件的调查报告要慎之又慎，避免出现偏差……"

赵达声、欧阳春、宋天意及一名工作人员坐在崔名贵对面，中间是一张两人桌子，屋子里没有别的人。墙上的电视屏幕上正播放着在镜湖湾十三号别墅里搜查到的赃物及金条的图像。接着，画面上出现了李娜的影像视频。

> 崔名贵的胃口很大，他每收一批金条，都要记下来。起先记在笔记本上，后来记在ipad上。我开始不知道他记什么东西，什么黄豆、红豆，后来他在我面前炫耀，说黄豆就是金条，红豆就是人民币，这都是企业老板送他的。崔名贵说，收金条就像吸毒一样会上瘾。

崔名贵看到这里暗暗骂了一声。

接着电视上出现一个老板的影像视频。

> 我叫葛海，是东江萤石资源有限公司的董事长。2011年，全国矿产安全大检查，我们公司由于安全基础差，投入成本低，安全措施不达标，上面要求我们整改。可是如果整改，一下子要投入超过一个多亿，负担太重。我们只好找到崔名贵，他同意公司分步建设，逐步到位，减轻了企业压力。我们就一次性送给他二百根一百克的金条……

赵达声："崔名贵，听说你对金条情有独钟，非金条不收。知道东江的企业老板怎么说你吗？吸金大王！"

崔名贵："让领导见笑。"

赵达声："怎么样，你还不想向组织交代？"

崔名贵："交代，交代。"

欧阳春："大麦化工在阳浦港码头的免检仓库，是你批的吧，你收了林森多少钱？"

崔名贵："这个我记不起来，ipad 里面有记载。"

宋天意打开崔名贵的 ipad："上面记载的是一百两黄豆，是一百克规格的金条一百根吗？"

崔名贵："是的。"

宋天意："另外还有吗？"

崔名贵："没有了。哦，对了，他们还送过一些烟酒，价值大概四五千元的样子。"

赵达声："你算过你总共收了多少根金条，价值多少吗？"

崔名贵抬头看着宋天意："没算过。应该上亿元了吧？"

宋天意："我们帮你算了下，一百克的金条四千一百一十八根，礼品、礼金，总共折合人民币一亿四千两百八十六万四千八百元。"

崔名贵："啊……"

赵达声："老崔啊，一个人从最初的天真无瑕，到满身污泥，并不是一蹴而就的，都有一个渐变的过程。想当年你是市里最年轻的局长。经常被市里评为先进工作者，还获得过五一劳动奖章。那时候，别说贪污受贿，就是脑子里动一下贪欲的念头都会脸红心跳吧。可是，随着时间的推移，被仰慕、讨好、奉承包围了，整个神经都麻痹下来，不知道东南西北了。吃饭、喝茶、唱歌，进而逢年过节送个红包、办个年货变得稀松平常起来。久而久之，胃口也越来越大，发展到最后，没有好处不办事，好处少了拖着办。国家赋予你我责任，给我们一份工作。工作是什么？多少人下岗再就业，我们得到这么一份体面的工作，难道不应该感激么！你非但没有了感恩之心，还亵渎了这份工作。你不是一般人啊，崔名贵，你是八千万分之一啊，你是个党员！你在违背那些督促你好好工作的规定的时候，你有没有想过这些？"

崔名贵闭上双眼，眼泪哗哗流下来了："我错了，我想明白了！"

赵达声："好！下一步，认真地反思一下自己的过错和行为，写一份剖析材料，我们一定要让更多的党员干部看到，以吸取教训，警示大家。能做到吗？"

"能、能！"

"可是，赵书记，我想问一问，你们会不会判我死刑啊？"崔名贵弱弱地问了一声。

"法律会给你一个公正的判决。"

"我能不能见一下我的女儿？"

"这个恐怕还不行，我们有纪律规定。不过，你有什么话要说，我们可以帮你转告。"

崔名贵露出失望的表情："那好吧。请转告我女儿，爸爸错了。这些年，我亏欠她们娘儿俩的太多太多了。有朝一日我再成为一个自由人的话，第一件事就是去请求她们的原谅，重新接纳我这戴罪之身。"

一周后的下午，东江市反贪局杜副局长带着一名检察官和两名法警一行四人，来到纪委教育中心办公室，与纪委进行崔名贵的移交手续。崔名贵坐在一边的凳子上，看看这个看看那个，一副心神不宁的样子。

宋天意把有关调查笔录、录音录像材料的复印件全部交给杜副局长。欧阳春和杜副局长分别在交接文书上签字。

欧阳春："崔名贵同志，东江市反贪局的同志来了，市纪委已经跟他们完成了对你的交接手续，你现在可以跟他们走了。"

老杜握着欧阳春的手："欧阳书记，你们辛苦了！谢谢啊！"

欧阳春："你客气。"

这天早上一上班，余仲君就接到了省委副书记麦满仓的电话。

"麦书记，不好意思，我当然不想这样，你知道咱们那个纪委书记赵达声，他非揪住不放，我也没有办法。"

"你是党委书记，你怎么会没有办法。"

"他不知道通过什么办法找到了大麦化工存储危化品的数目、品名清单，真的不好办啊。省里调查组如果不对阳浦港爆炸案重新定性，他赵达声是不会甘休的，说不定他会反映到省里甚至国家部委层面，那就更加被动了。赵达声这个人我了解，他是做得出来的。"

"这样，我不管你用什么办法，这个案子最好平息得越快越好，否则，对你也没有什么好处。"

"明白，明白。"

余仲君放下电话，呆呆地坐着想了一会儿。这时，电话又响了。他接了起来，一听是麦思源。余仲君没好气地说："又怎么啦？你们叔侄俩是不是要把我逼疯啊！真是岂有此理……"说完，余仲君重重地摔下电话。

省阳浦港爆炸事件调查组正在向东江市委第二次通报调查情况和处理建议。余仲君、赵达声、鲁俊等市四套班子领导，公安、安监、港口、环保等职能部门领导梁栋梁、李建波、刁梦良等参会。

省安监局王副局长："最近，省调查组对阳浦区大麦仓储爆炸事件进行了深入细致的再调查，已经初步查明，大麦化工公司违规存储危险化学用品和化学原料，值班人员擅离岗位，玩忽职守。爆炸事件发生后，处置不及时，致使大麦仓库区发生剧烈燃烧和爆炸，导致三名消防战士和一名干部牺牲，两名群众死亡，三十多人受伤。经省爆炸事件调查组研究，建议检察机关对擅离岗位、玩忽职守人员李兵、薛宗和大麦化工有限公司副总经理赵钱良提起公诉；大麦集团董事长麦思源在事发后对抗调查工作，建议公安机关给予其行政拘留十五天的处罚；给予大麦化工有限公司罚款五百万元的处罚，并限期整改；大麦化工有限公司总经理林森已经跳楼身亡，免予追究责任。东江市安监局局长崔名贵已经涉嫌受贿，由东江市纪委对其进行组织调查。省调查组的通报就是这些，大家还有什么问题需要说明。"

赵达声刚想开口说话，被余仲君一摆手制止了。

"噢，没有，没有，今天的通报会就到这里。散会！"说完余仲君主动站了起来。省调查组人员也开始朝会议室外走去。

"老余头，你这是干什么，我还有话要说呢。"

"行，行，我知道你有话说，不过这个事儿差不多就行了。啊，省调查组已经做出让步了，你啊，适可而止，适可而止。"

"这个麦思源应该负刑事责任，大麦化工公司应该马上取缔。省调查组这是在包庇，你知道吗？"

"知道，知道。但是，咱们也得顾全大局，啊，顾全大局。好吧！"

"我懒得跟你说。"说完，赵达声气呼呼地走了。

入夜，东江师范学院正在进行学院成立一百周年文艺晚会。余仲君坐在主宾位置，麦思源作为学院捐助单位代表也在邀请之列。赵达声作为许盈的家属也来参会。舞台上已经开始报幕，余仲君注意到女报幕员身材高挑，五官精致。"最后一个节目是：集体舞表演。"男报幕员话音刚落，摇滚音乐骤然响起，声震屋宇。随着音乐的节奏，分别从舞台的两侧各跳出两排女孩，上身清一色穿着露脐装，下身穿着短裙，既热情奔放，又婀娜多姿，姑娘们的肚皮随着音乐激烈扭动，充满了青春和活力。特别是前面领舞的女孩，身材惹火，眼波灵动，扭摆迷人，把全场观众都震住了。大家瞪着大眼，眼珠一动不动地看着她。余仲君目不转睛地盯着台上的女孩，发现她就是女报幕员。

一会儿，舞蹈结束。终场谢幕时，余仲君、赵达声等领导上台与演出人员握手。余仲君握住领舞女孩的手说着什么。他的神情和一举一动，被不远处的麦思源尽收眼底。麦思源的脸上露出一丝不易察觉的微笑。

早晨，赵达声早早起床，在客厅里伸展了一下身体，准备到小区里活动活动。女儿赵小燕听到动静也起来了。她兴冲冲地拿着一本红色绒布封面的聘书出来："老爸，看，这是什么？"

赵达声接过来打开一看，念道："兹聘请赵小燕同志为天心评估有限公司总经理，天心集团。看来你真的要到小军的公司当总经理了。"

赵小燕："我就想在企业干，在市场经济的大潮中锤炼锤炼，不喜欢按部就班的生活。"

许盈端着一碟小包子从厨房里出来："你啊，会后悔的。"

赵达声："这样也好，让她去碰一鼻子灰也好，等后悔了，再考公务员也可以。"

许盈："这么说你同意了？"

赵达声："不同意你能怎么样？她又不是小孩子了。"

赵小燕："就是，我又不是小孩子。听你们的话听了几十年了，也该让我做一回主了。咱们老百姓解放都六十多年了，咱家这人民咋还不能当一回主人啊！"

许盈："哟，你把你爹妈当成'三座大山'了啊。"

赵小燕："我可没说。不过，谢谢你们，老爸老妈。哎，对了，爸妈，明天天心评估公司要举行一个成立仪式，你们说什么都得来啊。"

赵达声："那可不一定，看情况。"

赵小燕："一定要来的，余伯伯都来。"

赵达声："嗯，仲君也去？那到时候再说。"

许盈："快叫楚楚起床了，不然又要迟到了。"

赵小燕去房里叫楚楚。

晚饭后，赵达声坐在沙发上看本市新闻。头条是关于余仲君考察乡镇部署秋收工作，了解粮农秋收情况。第二条，是天心评估公司成立的新闻。消息时间虽短，但是位置重要，画面上赵小军在热情洋溢的讲话，赵小燕也有讲话的镜头，似乎在表决心。除此之外，市里大多数局办的领导都到了场，场面非常宏大。赵小军、赵小燕一副乐呵呵的样子。赵达声看到这条新闻，一下子不自在起来。他倏地从沙发上站起，嘴里叫道："简直乱弹琴！"

许盈还在吃饭，跑了过来："什么事儿这么大火气？"

赵达声指着已经变换了新闻的电视："他们凭什么，凭什么，市里那么多领导去祝贺，他们凭什么？"

"什么凭什么？"

"小军、小燕的公司成立，市里去了那么多局办领导，凭什么？"

"那还不是看余仲君和你的面子吗？"

"就是啊，他们肯定打着仲君和我的旗号与有关单位、企业开展业务。"

"那又怎么啦？"

"怎么啦，怎么啦，这是违反规定的，绝对不允许，而且是不公平竞争，有损于党员领导干部的形象。这不是市场竞争，而是权力与市场的竞争，天心公司必须马上迁出东江市。"

"什么？你疯啦！"

"什么疯了，两孩子这么弄是很危险的。"

"有什么危险的，人家开公司的，还不都靠这样那样的关系。噢，轮到咱们自己的孩子就不行了？"

"当然不行，人家今天给你一个蛋，明天就要从你这里抱走一只鸡，天下没有免费的午餐。这些局办的领导去给小军和小燕捧场，还不是想在仲君和我面前表现一下，以期受到更多的关照。仲君说天心公司没有在东江开展业务，我表示怀疑，必须好好查一下，如果注册地和业务在东江的话，那是违反中央规定的。如果不迁出东江或者仍在东江开展业务，仲君和我必须就地免职，这是毫不含糊的。"

"给你们当子女真是难，这也不行，那也不行，我看干脆脱离父子父女关系算了。"

"你看你又胡说。"

"我没胡说，不违法犯法，正当挣钱都不行！那要你们这些个爹有啥用！"

"这是中央为保证党员领导干部廉洁自律出台的政策，这是对领导干部的关心和爱护。"

"那你们这些个党员领导干部最好都打光棍算了，讨什么老婆，生什么孩子啊。"

俩人说话间，赵小燕回来了，边唱歌边开门，兴高采烈的样子。看到爸妈十分兴奋，满脸红光，看起来像喝了酒。笑道："爸、妈，今天我这个总经理旗开得胜，评估公司第一天成立就拿了两个业务。要说，那个环保局长姓什么来着，噢，姓刁，他把两个新办企业的环境评估业务交给我们公司来做，你们说这算不算旗开得胜？"

赵达声和许盈都没有搭理她。

赵小燕很奇怪，跑过去搂住母亲的脖子："妈，这是怎么啦，你们吵架啦？"

许盈："你问你爸。"

赵小燕又坐到赵达声的身边："爸，什么事这么严重？"

"燕儿，我跟你说啊，你去当什么总经理我同意了，你想怎么干我也随你，但是有一点你必须要搞明白。"

"什么？"

"就是天心评估公司不能在东江市注册，也不能在东江市开展任何业务。"

"这怎么可能！"

"这是中央政策对领导干部子女经商办企业的规定，要么执行，要么免职。"

"我只想做一个普通人，不想有这样那样的约束。"

"这是不可能的，因为你是我赵达声的女儿，是纪委书记的女儿。你的身份决定了你不可能做一个普通人。"

"这也不行那也不行，那谁要做你的女儿。"

许盈生气道："燕儿，怎么说话呢！"

"本来就是嘛，普通人能做的事儿，我不能做，这是为什么？我不管，我又不是党员，干吗要我来遵守你们的什么政策规定。我只想做一个普通人。"没等赵达声接话，赵小燕顾自钻进自己房间，"砰"的一声重重地关上了房门。

东江城郊某山岙里，市特警支队三百多名队员集中在操场上。随着指挥员洪亮的口令声，队员们操练起警棍盾牌操，动作整齐划一，虎虎生风，口号声在整个山岙里回响。省委副书记兼政法委书记麦满仓坐在临时搭起的看台上，对着操场上的队员频频点头。他这次是来检查东江的反恐工作的。

此时，城市反恐演练开始。五名恐怖分子持砍刀劫持一辆公交车，包括车上十多名乘客同时被恐怖分子控制了。一架警用直升机在公交车的头顶盘旋跟随，一辆特警运兵车追随公交车，伺机飞车制服恐怖分子。两辆交警带道车在前方实施拦截，逼停了公交车。三名狙击手和警队神枪手迅速抢占有利位置，锁定恐怖分子头部。一名特警队员装扮成医生以救治车上伤员为名接近恐怖分子，在主犯愣神的一瞬间，掏枪击毙恐怖分子。此时，狙击手和神枪手的枪同时击发，五名恐怖分子应声倒地，人质被成功解救。

看到此处，麦满仓起身带头鼓起掌来。众领导也起身鼓掌。

特警演习结束，面包车出了山岙，转过一个弯，到了一个现代化休闲农庄。车到农庄门口，大家下车，只见农庄大门似古代山寨模样，上书"思源谷"三个隶书大字，由当地著名书法家王林书写。麦思源领着几个人站在门口迎接大家。

麦满仓下了车，对大家说："今天我带大家到自家的农庄来吃个便饭，也让大家考察考察现代化农庄，不过，事先声明，吃饭可要自己掏钱的噢，每人二十元。"

大家哄地笑起来。

余仲君："麦书记真乃廉洁自律的楷模啊，带着咱们开创廉洁新风，咱们要积极响应。下一步，我们市里工作组下乡就按这个标准吃饭。"

麦满仓指着麦思源："给各位领导介绍一下，这位是我的亲侄子麦思源。大家知道我没儿子，我哥哥去得又早，他也算我的半个儿子。"

麦思源笑道："感谢各位领导的悉心关照，里边请。我来向大家介绍一下这个农庄的情况。农庄是一个天然山谷，方圆一百二十八亩，有果园、有机蔬菜、鱼塘、餐饮业，还有自助式菜园果林，城里人可以到这里来种菜种水果。这里空气清新，环境优美，是城里人呼吸新鲜空气、休闲度假的好地方……"

一行人对着路边的水果蔬菜啧啧称奇。

麦思源领着大家到了鱼塘边上一个包厢里，包厢名叫"问雪"。里面餐桌上已经摆放了七八个冷菜，每个位置前放着一个杯子。麦满仓反客为主，招呼大家在餐桌前坐定。

麦满仓："今天怠慢大家了啊，不过，今天大家吃到的全部是我们自己农庄里栽种的，没有施一粒化肥，而且大多是素菜，大家尝尝。如果觉得好的话，要多介绍朋友来玩啊。"

余仲君："那是当然，大家说是不是？"

"是啊，是啊。"大家纷纷点头笑道。

这时，一个女孩上来给大家倒豆浆。余仲君一看，有些面熟，不像是这里的服务员。

麦思源："我给大家介绍一下，这位是东江师范学院的林妙雪老师。她是生物学老师，这段时间在这里主要是开展教学实践活动，这里也是东江师范的教学实践基地。今天把她找来，就是想让她在饭后给大家介绍现代化农业的发展与前景。"

林妙雪："各位领导好，这是农庄自己现磨的纯天然豆浆，请大家品尝一下。"

林妙雪从麦满仓开始，依次给大家倒上豆浆。每倒完一位便说一声"领导请慢用"。轮到余仲君的时候，林妙雪说"余书记，请慢用"。余仲君点点头，看着林妙雪，忘了道谢。

饭后，麦满仓主动掏出二十元钱交给服务员，服务员笑着不肯收。大家看到后也纷纷从口袋里向外掏钱。

麦思源："叔叔，您这说一说，还当真的了。这一顿素斋我麦思源还是请得起的，免了免了。"

麦满仓："我知道你请得起，再贵也请得起，但是咱们付款是咱们的规矩，这是咱们的事情，你就别为难大家了。"

麦思源："好，好，好，你们爱付就付吧。"

余仲君："麦书记，您要不休息一下，我们跟林老师去农庄里看看。"

麦满仓："行，我休息一下，你们去吧。思源，过一小时，你来一下，咱爷俩唠一会儿。"

麦思源："嗯，知道了。"

说完，林妙雪领着其他领导出了包厢，朝着农庄深处走去。麦思源领着叔叔朝着半山腰的一个小木屋走去。

一路上林妙雪始终走在余仲君身边，边走边说着话。

林妙雪："余书记，您以前没来过思源谷？"

"没来过。"

"余书记日理万机，肯定忙得没有时间放松一下吧？"

"忙是有点忙，都是一些俗务。人在位置上，身不由己啊。俗话说无官一身轻，我就是梦想着有朝一日，能够到一个山清水秀的地方，与一两个好友，种地赏花垂钓，在鸡鸣声中醒来，在虫鸣声中睡去。唉，不知何时才能过上这样的生活啊！"

"哇，余书记好浪漫啊！"

"林老师，像你这么聪明漂亮的女孩怎么研究起了农业？"

"俗话说民以食为天，民无食不安，农业是百姓生存之本。我就是喜欢花花草草，喜欢农作物，大部分农作物在生长过程中都会开出美丽的花朵，我觉得它们的花朵比纯粹让人欣赏的花朵来说，要好看千百倍。因为它们的美丽，它们的绽放，是更有意义的，是为了滋养其他的生命，世界上的植物还有谁比它们更高尚吗？"

"果然是大学老师啊，这稀松平常的农作物在你的眼里竟然如此高尚，我第一次听到有人用（高尚）这个词来赞美农作物。"

两人聊得十分投机，不觉已到蔬菜大棚"丰谷园"。林妙雪便招呼起大家来："各位领导请随我来，我们现在看到的是当今最先进的现代化蔬菜大棚……"

一小时后，麦思源来到麦满仓休息的小木屋，在门上敲了几下，里面传来"请进"的招呼声。麦思源小心翼翼地打开房门，进到屋里，看到麦满仓坐在椅子上喝茶。

"叔叔，您起来了？"

"嗯。最近没听你唠叨公司的事儿，阳浦港的事情处理得差不多了吧？"

"差是差不多了，就是化工公司影响比较大，总经理死了，一名副总也已经被检察机关提起公诉，过段时间就要判了。现在化工公司基本已经瘫痪，业务量急剧下降。"

"那你赶紧另聘高人呀。"

"这一时半会儿找不到合适的人，但是我又不想放弃。说实话，化工这一块的效益还是不错的。"

麦满仓看了看桌上的闹钟："那没办法，你只能重起炉灶，慢慢再做大喽。我一会儿还得去一下法院和检察院，你其他没什么事儿吧？"

"没事儿。哦，对了，那个监察局局长周强，以前跟我们有过过节，您千万别轻易把他放出来啊，否则他肯定会找我们麻烦的。"

"你不犯什么事，你怕什么！"

"叔叔，您有所不知，最近他们纪委不知道怎么的，老是整这个整那个，把我在东江的关系网整得东零西碎的。特别是纪委书记赵达声,整天牛皮哄哄,一副不可一世的样子,好像每人都欠他一个亿似的。"

"你啊,好好做你的生意,少整那些歪门邪道。我啊真不想管你那些破事。"

"知道,知道。"

"我警告你,少给我惹事儿啊。"

"不会不会。不过,您最好给赵达声挪挪位置,他干纪委书记不合适。在他眼里每个人都是嫌疑对象似的,搞得东江的干部人人自危,死气沉沉,严重影响了当地经济社会的发展。"

"简直胡扯。纪委书记是党代会选举产生的,我有什么权力给他挪挪位置。告诉你,你以后少拿这些事儿烦我。行了,不说这些,我走了。"说完,麦满仓起身便走,麦思源悻悻地跟在后面。

大麦集团麦思源的办公室里,清一色红木办公家私,彰显着豪华和奢侈。大麦集团的头头脑脑高翔、孟大海、唐东明、蓝洁等七八人聚在一起商量着什么事情。

麦思源:"各位,今天把大家召集在一起开会,主要是谈谈咱们大麦集团的发展问题。最近,化工公司的爆炸事件,对咱们影响很大,咱们不仅遭受了损失,还被罚了钱,就连我都被关了十多天。这个事情放在以前是不可想象的,这说明一个什么问题?说明咱们大麦集团与政府的关系还不够密切。说难听点,就是还没有达到我中有你、你中有我的程度。不错,我叔叔是省里领导,但是,他不可能事无巨细全盘过问咱们的事情,多数时候都得靠我们自己的力量解决问题。有句话,所谓'官商不分、警匪一家',说明了一个道理,就是必须和你的管理者搞好关系,这是做大事的根本。前些年咱们确实做得不错,可是随着反腐形势的加紧,咱们先前辛苦建立的关系网,也被冲得七零八落,这就需要重新建立起一张更为牢固的关系网,才能在未来的商战中赢得先机,取得长足的发展。"

高翔:"麦总说得有道理。可我们与市里的很多领导关系已经不错了呀,怎么达到你中有我、我中有你的程度呢?"

孟大海："是啊，这个确实不容易办到。"

麦思源："你们啊，玩起来一个比一个聪明，做起事来就没了机灵劲。"

高翔："麦总心里肯定已经有谱了，您就直说吧，咱们一定想办法抓好落实。"

麦思源："你们说，现在市里领导哪两个人最重要？"

唐东明："那肯定是市委书记余仲君、市纪委书记赵达声啊！"

麦思源："对，这两个人关乎咱们大麦集团的发展和生死，一定要把这两个人搞定。要么成为自己人，要么就彻底把他打趴下。"

高翔："那我们该怎么办？"

麦思源的眼睛看着蓝洁："办法我有，恐怕得请我们的蓝总监亲自出马了！"

蓝洁："我？我哪有那个本事……"

麦思源笑笑："你有，绝对有……"

赵达声带着李大可和纪委宣传部赵部长，正向余仲君汇报关于全市党员干部警示教育大会的筹备情况。电话铃声响了起来，余仲君接起电话："哦，没事，让他们进来吧。"

片刻，门口响起敲门声。余仲君："请进。"

门口应声进来两名公安民警，说道："余书记，赵书记，打扰了。"

余仲君："没事，没事。稍等我一会儿。"

余仲君转身打开铁皮柜，从里面拿出一个精美的雕花檀木盒子，上面雕着西洋风格的图案。余仲君把它交给警察："给，你们拿去吧。"

赵达声一下子从座位上站了起来，过来拦住了余仲君，按住了盒子："仲君，你这是干什么？"

余仲君："既然上头有规定，咱们还是无条件执行吧。"

赵达声："不是已经说好了吗。这可是老首长在朝鲜战场上从美军手里缴获的，是他的心爱之物。当年你立下二等战功，老首长才将他的心爱之物奖励给你，这是你们两人拿命换来的，纪念意义远远大于实用意义，这个不能交啊。"

余仲君："达声，你放手，我想好了，交了也好，了却一桩心事。"

赵达声："什么心事不心事的，谁还信不过你。是不是，警察同志？"

两名警察点头："是啊，是啊。"

余仲君："哎呀，达声你放手，你不用再说了，我都在常委会上表过态了，一定要交的。"

赵达声："那行，听我的。"

赵达声说完用插在锁孔上的钥匙打开盒子，只见里面有一支金色的美制左轮手枪，一个同样金光闪闪的弹仓，环绕着手枪一圈的是倒插在木盒洞眼中的八发子弹，露出八个金灿灿的子弹底座。

赵达声拿起弹仓，再把八颗子弹一一取出，一颗一颗装进弹仓里，然后交给一名警察，说："这样行不行？子弹交给你们，枪留着，就当是个装饰品。你们不知道，这可是共和国两代军人在战场上用命换来的，这不是普通的枪，懂吗？这把枪留在这儿，比当作凶器处理掉强多了。好不好，就这样，回去跟你们局长说，就说我不同意交，有事让他来找我。"

警察："好的，好的。枪先留着，回去我们向领导汇报一下。那我们先走了，打扰了余书记。"

余仲君还在犹豫不决。

李大可："余书记，我觉得赵书记说得对，您就听他的吧。"

余仲君："达声，你们这样不好，我不能搞特殊化。"

赵达声："这件事你听我的就行了，我是纪委书记。好吧！警示教育大会的事情，我们回去再拿出一个具体的方案，包括参加现身说法职务犯罪人员的选定、出监流程、讲稿内容的审定等。"

余仲君："这个事情好的，但一定要注意细节，千万不能出任何纰漏，你们去准备吧。"

赵达声："那行，我们走了。"

余仲君："好，不送啊。"

余仲君看着赵达声他们离开办公室，转身把手枪重新锁进铁皮柜，随手拿起铁皮柜上的一张合影，仔细地端详着，若有所思的样子。合影上余仲君、赵达声和几名战友并排站在一个礼堂门前，每人胸前戴着一朵大红花，似乎刚刚接受授奖。

晚上，三辆豪华轿车齐刷刷地停在梦巴黎娱乐总汇门口。赵小军带着妹妹赵小燕和十来个男女好友从车上下来。赵小燕领头朝娱乐总汇门里走，很兴奋的样子。一行人走进梦巴黎娱乐总汇 KTV 包厢，服务员把赵小燕等人领进一个大包厢，十几个人拥进来，瞧这儿动那儿，抢着点歌，很热闹。赵小燕好像喝了点酒，脸上飞红，显得很激动。

赵小燕："我告诉大家，今天我赵小燕请客，谁也别跟我抢，谁抢我跟谁急。"

大伙儿叫好。

赵小燕："哥，你负责把我的同学特别是女生照顾好，我负责照顾所有男生。"

赵小军："没问题。"

一男生道："所有男生，太夸张了吧，你招架得住吗！"

大家笑。

赵小燕："想什么呢。我告诉大家，今天是我赵小燕生平第一次通过自己的努力赚到钱。我现在可以骄傲地对爸妈说：我不需要再花你们的钱了。"

另一男生道："哎，我说赵总经理，你需不需要男秘书啊？"

大家又笑。

赵小燕也笑："本总经理不需要男秘书，像你们这种一个个懒得身上长虫的家伙我可不要。不过，强悍的保镖倒是想要一枚，你们行吗？"

男生们把一名胖子推到面前："他行，他小时候练过跆拳道。别看他胖，可他力气大。"

胖男生摆出一副跆拳道的架势，两个拳头朝自己的胸脯擂了擂："怎么样？"

一女生道："他这哪是跆拳道，分明是黑猩猩嘛。"

大家又哄地笑起来。

赵小燕上前用一根手指点着胖子男生厚厚的胸脯，胖子直往后缩。

赵小燕："你就省省吧。你有哪点像凯文·科斯特纳？你有犀利的眼神吗，你有矫健的身材吗，你有精湛的武艺吗，你有……"

赵小燕问一句，胖子男生摇头答一句："没有，没有，没有，可我有一颗至死不渝的心。"

大家又大笑。

赵小燕一脚把胖子踢翻在沙发上："去你的。"

赵小军："下面请今晚的女主角赵小燕小姐演唱《泰坦尼克号》的主题歌《我心永恒》，大家欢迎！"

大家掌声起哄声响起来。

赵小燕接过话筒，随着音乐用英文演唱起来。赵小燕一出声，大家一下子变得鸦雀无声，都被赵小燕天籁般的声音震撼了。

赵小燕刚唱完，大家沉浸在刚才的音乐氛围里，片刻之后才爆发出热烈的掌声和叫好声。

一女生叫好："小燕，没想到你的歌越唱越好了，太棒了。"

胖子男生站起来朝小燕走过去："小燕，你简直比泰勒·席林还泰勒·席林，我，我爱你……"

胖子向赵小燕做拥抱状，赵小燕一脚又把他踢翻到沙发上："滚一边去。"

胖子男生装出受伤的样子，嘴里"哎哟、哎哟"地大叫。

大家全都笑翻在沙发上。接下来，大家都抢话筒唱歌，都舍不得撒手，赵小燕反倒没唱几首，就一个劲地喝啤酒。她觉得没劲，就溜出了包厢。赵小军好长时间看不到妹妹，就到包厢外面找她。

赵小军在走道里转来转去，他的司机兼保镖小黑跟在他的身边。他们看到包厢个个客满，生意火爆得很。找了一圈，就是没看到赵小燕。这时，他们经过一个多功能厅，高亢的歌声从里面传出来。赵小军拉开门，两人走了进去。只见舞台上灯光闪烁，赵小燕正在舞台上唱张惠妹的《姐妹》。

你是我的姐妹你是我的 baby

oh yeah

不管相隔多远

你是我的姐妹你是我的 baby

oh yeah

赵小燕的歌声高亢，穿透力强，加上又唱又跳，一下子把全场都罩住了。赵小军看到歌厅里也都坐满了人，他们顺着走廊往前走过去。忽然有一个声音叫他："小军，小军。"

赵小军起初没听到，小黑拉了拉他，指着雅座的一个人："赵总，有人叫你。"

赵小军循声往雅座那儿看过去，灯光明暗中，好不容易才看清是大麦集团的麦思源董事长和几个朋友。

赵小军怕对方听不到，也叫道："哎呀，是麦总，不好意思，刚才没听到。麦总，今天有应酬？"

麦思源："与几个朋友来坐坐，你坐哪儿？要不我们干脆合并一处吧。"

赵小军："我们是在包厢里唱歌，我妹妹一个人溜出了包厢，我来找她。"

麦思源："噢，找到了吗？"

赵小军："找到了，找到了。"

麦思源："找到了就好。我这儿有空位，不如一块儿坐坐。"

赵小军："行，行。"

赵小军和小黑在麦思源的雅座上坐了下来。

此时，赵小燕一曲唱罢，台下都在齐声大叫："再来一首，再来一首。"主持人也向小燕做着请的手势。赵小燕在台上看起来容光焕发。麦思源派人给赵小燕送出钻石级鲜花。赵小燕一边向大家答谢，一边说："谢谢大家的捧场，那接下来我再为大家演唱一首王龄的《High 歌》，希望大家喜欢。Music！"

moutain top 就跟着一起来

没有什么阻挡着未来

deeping night 就你和我的爱

没有什么阻挡着未来

moutain top 就跟着一起来

没有什么阻挡着未来

……

赵小燕唱到高潮处，大家都起身随着音乐和节奏摇摆身体，简直群魔乱舞。赵小军对小黑耳语了几句，小黑走出了雅座。

不一会儿，小黑领着赵小燕走进了雅座，麦思源和客人拍手欢迎。

赵小军："来，介绍一下。这位是我妹妹赵小燕，这位是大麦集团的麦思源董事长。我小妹刚刚大学毕业，现在是天心集团下属的天心评估公司的总经理，希望各位老板多多关照。"

麦思源："哎呀，真没想到，早就听说赵总有个妹妹，没想到还是位大歌星啊！上次电视新闻里看了她一个镜头，今天还是没认出来。"

赵小燕朝大家笑笑，大方地与大家握手："谢谢麦总夸奖，以后还请多多关照。"

麦思源："没问题。来，请坐，请坐。"

深夜，赵小燕醉醺醺地打开家门，跌跌撞撞地进屋，反身把门锁上，手包随手一扔，朝着卫生间走去，但是她实在走不动了，就一屁股坐在了地上，大口大口直喘气。

许盈听到动静从房间里出来，看到女儿醉成这样，吓了一跳："燕儿，燕儿，你醒醒……"

赵小燕口中只哼哼两声。

"老赵，老赵，快出来一下。"

赵达声闻声从房间里出来，看到这个情形也吃了一惊："怎么醉成这样？"

"肯定是遇到什么不开心的事了，她会不会是失恋了？"

"不会吧，没听她说过在谈恋爱啊！"

"这哪儿知道。"

此时，赵小燕似乎恢复了一下意识，说："今天我高兴，我太高兴了，完成了人生中第一笔生意，赚到钱了，我再也不用向你们要钱了。一大笔钱，够你们三年五年的工资了。"

"这么多钱！你做成了什么生意？"赵达声忙问。

赵小燕："放心，正当生意，我不赚昧心钱。"

许盈："那就好。哎呀，我女儿会做生意了，老赵，燕儿会做生意了。"

赵达声仍紧张地问道："燕儿，你是不是在东江市开展业务了？我跟你说，这么做是违反规定的。"

赵小燕："什么规定不规定，法无禁止皆可为。我只要不违法就可以了，我才不管什么规定不规定的呢。"

赵达声见她醉成这样，叹口气将女儿扶起来，和许盈一起把她搀到卫生间。夫妻俩退出来。

赵小燕一进卫生间，就扑过去扒住抽水马桶沿，口中"哇"的一声，将呕吐物一下子喷射进马桶里，等胃中的水也吐了出来，才停住了呕吐。她摁下开关冲水，扶墙来到洗漱台，拿起牙缸刷牙，又洗了一把脸，照照镜子中的自己，定定神才走出卫生间。

许盈看到赵小燕从卫生间出来，上前扶住小燕。

赵达声不依不饶地问："燕儿，你还没有回答我的问题呢。是不是做了环保局的环评项目？"

"做了，怎么样啊！我又没违法，凭什么不让我做？"

"你评估公司不能在当地开展业务，我跟你说过的。"

"我不管，我只想做普通的女孩，做普通的事情。你当你的纪委书记，我做我的生意，我们井水不犯河水。"

"不行。中央的规定就是红线，谁触犯了红线，谁就会被灼得遍体鳞伤。"

"那你可以不干纪委书记呀！"

"燕儿，怎么说话呢！你爸干了这大半辈子容易吗？说这种话，亏你说得出口！”

“反正我非干不可！”

“非干不可！那你就等着受处理吧。”

“什么处理！你想怎么样？”

“到时你就知道了。”

说完，赵达声扔下娘儿俩回房间睡觉去了。

许盈把女儿扶进房间，骂道："两头犟牛……"

庄严肃穆的法庭，国徽下，三名法官身着法官袍端坐在审判席上，书记员、公诉人、辩护人依次就座。被告人席上，崔名贵表情平静地等待着法官的判决，他的身后站着两名法警。赵达声率市纪委机关干部职工和东江市直机关一百多名党员干部在旁听席上落座。崔名贵的妻子和女儿崔莉也坐在旁听席中，表情复杂。

审判长："法庭辩论结束，下面由被告人作最后陈述。"

崔名贵从被告席上站起来："尊敬的审判长、审判员、书记员、公诉人、辩护人，其实我没什么好说的。我只讲两层意思：第一层意思，我承认我有罪，不管法庭对我做出怎样的判决，我都表示接受，并好好改造，争取早日改过自新；第二层意思，我很后悔，后悔这么些年来愧对组织，愧对家庭，愧对良心。这段时间，通过组织上的教育和同志们的帮助，我前前后后想了很久，进行了深刻的反思。特别是纪委赵书记对我的开导，终于让我明白了，人这一辈子，什么最可贵，什么最重要，是亲情，是血缘之情。"

崔名贵边说边抹眼泪，不时哽咽。崔莉母女坐在旁听席里也一直在抹眼泪。

崔名贵望了望崔莉母女，说道："这些年，我亏欠她们娘儿俩的太多太多了。在此，我想对她们说，我错了，我爱她们。最后，我想对广大党员干部说一句话，勿起贪欲，谨慎做人。贪欲之心，与生俱来，可以讲每个人都有贪图享乐、占有钱财的欲望，总想着房子住得大一点，车子开得好一点，银行存款多一点。

但是千万不能忘记老祖宗的教诲：君子爱财，取之有道，把自己心里的原罪遏制住，想想入党时的誓言，想想美满的家庭，警钟长鸣，守住底线，清白为官，平安为官，不要重蹈我的覆辙，时刻保持警惕之心，慎独，慎微，走好人生每一步。我的陈述完毕，谢谢大家！"

崔名贵陈述时，旁听席上一百多人鸦雀无声，静静地听着。

审判长："下面休庭十分钟，由合议庭对本案进行评议，即行宣判。现将被告人带出法庭。"

法警打开被告席，将崔名贵往外带。崔名贵转头一直朝观众席里张望，他的目光与妻子、女儿对望着，眼泪在他的眼眶中打转。

法庭外走廊上，赵达声和欧阳春、宋天意、孙海在一起悄悄说着什么。赵达声忽然想到什么似的，把宋天意拉到一边："天意，趁着这会儿几个调查告一段落，你去查一下天心集团的经营情况，主要弄清楚两件事情：一是公司的注册地在哪里，二是有没有在东江开展经营活动。"

"天心集团不是您的儿子小军的公司吗？"

"嗯，查的就是他的公司。"

"赵书记，您这是为什么？"

"你不是不知道规定，咱们党员领导干部的子女、配偶不得在当地注册公司和开展营利性经营活动，否则，要么公司关停或者外迁，要么领导免职。"

"这个……赵书记，您太跟自己过不去了，我还从未听说因为这个原因而被免职的领导，也从未听说哪些人因为是领导的子女、配偶而不能在当地做生意的。大家都睁只眼闭只眼，您何必那么较真呢？这样不是伤了自己人的感情吗？"

"我作为领导干部，作为纪委书记，必须带头执行政策规定，这条'红线'绝不能碰。如果市领导的子女都在市里开公司、拉业务，成何体统。你不要劝了，赶紧给我查清楚。"

"是。"

十分钟一到，大家又重新进入法庭。

审判长："现在进行宣判。"

书记员："全体起立。"

审判长："本庭认为，被告人崔名贵于 2003 年 10 月至 2013 年 6 月，在担任东江市安监局副局长、局长期间，利用职务之便，为他人谋取利益，收受大麦化工有限公司总经理林某、东江萤石资源有限公司葛某等一百三十六家民营企业老板一百克的实物金条四千一百一十八根，收受房产一套折合现金人民币八百六十八万两千三百元，礼品、礼金等，共计折合人民币一亿四千二百八十六万四千八百元，其行为已构成受贿罪，应依法予以惩处。公诉机关指控的犯罪事实和罪名成立。根据《中华人民共和国刑法》第三百八十五条之规定，判决如下：

"1. 被告人崔名贵犯受贿罪，判处无期徒刑，并处没收个人全部财产。2. 犯罪所得人民币一亿四千二百八十六万四千八百元及其收益予以追缴。

"如不服本判决，可在接到判决书的第二日起十日内，通过本院或者直接向省高级人民法院提出上诉。"

崔名贵一听审判结果，两腿一软，整个身子塌陷进被告席里。他当庭表示不上诉。法警打开被告席，将崔名贵往外带。崔名贵的脑袋耷拉着，像一只得了瘟疫的死鸡。崔莉在旁听席上一下子大哭起来，她的母亲则愣愣地呆坐在那里，一动不动。

十天以后，崔莉和母亲来到蓝湖监狱探监室。崔莉搀扶着母亲站在玻璃窗前，等着狱警把崔名贵带出来。过了一会儿，一阵脚步声传来，崔莉母女神情紧张地看着对面门口。崔名贵满脸憔悴，一夜白头，两眼无神地看着前方。当他看到崔莉母女时，愣了片刻，突然双膝跪地，涕泪交流，跪着爬向他的妻子女儿。母女俩也泣不成声。崔名贵跪伏在母女俩的面前，隔着玻璃，抓住讲话的电话筒，一句话都说不出来，口中只是"呜呜"地叫着，像一声声哀号。

这天快下班前，余仲君开完一天的会，回到办公室。他看着办公桌上的一堆待批阅的文件，没有马上打开来看，而是坐在办公桌前冥想了一会儿，从手机通讯录里找出一个电话号码，犹豫着拿起电话机，想了想，又放了下去。如此两三回，最后好像下了很大决心似的，拿起电话，揿下了一个号码。

余仲君："喂，思源啊，在忙吧？"

麦思源在自己的豪华轿车内接起电话："哟，余书记啊，不知道是哪阵风把领导的电话吹来了。"

"思源啊，不瞒你说，上次在思源谷吃的那个农家菜，味道真不错，吃过以后，我是时时想起，念念不忘。这不，我啊，又想到你那思源谷吃饭去了。"

"那敢情好，欢迎余书记赏光啊。一会儿，我在思源谷等您。"

"你要忙就忙去吧，给下面交代好就行了。不过声明一点啊，这次我是以个人身份去吃饭，饭钱该多少就多少，你不要客气，否则我就不去了。"

"行行行，一切按余书记的意思办。嗯，好的，那一会儿见！"

麦思源按掉手机，马上又揿下了另一个号码："喂，妙雪吗，你在哪里……"

入夜，思源谷门口。麦思源、林妙雪和大麦集团的三名高管等在思源谷门口。麦思源不时抬腕看看手上的手表，与几个人小声说着什么。不时有旅游度假的人开车过来，生意非常红火。

这时，一辆红旗轿车远远地驶过来，麦思源朝来车方向看看："来了，来了。"

车到跟前，余仲君从车上下来，关车门时，对司机说："小童，你先回去吧，一会儿我自己回去。"

车掉头走了，麦思源和林妙雪赶紧迎了上来。

麦思源："余书记，饿坏了吧！我们马上开饭。"

余仲君朝几个人看看，笑道："不急，不急。噢，小林也在啊。"

林妙雪："是啊，余书记，教学活动还没有结束，研究课题也没有完成，所以还得多待几天。"

一行人边说边往里走，麦思源领着余仲君来到"问雪"包厢里。

一行人在问雪包厢里坐定，余仲君一看，桌上大多是时鲜蔬菜，一盘白切鸡，一盘清蒸鱼，还有玉米、番薯、南瓜、芋头等杂粮，还有几个小菜。

"哎呀，思源啊，自从上回在你这儿吃到刚从地里摘下来的时鲜蔬菜，我就吃啥都不香了，把我馋得不行。我跟你说，我就喜欢吃这些自家种的蔬菜。"

"余书记，您要是喜欢吃，那以后有空就来吃，您就把这儿当成自己的家就行了。"

"那可不行，我要是天天来这吃，那我每月的工资全花在这儿都不够啊。"

"哪能啊，您只要在这儿认领一块菜园子，平时我让人帮您打理一下，花很少的钱，就可以做到蔬菜自给自足了。"

"这个办法好，可以考虑考虑。"

"余书记，您看喝什么酒？"

"不喝酒。现在上面有规定，不是特殊情况，一般不喝酒。"

"余书记，您有所不知，我这儿的酒是从江南老字号'米家酒'引进的，采用纯天然优质大米，纯手工作业，思源谷自家酿造，我叔叔常年当作保健酒来喝。您不妨也尝尝。"

"是吗，麦书记也喝这个酒？"

"是啊，每过一段时间我就给他送一些过去。"

"那行，给我来一小杯。哎，你们都喝一点啊。"

众人都倒上酒。

麦思源满脸红光，热情地说："今天余书记大驾光临，使这个小地方蓬荜生辉啊。首先，让我来介绍一下，这位是大麦集团的总经理高翔、这位是副总经理孟大海，这位漂亮的女士是我们的财务总监蓝洁。这位是东江师范学院的……"

余仲君忙接着说道："林妙雪。上次来思源谷，听她做了现代农业发展的课题讲座，对我的启发很大。"

林妙雪："让余书记见笑了。"

在座的都给余仲君递上名片，唯独林妙雪没有给他。

余仲君："林老师怎么名片都不发一张，怕我骚扰你吗？"

大家笑起来。

林妙雪："哪里哪里，我平时就在学校里，很少出来应酬，没有印名片，还望余书记见谅。这样，如果您不介意泄露您电话的话，您打一下我手机。"

余仲君："好，我打给你。"

余仲君掏出手机，林妙雪接过来："我来拨吧。"

林妙雪在余仲君的手机上摁了几下，她自己的手机就响了起来。

林妙雪："有了。余书记，您可要把我的电话收藏好，免得跟什么小莉啊小红啊搞混就不好了。"

大家又笑起来。

余仲君也笑："你这个林老师，嘴还挺厉害啊。"

麦思源："别光顾着说话，来，我们大家敬余书记一杯，祝余书记步步高升，事事如意！"

大家站起来给余仲君敬酒。

几杯酒下肚，麦思源提议："光喝酒好像缺少点意思啊，要不让林老师给我们来一段肚皮舞表演如何？林老师可是我们东江市肚皮舞大赛的冠军啊！"

余仲君带头鼓起掌来："好，好，好，不简单啊。大家欢迎！"

林妙雪："不行，这怎么行，那是舞台上跳的。而且音乐和服装都没有。"

麦思源："音乐有啊，咱们包厢就有，只不过平时没用而已。服装就没办法了，就穿身上的 T 恤将就一下。"

林妙雪脸露难色："这像啥，不行，不行！"

麦思源："哎，林老师，你不看僧面看佛面，不要扫了余书记的兴噢。那个，服务员，叫音控师过来，把音响调好，再到多功能厅弄几张碟过来。"

林妙雪："这也没气氛啊。"

麦思源："气氛会有的，音响一放就有气氛了。放心，咱们喝酒，一会儿就好。这样，我们再敬敬余书记。"

大家连声说"好"，然后一个个轮流敬余仲君。

正当大家互相敬酒的时候，音控师已经将音响调好，服务员也拿来了几张 CD。林妙雪挑了一张碟。

大家全都停下喝酒，看着她一个人忙碌着。麦思源问："怎么样，行吗？"

林妙雪："不理想，勉强对付吧。下次我带几张碟过来。"

麦思源："下面请林老师为我们即兴表演一段肚皮舞，大家欢迎！"

音乐响起来了，刚才还有些腼腆矜持的林妙雪好像换了一个人，她甩掉高跟鞋，放下扎起的长发，走到餐桌前面的空处，背对着大家，随着音乐轻轻地舞动身子。忽然间，音乐节奏一下子加快了起来，林妙雪转过身子，面对着大家，在强烈的音效下，她面带微笑，眼角带着一丝媚态，直勾勾地盯着每一个人，丰满的胸部，纤细的腰肢，像狂风中的柳枝激烈摆动起来。一时间，林妙雪好像进入了一个绝妙的世界，那里只有音乐，只有舞蹈，只有绚烂多姿的色彩，其他一切都从她的眼前消失了。她尽情地舞着，尽情释放着能量，似乎要把包厢里一切都融化掉。跳到兴起时，她走到余仲君面前，像邀请王子一样，拉起余仲君的手，把他带进了她的世界。余仲君乖乖地跟着林妙雪走进"舞池"，随着她的节奏也摆动自己的腰部臀部，丝毫没为自己笨拙的动作而拘谨，反而也越来越放松。

麦思源见状，拉起身旁的蓝洁，也加入到余仲君和林妙雪的舞蹈中。随即，高翔、孟大海也加入进来，几个人胡乱地挤在一块儿，胡乱地跳着，似乎忘了自己身在何处。

一曲舞罢，众人回到座位上，每个人的脸上都洋溢着兴奋和激动。余仲君的脸微微发红，仿佛一下子年轻了十岁。他附在麦思源的耳旁："思源啊，阳浦港的事情，这么处理已经是最好的结果了。如果没有麦书记的关照，恐怕你的麻烦会更大。这个事情主要是爆炸影响太大，而且死了人。对了，那个赵钱良判了几年？"

"三年。还有两个小鬼，一个判了三年，一个判了两年。"

"嗯，这个事情委屈你了。"

"我没啥，不过，大麦集团以后还要请余书记多多关照啊！"

余仲君眼睛看着林妙雪，不置可否地"嗯"了一声。

欧阳春、宋天意、孙海在赵达声办公室里汇报完工作，欧阳春和孙海都出去了，宋天意却没有走的意思。

"天意，你还有事儿？"

"嗯，上次您让我调查天心集团的情况，我初步掌握了一些，不知道该不该说？"

赵达声横了他一眼："你从来都是爽快的，今天怎么也变得吞吞吐吐起来了。有什么事儿，你就直说，我最讨厌吞吞吐吐、黏黏糊糊的人。"

"是这样的，根据我从银行、工商、税务了解的情况，天心集团注册地确实在杭州，但是，公司的主要业务还是在东江。在银行有借贷情况，公司与东江的一些企事业单位都有业务往来。就拿成立不久的天心评估公司来说，他们最近做的两笔环评业务就是由环保局牵线做成功的。"

"果然如我所料。"

宋天意从包里拿出一沓资料："这是天心集团在东江工商银行和农业银行的借贷情况，这是财税局提供的三年来天心集团的国税和地税纳税情况。"

"行，你先放着吧。"

"那我先走了。"

"嗯，你忙去吧。"

赵达声一屁股坐在椅子上，两根手指使劲捏着眉心，然后又站起来，在办公室里来回踱着步。终于，他站定下来，拿起电话拨了个号码："喂，仲君，今晚你在不在家？那行，晚饭后，就八点吧，咱们聊聊。好的，晚上见！"

晚饭后，在余仲君家书房，赵达声将天心集团的有关资料放在余仲君和王玉兰面前。

"仲君，你看，天心集团在东江一直有业务，而且还有银行借贷，这事儿你知道吧？"

"我不是太清楚，但是我知道小军的公司还是守规矩的，也没有打着我的旗号在东江乱来，总的还是靠他自己。我也没帮他什么忙，这个你尽管放心。"

"中央三令五申，要求领导干部管好子女亲属和身边人，不允许领导干部子女在当地经商办企业。小军的公司在东江有业务，这是事实。他打没打你的旗号都是一样的，在东江谁不知道小军是你儿子，反而不知道是我的儿子。他脑门上贴着金箔呢，不需要去强调自己是谁谁谁，人家看的是你的面子，自然会关照他。况且，现在小燕也加入了天心集团，前两天还拿了环保局的两个项目，这个是严重违反组织规定的，我们必须马上纠正。你说好不好？"

余仲君喝了一口茶："达声啊，我们是生死战友，加上小军这层关系，你我之间更比亲兄弟还要亲。有些话我跟你说过不止一次了，你这个人就是太一根筋。规定是规定，党内几百条规定，涉及方方面面，都百分之百执行，那是不可能的。现如今就业这么难，孩子们也不容易。其实我们也帮不了他们几年，等我们一退，谁还会买他们的账。如果百分百执行规定，那只能让他们待在家里吃闲饭，因为他们干任何一行，都有这个问题。干公职人员，你又说他是市委书记的儿子，也会得到关照，对不对？而且，现在从上到下，领导干部的小孩开公司、经商办企业的还少吗，难道独独多了他们两兄妹？所以，我说达声啊，咱们睁只眼闭只眼就行，等我俩任职期一过，或者一调动，就什么事儿都没有了。"

"这怎么行，你我一个市委书记、一个纪委书记，带头违反规定，如果市里其他领导和局办的领导，每个人都让亲属去经商办企业，利用职权为他们谋利，那不是乱套了。老百姓会怎么看我们？党外人士会怎么看我们？我们要三思啊！上回市委常委会看《苏共亡党二十年祭》片子时，你怎么说来着，搞特权是苏共亡党的最重要原因，咱们中国共产党就是要取消特权，取信于民，全心全意为人民服务。如今，轮到自己头上，咱们不能带头搞特殊化吧？玉兰，你说是不是？"

王玉兰点点头："按以前的说法，咱们也算是革命之家了。组织的规定一定要带头执行，但是，我就想，是不是一定要搞得那么不近人情，毕竟孩子还小，作为父母，总应该帮衬帮衬。在不违反规定的原则下，咱们想想还有没有什么办法。"

赵达声硬声说："没有什么办法，停止一切在东江的业务，转卖天心集团在东江的所有资产。"

余仲君："我不同意你这么做！"

王玉兰："我也不同意，你这么做，让两孩子怎么受得了？商场如战场，说不定他们马上就会被市场的狂涛骇浪所吞没。"

赵达声："人这一辈子，谁不经历点风浪。在大风大浪中磨炼磨炼，对孩子们有好处。我明天先找小军、小燕谈谈，最好让他们自己解决这个问题。"

余仲君："自己解决，什么意思？"

赵达声："就是限期让他们自己解决好公司在东江的遗留问题，否则，动用行政手段就不好了。"

余仲君惊讶地说："动用行政手段？你疯了吗，对孩子们你下得去手？"

赵达声："如果迫不得已，那也没办法。"

余仲君："算了，我不想跟你说了。我真怀疑，两孩子是不是你亲生的。"

一听这话，王玉兰马上泪如雨下，抽泣起来。

赵达声大声地说："仲君，你怎么这么说话？我这是执行上级的规定，不是胡来。在大是大非面前，必须坚持原则。"

余仲君的嗓门也大了起来："我不管你原则不原则，我今天把话撂在这里，如果你对孩子们硬来，那也别怪我对你不客气，小心我罢你的官。"

赵达声一听这话，火气也一下子上来了："罢我的官，笑话，你还没有这个权力。"

说完，赵达声头也不回，摔门走出房间。

余仲君在后面喊："不信，咱们走着瞧。"

午饭后，许盈正组织东江师范青年老师业余舞蹈队排练肚皮舞节目，王玉兰找到了排练的礼堂。两人便在礼堂外面空地上边聊边散步，旁边的桂树上已经开满了嫩黄和金黄的桂花。

王玉兰深深地吸了一口气："啊，这儿的桂花真香啊！"

"是啊，咱们学院的桂花品种好，回头给你剪两枝带回去，你种阳台上。"

"不用，家里有。"

"兰姐，你今天怎么有空过来，有事儿打个电话就行了。"

"这事儿，非得当面说不可。"

"什么事儿，搞得这么隆重？"

"还不是为两孩子的事儿。"

"小军、小燕怎么啦？"

"还不是那个冤家，要封小军、小燕的公司。"

许盈一听王玉兰叫赵达声"冤家"，脸上有一丝不悦，但她马上平静了下来："达声为什么要封小军、小燕的公司？"

"说是他们的公司不能在东江开展业务，否则违反上级的什么规定，要么停止公司业务，要么免老余和达声的职。"

"这么严重？"

"按规定是这样，但是实际上也都睁只眼闭只眼，上级也没有真正较真。只是达声他自己较真，非得让小军、小燕停止在东江开展业务。你说小军的公司刚刚站稳脚跟，小燕的评估公司也刚刚起步，这要是不能在东江开展业务，那不等于砸他们饭碗吗！"

"我之前也听他说过这事儿，我以为他是吓唬女儿，想让她考公务员的呢。这么说来，倒不是一件小事儿了，回头我和达声好好聊聊。"

"你好好劝劝达声，既然上头不较真，那么咱也别尽跟自己过不去，毕竟孩子也不容易。"

"兰姐，你放心吧，我会说的。"

晚饭后，赵达声和许盈在楼下小区院子里散步。

"老赵，今天王玉兰来学校找我了。"

"她找你干吗，你们私底下不是喜欢拧巴吗？"

"就是，听她叫你'冤家'我就不舒服，只有自家男人才叫'冤家'，你们分开那么多年了，她还把你当自家男人呢。"

"又来了，你老说这个有意思吗？"赵达声不说话了，快步往前走。

"你急行军啊，走那么快！"

赵达声慢下来等许盈。

许盈跟上来："你个大男人，怎么也这么小心眼！"

"我哪儿小心眼儿了。听你讲这些，我就烦。"

"那我跟你说个正事。"

"什么正事？"

"你真的要封小军的公司啊？"

"什么封小军的公司！小军的公司只要不做违法的事儿，任何人都没有这个权力。"

"那王玉兰怎么说你要封小军的公司？"

"我是让他们不要在东江开展业务，这是上级对领导干部子女经商的明文规定。只要注册地不在东江，也不在东江开展业务，他爱怎么干怎么干，干得越好，我越高兴。"

"这是不可能的。不在东江开展业务，你让他这个公司还怎么干？你不知道小燕在跟着小军干啊！你这么做，不就等于在封他们的公司吗？"

"我哪儿是封他们的公司，天地那么广阔，我封得了吗？难道离开了东江他们就活不了了，如果是那样，赵小军、赵小燕就是两条虫，永远不可能腾空而起、做大做强，永远不可能化身为龙。"

"你以为都像你赵达声啊，当过兵，打过仗，蹚过雷，死过几回，你是能干，是英雄。可他们不都还是孩子吗？孩子就不该照顾照顾，帮衬帮衬啊？"

"你们这是在照顾吗，是在帮衬吗？我看你们是在养花，把他们养在温室里，到头来只能让他们得'软骨病'，只能害他们。你们能帮衬他们一辈子吗？"

"不能帮衬一辈子，帮衬一阵子不行吗？"

两人在小区小道上吵了起来，引得路人驻足观看。

许盈气得声音都发抖了："算了，我不跟你说，回去了。"

说完，许盈气呼呼地回家去了。

星期日，天空下着毛毛雨。一辆政府牌照的红旗小车从东江市区驶来，停在城郊接合部的路边。余仲君从车中出来，走向停在路边的一辆进口豪华轿车。豪华车司机赶紧下车，帮他拉开后车门，余仲君看到林妙雪也坐在车中，愣住了：

"林老师！"

林妙雪笑吟吟地看着他："余书记，没想到吧。麦总临时有点急事，让我来接您。怎么，不欢迎啊？"

余仲君上了车，坐在林妙雪的身旁："没有，没有，真是没想到，不过很高兴见到你。"

豪华轿车继续往郊外方向驶去。余仲君的司机则调头向着城里方向返回。

余仲君发现这辆进口轿车的驾驶室和座位中间隔着一块隐私玻璃，坐在里面看不到驾驶室，驾驶室也看不到座位后面。余仲君侧脸看着林妙雪："怎么，林老师双休日还过来忙课题？"

林妙雪："今天没有教学任务，是麦总请我专门来陪余书记的。对了，您别老是叫我林老师林老师的，叫我小林或者妙雪就可以了。"

余仲君："专门陪我？那多不好意思，不用那么复杂。我啊，就是忙里偷闲到这个山清水秀的地方来透透气，放松放松。平时忙于事务，身心疲累，神经绷得太紧了。"

林妙雪："是啊，余书记，整个东江市，上上下下，里里外外，有多少事儿需要您操劳，能不累吗？下次，您有空就到思源谷来休养休养，如果不嫌弃的话，我陪您聊聊天。"

余仲君："不用，不用，我就是来休息的，哪能影响别人休息呢。"

林妙雪："那就是嫌弃我啦！"

余仲君："你误会了，不是这个意思。"

豪华轿车驶进思源谷，一直开到鱼塘旁边，停在一间小木屋边。司机下车，为余仲君打开车门，递给他一把伞。余仲君打开伞，与林妙雪合撑一把伞，朝小木屋走去。这里有三个鱼塘，都不大，五亩见方。每个鱼塘都用灌木丛隔开，总共配有五六间小木屋。余仲君和林妙雪来到小木屋门口。一名女服务员看到余仲君和林妙雪来了，在门口鞠躬迎接："上午好，请进。"

两人进了小木屋，看到小木屋是起居式的，墙上挂着液晶电视，中间放着一张麻将桌，旁边是一圈沙发。里面还有一间小休息室。通向阳台的门开着，阳台直接伸进鱼塘水面上，一把巨型大伞罩住了整个阳台，既遮阳又挡雨，方便游客垂钓。

林妙雪："这地方太棒了，真是休闲的好地方。"

余仲君："是啊，今天我啥事都不管，就钓鱼。"

余仲君和林妙雪来到阳台，看到靠水面竖着四个搁鱼竿的架子，旁边各放着一把椅子和一张小茶几。茶几上放着水果、瓜子、点心。他们去架子上各自选了一根鱼竿。服务员为他们各泡了一杯绿茶，就来帮余仲君装鱼饵。

余仲君："不用，我自己来。你去帮这位姑娘。"

服务员为林妙雪示范装上鱼饵。林妙雪便学着余仲君的样子，把渔线往水面上甩出去。服务员看她的浮标正好，就站到了一边。

钓了一会儿，见浮标没有动静，林妙雪便从随身的小包中取出一本红封皮的书看了起来，边看边口中念念有词，默念之时，则看着浮标，看书钓鱼两不误。

余仲君起先专注钓鱼，一时也无鱼上钩，便看林妙雪那边，边看书边钓鱼，悠然自得，而她垂钓看书的姿态，在山水映衬之下，显得非常美妙。

余仲君："林老师边钓鱼还边看书呢？好悠闲啊！"

林妙雪嗔怪："说过了，叫我妙雪。"

余仲君："行，妙雪。你看什么书呢？"

林妙雪竖起封面："《纳兰词》，消遣消遣。"

余仲君："这本书可不是消遣的噢，里面充满了阴柔、伤感、无奈以及消极的东西，我不太喜欢。我还是喜欢苏东坡的东西。"

林妙雪："你是大男人嘛，当然喜欢豪放一点的。我就是喜欢纳兰性德的情调。"

余仲君："那你能否吟一首让我饱饱耳福？"

林妙雪："不念，他的词多伤情，怕扰了你的好兴致。"

余仲君："那吟一首不伤情的吧。"

林妙雪："不伤情的少。我找一下，噢，有了——

山一程，水一程。身向榆关那畔行，夜深千帐灯。

风一更，雪一更。聒碎乡心梦不成，故园无此声。"

"这首思乡的不算伤情，好像也有一丝伤感。算了，不吟了，他的词不适合吟诵，放在心里默念最好。"林妙雪合上书说道。

余仲君："那不是徒增伤感之情吗？哎，有了，有了。"

余仲君忽然指着林妙雪的浮标，慌得林妙雪扔下书马上收竿，一条半尺长的鲫鱼被钓出水面，可是还没等提上岸，鱼又掉了下来，"啪"地重新掉进了水里。

两人激动得大叫着。林妙雪嗔怪道："都是你不好，问这问那的，害得鱼都逃掉了。这下好了，这条鱼告诉了其他同伴，我们还钓什么钓啊！"

余仲君："我不好，我不好，一会儿我一定帮你钓一条大鱼。"

林妙雪对他哼了一声："你吹牛，我不信！"

晚饭前，赵小燕带着赵小军回到家里，她推开家门看到客厅茶几上放着一个大蛋糕，楚楚坐在餐桌前写作业。

赵小燕大喊一声："爸，我回来了。"

赵达声从厨房探出半个身子："闺女回来了！赶紧过来帮我摘菜。"

赵小军："爸。"

赵达声："小军，你自己倒杯水喝，在客厅坐一会儿啊。"

赵小燕："我不摘菜，今天我是寿星。小军哥，你去摘。"

赵小军："你可真是会使唤人。行，我去！"

过了一会儿，赵达声、赵小军、赵小燕、许兆丰、楚楚五人在餐桌前坐定。赵达声给小军和小燕斟上一小杯红酒，他和许兆丰倒上白酒。赵小军也嚷着要喝白的，于是赵达声给他换了白的。这下楚楚也闹着喝红酒，赵达声便给她也倒了一点儿。

赵达声："我明天开始要出差几天，今天正好兆丰舅舅也在家，就想着提前给燕儿过生日，许盈等一会儿也赶回来。现在我们共同举杯，祝我家燕儿生日快乐，早日给我找个乘龙快婿！"

赵小燕："爸，你又来了，讨厌。怕你女儿嫁不出去啊！"

几人说笑着碰杯喝酒。许兆丰从皮包里拿出一对翡翠镯子递给小燕："燕儿，这是舅舅上个月从云南带回来的，看看喜欢不喜欢？"

赵小燕拿在手里对着灯光看了看，扑哧笑了："舅舅，你这会不会是假的啊！别给人骗了啊！"

赵达声："燕儿，别跟你舅舅没大没小的。"

"怎么，不想要啊？不想要，还给我！"许兆丰作势要抢回去，赵小燕一下子把镯子藏到了身后，哈哈笑了："不给，不给。"

赵达声："小丰，你看燕儿都被你宠成什么样了！"

赵小燕对着父亲做了个鬼脸："咦。"

楚楚看着赵小燕，眼中露出羡慕的神情。许兆丰又拿出一个小盒子，送到楚楚面前："楚楚，这是给你的。"

楚楚的脸上马上绽开了笑容："我也有？谢谢舅舅。"

许兆丰："打开看看。"

楚楚慢慢拆开包装，打开盒子一看，高兴地叫起来："是电子手表。太好了，我考试正好用上。谢谢舅舅！"

许兆丰伸手抚抚楚楚的头发。

这时，赵小燕对赵小军伸出一个手掌："拿来。"

赵小军："什么？"

赵小燕："生日礼物啊！你这个大董事长，不会这么小气吧！"

赵小军："哎呀，我还没准备呢。我还以为下个星期，哪想到提前了呢。过两天一定补上。"

赵小燕："补上可以，但是得双份。"

赵小军："啊，为什么？"

赵小燕："因为你过两天还要参加我同学为我举办的生日 Party 呀，当然得双份啊！怎么，舍不得啊？"

赵小军："怎么舍不得，没问题。但是，听说你被一个男生追得快投降了，你总该让他露脸了吧？"

赵小燕："切，我投降！告诉你，他还没达标呢，让他等着吧。"

赵小军："对，再考验考验他。"

饭后，大家回到客厅里喝茶闲聊，赵达声收拾碗筷，让楚楚在餐桌上写作业。赵小燕把生日蛋糕的包装打开又合上，着急地等着许盈回来。赵小燕有些等不及了，一连给母亲打了三通电话。

许兆丰又在给赵小军和赵小燕讲打仗的故事："那时候，你们老爸是连长，我是通信员，连长到哪儿我就到哪儿。那时候，你们老爸可威风了，军事素质在连里就是 NO.1，咱们侦察连没一个不服的。有一天晚上，姐父带领侦察一班执行任务返回途中，在密林里遭遇敌人一个反侦察小分队。咱们十个人使用诈降计，硬是俘虏了二十多个敌人。当他们被缴械看清咱们人数时，为首的敌人不服气，说我们使用诡计诈他们。嘿，谁让他们那么笨呢！"

赵小军："真的假的，俘虏成倍以上的敌人，敢情敌人都在打盹啊！"

赵小燕："反正吹牛不上税。"

许兆丰："不信啊，不信问你们老爸呀。"

赵达声走过来直接说："他在吹牛，没这回事儿。"

赵小军："我说吹牛吧，差点被你蒙了。"

聊了一会儿，客厅的门被打开了。许盈回来了。

赵达声："你回来得挺早啊！"

许盈："不早回来还行啊，电话都要被打爆了。小丰也在啊？"

许兆丰："今天市里开会，碰到姐夫，说晚上给燕儿过生日，我就留了下来，明天一早再赶回去。"

赵达声："那燕儿赶紧切蛋糕吧！"

赵小军帮小燕拆开蛋糕盒子，楚楚帮着小燕一起把蜡烛插上。小燕挨个点着了，小军把灯一关。众人为赵小燕唱起了生日快乐歌，赵小燕闭上眼睛，口中念念有词，似乎许了一个大心愿。

许兆丰："燕儿，你不会是许愿早点把自己嫁出去吧？"

赵小燕："你们就这么讨厌我在家里啊！真没劲，我就是不嫁，一辈子待在家里，看你们怎么样！"

赵小军："让你的那些追求者在那窗户底下一个个都站成电线杆子，馋死他们。"

许盈："小军你也好不到哪儿去。你说现在的年轻人都想什么呢，谈个对象结个婚，都要大人求着你们。"

赵小燕为每人切了一块蛋糕。

许盈："我要小一点，少吃一点儿，省得减肥。"

赵小燕："妈，您这身材，在咱们小区阿姨里头绝对是数一数二的。"

许盈："忽悠你妈啊！"

等大家吃完蛋糕，赵达声开了腔："今天趁小军也在，我说个事儿。"

许盈："别说了，燕儿正过生日呢。"

赵达声："是疖子总得冒头，拖得过初一拖不过十五。小军、燕儿，其实我早就想跟你们说这个事儿了，一直没有合适的机会。"

赵小燕："是不是你要封停我们公司啊，这就是你送我的生日礼物？"

赵小军："我就知道是鸿门宴！"

赵达声："没有人封停你们公司，只要你们合法经营，谁都没有这个权力！"

赵小军："这么说，你不封我们公司了？"

赵达声："不封！但是，你们得停止在东江的一切业务，将主公司及下属公司全部迁出东江市。"

赵小军："那还不是一样？"

赵小燕："凭什么？就凭我们是市委书记、纪委书记的小孩，就应该遭受这种不公正的待遇？"

赵达声："这是中央的规定。有规定，咱们就要执行，这是绝对不能含糊的。"

赵小军："人家都说，领导干部小孩出生时嘴里都含着金汤匙，生来就比别人有优势，赢在了人生的起跑线上，可是到了父亲您这儿，怎么就这不行那不行了呢？"

赵达声："你爸是市委书记，我是纪委书记，在全市党员干部眼里，就是两杆大旗，'自身正，其令则行'。我们俩要是都执行不好上级的规定，那么全市干部谁来听我们的，如果全市干部子女、家属都来经商办企业，都来争夺市里的公共资源，那么全市百姓怎么看，我们共产党人的形象还要不要！"

赵小燕："但这不是我们自己选择的，如果有的选，我不会选领导干部家庭，我只想做一个普通的女孩，想做什么就做什么，干自己喜欢的事情。"

赵达声："可以啊，你们可以去别的地方开你们的公司，做你们的事业。但是在东江不行，这个规定必须执行。"

赵小燕："为什么一定要我们走？你们可以不当领导干部啊，你们可以退下来啊！"

许盈："怎么跟你爸说话呢？"

赵达声："我们迟早都会下来，我考虑到这一点，所以要让你们早点适应社会，早点自立自强。"

赵小军："我是看出来了，你就是舍不得你的功名。当年，你为了功名，抛下妻子幼子奔赴前线。后来，你为了功名，令战友为你牺牲。现在，你为了功名，又要牺牲自己的孩子。你就是一个为了功名可以牺牲一切的自私自利的人。你唯独放不下的就是你的乌纱帽，难道你就不能被免职吗？"

许兆丰："小军，你这话过分了啊！你父亲是一个堂堂正正、光明磊落、大公无私的人，同时，他又是一个具有大爱情怀的人，他疾恶如仇、敢于碰硬、宁折不弯。战场上，他可以为战友流尽最后一滴血。在平时，他可以为百姓做牛做马。我平生最钦佩的人就是你父亲，如果不是这样，我也不会把姐姐介绍给他，也就不会有小燕了。"

"你们不要说了，我不想听，我不想听……"说完，赵小燕冲出了家门，朝着黑暗中奔去。赵小军见状，也奔出了房间，叫着："燕儿，燕儿，等等我……"

许盈也追到门口："燕儿，燕儿……"

赵达声叹了一口气，一屁股坐在了沙发上。

许盈："你非得这个时候说啊，好好的生日过成这样！"

省城开会结束后，赵达声去看望打仗时的老团长，现任省委常委、省军区司令廖先成。他敲开廖司令办公室的门，叫了声："老首长，我来了。"

廖先成司令正在埋头看材料，被开门声一惊，抬头一看，乐了："达声，你怎么隔那么长时间才来看我，你臭小子不知道我记挂你啊，下次超过三个月不来向我报到一次，我就派人把你给绑过来。"

赵达声大笑："哈哈哈，老团长，您还是这么不讲理，人家不来还派人去绑，简直比军阀还军阀啊。"

两人并排坐在沙发上。

"对你达声，还有老鱼头、老赵头、烟枪，不来点硬的哪成，这仗还怎么打。"

"不瞒您说，老首长，我就想让您给我松松骨头。这到了地方啊，整天憋着股劲，绷着神经，哪有在部队上快活。"

"你小子，到地方可别给部队抹黑啊！"

"放心吧，我赵达声也不是这号人啊！"

廖先成拉起赵达声的手："来来来，快给我讲讲你的近况。还有老鱼头余仲君这小子，当了市委书记，牛皮哄哄的，哪天我得敲打敲打他，别一下不知道东南西北了。他原来还是你的副连长来着，现在爬你上头去了。"

"可不是嘛。不过，工作上的事儿，都还好应付，关键是生活中的事儿难对付。"

"噢，生活中的还有什么事儿把我们战斗英雄难住了？说来听听。"

"老首长，不瞒您说，这事儿确实难弄。我儿子小军，您知道的，跟了老鱼头的。他弄了一个公司，注册地在杭州，可一直在东江开展业务，现在我女儿小燕也进了这家公司，也开始仗着老鱼头和我的面子在东江拿项目。这是政策不允许的。我想说服他们停止在东江开展业务，可几乎遭到了所有人的反对。如今我是四面楚歌，儿子女儿扬言要和我断绝关系，我真的不知道该怎么办才好。唉……"

赵达声说完，端起桌上的茶杯，猛地喝了一口，又被烫得"卟"地一口吐回杯中。

赵达声叹了一口气："老首长，我现在内心真的很痛苦，作为一名分管执纪监督的领导，连自己儿女的事情都管不好，这让干部群众怎么信任我！"

"达声，我第一次看到你这么为难地处理一件事情。之所以为难，我知道那是因为你把党性原则融入了你的灵魂，放在高于一切的位置上。这在走关系、托门道横行，领导干部无视规定支持子女经商办企业成风的当下，你必然会遭到世俗的反对。"

"老首长，不瞒您说，看到儿女对我责怪的目光，我有时候想，当这个纪委书记究竟值不值。坚持原则、执行规定，怎么就成了众叛亲离的罪人了？您说我究竟该怎么办？"

"你不是已经知道怎么处理了吗！"

"知道是知道，但是我还在犹豫，是不是真的一定要对孩子这么绝情。"

廖先成笑了，拍拍赵达声的肩膀："达声啊达声，终于有问题把一向果敢坚决的你也给难住了啊。"

"唉……"

星期天早上，思源谷里客人还不多。豪华轿车载着余仲君和林妙雪驶进思源谷，直接开到小木屋边上的路上停了下来。司机跑下来为余仲君打开车门，林妙雪也从车上下来。他们走进熟悉的小木屋。林妙雪看到房间里多了一套音响，原来的小沙发换成了大沙发。服务员引他们去阳台上垂钓，帮他们准备好鱼饵、茶水、水果、瓜子以后就离开了。可余仲君钓了一会儿就不钓了。

"妙雪，今天我有些头疼，你先钓一会儿，我去沙发上休息一下。"

"好的，余书记，你要不要紧？"

"应该没事，我去靠一下。"

余仲君说完就回小木屋去休息了。

余仲君回到房间里，走到门口将门反锁上。然后朝阳台上的林妙雪看看，便靠在沙发上休息。他看看房间里的高档音响，也没在意，便靠在沙发上闭上眼养神。过了一会儿，余仲君听到轻轻的脚步声传来，他微微睁开眼睛，看到林妙雪也回到了房间里，慢慢地走到他的面前，俯下身子，用手探了探他的额头。然后到里面的小房间里拿了一块毛巾毯出来，轻轻地盖在余仲君的身上。余仲君假装睡着，默默地感受着林妙雪的温柔。林妙雪拿出那本《纳兰词》，静静地坐在余仲君的旁边，不时朝余仲君看看。

此时，麦思源的豪华轿车也驶进了思源谷，车子停在门口处。麦思源和孟大海从车上下来，朝着行政办公区走去。他们进入办公室，里面已经有两个人正在调试电视设备。麦思源一屁股坐进沙发里，朝着电视屏幕上看去。只见小木屋里余仲君和林妙雪的视频清晰地出现在了上面。麦思源的嘴角浮上一个邪恶的冷笑。

孟大海向麦思源竖大拇指："麦总，您这招绝！"

麦思源得意地笑笑："咱们任何时候都要做最坏的打算，这样才能时时保持主动，永远立于不败之地。对了，让蓝洁接近赵达声这事儿，她想通了没有？"

孟大海："还没有松口，不过，她会想通的。"

麦思源："唉，这女人啊，有时候就爱跟自己过不去。"

孟大海："是啊，是啊。"

这边小木屋内，林妙雪坐在沙发的一边，看看书，又看看余仲君。过了一会儿，只听见余仲君口中"哎哟哎哟"地叫了起来。林妙雪一下子有些慌神。只见余仲君两手按住头两边的太阳穴，表情十分痛苦的样子。林妙雪俯下身子，甜腻的气息直喷到余仲君的脸上。

"余书记，你要不要紧？要不去医院吧？"

余仲君突然抓住林妙雪的手，喘着粗气："不用，不用，一会儿就好，一会儿就好。"

"真的没事吗？余书记，我好害怕啊！"

"没事，没事。"余仲君抓住林妙雪的双手，猛然一用力，把林妙雪拖到面前，侧过身一下子压在了林妙雪的身上。

"妙雪，妙雪……"

"余书记，别这样，您别这样……"

"妙雪，我太喜欢你了，我……"

这天下午，赵小燕正在办公室里查阅资料，财务经理敲门进来："赵总，不好了，我们公司的账户被冻结了。"

赵小燕一下子从座位上站起来："冻结？为什么！"

财务经理："不清楚。"

赵小燕："那赶紧向总公司报告。"

财务经理："总公司已经知道了。"

赵小燕："行，我知道了。你去吧。"

赵小燕赶紧拨通了赵小军的电话："喂，哥，咱们账户被冻结了，你知道吗？"

不一会儿，赵小军召集公司高管及各分公司负责人、各业务经理，在天心集团会议室召开会议。

赵小军："想必大家都已经知道了，咱们公司的银行账号被冻结了。凡是公司与东江地区的业务往来也都停止了。我们确实碰到了前所未有的困难。但是，我在这里向大家保证，这是暂时的，困难很快就会过去。请大家利用这两天的空余时间，把手头的业务理一理，把工作思路也理一理，期待下一步来一个更大的飞跃。好吧，大家分头行动吧。"

大家轻声议论着。

赵小军："嘀咕什么呢？赶紧忙去吧。"

大家匆匆散去。

赵小燕："哥，咱们现在怎么办？"

赵小军："什么怎么办？找老头子去啊！"

赵小燕："那赶紧走吧。"

赵小军："走。"

赵达声与欧阳春、宋天意、孙海等人在研究调查情况，赵小军、赵小燕敲门进来，两人脸红脖子粗的样子，显得非常激动。

赵小燕："爸，你到底想干什么呢？干吗把我们公司给封了！"

赵达声对欧阳春他们说："你们先忙去吧，过会儿咱们再研究。"

赵小军："爸，你怎么这么狠心，整自己孩子连眼皮都不眨一下？"

赵达声站起来为两人倒水："小军、燕儿，坐、坐，先喝口水。"

赵小燕："不坐，不喝，你说！"

赵达声："小军、燕儿，道理之前我已经跟你们聊过了，今天不想多说。我只想问你俩一个问题，假如你们是我，你们怎么做？"

赵小燕："不管怎么说，绝对不能封我们公司。"

赵达声："你这是赌气话，要设身处地地想一想再说。"

赵小军："我们不可能是你。你也不可能是我们。当领导干部的子女不是我们的选择，是老天强加给我们的，我们只想做一些普通人都能做的事情。"

赵达声："正因为是领导干部的子女，有些普通人能做的事情，你们恰恰不能做。"

赵小燕："我们又不是组织上的人，既然我们没有享受组织的权力，也没有履行组织规定的义务。"

赵达声："话是这么说，但是一个国家，一个政党，包括一个家庭，都必须讲规矩，没有规矩，不成方圆。俗话说，打铁需要自身硬，'其身正，不令而行。其身不正，虽令不从'，我们领导干部的言行直接影响普通干部的言行。领导干部做得不好，普通干部就会效仿；领导干部说话就不响，政令就不会畅通。所以，要求别人做到的，领导干部自己首先做到；要求别人不做的，领导干部首先不做，作为纪委干部尤其应该如此。你们说是不是？"

赵小军："道理我们讲不过您，让您和仲君爸爸都下台，那也是不可能的。但是，我们也是无辜的，这样做对我们是不公平的，我们不服。"

赵小燕："就是，我们不服。人家的父母想尽办法，为子女就业找路子想办法，您倒好，反而充当绊脚石，天底下哪有您这样的父亲，我们真倒霉！"

说着，赵小燕哭了起来，掩面跑出了赵达声办公室。赵小军连声叫着"燕儿"追了出来。

赵达声"唉"地叹了一口气，在办公室里来回踱起步来。

第二天一早，赵达声和许盈、楚楚刚吃过早饭，准备送楚楚去上学。赵小燕拉着一个旅行箱从房间里"噔噔噔"出来，如若无人，拉开门就要朝外走。

楚楚："小燕姐姐，你上哪儿去啊？"

赵小燕停下脚步："到我该去的地方去。"

许盈："燕儿，你去哪儿？"

"出去散散心不行啊！"说完，赵小燕头也不回地走了。

许盈对赵达声说："都是你，搞得这样。"

赵达声："你看吧，过不了一个月，她就会死皮赖脸回来了。"

晚上，赵小军带着几个朋友在梦巴黎娱乐总汇酒吧间喝酒，他们边看歌舞边扯着嗓门聊天，一块来的还有两位女孩。赵小军不说话，光喝闷酒。

女孩小悦趴在赵小军耳边喊："赵总，今天干吗一个人喝闷酒，什么事儿这么不高兴？"

"我没事。"赵小军气呼呼地说。

保镖小黑:"赵总他老爸可'牛'了,说把天心公司封了就封了。太厉害了,不愧是曾经的英雄团团长。"

"你少说一句会死啊!"赵小军气道。

小悦:"天心公司关门啦?"

小黑忙辩解:"没,没,没,过两天就复工了。"

这时,舞曲响了起来,阿灵过来搂住赵小军的脖子:"小军,咱们跳舞去。"

赵小军把阿灵甩开:"不去,不去,烦死了。"

小悦也过来拉赵小军,两个女孩一人一边拉住赵小军的手往舞池里拉,赵小军勉强跟着她们到了舞池里。小黑也过来,大家一起蹦迪。几个人昏天黑地地蹦着。赵小军感到有人拍他的肩膀,回头一看,是麦思源。

赵小军吼:"麦总,你也来蹦迪?"

麦思源吼:"是啊,陪客户啊!赵总,正好有事找你,一会儿到包厢里聊!"

赵小军:"好!"

过了一会儿,麦思源和赵小军两人进了旁边空着的 KTV 包厢,坐在沙发上,服务员端了两杯水上来。

麦思源直截了当:"赵总,听说你的公司被老头子封了?"

"也不是封了,他就是把账户给冻结了,不让我们在东江开展业务,让我们去外地做生意。你说,咱们到外地做生意,人生地不熟的,怎么可能做得好?"

"当然做不好!我说啊,赵书记什么都好,耿直、豪爽、英雄气,可就是太较真,像这种事情很普遍啊,可他那里就是不行,而且一点儿商量余地都没有。这让你们怎么活啊!"

赵小军像遇到了知音,愤愤地说:"英雄有什么好,他当英雄我们受罪,我恨都恨死他了。"

"但他总归是你的父亲。"

"这样的父亲还不如没有好呢!"

麦思源规劝似地说:"话不能这么说啊!"

"真的，如果有选择的话，我绝对不会选择当他的儿子。"

"言重了，言重了。不过，我现在有一个办法可以帮你解决难题。"

赵小军眼睛一亮："什么办法？"

"我们大麦集团从名义上收购天心集团，把天心集团变身为大麦集团的全资子公司，天心集团更名为大麦天心有限公司，名义上你赵小军为我打工，而实际上天心集团仍然按照独立公司运营，独立核算，自负盈亏，你还当大麦天心的总经理。我们大麦集团也不收取任何费用，天心公司所有业务照常开展，你觉得怎么样？"

赵小军迟疑道："那变更后，银行还不解冻怎么办？"

麦思源循循善诱道："不可能啊，你的资产已经收归我的名下，他银行也没有理由再冻结你的账户了，你只需做个变更就行了。这样可以吧？"

赵小军一拍大腿："可以。麦总，这，这让我怎么感谢你呢？"

麦思源拍拍赵小军的手背："什么都不用感谢，谁让咱们这么投缘呢。"

赵小军眼含热泪朝麦思源一个劲地点头："谢谢，谢谢！"

入夜，两辆豪华轿车驶出东江城区，一前一后驶向阳浦港方向。快到海港的时候，往右一拐，驶进了海边的碧海情天别墅区。豪华轿车停在海边第一排第二十九号西式别墅前。前面的汽车停在边上，麦思源从车上下来。余仲君、林妙雪从后一辆车上下来。麦思源掏出门卡借着路灯的亮光，在别墅门锁上刷了一下，别墅的后门便开了。三人便一起走进别墅里。余仲君看到别墅上下三层，还有一层地下室，里面装修十分奢华。麦思源走到落地窗前，一下子拉开窗帘，便听到潮水声隐隐地从海上传来。看到海面上有隐隐约约的岛礁，上面亮着点点灯光。林妙雪一步跨出阳台，面对着漆黑的大海，大叫了一声："大海，我来了！"

余仲君赶紧追出来，一把将林妙雪拽进客厅："我的姑奶奶，你叫那么大声干吗？"

麦思源："妙雪，你才看到黑乎乎的海就开始激动了，等到明天看到旭日初升，一片霞光的时候，那非得尖叫起来不可。"

林妙雪："太棒了！我喜欢大海，做梦都想着能坐看潮起潮落的日子。"

麦思源把手中的门卡递到林妙雪手里："给，现在这儿就是你的了，你愿意看多久大海就看多久。"

林妙雪笑着把手躲开，眼睛却看着余仲君："不行，这哪好意思，这么重的礼，我不敢收。"

麦思源："余书记，你看……"

余仲君笑笑："这是麦总的一片心意，你先留着用，将来把它买下来。或者另外买一套，还给麦总。"

林妙雪犹豫了一下："这样啊，那好吧。谢谢麦总！"

林妙雪从麦思源手里接过门卡，插在牛仔裤兜里。

麦思源："余书记、林老师，那我先回去了。明天早上七点，司机在后门这儿等你们。"

余仲君："六点半吧，早一点。"

麦思源："行。那我走了，余书记再见！林老师再见！"

余仲君将麦思源送到门口："思源，昨天小军跟我说了大麦集团收购天心公司的事，这可真得好好感谢你啊！"

麦思源："哪儿的话，咱们一家人不说两家话。"

余仲君笑了："你这个思源啊……"

麦思源："余书记，那我先回去了。"

余仲君："嗯，好的。"

麦思源离去，余仲君将房门关上。他回到客厅，还在陶醉的林妙雪一下子蹦上来，搂住余仲君的脖子，在他的脸上亲了一口："老余，真有你的。说真的，我做梦都想着有这样一套房子，可以看看大海，晒晒太阳，吹吹海风，太棒了！"

余仲君："小调皮，你满意就好。走，好好看看咱们的爱巢！"

余仲君牵起林妙雪的手，在餐厅、影像室、卫生间转了一圈，两人接着上了楼梯，到了二楼。两人进入主卧室，只见中间是一个水床，灯光迷离，面朝大海的方向也是一排落地大窗。房间一侧放着一个简易书架，还有一套 JBL 音响。林妙雪跑过去，挑出一张 CD 放进播放器，摁下开关。余仲君走到书架前，看到上面放着几本古籍善本，有《阮氏七录》《绛帖平》《小学考》《兰亭续考》等。余仲君拿出一本清代的《四库未收书提要》，饶有兴趣地翻了起来。这边，林妙雪则随着乐曲舞动起腰臀，跳起了肚皮舞。余仲君被音乐吸引，放下书朝林妙雪走了过去。林妙雪边跳边用火辣的目光看着余仲君。余仲君则沉醉地看着面前的林妙雪。林妙雪越跳越近，一直跳到余仲君面前。余仲君忍不住伸出手，搂住了林妙雪的腰，林妙雪呵呵笑着躲开了。

　　东江市局"下访"工作组三名成员正在东望镇大呑村村委会小院里接受群众来访，带队的是市环保局副局长石尚清。几十个村民有序地轮流向工作组反映问题。

　　石尚清看看乡亲们，再看看村干部，对大家说："乡亲们，今天我代表市委下访工作组第三小组，向大家表个态。今天的接访，大家尽可以畅所欲言，反映问题，不要有什么顾忌。好不好，看看谁先来。"

　　一名三十多岁模样的村民走了过来："我先来，我叫薛亮。我想向工作组反映一个重要的问题，这个问题我已经向有关部门反映过多次了，一直解决不了，这次看你们能不能解决好。"

　　石尚清："什么问题？"

　　薛亮站起身指着不远处的一排房子："就是这家大麦印染企业，它建厂十来年，对我们当地环境造成了极大的破坏，河里全都是企业排放的污染物。几年时间，村里河道全部污染，河里鱼虾绝迹。附近村民的身体也遭受严重损害，有的得了怪病，久治不愈。年轻人优生率明显下降，近年来，附近村里一连生了好几个怪胎。但是，我们年年向环保部门反映，年年没有结果。环保局负责人反而一再对村民表态，监测指标一切正常。这次工作组来，我们想引起上面领导的重视，对这个污染企业关停整改，或者改造升级，真正改善环境，还我们绿水青山。"

　　石尚清："你反映的问题很重要，我们会谨慎处置的。但是，如果他们有监测合格证明，从程序上讲，确实没有办法去处理他们。如果没有新的环境评估证明，我们暂时还没有办法督促有关部门处理这个事情。"

薛亮："那难道就这么任其存在，一直危害百姓？"

石尚清："这个事情先等，好不好，先等等。"

薛亮："你不是环保局长吗？你难道没办法！"

围着的村民都齐声质问石尚清。石尚清一时不知道怎么回答，脸憋得通红，十分尴尬。其他两名工作人员看带队领导也被村民们"将"住，都不敢出头帮腔。工作组越不敢说话，村民们的情绪就越发激动，最后场面变得有些失控了。

"让这样的工作组吃屎去吧！"说完，薛亮上前把工作组坐的桌子一下子掀翻，把工作组的笔记本撕了个稀巴烂。村民们也都上前，扯桌布的扯桌布，掀桌子的掀桌子，推人的推人，现场一下子混乱不堪。

一位村民叫着："把他们扔到污染河里去！"

另一位村民也附和："对，把他们扔进污染河，让他们尝尝污染水的味道！"

薛亮上前，拖住石尚清的胳膊，其他人上来抓胳膊的抓胳膊，抬腿的抬腿，一下子把三名工作人员都抬了起来，朝着最近的污染河奔去。

石尚清大叫："放开我，放开我。"三个人手脚拼命挣扎，却根本挣脱不了。

众村民抬着石尚清他们来到污染河边。

薛亮："咱们把他们扔进浅一点的地方，别把事情闹太大了。"

村民："怕啥，淹不死他们！"

石尚清："你们胆敢伤害国家干部，你们会受到法律惩罚的。"

薛亮哈哈笑："法律，要是有法律，咱们村也不会被污染成这样。少跟咱们提法律，咱们不怕。来，兄弟们，扔！一，二，三，去你的！"

村民们合力，把三名工作组成员全部扔进了污染河里。石尚清三人一下子全成了花花脸，身上也沾满了污迹，奇臭无比。

晚上，赵达声召集下访工作组成员正在开会，连夜研究收集的情况。

赵达声："刚才大家都谈了下访到的一些情况。有的矛盾还很尖锐，有的老百姓比较关注，有的涉及老百姓的切身利益。对于各小组掌握的情况，下一步如何开展工作，我想听听大家的想法。石局长，你先说说吧。"

石尚清："今天，是我当干部以来最为屈辱的一天，居然被村民扔到河里去了，真是斯文扫地啊！下一步，我要把情况通报给公安派出所，让他们调查清楚，到底是哪几个人所为，对那个刁民薛亮，一定要严惩不贷。"

赵达声："你光对受辱的事情很在意。你知道这个大岙村的大麦印染有限公司为什么一直明目张胆地排放污染物，你想过是什么原因吗？"

石尚清："我回来后去有关科室查了一下，发现大麦印染有限公司的排放还是达标的，好像没有什么问题。"

赵达声："噢，是吗？那我想问一下石局长，这河里的水喝起来味道怎么样啊？"

众人哄地笑起来。

石尚清尴尬地笑笑："他们打人总是要付出代价的。"

赵达声："但是你们想过没有，他们为什么要把工作组扔进污染河里？说明村里的这个污染问题已经非常严重，而且多方反映，却久拖未决。他们对政府部门已经失去了信心，已经不相信政府能够解决问题，尤其是知道你是环保局的领导以后，更加激起了他们的怨恨心理。在束手无策的情况下，才使他们采取了极端的办法。这才是我们需要深思的问题。这个事情，石局长你负责把大岙村污染源情况查清楚，造成污染的原因查清楚，背后有没有隐藏着深层次的问题，然后向我报告。下一次开会，着重研究如何追究的问题。"

会议结束时，赵达声叫住了江志华。

赵达声："江主任，对大岙村的污染问题，你怎么看？"

"我觉得这个污染源是十分明确的，就是大麦印染有限公司排放的。但是，环保部门一直没有对其查处，而且石尚清称其排放指标全部达标，这不是睁眼说瞎话吗？我个人觉得其中必有隐情，很有可能隐藏着重大腐败问题。所以，我建议彻查大岙村污染问题。"

"你说得没错。这样，工作组工作结束以后，你专门带人去实地查访，务必彻底弄清大岙村污染背后的腐败问题。"

江志华挺直腰身："是。"

麦思源在办公室里踱来踱去，蓝洁坐在一边的沙发里，脸上挂着霜。

麦思源恨铁不成钢地说："跟你说过多少遍了，逢场作戏，逢场作戏，你怎么这么想不通啊！"

蓝洁一脸嫌弃："亏你想得出来，让我去做这种事。"

"这有什么，只要你成功了，我不会亏待你的。"

"我不要什么好处，我只求平平淡淡的。"

麦思源低身求饶："好了，好了，你就再帮我这一回，好不好？"

蓝洁看着地面，还是不说话。

麦思源气得直叫："什么英雄团长！我就不信，他赵达声就没有七情六欲，他就过得了美人关。"

晚上九点多，市体育馆里，锻炼的人们刚刚散去。赵达声和余仲君穿着散打服，戴着护胸，拎着头盔，一起走向散打擂台。

"达声，你这次提出的下乡接访，解决了很多老百姓关心的现实问题，受到了老百姓的热烈欢迎。看起来，以后每年都要搞一两次，切切实实为老百姓多办些实事。"

"这样好啊，很多涉及老百姓切身利益的老大难问题，都在下访中解决了，一时来不及解决的，通过努力逐步解决，百姓也都很理解。这件事，算是抓到了点子上了。"

"哎，燕儿回来了吗？"

"还没呢，不知疯到哪儿去了。"

"达声，对这件事情我是有看法的。现在这个形势下，就业难，压力大，国家经济下行压力也大，孩子们做点事情不容易，你这么一下子把他们给封了，孩子们当然接受不了。当时，我也接受不了。事实上，这种事情很难界定。照你这么说，那么省里领导的孩子就不能在本省经营公司企业，国家部委领导的孩子不能在国内经营公司企业了？这个恐怕很难做到。所以，有时候你不要太较真了，只要不做违法犯罪的事情，过得去就行了。"

"哎，老鱼头，这个一是一，二是二，该怎么样就怎么样。你啥时候变得这么没有原则了，都是地方上的不良风气把你熏陶的吧。"

"算了，我不跟你说了，在这些问题上，你永远都是一根筋，谁也说服不了你。"

"是的，在我眼里，中央定的规矩就是党员干部立身处事的红线，就是重大原则问题，在这些问题上我就是一根筋，谁要是想打折扣、搞变通、擦边球，门儿都没有。"

"得、得，算你对了好吧。不过，有一句话，我还是要说的，现在小军的公司已经归大麦集团了，现在的大麦天心已经不是小军的了，你就不要再揪着不放了。"

两人边说边跨步进入散打擂台。

"你刚才说什么，小军的公司归大麦集团了？这更不行了，大麦集团是有问题的，那个麦思源仗着有个省委副书记的叔叔，在东江为所欲为，违规经营、当面抗法、行贿官员，总有一天，大麦集团会栽的，小军怎么能跟这种人合作呢？"

"大麦集团是咱们当地的龙头企业，这些年对咱们市经济还是有贡献的，有点小问题也是正常的。咱们不能光盯着他的问题，应该做好引导，使他遵纪守法，合法经营，为经济发展多做贡献。"

"你这是在纵容他们，这是很危险的。"

"没这么严重吧。"

"没这么严重？我看你啊，是对麦满仓拉不下面子吧。当年他在东江时，培养了一大批干部，你是佼佼者。"

"这跟面子不面子有什么关系？"

"总之，小军不能跟麦思源混在一起。"

"我看你对小军、小燕做得有点过分了，两孩子不容易，能帮还是要帮一把。"

"这种违反规定的事儿没法帮。"

"你啊你，算了，先不说了。哎，你说咱们多久没练了？"

"多久？半年吧！"

"哎呀，这老胳膊老腿儿的，悠着点啊！"

"你要是怕，你就给我写个投降书，没准我心情好，可以手下留情。"

余仲君戴上头盔："去你的，接招吧！"

赵达声摆了个军体拳的预备式。

余仲君笑了："瞧你样儿，跟个新兵蛋子似的。"

赵达声反驳："不是吧，我比你早一年当兵，你才新兵蛋子呢。"

"废话少说，看招！"话音未落，余仲君上来就是一个上步冲拳，势大力沉。赵达声左臂格挡，起右脚直奔余仲君面门而来，余仲君只好回撤防守。赵达声一招得势，便连连进攻，余仲君步步为营，边退边守。两人你来我往，打得难解难分。最后，赵达声卖个破绽，余仲君一招"黑虎掏心"，直奔赵达声的前胸而来。赵达声后坐侧身，来了一招太极的小擒打，引进仲君的快拳致使他拳劲落空，同时快速出击，单鞭成单拳，一拳打在余仲君的左胸，把余仲君打翻在地。

赵达声赶紧去扶。

余仲君不服气："你这什么怪拳，耍赖你！"

"这是太极的单鞭，我偷用了一下。"

"你真赖皮，你跟哪个老太太学的吧？"

赵达声笑了："没错，我就是跟公园的老太太学的，怎么样，够味吧！"

余仲君摇摇头："我真服了你了。"

第二天，市环保局局长刁梦良、副局长石尚清一前一后走进赵达声办公室。刁梦良是个胖子，而石尚清是个瘦子，两人在一起时看起来有些滑稽。刁梦良头发有点秃，戴着眼镜，眼珠子始终在眼镜片后面滴溜乱转，一看就是非常油滑、精明的样子。

刁梦良走路有点外八字，他踩着小碎步快步走到赵达声面前："赵书记，我和尚清最近把大麦印染公司的污染情况调查明白了，今天特意来向您汇报一下。"

赵达声指了指沙发："来，来，坐，坐。两位辛苦啊！什么情况，说说吧！"

刁梦良看起来有些拘谨，习惯地扶了扶眼镜，对石尚清说："尚清，你把化验指标拿出来，给赵书记看看。"

赵达声："指标我不用看，我也看不懂，你放我这儿一份，到时我让化工研究院的技术人员看看。你们说就行了。"

刁梦良清清嗓子："赵书记，前段时间，我们按照您和工作组的指示，局里重新找了一家环评公司，组织技术骨干对大麦印染公司排放物又进行了一次检测，这次检测非常全面，对大麦印染排放口外十几个点进行了采样，经过多次化验，发现大麦印染的排放物各项指标确实存在着超标的问题，但是超标幅度并不大，比想象中好很多。对此，我们对大麦印染公司进行了罚款处罚，要求他们限期整改，对设备进行改造升级，两个月内必须达到排放标准，否则将对他们进行责令停止生产处罚。"

赵达声："噢，你说超标幅度不大是什么意思？怎么叫不大，超过多少才叫大？"

刁梦良："超标幅度不大，就是超过指标数不到一倍。一般情况下，通过整改马上就可以达标，无须停业。"

赵达声："可是从现场看起来，污染非常严重，尚清还被村民扔进了污染河，尚清最有体会了，是吧？"

石尚清尴尬地笑笑："是的，是的。"

赵达声："行啊，那你们先回去吧，那个数据留一份在我这里，好吧？两位辛苦啊！"

刁梦良、石尚清："不辛苦，不辛苦！"

赵达声将刁梦良和石尚清送到办公室门口。刁梦良、石尚清连说："赵书记，留步留步。"

赵达声返回办公室，拿起电话："志华，你叫一下宋天意，一块儿到我办公室来一下。"

没过一会儿，江志华和宋天意敲门走了进来。赵达声："来，坐吧。"

赵达声把刁梦良带来的数据材料交给江志华："刚才环保局的同志把大麦印染的检测报告送了过来，说大麦印染超标不严重，属可控范围，无须停业整改。

我还真有些怀疑。这样，天意，你带人去一趟省城，找一家大的检测公司，近期请他们对大麦印染公司污染物重新进行检测。我想看看，同样一种污染物，两个公司做出来是否一致，看看到底有没有水分。志华，你继续对大麦印染污染事件背后的腐败问题进行明察暗访。"

江志华、宋天意："好的。"

几天后检测报告就拿到了。

宋天意："赵书记，省城环评公司的报告已经出来了。他们的检测结果与市环保局提供的检测结果数据相差很大，其中，多项指标超出国家要求的排放标准几十倍，尤其汞指标则超了二百多倍。我觉得这里面肯定有问题。"

赵达声："好的。下一步，天意你将省城环评公司的检测结果向市环保局作一通报，要求市环保局对大麦印染公司污染事件做出公正处理。"

赵达声沉思了一下说："嗯。另外还有一件事，一直压在我的心头。今天也一并跟你俩交流一下，因事关重大，请你们务必保密。"

江志华、宋天意："明白。"

赵达声："你们是老纪检了，和周强局长相处时间也比较长，对他应该也是比较了解的。现在周强被省检察院调查，由于他们没找到有力的证据，事情到现在也没有什么大进展。按理说，他们早就该放人了，但是他们又申请延长羁押期，使事情越来越复杂。"

宋天意："那我们应该怎么办呢？"

赵达声："你们觉得周局长真的有问题吗？"

江志华："周局长在纪检战线干了二十多年，他的政治觉悟、工作水平有目共睹，如果说他有问题，割了我的脑袋也不相信。"

赵达声："你们不信，我也不信。所以，我们必须在检察院提起公诉前，最迟在法院审判前，找到周强被陷害的有力证据，还他一个清白。"

宋天意："老杜不是已经查到诬陷周局长的人了吗？"

赵达声："可是，由于证据不充分，省检对此不予理会，我们必须把情况查实。当务之急是把栽赃诬陷周强的人找出来，找到栽赃诬陷周强的证据，才能还周强一个清白。老杜建议我们从纪委内部查找栽赃诬陷周强的人。"

宋天意："他凭什么怀疑我们纪委内部有内奸！"

江志华："是啊，老杜凭什么说我们纪委内部有问题。"

宋天意："赵书记，我觉得憋屈。咱们纪委是调查人家的，难道让我们调查自己人？"

江志华："就是，赵书记，咱们不能自己搞自己吧？"

赵达声："作为纪检人，我很清楚你们的心情，我也不希望咱们纪委内部出问题。但是，纪检人不是生活在真空里，纪检人也没有天然的免疫力，纪检监察机关也不是毫无缝隙的堡垒，坚固的堡垒往往被敌人从内部攻破。所以，这次咱们从了解自身、加强自身、完善自我的角度出发，排查内部有关人员，看看问题到底出在哪里？但是，此事只有我们三个人知道，一切调查全部在暗中进行，发现任何情况，直接向我汇报。好不好？"

宋天意："那我们的调查从哪里入手？"

赵达声："如果坏人陷害周强，他们会找我们内部哪些人协同。"

江志华："如果是我的话，肯定找掌握周局长办公室钥匙的人帮忙，便于神不知鬼不觉地把赃物放入特定的位置。"

宋天意："我可能会避开这些人，因为这些人目标太明显，一旦出现问题，他们首先被怀疑。"

赵达声："坏人肯定会从咱们意想不到的人身上突破。目前，掌握周局长办公室钥匙，最易实施栽赃行为的人，一个是纪委常委、办公室主任李大可，一个是机要秘书苏红。但是，也不排除其他人，通过其他途径得到了周局长办公室钥匙，从而实施栽赃。所以，这次排查，我也参与。我会以谈心交流的方式，找有关人员谈话，以便在谈话中发现蛛丝马迹。我们先进行小范围排查，查不到的话，再慢慢扩大排查范围，一切暗中进行，避免被动。"

宋天意、江志华："是。"

此时，办公桌上的电话响了。

赵达声拿起电话："喂，许盈，燕儿不见了？不会吧，哪儿那么容易出事，没事的，我知道了，晚上回来再说。"

当晚，赵达声坐在沙发上收看《新闻联播》：

山东省济南市中级人民法院今天上午对中共中央政治局原委员、重庆市委原书记薄熙来案做出一审判决，对被告人薄熙来以受贿罪、贪污罪、滥用职权罪依法判处刑罚，数罪并罚，决定执行无期徒刑，剥夺政治权利终身，并处没收个人全部财产……

许盈在房间里把楚楚哄上床睡觉，然后回到客厅坐在赵达声边上。

"燕儿已经三天没消息了，微信、微博也三天没更新，电话也关机，你还说没事儿。"

"不会有事儿的，想当年我在战场上晕死过去，三年都不知道自己是谁，不照样没事儿。你放心，不会有事儿的。"

"你是谁，你是赵达声啊，侦察连长！谁能跟你比啊！你们男人的心肠为什么这么硬啊！燕儿要是有什么三长两短的，我跟你没完！"

赵达声眼睛盯着电视机："再等等看，兴许明天就会有消息了。你这两天累了，早点休息吧！"

"达声，咱们报警吧，这样等下去，我会疯掉的。"

"我想还是再等等吧，明天上午如果没消息，咱们就报警，好不好？"

"我等不到明天，我一分钟都不想再等了。你不报，我自己报。"

说完，许盈扑向电话机，拿起话筒，揿了三下："喂，110吗，我要报警……"

赵达声坐在许盈身边，看着妻子焦急的神情，心里也不是滋味。燕儿该不会真有事儿？他也有些紧张起来。没过一会儿，他的手机响了。一看，是梁栋梁的电话。

"栋梁啊，是的，是的，你怎么这么快就知道了？哦，你值班啊。布置好就行了，小孩子嘛，兴许明天就回来了。对，谢谢啊！"

赵达声搁下手机，看许盈回房间去了，心想目前她这个状态，估计照顾楚楚也没心思，想着让苏红替几天。想到这，他拿起手机，想先给苏红打个电话，但一看时间晚了，决定还是第二天上班当面跟她说。

麦思源和林妙雪在思源谷垂钓区小木屋阳台上，正支着钓竿悠闲地钓着鱼。

"林老师，你现在可不得了，成了余书记面前的红人。"

"啥红不红人的，咱只不过是一个小老百姓而已。"

"林老师谦虚了，多少人想结识余书记都摸不着门道呢，而你短短几个月就与余书记成了好朋友，很不容易啊。"

林妙雪不自然地笑笑："这还不是仰仗麦总的关心啊。"

"说实在的，余书记不是一般人，咱们充其量也就是钱多点儿，咱在余书记眼里，也不过一条虫而已。如果没有我叔叔的关照，根本就入不了余书记的眼。所以，还得仰仗你在余书记面前多美言几句，我麦思源一定会报答你的。"

"麦总你见外了，滴水之恩，涌泉相报。你的事儿就是我的事儿，当初你怎么帮我，我定会加倍还你。麦总不妨说说看，到底什么事儿让你这么为难？"

麦思源叹了一口气："唉，你知道，办企业最主要的是要有一个良好的环境，虽然我大麦集团最近几年取得了长足的发展，在东江市算是站稳了脚跟，但是大麦也遇到了发展中的瓶颈，目前基本处于守摊子、突破难的状态。下一步的发展，必须天时、地利、人和各种条件都具备才能实现。天时，可以讲没有太大问题。地利，我是东江人，这方面也不成问题。主要是人和一条，虽然我与东江党政军的领导都很熟，但是总是感觉还不是那么顺，有的领导并不给咱们面子。"

林妙雪眼睛看了看水上的浮标："领导那边我都不熟，也没有办法，再说我这个人也没有什么野心，我只想做个平平凡凡的小女人。虽然与余书记私下相好，但是我心里清楚得很，天下没有不散的筵席，我与他是没有结果的。所以我也没有什么好说的，也许我在他的心里，根本就不值一提。"

麦思源看到自己鱼竿上浮标猛地往水中央拉去，但并不提竿："你是老师，是知识分子，我知道你们知识分子与生俱来那份清高。不过，如今时代不同了，知识也好，清高也罢，美貌也好，素质也罢，没有产生价值都等于零。人生在世，为人也好，为己也罢，为公也好，为私也罢，都应该产生价值。所以，我有一个建议，不知林老师想不想听听？"

"什么建议？"

"就是希望咱们之间结成一个价值同盟，通过共同努力，为社会、为家庭、为自己创造价值，实现人生价值、财富价值。"

"麦总的想法是好，可是我哪有这个能耐啊！"

"林老师过谦了，你具备这个能力，只是你自己没有发现而已。"

"请麦总明讲。"

"你看，你现在与余书记的关系非同一般，你只需在余书记的耳边多吹吹风，让他对大麦集团多多关照，加上我叔叔对他有提携之恩，我想他会关照我的。到时，给大麦集团创造的价值，咱们三七开，我七你三，怎么样？"

"那你为什么不找赵小军呢？"

"赵小军已经是大麦集团的分公司总经理，有啥事儿，基本上都问题不大。主要是他非余书记的亲生，恐怕说话分量还不太够。"

林妙雪握着鱼竿想了想："既然麦总说到这个份上，咱也明人不说暗话。麦总你投入的是金钱，我投入的是青春，孰轻孰重，自然明了。咱们的价值同盟创造的价值，只能二一添作五,五五开，否则，你另请高明。"

麦思源哈哈笑起来："六四，我六你四。"

林妙雪放下鱼竿，站了起来："我这个人不太懂公司经营，不过我也想去尝试尝试。"

麦思源一听，紧张地站了起来："林老师先别走，就依你，五五。"

林妙雪停住脚步："这不是钱的问题，而是，是否体现相互尊重的问题！"

"是的，是的。"

两人又重新坐下来。

傍晚，赵达声拎着几个饭盒，打开房门，脚跟一勾，把门关上。他冲屋里喊："吃饭喽！咦，人呢？"

屋里没人应声。赵达声将饭盒放在餐桌上，然后快步走向阳台。

阳台上防盗窗紧锁着。赵达声看到许盈一个人坐在椅子上，目光呆滞地望着窗外，听到赵达声进门的声音，也丝毫没有挪动她的身子。

赵达声："我回来了，赶紧吃饭吧。"

许盈还是没有反应。赵达声走到许盈的身后，两手扶着她的肩膀："许盈，你别这样。咱们燕儿吉人天相，一定会逢凶化吉的，没准明天她就有消息了，就回到我们身边了。啊，多想也没用，想多了伤身体。"

许盈的身子还是一动不动，似乎根本没有听到赵达声的话。

赵达声躬身一下子把许盈抱了起来，朝餐厅里走："乖，吃饭。"

许盈忽然像在睡梦中惊醒似的，双手双脚乱舞乱蹬，然后双拳狠擂赵达声的前胸和肩膀。

许盈大叫："你还我女儿，你还我女儿，你还我女儿啊！"

赵达声将许盈放到餐桌前，把妻子紧紧地抱在胸前。许盈靠在他的身上，一下子哽咽着哭不出声来，过了片刻，才号啕大哭起来。

饭后，赵达声给坐在床上的许盈擦脸、洗脚。许盈无声地任由赵达声忙活。

待洗漱完毕，赵达声扶着妻子躺到床上。他在床沿坐了一会儿，看看许盈闭上了眼睛，才悄悄地走出房间。

赵达声来到客厅，拿起电话拨通了公安局梁栋梁副局长的电话。

"栋梁，不好意思，这么晚还打扰你。还不是为了女儿的事儿，我想问问事情有进展吗？"

"赵书记，现在查到小燕最后一次住宿登记是在嘉兴西塘古镇的纯真年代青年旅社，与她住一个房间的是一个叫郝梦的女孩。从影像监控看，小燕似乎和郝梦还结伴游玩了半天，然后两人一起离开了西塘，乘坐汽车开往浙赣交界的一个小县城。不过，她们没有在县城里住宿，可能直接去了某个偏远的山村，然后就查不到了。我们对女孩郝梦的身份进行了核实，发现她的身份证是假的。根据我们的判断，小燕可能遇到了人贩子，然后被他们控制在某个偏远的地方。"

赵达声沉吟了片刻。

"赵书记，你在听吗？"

"噢，听着呢。辛苦你们了！"

"不辛苦，这是我们的职责。我们一定加紧调查，一有消息，马上向您汇报。"

"好的。谢谢你，栋梁。"

赵达声放下电话，在客厅里来回踱起了步子。走了一会儿，赵达声停下脚步，又拿起电话，揿了几个号码，对着话筒说："噢，小军啊，你爸回来了吗？噢，那叫你妈听一下电话。睡了？你叫一下她，我有急事儿。行……噢，玉兰，打扰你休息了。嗯，我想麻烦你一件事儿，这段时间燕儿一直没有消息，许盈的情绪有些失控，我怕她出什么事儿，你现在提前退休了，空的时候能过来陪陪她吗？对，好，那太谢谢了！"

赵达声放下电话，坐在沙发上发呆电视新闻频道里滚动播放着新闻。他坐了一会儿，靠在沙发里迷迷糊糊地睡着了。

这时，忽听阳台上"咣啷"一声，传来玻璃碎掉的声音。赵达声一下子惊醒，起身到阳台上一看，发现阳台的玻璃被砸碎了。他打开灯，站到阳台窗户前，朝下看看，没发现什么人。再看地上，有一块石头，上面包着一张纸。他捡起石头，取下纸，展开一看，见纸上面写着几个字：

别到处管事儿，否则没有好下场。

赵达声站在阳台上再次陷入沉思。

第二天一早，赵达声上班后，直接去了机要室，看到苏红正在办公室里搞卫生。看到赵达声，苏红忙打招呼："赵书记早！"

"小苏，你怎么来这么早？"

"孩子上学时间早，送楚楚上学后，我就过来了。"

"这段时间楚楚还好吧？"

"挺好的，就是经常想爸爸。我想过几天带她去看看她爸爸。"

"嗯，好的。辛苦你了！"

"反正我也没什么事儿，一点儿都不辛苦。想想以前你们带楚楚，那才真叫辛苦，您又这么忙。"

"忙都忙的。噢，对了，你给我一张休假报告单，我填一下，我准备休个假。"

苏红赶紧从电脑里调出一份报告单，打印出来，交给赵达声："赵书记要休假，太好了？"

赵达声诧异："太好了，我休假为什么太好了？"

"您不知道，现在干部休假很不规范，你们领导不休假，下面的干部就不好意思休。结果你不休、我不休，造成了机关单位年年无人休假的怪现象，似乎休了假就对不起组织、对不起工作，觉悟不高似的。"

赵达声边填表格边说："你说的很对，咱们纪委也应该带这个头，适当的休息，以便更好地开展工作。"

赵达声填完表格，递给苏红："上午马上送市委，我想尽早出发。"

"赵书记，您要出去啊？"

"嗯，我得去把小燕找回来，否则许盈会疯掉不可。"

赵达声拿起办公桌上的电话机，揿了个号码，一会儿，电话通了。

"小丰，你那个车这些天我用一下，我得去把燕儿找回来。你那么忙，你就不要去了。是吗，那行，那你赶紧请假吧。来得及的话，下午你自己把车开过来。好的，再见！"

赵达声回到自己办公室，又拨通了梁栋梁的电话："喂，栋梁，我想麻烦你个事儿，明天我要出发去找我女儿，你能否把犯罪嫌疑人郝梦的照片或者影像给我看看。我想亲自去找找她，只要找到了这个犯罪嫌疑人，那我女儿也就能找到了。你们按照你们的部署不要变，该怎么查还怎么查，不要受我影响。我这边有了线索一定会第一时间告诉警方的。好的，好的，那我等你们拿过来。"

当天下午，许兆丰开着他的长城越野汽车奔驰在郊外高速公路上，赵达声坐在副驾驶位置上。许兆丰开车有点猛，赵达声一再叮嘱："慢点、慢点。"

赵达声手里拿着郝梦身份证上的照片，仔细地看着。照片上的姑娘长得非常水灵，右眉梢下面有一颗黑痣，看起来文文静静的，一点不像犯罪嫌疑人。

"你瞧这姑娘，年纪跟燕儿差不多，怎么就走上这条道了呢。"

"都是让钱给闹的。这些人梦想着一夜暴富，又不想通过艰苦的努力，而是选择非法的捷径，肯定会出问题的。"

赵达声又掏出手机，点开彩信，反复看着从公安监控上取来的郝梦和赵小燕的影像。

赵达声说话声调有点儿发涩，语速变得很慢："你发现没有，这个郝梦走路时，微微有点外八字。"

"姐夫不愧侦察连长出身，任何时候总是比别人多长一只眼睛。"

"你也一样，那时候军事素质在连里也是顶呱呱的。"

傍晚，赵达声和许兆丰进了古镇西塘，按照路牌指示，直接奔着纯真年代青年旅社而去。来到服务台，赵达声拿出郝梦的照片递给女服务员："你好姑娘，请问见过这个人吗？"

女服务员接过照片："郝梦？有印象！前两天，警察好像来问过，我帮着查了一下，前阵子是来住过店。"

这时，有顾客要求结账。女服务员笑笑："请稍等。"

顾客结完账，女服务员拿起照片接着说："后来就没见过了。"

赵达声："她常来吗？"

女服务员："这倒没印象。应该不是，如果常来，我肯定有印象。"

赵达声："那好的，如果下次再看到她，能不能打个电话给我们。"

女服务："那没问题，你们的电话是多少？"

赵达声："我写一下吧。"

女服务员递上纸和笔。赵达声写好交还给她："谢谢啊！"

女服务接过纸笔："没关系。"

这时，从外面进来一对穿着奇装异服的情侣，他们把头发染成了绿色和橙色，像外星人一样。许兆丰一直在旁边看着他们，忽然高声叫起来："姐夫，找到了，找到了！"

许兆丰拉着赵达声的手把他从旅社内拉到外面。

赵达声感到莫名其妙，问："你找到什么啦？"

"姐夫，我找到线索了。那个郝梦其实一直在重要景点的青年旅社活动，但是穿上了咱们侦察兵的迷彩服，就算咱们看到她，也不一定认得出来。"

"你意思是，她乔装打扮过了，并且换用了不同的假身份证？"

"我看到刚才那一对穿着奇装异服、染着彩色头发的情侣，我忽然想到的。准没错！"

"你说的可能性很大，但是，这样找到她就更难了。"

"所以，我们得采取相应的办法，尽可能地找到她。"

"你有什么好办法？"

许兆丰拉着赵达声往河边走去："我的估计，郝梦，暂且先这么称呼她。她肯定会在景点的一些青年旅社选择合适的女孩下手，只是她很可能已经改名换姓，以逃避警方的抓捕。现在，为了扩大搜寻面，我们两人应该分头寻找，分别去两个景点蹲守，这样找到她的可能性就扩大一倍。姐夫，你说呢？"

"也只能这么着了。我把视频影像发一份给你，你也熟悉熟悉她的体貌特征。"

"好，那我往杭州方向的景点去找，你继续守在这里。"

"嗯，发现可疑的对象马上报警。"

"好，我们也随时联系。那我走了，姐夫再见！"

"再见。"

第二天，天空中飘下细密的雨丝，把古镇罩在一层薄雾中，眼前的景色一下子成了画家笔下的水墨画，平添了一种人在画中游的意境。赵达声一个人走在廊棚下，看着往来的游船，寻找可能出现的人影。再看看身边走过的每一个女孩，眼中透露出一丝焦虑。走累了，他就坐在靠椅上，或者在路边亭子中坐一会儿，眼睛还是盯着来来往往的女孩。他看到前面有一家彩云堂国际青年旅舍，便快步走了进去。

赵达声向服务员说明了自己的来意，服务员便把住宿人员登记本拿给他翻看。赵达声一页一页仔细地查看起来。没有找到可疑的信息，赵达声把本子还给了服务员。门口不时有年轻人进来住宿，一个个有说有笑，朝气蓬勃的样子。赵达声把镇上所有青年旅社的登记簿都看了一遍，也没有看到郝梦的任何信息。他回到纯真年代青年旅社，坐在登记处旁边的椅子上，看着进进出出的游客。又转到留言墙前，仔细看了起来。上面的留言五花八门，有表钟情的：亲爱的洋，爱你一万年——你的枫。有猜谜式的：今天的雨是我思念你的泪，明天的雾又代表了什么呢？——冬瓜皮。唯独在留言墙的右下角有一句留言与众不同：抛开世俗的喧闹，期待一次闺蜜式的相约，去共赴一场桃花源式的梦想之旅。诚征女旅伴一枚——林夕 QQ：86866286。赵达声默念着，突然想到什么似的，立刻向林夕的 QQ 号发送好友申请。没过一会儿，QQ 提醒"好友"加载成功。一会儿，赵达声便接收到林夕发来的信息。赵达声便与林夕在 QQ 上开始聊起天来。

赵达声写道："我是一名刚刚毕业的大学生，叫屠依芳，今天无意中看到你在墙上的留言，不知我可不可以成为你的旅伴。"

"当然可以啊。"

"那不需要什么条件吗？"

"没有任何条件，大学生最好了，咱们有共同语言啊！"

"那我们在哪里会面？"

"你在哪里？我过来找你。"

"我在古镇西塘。"

"我在杭州径山，现在马上出发到你那里。大概两个小时左右，你要不到长途汽车站等我吧。"

"好的。"

"你可别自己走了，否则失约就不好了。"林夕强调道。

"放心吧，我一定等你。"

"你可想好了，我们不是纯粹去玩。主要是在玩的过程中考察民情、民意，体验原生态的生活状态。因为我是支教老师，我希望我能为支教所在地的百姓做一些事情。你们这些大学生，知识丰富、信息发达、乐于助人，说不定将来成为改造发展建设偏远山村的中坚力量。"

赵达声摇摇头，打管道："啊！你是支教老师啊！你太了不起了，我也想当支教老师，到一个山清水秀的地方，做有意义的事情，这次跟你去，正好可以考察考察。"

"那你算找对人了。"

赵达声收好手机，想了想，便朝着长途汽车站方向走去。他来到长途汽车站候车室，不时看看墙上挂钟的时间。过了一会儿，他的手机蜂鸣声响起来。他一看，是林夕发来的信息。

"我已经到杭州客运中心站了，过一个多小时就到了。你别走开啊！"

"我已经在长途汽车站等着了。"

"你千万要等我啊！"

"我等着呢。"

大概过了四五十分钟，赵达声估摸着时间快到了，便走到候车室外面。他在汽车站的廊檐下踱来踱去，不时抬腕看看手表，再看着熙熙攘攘的人群。过了一会儿，赵达声的手机蜂鸣声再次响起。他一看手机上 QQ 头像在闪动，便打开一看，是林夕的信息："我已到西塘长途汽车站，你在哪里？"

"我去附近买点水果，你到售票处门口等我吧，我马上过来。"

林夕回复了 OK 的字样。赵达声朝售票处方向走过去，隔了十多米的距离，朝着售票处方面张望，没有发现可疑的人。他站下来，装作无所事事的样子，在那里东张西望。又过了一会儿，有一个女孩出现在了售票处前面的廊檐下。这女孩剪着齐耳的短发，面貌清秀，身材姣好，像一名大学生。赵达声从手机翻出郝梦的照片对照了一下，虽然女孩已经改了发型，但看她微微外撇的两脚，一下子就确认这女孩就是郝梦。赵达声不动声色，躲到一根廊柱后面，远远地看着郝梦。然后拨通了当地 110 指挥中心的电话。过了五六分钟，三男一女四名便衣过来与赵达声会合。五人简单沟通后，便朝着售票处的林夕合围过去。到了近前，一名男警忽然叫了"郝梦"，林夕下意识地转头看着警察。另外几名警察一拥而上，把林夕抓住。女警给她戴上了手铐。

"你们干吗，抓错人了吧？"

一女警道："别演戏了，郝梦！跟我们走吧。"

林夕低下头，乖乖地跟着警察朝着不远处的一辆警车走去。赵达声边跟着警察朝警车走去，边拨通了许兆丰的手机："小丰，郝梦抓住了，你赶紧过来吧。"

第二天凌晨，三辆越野警车来到浙赣交界的一个小县城。车子停在镇子大路尽头处，十几名警察押着郝梦下了车，沿着高低不平的山路朝村子里走去。赵达声和许兆丰跟在警察的后面。远处隐隐约约地传来狗吠声。一行人来到村子里，摸黑走到一户人家院子前。院子里的狗听到人的声音，在里面狂吠着。

郝梦指着这户人家："就是这家。"

刑警队长把队员叫到跟前："第一组负责破门，封堵一楼，凡是出来的人，全部抓捕。第二组，直接攀爬至二楼，对二楼各房间的人员实施抓捕。第三组，封堵各出口，以防个别人员逃窜。各小组行动！"

只见第一组队员，两人相助，一人蹲伏，一人上肩，上面的人攀上院子围墙，飞身进了院子，只听里面的狗"呜呜"地叫了两声便没了声响。接着院门被打开了，警察蜂拥而入。第一组接着破一楼的房门。第二组用攀爬索从廊柱直接攀爬上了二楼。这时，二楼屋里的人听到动静，打开房门朝外探出头来。两名队员一把推开房门闯了进去。一名警察将开门的男子戴上手铐。床上的女人看到警察突然出现在面前，一下子尖叫起来。

警察："马上穿好衣服出来。"

另一名警察则去另一个房间搜寻。过了好一会儿，楼里的人都被控制住，警察把他们都集中到了一楼的客厅里。但是赵达声和许兆丰没有看到赵小燕。赵达声上前问郝梦："赵小燕呢？"

郝梦指着中年男人金生钱说："我也不知道啊，你问他吧。"

刑警队长走到金生钱跟前，拿出赵小燕的照片递到他面前："她去哪儿了？"

中年男人嘴唇发抖："在，在阁楼上。"

赵达声和许兆丰赶紧往楼上跑。

中年男人从裤兜里掏出钥匙喊："钥匙。"

许兆丰回头把钥匙拿上。两名警察也随着赵达声往楼上冲去。赵达声三步并作两步冲上阁楼，看到房门锁着，他等不及许兆丰送钥匙上来，抬腿就是一脚。门开了，里面黑乎乎的，一股酸臭怪味扑鼻而来。借着微弱的光，赵达声看到地上蜷缩着一个人影。此时，警察也跑了上来，拿出手电往里照。借着手电光，赵达声一眼看到赵小燕惊惧的目光。他大喊一声："燕儿，爸爸来了。"

赵小燕疑惑地看着这么多人一下子出现在眼前，有些不知所措。

赵达声："燕儿，我是爸爸！"

许兆丰："燕儿，爸爸、舅舅来救你了！"

赵小燕此时终于明白过来是怎么回事，她朝着赵达声扑过来："爸，爸，爸……"

赵达声一把抱住女儿，一下子哽咽着说不出话来。许兆丰上来不停地拍着小燕的后背。

赵小燕泪流满面，声音颤抖："爸，你怎么才来？我以为见不到你们了，我想你们……"

赵达声："燕儿，没事了，没事了，咱们回家，回家。"

许兆丰："燕儿，没事了，咱们马上回家，回家。"

赵小燕："回家，我要回家……"

临睡前，赵达声坐在电脑桌前，不停地敲打着键盘。许盈靠在床背上翻着一本养生杂志。

许盈："达声，这两天你去找女儿，也累了，还是早点休息吧。"

赵达声："知道，知道。只是这些天想到几个观点，得把它赶紧记下来，省得忘记了。听说中央正在研究监察体制改革，我们基层应该结合实际做些工作上的研究，为上级决策提供依据，既积累经验，又做些尝试和探索，将来留一些东西下来，对咱们开展工作有帮助。"

"都像你这么干，将来腐败没有了，你们纪委也可以撤销了。"

"那好啊，这才是我所追求的。"

"你啊，尽做梦。"

"我愿意为这个梦想而奋斗！"

"算了，不跟你说这个了。前阵子燕儿不在家的日子里，我才算是真正体会到了什么叫骨肉分离，什么叫生离死别，什么叫度日如年。那时候，我的脑子里只有燕儿，看不到燕儿的时候，哪怕只是一分钟，对于我来讲，就好像一年那么长，我承认我的精神出了些问题，如果燕儿再不回来，现在我可能已经被送到精神病院去了。燕儿回来以后，我前前后后想了很多。以前你在部队主抓军事训练，那时候我就替你担心训练安全，就怕哪个战士训练中出事儿。战士们天天在那里操枪弄炮、摸爬滚打的，特别是演习的日子里，就跟上战场似的，他们一不小心，就容易受伤，甚至出事故。如果哪个战士出了事，我也跟着你吃不好睡不踏实。要知道他们可都是父母的宝贝。从部队回来，你干纪委书记的这几年，原以为心理负担会因此而减轻，没想到反而加重了。你说你天天干的都是得罪人的活儿，我在外头天天见人就赔笑脸，总觉得是不是对不住人家，也难保人家不会对你报复。你自己算算，咱家的玻璃窗被人砸碎过多少次了？这倒还好，我最担心的是你和燕儿，哪天坏人要是狗急跳墙，真对你们用极端手段，你俩真要有个三长两短，那我还要不要活了？"

赵达声停下手里的活儿，回头对妻子说："你就是想太多了。咱们干纪检工作，工作对象都是党员干部，不同于一般的刑事犯罪，不会有什么情况的。再说，我赵达声还怕啥，我怕过谁，咱都是死过几回的人，我还怕他们？！贪生怕死当不了好兵，贪生怕死也干不了纪检，成不了好的纪检干部。"

"你不怕，我怕。"

"不用怕，怕啥！你就把心放在肚子里吧，别成天瞎琢磨。"

许盈温柔地看着赵达声，柔声说道："达声，听我的，咱不干纪委书记了，好吗？咱随便干啥，你反正有了这个级别，干个副市长或者副书记，甚至人大常委会副主任或者政协副主席都成，咱们安安心心地过日子不好吗？"

赵达声安抚妻子道："谁不想安安心心地过日子，是那些腐败分子不让咱们安安心心地过日子。他们侵蚀国家肌体，侵害百姓利益，我赵达声天生就与这种人为敌，我就是要与这种人过不去，让他们害怕，让他们坐立不安，让他们胆战心惊。"

"可是你天天得罪人，我怕他们哪天报复你和燕儿。"

"你错了，即使是真的得罪人，得罪的也是少数人，可我赢的是更多干部群众的信赖，维护的是党的形象。"

"大道理我说不过你，可是你也得考虑考虑咱们这个小家，考虑考虑我的感受，我真的不想再过担惊受怕的日子了。你听我的，咱不干纪委书记了，好吗？"

"干不干纪委书记，那是组织决定的。组织上把我放到这个岗位上，他们是有考虑的，不是自己想干就干，想不干就不干的。我是组织的人，一切听从组织安排。"

许盈一听着急了："什么组织不组织，就你老古板，就你死脑筋。什么年代了，还一天到晚组织不组织的，说出去让人笑掉大牙！"

"什么年代？甭管什么年代，我赵达声是党培养起来的，组织永远是第一位的，只有组织选择我，我不可能去选择组织。"

"你越说越来劲了，算了，不和你说了，跟你说话才是真正的对牛弹琴。"

说完，许盈朝向另一侧顾自睡了。

赵达声无奈道："瞧你，动不动又生气……"

当晚，赵达声躺在床上翻来覆去没有睡着。周强的陷害案查到现在，李大可的疑点慢慢地被放大。如果真被确认，那是不是意味着余仲君也与大麦集团有牵连。赵达声不敢多想，可是另一件烦人的事情搅得他无法合眼。那就是江志华最近收到了不少举报反映小舅子许兆丰的问题，说他收受贿赂为大麦印染公司违法排污提供便利。如果这个事情属实，那接下来更严峻的考验将会来临。虽然他作为姐夫对许兆丰的问题必须回避，但不知道这个事情会在家里将掀起怎样的惊涛骇浪。

星期五下午，余仲君、林妙雪、麦思源及大麦集团董秘刘婧四人来到郊外胥鸣山游玩，他们沿着游步道朝山上爬。深秋的山风不时把林妙雪的长发吹乱，她紧紧地跟在余仲君的身边，两人说着悄悄话。麦思源和刘婧手拉着手，一副亲昵的样子。山道上行人很少，四个人都穿着运动服，看起来很放松。

麦思源："余书记，您这些年都忙于工作，可能很久没有到山上来散心了吧？"

余仲君："是啊，我看起码得有七八年了吧。山里的空气这么好，看起来以后啊还得多来，像我们这种整天闷在办公室的人，身体都坐出了毛病。"

刘婧："那余书记下次来的时候，一定要带上我啊。"

余仲君："没问题。但要看麦总同不同意！"

刘婧："他伴儿那么多，不会不同意。"

麦思源："谁伴儿多啦？"

林妙雪看着余仲君："是啊，一匹马儿配一个鞍，谁的伴儿多，谁就有问题了。老余你说是不是？"

余仲君笑着说："他们俩的事儿，别扯我身上来。"

走着走着，刘婧一个人跑到前面去了，指着山顶上一个古刹的屋角："看，胥鸣寺马上就到了。"

余仲君："是啊，再不到，我的腿都抬不起来了，可能真的要爬着上去了。"

林妙雪跟在他身边："瞧你虚的，得好好补补。"

余仲君色眯眯地看她："多补有用吗？"

林妙雪低头笑："你难道自己不知道啊？"

一行四人来到胥鸣寺门口，古刹不大，却显古老。匾额上"胥鸣寺"几个字苍劲有力，落款为清康熙十五年东江知县凌止淹。门前一只大香炉，烛台上燃着几支大红烛，炉里燃着残香，寺里零星有几个游人。一名老僧人留着长髯坐于大雄宝殿门侧的条案前，面前放着一本厚厚的功德簿，对走过的游人似见非见，一副超然物外的神态。

四人进了大雄宝殿，见正中供奉着观世音菩萨。菩萨雍容端庄，慈眉善目，俯视着面前的众生。麦思源第一个跪在蒲团上，双手合十，口中念念有词，朝着菩萨顶礼膜拜。接着刘婧、林妙雪跪在他的两边也朝菩萨跪拜。三人的表情庄重，看似十分虔诚。余仲君起先在旁边看着，既不拱手也不跪拜，林妙雪走过去："你怎么不拜啊？"

"我也信也不信，可拜可不拜。只要心中有佛，跪拜与否，只是形式而已。"

"只是你到了菩萨面前，最好还是拜一下。我都为咱俩许了愿了，你连拜都不拜？"

"你为咱俩许了什么愿？"

"你拜了我再告诉你。"

"亲爱的，你看我这身份，哪能搞烧香拜佛这一套？"

"你这身份怎么啦？人家古代县太爷还为寺庙题匾额呢。"

"那是什么年代啊。咱们共产党人信奉共产主义，不兴这个。"

"不就抽个签吗，干吗还上纲上线的！"

"好好好，我说不过你，那我一会儿也抽个签。"

"你必须先拜，只有拜了才灵验。"

麦思源、刘婧走了过来。麦思源帮腔："是啊，拜过之后再抽签比较好。"

余仲君："行，那我也拜一下。"

余仲君朝身后瞧瞧，看没有游人，便走到蒲团前，双膝跪了下去，双手合十，对着观世音菩萨，叩首膜拜，并且连拜三下。然后，双手托起签筒，"哗啦哗啦"摇起来，一会儿，一支签从签筒里掉到地上。余仲君放下签筒，捡起竹签，站起身来，朝身后和左右看看，生怕被人看见似的。

林妙雪上来抢过竹签去看，上写第二十九签。她高兴地挽着余仲君的胳膊："走，我们请大师解签。"

余仲君看看身后远处的游人，用力把林妙雪的手甩掉了。林妙雪鼻子里"哼"了一声。他们来到门侧条案前，将求来的签递给长髯老僧。麦思源和刘婧也一起过来听老僧解签。老僧接过签来，拿在手里看了一眼，起身到身后的条目中抽出第二十九支签条，拿到余仲君面前。对余仲君说："恭喜施主，抽到了上上签。"

林妙雪接过来，看着上面的小诗，念道："明不相刑运不通，子星迟滞岂嗟容。丹桂月中今已种，万裹秋光一树红。"

林妙雪："运不通还上上签？这什么意思，请大师帮着解一解吧！"

老僧人："行，我来看一看。施主早年运势欠佳，但不影响后势前程。命中有子，但来得稍晚。施主善缘已经种下，只等时机一到，皆将圆满。"

余仲君："大师，早年是指什么时候？"

老僧人："应该是二十岁前。"

余仲君："那时候家里苦，考不上大学，就去当兵。后来上军校、提干都比较顺。可是，大师，你说我命中有子，这个好像不太准。"

老僧人："施主命中有子，因姻缘未到，而来得较晚，施主不必对此耿耿于怀。好在善缘已经种下，只等机缘到来，万般圆满。"

余仲君："可是我妻子年岁已高，恐不能再生育。"

老僧人："得姻缘之人，结姻缘之果，此女非正配妻室。请施主要善待有缘人啊！"

余仲君默默点头，朝林妙雪看了一眼，与林妙雪目光相接。两人都不作声。

麦思源："恭喜余书记，善缘得种，有缘人不就在眼前吗？"

林妙雪嗔怪地："胡说什么呢，谁是他有缘人？你们男人真讨厌。"

刘婧鼓掌："太好了，太好了。我也去抽一签，让大师给我解一解。"

说完，她拉着麦思源的手朝签筒走过去。

当晚，余仲君、林妙雪回到碧海情天二十九号别墅，余仲君站在二楼房间落地窗前，手里端着一杯红酒，不时抿上一口，眼望着窗外的大海，沉默不语。

林妙雪走到他身后，双手抱着他的腰，柔声说："亲爱的，你从胥鸣寺回来，一直默默不语，到底怎么啦，哪儿不舒服吗？"

"没有，我就是想静一静，脑子里有些乱。"

"我知道你在想什么？"

"想什么？"

"你下午听了大师的话，说你命中有子，激动了呗！"

"激动啥啊，都一大把年纪了。"

"那你肯定在想，我的儿子应该跟谁生呢？"

"妙雪，你别乱想了。还能跟谁生？"

林妙雪扳过余仲君的肩头："老实告诉我，你到底想跟谁生？"

余仲君一口喝掉杯中的红酒，把酒杯扔到地上，一把将林妙雪抱起来："小调皮，我就跟你生，就跟你生，怎么样？"

余仲君抱着林妙雪把她抛到床上。林妙雪故意尖叫一声，余仲君顾不得其他，一下子把林妙雪压在了身下，两人缠绵起来。

……

过了一会儿，两人疲惫地躺在床上。林妙雪趴在余仲君胸前，用手抚摸着余仲君肩胛骨上的伤疤："亲爱的，你的伤疤现在还疼不疼？"

"阴雨天还是会有酸酸的感觉。"

"你这可是战功！你真了不起！"

"这有啥！上过战场的，哪个不挂个彩？赵达声不也是，不过他是脑震荡，外头看不出，伤在里面，失忆了三年。"

"你说你救过他的命？"

"是啊，严格说起来，他也救过我的命。有一次我带一个班抵近侦察，回撤时遭遇敌人巡逻队，起先他们以为是自己人，靠近时从钢盔的反光中看出破绽，双方交火。结果我们被多于三倍的敌人围住，幸好赵达声带人来接应，否则我早就报销了。"

"哎，那是不是因为这个，你才娶了王玉兰？"

"不是。赵达声失忆后，谁也不知道他去了哪里，生不见人，死不见尸。本来部队是按失踪人员向上报的，后来不知怎么把他按牺牲人员报了上去，所以大家都以为他牺牲了。"

"后来你就娶了王玉兰？"

余仲君抚摸着林妙雪的背，沉思了一会："这个事情现在的年轻人是没法理解的。那个时候，人都特别单纯，我啥也没多想，老赵一走，丢下孤儿寡母，我就是一心想照顾她们。特别是想把他的儿子拉扯大，以慰烈士英灵。后来，我觉得自己也离不开小军娘俩了，我们就结婚了。又过了一年，赵达声才从兄弟部队找过来。当时我们都蒙了，就跟做梦一样。我想过，把娘俩还给达声，可是他不干，他说这个家不能再拆散一次了。那时小军与我的感情已经很深了，对达声反而陌生，所以达声也不愿意把小军带走。其实，我知道赵达声那时的心里有多么痛苦。但是，又能怎么样呢？我俩找了个地方喝了个酩酊大醉，过后，赵达声就回新部队去了。没过多久，我就到地方工作了。没想到，赵达声后来找的老婆是我的同乡，之后，我们两家每年都要见几次面，两家的关系也像一家人一样。更没想到的是，三年前，赵达声随妻子转业到了东江，又和我搭班子。那时候，他是连长，我是副连长。现在，我是市委书记，他是纪委书记。你说人生是不是像做戏一样，转来转去，又转到了一起。"

"唉，太感人了，真的让人不敢相信。那时，他比你大。现在，你比他大。这些倒没啥，我就是不知道王玉兰和许盈到底能不能相处好，两个女人，这样的关系。"

"这个倒还好，王玉兰就像大姐，许盈就是小妹。大姐可以包容小妹的任何任性和偏见。我真的很佩服王玉兰，她虽然是我的老婆，但她从来没有向我提过半点过分的要求。有人把大地形容为母亲，而如果把王玉兰这样的母亲形容为大地，我觉得一点都不过分。因为她从来都没有什么过多的欲望，她只是用她的善良、真诚、无私回报着身边的每一个人。"

林妙雪不服气："既然她那么好，那你为什么还要和我好呀？"

"我也不知道，也许是缘分吧。"

林妙雪用手指点了一下余仲君的额头："哼，虚伪……"

早晨上班时间，东望镇大岙村村民薛亮带着三四十人到市信访局上访。他们堵住大门，有的人甚至还封堵了信访局门口的马路，截停过往车辆。这时，市纪委信访室主任江志华正好来值班，一眼认出在东望镇"下访"时见过的薛亮。他看到薛亮在那里大呼小叫，搞得跟造反派似的。

　　江志华走过去："薛亮，你干吗呢，有话好好说！"

　　薛亮看到江志华，便走了过来："噢，你这位领导我在哪儿见过。我带着咱村里人来上访，上回你们那个什么赵书记下访时发现的问题，到现在都没有解决，所以我们只好向市委、市政府反映。"

　　江志华严肃地说："反映就反映呗，干吗搞得跟流氓闹事似的。你再不收敛，警察把你抓进去，你相不相信？"

　　薛亮好像被江志华震住了，愣了一下："吓唬谁呢，真是的。行，行，咱们一会儿进里面好好说。听着啊，老少爷们，先把路让开，一会儿咱到里面好好说。"

　　说完，薛亮挥了挥手，村民们都散到两边把路让开，车辆通过，道路才开始畅通起来。

　　接着，江志华让薛亮选了三名代表来到信访接待室，然后问："你们反映什么问题，有材料吗？"

薛亮："我们没有材料，我们还是反映大麦印染有限公司污染的问题。"

江志华从隔壁办公室找来一名干部，对薛亮他们说："你们一个一个说，谁先说？"

"我先说，其实大岙村的污染问题，上次赵书记下访时都安排过。但是，他们只是象征性地处理了一下，根本没有起到效果。最近大麦印染还是照常在排污，只不过由原来的白天改为晚上，由明管排污变为了暗管，但是排污的量没有减少。这里是我用手机拍的照片。"说着，薛亮掏出手机给江志华看。江志华接手机，一张一张仔细地看了看。

江志华："你把这些照片拷给我。"

薛亮："好的。"

江志华从其他人那里借来连接线，把薛亮手机里的照片都拷进了电脑。

江志华："你们反映的问题，大部分我们也掌握的，只是上次把问题交给了职能部门去处理，他们处理偏轻，也不彻底，留下了后患。你们放心，这次我们一定督促职能部门严厉查处相关责任人，按照《环保法》规定，依法查处，绝不手软。你们先回去吧，你们一定会看到查处效果的。"

薛亮："行，就再相信你们一次。那我们回去了，谢谢领导！"

江志华将他们送到门口："慢走。再见。"

薛亮与上访村民回到大岙村，大家在不同的路口分开。最后，还有十多位村民与薛亮一起骑着摩托车轰隆隆地从乡村公路往家里赶。到村口附近时，大家看到路边停着两辆金杯面包车，车旁站着二三十人，其中一人是本村村民薛大脚的大儿子薛冲。他们穿着统一的保安制服，人手一根铁棍，虎视眈眈地看着薛亮他们。薛亮开在第一个，他看到这帮人来者不善，在不远处将摩托车停了下来。保安们看看薛亮他们，似乎在那里讨论了一下，然后冲着薛亮他们直冲过来。薛亮一看不对，大喊一声"快跑"，便掉头往回跑。哪曾想他们几辆摩托车一时掉头不及，堵在一起。保安们一下子冲上来，抡起铁棍就朝着薛亮他们头上、身上、车上猛砸起来。

跟在队伍后头的几名村民勉强掉转车头，向来路上逃去，保安们追了几步没有追上。大多村民被这突如其来的袭击砸得车毁人伤，几个人都血流满面，躺倒在地上。薛亮捂着血流如注的额头，痛苦地问薛冲："薛冲，你们为什么打人？"

薛冲："为什么！老子什么人你还不知道啊。你小子太多嘴，知道吗？多嘴就得挨揍。啊，告诉你，下回你再多嘴，可不会再这么便宜你了。今天老子看在咱俩同村的份上，放你一马。兄弟们，咱们走。"

一伙人乘上面包车，朝着村外绝尘而去。

江志华、宋天意正在向赵达声汇报初核许兆丰和刁梦良、石尚清的情况。

江志华："前阵子我带着室里的同志，对有人反映的问题线索进行了初步核查，调取了刁梦良、石尚清、许兆丰及他们的家庭资产情况，发现都是一些正常的工资收入和家庭开支进出，没有发现什么问题。对了，刁梦良的账户上，基本上都是一些消费支出，有一些是高消费，每月工资基本上都花光，就是所谓的'月光族'。其他好像也没有什么问题。"

赵达声："天意，你那边有什么情况？"

宋天意："前一阵子，我对大麦印染的排污进行了暗访，发现他们的排污确实做得更加隐蔽了，由原来的不分昼夜地排，改为下半夜和凌晨进行；排污的方式也由明管改为暗管。但是，排污的量基本没有减少。上次对大麦印染进行处罚后，大麦集团的副总兼大麦印染的老总孟大海，带着人挨家挨户地进行了安抚，象征性地给予村民一定的经济补助。"

江志华："他们是想堵村民的嘴巴。对了，前两天大峁村村民薛亮，就是上回把石尚清扔进污水河的那个领头的，带着三四十个村民到信访局上访，反映了同样问题，要求对大麦印染进行查处。"

赵达声皱着眉头："光这么点线索还不行，还得继续查啊。"

此时，办公桌上的电话机响了起来。

赵达声："喂，您好，我赵达声。噢，您好！您说……"

赵达声揿下了电话机上的录音键。

"您说您是大麦集团的财务总监，噢，蓝洁。有证据，噢，可以，可以。在哪里？两岸咖啡，好的，晚上九点。一个人来，没问题。行，那晚上见！好，再见，再见。"

赵达声放下电话："这个人自称是大麦集团的财务总监，叫蓝洁。她说手头有证据，可以证明大麦集团向有关政府官员行贿。但她电话里不便说，必须见面详谈，约了晚上九点在两岸咖啡。这样，你俩都去，一起看看什么情况。"

宋天意："她不是要您一个人去？"

赵达声："你不会躲我远点的啊！傻！"

宋天意嘟哝："我这胃，又不能喝咖啡，我怕露馅。"

江志华："你喝茶就行了，咖啡馆又不是光卖咖啡。"

宋天意："啊，咖啡馆还卖茶？"

江志华："还说你以前是公安的优秀侦查员呢？我看啊徒有虚名。"

宋天意："我哪管这玩意儿。"

赵达声："好了，你们提前去踩个点，订好座，做好录音录像准备。记住，一定要说是我订的。"

宋天意、江志华："好嘞。"

晚上九点差十分，赵达声走进两岸咖啡馆，服务员领着赵达声朝里面走，拐上二楼的楼梯。赵达声看到宋天意和江志华已经坐在里面，三人相互装作没有看到。

赵达声坐在座位上，左右看看，客人稀稀拉拉的，不多也不少，都小声说着话。客人中青年人不多，大多是中年人，似乎都是谈事儿的。赵达声抬腕看看手表，时针已经指向九点十分，他拿过桌上的价目单翻看着。这时，随着高跟鞋的声音渐近，一双红色高跟鞋出现在他的视野里。他抬头一看，只见一位三十出头的漂亮女士站在面前，围着一块素色的丝绸围巾，穿着一件淡粉色的风衣，正微笑地看着他。

"请问，您是赵达声？"

"是啊，您是蓝洁女士？"

"我是蓝洁。"

"噢，您好！请坐，请坐。"

蓝洁脱下风衣搭在椅子上，露出白色带花边的低领薄型羊绒衫。她坐在赵达声对面，眼睛里闪着亮光，盯着赵达声。

"赵书记，您很准时啊。"

"还行，多年部队养成的习惯。您喝点什么？"

"黑咖啡，不加糖。"

赵达声摁了一下桌上的呼叫按钮，服务生走了过来。

赵达声对男服务生说："一杯黑咖啡，一杯龙井茶。"

"您到咖啡馆还喝什么龙井茶。"

"我喜欢喝茶，喝不惯这些个洋玩意儿。蓝小姐，您有什么情况可以直接跟我说，我会严格保密的，请您放心！"

"急什么？赵书记，这么好的环境，这么好的机会，我们可以多聊聊。"

赵达声一怔："噢，环境是不错。蓝小姐想聊什么，恐怕我这个粗人言语粗俗，坏了您的兴致。"

蓝洁娇笑着说："您以后不要称我什么小姐，我讨厌这个称呼。"

"噢，对不起。蓝女士。"

蓝洁撒娇似地说："这个称呼我也不喜欢，听起来像老太婆。我有那么老吗？"

赵达声有些尴尬："那我该怎么称呼您呢？"

"您就叫我蓝洁或者小蓝就可以了。"

"好的，蓝洁。那有什么情况，您就直说吧！"

"我现在还不想说，我要你陪我聊聊天！"

赵达声一听，不对劲啊。"对不起，我没有时间聊天。如果没什么事儿的话，我就先走了。"

赵达声说完站起身来，做出欲走的样子。

蓝洁连忙说道："哟，脾气还挺大啊。好，我说。你查的那些人，他们的钱都没放在自己的账户上，公司里给他们每人一张卡和密码，谁的卡不要紧，有密码就可以了。"

赵达声一下子又坐了下来："那办的是谁的卡？"

"你先坐着，急啥，咱们慢慢聊嘛。"

赵达声正色道："蓝洁，你能不能把情况一次性都告诉我，我真的没那么多时间聊天。"

"不能。你以为我很空吗？我也很忙的。"

"那行，你尽量快点儿。"

"我不喜欢太快，我做喜欢的事情，就是喜欢慢慢地享受。"

那边，宋天意和江志华坐在角落里，背对着赵达声他们。从监听设备中听到赵达声和蓝洁的对话，宋天意"扑哧"一声笑了。

"江志华，老伙计，你听到了吗？咱们的赵书记碰到难题了。"宋天意笑道。

"这个女人不好对付，不知道她的葫芦里到底卖的什么药？"

"放心，再狡猾的狐狸也斗不过好猎手。"

江志华偷笑："就怕猎手被漂亮的狐狸迷惑了。"

"你难道信不过咱们赵书记？"

"我没这么说，我是指一般情况。"

"行了，别说话，再听听。"

蓝洁慢条斯理的说话方式，让赵达声有些着急："蓝洁，你能不能说得详细一点，这个情况很重要。"

蓝洁："可以啊，不过不是今天，也不是这里。谁知道你们在这里布下了什么机关，我不想在被人监视监听的情况下谈事情。"

赵达声有些着急了："那你想怎么样？"

"再说吧，看我什么时候心情好了，再约你吧。行了，我走了！"说完，蓝洁站了起来，看赵达声坐着没动，蓝洁把风衣递给赵达声。

蓝洁抱怨："怎么，你也不帮我把风衣披上，一点男士风度都没有。"

赵达声接过她的风衣，走过去给蓝洁披上。蓝洁笑了。

"我们走吧。"

说完，蓝洁顾自往楼下走去。赵达声犹豫了一下，跟着蓝洁往楼下走，路过吧台的时候，拿出一百元钱递给收银员："二楼雅座。"

蓝洁出了咖啡馆的门，朝外挥了挥手，一辆的士驶了过来。蓝洁回头朝赵达声瞧了瞧。

蓝洁挑衅似地说："怎么样，赵书记，您敢不敢跟我走？您如果敢跟我走，我就把知道的情况都告诉您。"

"我赵某人都是死过几回的人，我怕什么。"

"够男人，走。"

蓝洁打开出租车门，首先坐了进去，赵达声紧跟着坐进了出租车里。车子转一个弯，上了大路，一溜烟跑走了。

宋天意和江志华从楼上追下来，看着出租车载着赵达声和蓝洁开走了。两人面面相觑，一脸疑惑。

赵达声和蓝洁并排坐在出租车内，蓝洁用眼睛瞄着赵达声，脸上浮着暧昧的笑。出租车司机从内视镜中不时看看他俩。赵达声也不时从内视镜中看看司机，有些拘谨的样子，甚至连话都不敢说。

"老赵，你平时晚上很少出来吧？"蓝洁问道。

赵达声一听，似乎舒了一口气："噢，是啊，是啊，平时在家看看电视，没啥事儿，就早早睡觉了，早睡早起身体好嘛，年纪大了，岁月不饶人啊。"

"你年纪大啥？按照最新的联合国世界卫生组织年龄划分标准，四十五岁至五十九岁为中年，你也就是中年中的中年，年轻着呢。"

"甭再跟我提年轻这两个字。不如说我老当益壮，听着还顺耳些。"

"这个我可不敢说，得问你夫人才知道。"

赵达声有点不好意思："你想哪儿去了。"

车子出了闹市区，朝着城市新区驶去。绕过胥鸣山脚，是一个天然水库，当地人都叫它镜湖。湖面广阔，面湖坐落着一片别墅区，最中心的位置是遗留下来的一批民国西式老别墅。车子在其中最大的一幢三层老别墅前停了下来。

赵达声："这是哪里，到这儿干吗？"

蓝洁不说话，付了车钱，打开车门，下了出租车。

赵达声也跟着蓝洁下了车，司机调转车头在赵达声跟前停了一下，向赵达声竖起大拇指，说道："哥们儿，你老赵厉害！兄弟我也姓赵。"

赵达声朝他看看，摇了摇头，顾自朝前走。

蓝洁停下脚步："你倒是走快点儿，侦察英雄。"

赵达声走上前去，蓝洁在前面带路，走到老别墅的大铁栅门前，掏出钥匙，打开了铁栅门。

蓝洁手往内一摆："进来吧。"

赵达声也走了进去。蓝洁把门从里面锁上，然后又去开一楼的正门。两人一前一后走进了别墅里。

老别墅里面处处充满着西洋式古典浪漫情调，装饰、家具、沙发、灯具、地板、酒柜、窗户都是民国西洋风格，只有空调、冰箱等电器显示出一些现代气息。蓝洁进到屋里，摘下围巾，脱掉风衣，显露出凹凸有致的身材。她回头指着沙发，对赵达声说："您先坐，想喝点什么？"

蓝洁一扭一扭地走到酒柜前，拿出一瓶外国红酒，取出两个酒杯，来到茶几前，将酒杯放在茶几上。赵达声进屋后，打量着屋里的一切，警觉地看着里面的每一个角落，然后走过来坐到沙发上。蓝洁为两个酒杯倒上酒，拿起其中一杯，用火辣辣的眼神看着赵达声。

"赵书记，欢迎来到镜湖别墅，这是一个私人会所，目前归我自由支配。您不用这么紧张，就跟自己家里一样。"

"你这别墅可是市级文物保护单位，啥时成了私人会所了？"

"赵书记，您若啥事都要上纲上线，就真没劲。您管他什么单位，现在就是我们俩的，来，喝一杯。"

蓝洁将手中的酒杯对着赵达声面前的酒杯碰了一下。

赵达声正气地说："我说过，我喝不惯这些个洋玩意儿。你有什么情况现在可以说了吧？"

蓝洁挨着赵达声坐了下来，赵达声往旁边挪了挪身子。

　　"我从小仰慕英雄。听说赵书记曾经是侦察连连长，深入敌区侦察，几经生死考验，后来当了英雄团团长，真是太了不起了。您就是我心目中的英雄，来，我敬您一杯，以表敬意。"

　　赵达声回绝："我跟你说了，我不喝这玩意儿。"

　　蓝洁喝掉杯中的红酒："真遗憾，英雄不喝酒，怪不得赵书记的身上缺少了一股子豪气，一股子军人才有的那种豪气。"

　　赵达声呵呵一笑："你错了，豪气不是爽快喝酒，豪气也不是莽撞胡来。你别忘了，咱们是来谈线索的，你迟迟不切入正题，似乎也不像女中豪杰啊！"

　　蓝洁媚眼如丝："我可不想当女中豪杰，我只想做一个温柔似水的小女子。"

　　赵达声："那就请小女子谈谈，你们给刁梦良、石尚清、许兆丰的卡办在哪家银行，是用谁的名义办的，给每张卡打过多少钱，有没有汇款凭证？"

　　蓝洁发着嗲："哟，赵书记，您一下子提那么多问题，我的头都晕了，我先回答哪一个好啊？"

　　赵达声认真地说："一个一个回答。"

　　蓝洁挨近赵达声，扶着头，娇喘吁吁："让我想一想，让我想一想。银行嘛，好像是工商银行，噢，不对，是建设银行。也不对，一个是工商银行，一个是建设银行，还有一个嘛，噢，也是建设银行。谁的名义呢，让我想一想……"

　　蓝洁的脸忽然向着赵达声的脸贴过来，双手同时抱住了他的脖子。

　　赵达声一惊，猛地站起身来，一下子把蓝洁甩在沙发上。喝道："你干什么？严肃点！你要是认为我赵达声也是拈花惹草的男人，你看走眼了！要是那样，我就不叫赵达声了。"

　　看着赵达声生气了，蓝洁反而笑了："果真是大英雄，我就是喜欢您这样的男人，喜欢您的铮铮铁骨。"

　　"别跟老子说这些个没用的废话，说正事吧。"

　　蓝洁娇滴滴说道："哎呀，赵书记，您先坐下来，别老是吹胡子瞪眼睛，我害怕嘛。这样，您把这杯红酒喝掉，我跟您慢慢说。"

蓝洁走过去拉赵达声。赵达声一把甩开她的手："别跟我拉拉扯扯的。酒，我不喝，你要说就痛快点，不说我走了。"

说完，赵达声转身朝门口走去。到了门口，伸手刚要拉门，门却打开了，从外面闪进来四名彪形大汉，挡住了赵达声的去路。这时，从楼梯上响起脚步声，一个人边鼓掌边从楼梯上走下来。赵达声一看，是麦思源。

麦思源："精彩，精彩。英雄能过美人关！果然是大英雄！佩服，佩服。"

赵达声："麦思源，果然是你。你这唱的是哪一出啊！把我弄到这里来。"

麦思源走下楼梯，来到沙发前，一屁股坐在沙发上，将茶几上杯中的红酒一口喝掉。

麦思源："赵书记，干吗那么紧张啊！来，先坐一会儿，咱们好好聊聊。"

赵达声看看身后四名彪形大汉，又重新走回沙发跟前，坐在麦思源对面。麦思源向蓝洁示意了一下。蓝洁又去拿了一个酒杯走过来，在杯中倒了小半杯酒。

赵达声："我说过多少遍了，不喝这洋玩意儿。"

麦思源："那就倒杯上好的龙井。我这可是雨前龙井，是杭州龙井村十八棵老茶上摘的，稀有之物。"

蓝洁重新去酒柜中取了玻璃茶杯，放了两匙茶叶，拿起精致的锡壶，壶嘴凤凰三点头，茶叶在清澈的开水中上下翻滚。她用茶托将茶水端过来放在茶几上。

麦思源："请。"

赵达声端起玻璃茶杯，看了看杯中龙井的嫩芽尖，放到鼻子底下闻了闻，深深地吸了一口气。

"醇香浓郁，色带嫩黄，水质清澈，好茶，好水！嗨，有钱就是好啊，这么好的茶，一斤恐怕得抵咱们一个月工资吧。"

麦思源一脸轻松："恐怕还不止呢。赵书记要是喜欢喝，雨前龙井茶，我管够。"

"这么好的茶，谁不喜欢喝。但是，我怕呛着喉咙。麦总，有话直说吧。"

"赵书记还是军人作风，爽快。赵书记回到地方也快三年了吧？"

"三年多了。"

"您看，平时咱们都忙，也没好好交流过，甚是遗憾。"

"我觉得没啥好遗憾的，话不投机，越交流越难受，还不如不交流。"

麦思源笑笑："我就直说吧，赵书记，东江市的政治经济生态一直都不错，咱们大麦集团稳步发展，去年跨入了全省百强企业，成为东江的纳税大户。可是自从您来到东江之后呢，东江就开始有些鸡犬不宁了。腐败的官员增多了，行贿的老板增多了，百姓怨气增多了，经济指标下降了。您到东江当纪委书记的三年，就是东江不和谐因素最多的三年，您看这是不是您的问题？"

赵达声哈哈大笑："麦总，你讲反了吧！这几年东江市贯彻中央和上级的指示精神，狠抓党风廉政建设和反腐败工作，成效明显，受到了百姓的拥护。这几年，抓出的贪官和行贿的老板增多了，百姓参政议政意识增强了，愿意到政府部门反映问题了，而全市的经济指标除涵盖主城区的江城区增长微弱外，其余县市区都实现了连年增长，平均增速今年有望超过 7.5%。你所说的不和谐因素，应该是来自于你的那个惯走歪道的小圈子吧？"

麦思源干笑两声："算您说对了，这也就是今天请您来的原因。我叔叔在东江任职多年，建立了不错的根基。我大麦集团靠着大家的关心厚爱，从无到有，从小到大，一步步走到了今天。我们容易吗！您查处的那些官员，跟您交个底也没关系，他们都是我的价值同盟，拿你们的话说，就是利益集团。他们为我办事，我给他们应得的报酬，我觉得这很公平。这个世界，只有钱可以让人的价值达到公平。在这个同盟里面，你的政治地位高，可是你缺钱，我给你钱；我政治地位低，他们就给我机会挣钱，使我更有钱。在这个世界上，唯有金钱可以把人的地位、美丑、尊卑甚至善恶等等全部拉平，让大家没有高低贵贱，没有尊卑荣辱，这就是我们的和谐。"

赵达声呵呵笑道："你说得很动听，但是我问你，你们置天底下的黎民百姓于何处？他们的人生疾苦，他们的喜怒哀乐，他们的生老病死，谁来管？"

麦思源不屑地说："这些都是贱民，贱民只能让他们自生自灭。"

赵达声一下子瞪起双眼："我告诉你麦思源，在东江市，谁让百姓难过，我就会让他更难过；谁刁难百姓，我就刁难他；谁贪赃枉法，我就让他寝食难安，胆战心惊，绝不让他过舒坦日子。"

麦思源破口大骂："我看您这人心理有病，不对，心理变态！"

赵达声正色地说："我是有病，也许真的是变态。我的病就是对腐败分子深恶痛绝的病，看到贪官绳之以法，看到行贿者锒铛入狱，我就浑身舒坦，我的病就会自愈。一旦不抓贪官了，我又会犯病。我就是这么一个人，没办法。也不知啥时落下的毛病。怎么？你想给我治治？"

麦思源气得有些语无伦次："行，您达声果然厉害，我说不过您。我希望您的病越重越好，想不想看看我给您开的药方？"

"说来听听。"

麦思源指了指别墅："您觉得这幢别墅怎么样？"

"当然好啊。"

"这样，这幢别墅给您，再加一千万元，瑞士银行的账户。"

赵达声反问："一千万元？"

麦思源肯定地说："美元。"

"这么多钱？让我想一想。"

麦思源微笑地看看赵达声，再看看蓝洁。

"这么多钱，我有些担心啊。"

"赵书记不用担心，天知地知我知你知。"

"我不是担心这个，我担心这么多钱，我花不完怎么办？咱们是小户人家，花不了那么多钱。将来儿子女儿孙子孙女也花不完啊。你这么大方，给我那么多钱，你不怕亏本啊！再说，我拿了这个钱，我就是你们那个什么价值同盟的一员了吧，那我就得听你的了。这个不妥，我当兵后，自从当上班长以来，从来都是人家听我的，我没有听过人家的。我只听组织的，这个不妥。我还是不要了，这样过得轻松一点。"说完，赵达声站起来："算了，你们根本没打算告诉我什么。我走了。谢谢你的龙井。再见！"

赵达声起身朝门口走去，到了门口，那四名彪形大汉又把他拦住了。

麦思源也站起来，又道："赵书记，我这帮兄弟早就听说您是上过战场的侦察连连长，他们平时也喜欢练练，这次碰上了，就不想错过这个讨教的机会。希望赵书记不要让他们失望啊。"

赵达声环顾一周，笑了："这儿也没地方啊，麦总，你不怕把你的东西碰坏了啊？"

麦思源："这儿有地方，不知赵书记肯不肯赐教呢？"

赵达声："赐教不敢当，与大家切磋切磋倒是可以。"

"那咱们到运动房吧。"说完，麦思源朝着客厅一角走去，四名彪形大汉朝麦思源方向推了一把赵达声，赵达声便跟着麦思源走去。到了边上的角落，赵达声看到往下是一个楼梯，楼梯下是地下室。他顺着楼梯往下走。只见地下室地面铺着实木地板，中间立着六根柱子，包着一层橡胶，边上放着两排长条凳子，角落里有一个冰箱，另两个角落立着两台立式空调。几个人一起来到运动场上，麦思源和蓝洁自觉站到一边。赵达声把夹克外套脱下来，放在一边的凳子上，然后往当中一站，边活动四肢，边冲四名彪形大汉笑笑。

赵达声："我看时候不早了，我也想早点回去了，干脆你们四个人一起上吧！"

四名大汉互相看看，其中一个长满络腮胡子的男人说："赵书记，咱们知道你有两下子，但也不能这么瞧不起人吧，好歹咱们也练了十来年了。"

赵达声："不是瞧不起你们，这是事实。"

男子道："得，让我先来领教领教，看看咱们的侦察英雄到底有什么真功夫。"

"行啊。"赵达声在男子面前随意一站，一掌护住腹部，一掌指向那个长满络腮胡子的男人，两脚也一前一后，浑身放松的样子。男子身材高大，势大力猛，上来对着赵达声的面门就是一记重拳。赵达声纹丝不动，似乎在等着他的重拳出击，等到男子的拳头离面门半寸距离的时候，他身体稍向下坐，手掌从侧面一拨男子的拳头。男子的拳头便偏向一侧，似乎挨上了赵达声的面部，但又没有碰到。男子看到一拳落空，急忙回撤，赵达声顺着男子回撤的劲，一个弓步击掌拍在男子的胸口。男子当场飞出三米开外，趴在地上，挣扎了几下没爬起来。赵达声收起架势，看着另外三人："下面谁来？"

一个大高个站到面前，说了声"让我来"，话音未落左拳虚晃一招，右脚却朝着赵达声的裆下踢来。赵达声一步跳开，大高个再起左脚，赵达声再让，大高个以为得势，飞身跟进，没想赵达声一个回身摆莲，一脚正中大高个面部。大高个"啊呀"惨叫了一声，扑倒在地。

赵达声站在另外两人面前，冲两人招了招手。两人对望一眼，一起冲了上来，一前一后夹攻赵达声。赵达声两掌前后格挡，然后左右两个蹬腿，利索地把两人全部蹬倒在地。

麦思源和蓝洁看呆了，赵达声一句没留下地离开了别墅。

第二天晚上，赵达声在自家房间里的电脑桌前，戴起老花镜，闷头在键盘上敲打着。许盈洗漱后，来到房间准备睡觉。她站在赵达声的身后，朝电脑屏幕上看了看，见赵达声没反应，推了推他的肩膀。

"今天星期天，你跑哪儿去了？一整天都不着家，小丰他们来过了，还给你带了法国名牌西服呢，你试一下吧。"

"知道了。"

"你天天穿件夹克，该换换行头了。"

"夹克穿着舒服，西装太一本正经了。"

许盈说着去柜子里拿衣服。她拿出装衣服的袋子，取出衣服，抖搂开了。

"老赵老赵，来，试试，看合不合身。"

赵达声看了她一眼，说："不试，下回让他拿回去。"

"为什么，你什么意思？"

"不为什么，进口名牌西装，不符合咱这身份。我可没这个福分享受。"

许盈不满道："说什么呢，我弟弟从国外带件衣服，不就是件衣服嘛，有那么严重吗？你这人真是的，没劲！"

"哎呀，我正忙着呢！西装不就那个样子，只要身高对了就不会错，你还不知道你老公的身材啊。"

许盈疑惑地说："你不愿意要小丰的礼物，该不会是在怀疑他的钱来路不正吧？"

"没有啊，你别瞎说。"

"我可听说了，你们正在查环保局的领导和小丰。有没有这回事？"

"别听人家瞎说，睡觉！"

"跟你说点正事，你就烦。我可告诉你啊，再怎么着，对小丰你可得照顾好，你不知道咱姐弟俩当初相依为命，多么不易。他要是出个什么事儿，我也没法儿活了。"

赵达声不耐烦地说："知道了，你放心吧。"

第二天，赵达声召集纪委分管案件的领导，召开问题线索分析会。欧阳春、宋天意、孙海、江志华及相关处室负责人列席会议。

赵达声："今天的问题线索分析会，我们专题研究一下大麦印染有限公司污染案相关腐败线索问题。先请大家说一下手头掌握的情况。志华，你先说说。"

江志华："前期，市里组织领导干部下基层蹲点下访时，我跟随赵书记到东望镇实地下访，我们发现大岙村的大麦印染有限公司违法排放污染物，对环境造成很大破坏，当地一些群众身体出现多种病患，而且有的染病比较严重，影响了当地百姓的生产生活。工作组经问询市环保局，回复称大麦印染排放没有超标。后经省城权威机构检测，大麦印染排污超标严重。于是，我们责令市环保局对大麦印染做出处理，市环保局对其做出了限制其生产的措施，并给予罚款十万元。先不论处罚的轻重，大麦印染并没有减少排污，而是采取隐蔽的手法偷偷排污，由原来的白天转为夜里，由明管排污变为暗道排污，当地百姓意见更大，多次向有关部门反映情况。就在前几天，有多位村民向市信访部门反映问题后，回家途中遭到殴打。我这里掌握的情况就这些，请其他同志补充。"

宋天意："我也说说。据知情人反映，大麦印染排污案还涉及官员的腐败问题，涉及的政府官员有市环保局局长刁梦良、副局长石尚清，东望镇党委书记许兆丰。这三名政府官员存在着收受贿赂的重大嫌疑，然而知情人只提供了他们收受贿赂的方式，如直接使用他人银行卡进行套现和消费活动，其手段十分隐蔽。目前情况就这样。"

孙海："我说一下，前阵子，我根据市委领导的指示，对刁梦良、石尚清和许兆丰的家庭收入情况进行了调查，发现三人的家庭收入、消费基本正常。其中，刁梦良消费很大，每月工资收入都全部花完；许兆丰的房产比较高档，但是使用的是按揭贷款。表面上看，没有发现什么特别的异常情况。"

赵达声："对于可能存在的腐败问题，下一步如何查处，从何处入手，请大家发表一下意见。"

欧阳春："我建议从他们的家庭和个人消费支出、账户资金往来开始查起，也许能够查出蛛丝马迹，然后再抽丝剥茧，直至水落石出。"

赵达声："嗯，我同意欧阳春同志的看法。刚才前期三位参与调查的同志把了解到的情况向大家作了通报，疑点虽多，有效线索较少，看似正常，实则隐藏着重大的问题。同志们，绿水青山就是金山银山，环境问题事关百姓生产生活，对于环境领域的腐败问题我们必须严厉查处，绝不手软。下一步的调查，我着重讲几点意见：一是鉴于本人与许兆丰的亲戚关系，按照组织规定，我将回避对许兆丰的任何调查和处理。许兆丰问题的调查和处理由欧阳春同志负责。二是调查从三个人的消费入手，宋天意、江志华、孙海各带一个小组，核对三户家庭的大额消费支出明细，调查支出账户的资金与家庭所有账户支出是否相符，查找可能存在的问题。三是调查大麦集团财务总监蓝洁名下的所有银行卡和账户资金进出情况，核查与三名被调查人消费支出是否存在某种关系。四是通过电话、手机调查他们的朋友圈，注意使用多部手机和多个号码的情况。大家看看还有什么问题？"

大家齐声说："没有。"

赵达声："那好吧，散会。天意、志华，你俩到我办公室来一下。"

宋天意、江志华随赵达声来到他办公室，赵达声示意让他们坐下。

赵达声："天意、志华，周强局长的问题最近有什么进展？"

江志华："他们羁押周局长那么长时间，按理说，早就到期了，但是他们以发现新线索为由让公安重新勘查，查完后，再转到检察院羁押，这么来回倒，时间就被人为拖长了。如果没有人撑腰，准不敢这么做。"

赵达声点点头："嗯，我明白了……"

入夜，赵达声家高朋满座，省军区司令员廖先成和余仲君、许兆丰在赵达声家相聚，赵达声一家作陪。大家一齐举杯。

赵达声："今天，我们尊敬的老团长，与东江的战友在此相聚，我们非常高兴。这第一杯酒，祝老首长身体倍儿棒，吃饭倍儿香，快乐长寿！干杯！"

廖先成："哎呀，来到东江最高兴的事儿就是和你们几个见见面、喝喝酒。咱们不在乎喝多好的酒，吃多高档的菜，咱们主要是为了叙叙旧，一起回忆回忆走过的光辉岁月。你们在的时候，应该说是我们侦察连最辉煌的时候，又经历了战场血与火的考验。某种程度上说，咱们这支部队之所以取得那么辉煌的战绩，与你们侦察连有着密切的关系。如果不是你们提供了精确的侦察信息，那么打胜仗就好比无本之木、无源之水一样。"

赵达声："那还不是您老首长指挥有方。想当年，老首长您二十八岁干上团长，那真是英气逼人、才华横溢，那时咱们看到您就跟现在燕儿他们看到明星一样，既佩服又羡慕。"

余仲君："就是，说实话，当时您就是我的偶像。我二十四岁当副连长，我当时心里就想，要是我三十岁能当上团长该多好啊！"

许兆丰："那时我还是通信员呢，看到团长屁都不敢放一个。"

楚楚笑着说："舅舅是个胆小鬼。"

众人大笑。

廖先成："时间过得真快啊，转眼三十年过去了，真是弹指一挥间啊。那时候，达声刚刚成家，你们都还是毛头小伙子。你们侦察连最大优点是什么，你们自己知不知道？"

余仲君："是什么？机智？勇敢？胆大？"

廖先成："对，机智，机灵。但不是现在所说的抖机灵，而是在与敌人狭路相逢的时候，能够灵活机动，出奇制胜，获取最重要的侦察情报。"

赵达声："要不然，怎么当侦察兵呢。"

廖先成："这和你当纪委书记倒是挺对路啊，有点相像。"

赵达声："纪委书记难干啊！要是班子主要领导不配合的话，那就只能干着急，没有啥好办法。你又不能硬来，对吧。"

廖先成："怎么，老鱼头你不配合达声的工作？"

余仲君："哪能啊，你问问达声，我支不支持纪委工作？"

赵达声："支持，支持，就是还有些不够到位。比如，咱们市纪委调整议事协调机构的事儿，就一直没有完全落实。得了，今天趁着老首长也在，老鱼头你表个态，啥时间给我落实？"

余仲君："你这个达声，竟然在老首长面前将我一军。你这也不干那也不做，说实话，这些事儿其他人我还真托付不了，你就给我再顶一阵子吧。"

廖先成："哎，这就是你老鱼头不对了！这个事情我是清楚的，省委中心组专门学习了中央的指示精神，省纪委的议事协调机构也做了较大幅度的调整，这是中央的意思，你可不能打折扣。"

余仲君："我知道，我知道，这不正在抓紧落实吗！就是一下子运转起来还不够顺畅，所以让达声还兼着几个职务，下一步肯定会慢慢落实到位的。"

赵达声："还下一步呢？咱们都拖全省后腿了！如果到年底再不落实，省纪委那边你亲自去汇报！"

余仲君："行了，行了，就你事儿多！"

廖先成："你们俩啊，三十年前在一个班子共事，三十年后又在一个班子共事，那时达声是班长，你是委员；现在你是班长，达声是常委。你的儿子，也是你的儿子，你们要是再磨合不到一起，我都不知道怎么说了！"

赵达声："没有，挺好，挺好。老鱼头对纪委的事儿还是非常支持的。这个我承认。"

许兆丰端着酒杯站起来："老首长，我敬您一杯，希望您方便的时候到东望镇视察工作！我先干为敬！"

廖先成也端着酒杯站了起来："东望镇我知道，有一次抗台抢险，我带着省军区应急分队到东江抢险，在东望镇还住了一个多星期呢。"

许兆丰："不好意思，那时我还没到东望镇呢。不过，东望镇的百姓一定会记得解放军的好，记得您廖司令的。首长，我喝掉了。"

廖先成一仰脖，"嗞"的一声，把杯中酒一干而尽。

许兆丰："谢谢首长。"

这时，赵小燕也站了起来，端着饮料对廖先成说："廖司令，我可是从小就听着您的英雄故事长大的，我敬您一杯，您随意。不过，我有一个小小的要求，您能不能把我招去当兵啊！我可喜欢当女兵了。"

许盈："这孩子有一出没一出的，这会儿怎么又想出来要当兵了呢，你别跟着起哄了。"

许兆丰："哎，姐，这不是起哄，我觉得燕儿当兵没问题，准能考个军校当上女军官的。"

廖先成："燕儿要是有这个想法，那太好了。我保证，只要你身体检查过关，穿上军装没问题。"

赵达声："哎，这不行，老首长，您可是咱们全省最高军事长官，您在电视电话会议中，还强调要廉洁征兵呢，您不能带头搞特殊化啊！"

廖先成："哟，你这个小小的市纪委书记竟然管到省里的领导了，你反了你。燕儿，你想好了，真想去当兵，明天就跟我到体检站体检去，只要身体条件合格，我就敢要你。难道咱征兵还不允许挑好兵员了？听我的，这事儿跟你爸没关系。"

赵小燕："真的，太好了！那我明天就去征兵体检站体检。"

廖先成："嗯，我明天一早在征兵体检站等你。"

赵小燕："那咱们不见不散。"

廖先成："不见不散。"

赵小燕："谢谢廖伯伯！"

赵达声："首长，我差点忘了一件事儿。上次让你协调的我们监察局局长周强被人诬陷一事，不知有没有结果？"

廖先成："嗯，我跟麦副书记沟通过，他说了，肯定会查明真相，如果是诬陷的话，不但会为周局长平反，还要追究诬陷人的刑事责任。"

赵达声："他嘴上说得好，可是就是拖着不办，这事儿您说怎么办呢？"

廖先成："到时候我再和他沟通沟通，应该不是大问题。"

赵达声："这就好。"

这时，许兆丰贴着余仲君耳朵："余书记，您倒是帮我说说呀！"

余仲君："这个时候不合适。下次再说。"

廖先成："你俩嘀咕什么，有什么事儿当面说。"

余仲君："没事，没事。他说他们镇赵家圩村的百姓，因为我这些年每年都帮他们解决一些实际问题，所以每年都盼着我去看他们。今年到现在我都还没安排时间去，所以乡亲们老向他念叨。"

廖先成："是啊，百姓是最纯朴的，我们有时只给了他们一点点微不足道的关心，他们却全都记在心里，时时念我们的好。所以，咱们党员领导干部一定要把百姓的冷暖放在心上，真正奉行全心全意为人民服务的宗旨，才能对得起人民群众对党的信赖啊。"

众人连连称是。

林妙雪和余仲君好上了的事，最先是被她在东江师范的追求者骆嘉发现了。

一天天黑以后，骆嘉一个人躲在一棵矮茶树的后面，他带着一架长镜头相机和一个三脚架，他打开相机电源，将感光度、光圈、速度调到便于拍摄弱光的参数，将相机处于待机状态，然后静静地等待着。有人路过的时候，他就站起来假装随意看看，或者拨弄一下手机。

过了好长时间，前些天看到过的那辆黑色豪华轿车驶近了二十九号别墅。骆嘉赶紧打起精神，对准轿车的车厢。对方打开车门，扣上礼帽，关上车门的短短几秒时间里，骆嘉启动相机连拍功能，对着目标一阵狂拍，然后迅速离开。骆嘉回到宿舍，拿出相机连上电脑，然后一张一张地翻看着。他看了一遍又一遍，抓耳挠腮，就没有认清照片上的人。最后，他索性关掉电脑，打开电视，东江电视台正播放本地晚间新闻，余仲君正在电视机屏幕上考察农村冬播工作。骆嘉一看，一下子愣住了："余仲君书记……"

傍晚，赵小燕一走进家门，就甩掉鞋，"噔噔噔"跑到沙发前，一屁股坐在沙发上，再脱掉两只袜子，扳起脚底，仔细地看着。许盈在厨房里忙乎着，听到声音问了声："燕儿回来了？"

赵小燕没吭声。许盈从厨房门口探了一下头："你这孩子，问你也不说话。"

赵小燕看楚楚在旁边做作业。

赵小燕："楚楚，你过来。"

楚楚乖乖地走过来。

赵小燕："今天姐姐没买好东西，忘了，下回一定补上。啊！"

楚楚"噢"了一声。

赵小燕："楚楚，你脱下袜子给姐姐看看你的脚。"

楚楚坐到沙发上，从棉拖鞋里伸出脚。赵小燕抓过她的脚丫子，一下子把她的袜子扯掉，仔细端详起来。看了半天，赵小燕嘴里喃喃："果然不一样，气死我了。"

"姐姐，什么不一样？"

赵小燕垂头丧气地说："说了你也不懂，反正姐姐我不能当兵了。"

"为什么？"

"因为姐姐的脚长得不好看，气死我了。"

楚楚听不明白了："为什么脚长得不好看不能当兵？"

"谁知道呢！"

许盈从厨房里端了一盘菜出来。

许盈："燕儿，你的脚怎么啦？"

赵小燕："体检站的人说，我的脚是平脚底，不能跑远路，不适合部队的高强度训练，属于体检不合格，硬是把我刷掉了。你说气人不气人？"

许盈："有这种事，廖司令怎么说？"

赵小燕："这老头儿，话说得好听，可真有事了，一副正儿八经的样子，啥情面都不给。哎，我就弄不懂了，他们一辈人怎么都这样？"

许盈："不然怎么说有代沟呢。这样也好，不去就不去了，真要去我还舍不得呢！"

赵小燕："白高兴了半天！下次见到这老头儿，我再也不理他了。"

许盈："你啊，还是老老实实考个公务员吧！"

赵小燕不耐烦地说："哎呀，不考，不考，烦死了。"

这天上班后，赵达声召集欧阳春、宋天意、孙海、江志华到办公室开碰头会。

赵达声："关于前期调查刁梦良、石尚清、许兆丰的情况，以及大麦印染有限公司涉腐相关情况，请大家说一说，再研究一下下一步的工作。"

欧阳春将打印好的资料给每人发了一份："我先说一下。前期，咱们按照赵书记的部署，分成三个小组分别对刁梦良、石尚清以及许兆丰三个人的问题进行了调查。前两天我们三个小组也把情况凑了凑，我稍微梳理了一下，主要有：一是三个家庭的消费支出与实际资产之间不相符。就拿刁梦良来说，他和老婆、孩子的名下共有八套商品房，这些房子都是近十年内购买的，总共市值在六百多万元，而他家庭近十年的大额消费支出仅一百六十多万元，除去贷款的六十万元，家庭支出仅一百多万元。这与他的家庭实际资产差距很大。其中，在镜湖新区的一套房产一百五十多平方米，按照市场价达两百多万元，而他买入这套房产时，他夫妻二人银行账户仅支出六十多万元，贷款二十万元，其余款项来自工商银行东江支行营业部一个署名李清的账户。而这个李清与刁梦良到底什么关系，现在还不得而知。石尚清和许兆丰的个人资产没有刁梦良多，但是巧的是，他们二人都存在大额商品由一个叫李清账户代为支出的问题。所不同的是，为石尚清和许兆丰支付的账户，分别来自中国银行和建设银行。这些情况材料上都写得很详细。二是关于蓝洁的个人账户情况，通过对四大国有银行和东江所有开设营业部的商业银行的调查，找到了身份证与蓝洁相符的账户，其资金进出大部分属于家庭消费支出，但她的账户有一个特殊的现象，每年年底均会有一笔百万元以上的转账汇款收入。后据了解，蓝洁是个单身女人，十年前进入大麦集团后，被麦思源看中，后来成为麦思源的情人，她也由财务会计一步步升为财务总监。这笔钱有可能是麦思源给她的额外报酬。三是关于三人的朋友圈问题。他们三人都有两个号码，从通话记录和电话簿看，他们的朋友圈非常杂，三教九流什么人都有。三人与大麦印染的老总孟大海，通话非常频繁，从短信内容上看，近年来经常在一起打牌、吃饭、娱乐等。据此，已经可以下结论，三人存在着收受大麦印染巨额贿赂的重大嫌疑。"

赵达声边听边翻看材料。这时他抬头看看大家："大家有什么要补充吗？"

宋天意："刚才，欧阳书记把我们调查的情况进行了汇总，基本把情况都说清楚了，在调查这一块，我没有什么补充了。有一点，我觉得现在就下三人收受巨额贿赂的结论是否还为时过早。毕竟，行贿人还没有确认，这个李清到底是什么人，与大麦集团到底什么关系都还不知道，我的建议，下一步，弄清楚李清的身份是关键。只要李清的身份查实了，一切疑问可能就迎刃而解了。"

赵达声："嗯，你们还有什么补充吗？"

孙海："噢，上次殴打薛亮的那帮人查到了，是本村的几个小混混，确实是受人指使所为，但是指使他们的是什么人，为什么要打人，因为又经过了一个中间人，他们也说不清楚。"

赵达声："嗯。志华呢？"

江志华摇摇头："没有了。"

赵达声："首先，对前期大家的辛苦劳动表示慰问。刚才听了欧阳书记的汇报，我觉得调查成效是显著的。大家谈到，现在的症结恐怕都集中到了李清这个人身上，他到底是谁，他与大麦集团到底是什么关系，他为什么要给刁梦良他们转账付款，他们存在着什么样的利益关系？这些问题一定要搞清楚。虽然刁梦良他们存在着比较明显的问题，但凭猜测是不能对党员干部采取组织措施的。所以，接下来，我们重点把李清的身份以及与他相关的所有背景搞清楚，然后该采取措施的采取措施，把案子办实，不要留任何纰漏。"

10

这天下午，宋天意、江志华夹着公文包带着一名矮个儿新来的工作人员柳公权从农业银行东江支行营业部出来，匆匆上了门口的一辆帕萨特轿车。车子顺着车道拐上马路汇进了来往的车流。

江志华："这个李清没法查，连个男女都不知道，光人名相符的就有一百零五人，大麦集团的员工就有七人。"

宋天意："可是，大麦集团的七个人没有一个与刁梦良他们有资金往来啊。这么一来，我们必须要到社会上去找这个李清了。谁是真正的李清呢？"

柳公权："这个很简单啊，我们只要去查一下，看看哪一个李清的账户上有大额资金进出不就行了吗？"

江志华："然后跟刁梦良、石尚清、许兆丰的大额消费比对，这样就可以找到这个李清了。"

宋天意一拍大腿："对啊，你刚才怎么不说。"

柳公权："现在说价值更大，否则你们对我们新人哪儿会重视起来。"

宋天意冲司机小刘说："小刘，赶紧返回农行。"

宋天意扭头问新来的工作人员："噢，你还一套一套的。对了，你叫什么来着？什么书法家？"

新来的工作人员一板一眼回答："柳公权。柳公权的柳，柳公权的公，柳公权的权。"

江志华："敢情你爸是书法爱好者吧？"

柳公权："不是，我爷爷是书法家，我名字是他老人家取的。"

江志华："噢，不错。书法传家啊！我可听说你作为办案能手，从公安调过来，其实是为了你的女同学苏红？"

柳公权："瞎说，那只是一个传说。我和她没戏！"

宋天意："为什么？"

柳公权："我追了她十年，她要动心，早嫁我了。"

宋天意、江志华和柳公权又重新敲开了东江支行办公室主任李建的门。

过了一会儿，宋天意、江志华和柳公权从东江支行出来，脸上非常轻松。

宋天意："这下好了，这个李清终于找到了。真没有想到，这个李清岁数这么大了，表面上也与大麦集团一点儿关系都没有。"

江志华："这肯定是违法者的一个惯用伎俩，表面与他们撇得很干净，实际上他们的手段还是浅层次的，他们没想到我们用比对排除法。"

柳公权："这算啥，我现在就可以告诉你们。我们找到的这个李清也绝对不是要找的人。"

宋天意："你怎么知道？"

柳公权："我猜的，如果这个李清就是我们要找的李清的话，那他们的犯罪智商也只不过是小学生水平。"

江志华："你吹吧你，咱们这是纪委，跟公安办案还是有区别的。你别太早下结论。"

柳公权："那就走着瞧吧。"

三人回到车内，他们按照李清账号提供的住址开去。车子驶过中山路，沿解放大街往北走，到了一个叫月河新村的小区，这是一个二十世纪九十年代建造的老小区。小刘把车子停下，三人下了车。这会儿，小区住户家家厨房里都飘出饭菜的香味，下班的人们都急匆匆地往家赶。宋天意拿出抄有李清住址的纸条。

宋天意："八幢三单元一六室。"

江志华数着房子的编号，指着前面一幢房子："这儿，这儿。"

三人过去敲门，敲了半天，门终于开了。防盗门里站着一个老头，七十多岁，愣愣地看着他们三人。

宋天意："请问，李清是住这儿吗？"

老头迷惑地反问："李清，谁是李清？"

宋天意："木子李，清爽的清。李清，是住这儿吗？"

老头："谁是李清？"

宋天意与江志华互相看看。

宋天意稍微提高了些嗓门："你们家有没有叫李清的。"

老头想了想："我就叫李清。"

宋天意："行，大爷，打扰您了。谢谢！"三人出了小区门廊。

江志华："要不，我们去找社区干部了解一下。"

柳公权："这个主意好。"

三人找到月河新村社区办公室，社区干部李阿姨正在收拾东西，准备下班。听到门口有人敲门，她抬头一看，是三个陌生人。

李阿姨："请问你们找谁？"

宋天意："阿姨您好，我们想找一下八幢三单元一〇六室的李清。有个老头开门，一会儿说不认识李清，最后又说自己是李清，我们想问问，他到底是不是李清？这个房子里是否还有人叫李清？"

李阿姨："噢，李清啊，这老头的确叫李清。儿女都在国外，前些年老伴去世了，如今就剩他一个留守老人了。不幸的是，他还患上了老年痴呆症，啥事儿都记不住。"

宋天意一听，脸上一片疑惑，回头看看柳公权，又转过身："阿姨，您说的是八幢三单元一〇六室的李清吗，木子李，清爽的清。"

李阿姨："没错，就是这个李清，老头子脾气古怪得很。"

江志华："那阿姨您能不能带我们去见见他？"

李阿姨："你们是……"

宋天意从口袋里掏出工作证递给李阿姨："噢，我们是市纪委的，我们想找李清了解点情况。"

李阿姨："找他了解情况，没搞错吧？"

宋天意："肯定没错，咱们都确认过了。"

李阿姨："那行，我带你们过去。"

说完，李阿姨去保险柜里取了一串钥匙，领着三人出了门。他们重新敲开了李清家的门。李清看到李阿姨，脸上露出高兴的神情，把四人都让进屋里。

李阿姨："老李，最近和儿女视频了吗？"

李清直点头："视频了，视频了。"

李清把大家带到书房，打开电脑。

李阿姨："老李，现在不看。你儿子女儿这会儿都忙着准备去上班呢，等晚上再视频吧。"

李清："晚上，晚上他们不睡觉吗？"

李阿姨："他们那里是美国，有时间差的。"

李清："时间差我知道……"

李阿姨："现在我们甭管时间差了。这三个同志是市纪委的，他们想找你了解点情况。"

李清："噢，你们好！你们找我有事儿？"

宋天意、江志华、柳公权三人互相看看，有些尴尬。

宋天意："噢，没事儿，没事儿。李大爷，您儿女都在国外，一个人在家，我们就是上门来看看。没事儿！"

江志华："没事儿。"

李阿姨："真的没事儿了？"

宋天意："真的没事儿了，回去吧。"

几人与李清告别。三人回到车上，车子驶出小区，朝来路上驶去。

宋天意看看柳公权："行啊，小子，看来这个李清确实不是我们要找的李清。"

江志华："他的身份被人冒用了。"

宋天意："那咱们还得再找银行，看看这张卡上的钱是哪儿来的。"

柳公权："很难查到，因为钱很有可能是境外转入的，或者直接由现金存入。"

江志华："银行不是有电子监控可以查吗？"

柳公权："咱们这里的银行电子监控只保留三个月时间，要查有点难的。"

江志华："那难道没办法查到？"

柳公权："暂时恐怕查不到。"

晚上，赵达声走进咖啡厅里面，直接上了二楼，来到最里面的一个半封闭的雅座。蓝洁一个人优雅地坐着，面前放着一个果盘，里面存放着蜜饯、瓜子什么的。见到有人过来，蓝洁抬头看看，见是赵达声，脸上泛起光晕，显得很兴奋。她向赵达声做了个请的手势，赵达声在她对面的座位上坐了下来。

服务生进来："先生，请问您喝点什么？"

赵达声："绿茶。"

服务生卖力推荐："我们这儿有……"

蓝洁抢着说："龙井。"

服务生："好的，请稍等。"

蓝洁："赵书记，别来无恙啊？"

赵达声："还行，拍了几只'苍蝇'。"

蓝洁笑道："赵书记果然厉害。镜湖别墅里发生的一幕幕，仍然历历在目，不愧为侦察英雄啊！"

"那些老皇历提它干啥。蓝小姐，你有什么情况就直接跟我说吧。"

"我记得之前说过，我不喜欢蓝小姐这个称呼，希望赵书记考虑我的感受。"

"噢，对不起，对不起。蓝女士！"

"您还是忘了，我也不喜欢蓝女士这个称呼。您可不可以叫我小蓝或者蓝洁。"

"可以，那我叫你小蓝吧。有什么情况你就说吧。"

"这么急干吗，反正也没什么事儿，咱们慢慢聊不好吗？"

"如果没什么事儿，我先走了。我很忙，请你以后没事儿不要再开这种玩笑了。"

说完，赵达声站起身来，扔下一百元钱，就要往外走。这时，只见蓝洁肩膀一耸一耸的，兀自抽泣起来。

赵达声站定身子，问："哎，你这什么意思？我可没说什么啊！"

蓝洁反倒哭出了声。

"怎么回事儿？有事儿你就说嘛，这是干什么？"

蓝洁擦了擦眼睛："我就这么让人讨厌吗？"

"不讨厌。"

"那是我长得难看，让你烦吗？"

"你别扯这些没用的，有事说事儿，没事儿咱就回家。你叨叨这些没意思。"

蓝洁停止抽泣："我知道李清的情况，这个您总感兴趣了吧？"

赵达声忙追问："李清？你快说说，什么情况？"

蓝洁抓起赵达声扔下的一百元塞回给他："我请客还不行吗，您就不能安静地坐一会儿吗？"

"行。可我们还是 AA 制比较好。"

"什么 AA 制，别这么在意这个。您想知道什么情况？"

赵达声重新坐了下来，呷了一口面前的龙井茶。

赵达声沉声说："我想知道李清的身份底细，与大麦集团的关系，李清三个账户的资金进出明细，等等，越详细越好。"

"李清的身份想必你们已经知道了，他与大麦集团没有任何关系，至于他账户上的资金明细，我是拿不到的，都是麦思源掌管，并且与互联网断开，黑客也没办法获取。但是，我可以提供他账户大额进账的信息。因为，具体是我操办的。"

"那你能否把大额进账的数额提供给我？"

"可以提供给您。但是我没带在身上，我也不会带到家里以外的任何地方，如果您想要的话，只能到我家里去取。不过，我手头只有复印件，原件只保存在公司的保密柜里。"

"那你什么时候有空，我派人去你家里取。"

"不行，我的资料只提供给您一个人，也只有您亲自一个人去我家取我才会交出来，否则就当我没说过。"

"那你什么时候有空，我亲自去取。"

"现在！除了现在，我不能保证之后改变主意。"

赵达声狠狠地喝了一口茶。

蓝洁挑衅似地说："怎么，堂堂的侦察英雄难道连一个小女子的家里都不敢去？"

"那走吧，我跟你去。"

"别介，我还想坐一会儿呢。"

赵达声只好耐着性子继续坐着。他不说话，偶尔瞥一眼蓝洁，对方即用火辣辣的目光反盯着他。

赵达声坐不住了："我上个洗手间。"

说完，赵达声站起身，朝洗手间方向走去。赵达声走到一楼的吧台把账结了，然后去了一趟洗手间。赵达声回到雅座，蓝洁看着他，"扑哧"一声笑了。

"我还是第一次看到我们的大英雄这么难受，您应付麦思源那会儿的机灵劲儿哪去了？"

"我跟你这样的女人没有任何共同语言，没什么好说的。"

"只要是男人就和女人有共同语言，就看是不是找到了对的话题。"

赵达声无奈地摇摇头："时候不早了，咱们赶紧去取吧！"

"瞧您猴急的样儿。那好吧，谁让我乐意呢！"

说着，蓝洁摁了一下桌上的按钮。服务生走过来。

"买单。"

服务生："噢，这位先生已经买过了。"

蓝洁冲赵达声撇撇嘴："唉，我说干您这行的，连一杯茶钱都要计较，真没劲！"

"我觉得挺好，清清爽爽，干干净净，两不相欠。"

两人一前一后朝外面走去。

蓝洁开车带着赵达声来到镜湖湾1708房前，她用指纹锁打开房门，做了个请的手势。两人走进房间，赵达声看到的是一个装修豪华的复式大宅，东边全景式落地大窗，外面整个镜湖尽收眼底。里面素色装修，简洁考究，豪华大气，非一般家庭所能承受。

"请里边坐，您喝点什么？"

"什么都不喝。时候不早了，我拿了资料就走。"

"我还没准备好呢！刚回到家，我还没酝酿好情绪，怎么把资料交给你！"

"你该不会又反悔了吧？如果这样，我走了。"

"谁反悔了，我只不过是酝酿一下情绪而已。你急什么？"

赵达声站在门口的位置，没往里面走。蓝洁脱了外套，去冰箱里拿出一瓶红酒，给两个杯子倒了半杯。看赵达声还站在门口。

"您坐呀，还傻站着。"

"我还是站在这儿等你吧。"

蓝洁抛过一个媚眼，端着两个酒杯朝赵达声走过来："怕我吃了您啊？"

蓝洁把一杯红酒递给赵达声。

赵达声推开蓝洁的手："我不喝酒，你直接把资料给我吧，我还有事儿。"

蓝洁的脸上一下子晴转多云，继而多云转阴，不觉间泪眼婆娑："您就不能坐下来听我说说话吗，我就这么让您讨厌吗？"

"这跟讨厌不讨厌没有关系，你早点把资料给我，你早点休息，我也该回去了。"

"您就不想知道我为什么会把这些信息透露给你吗，您就不怀疑资料的真实性吗？"

"你的信息我们也不是不加求证地采用，我们还要加以鉴别。那你告诉我你为什么把这么重要的信息透露给我？这可对你们公司非常不利啊。"

"求您坐下来好吗？连这么一点诚意都没有的话，那就请您回去吧，我也不想把什么资料交出来了。"

"那好吧。"

赵达声换了鞋子，跟着蓝洁来到客厅，在沙发上坐了下来。蓝洁把手中的红酒放到赵达声面前。

"那你给我换一杯茶吧。"

"还喝龙井吗？"

"随便。"

蓝洁泡了一杯茶端过来，放在赵达声面前，把赵达声的酒倒进自己的酒杯里，坐在赵达声的侧面，举杯抿了一口。

蓝洁沉默了一会说："想必您也听说了，我是怎样的女人。我也知道，在您的心目中，一定觉得我是坏女人。但是，作为女人来说，很多时候你是没得选择的，你只能凭着感觉往前走，等你感觉到不是自己想要的生活时，你已经回不去了。就如登山，等你看到山顶的无限风光后，再也不愿只停留在山脚看那小溪与落叶。那时候，我刚到大麦集团时，也是一个理想主义者，怀揣着梦想，一心想在这么一个大企业里一展宏图。然而，后来碰到他时，一切都变了。所谓的一展宏图，在两年之后，一夜之间变为现实，我一下子从一名毕业不久的大学生，成为公司的中层领导，一时间鲜花、掌声、赞美，一切的一切突然之间包围着我，而这一切都来自他的关照。于是，像很多影视剧中的情节一样，我也就成了他的人。我曾经相信我们俩是真心相爱的，我承认，我真心爱过他。直到现在我也在想，起码那个时候他是爱我的。那个时候，我们非常甜蜜，我也曾觉得自己是人生的宠儿，我可以就这么幸幸福福地过一辈子。然而，这一切来得快，去得也快，我的位置渐渐被另一位女人所取代。不变的是我得到的外在的东西，改变的是两个人的心。不变的东西还可以再得到，改变的东西却永远不会再拥有。在他身边的几年时间里，我也听到看到了一些黑暗的东西，有的还是我亲身参与的，这与我当初的梦想是那么的格格不入。我想过离开这里，可是，我又贪恋得到的一切，我没有勇气让自己再次变得一无所有，所以，我只能这么苟活着，消磨自己的人生。约见您，也许是我现在唯一能做的一件对的事情。我钦佩您，您是一个单纯的人，一个纯粹的人。您的心中只有神圣的职责，只有坚不可摧的使命，可以为此生，可以为此死，无论任何艰险困难都改变不了您的立场。您是真男人、真英雄。我从来没有对着一个还不那么熟悉男人讲过这么多的话，让您见笑了。好了，现在我的心里也舒服多了。我这就把东西给您，您稍等一下。"

赵达声正了正身子："谢谢你的信任。"

蓝洁放下酒杯，起身进了房间，一会儿从里面出来，手上拿着三张纸，交给赵达声。

"这是这几年三个不同银行李清账户的注资明细，相信你们已经掌握了三个账户的大额消费支出情况，你们只需要核对一下具体数据就清楚了。不过有一点，对你们可能很不利，就是大麦公司的注资不是从银行走账，而是以无关人员李铃的名义，用现金直接注资，现金也来自地下钱庄，银行不留任何痕迹。他们这么做，规避了自己的法律责任。你们只能追究受贿官员的法律责任，而无法追究行贿者的法律责任。"

"只要有了确凿证据，不怕追究不了他们的责任。"

"我不会为你们作证的。你们很难找到有力的证据。即使找到了，追究的也是公司法人的责任，对于某些个人来说，恐怕是很难追究得到的。"

"确实，我们很多法律法规还不够健全，给不法分子钻了空子。但是事在人为，我们会做最大的努力，让有罪者受到应有的惩罚。好了，我该走了，谢谢你提供的证据，谢谢你的龙井！"说完，赵达声站起身来。

"我送送你吧，这儿打车很难的。"蓝洁坚持要送赵达声，赵达声也就没有再拒绝了。

赵达声回来的时候，许盈正一个人坐在沙发上看电视，可是她已经眼皮打架，靠在沙发上迷糊睡着了。听到开门声，她醒过来，看到赵达声进门。

许盈问："你怎么这么晚才回来？"

"没办法，调查对象非要去她家才肯提供证据。"

"厨房电热锅里还有银耳莲子羹，你自己盛来吃吧。"

"我不饿。"

赵达声直接进卫生间洗漱。许盈站起来，关掉电视，进房间里去了。但她一躺到床上，却没了睡意，于是靠在床靠背上玩手机。一会儿，赵达声从外面进来，也躺上床。许盈忽然敏感地吸吸鼻子。

"晚上你上哪儿去了？"

"找被调查人谈话去了呀。"

"胡说，你根本就是跟女人在一起。"

"没错，被调查人就是个女的。"

"三更半夜跟女被调查人在一起，你什么意思？"

"没什么意思，就是调查了解情况。你想哪儿去了。"

"你跟谁一起去的？你不要跟我说，是一个人去的。"

"没错，就我一个人。"

"就你一个人？你还说去调查！分明是幽会去了。好啊，赵达声，想不到你也会跟女人鬼混啊！"

"你在说什么呢，乱七八糟的。"

许盈火气上来了："你还不承认，那骚女人的味儿都留在身上呢，还不承认。"

"她那个车上是洒了很多香水。"

许盈大声嚷嚷："好啊，没想到你赵达声还挺时髦，她是不是很年轻？"

赵达声不耐烦地说："你能不能别胡搅蛮缠！"

"谁胡搅蛮缠，你跟女人鬼混，还说我胡搅蛮缠，我要找余仲君评理去。不行，他跟你一个鼻孔里出气，我找省纪委的领导去。"

"许盈，我告诉你，这个事情不是你想象的那样，你不要瞎猜想，更不要找这个找那个，对咱们都没好处。"

"你心虚了，你害怕了！我告诉你，我还非找不可了。我不相信，没人治得了你这个纪委书记。"

"行，你找去吧，我赵达声顶天立地，光明磊落，我不相信你能把黑白颠倒过来。"说完，赵达声伸手撳灭了台灯。

第二天下午，市环保局正在召开干部职工大会，副局长石尚清坐在主席台主持会议，主席台的上方挂着一条红底白字的横幅：群众路线教育实践活动动员大会。宋天意带着柳公权和两名民警来到会场门口。一会儿，会议结束，石尚清从主席台上下来，和几位领导一起朝会议室门口走来。他们一出会议室，宋天意迎面走了上去。

宋天意："石尚清同志，我是市纪委纪检监察室的宋天意，麻烦你跟我们走一趟，有些问题需要你向组织说明一下。"

说完，柳公权拿出一份资料交给石尚清："请你签个字。"

两名民警随即站到石尚清身后。

石尚清面如土色，表情尴尬至极。他低着头，颤抖着手，慢慢摸出签字笔，一笔一画地在调查书上签字。接着，石尚清跟着宋天意、柳公权朝外走去。干部群众小声议论起来。

此时，孙海带着一名工作人员和两名民警敲响了刁梦良办公室的门。孙海敲了好一会儿，办公室里没有丝毫动静。孙海对工作人员说："把他们办公室主任找来。"

过了一会儿，办公室主任急匆匆地跑过来，掏出钥匙去开刁梦良办公室的门，钥匙与锁芯碰得"嗒嗒"作响，开了好一会儿才把门打开。孙海推门进去，发现里面办公设施摆放得整整齐齐，办公桌上纤尘不染，好像主人刚刚离开。只是没有发现刁梦良的踪影。

孙海："主任，刁局长在吗？"

办公室主任："刁局长两天前就出去了，说是去香港几天。"

孙海："怎么回事，我们了解到刁局长这些天在家的啊！他出去请假了没有？”

办公室主任：“不知道。”

孙海：“岂有此理！”

东江市高速公路出口，许兆丰坐着车从省城培训回来，他们的车在东江市世纪大道出口下来，出了高速 ETC 出口，迎面被一名交警拦住示意靠边停车。他的车一停下，就看到市纪委副书记欧阳春来到面前，打开了后座的车门。许兆丰脸色大变，回头看另一侧车门，被一名警察堵住了。他只好硬着头皮从欧阳春一侧钻了出来。

赵达声正坐镇东江市纪委干部教育中心办公室，纪委监察局领导全部在此听从调遣。三路人马向他汇报收网信息。孙海的电话让他一下子气爆了。

赵达声：“什么？刁梦良跑了！”

李大可：“现在怎么办？”

赵达声：“即刻提请公安、交通、通信、边防部门协助，全程布控全市车站机场码头宾馆，监控刁梦良和亲属手机的通话信息，一旦发现，立即抓捕。”

李大可：“是，我马上布置。”

江志华：“他跑得了和尚跑不了庙。”

赵达声：“怎么说？”

江志华：“他不是还有八处房产吗，只要他的八处房产还在，不怕他不回来。”

赵达声：“八处房产？”

江志华：“是啊，他舍得丢下那么多资产独身外逃？”

赵达声：“我看够呛，既然外逃，肯定已有准备。赶紧去查一下刁梦良的房产处置情况。”

江志华：“是，我这就去查。”

赵达声站起身来，在办公室里踱来踱去。没过一会儿，李大可急匆匆跑进来。

李大可："赵书记，公安交通通信边防部门已经全部通知完毕，二十四小时全程布控即时启动。"

赵达声："好。"

欧阳春、宋天意、孙海陆续回来向赵达声汇报情况。大家一块儿在会议桌前坐下来。

赵达声："赶紧提请公安协助，一起研究如何追捕刁梦良。"

欧阳春："是。"

下班前，宋天意和柳公权负责与石尚清谈话。他们在调查室里，看着石尚清坐在对面的一张椅子上，两根大拇指不停地互相绕着圈圈。

宋天意开始发问："知道纪委为什么找你吗？"

石尚清："知道。收受他人贿赂，为他人谋取利益。"

宋天意："收受谁的贿赂，为谁谋取利益？"

石尚清："收受大麦印染有限责任公司总经理孟大海的钱，为大麦印染有限责任公司违法排污提供便利。"

宋天意："你第一次收受孟大海的贿赂是什么时间、什么地点、收了多少钱？"

石尚清老实地说："第一次是在梦巴黎娱乐总汇的一个KTV包厢，具体时间记不起来了。噢，想起来了，是2008年北京奥运会开幕式前两天，也就是2008年8月6日晚上。当时他请我们环保局的领导吃饭唱歌，事后塞给我一张银行卡和密码，卡的账户名叫李清。第二天我一查，里面有二十万元。以后每次他们都是直接把钱打进卡里，我们随时可以支取。"

而另一间调查室里，许兆丰面对坐着欧阳春和孙海。

欧阳春："姓名？"

许兆丰侧过身，脸朝墙壁，一声不吭。他们就这么僵持了十多分钟，欧阳春有些火了。

欧阳春："许兆丰，别以为你资格老、打过仗就目中无人。告诉你，不管什么人，我欧阳春要是想让他开口，还没有人能够死扛到底。"

许兆丰眼皮朝上翻翻："你没资格和我对话。"

欧阳春："你……"

第二天下午，江志华急匆匆地来到赵达声办公室。一进门，他就找水杯，给自己倒了一杯水，兑了小半杯冷水，一口气灌了下去。

赵达声："志华，慢慢说，什么情况？"

江志华："赵书记，不好了，刁梦良的房产全部抵押给银行了，抵押款也以现金方式提走，八成是通过地下钱庄转到了境外。还有一个情况，他的老婆孩子已于前年在美国办了绿卡，正式定居美国。而且他收受的贿赂远不止大麦印染一家，全市有排污需求的企业，他都收受甚至索取了好处费。"

赵达声听完一拍桌子："疏忽啊。前期我们就光盯着大麦印染的行贿上了，没有对刁梦良进行全面调查，甚至连他老婆孩子迁居国外都不知道，才导致他携款外逃。"

江志华："迁居国外这个事情也怨不得我们，领导干部个人重大事项申报都是自己填报，部分抽查。也许前两次没有抽查到，让他成了漏网之鱼。"

赵达声："以后对领导干部个人重大事项申报内容，凡是单位班子成员必须提请组织部门全部核查。你赶紧再去查一下石尚清的情况，如果也像刁梦良一样，那就闹笑话了。"

江志华："是！"

晚上，赵达声回到家里，一进门就听到有女人抽泣声。进了客厅一看，是许兆丰的老婆林芳。许盈看到赵达声回来，气不打一处来。

"老赵，你不是说不会对小丰采取措施的吗，你怎么背后使枪啊？你太卑鄙了！"

"什么背后使枪啊！我和小丰是亲戚，他的案子我必须回避，绝对是不能参与的，这是组织原则。"

"你是纪委书记，小丰的案件怎么处理，肯定都是你决定的。"

"这都是组织决定的，没有哪一个案子是个人决定的。小丰的案子，我是不能参与调查和处理的。"

"那你肯定知道，为什么不告诉我们？"

"这是组织纪律，绝对不能说的，你难道想让我犯纪律？"

"纪律、纪律，只有你是个死脑筋。自己的小舅子，又是生死战友，你就不能先跟我通个气啊？"

"跟你说了这个是纪律。跟你说了，我还是纪委书记吗？"

"纪委书记，纪委书记，跟着你这个纪委书记好处一点儿没有，倒霉的事儿却不断，我真是倒了大霉了。"

林芳听见夫妇俩的对话，哭得更响了。

林芳带着哭腔："姐夫，你看在姐姐的份上，看在你们曾经出生入死的份上，求你救救小丰吧！"

赵达声："小芳，你别急，你要相信组织，绝不会冤枉好人。我向你保证，对小丰的处理，一定是有理、有据、公平、公正的。"

许盈："你是纪委书记，肯定有办法的，你一定要把小丰救出来。"

赵达声："我是纪委书记没错，但是就算是省委书记，也必须按照组织规定办事，绝不能违反政策原则，更不能滥用职权。"

许盈："我不管，你是小丰姐夫，你是纪委书记，你必须把小丰救出来，办法你自己想，只要能救出来就行。否则，我跟你没完！"

赵达声也急了："你怎么蛮不讲理啊！"

许盈回呛："我蛮不讲理，是你冷酷无情！"

赵达声："我怎么冷酷无情啦？"

许盈："还不冷酷无情！你知道我们姐弟俩，父母死得早，从小相依为命，小丰就是我的命根子。你倒好，眼看着小丰掉进深渊，居然见死不救。你简直就是冷血动物。你们这种战场死过几回的人，血已经冷掉了。"

这时，赵小燕和楚楚从房间里出来。

赵小燕："舅舅是好人，我不要舅舅坐牢。爸爸，你救救他吧！"

楚楚也许是想到了自己的处境，竟然一个人偷偷地抹起了眼泪。

楚楚："赵伯伯，您救救小丰舅舅吧！"

赵达声："我刚才说过了，我保证组织对小丰的处理，一定会有理、有据、公平、公正，绝不会冤枉他。"

许盈："你这是废话。我可把丑话撂在前头，如果小丰这次给判个五年六年、八年十年的，我可没法天天面对一个对他见死不救的人。"

赵达声："你什么意思？"

许盈放了狠话："你不愿救他，咱们就离婚。"

赵达声深觉不可理喻："你疯了，谁说不愿意救他。但是，这必须符合法律，符合政策，一切以事实为依据，以法律为准绳，在这个前提下，怎么救他都行。"

许盈负气地说："都符合了，还要你干吗？"

晚饭后，赵达声和余仲君两人在市体育场拳击台上练拳，两人纠缠在一起。赵达声被余仲君从后面抱住腰身，赵达声怎么甩都甩不掉。赵达声有些急了，身子前躬，把余仲君引向前面，假装要背摔他。余仲君一急朝后一撤，劲儿刚一松，身子还来不及后撤，赵达声顺势用了一招"背折靠"，用背肩肘向后、向上猛地一靠，余仲君整个人都被他撞飞出去，重重地摔在地上。

余仲君坐起来："达声，你要赖，这用的什么歪招？"

赵达声走过去扶他，说："跟歪老太太学的，我也不知道什么招。"

余仲君没站起来，赵达声也一屁股坐在他的身边。说道："我看你啊是心中有气，找我撒气来了吧？"

"你怎么知道？"

"连这都看不出来，还怎么称生死战友呢！"

"看得出来又怎么样，这个事儿谁都没办法解决。"

"是啊，有什么办法呢？她们女人就是不理解，总以为出什么事咱们领导干部说句话都管用，以为咱们神通广大，没有办不成的事儿。今天，许盈来找我，让我一定要帮帮忙，让许兆丰早点出来。"

"她那是痴人说梦！要都听她的话，那还要纪律干什么，还要法律干什么！"

"不过呢……"

赵达声制止道："你不要说'不过'，在我这里没有'不过'两个字。再说，许兆丰的案子按规定我已经回避了，我不可能干预，你也不要干预。"

余仲君正色道："达声，话是这么说。但是我们和小丰子还是有感情的。当年在战场上他给你当通信员，与你寸步不离，我们侦察连每一个人的心里都清楚，其实他时刻准备着冲上来为你挡住任何一颗子弹，直到他流尽最后一滴血。要说有人对你赤胆忠心，没有比小丰子更合适了。过后，他还把最亲爱的姐姐介绍给你，面对这样一位生死战友，我们是否该做点什么？"

"最好的做法就是什么都不做，相信组织会调查清楚的，相信法律会给他一个公正的裁决。"

"你这样是不是有点太绝情了？"

"你以为我心里好受啊！我比你们任何人都难受。论感情，我与他是最深的，我们曾经朝夕相处，亲如兄弟。论亲疏，我与他是最亲近的，他是燕儿的舅舅。面对这样一位战友和兄弟走上歧途，我心里真的非常难受。他走到这一步，我们都是有责任的。特别是我，没有在从政的路上引导他，只知道他经济抓得不错，改变了原先落后乡镇的面貌，只看到了他光鲜的一面，没有去关心他的内心，没有去留意他身上的变化。其实，他当乡镇干部将近三十年了，从一名普通办事员干起，一直到现在的镇党委'一把手'，他身上的细微变化还是可以看得出来的。他出手越来越阔绰，办事越来越讲排场，说话口气也越来越大，老子天下第一，天不怕地不怕。原先我还想，这都是小问题，稍加注意就行了，现在想来，这些现象是有其内在原因的。是我的失察失误造成了现在的后果，我有责任。"

"你也不要太自责了，也许这是宿命吧。让他栽一跟斗，也许不是什么坏事儿。但咱们一定要力求法律的公平公正，恐怕这个是我们唯一可以帮他的了。"

"你能这样想，我很欣慰。"

"对了，许盈还跟我提到一事儿，说你和一个什么女人有来往？"

"是她太敏感了。这是一个调查对象，非要晚上和我谈，还必须是我一个人前往，也就仅此一次。我只是在履行公务，没有干什么出格的事儿。"

"那就好。"

"我可也收到举报了啊，也许举报人不知道省管干部的管辖职责，所以举报信写到我们这儿来了。说你跟东江师范的一名叫林妙雪的教师来往密切，你可要注意影响啊！玉兰虽然没有为你添个一儿半女，但她对你不薄，你可不能见异思迁啊！"

余仲君极力辩解："没有的事儿，他们肯定搞错了。或者是什么人想搞臭我。我们这种人啊树大招风，他们就是想看我们的好戏，唯恐天下不乱。"

"我想也是。"

11

晚上九点多，市纪委小会议室里灯火通明，市纪委监察局领导和办公室、纪检监察室、信访室等科室主任以上领导，以及协助追逃的市公安局梁栋梁副局长也来参加会议，研究追捕刁梦良事宜。

赵达声："刚刚收到通信局的信息，刁梦良手机信号在杭州出现。因为此案影响重大，领导指示，务必在最短时间内把刁梦良追捕归案。所以，我想，这次追捕行动由我和市公安局的梁栋梁副局长负责，市纪委江志华、柳公权和公安局经侦支队有关同志参加。咱们纪委的事儿由欧阳春副书记负责。大可，你要时刻保持与交通、通信、机场等部门的联系，一有情况即刻通知我们追捕组。对石尚清和许兆丰的调查要抓紧。大麦印染的孟大海，还有大麦集团的财务总监蓝洁，这两个人是查清问题的关键，务必深入调查。多用些策略，多进行引导，从思想深处瓦解他们的抵抗，让他们尽快交代问题。我这里特别强调一下，关于对许兆丰的调查和处理，还是由欧阳书记负责，请不要顾及我与他的亲属关系，一切以事实为依据，深入调查案情，查得越彻底越好，让事实说话。大家看看还有什么问题？"

欧阳春："没问题，我们一定按照既定部署，把调查做深做细，办成铁案，请赵书记放心。"

赵达声："栋梁局长看看还有什么问题？"

梁栋梁："没有问题，刁梦良的案件我们已经立案，追捕他也是我们的分内事，一切听从赵书记的调遣。"

赵达声："好，请追捕小组的同志回家准备一下。两小时后，我们从市纪委机关出发，前往杭州。散会。"

会后，赵达声回家收拾出差的东西，许盈坐在客厅里看电视。她呆呆地坐着，眼睛却看在别处。赵达声走过来，把电视机关掉。

"许盈，你早点回房休息吧。"

"你干吗关电视，碍你什么事儿了？"

"你别这样，小丰的事儿肯定会有一个最好结果的。虽然我现在还不知道会是什么情况，但一定是一个最好的结果。请你相信组织，相信法律。"

"相信组织，怎么相信？我最需要你帮助的时候，你却和我公事公办。连自己的丈夫都不能依靠，你让我怎么相信组织？"

"我去收拾东西了，去杭州几天，有什么急事儿打我手机。"

"我还能有什么急事儿。"

一会儿，赵达声从房间里出来，看着许盈："那我走了，家里事儿你多操心。"

许盈自顾自坐着，没有搭腔。

不一会儿，纪委、公安联合追捕组六名同志乘坐一辆金杯面包车连夜前往杭州，经侦支队储健副队长和老侦查员张杰一同前往。赵达声和梁栋梁坐在车子中间位置。

赵达声："今天我们连夜实施追捕行动，辛苦大家了！关于刁梦良这个人的基本情况，请江志华同志简单地介绍一下，便于大家心中有数。"

江志华从副驾驶位置转过身来："好的。根据前期我们对刁梦良社会关系情况的调查，发现刁梦良这个人社会关系相当复杂，朋友圈中政府官员、老板、普通公务员、个体经营户等三教九流，什么人都有。来往密切的人当中也是一样，各种身份都有，情况确实比较复杂。况且杭州是他读大学的地方，朋友、同学很多，这为抓捕行动设置了难度。这次去杭州，我们还是从走访刁梦良的老师同学开始，寻找有价值的线索。"

梁栋梁："我提个建议，调查社会关系的时候从与刁梦良的关系密切程度的深浅开始查起，由深再浅，这样可以减少一些无效劳动。"

"事前我们也调查了刁梦良办公室电话和手机通讯录，列出了三十位半年内与他通话最多的人，我们估计这些人与他关系密切，这次调查先从这三十个人中展开。而这三十个人，其中有五名在杭州。这次重点就是找这五个人了解情况，不放过任何蛛丝马迹。这里有这五个人的基本情况，大家看一下。"说完，江志华拿出资料，分发给车上的每个人。大家打开车内灯，仔细看起来。

赵达声："明天我们分成两个组，我和梁局各带一个组，先找这五个人了解情况。现在大家抓紧时间休息一下，到了杭州以后马上展开工作。"

第二天上午，赵达声带着江志华和柳公权来到杭州某大学保卫处。接待他们的是一位女处长，齐耳短发，爽直干练。女处长热情地请赵达声他们入座，亲自给三人泡上茶。

"赵书记，请稍等，刘教授住在院外，刚刚退休，我已经派人接去了。"

"不急，我们等他。"

"真对不起你们啊，咱们学校好不容易培养的人才，怎么就走上了腐败的道路。"

"这个不是你们的错，他也不是走出校门就开始腐败的。应该说，这名同志业务能力还是很强的，但是随着职务的提升，长期的领导岗位使他慢慢滋长了骄傲自满、狂妄自大、贪图享受的恶习，加上不法分子投其所好，腐蚀拉拢，从小恩小惠开始，腐败数额逐渐变大，在温水煮青蛙式的过程中，蜕变成一个彻头彻尾的腐败分子。一个干部的蜕变，看起来好像是一个人的事情，但是影响非常大，败坏的是党在人民群众中的形象，这个无形的损失对党来说，其实是最大的。"

"是啊，以前我们学校有一个后勤处长，犯贪污罪，其实钱不多，也就十多万，但是在校内外的影响实在是太大了。咱们到外面去，人家就会说到我们单位的谁谁谁，贪污腐败什么的，把领导气得不敢跟人家打招呼。而伤害最大的，还是对他的家人，这个伤害是无法估量的。原本他家人以他为荣，经济上虽不富裕，但也还过得去，可他出事以后，大半的家庭收入就没了，家庭负担一下加重了。"

"这就是很多人不会算账。"赵达声道。

女处长惊讶地问："算什么账？"

"一个官员腐败堕落，他受到的损失很多是不能用金钱来衡量的。问题是，腐败的时候他们没有很好地想一想，没有算清政治账、经济账、名誉账、家庭账、亲情账、自由账还有健康账。官员腐败堕落以后，害怕被人检举揭发，终日人心惶惶，精神和健康受损，得不偿失。"

"赵书记，你说得太对了，以前也听人说过这几笔账……"

这时，有人敲门。门开了，门口站着一精神矍铄的老者。

女处长一看："刘教授来啦，请进，请进。"

刘教授笑呵呵地说："朱处长，你把我找来，不会是我犯什么错误了吧？"

朱处长把刘教授引到沙发前坐下，给他倒了一杯茶："刘教授，您又开玩笑了。我给您介绍一下，这三位同志是东江市纪委的，这位是赵书记，这位是江主任，这位是小柳。他们是来向您了解一下刁梦良的一些情况的。"

刘教授："噢，你们好。刁梦良是我的学生，可以说是得意门生了。我们一直保持联系，他在东江市任环保局局长，不过最近有段时间没联系了。你们纪委来了解情况，难道他犯什么错误了吗？"

"刘教授，是这样的，刁梦良最近不知因为什么事情，已经很久没有来上班了，市里委托纪委和公安到各地查找他的下落。因为我们了解到他平时与您还有些往来，所以来向您打听一下他的近况。"

"噢。梦良与我平素是有些往来，我们经常电话联系，他到杭州来，也经常来看我。我们经常会在私下探讨一些问题，应该说比较投缘。不过，我们已经有一段时间没有联系了。"

"他最近一次是什么时候跟您联系的？"

"最近一次大概一个月前了吧。这次间隔时间最长，以前每半个月他肯定会给我打个电话，聊聊近况。"

赵达声向刘教授递去名片："噢。这次他突然离开，组织上很着急，所以派人找他。昨天，有人说在杭州见过他，我们以为他会来找您，所以来问问您。如果接下来，他跟您联系的话，麻烦您告知我们一下好吗？这是我的名片。"

刘教授接过名片，连声说："好的，好的。"

"如果他与您见面，先暂时不要告诉他我们在找他，怕给他增加心理压力。"

"好的。你们这些政府官员其实心理压力都挺大的，我退下来以后，正专门研究政府官员的心理状态，准备出一部专著，对官员的心理干预提供一些依据和帮助。"

"您这个课题好啊，咱们政府部门很需要这方面的研究。我平时对公务人员职务犯罪心理学方面也有一些探索，必要时我们可以作一些交流，希望您取得成果后，能够给我们分享啊！"

"没问题，没问题。"刘教授连连点头。

晚上，追逃组两队人马在酒店房间里汇总情况，六个人坐在椅子和床沿上讨论案情。

梁栋梁："我们今天走访的是刁梦良的两位同学，还有一位同学出差去了，我们和他通了个电话。三个人反映的情况差不多，他们最近半个月都没有与刁梦良通过电话。近来也没有得到他要来杭州的信息。我们给他们留了通信方式，有情况让他们及时联系我们。"

赵达声："看来，刁梦良即便真的来到了杭州，也不会与他的同学老师们见面的。"

柳公权："依我看啊，我们得到的杭州、西安、北京等地的信息，说不定只是刁梦良要的一个花招而已，说不定他就藏在东江呢。"

赵达声一拍脑袋："对，对，对，小柳，你说的没错。因为这些信息全部来自他的手机，只要他的手机到这里来就可以了，至于人有没有来，那只有天晓得了。"

梁栋梁："如果他人没有来的话，那么他肯定还有同伙，否则是不可能做到的。"

赵达声："这个假设如果成立的话，那么明后天，我们可能就会收到刁梦良在北京或者西安活动的消息。他想把我们提溜得团团转，门儿都没有。咱们再好好查一下刁梦良的朋友圈，看看到底谁在各地跑，帮他忽悠我们。"

柳公权："这可能是他的一个策略，等我们回到东江去找他的时候，他才可能放心大胆地往外走了。"

梁栋梁："小柳，你从公安到纪委系统的时间不长，没想到你的侦查水平提高得这么快。不过刁梦良真要这么整的话，那要抓住他就很难了。"

赵达声："咱们让他自己找上门来。"

江志华："自己找上门来？这怎么可能，难道等他醒悟过来，向纪委或者公安自首？"

赵达声："自首的可能性微乎其微，几乎不可能。"

梁栋梁："那有什么办法？"

储健："我知道了，刁梦良的老婆孩子都在美国，他现在最想去的地方是哪里？自然是美国。而出国最重要的是什么，当然是护照啊。刁梦良肯定知道我们已经监控了机场，老的护照不能用了，他现在唯一急需的是一本改头换面的护照。"

赵达声："对，刁梦良肯定做梦都在想如何得到一本假身份的出国护照，让他顺利出国，和老婆孩子团聚。我们让他主动联系我们。这样，志华，小柳，你们去准备五部双卡手机和十个外地手机号码，隔三岔五向刁梦良的手机发送制作护照证件的信息，并且承诺百分百通过公安检查，已经送多少多少人出国。如果有人前来查看，就用真护照出示给他们，赢得他们信任，只要刁梦良一出现，我们立即抓捕。"

梁栋梁："那如果刁梦良始终让别人前来办理护照呢？"

赵达声："那就跟踪联系人，等他出现时实施抓捕。"

储健："这个办法好。不过，如果他已经制作好护照了呢？"

赵达声："那他迟早会在机场出现，所以我们必须加强对机场的监控。还有一点很重要，如果他想堂堂正正地从机场登上国际航班，除了要有可以乱真的护照外，还要有不易让人认出的外表。"

梁栋梁："你是说，他会乔装打扮以后躲过检查。"

赵达声："对。"

梁栋梁："那下一步，我们追捕组怎么办？"

赵达声："我们继续扩大对刁梦良朋友圈的搜索范围，志华，你让信访室同志重点寻查东江与刁梦良关系密切的人，看看有没有可疑的人被我们遗漏了。同时，我们追捕组还要追查那个目前正在使用刁梦良手机的人，不管这个人是不是刁梦良，都要把他抓获。"

大家齐声道："好的。"

赵达声："那今天就这样，时候不早了，早点休息吧。"

第二天一大早，大家都还未起床，赵达声床头的手机响了，他一看号码赶紧接听。

"喂，天意，有什么新情况？噢，哪里人？淳化，好的，你把她老家的具体地址发我手机上，这个信息很重要，我们马上去她老家追查。好的，好的，那就这样。"赵达声挂掉电话，冲另外两个床上喊："志华，小柳，起床了，有新情况。"

不一会儿，追捕组一行在酒店餐厅吃早饭。赵达声边啃着包子，边说："刚刚接到宋天意的电话，石尚清供出了一个新情况，刁梦良有一个跟了他五六年的情人，叫钱巧霞，在东江梦巴黎娱乐总汇 KTV 包厢做服务员。刁梦良为她在东江买了一套房子。她老家是淳化的，离这儿不远。石尚清供称，这个人表面上与刁梦良已经分手，但是私底下一直还有来往。我估计，那个使用刁梦良手机的人，很有可能就是钱巧霞。栋梁，饭后你让东江公安赶紧发一个协查通报，全面追查钱巧霞。我带志华和储健，你带张杰和柳公权，咱们交叉组合。你继续调查刁梦良的朋友圈，我们去钱巧霞老家看看，说不定刁梦良就躲在情人老家。"

"好的，我现在就打电话。"梁栋梁放下饭碗，拿出手机拨通了东江市公安局治安科科长的电话。

"钟科长，我梁栋梁，你赶紧查一下淳化籍女子，名叫钱巧霞，年龄二十五六岁左右，曾在梦巴黎娱乐总汇做过服务员。查到后，把她简要情况发给我，然后发个全国协查通报，一旦发现这个人，马上拘捕。嗯，好的。辛苦啊！再见。"

午后，赵达声他们驱车来到淳化，一行三人在当地派出所所长和村主任的带领下，在大路上下了车，朝着不远处的一个小山村走去。

村主任："赵书记，你看前面就是钱家集。这个村子，处于两省交界，90%的成年人都外出打工了，村里只剩下老人和孩子。你们要找的这个钱巧霞，她父亲叫钱大龙，是个泥水匠，早些年也在南方打工，这两年岁数大了，就只在老家做做短工。她母亲精神有些问题，生活上勉强能够自理，底下还有两个弟妹，脑子都不太好使，所以这户家庭在村里还是比较贫困的。"

赵达声："嗯，家庭条件本来就不好，还那么多孩子，这就更困难了。"

村主任："是啊，是啊。"

一行人走进村落，路上都是石块铺成的小路，一条小溪穿村而过，村上家家户户都盖起了简易的二层小楼，但一半以上的人家外墙都没有粉刷，看起来有些简陋。他们转了几个弯，来到溪水上游的小桥边，看到一户人家，三间平房，一个院墙斑驳的小院，朝着溪水有一个边门。

村主任指着小院："这就是钱巧霞家。"

跨过小桥，一行人步入钱巧霞家，钱巧霞的父母亲都在家里，她父亲把做泥水匠的工具放在门口的电瓶车上，准备出门。钱大龙看到那么多人有些拘谨，也没招呼大家坐。钱巧霞的母亲穿着一身新衣裳，看着一行人嘴里自言自语，听不清在说些什么。

村主任："大龙，今天做工吗？"

钱大龙："等一下要去的。"

村主任："大龙，巧霞最近回来过吗？"

钱大龙："没有回来过，她已经很久没有回来了，每个月只寄点钱回来。她在东江市的饭店做服务员，钱很多的，在东江买了房子，还寄钱给我们。"

江志华拿出刁梦良的照片给钱大龙看："大伯，你见过这个人吗？"

钱大龙接过照片，仔细看了看："见过，他以前到我们家来过，最近没来过。他待我们巧霞很好的，他是个好人。"

赵达声在家里东看看西看看，发现洗漱台上放着一支用了大半的唇膏，屋门角落里有一双半高筒的靴子。

这时，门外跑进来一男一女两个孩子，男孩十五六岁，女孩十一二岁，都穿着新衣裳。

村主任："大龙啊，你女儿如果回家的话，就跟我说一声，最近村里经常有企业来招工，我可以给你家巧霞安排去做工。"

钱大龙："好啊，好啊，谢谢村主任啊！"

村主任："谢啥，乡里乡亲的。那我们走了，下次空的时候再来看你。记得，你家巧霞回来，一定要告诉我，我好安排她去做工。"

钱大龙："知道了。"

赵达声临走从口袋里掏出五百元钱塞进钱大龙的手里。钱大龙推辞了一下，最后还是收下了。

金杯面包车开到镇政府门口，派出所所长和村主任下了车，与赵达声一行三人告别，面包车朝淳化县城方向开去。车子开出镇政府所在集镇，上了高速公路，朝着杭州方向疾驶而去。车子开了十分钟左右，即将驶近第二个出口。江志华和储健微眯着眼睛，正在闭目养神。

赵达声跟司机小刘说："小刘，前面下高速。"

储健睁开眼睛，不解地问："赵书记，咱们不回杭州啦？"

赵达声："不回了。"

江志华："怎么搞到荒郊野外来了？"

赵达声："咱们就在这里休整一下，晚上再回钱家集。"

江志华："怎么还要回去？"

赵达声："钱巧霞近日回过老家，说不定还住在家里呢。"

江志华："何以见得？"

赵达声："一是她家梳妆镜前放着半支时髦的唇膏，门角落里放着一双半高的靴子，母亲和两个弟妹都穿着新衣裳。显然，这都是钱巧霞的用品，新衣裳肯定也是她买的。所以，如果运气好的话，钱巧霞有可能还在家里，只是她家人隐瞒了我们。运气不好的话，她又离开了。这个运气，我觉得值得去碰一碰。"

储健："对啊，其实这些细节我也注意到了，可是我怎么就没想得那么深呢。这搞经侦搞时间长了，侦查的敏感性却变得越来越弱了。"

江志华："是啊，干我们这行的，必须时时洞察细微，于细微处察分毫，消除迷障，破解真伪。"

储健："说起来容易做起来难啊！"

小刘将车停到了路旁一个乡村超市前，赵达声一行都没有下车，四个大男人窝在座位上小憩。过了一个多小时，正迷糊的四个人被赵达声的手机铃声吵醒。

赵达声："大可啊，什么情况？刁梦良的手机信号又在西安出现了，好的，知道了。"

江志华："怎么，刁梦良的手机信号在西安出现了？"

赵达声："是啊，情况还有些复杂。"

储健："现在我们是否马上奔赴西安？"

赵达声："我们只好兵分两路。梁局长一路即刻去往西安，我们这边调查完了也马上过去。"

赵达声拨通了梁栋梁的电话："喂，栋梁啊，我刚接到电话，说在西安发现了刁梦良的手机信号。对，你们三个人今天连夜赶过去，好吧？让当地公安协查，不管如何先找到使用手机的人再说，起码这是一条重要的线索。好，那你们辛苦！到时，我们西安会合。嗯，再见！"

挂了电话，赵达声看看天色已暗，对其他人说："走，我们先去把肚子填饱，再回钱家集。"

晚上八点半，赵达声一行四人在村主任的陪同下，又摸黑朝着钱家集走去。路上已经没有多少人了。村里没有路灯，黑乎乎的。路边农户家里养的狗叫个不停。

赵达声："村主任，这么晚让你又跑一趟，辛苦你了！"

村主任："赵书记，您客气了。咱村主任虽然没啥大能耐，但是我觉得德和勤这两点必须具备。我的理解：德，就是听党话；勤，就是兢兢业业，为百姓谋福利。至于能力和业绩，很多时候得靠天时地利人和才能发挥出来。所以，能为党分忧、为百姓办事，是我最开心的事情。"

赵达声："村主任有这个觉悟，难得啊！"

说话间，他们来到钱巧霞家屋外。

赵达声："志华，你守住溪上的边门。村主任，我们去敲院门。"

他们站在院门外，村主任举起拳头把院门擂得"咣咣"响。

钱大龙在里面叫："吵不死个人，敲敲敲，敲啥呢敲！"

村主任："大龙，你开门，我是村主任，找你有事呢。"

钱大龙提溜着裤子站在房门口，冻得嘴里哧溜哧溜。

钱大龙："村主任，啥事情，深更半夜的？"

村主任："大龙啊，我听说你闺女回来了，不是有企业来招工嘛，我就顺路来各家通知一下，让你闺女这些天去村上登记去。"

钱大龙："我闺女没回来啊。"

村主任："你把门开开，我在外面冻得很，让我喝口水暖暖身子。"

钱大龙："好嘞，好嘞，你等一下。"

钱大龙小跑着过来把院门打开，看到村主任身后还站着白天来的两个人，神情有些诧异。

钱大龙："你们还没有走？"

赵达声："没走呢。有点小事情还没办完。打扰啦！"

钱大龙："没事，没事。那大伙儿屋里坐吧。"

几个人进了钱大龙家，在八仙桌前坐定。钱大龙拿起热水瓶晃了晃，朝大家抱歉地笑笑。

钱大龙："我马上烧。"

村主任看看赵达声："大龙，不用了，不用了。还是让你闺女出来吧。"

钱大龙："哎呀，村主任，我不是说了吗，我闺女没有回来。"

村主任："大龙啊，你就不要瞒着我们了。我们看出来了，你闺女就在房间里睡觉呢。"

钱大龙："你咋知道？"

赵达声："大龙，我知道你是个实诚人，你看你闺女用的东西不都摆着吗？还有你老婆孩子身上穿的衣服不都是你闺女带回来的吗？"

钱大龙朝赵达声尴尬地笑笑："你们找我女儿到底啥事情？我女儿谈了个对象，是邻村的，一块儿在东江打工。现在我闺女不想处了，那个男的还是缠着她，你们可千万给咱保密啊！"

赵达声："没问题，我可以向你保证！我们是东江来的，向她问几个问题就行。"

"那好，你们等一下。闺女，你出来一下，东江有人来找你，不是你那个男朋友，放心吧。"说完，钱大龙去烧水了。

过了一会儿，钱巧霞出来了。她用疑惑的目光朝大家看了看："你们找我啥事情？"

赵达声朝钱大龙看看，然后对村主任说："村主任，我们想和钱巧霞单独谈谈，你和大龙去外头抽支烟好吗？"

村主任："好，好。大龙，咱们去外头抽支烟去。"

钱大龙："外头冷啊。"

村主任："哎，走吧，走吧。"

赵达声指指凳子，对钱巧霞说："坐吧，坐吧。咱们找你主要是想了解一下刁梦良的情况。"

钱巧霞目光闪烁："我们已经很久没有来往了。"

储健从衣服内袋中掏出警官证在钱巧霞面前亮了亮："我是东江市公安局的，我们有充分证据证明你们最近还有来往和联系。"

钱巧霞不吱声了，过了片刻，她问："你们想知道什么？"

赵达声："刁梦良现在什么地方？"

钱巧霞："我真的不知道。我们起码有一个月没有见过面了。不过，他上个星期给我打过一个电话，说要出一趟远门，我问他到哪里去，他说可能去国外。"

赵达声："他有没有说还要去什么地方？"

钱巧霞："噢，他说出国前想先出去旅游一趟，问我能不能一起去？我说，走不开……其实，我男朋友知道我与刁梦良的关系，扬言说要干掉刁梦良。我怕出事儿，就没敢答应。"

赵达声："刁梦良有没有说去哪里旅游？"

钱巧霞："好像说古都游什么的。"

赵达声："刁梦良还有没有其他女人？"

钱巧霞："应该有，但我不敢肯定。"

赵达声："他有没有说去哪个国家？"

钱巧霞："好像说去美国。"

储健："你还有没有什么隐瞒的？如果日后让我们知道你隐瞒不报的话，要负法律责任的。"

钱巧霞脸色变了一下，声音有些发抖："跟我无关啊，刁梦良经常吹嘘他如何能搞钱，一年能搞几百万。我就激他给我买房，他抠了半天才花了五十多万元给我买了一套房子。这事儿，不关我事啊，我回去就把房子交出来，好吗？"

储健："非法所得必须得交出来。刁梦良还告诉你什么违法的事情？"

钱巧霞："他经常说，多少多少企业求他办事，他不点头，企业就得关门。他还说，境外都存了好多钱。但是具体的情况，我只听了一点儿，他没有细说。"

储健："还有什么？"

钱巧霞："真的没有了。如果再有隐瞒，我不得好死。"

储健："刁梦良给你买的房子在什么地方？"

钱巧霞："万家花园7幢3单元505室，回去我就搬走，把钥匙交给你们。"

储健从口袋里取出一张便笺纸，在上面写了一个号码递给钱巧霞："嗯，如果你得到刁梦良的任何消息，立即告诉我们。这是我的电话。"

钱巧霞："知道了。"

储健看看赵达声，赵达声冲他点点头。

储健："那今天就了解这么多，下次如果要再问你什么情况，你要随叫随到。"

钱巧霞："好的。"

在回杭州的路上，大家都有些兴奋。

赵达声："到现在为止，刁梦良潜逃案才算有了一些眉目。一是可以肯定他要潜逃出境，目的地基本上可以确定为美国。二是他打算出游，这与他的手机信号出现在各地的情况相符，但是他又特别谨慎，信号出现的时候很短，让我们侦察不到他的具体位置。"

江志华："刚才上车后我一直在想，这会不会是刁梦良故意向钱巧霞施放的一个烟幕弹，也可以说是间接向我们施放的一个烟幕弹。"

赵达声："有这个可能，但是，在还没有取得其他可靠线索的情况下，咱们只有一查到底，没有其他办法。"

储健："是啊，在没有更有力的线索出现之前，咱们肯定要先把当前的线索查实，这是第一位的。当然，案情会不断发展，咱们到时再随时跟进。"

赵达声："对，我们也即刻动身前往西安。噢，对了，志华，你们发给刁梦良的制证广告有反映吗？"

江志华："还没有。"

赵达声："这个不能停，还得继续发。但也不要发得太频繁，以免引起他的警觉。"

江志华："这个我有数，放心吧。"

赵达声又对司机小刘说："另外，小刘，我们到杭州后，你住一晚上，明天就回东江吧，我们坐火车去西安。"

调查室里，欧阳春、宋天意和一名工作人员与大麦集团副总孟大海面对面坐着。虽然对面坐着三名纪委干部，孟大海却显得非常轻松，脸上甚至带着轻蔑的微笑。

宋天意："姓名？"

孟大海左右看看："什么意思？"

宋天意："问你叫什么名字？"

孟大海："你们不是知道吗，明知故问！"

宋天意正色道："严肃点。姓名？"

孟大海："孟大海。"

宋天意："性别？"

孟大海笑起来："这还看不出来？"

宋天意："性别？"

孟大海："男。"

宋天意："单位和职务是什么？"

孟大海："大麦集团副总经理兼大麦印染有限公司总经理。"

宋天意："知道为什么找你吗？"

孟大海："我正纳闷呢。哎，你们纪委为什么找我呀？"

宋天意："你们大麦印染有限公司涉嫌向政府工作人员行贿，请你说一下，你们贿赂过哪些政府工作人员？"

孟大海故意装出一副惊讶的表情："向政府工作人员行贿？这分明是有人捏造谣言，诬告我们。我可以对天发誓，我们大麦印染有限公司，如向政府工作人员送过什么好处，我孟大海天打五雷轰，出门就被车撞死。"

宋天意："你不要抵赖，我们已经掌握了你们行贿的确凿证据。"

孟大海："那就请出示证据吧。如果你们能够拿得出我们大麦印染向政府工作人员行贿的证据，我孟大海甘愿伏法。不要你们押送，我自己走到看守所去。"

宋天意："你，你不要太狂了。证据马上就可以出示给你，你放心。"

与此同时，在另一间调查室里，欧阳春、孙海和苏红正在问询大麦集团财务总监蓝洁。今天的蓝洁似乎精心打扮了一番，显得雍容华贵。还没等孙海发话，她主动开口了。

蓝洁："我不跟你们谈，请你们把赵达声找出来，我要跟他对话。"

孙海："你老实点，到了这里还这样那样，别到时候哭都来不及。"

蓝洁："谁哭都来不及，你说话小心点。让赵达声出来，我要见他！"

孙海："你给我放老实点，我们赵书记是你想见就见的吗？"

蓝洁："那行，我不说话，看你能把我怎么样！"

孙海："蓝洁，请你不要在这里胡搅蛮缠，老老实实把问题讲清楚。"

蓝洁："谁胡搅蛮缠，没有问题，你让我讲什么？"

欧阳春："蓝洁，你把问题讲清楚，就可以早点回去了。待在这个地方，又不是舒适的宾馆饭店，何苦呢！"

孙海："请你把你是如何利用李清的名义，为刁梦良、石尚清、许兆丰在工商银行、中国银行、建设银行办理的银行卡，又怎么向他们的账户注钱的，把问题交代清楚，你就可以回家了。"

蓝洁："谁是李清？我不认识这个人，干吗要为他办理银行卡啊，还向他注资，我脑子有病啊？你不要把无聊当有趣好不好！"

孙海："三张银行卡我们都已经找到了，我们还查到了卡的资金进出明细，你不要再在这里装糊涂了。"

蓝洁："那又怎么样？"

孙海："你别以为你不承认，我们对他们就没有办法，我们照样可以查明他们的犯罪情况。"

蓝洁："你们想查就查，关我什么事儿？"

孙海："你是行贿的直接参与者，怎么不关你的事儿？"

蓝洁："你不要血口喷人，你有什么根据说这种话？"

孙海："自然是有证据的。李清的账户就是证据。"

蓝洁："李清的账户跟我有什么关系？"

孙海："你多次在不同的营业网点以李铃的名义，向李清的三个账户存入大量的现金，这里有入账的资金明细复印件和你在银行柜台的签名，这总该是事实吧？"

蓝洁："你说得越来越离谱了，我干吗要用什么李铃的名义向这个李清的账户注钱，我犯得着吗？不过，你既然这么说，那就请你把营业网点的影像资料拿给我看看。"

孙海："会拿给你的，别想抵赖。还有，你亲口向赵达声说的，关于李清账户的问题总应该是真的吧？"

蓝洁："我可没有向赵达声讲过任何关于李清账户的事情。我求你别编故事了，赵达声也不会承认的。不然，你把李清和赵达声叫出来，我跟他们当面对质。"

孙海："你……"

晚上，赵达声和江志华、柳公权坐在西安公安局招待所房间里。赵达声不说话，江志华和柳公权也都悄悄地坐着。坐了一会儿，江志华终于按捺不住了，他在房间里走来走去。

江志华："赵书记，西安的布控是不是还有漏洞啊，怎么三天过去了，一点儿动静都没有？那个制证广告来联系的也都不对路，我就不明白了，为啥那么多人要办假结婚证和假离婚证，还有假身份证，这都什么事儿，白白浪费那么多钱买了手机。"

赵达声："你少安毋躁，说不定下一秒钟就将出现转机。这跟打仗时一样，大战前夕往往都异常平静，双方都在积极准备，时机一到，万炮齐发，瞬间地动山摇。现在，刁梦良比我们任何人都急，他恨不得立马飞到美国去。咱们的布控如此周密，他稍有举动，咱们马上就会得到信号，你看吧，说不定转机就在眼前。"

这时，手机铃声响了，三个人都不约而同地抓起自己的手机看起来，但很快发现声音不对。柳公权看到又是新装备的制证手机，他有气无力地接听。

"喂，你要做什么证？护照！你什么时候要，越快越好？行，行，没问题。你要看样本，噢，可以，可以。你住哪里，送到哪里？噢，我现在在外地，没在东江，过两天可以吗？不行啊，那我明天上午这边忙完就赶过去，我把样本送过来，你先看一下，满意了你再做。做好后，不满意不要钱。咱们做的护照，行内俗称'鬼见愁'，不是，不是，就是说做得特别好，连公安的专门机器都验不出的。好的，明天下午一点半，东江时代广场喷泉池边，保持手机畅通，好的，不见不散。"

柳公权挂掉手机，赵达声和江志华都用期待的眼光看着他。

柳公权："赵书记，有人要做护照。不过，不是刁梦良的手机打来的。"

赵达声："不管是不是，我们马上回东江，或许新的转机已经出现。"

柳公权："是啊，山重水复疑无路，柳暗花明又一村。"

江志华："那这里怎么办？"

赵达声："明天早饭时跟栋梁局长商量一下，建议让他们留一人在这里，随时掌握情况就可以了。"

第二天下午一点二十五分，柳公权装扮成一个民工，怀揣着两本结婚证、三张身份证、两本护照在东江时代广场喷泉池边等着。这个时代广场位于老城区，是东江的标志性景观之一，边上有两家大的商城，平时人来人往非常热闹。柳公权围着喷水池转了两圈，看看没人与他接触，也没看到可疑的人，便坐在绿化带的台阶上，看着来来往往的行人，不时掏出手机看看时间。过了一会儿，手机响了，是昨天打来的号码。柳公权赶紧接听，声音还是昨天那个人。

"喂，哥们，你在哪儿呢，我的对面？噢，噢，那你过来吧。"

柳公权的目光穿过水幕间隙，看到对面有一位年轻人，穿得像个流浪汉，捏着电话，也在朝这边张望。柳公权朝他挥了挥手，那人慢慢地朝他走过来，两只眼睛不停地朝四处望望。他来到柳公权面前，斜着眼睛问："你就是那个办证的？"

"是啊，办证的。请问你要办什么证？我这里要啥有啥。"

"尽吹，死亡证有吗？"

"有啊，你想死啊？"

"你才想死呢！"

"那你想做什么证件？"

"有护照吗？"

"当然有啊！难道你也想出国？"

"当然想啊！难道我就不能出国？"

"出国得有实力。"

"你为什么就看我没有实力？"

"有，有，是我看走眼了。那你把照片给我，后天中午还在这里，咱们一手交钱一手交货。"

"我还没有看样本呢。"

"行，你看吧。咱们到那边公共厕所去，这里有摄像头。不过，你看得懂吗？"

"别小瞧人，看不懂，我不会比较啊！我这儿有真的护照。"

"那行吧，咱们现在就过去。"

说完，两人朝着广场公园边上的公共厕所走去。他们一前一后走进广场公共厕所。柳公权推开一间便室，两人挤了进去。柳公权吸了吸鼻子，看着他，皱了皱眉，从衣服口袋里掏出一叠做好的证件，从里面挑出两本护照交给他。

"你看吧，其中一本是给我自己做的。我有一次去泰国旅游，特意用它过安检，一点问题都没有。你放一百个心，绝对没问题。你就是去联合国，进美国白宫，也绝对畅通无阻。"

"你就吹吧你！"

男人接过护照，打开看了看，再从自己口袋里掏出一本真版护照，将三本护照放在一起，借着灯光仔细地看着。然后又掏出手机，打开手机上的手电筒，上下左右里里外外看了个遍。

"还真可以啊！不错。"

"这牛皮不是吹的，火车不是推的。你要是想做，就把照片给我，写上姓名和出生年月，价格嘛一本一千元，先付二百元定金，做完满意付清全款。"

"要做，要做。"

男人把两本护照还给柳公权，把自己的那本塞进口袋里。又从贴身衣袋里摸出一个皮夹，从里面抠出一张照片交给柳公权。柳公权接过照片，看了一眼，照片反面写了名字。

"噢，名叫丁林，照片可以，后天老时间在此取件。你先付二百元。"

男人又从皮夹里抽出两张百元大钞交给柳公权。柳公权接过钞票，用手指弹了一下。

"先走了。"

"哎，你不立个字据？"

"干我们这行，讲究个信誉，立什么字据，你懂不懂？"

柳公权打开便室的门走出去，流浪汉紧跟着出来。一个老头正好进来，看到两个人从一间便室里出来，好奇地看着他们。

"看什么看，没见过啊。"柳公权故意大声说道。

12

刁梦良案追捕组除张杰驻守西安外，其余人员在市纪委小会议室开会，研究柳公权从广场男子手里取来的照片。

赵达声把照片递给梁栋梁："栋梁，你看看，这个丁林究竟是不是刁梦良？"

梁栋梁接过照片一看："没错，就是刁梦良，绝对是。"

江志华左手拿着刁梦良以前的证件照，右手拿着柳公权拿来的照片仔细地对比着。

江志华："我看这是两个人嘛，怎么会是一个人呢？你们看，刁梦良秃头、小眼、胖脸，这个丁林头发浓密、大眼、瘦脸，怎么看也不可能是一个人！"

储健也双手各拿着一张照片仔细比对着，说："我还真看不出来是一个人。我看最好请技术部门再鉴定一下，万一抓错就不好了。"

赵达声："我看这两个人就是一个人。他的外表虽然有些变化，但他的眼神、特征没变。但是，为防万一，我们还是再通过技术手段确认一下。栋梁，让你们技术部门鉴定一下，需要多长时间？"

梁栋梁："这个快的，半个小时足够了。"

赵达声："那我们就耐心等一会儿吧。储健队长，辛苦你马上把照片送过去，让技术部门鉴定一下。咱们再研究一下抓捕有关事情。"

储健："好的。"

梁栋梁："后天估计还是那个男子过来取东西，咱们只能采取跟踪的办法，等他送到目的地，或者看到刁梦良本人时，我们再采取行动。"

赵达声："嗯，栋梁，麻烦你再从公安借调人马，实施跟踪抓捕行动。"

梁栋梁："这个没问题，我一会儿就去落实人员，争取明天下午开个会，研究落实一下抓捕方案。"

不一会儿，梁栋梁的手机响了起来。

"喂，好的，知道了。你把他的照片让技术部门翻拍后，印个二三十份，明天部署抓捕时备用。"梁栋梁挂掉电话，转而跟赵达声说："刚才储健来电，技术部门已经确认照片上的人就是刁梦良。看来他前期跟我们耍了个花招，搞不好是让这个广场男子到各地去转了一圈，向我们发送他人在外地的信息，自己却在东江乔装改扮，企图蒙混出国。他的如意算盘打得不错啊！"

赵达声："是啊，可是百密一疏，再周密的计划总有露出破绽的时候。"

第三天中午，一辆依维柯面包车缓缓驶来，开到东江时代广场东商场前停了下来。一名保安上来盘问，司机摇下车窗玻璃和他说了句什么话，保安就示意他停在旁边合适的位置上。

依维柯面包车内，梁栋梁带着两名工作人员，戴着耳麦，眼睛盯着车上十几个监控点发来的监控画面。

梁栋梁："各小组注意，抓捕组全体人员进入指定位置，抓捕组全体人员进入指定位置。"

监控画面中显示公安事先布置的侦查员陆续到达指定位置，他们或闲逛，或小坐，或装扮成情侣欣赏着音乐喷泉。

一点二十分，柳公权按时来到东江时代广场喷水池旁。他在音乐喷泉前稍作停留，掏出手机看了看，便朝着边上的公共厕所走去。不一会儿，一名背着一个破袋子的流浪汉从时代广场公园的西北角走进侦查员的视野。流浪汉缓慢地逛着，眼光有意无意地观察广场上的情况，慢慢地朝着公共厕所走过去。他来到公共厕所门口，回头朝后面看了一眼，便闪了进去。

男子进到公共厕所里面，看里面有两个陌生人，便先小便池方便了一下，看没人时，又低下身子，朝几个便室里望了望。看到其中的两间有人，他便走到其中一间，伸手敲了一下门，里面有人吼了一嗓子"有人呢"。此时，隔壁一间的门自动打开了，男子看到柳公权站在里面，他也一步跨了进去。柳公权也不说话，直接从衣服口袋里掏出一本护照交给流浪汉。流浪汉接过来，翻来覆去看了一会儿，点点头，把护照塞进内衣口袋，再摸出一沓钞票，仔细地数出八张百元大钞递给柳公权。柳公权也没数，把钱塞进怀里，朝他笑笑。男子侧过身，向柳公权做了个请的动作，示意让柳公权先走。柳公权又冲他笑笑，打开便室的门，侧过身，从男子身边挤了出去。

男子重新把便室的门插上，迅速脱下上下外套，将各个口袋翻了个遍，把里面的东西拿出来塞进内衣口袋，把外套扔在地上。然后打开带来的破袋子，从里面取出一条毛呢长裙穿在身上，拿出一双棕色靴子套上，再拿出一个女式长波浪假发套戴在头上，用手梳了两把。最后，取出一件棕红色的呢大衣披上，收拾停当，便打开便室的门，从里面走了出去。

男子摇身一变成为时髦女郎从公共厕所里面出来，微低着头，直接转到厕所后面，朝着公园外面匆匆走去。柳公权躲在不远处的一个书报亭后面，紧紧地盯着公共厕所门口。时间一分一秒地过去，大约过了十分钟，还没看到男子从厕所里面出来。他有些纳闷，自言自语："人呢，怎么还不出来？"

依维柯面包车里，梁栋梁的眼睛一直盯着公共厕所门口的监控视频，柳公权出来了好一会儿，还不见男子出来。他发觉有些不对，赶紧发出指令："一号抓捕组注意，迅速进入公共厕所查看情况，迅速进入公共厕所查看情况。"

一号抓捕组的四名侦查员迅速冲进公共厕所，片刻，传来一号抓捕组组长焦急的声音："流浪汉已乔装逃走，流浪汉已乔装逃走。"

梁栋梁急了，催促工作人员："赶快回放，赶快回放。"

工作人员马上将监控画面进行回放，梁栋梁反复看了两遍，断言道："长发女人！赶紧调其他监控。"

工作人员将其他监控资料统一回放，梁栋梁站起来，看着监控画面。其中的一个画面上，长发女人在商场前，拦了一辆出租车，坐了上去。

工作人员："看，长发女人！"

梁栋梁着急地对工作人员说："赶快显示出租车号码。"

工作人员："江 C·25T60，车顶显示'汇龙出租'。"

梁栋梁向耳麦传达指令："各小组注意，嫌疑人已乔装成长发女人，穿棕红色大衣、长裙、短靴，坐上一辆汇龙绿色出租车，车号江 C·25T60，已驶向钟楼方向。各小组即刻乘车跟踪，务必等刁梦良出现时再实施抓捕。"

耳麦中传来各小组的回复："一组明白。""二组明白。""三组明白。"

梁栋梁对工作人员说："请切换到钟楼方向各路段的信号。"

各抓捕小组听到梁栋梁的命令，迅速向着各自的车辆位置跑去，以最快速度乘上车，朝钟楼方向疾驶而去。

一点四十五分，刁梦良从单元楼电梯直接下到地下车位，坐进一辆黑色大众宝来轿车里。他看起来有些紧张，掏出手机，快速拨了个号码。

刁梦良："喂，你到哪里了？好的，一会儿我把车停在公交站台前面，黑色大众轿车，打着双跳灯。你让出租车司机开过来，直接把东西给我，我把钱给你，我们交接好后你就马上离开东江，不许再回来。你爱上哪儿上哪儿，走得越远越好。明白吗？那行。什么？换了女人衣服，真有你的。那就这样吧，我现在就把车开过去等你。好，一会儿见。"

刁梦良把车驶出紫金苑小区，右拐汇入车流。

此时，经侦支队副队长储健带着三名侦查队员亲自驾着帕萨特轿车朝着钟楼方向疾驶。梁栋梁从耳麦中不断向他告知江 C·25T60 出租车的准确位置。帕萨特转过三个路口，视野中开始出现江 C·25T60 出租车的身影。他们渐渐地跟上去，不紧不慢地尾随着。

储健："一会儿，你们几个机灵点，只有流浪汉把东西交到刁梦良手里，咱们才能马上动手抓捕。如果接手的人不是刁梦良，你们千万别动手，要是这次把刁梦良惊着了，那下次抓他就难了。"

队员们："放心吧，储队长。"

储健从车辆后视镜中看到另外两辆警车也紧跟了上来。

储健呼叫梁栋梁："梁局，梁局，建议另外两个抓捕组在我们抓捕时，对嫌疑人实施拦截和围堵，确保万无一失。"

梁栋梁："好的，我马上部署下去。"

视野中，江C·25T60出租车已经驶过紫金苑公交站台区域，车子继续向前开去，在一辆开着双跳灯的黑色大众宝来轿车边停了下来。出租车副驾驶摇下车窗，将一个塑料袋递给宝来轿车司机，宝来轿车司机也把一个小袋子交给对方。然后出租车加速向前开去。

储健在离出租车两个车位的地方慢慢靠近黑色宝来轿车，宝来轿车司机拿到东西后，迅速关上车窗，忽然加速朝前驶去。储健一下子被甩在后面，同时几辆车插上来，把储健的车隔得远远的。

储健只好再次呼叫梁栋梁："梁局，梁局，男子与接头人已完成交接，接头人车窗遮挡无法辨认是否是刁梦良本人，请求交警同时截查江·C96578黑色大众宝来轿车和我们的帕萨特轿车，尽量拖延时间，等待我们确认。"

梁栋梁："好的，马上部署，马上部署。"

储健脚下加油门，开始超车接近宝来轿车。

车子又开过三个路口，前面十字路口红绿灯前出现了值勤的交警。宝来轿车驶近交警时，交警示意车子靠边停车。当储健驾驶的帕萨特轿车驶近时，交警也同时示意靠边停车。

一名年长的交警走到宝来轿车的前面，向刁梦良敬了礼。刁梦良摇下车窗。

"您好，请出示行驶证、驾驶证。"刁梦良往口袋里摸了半天，然后抱歉地对交警笑笑："对不起，交警同志，我今天忘带了。"

交警："对不起，请您下车。"

交警敏捷地一伸手，把刁梦良的车钥匙拔了下来，同时把刁梦良的车门打开。

刁梦良表情难看："真对不起，我有急事儿，我母亲住院开刀，我必须现在就赶到医院去。"

交警："您属于无证驾驶，请您下车。"

刁梦良："警察同志，我真的有急事儿……"

储健停好车，招呼大家："全部下车，我去找民警理论，同时，大家确认是否刁梦良本人，一旦确认，看我眼色行事。"

储健一行四人从帕萨特轿车上下来，朝前方车辆走过去。交警看到储健他们走过来，对他们说："你们稍微等一下。"

正在这时，刁梦良从宝来车上下来，与储健对视了一下，储健一下子认出此人就是刁梦良。储健朝三名侦查员一挥手，叫了一声："抓。"

刁梦良趁交警不备，一下子夺下交警手中的车钥匙，但没等他回到车上，就被储健的胳膊牢牢地锁住了脖子。侦查员上来，一边一个抓住了刁梦良的两条胳膊。储健松开手，对交警说："谢谢交警同志，谢谢配合！"

交警微笑，对他一个敬礼："没事，没事。"

刁梦良扭头对储健吼道："你们什么人，凭什么抓我？"

储健喝道："刁梦良，你演的戏该收场了！我们是经侦支队的。赵达声书记让我问候你！"

刁梦良一听赵达声的名字，身子一下子软掉了。但他还试图抵赖："你们抓错人了，你们抓错人了。"

储健："放心，错不了你的。你就是披上画皮，咱们照样有办法让你现原形。带走！"

侦查员给刁梦良戴上手铐，一左一右把他押上了帕萨特轿车。

当天下午，赵达声和欧阳春、宋天意对刁梦良进行谈话调查。纪委宣传部的同志架着一台摄像机对谈话过程进行录像。赵达声开始了与刁梦良的谈话。

"刁梦良，在正式开展调查前，我想问你几个问题。"

"赵书记，既然落到您手里，您问吧，我全部如实相告。"

"你老婆孩子是什么时候办的美国绿卡？"

"两年前，应该是 2011 年 10 月。"

"你为什么没有向组织上报告这个重大事项？"

"我那时就想着移民。如果老婆孩子办了移民让组织知道了，我就不可能实现这个愿望了。明眼人一看就知道，凭我们这点工资，想要办成这个事情是不可能的。"

"组织上不是建立了领导干部个人重大事项报告制度，你隐瞒个人事项，难道组织部门一直没有发现吗？"

"说实话，我们组织上很多制度是很好的，但是就是执行不到位。就拿个人重大事项报告制度来说，靠党员干部自己填报，组织上没有逐个核查，只是抽查，这就留下很多漏洞。我的资料，因为没有核查，所以虽然我老婆孩子移民办了两年多了，但就是没有人知道这事儿。"

"这次那个流浪汉是怎么回事？"

"就是花点钱，让他拿着我手机卡到处跑，回来再付一笔钱。唉，雕虫小技，不值一提。"

"从你的角度看，促使你严重违纪甚至犯罪的真正原因是什么？"

"这个怎么说呢，最主要原因应该还是监督乏力的问题。作为一级领导干部，特别是各级各部门的一把手，基本上就是一个土皇帝，在一定范围内，他就是天皇老子，没人管得了，这个最明显。就拿我来说，当上环保局长以后，权力高度集中，权力太大了。在局里根本听不到不同声音，什么事情都是自己说了算，没人敢提不同意见。起先班子里还会有一些善意的提醒和不同的声音，可过了一两年之后，这种情况就消失了。上级监督太软，一般没有什么严肃的批评，大多表扬的多，批评的少。同级监督太虚，民主生活会形同虚设，群言堂成了一言堂。有的时候大家心里明白，但没有几个人会和你较真。下级监督太空，下级监督理论上似乎也是成立的，但是真正做到不太可能。谁都不想在领导面前自讨没趣。这是体制机制上的问题。"

"除体制机制上的原因外，难道没有你主观上的原因吗？"

"有，有，有。权力太大，缺乏监督，个人修养不够肯定会出问题。虽然对党员干部的教育一直没有停止过，职务每上一个台阶，领导都会找我们谈话，到党校进行相关的培训。平时每年都会开展不同形式的专题教育，包括警示教育，当时是有触动的，但过后全部都忘到脑后了。有时候，教育千言万语，不如国外一部影视剧的影响大，西方发达国家的花花世界对党员干部的冲击和影响是巨大的。那时候，我每出一次国，回来总是感觉自己的生活无味，外面如何如何好，就想着能够永远留在国外。后来就动起了移民的脑筋。所以，我觉得党员领导干部的个人修养问题其实不是一时半会儿就能形成的，可能需要从小培养，需要整个社会大环境良好氛围的熏陶。还有就是要管住权力，真正像中央强调的那样，把权力关进制度的笼子里，把纪律挺在前面，不要等到腐败很严重了才来抓。"

赵达声："其实你心里都明白，就是管不住自己是吗？"

刁梦良："惭愧。个人修养不够，造成自身腐化堕落，一错再错，破罐破摔，直至不可收拾。我也希望把我的教训告诉广大党员干部，让大家不要重蹈覆辙。"

赵达声："嗯，说得挺到位，可惜你悔之晚矣。现在请你把收受每一笔好处费的时间、地点、涉案人员、金额等一一交代清楚。你收受第一笔好处是什么时候……"

深夜，赵达声回到家里。墙上的闹钟已经指向午夜时分。他把行李放在客厅，拿出洗漱用品，到卫生间洗漱。然后，蹑手蹑脚地走进卧室，把床头灯拧开，调到最暗，脱下外套，轻轻地钻进被窝，刚刚躺下，许盈似乎早在等着他了。

"回来啦？"

"是啊。"

"你还知道回这个家啊？"

"当然知道，老婆孩子一大家子，怎么能不知道呢。"

"我可听说你三天前就回东江了，为什么不回家？"

赵达声赔礼道："这不有案子嘛，大家伙都在办案点上，很久没回家了。我这个当书记的，哪好意思带头回家啊，就让欧阳他们先轮流回去了一下。"

许盈板着脸："你倒好，把我们娘仨扔在家里，自己在外面逍遥。"

赵达声掀开许盈的被子一下子钻了过去，一把搂住她："我这不是查案子嘛，其实我天天搁被窝里想你呢。"

许盈嫌弃道："哎呀，你干吗，全身冰凉冰凉的，冷死了。"

赵达声笑嘻嘻地说:"老婆孩子热炕头嘛,这大冷天的,老夫老妻肯定得搂一块儿才暖和啊。"

许盈推他:"去,去,去,别来这一套。我问你,小丰的事情你到底管不管?林芳带着儿子三天两头到我这儿,一把鼻涕一把眼泪的。我可就这么一个亲弟弟,你管得管,不管也得管。现在他被你们纪委叫去了,你是纪委书记,你就不能关照关照,况且他还是你的通信员,你就这么见死不救?"

"谁说见死不救!关键看怎么救。如果我伸手救,那我势必违反纪律,受处理的可能就不是小丰一个人。况且现在对小丰的调查,我已经回避了,主要由欧阳负责。所以,现在最好的救,就是让小丰向组织把问题交代清楚,等待组织的宽大处理。其他形式所谓的施救,都是徒劳,只会给组织添乱。"

"那你这意思是什么都不做,让小丰等着挨刀子啊!"

"什么叫挨刀子!组织是有原则的,不是你想怎么样就怎么样的。事情既然已经到了这个地步,我相信小丰也是会理解的。而且小丰对我也是了解的,他知道我会怎么做。如果像你说的那样去做,反而会让小丰看不起,他也不会接受。自己犯的错误自己承担责任,集体犯的错误领导承担责任,这是咱们侦察兵的处事原则。"

"我不管你们这一套那一套的,我就这么一个弟弟,我是他姐姐,你是他姐夫,他现在落难了,我们必须救他,不管作用大不大。如果见死不救,一点亲情都不讲,那我们还配当他的姐姐、姐夫吗?我们将来还好意思见他这个弟弟吗?"

赵达声退回到自己的被窝里:"唉,你要这么说,你的亲情观念也太狭隘了。咱们那时候打仗,多少热血青年血洒疆场,他们是为了更多家庭的幸福,为了更多家庭的亲情,抛下了父亲母亲兄弟姐妹,他们难道也是不要亲情了吗?"

"你不要动不动打仗打仗的,你们那一套,跟现在不一样。我不跟你说那么多,你就一句话,小丰你到底是救还是不救?"

"救。但是,不是你说的那种救……"

许盈扭身:"得,得,得,你不要说了,跟你说三天三夜都说不通。我明天找余仲君去,他比你好说话些。我真是倒了霉了,全天下那么多男人,怎么就找了你，小丰当初也是瞎了眼，把你介绍给我。"

赵达声还想说些什么，许盈却用被子蒙住了头，一句也不肯听了。

第二天晚上，许盈早早地来到余仲君家，余仲君和赵小军还没有回来，只有王玉兰一个人在家。两人坐在客厅里看电视、扯闲话。

"兰姐，仲君一般啥时候回来？"

"那可说不准，有时早些，有时晚些，但是很少晚饭前回家。唉，干他们这行，外人看着风光，可是对我们女人来讲，有什么好呢？整天不着家，忙得团团转，你还不能多问，问多了还烦你。"

"古人有一首诗怎么说来着，说一个女人嫁了个做官的夫婿，而男人天天上朝下朝，总是耽误家庭的事情。后来女的感慨'早知潮有汛，嫁与弄潮儿'。她的意思就是还不如嫁个弄潮儿，可以根据潮起潮落的时辰而推算出男人回家的时间。"

"可这多半是事过境迁之后才会知道，晚啰。"

"可不是嘛。"

"对了，最近燕儿怎么样，还在准备考研？"

"考是考过了，估计没考好，这段时间整天闷闷不乐。这孩子也真是的，经过上一次的事情之后，人好像消极了很多，做什么都提不起劲来。前一阵子，考研复习也没集中精力，效果自然不好。唉，下一步还不知道怎么办呢！"

王玉兰安慰道："放心吧，燕儿这孩子脑子机灵，有主见，她会找到一份好工作的。"

"但愿吧。"

王玉兰似想起什么，问："小盈，你今天特意过来找仲君，有什么事吗？"

"你可能也听说了，我们家小丰被纪委叫进去了，估计事情比较麻烦。所以想来找找仲君，想请他帮忙说句话。我们家小丰当初给达声和仲君当通信员，他们总该念这份旧情，给从轻发落吧。"

"那不是正好达声在管着吗，让达声通融通融不就行了。"

"你还不了解他啊！不落到他手里还好些，落到他手里，恐怕没事都会整出点事情来。"

王玉兰点点头："达声他就是这么个人，坚持原则制度毫不含糊。但他没有坏心，兄弟还是兄弟。在他眼里，一个人犯了错误，该承担什么责任就承担什么责任。不管你是天皇老子还是平民百姓，都一视同仁。"

"那还是不一样的，同样的错误，比如，他可以给警告处分，也可以给严重警告，或者记过处分，这里是有一定的自由裁量权的。但是，这种情况下老赵有可能直接被记过，而不是从轻发落。"

"不会的。你不是说，对小丰的处理，达声已经回避了吗？"

"回避据说是回避了。"

"回避了，那也不能再怪他。"

许盈不满地说："问题是小丰现在在他手里，按理他可以适当帮帮忙的，帮不帮得到也是另一码事，可他干脆一口回绝，一点忙都不愿意帮。没想到赵达声是这么一个薄情寡义的人。"

"达声可不是薄情寡义的人，他对正义的事情，符合规矩的事情，他都是义不容辞的。"

"可是，他竟然连说一句好话都不愿意，你说是不是太薄情寡义了。"

"那到时让仲君跟他说说，让他念念旧情，在可能的范围内稍稍关照一下。"

许盈叹了口气："也只能这样了。"

这天，赵达声带着孙海、苏红亲自找蓝洁谈话，调查核实情况。蓝洁坐在前面的凳子上，她化了个精致的淡妆，穿着裘皮大衣，到了室内把裘皮大衣一脱，露出紧身的羊绒衫，身材突显，美丽动人。

赵达声："蓝洁，听说上次你把跟我说过的证据都否定了，你这么出尔反尔不太好吧？"

蓝洁狡猾地笑笑，用媚眼看着赵达声："我跟你讲过什么证据？什么时间，什么地点？不会是那次约会吧！"

赵达声脸上有些尴尬："请你放严肃点，老实交代有关问题，否则，后果自负。"

"我不记得跟您讲过什么证据了，我只记得我们在一起聊天喝茶，还有……我只记得让自己开心的事情，那些烦心的事情，我都记不住，也不想记住。我干吗要自寻烦恼呀。"

赵达声把先前从蓝洁手里拿到的账户注资明细拿出来："看清楚了，这是你亲手交给我的证据，现在我问你，大麦集团是如何利用李清在工商银行、中国银行、建设银行的三个账户向刁梦良、石尚清、许兆丰输送利益的，这个李铃又是谁，是不是你冒名的？"

蓝洁娇声说："赵书记，我不知道您在说什么，没想到我们的侦察英雄编故事的能力也是一流啊。改天您给我讲讲侦察连的故事吧，一定精彩。"

赵达声板着脸："蓝洁，我再次警告你，请你严肃点，这里不是风月场所，这里也不是酒吧歌厅，我们迟早会把情况调查清楚的，如果你隐情不报，或者包庇有关人员的犯罪事实，你将承担相应的法律责任，请你考虑清楚。"

"哟，赵书记，请您别吓唬我这个弱女子，小心我回头找您赔偿精神伤害损失啊。"

"行，你不愿意配合是吗？我看你能扛多久。"

"我没问题，在这儿我隔三岔五的还能看到你，和您聊聊天，比在外面好。"

赵达声气急："岂有此理。"

晚饭时间，赵达声来到镜湖湾川菜馆，迎宾服务员带着他一直往里走，在一间叫作"原乡人"的包厢前停住。赵达声推开包厢的门。只见包厢很大，里面沙发上坐满了人，他刚想打招呼，觉得前额上头一黑，有东西落下来。他本能地向侧边一闪，"啪"的一声，东西落在他的身后。他回头一看，是一只迷彩背包。这时，只听里面的人大叫起来："达声，好样的！"

赵达声嘿嘿一笑："你们这帮臭小子还想暗算我，门儿都没有！"

赵达声话还没说完，就有一个人扑上来，一把将他抱住了："老连长，想死我了！"

赵达声一把捏住他的脸蛋："小肥佬，你怎么到现在才来看我？你不要老连长啦？"

小肥佬："老连长，终于见到您了。那时候，我们都以为您牺牲了，再也见不到您了，我都差点把眼睛哭瞎了。后来，知道您还活着，我别提多高兴了。这次老营长招呼我们来看您，我说什么都得过来。"

这时，大家一起拥上来，里三层外三层把赵达声团团抱住。有叫达声的，有叫老连长的，乱成一团。赵达声两眼湿润。足足闹腾了十几分钟，赵达声才把大家分开，看到面前还站着一位老者和一位中年人。

赵达声扑上去张开双臂把两人一下子抱住。"老赵头，烟枪，又见着你们了！你们怎么突然来了，还带了那么多人？"

老赵头兴奋地说："大家伙想你了，让我招呼，大家请假的请假，出差的出差。烟枪出钱，烟枪现在是大老板，可有钱了。"

赵达声捶了烟枪一拳："知道你小子脑子活，是经商的好手。"

烟枪："这经商我可不是吹的，是一把好手。我在这商场上用的可都是咱们侦察连的那几手。那几手在战场上管用，在商场上照样管用。"

赵达声："所以说，商场如战场啊。"

老赵头："哎，老鱼头怎么还没来？"

赵达声："噢，仲君下午有个会，稍晚些到，他让我说一下。"

烟枪："达声，玉兰嫂子怎么不来？我不瞒你说啊，连里的官兵最喜欢嫂子了，她待咱们就跟亲兄弟一样。我老婆还是嫂子介绍的呢。那时我当排长，老大不小了，大龄青年，找对象困难户，嫂子给联系了街道妇委会，八一前夕组织地方女青年和部队大龄军官开展联欢活动。我那时候那个傻啊，跟我老婆跳舞，把她脚趾都给碾肿了，她到现在还经常笑话我呢。"

老赵头："你哪能干这事儿，让你操枪弄炮还差不多。对了，烟枪，你别起哄了，今天是咱们大老爷们聚会，她们女人来了不方便，下次再让你玉兰嫂子过来。"

烟枪："行，行，行，下次让玉兰嫂子一起过来。"

赵达声有些尴尬，忙说："大家别傻站着了，先坐吧！"

大家刚刚坐定，服务员敲门，余仲君推门进来。

余仲君："哎呀，不好意思，不好意思，让大家久等了。"

余仲君绕着圆桌走过去，挨个跟大家握手，然后坐在老赵头的边上。

余仲君："老营长，您身体可好啊？"

老赵头："没问题，只是那时钻丛林时落下的风湿病时不时发作，身上其他零部件都还管用。"

余仲君："那就好。哎，小肥佬一点都没变啊，还是老样子。那时我管后勤，你那个时候在炊事班，烧的菜真难吃，还是我手把手地教你的。"

小肥佬："是啊，副连长，你还记得那么清楚。"

余仲君："那当然，当兵的日子，就像烙印，深深地印在脑子里，时不时地会浮上来，让我重温那时的酸甜苦辣。"

烟枪："唉，这时间过得真快啊！"

老赵头："时间就是化妆师，那时候咱们都二十来岁，现在都快成老头子了。"

赵达声："老营长，您不老，才六十出头。正好可以安享晚年了！"

老赵头："是啊，现在我就在家带带小孙子，养养花，钓钓鱼，整天优哉游哉的。哎，对了，小丰怎么没来？达声，你通知他了没有？"

赵达声打哈哈："噢，噢，小丰他出差了，要过一段时间才回来。我是他老连长，又是他姐夫，我替他了！咱们把酒倒上，按常规，先敬当年牺牲的战友们！"

老赵头："对，先敬牺牲的战友们！"

大家共同举杯："祝地下的战友们，永远安息！"

大家把酒洒在脚下。

老赵头："今天老战友在一块儿，不能独缺了小丰一个人，我给他打个电话。"

余仲君："老营长，你不用打了，他不方便接。"

老赵头："不方便接，什么意思？达声，这是怎么回事？"

赵达声："老营长，您不要问了，现在不好说。先让他静一静吧，咱们以后再和他聚。"

老赵头："这不行，人不来，咱也得弄明白咋回事是吧，这么不明不白的，我心里堵得慌。小丰可是我最喜欢的兵，当年他在全团新兵中军事素质最好，我死活从廖团长手里要来，后来给你达声当通信员，多好的兵。他到底出什么事儿了？"

余仲君："一点小事儿，需要他向组织说说清楚。"

老赵头："小事儿？向组织说说清楚！我知道了，他是在接受组织调查。达声，是你干的吗？"

余仲君："跟达声没关系，他是亲属，早就回避了。"

老赵头："怎么没关系，你让他自己说。"

赵达声："老营长，事情是这样的，小丰涉嫌利用职务之便收受贿赂，为他人谋取利益，纪委已经掌握了部分证据，但还有问题需要进一步调查，需要小丰向组织说明问题。"

老赵头："我不管小丰违反了什么法纪，就冲他当年为国家主权敢于冲锋陷阵、流血牺牲的分上，就应该对他网开一面。正好老鱼头也在，你们一个是市委书记、一个是纪委书记，该怎么处理他，我想不用我多说了吧？"

烟枪："是啊，当年小丰机灵能干，在战场上排除了好几次险情，而且最崇拜达声了，咱们连里的每一个人都知道，只要需要，他会为达声、为指导员、为老鱼头，甚至为每一位排长、每一位战友，挡住每一颗子弹。这样一个兵，咱们不能不帮他啊！"

大家也附和："是啊，小丰是个好兵，咱们说什么都得帮帮他啊。"

余仲君："大家先别激动，咱们边吃边聊，好吧？"

赵达声端起一杯酒："今天见到这么多战友，特别高兴，我敬大家，先干为敬！"

赵达声一仰脖把酒喝了个底朝天，然后说："其实大家的心情我都理解，小丰犯错误，最难过的人是我，我既是他的老连长、老领导，也是他的姐夫。他是我孩子的舅舅，他有个什么事儿，对我的影响最大。这些天，小丰的爱人和我老婆，天天在我耳边嘀咕这个事儿，说句心里话，在座的人中，最希望帮他，最愿意帮他的人是我，因为他的事儿，也已经影响到了我的家庭生活。可是，我又没法帮他。他是我的小舅子，多少人的眼睛在盯着我，作为纪委书记，能不能不徇私情，能不能秉公办事，这个时候最为关键。如果我念私情，不公正，那么纪委的形象就会受损，我纪委书记的形象就会受损，以后干部群众就不会再相信纪委，不会再相信我这个纪委书记。如果这样，损失最大的是党的组织，失去的是人民群众对党的信任。这个代价是巨大的。再一个方面，我作为小丰的亲属，对小丰案件的处理，组织规定必须回避，我无权干预，不能插手小丰案件的调查和处理。但是，我可以向大家表个态，咱们纪委一定会对小丰的案件做出公正的处理，绝不会让小丰受一丁点儿委屈。我保证！"

　　老赵头闷头喝了一杯酒，耷拉着脸："老鱼头，你说说。"

　　余仲君："我觉得达声做得对，咱们作为党的领导干部，处事公开公平公正最为重要，小丰比咱们亲兄弟还亲，咱们谁也不想让他受委屈。可是，事情已经出来了，咱们不可能抛开原则；光讲私情，那样党纪不答应，百姓不服气。所以，既要讲原则，也要讲私情，咱们得在这两者之间找一个平衡点。我的意思，大的方面，咱们坚持原则；小的方面，咱们适当地讲一点私情，涉纪涉法处分量刑，就下不就上，合理范围内，给予适当的关照。战友们，你们看这样可以吗？"

　　赵达声："老鱼头，你是市委书记，你这么一过问，会影响司法公正的，这样恐怕不行吧？"

　　余仲君："没问题，这个事情我肯定要过问的。老营长，你看看，这样可以吗？"

　　老赵头又闷头喝了一杯酒："咱们都是为国死过几回的人，还能怎么样？按仲君的意思办吧。"

第二天，赵达声陪战友们在镜湖风景名胜区游玩，逛名人故居，看自然风光，赏东江美景，一路上拍照、聊天。下午时候，一行人爬上了胥鸣山，看着眼底的东江全貌和远处的胥江，大家大发起感慨。

老赵头："达声，你们东江真不错，有山有水还有海，我看人间天堂苏州杭州也不过如此啊！"

赵达声："是啊，江山如此多娇。不知道啥时候咱也能卸下公务，到处去走一走看一看。"

烟枪："这个很快啊，想卸还不容易，公务员法不是规定，干满三十年就可以申请提前退休嘛！"

老赵头："哪有这么简单，那也得组织上批准才行。"

赵达声："是啊，咱们这一辈人，组织在心中的地位那是无可替代的。曾经有人问我，你为什么要当这个纪委书记？吃力不讨好，约束多，得罪人，当个闲职不好吗？我不知道怎么回答。想当初一脚跨进部队，迈入党的大门，咱们都是党叫干啥就干啥，组织上把我放在哪里，我就在哪里干，而且要干好，不辜负组织的寄托和希望。我也想过，组织让我干这纪委书记，一定是有所考虑的，作为我来说，没有二话，只有服从。我履行的也是组织赋予的职责，没有个人恩怨。我很同情犯错误的党员干部，我为他们感到惋惜，感到难过。组织上培养一名干部不容易，犯了错误，政治前途葬送不说，对家庭的影响那也是致命的。他们都说我不近人情，铁面无私。可我在想，一个党员干部只要他的言行符合党纪国法的要求，那么我这个纪委书记对他肯定会和颜悦色、温暖如春的，人家也会觉得我充满了人情味。但是，有的党员干部总想要试试党纪国法的严肃性，那我赵达声可能就会变得不好说话，不近人情，冷面死板，难以接近。"

此时，赵达声的手机响了。他一看，已经有两个未接电话了。

赵达声："不好意思，我接个电话。喂，欧阳啊，你说这样行吗，常委会同意了？可只是让我劝说，不是谈话啊。这个合适吗？那行，我回来再说。"

赵达声挂掉电话，战友们都围拢过来。

老赵头："怎么啦，有什么事儿了吧？"

赵达声："小丰要和我对话。你知道吗，小丰接受组织调查后，一直极不配合，抵触组织调查，谩骂调查人员，不屑与办案人员对话。刚才，纪委的欧阳副书记来电，说小丰想和我对话。老营长，我恐怕不能陪你们了，我得赶紧回去了。"

老赵头："行，你赶紧回去吧。对了，我有一个想法，不知道符不符合你们的规定？"

赵达声："您说。"

老赵头："小丰这个苗子是我一手选拔的，是我到新兵连去选的兵，后来一直跟着我在营部当通讯员。我就是看他的军事素质特别好，留在我身边怕耽误了他，才把他交给你的。说句实话，我对他还是有很深的感情的。小丰的父亲去得早，那时候，在某种程度上，我承担了他父亲的角色。他也把我当成叔辈甚至父亲来看待，我们很多时候心有灵犀，又情同父子。所以，如果允许的话，是否可以让我也一起参加？我或许可以开导开导他。"

赵达声："老营长，这太好了。我相信小丰看到你后，会有所触动的，会如实交代问题的。"

烟枪："我也去，我是他排长。"

赵达声："不，太多人去反而会让他放不开。我想，等下一步需要时，再让战友们集体去看他。"

烟枪："嗯，好的。"

赵达声："那我们走吧。战友们，你们先玩着，等事情一结束，我们马上过来。"

大家伙："好的，你们去吧。"

小肥佬："代我向小丰问好。"

赵达声："嗯，知道，知道。"

13

赵达声和老赵头急匆匆赶到纪委干部教育中心。欧阳春看到赵达声还带了一个人过来，脸上露出不解的神情。

赵达声："噢，我来介绍一下。这位是我的老战友、老营长赵正明同志，这位是市纪委副书记欧阳春同志。许兆丰怎么说？"

欧阳春："上午我找许兆丰例行谈话，他依然一声不吭。他死活不说，我对他还真没办法。您的'望闻问切'中医疗法，找'痛穴'、扎对'针'、泄其'毒'，在他身上啊都不好使。可是，昨晚监督他就寝的同志告诉我，说许兆丰昨天晚上翻来覆去了一整晚，中间还听到了他的哭声。这种情况已经有过两三次了，我估计他心里正经受着艰难的抉择，思想斗争非常激烈。今天我找他谈话，开始的时候他和平时一样，一句话不说，忽然他问'赵达声在不在'，说要见赵达声。我说赵达声跟你是亲属关系，不能参与对你的调查和处理。后来，他说要跟老连长对话，他有话要对老连长说。常委会同意让您对他进行劝说，所以我赶紧联系您。只是不知道他是想交代问题呢，还是另有原因。"

赵达声："既然他想见老连长，那么老营长也不是外人，也是他最敬重的人之一。我想让我们一块儿和他谈谈，或许案件会取得新的进展。"

欧阳春："我看可以，我们选派干部一起参加，这样也可以避嫌。"

赵达声："不，他要见的是老连长，不是纪委书记，更不是组织人员。所以，你们先不要进去，等我们做通了思想工作，打开了他思想口子，到时候他就会向组织交代了。同时，为了避嫌，做好监听和监控工作。"

欧阳春："好的，就这么办，我去准备一下。"

赵达声："我来准备。我们见面不要放在一般的调查室，就在这间办公室，我来布置一下。"

欧阳春："布置？"

赵达声："嗯。老营长，我给省军区廖司令打个电话，咱们马上去省军区驻东江教导队找一套部队连部的图表来，把这个办公室里布置成侦察连连部的样子。小丰子既然要找老连长对话，那就让他体会当年那段激情燃烧的岁月和那时高昂的革命激情。"

老赵头："达声，就你鬼点子多。"

欧阳春："这个办法好。我与省军区教导队的王队长熟，我去借。"

赵达声："这个你不懂，你没当过兵，不知道借啥东西，还是我和老营长去借吧。"

欧阳春："好，我来准备监控、监听设备。"

赵达声："行！"

晚饭后，四名武警战士带着许兆丰走进这间布置好的办公室，许兆丰诧异地看着办公室里的一切，一下子呆住了。墙上是一张侦察连军事训练技术达标考评表，上面有每个干部战士的考核成绩。第一行就是连长赵达声的成绩。下面是指导员、副连长、副指导员、通讯员，然后是一排排长及一排战士的成绩。桌子上放着一台黑色手摇式老式电话机，靠角落是通讯员的床铺，被装整齐地摆放着。床对面是一个书柜，里面排放着军事类书籍。边上是报刊夹，解放军报和军区报纸及地方报纸夹放整齐。桌子上还放着一本钢笔字帖，练习本铺开着，似乎刚刚有人练过。许兆丰傻傻地看着，整个人呆若木鸡。这时，赵达声一把推门进来，大叫："小丰子！"

许兆丰下意识地响亮答应："到！"

赵达声站在许兆丰的身后："小丰子，你最近精神恍惚，萎靡不振，乱发脾气，无视组织，你抽什么疯了？到底怎么回事？"

"连长，我……"许兆丰这时才回过神来，发现了不对劲。他回过身来："姐夫，我……"

"我不是你姐夫，我是连长赵达声，你不是要跟我对话吗？小丰子，你给我听好了，你有什么委屈，有什么想法，一是一，二是二，你痛痛快快地给我说出来，别跟个娘们儿似的磨磨叽叽、扣扣索索，大老爷们敢作敢当，你怕什么？"

"连长，这次我恐怕搂不住了。"

"什么搂得住搂不住，有情况不敢面对，有问题不去解决，你到底是不是侦察连的兵？啊！我跟你说，你自己的事情你自己解决，你捅的娄子你自己担着，跟战场上一样，大不了咱摔一大跟头，只要不翘辫子，咱抖娄抖娄身上的尘土，照样冲锋陷阵。"

"老连长，您原谅我吧，我真的搂不住了。"

"你搂不住也得搂住！你想想为救我们牺牲的三排长，想想咱们并肩战斗牺牲的战友们，他们都在看着我们呢！想想这些，小丰子你还有什么问题搂不住的，还有什么事情不能对组织讲的？"

许兆丰低头不语。这时，老赵头也推门走了进来。

赵达声："你看看，谁来了？"

许兆丰抬起头，一眼看到老营长沧桑憔悴的脸庞上忧郁愠怒、爱恨交加的神情，一下子控制不住，"哇"一声大哭起来，奔过去扑到老营长的怀里，像个孩子一样趴在老营长的肩膀上。

"老营长，我错了……我错了，老营长，您狠狠地惩罚我吧……"

老赵头轻轻地拍打着许兆丰的后背，一下子泪流满面。

赵达声站在他俩的身后，也禁不住热泪盈眶。

第三天，老战友们要离开了，赵达声和余仲君把老战友们的车子带到高速公路入口处，一行人下车，一一互相拥抱。赵达声拉着老营长的手，动情地说：

"老营长，感谢您啊！我知道您本来怪我不照顾小丰子，老鱼头请你们来是找我茬来的，没想到您还帮了我的大忙，也帮了小丰子的大忙。如果您不来，我不介入，我真怕他的精神会垮掉。现在好了，都释放了，他会好起来的，他是个好兵。"

老赵头："好兵不怕摔，我相信他。"

余仲君走过来，三个人的手握在一起，大家也一起走过来，十几双手都握在一起。临别时，小肥佬紧紧抱住赵达声，哭得跟泪人似的，久久不能分开。烟枪上来把他拉开。大家互道珍重，挥泪告别。赵达声和余仲君站在路口目送老战友的车子消失在高速公路的尽头。回来的路上，赵达声一路沉默不语。

余仲君不解地问："达声，这个案子最难啃的骨头终于啃下来了，也多亏了老赵头他们过来。你这心里头咋还不轻松呢？"

"唉，事情的结果总是出人意料，许盈让你把老赵头他们请来，没想到却帮了倒忙。这边的问题是解决了，可是我家里有可能因此而爆发一场大规模的战争啊。"

"是啊，我怎么没想到这个！"

晚上十点多，赵达声回到家中，许盈坐在沙发上看电视，似乎在等着他回来。

"你还没睡啊！"

"我弟弟都要被人害死了，我哪还睡得着！"

"胡说什么呢？"

"不是吗？我好不容易让余仲君把老赵头他们请来，不知道被你灌了什么迷魂汤，居然倒打一耙，帮了倒忙。咱家小丰怎么这么倒霉啊，摊上你这么个姐夫，非但平时从不关照，关键时候居然要把他往死里整。你说你配当他的姐夫吗？"

"配不配当，自有公道。小丰犯错误，你以为我心里好受啊！其实我心里比你还难受。当初，老赵头和我带着他走过了青葱岁月，在部队经受住了考验，打仗时还立了战功。可他回到地方以后，我们对他疏于引导，谈心交流变少了，他的内心变化我们也不掌握，致使他慢慢走上了严重违纪的歧路。小丰子犯错误，作为战友，我们是有责任的。我经常讲，党培养一名干部不容易，小丰子从不谙世事的少年，逐渐成长为一名基层党委的'一把手'，组织和个人都付出了艰苦的努力。可是，一旦犯了错误，以前努力取得的成绩都成了泡影，他生活中一切美好的东西都将付诸东流。我一直以来都把小丰子当作亲弟弟看待，他犯了错误，你说我的心里好受吗？"

许盈质问："别猫哭耗子假慈悲了。我问你，开始的时候你说对小丰的案子已经回避了，但后来在案件难以突破的时候，为什么又参与进去了？而且动员老赵头一起劝说小丰，你为什么要把小丰子置于死地？"

赵达声耐心解释："我没有把他置于死地。我起先回避是因为组织上有这个规定，后来也不是参与办案，是欧阳他们与小丰对抗太激烈，连谈话都很难进行，所以请我做小丰的思想工作。老赵头来东江郡天，确实是来劝说我的，让我对小丰网开一面，但是他们知道我已经回避了对小丰的调查处理后，也没有再劝我。也是小丰提出来要和老连长对话，我才有机会和小丰聊聊。"

许盈："说得好听，小丰主动坦白情况，我不信。"

赵达声安抚道："咱们夫妻那么多年，我什么时候骗过你？其实党员干部犯了错误，接受党纪国法的公正处理，该承担什么责任就承担什么责任，这是小丰最好的选择。只有这样，他才能坦然面对组织，坦然面对社会，坦然面对百姓和家人。犯了错误不可怕，可怕的是被自己打倒。我相信小丰是一个顶天立地的男人，他会爬起来的！"

"你说这个有什么用？父母亲临走的时候就交代我，小丰年纪小，让我照顾好他，现在我不但没有照顾好他，反倒我的丈夫还要整他。你叫我这个当姐姐的将来如何面对双亲？这个事情不能完，你必须得帮我，否则你不要怪我不念夫妻情分！"

"你想怎么样？"

"怎么样？离婚！我无法面对一个对自己弟弟见死不救的人！"

"你又来了，跟你说了半天，你又绕回去了。你怎么不讲理啊！"

"谁不讲理，谁不讲理！"

两人吵了半夜，也没吵出个所以然来，便各自洗漱，气呼呼地睡了。

　　周日上午，王玉兰和许盈在余仲君家的厨房里忙乎着。赵小燕和楚楚在客厅里看电视，两人一直抢着电视机遥控器。

　　王玉兰："哎，我说妹子，你说大老板的女儿好吗？我怕太娇贵了，碰上咱们小军脾气犟，万一合不到一起，将来会不会都受罪啊？"

　　许盈："哎呀，现在的孩子都一样，就算平民家的孩子，不也都是独苗，在家里跟个小皇帝似的，也都难伺候。关键还得看他们的性格合不合得来。"

　　王玉兰："这倒也是。你说，咱家小军女朋友换了一个又一个。这次好像总算当回事儿了，但愿这次能成。我呀，早就想抱孙子了。"

　　许盈："我都替他着急。可男孩子都贪玩，没办法。他们玩够了，闹够了，就想成家了。大人急也没用。"

　　王玉兰点点头："可不是嘛。"

　　许盈："哎，兰姐，女孩叫什么名字？一会儿来了，我都不知道叫啥。"

　　王玉兰："叫刘洋，挺好记的。她爸爸是东江最大的地产商，叫刘家良，公司叫阳光置业。听说身家几十亿元，资产在东江仅次于大麦集团。"

　　许盈："噢，听说过。这次真要能成，那真是天作之合啊。"

　　王玉兰："啥天作不天作，我只要她是个好女孩就行。家里条件好不好无所谓。"

　　许盈："兰姐，女孩碰到你这个婆婆也算是她的福气了。"

　　这时，客厅门口起了声响。

　　楚楚大叫一声："小军哥回来了！"

　　赵小军："妈，我们回来了。"

　　王玉兰和许盈赶紧从厨房出去，看到赵小军带着一个漂亮的年轻女孩回来，女孩的手里还拎着一个大袋子。王玉兰满脸堆笑地迎上去。

　　王玉兰："回来啦。这位是刘洋吧？欢迎欢迎！你来就来，还买什么东西！"

刘洋乖巧地问好："阿姨好！"

赵小军帮着介绍："这位是许阿姨。"

刘洋："许阿姨好！"

许盈直笑："好，好，先坐一会儿，小军给刘洋倒杯水，马上就开饭了。"

赵小军指着赵小燕："这两位就是我经常提起的小燕妹妹、楚楚妹妹。"

刘洋："你们好！"

楚楚去接刘洋手里的礼物袋子，说："姐姐买什么礼物，有没有我的呀？"

赵小军一拍脑袋："哎呀，我给忘了。"

刘洋抱歉地说："楚楚，不好意思啊，姐姐下次一定补上。"

楚楚笑嘻嘻地说："没关系，等你们结婚的时候，多给我一个红包就行了。"

刘洋不好意思地笑了。

许盈从厨房门口探出头打趣楚楚："小丫头片子，脸皮还挺厚啊！"

赵小燕："姐姐，你好漂亮啊！这回一定能把咱们小军哥管住了。"

刘洋打了一下赵小军，嗔怪："好啊，肯定是你以前女朋友太多了吧！"

赵小军："别听她瞎说。"

赵小燕："噢，对，对，是他的牛脾气把女孩们吓走了。"

刘洋疑惑地问："是吗，他有牛脾气吗？我怎么没感觉到啊！"

赵小燕："那是他对你真心了，牛脾气收起来了。"

赵小军："那当然，我在刘洋面前就没脾气，不然刘洋哪能喜欢我，对吧？"

此时，王玉兰端着一盘菜出来："好了，吃饭。小军，把碗筷准备一下。"

众人在饭桌前坐定，王玉兰笑得合不拢嘴，只顾着给刘洋夹菜。

这天，省委常委、省纪委书记魏长安带队来东江考察党风廉政建设责任制主体责任落实情况。市委常委、市纪委常委及副局长以上干部参加。

魏长安："刚才，省纪委吴承甫秘书长宣读了全省落实党风廉政建设责任制主体责任落实情况的通报，党风廉政建设责任制党委负主体责任，纪委负监督责任，这是中央对反腐败体制机制建设的重要部署。去年以来，各地各部门落实主体责任工作是扎实的，成效是明显的，但是全省情况还不平衡。省委对全省落实情况给予了通报，东江市在这方面还有差距，因此，省委派我来和东江党委班子成员谈一次话，希望东江市委、市纪委进一步提高思想认识，高度重视落实主体责任，把这项工作作为一项政治任务落到实处。这次通报，对仲君同志予以批评。东江这次拖了全省的后腿，作为党委班子的班长，仲君同志负一定的责任，希望东江市委能够引起重视，改变思路，采取措施，迎头赶上。"

余仲君表态道："刚才，省纪委吴承甫秘书长宣读了省委的通报，省委常委、省纪委书记魏长安同志跟东江市班子成员进行了集体谈话，说实话，我余仲君心服口服。省委的通报批评，犹如一剂猛药，醍醐灌顶，让我彻底清醒过来。起先我对中央反腐败体制机制建设的重要部署在认识上是有差距的，总觉得反腐败就是开几次会、抓几个人、搞几次教育，这是停留在老思路上，没有随着反腐败形势的变化和中央的指示精神及时做出调整，所以拖了全省的后腿。其实，赵达声同志之前已经多次提醒我，可我没有引起足够的重视。作为一个市地级党委班子的班长，对于党委工作上的失误，我负有不可推卸的责任。在此，我向省委、省纪委表个态，一是虚心接受组织的批评，查找思想根源上存在的问题，彻底打扫思想深处的灰尘，增强政治敏锐性，确保认识到位；二是制定切实可行的整改措施，从思想认识、工作措施、目标成效等方面，全面考量，确保措施到位；三是及时调整工作思路，对于落下的工作及市纪委提出的议事协调机构调整，按照中央转职能要求，能精简的全部精简，及时跟进，确保最短时间落实到位。"

魏长安："达声，你是纪委的一把手，你也说两句吧。"

赵达声："我没啥说的，也表个态吧。就是按照中央要求，切实把纪律挺在前面，坚决落实依纪监督执纪问责的职责。违法先从违纪开始，把党员干部违纪作为底线，抓早抓小、动辄则咎，发现苗头及时提醒，触犯纪律及时处理，绝不养痈遗患、放任自流，坚决维护纪律的严肃性。"

魏长安："好。我相信东江市委一定会在最短的时间内，调整思路，抓出成效。"

散会后，赵达声被余仲君叫到办公室，余仲君对受到省委的通报批评，心里头还是有些不服气。

"魏长安只会拿中央的精神来唬人，他也不考虑考虑我的工作任务有多重，咱们东江的经济增长连年排全省前三。省委也不综合考虑情况，在我没有心理准备的情况下，冷不丁给我弄个通报批评，你说，郁闷不郁闷？"

"要我说，还是咱们对中央的反腐败体制机制调整重视程度不够，没有随着形势的变化而做出相应的调整。这件事，我也有责任，抓落实的时候态度不够坚决，意志不够坚定，导致工作落实上打了折扣。"

"唉，不说了，不说了。那个，我听玉兰说，最近你和许盈关系有些紧张？"

"还不是为了小丰子的事情，她认死理，就是咬定我不肯救小丰子，口口声声离婚不离婚的，我烦着呢。"

"这点是许盈不好。不过，她与小丰子的感情确实非同一般，他们虽为姐弟，实则与母子一样，她这么做，从情感上讲可以理解。但是，做法未免偏激了，我到时说说她。"

"我估计很难，慢慢再说吧。对了。小军的女朋友你见过了？"

"还没有，玉兰和许盈都见过了，她们都说不错，虽然出身富庶之家，但一点都不娇气。"

"看来小兔崽子还是有福气的啊！"

"你俩啊，也要好好沟通沟通，他对你封他的公司还是有些看法。现在，他的公司被大麦集团收购了，已经不是自己的公司了，你啊就睁只闭只眼算了，跟自己儿子何必那么较真呢！"

"那不行，只要他在东江地盘上拉业务做经营，还是违反规定的。你说他光做做行政，在公司里打打工，那还好说。但这是不可能的，麦思源不可能白养着他的。"

"那麦思源不也是麦满仓的亲侄子吗，他不也是在省里办公司嘛。"

"他是上级领导我们管不了，但是我准备弄一份材料，把大麦公司利用叔叔的职权影响在东江违法经营的事实，向省委和中央反映。"

"人家中管干部，你管得了吗？别狗拿耗子多管闲事，要是把麦满仓都得罪了，看你还怎么混！你啊，该收敛的时候就收敛一些，别都由着性子来，有些事儿不是你我所能把握得了的。"

"只要我干纪委书记一天，就全面履职一天，不求名垂青史，但求无愧于心。宁丢乌纱，不负百姓。至于上级是不是认可，让不让我干，那是上级的事情。"

"你啊，迟早会栽跟头的。"

"栽就栽，怕什么！"

两人谈完话，赵达声刚从余仲君办公室里出来，没走两步，他的手机响了。

"喂，噢，楚楚啊，婶婶没来接你吗？噢，你等一等啊，我给她打个电话，或者让小燕姐姐来接你，别走开，知道吗？行，我先挂了啊。"

赵达声接着给许盈打电话："许盈，你有事儿不去接孩子，你得早点跟我说一下，或者你让小燕去接一下也可以。这事儿怎么是我的私事儿，咱们当初不是说好了吗，带到她父亲出狱。怎么又扯到小丰的事情上了呢，这跟小丰一点儿关系都没有。这两码事儿嘛！好，好，好，你不接，我让燕儿去接，什么？去同学家玩了，好吧，你们都不接，我自己去接。"

赵达声挂了电话，快步朝自己办公室走去。他刚走进自己办公室，机要秘书苏红跟了进来。

"赵书记，办公室起草了一份市委关于行使主体责任整改措施的材料，市委办说让您抓紧审阅，我给您放在办公桌上了啊。"

"行，你放着吧，我马上看。"

苏红放下材料转身往外走。

赵达声叫住了她："噢，小苏，不好意思，你一会儿可不可以再帮我去接一下楚楚？这几天她们都没时间。"

"好啊，没问题，我也有段时间没见着楚楚了，怪想她的，索性让我带她一段时间吧。"

"这怎么好意思呢，你也不方便吧？"

苏红似乎挺高兴的："我一个人，方便！"

赵达声有些迟疑："我是说……"

"就这么定了，赵书记，我马上去接她。"

赵达声还没来得及回答，苏红就一下子跑没影了。

赵达声在办公室批改完材料，回到家看到妻子许盈已经睡了。

他悄悄脱掉衣服钻进自己的被窝，仰面躺在床上，长吁一口气，闭上眼睛。

许盈似乎在等着他回来："你怎么才回来？"

"一直在外面办案，好多文件材料拖下来没来得及批阅，就想全部把它批完，所以就晚了。"

"不是又在整人吧？"

"怎么说话呢？什么叫整人，你现在怎么变成这样！你又不是不了解我的工作！"

"还不是整人？整了这个整那个，最后整自己人。"

"亏你还是纪委书记的老婆，讲出这种话来！我们结婚那么多年，你难道还不了解我的为人，我平时整过谁？"

"以前你是没有整谁，可是你到地方这几年，整的人还少吗？"

"这怎么叫整人？我是纪委书记，组织上把我放到这个位置上，我就应该履行纪委书记的职责，对党员队伍中的违法乱纪行为，就是要管起来，为党分忧。"

"切，说的比唱的还好听，我看你是在追求整人给你带来的快感吧！"

"简直不可理喻！"

"对小丰你都下得了手，何况别人呢！"

"只要他是一名党员，只要他做了违法乱纪的事情，他就会受到应有的处理！况且小丰的事情，不是我处理的。"

"你是纪委书记，你们纪委办的案子，你说不是你处理的。鬼才相信！"

"好了，这个问题我不想再多说了。我问你，你不去接楚楚怎么不事先说一声？"

许盈针锋相对："今后不要再跟我提楚楚！你自己亏心事做多了，想从她的身上找到一些心理平衡，我不来替你买单，今后要接你自己接，不要再来烦我！"

"想不到你这么薄情寡义！跟你简直没办法沟通！"

"没办法沟通，那你去跟别的女人沟通好了。天下女人多的是，我不会拦着你！"

赵达声一下子从床上坐起来，一把拧亮台灯，侧身看着许盈。

许盈怒目相视："你想干什么？想走是吗？嫌我不讲道理是吗？行，你走啊，你走啊，有本事你现在就走！我要是拦你一下，我不姓许！"

赵达声"哗"地一下掀开被子，三两下穿好衣服，拉开卧室门，甩手走了出去。

第二天早晨，机要秘书苏红将楚楚送去上学后，就早早来上班了。她捧着一摞当天需要阅办的文件送到领导办公室，才打开赵达声办公室门，猛然看到办公室沙发上躺着一个人，毫无思想准备的她吓得"啊"的一声大叫。赵达声正睡得迷迷糊糊，忽然听到有人大叫，翻身坐了起来。

"干啥呢，大呼小叫的，想吓死大活人啊！"

"赵书记，您怎么睡在办公室里？"

"睡办公室里怎么啦？比我当年行军睡野树林里强多了。"

"赵书记，您不会有什么事儿吧？我可第一次见您睡办公室里。"

"这有啥奇怪的，以后可能经常会看到我睡办公室里。"

苏红奇怪地问："为什么？"

赵达声闷声说："没有为什么，你小丫头片子管好自己的事情，大人的事儿少管。"

"我都快三十了，还说我小丫头片子。"

"在我面前，你就是小丫头片子。"

"行，那小丫头片子问你，早饭想吃什么？老大爷！"

"老大爷还走得动，老大爷自己去。"

"那我走了，老大爷不领小丫头片子的情。"

苏红说完朝外面走去。

赵达声忙叫住她："昨天楚楚怎么样？"

苏红调皮道："比老大爷乖多了！"

"嘿，你个小丫头片子……"

赵达声简单洗漱完，便出了办公楼朝着食堂方向走，迎面碰上了也要去食堂吃早饭的宋天意。

"赵书记，您今天怎么也在食堂吃早饭？"

"好久没在食堂吃早饭了，我早就想着来吃鸡蛋饼了。"

"我也喜欢吃鸡蛋饼。"

"哎，最近，许兆丰的情绪怎么样？"

"还可以，能吃能睡肯说，交代问题也比较彻底。"

"那就好。蓝洁那边有没有交代细节？"

宋天意搔搔头："没有，看她的意思好像是要死扛到底了！孟大海也始终不承认向刁梦良行贿，确凿证据没有办法查实。刁梦良的情况倒是越查越严重了，他不但收受大麦印染的贿赂，还收受全市辖区内有排放要求企业的好处费，金额越查越大。不过，还有一个情况，得向您汇报一下，我们调查发现，也有企业涉嫌向许兆丰行贿。您看怎么办？"

赵达声眼一瞪："怎么办？怎么办还用问我吗？按原则制度办啊！"

"嗯，知道了。"

两人说着就走进食堂，里面已经排了不少人，熟人纷纷向赵达声打招呼。

这天上班后，麦思源召集公司高管在办公室里商量事情，忽然发起火来。

麦思源："再这么搞下去，我们大麦集团就要关门大吉了。之前大麦化工遭受重大损失，现在大麦印染又受到重创。咱们的利益同盟一个一个被瓦解，眼看着到年底了，大家都勒紧裤腰带，准备过紧日子吧！"

高翔："唉，看起来，咱们大麦集团真到了最艰难的时刻。"

孟大海嗫嚅着："其实，咱们如果规范经营，日子应该也不会太难过吧。印染那边投一点钱，把环保设备建起来，暂时困难一些，但长远来看应该也还可以

吧。"

麦思源："你懂个屁！放眼世界，哪一个资本家的原始积累不是血淋淋的？别看他们现在看起来那么高大上，其实暗地里不知道有多龌龊。要想成大事，决不能心慈手软！咱们现在虽偏于东江，但是将来一定会走出东江，走出中国，走向世界。只有到那个时候，咱们大麦集团以往的所有种种，污点也好、黑暗也好，都将被我们光鲜的外表所掩盖，到那个时候，咱们也是高大上！想想这个，难道你们不觉得激动吗！"

大麦建筑总经理唐东明傻傻地问："真的，我们也会有这一天吗？太不可思议了！"

麦思源："你们就知道做些具体的事情，根本不具有一个企业家的素质。你们不看新闻，不看报纸，不研究经济，将来只能被这个时代所淘汰。"

唐东明奉承道："我们哪能跟麦总您比啊，我们跟着您干就行了。"

麦思源展望未来："好在我们的战略部署已经渐渐取得成效，市委余书记基本上已经成了我们自己人。只是，蓝洁这边还需要加快进度，尽早攻破赵达声这个堡垒。相信不久的将来，大麦集团必将成为傲立于东南沿海的一个强大的商业帝国！"

蓝洁看着麦思源陶醉的神情，眼神飘忽，没有说话。

麦思源："下一步，市里可能会依托国家海洋经济发展战略，启动新一轮的重大项目建设，我们大麦集团一定要抓住机遇，乘势而上，抢占制高点，实现新发展。"

高管们对着麦思源频频点头。

午后，三队拆迁人员开着面包车，带着几十个人和三辆推土车，轰隆轰隆地开进镜湖景区的李家斗村。为首的是一个留着小胡子、满脸横肉的家伙。他从面包车上下来，看到村子前已经站着一百多个村民，大多数是老人和妇女。两拨人形成了对峙状态。小胡子的旁边有一个文质彬彬的人，百姓都知道他是镜湖镇拆迁办的工作人员，都叫他赵干事。赵干事走到村民们面前，从口袋里掏出一张纸，清清嗓子，念了起来："李家斗的村民们，李家斗村驻于镜湖风景名胜区内，由于村庄规划滞后、布局杂乱、卫生脏乱差，严重影响了镜湖风景区的形象，镜湖区拆迁办决定对李家斗村实行整体拆迁。有关拆迁小区建设规划你们已经看到过了，政府赔偿标准也已经告诉你们了，这个标准目前是全市最高的。今天是拆迁通知的最后期限，请大家务必配合政府工作，自觉搬迁。话我不多说了，今天拆迁的人我也带来了，希望大家配合，不要让我为难。请大家让开吧！"

小胡子朝后头一招手，三辆推土车便轰隆轰隆开了上来。

村民们也朝前迈了几步，其中一个中年人迎上前来，向拆迁人员做了个停止前进的动作："请等一下，我有话说。"

小胡子他们停了下来。

"刚才赵干事又强调了一下拆迁的原因和拆迁办的决定，拆迁安置的条件之前也已经告知我们了。但是，拆迁办对于村民们提出来的医疗、养老问题，却没有正面回答。我们也不是胡搅蛮缠，既然拆迁后，我们都从农村居民变成了城镇居民，那我们要求与城镇居民一样享有医疗和养老待遇。以前的合作医疗报销额度过小，根本不解决问题；养老金过低，根本不能保障老年人安享晚年。这两个问题如果没有得到合理的答复，我们是不会搬迁的。"

"你们提出的这两个问题，区里领导已经在研究了，过两天就会有答复。但是，搬迁还是得今天开始，因为镜湖的开发项目已经启动，不能因为个别的小事影响镜湖开发的大局。"

"搬迁的事情，对你们政府来说可能是小事，但是对我们村民来说，就是天大的大事。我刚才说的话，是代表村民说的，不是代表我个人的。希望政府能够重视起来。"

赵干事不耐烦地说："你们提出的问题，我刚才说了，区里领导已经在研究了。但是，今天也是李家斗村搬迁的最后期限，你们同意也得搬，不同意也得搬！你看我们推土车也开来了，你们总不会让我们再开回去吧！这个政府拆迁是一个战略规划，有一个严密的时间进度安排，如果你们李家斗拖延几天，那边赵家斗也拖延几天，那咱们政府开发的项目就会被无限期地拖延下去。这样到最后吃苦的还是老百姓。好吧，我就讲这么多，现在请村民们让开吧，我们要动工了！"

"请你们尊重村民的意见，我刚才说了，我们提出的问题，在政府部门没有正式答复之前，我们是不会走的。"

赵干事："哎，你们讲不讲道理啊！"

小胡子挤了上来："别跟他们废话，咱们开过去，看他们让不让！"

小胡子朝推土车一挥手，三辆推土车便轰隆隆地朝村民们开过去。村民们手挽手挡在房子前面，怒目盯着小胡子他们。推土车一步一步开近了，轰隆隆的声音伴随着黑黑的浓烟弥漫开来。村民们一动不动，口中大喊："反对野蛮拆迁！反对野蛮拆迁！"

推土车进一步开近了，村民们仍然一动不动，口中仍然喊着："反对野蛮拆迁！反对野蛮拆迁！"

推土车越来越近，终于在离村民队伍不到一米的位置停住了。推土车司机不敢往前开了，把小胡子气得大骂："全他妈软蛋！"

小胡子指着中间一辆推土车的司机，做了个下来的手势："你下来，让我来！"

推土车司机赶紧爬下来，小胡子攀着扶手往上爬。赵干事一把拉住他手："哎，你可不能乱来，千万不能出事儿！"

小胡子："知道，知道。"

小胡子坐进推土车驾驶室，将推土车往后倒出三五米，然后以较快的速度朝着人墙中两名妇女的位置直冲过去，眼看着车子就要撞上人墙，可速度一点都没降下来。两名妇女吓得直哆嗦，就在即将撞上人墙的一瞬间，面前的两名妇女一侧身，拉着边上的人一起让开了一道口子。推土车冲过人墙，伸开抓斗，朝着第一幢矮房撞了过去。其他两辆推土车也从人墙缺口冲了过去，合力开拆这幢矮房子。很快，房子马上被拆得七零八落，房顶也摇摇欲坠，紧接着轰隆一声，房子瞬间倒塌。

村民无奈地看着推土车在自己的家园肆虐，有几个妇女掩面痛哭起来。这时，只见从村口飞快跑来一个妇女，疯了似的扑向倒掉的房子，双手拼命扒拉着砖头，大叫："我娘还在里面呢，娘啊，娘啊！"

赵干事一看傻眼了，赶紧招呼推土车停止作业，拆迁人员一看出大事了，都傻愣住了。村民们一拥而上，帮这名妇女扒砖头救人。小胡子和回过神来的拆迁队员们，一看情况不妙，扔下推土车，一溜烟儿跑没影了。

第二天上午，赵达声率李大可、江志华到镜湖区调研纪委"三转"工作落实情况。他们的车到了区政府前面的街道时，被一队披麻戴孝的队伍拦住了去路。队伍前拉着一条白布黑字的横幅，上写"违法拆迁，杀人偿命"，来往的车辆都被挡住。一名中年妇女扑在赵达声工作车的车头上号啕大哭。赵达声看看车子走不动，便开门下车。他来到车头前，中年妇女"扑通"一声跪在他面前，声泪俱下，口中喊着："拆迁办杀人啦，请领导为我做主啊！拆迁办杀人啦！"

赵达声赶紧把中年妇女扶起来："这位大姐，快快起来，你有什么情况就对我说吧。"

这时有人认出了赵达声，在旁边叫"这是市纪委的赵书记，这下好了……"

李大可和江志华也从车上下来，挡在赵达声的两边。中年妇女仍旧跪在赵达声面前不肯起来，一边哭一边说："赵书记，您要为我做主啊！"

"大姐放心，只要是百姓遇到什么不公正的事情，我赵达声都会一管到底。"

"赵书记，您真的会为我做主吗？"

李大可："我们赵书记说一不二，说到做到，有什么冤屈你就直说吧。"

中年妇女抹了把鼻涕眼泪，拉着赵达声的手："赵书记，我是，我是镜湖镇李家斗村的……"

赵达声打断她："大姐，不急不急，你慢慢说。你看咱们先把路让开好不好？大家伙都要上班做工干活呢。你们这样堵住，大家都没法正常工作了。"

"知道，知道。"

说着，中年妇女站起来，朝披麻戴孝的队伍叫道："大家散了吧，都回去吧。我谢谢大家！"

先前与拆迁队冲突的中年人站了出来，问中年妇女："巧珍嫂，那我们回去了，明天还开不开丧？"

"等我回来再说吧。"

赵达声看到街边有一家小茶馆，便对巧珍说："大姐，到茶馆喝口水，慢慢说好吗？"

"好，好。"

赵达声把巧珍迎到小茶馆里，伙计给他们泡了一壶红茶。喝早茶的人都围过来看热闹。

赵达声："志华，你给区纪委打个电话，说我们晚一点到。"

江志华："好的。"

赵达声："大姐，有什么委屈你就说吧。"

巧珍刚刚忍住的泪水，经赵达声一问，又"哗哗"地淌了下来。

"赵书记，您要为我做主啊！我娘死得冤啊！"

"大姐，你慢慢说。"

"我叫李巧珍，是镜湖镇李家斗村的。昨天午饭后，区里拆迁办的赵干事带了一队拆迁人员，开了三辆推土车到我们村里来搞拆迁。当时，村里大多数人都外出上班去了，只剩下老人和妇女。大家看到这个情形都蒙了，不知道怎么回事。因为前一阵子，区拆迁办向村民许诺，只要村民不满意拆迁条件，拆迁办绝对不会强行拆迁的。可是，村民前期提出来的医疗、养老问题，区里还没有明确的答复，我们不愿意先拆迁再兑现，要求先兑现再拆迁。村民手拉手围成人墙，拦着推土车前进。没想到，拆迁办竟然动用无业人员小胡子强行用推土车冲开人墙，撞向我家的矮房。当时，我娘因为高血压头晕正在午睡，被推土车撞翻的墙体活活压死。我娘死得好惨啊！请赵书记为我做主，捉拿凶手，为我娘报仇啊。"

赵达声听完，一拍桌子："岂有此理！现在竟然还有强拆强赶的事情。大姐，你放心，你的事情我管定了。你先回去吧，把母亲的丧事办了，我这就找区里有关部门，督促他们捉拿凶手。"

赵达声从随身包里拿出一张名片："大姐，这是我的名片，你有什么为难之处就直接给我打电话。"

巧珍接过名片，一下子从凳子上扑向地上，又要向赵达声跪拜，被赵达声一把搀住。

"大姐，大姐，使不得，你放心吧，这个事情，我赵达声一定会还你一个公道。"

"谢谢赵书记，谢谢！那我放心了，我先回去了。"

"嗯，回去吧。"

赵达声搀着巧珍朝茶馆外走，江志华把茶钱账结了。他们把巧珍送到茶馆外面，看着她骑着小三轮车离去。

赵达声回头对李大可说："大可，你给区纪委打电话，说我们上午不去区纪委调研了，让他们派人过来，一起去区拆迁办。"

"好的，我马上打。"

赵达声和江志华在路边说着话。没过一会儿，从区政府方向驶来一辆红旗轿车，到了近前，镜湖区纪委书记孙方明、区监察局局长刘向远急急忙忙下车，来到赵达声面前。赵达声与他们握手。

孙方明："赵书记，不好意思，您来调研工作让您碰上这个事情，是我们区里工作没有做好，影响了领导的工作安排，我向您检讨。"

赵达声："这样，方明，你坐我的车，我们顺便聊聊'三转'的情况。那个，志华，你坐孙书记的车。"

几个人各自上车，两辆车一前一后朝拆迁办方向驶去。车上，孙方明向赵达声汇报落实中央纪委"三转"工作的情况。

孙方明："说实话，问题还是挺多的。省委通报了市里落实'三转'工作中存在的问题，这些问题其实在区里也一样存在。我们不是不想去落实，可是有时候还是受到传统思维的束缚，脑子就是转不过来。这里有一点得申明一下：我们主观上绝没有抵制上级精神的意思，主要问题还是受到惯有思维的影响，工作中不知不觉地去做，没有深入地去想想。比如，党委主体责任的问题，对咱们纪委来说，比较好理解，但是党委一把手不一定能准确理解，他们总是觉得反腐败工作就是纪委的事情，只要纪委抓好落实就行了，这个观念一时半会儿还扭转不过来。再比如，纠正部门和行业不正之风，以前名义上是政府部门的工作，实际上是纪委监察局在抓，现在这项工作交回部门去管，但是部门还不适应，百姓也有一个适应的过程，工作上看起来就有些弱化。这些惯有的思维对落实'三转'还是有些影响。不过，我们也在慢慢克服，逐步统一到中央的思想和行动上来。"

"嗯，虽然说制度的转变是关键，但是思想观念上不转变也很难落实。只有切实转变观念，彻底扭转思维定势，才能在工作中自然地得到落实。"

"是啊。不过，请赵书记放心，我们一定会按照上级指示精神，不折不扣地落实好。"

不一会儿，一行人来到区拆迁办。工作人员看到孙方明，都客气地叫他"孙书记"。这里是一个临时搬来的小院，有七八间办公室。他们直接来到拆迁办主任的办公室门前，看到办公室的门关着，门口挂着一块牌子，上面写着江在涛的姓名和在位情况。孙方明敲开了江主任办公室的门。

江在涛是一个圆咕隆咚的胖子，脸上一笑两个酒窝。他看到孙方明和赵达声，表情有些惊愕，随即马上满脸堆笑，与他们一一握手。

江在涛说话的时候，目光有些闪烁不定。他边招呼工作人员泡茶，边说："哎呀，赵书记，孙书记，欢迎领导莅临指导工作，怎么来以前不给我打个电话？我好准备准备。"

孙方明："在涛，咱们开门见山地说。今天我和赵书记一行过来，主要是想调查了解镜湖镇李家斗村拆迁过程中压死村民的事情，这个事情现在区里一点儿都不知道，是什么情况？你给我们说说吧。"

江在涛一脸惊诧："啊！居然有这种事情，我怎么不知道？这是什么时候的事情？我去把赵干事找来，那一区块是赵干事在负责。"

孙方明："你马上叫他过来。"

江在涛起身出了办公室，马上又折了回来："赵干事下基层去了。"

江在涛："是的，我已经让办公室打电话给他了，让他即刻返回。"

孙方明："李家斗村强拆百姓房子压死村民，你们难道不知道？下面没报告？"

江在涛："我确实不知道，我要是知道，肯定第一时间向区里报告。"

孙方明："这个赵干事胆儿也太大了吧，居然敢隐瞒不报！"

赵达声问孙方明："李家斗村拆迁后，准备上什么项目？"

孙方明："拆迁主要是整顿风景区秩序，改变景区死角脏乱差的现状。之前，阳光置业看中这块地，准备上一个高档别墅项目，区里没同意，目前规划是做配套公园。"

赵达声："绝对不能在风景区建高档别墅项目，你们可不能做这个事情啊。"

孙方明："不会，不会。"

过了一会儿，门口响起敲门声，赵干事风尘仆仆地出现在门口。

江在涛拉下脸："进来吧。这几位领导你都认识，不用我介绍了吧？"

赵干事在一张空椅子上坐下："认识认识，赵书记、孙书记、李常委、刘局长。"

江在涛："李家斗村拆迁压死村民的事情，你为什么不报告？"

赵干事的表情一下僵住了："为，为什么？是，我为什么不报告？报告，不是交……"

江在涛提高嗓门："我问你，这个事情你为什么不报告？"

赵干事的表情稍自然了一些："我……出了人命，我害怕，我不敢说。"

江在涛："当时，谁开的推土车？"

赵干事："小胡子，他的真名叫，叫……"

江在涛："叫什么名字？"

赵干事："他真名我不知道，他是阳光置业的人，可以问一下阳光置业。"

江在涛："胡扯，阳光置业的人怎么可能会是拆迁人员？"

赵干事："噢，对，不是，不是。他不是拆迁队的。"

江在涛："小胡子现在人在什么地方？"

赵干事："人在什么地方，我不知道，出事以后，他就不见了。"

江在涛："小赵啊小赵，你干这个事儿也五六年了吧，怎么跟个生瓜蛋子似的，啥都不懂。"

孙方明："向远，你跟公安分局联系一下，让他们马上派人过来跟赵干事确认小胡子的身份，即刻抓捕小胡子。"

刘向远："好的，我去打电话。"

赵达声："不好意思，我打断一下。事情的大概，我们已经基本了解了，下面，我们还想了解一下事情的具体经过，那个请在涛同志能不能回避一下？"

江在涛脸上有些尴尬："当然，当然。"

江在涛说完站起来往办公室外走。

赵达声微笑地看着赵干事："赵干事，哪儿人呢？"

"东望镇赵家浜的。"

"赵家浜！我去过，去过。你在拆迁办工作几年了？"

"有个六七年了吧。"

"噢。也是老机关老拆迁了啊。那我问你，你带队强行拆迁压死村民为什么不报告？"

赵达声突然严肃起来，赵干事也跟着紧张起来："报告？我报告了！而且是书面的，这么大事情我哪敢不报告啊！"

"小胡子到底是什么人？叫什么名字？"

"他是阳光置业找来的，具体什么人我也不太清楚，看起来像社会上的混子。具体叫什么名字就真的不知道了。"

"一会儿公安过来，希望你帮助他们一起把小胡子找出来。这个事情你想瞒是瞒不住的。"

"嗯，晓得，晓得。"

"下面，你把整个事情的经过一五一十地讲一遍。"

"好的，好的……"

14

从拆迁办出来，赵达声和孙方明一行，即刻前往李家斗村安抚群众。一路上，孙方明仍旧坐在赵达声的车上。

"赵书记，咱们现在去慰问安抚死者家属，万一村民们围攻闹事怎么办？"

"方明，咱们不能把村民百姓看得这么蛮不讲理吧。群众的诉求往往是很低的，他们最希望看到的是被尊重。咱们只要充分尊重群众，信任群众，与群众心贴心，我想群众就不会蛮不讲理，不会胡搅蛮缠。有时候，群众的认识和觉悟比某些党员干部要高得多。某些党员干部说起来不能等同于一般群众，其实他们比一般群众的思想觉悟差远了。"

"是啊，是啊。主要还是我们工作不到位，群众忍无可忍才导致矛盾激化的，这才是我们工作中需要不断改进的地方。"孙方明点头答道。

赵达声问道："你带钱了没有？"

"有一些。"

"咱们几个人凑个两千元钱，作为慰问金先送给死者家属，你看好不好？"

"可以，可以，没问题。"

此时，孙方明的手机响了。

孙方明挂了电话之后，他对赵达声说："压死村民的人查到了，名叫朱全胜，镜湖镇南岗村人，是阳光置业雇来专门帮助拆迁的。这个人原先就是个小混混，平时不务正业，跟人打打杀杀的。因为在这一带出了名，别人都怕他，阳光置业就请他来帮助征地拆迁，区拆迁办也利用他来动迁一些钉子户。这个人手段野蛮，不讲道理，连蒙带骗，连哄带吓，加上时不时动动粗，普通老百姓都不敢惹他，对付一些比较老实的钉子户效果比较好。"

"这个人控制了没有？"

"已经控制了。他压死了人，还不当回事，在麻将馆里跟人搓麻将呢。"

"基本法治意识都没有，这样的人去拆迁，不出事才怪呢！这个人跟阳光置业有关系，难道这块地阳光置业想插手？"赵达声又问道。

"之前的方案已经被区里否定了，现在应该没有另议过，不然我应该知道的。"

"这个事情要关注一下。"

"嗯，明白。"

车子沿山路，经过镜湖大坝，行至李家斗村前，赵达声等一行人决定步行前往村中。江在涛战战兢兢地跟在队伍的最后面。一行人来到巧珍家场院前，看到她家两层小楼前，矮房已经倒塌。场院里，村民们正在为巧珍家办丧事。村民们看到赵达声他们到来，纷纷围了上来。有人认出了拆迁办主任江在涛。

一位年长的村民喊道："江胖子，坏蛋！"

一村民道："揍他，人就是他害死的！"

几个村民围上来，有一个村民揪住江在涛的衣领，挥拳便要打。赵达声上来把村民拉开。"乡亲们，请大家别激动。我们今天来一是向乡亲们道歉，二是来解决问题的。巧珍母亲不幸遇难，我们深感悲痛！对此，区公安局已经把凶手朱全胜捉拿归案，不久将会给大家一个交代。拆迁工作事关大家的切身利益，我们政府工作没有做好，给大家增添了麻烦，甚至造成了痛苦。我代表东江市委向大家道歉！向死者家属表示慰问！"

说完，赵达声向大家深深地鞠了三个躬，他身后的干部们也跟着他一块儿向大家鞠躬。鞠完躬，赵达声带着大家步入灵堂，他站在队伍最前面，向死者的遗体又深深地鞠了三个躬，大家也都随着赵达声鞠躬。随后，赵达声向巧珍走去，与她握了握手。巧珍的身边还站着两个孩子，一个十七八岁的男孩和一个十岁左右的女孩。赵达声从怀里掏出一个信封塞进巧珍手里，巧珍看着赵达声和那么多干部，激动得说不出话来。她想推辞，被赵达声摁住了。

当天晚上，镜湖区公安分局内，分局刑侦科张科长和另一位公安民警正在提审朱全胜。江志华坐在张科长旁边。朱全胜在提审室里东张西看，满不在乎的样子。

张科长开始了审问："是谁让你去参加拆迁队的？"

"反正就去了，我也不知道谁让我去的。"朱全胜用无所谓的语气答道。

"是拆迁办让你去的吗。"

"我也不知道。"

张科长提高嗓门："谁通知你去拆迁办干活的？"

"赵军强——赵干事啊。"

"你当时开推土车去撞矮房的时候，是谁指挥你的？"

"没有人指挥我，他们几个都不敢开，所以我替阿四开的。"

"你朝人墙撞过去，难道不知道会让人受伤啊？"

"知道，但我心里肯定他们一定会躲开的。"

"你凭什么肯定？"

"当然肯定，这是经验。因为我每次撞过去，他们每次都会躲开。"

"那你撞向矮房的时候，你知道屋里有人吗？"

"我哪儿知道啊！知道我还撞，那不是杀人啊？我可不想杀人，杀人要偿命的。"

"你也知道杀人偿命啊？"

"你以为我是傻子啊！"

第二天，镜湖区纪委把江在涛叫到纪委，江志华、孙方明带着一名纪检干部，三人一块儿调查他。江在涛人胖，可能心里紧张，说话时都能听到呼呼的喘气声。

"江在涛，李家斗村的强拆致人死亡案你为什么隐情不报？"孙方明问。

"下面没有报给我，我不知道怎么报啊？"

"江在涛，希望你对组织老实交代，否则等组织一旦查实，从严处理，你悔之晚矣。"

"我真的不知道，否则肯定会在第一时间报到区里的。这么大的事情，瞒是瞒不住的。"

"你也知道瞒不住！我问你，赵军强的办公电脑里为什么有你签批的李家斗事件的报告？你明明已经知晓，为什么不承认？"

江在涛一拍脑袋："噢，对了，对了，我想起来了，是有这么回事。当时我第一时间签批掉了，可是我忘记让他按级上报了。我忘了，但不是故意的。毕竟才是前天的事情。"

"江在涛，希望你真诚对待组织，不要跟组织要滑头，否则对你没有任何好处。"

"知道，知道。"

欧阳春、宋天意、孙海正在赵达声办公室向赵达声汇报许兆丰案的最新进展。

欧阳春望了望赵达声说道："许兆丰的案情有了新的发现，从刁梦良的案件中，发现有两家企业也同样给许兆丰各送了两万元好处费。这两笔钱加上去，许兆丰涉案数额增加到了近十二万元。这不是一笔小数目了，关键是正好处于十万元上下，这个在将来量刑上区别很大。赵书记，您看怎么办？"

"还要我说多少遍？案子是你欧阳在管，你不用向我汇报，如果要汇报，你直接向余仲君书记汇报，或者向省纪委请示。"

"余书记说了，许兆丰对东望镇的经济社会发展做出过较大贡献，这两笔钱只要他及时退赃，可以不作为受贿款处理。"

"这绝对不行，这两笔钱既然已经归案，它的性质已经定了，怎么可以随意改变呢？"

"余书记的意思是……

"余书记大还是法律大？法律面前一律平等，谁也不能做特殊公民。"

"那余书记那边怎么交代？"

"我来跟他说。"

入夜，余仲君坐着大麦集团为他提供的黑色豪华轿车，回到碧海情天29号别墅。他下了车，头上戴着一顶帽子，急匆匆地朝别墅里走。

余仲君打开门，朝着屋里喊了声："亲爱的，我回来了！"

林妙雪闻声从客厅迎上来，接过余仲君的手提包。"这包真沉，你一天到晚拎着那么重的包不累吗？"

余仲君略显疲惫地在客厅沙发上坐下，头靠在沙发靠背上，闭目养起神来。

林妙雪依偎在他怀里，用手探探他的额头："老余，你累了吧？我给你炖了银耳莲子羹，我去给你端过来。"说完便去厨房端了满满一碗过来，重新坐回余仲君的身旁。她端着碗，用调羹舀了一匙送到余仲君嘴边。

余仲君张嘴吃了一口，便接过调羹："我自己来，自己来。"

"你先吃，吃完我告诉你一个重大消息。"林妙雪微微一笑，。

"什么重大消息？"

"你吃完我再告诉你。"

"好，行、行。"

余仲君三口两口就把银耳羹喝了下去，他把碗朝茶几上一放，说："嗯，真好喝。现在你可以告诉我了，什么重大消息？"

林妙雪往余仲君身上靠了靠："亲爱的，你爱不爱我？"

"那还用说，爱！怎么可能不爱？"

"人家说男人都靠不住，我现在好担心啊。如果哪一天，你不要我了，我们娘俩怎么办？"

"我怎么可能不要你，你是我的心肝宝贝。你说什么！你们娘俩？"

"嗯，我有了，是我们的孩子。"

余仲君侧过身，抓住林妙雪的胳膊："啊，这，这，怎么可能？这，我要做爸爸了，我真要做爸爸了？"

林妙雪使劲点头。

余仲君猛地在林妙雪的脸上亲一口："我太幸福了。大师的话应验了。我要有儿子了，我要有儿子了！"

林妙雪也很开心，笑道："瞧你这傻样儿……"

初春时节，思源谷里已经春意盎然，天气渐暖，各色野花也竞相开放。麦思源和林妙雪在思源谷垂钓区小木屋的阳台上钓鱼，小茶几上摆放着瓜子、水果和点心，两人边钓鱼边享受着精美点心。

"林老师，你为余书记付出了那么多，现在也该到了收获的时候了吧？"

林妙雪摇摇头："收获啥呀，我现在最大的愿望就是把孩子生下来，然后好好照顾他，把他养大成人。我不知道这样的想法对不对？原先我的想法也和你一样，跟余仲君在一起主要是为了换取更多的实际利益，改变自己、改变家庭。可是，自从怀孕以后，我的想法改变了，我最大的愿望是一家人能够平安快乐，孩子聪明健康。其他都变得不重要了。"

麦思源笑笑："林老师，此言差矣。如今一个家庭想要达到较高的幸福指数是不容易的。我记得小时候，家里面三间平房，养些鸡鸭，种些蔬菜，偶尔买点鱼肉改善改善，父母亲和我们兄妹二人就感到很开心很满足了。可是，现在社会不同了，时代在发展，如果再像以前那样，很多人非疯掉不可。林老师的想法，是典型的理想主义，也很浪漫。但是现实是残酷的。且不说你的名分，孩子的身份也是问题，你总不想让孩子从小就受人歧视吧，你总不想让孩子从小就生活在物质匮乏的环境里吧？改变这些的唯一途径，就是钱。钱可以改变人们的看法，可以使自己受人尊敬。我知道，你俩是有感情的，你也不愿意看到余书记出问题。但是，我可以保证，我们的合作，余书记绝对不会出任何问题的。"

"为什么？"林妙雪问道。

"因为我们要做的所有项目，都是在合规、合法的前提下做的。公司资质、程序、报批、监管、查验等，没有任何疑问。咱们无非是抢个先机，抢个优先权。价格也符合市场经济，质量还要高于行业普通水平呢。"

"那岂不是做好事了？"

"是好事儿啊。所以，咱们何乐而不为呢？"

"只要不干违法乱纪的事情就可以了。"

"哪能啊！"

"那我们具体怎么干？"

麦思源脸上露出得意的笑容："这个简单……"

下班前，苏红去领导办公室收回当天送阅的密级材料。她来到赵达声办公室门前，敲了敲门，里面没人应声。于是掏出钥匙打开门，发现早上送来的文件和材料都已经批阅完了。她抱起文件和材料往外走，不经意间看到赵达声办公桌边的一个大袋里放着几件换下来的衣服。苏红犹豫了一下，便拿起袋子出了办公室。

晚上九点半，市体育馆里晚练的人已经散场。余仲君和赵达声穿着散打服，来到搏击馆，他们一进馆，就开始在场下活动筋骨。

"老赵，咱们今天立个规矩，你不能用什么怪招，只能用咱们以前练的捕俘拳，否则，我老着你的道，不公平。"

"知道你不服气，行，今天咱们就用捕俘拳，谁输谁请宵夜。"

"一言为定。"

"一言为定。"

两人活动好筋骨，爬上擂台，戴上头盔，摆好架势，一步一步靠近。赵达声试探性地一起脚，余仲君伸手下抄，没想到赵达声脚是虚的，上面冲拳直奔余仲君面门而去，余仲君似有防备，非但没有后撤，仅仅侧身躲过赵达声冲拳的正面，同时肘击赵达声的前胸。两人一来一往打得不可开交，一时间难分胜负。鏖战十多分钟，两人都有些气喘。今天赵达声出拳速度明显比以往慢了许多，被余仲君抓住战机，以反关节擒拿把赵达声的胳膊锁住。赵达声拍着地面，叫："我输了，我输了。"

"老赵，你今天怎么这么不经打，你怎么回事？"

"你这个不能用，那个不能打，把我的思路搞乱了。"

"不对，擒拿是你的拿手好戏，比我强多了，今天却败在擒拿上，肯定有问题。"

"没问题，你进步了，我退步了。"

"进步不可能。老胳膊老腿，经常不操练，到哪儿进步去？"

两人摘下头盔，坐在擂台上休息。

"老赵，听玉兰说，你和许盈的关系还没有缓和下来？"

"可不是吗，因为这个事儿，她现在对整个纪委都产生了怀疑，以前在她眼里神圣崇高的纪检工作，现在变成了纯粹的整人。简直没法沟通！"

"当一个人的痛苦达到或者超过忍受极致的时候，其逆反心理是带有根本性的。显然，小丰子可能受到的惩罚触到了许盈能够忍受的极致。老赵啊，这次你要慎重考虑啊，否则，你们之间可能……你得找时间好好再跟她沟通沟通。"

"你让我考虑什么？小丰的案子，大家的眼睛都盯着呢，我又不能管，也没这个权力管。"

"那别人伸手管的时候，你就不要再插手了。"

"我知道，你已经伸手了。欧阳跟我说了，你这么做恐怕不行啊。"

"我什么也没做，你也什么都不要做就行了。"

"我不会插手小丰案子的，除非我知道有谁想徇私舞弊，那我就不得不管了。"

余仲君摇摇头："行了，你肚子饿吗？咱们再去吃一点吧。"

"我输了，听你的。"

"行，那我们走吧。"

市纪委正在召开案件分析会，赵达声、欧阳春、宋天意、孙海以及分管案件的处室主任以上领导参加会议，研究环保系统及许兆丰腐败案。

赵达声："今天，我们召开案件分析会，研究一下环保系统及许兆丰腐败案的有关问题。下面，请欧阳书记先把三个案子目前的调查情况向大家通报一下。"

欧阳春："好的。刁梦良、石尚清、许兆丰三个腐败案件，自立案以来，经过三个多月的调查，经历了追逃、抓捕、取证等阶段，目前，三个案子违法事实基本查清。其中，刁梦良案、石尚清案，本人认罪态度较好，违法犯罪事实清楚，证据链完整，建议近日移交市检察院，进入司法程序。许兆丰案，本人认罪态度较好，主动坦白纪委未掌握的违法事实，有自首表现；主动检举揭发刁梦良和石尚清的受贿事实，经查证属实，具有立功表现，建议对许兆丰进行从轻处罚，并于近日移交市检察院。遗憾的是，由于缺少证据，我们没有办法查实行贿人的行贿事实，没有找到有力的证据，致使行贿人仍然逍遥法外。"

赵达声："大家看看有什么意见建议？"

大家你看看我，我看看你，都说"没有"。

赵达声："大家没有，那我说一下。对于刁梦良、石尚清的案子，我没有什么可说的，按照有关程序走就行了。对于许兆丰的案子，从制度上讲，我是应该回避的，不能参与任何意见。但是，我今天之所以要说两句，主要是因为这个案子的认定存在疑问。一是一开始，许兆丰极不配合组织调查，抵制、谩骂甚至羞辱调查人员，怎么变成主动坦白未掌握的违法事实，有自首表现？二是主动检举揭发刁梦良和石尚清的受贿事实，这些受贿事实应该是在查案过程中发现的，而不是由许兆丰检举揭发的，能否请欧阳书记做出说明。"

欧阳春的脸上有些尴尬，他清清嗓子："这两个问题很好解释，第一个问题，调查之初，许兆丰确实态度不是太好，但是后来想通了以后，他交代问题还是主动的，坦白还是彻底的，我觉得这个与起初的态度应该不矛盾吧。第二个问题，许兆丰确实检举揭发过刁梦良、石尚清的问题，并且经组织调查属实。这两个问题都有询问笔录为准。如有必要，请各位领导随时调阅。"

赵达声："许兆丰的案子疑点还是比较多的，我的建议是先不报，需要再作进一步调查核实。关于对行贿人的调查，希望我们要深入再深入，抓紧抓实，决不放松。我就讲这么多，大家看看还有什么要补充的。"

孙海："我觉得赵书记讲得有道理，许兆丰的案子还是先放一放再移交比较稳妥。"

大家也都附和点头。

赵达声："那行，如果大家没有意见的话，就这么定了。欧阳，你还是负责进一步抓好许兆丰案子的调查取证工作。今天的会就到这里，散会。"

晚饭后，赵达声去看望办案点值班干部，完了与大家在活动室打乒乓球。赵达声的乒乓球技术在机关业余队员中算是中上水平，但他有一个特点，就是遇强则强，遇弱也弱。公安局新调来的纪检干部柳公权算是乒乓球高手，可是当他碰到了赵达声以后，本来稳占上风的他，被赵达声的发球和弧圈球打得十分被动，两人打得难解难分。干部们叫好声此起彼伏。在两局战平的情况下，最后一局柳公权以两分优势险胜。打完以后，两人都十分疲惫，在椅子上坐了下来。

"赵书记，没想到您打乒乓球的技术这么好！我这少体校出来的，碰到您也没什么好办法。"

"我哪里技术好，是你让着我的吧？"

"您的发球确实好，已经达到了专业运动员水平。还有你的弧圈球，在业余选手里也是一流水平。"

"过奖，过奖。哎，小柳，去我办公室坐坐，我问你个事情。"

赵达声和柳公权拎着衣服，一前一后来到办公室里。赵达声把衣服往沙发上一放，为两人各倒了一杯纯净水。柳公权赶紧跑过来接着。

"谢谢赵书记。"

赵达声摆摆手："小柳，你来纪委多长时间了？"

"有三个多月了。"

"时间过得真快啊。你感觉纪委和公安最大的区别是什么？"

"最大的区别就是信心和信仰，通俗地说，就是对党的信心更足，对共产主义的信仰更坚定。"

"怎么说？"

"以前在公安，看到社会上负面的东西比较多，眼睛看到的困难比较多，在信心和信仰问题上，虽然也有信心、信念也坚定，但总感到有畏难情绪，把困难看得过大。"

"嗯，这是当下年轻人身上普遍存在的问题。你在认识问题上有进步就好。"

"只是进步得太晚了。"

"不晚，不晚。公权，我再问你一个事情。"

"什么事儿？您问吧。"

"你基本上参与了对许兆丰案件的调查。我想问你，为什么欧阳春的报告前后自相矛盾，事实部分也变动较大？到底怎么回事？"

"赵书记，这个事情是这样的，但是起因我不是太清楚。上个星期，欧阳书记找我，说是上头的意思，念在许兆丰立有战功，对地方经济也做出过较大贡献，应该给予从轻处理。他让我把几项我们调查得来的证据改为许兆丰主动交代，把两项其他人员揭发刁梦良的证据改为许兆丰揭发的问题。可是，我这段时间忙于弄材料，还没来得及改。今天下午，欧阳书记还催过我。"

"简直目无法纪，证据是能随便改的吗？荒唐！把欧阳春和孙海给我叫来！"

"欧阳书记今晚回家去了，孙海就在活动室。"

"回家也给我叫来。真是无法无天！"赵达声厉声道。

柳公权马上给欧阳春和孙海打电话。片刻，孙海跑了过来，赵达声瞪了他一眼，顾自去洗漱间洗了把脸，穿好衣服，回到办公室里。他把孙海晾在一边，顾自己翻看报纸，等着欧阳春。

过了大概半小时，欧阳春敲门走了进来。一看赵达声虎着脸，便不敢吱声，只默默地站着。

"欧阳，你吃了豹子胆啦？竟然敢私下改动证据和笔录材料，你是不想干了还是干得不舒坦，想换换岗位？"

欧阳春愣了愣："赵书记，我看许兆丰立过战功，而且对东望的经济社会发展做出过较大贡献，从情理上讲，应该给予从轻处理。"

"应该给予从轻？你凭什么认为应该给予从轻？谁给你的这个权力？"

欧阳春默默站着不敢说话。

孙海："赵书记，欧阳书记知道问题严重，所以那天案件分析会上只是口头汇报了一下，试探试探领导而已，实际上还没有改动。"

赵达声眼一瞪："你也好不到哪儿去！我问你们，是不是余仲君让你们这么做的？"

欧阳春忙道："不是不是，余书记根本不知道这件事情，是我擅自主张这么做的。"

"你吹大牛吧，我还不了解你，给你十个胆子你也不敢这么做。"

"确实是我自己要这么做的。"

"长能耐了啊，不说是吗，你不说，我也知道。许兆丰的案子，如果没有其他的疑问，限你在本周内移交检察院。"

"是。"

欧阳春和孙海走后，赵达声拨通了余仲君的电话。

"老鱼头，我可警告你啊，你这么下去会出大娄子的。"

"老赵，你什么意思？"

"什么意思！你竟然让欧阳擅改证据和笔录材料，你这是在犯大错误，你知道吗？"

"老赵啊，你真是太不讲人情了，自己的生死战友，又是小舅子，你睁只眼闭只眼让他们操办就行了，干吗这么较真啊！我都已经答应许盈了，你这么不讲人情，我都不知道怎么向她交代了。"

"我就知道你是幕后主使。你们这么做，小丰也不会答应的。"

余仲君长叹一声："唉……"

三天后，市纪委召开干部职工大会，赵达声主持会议。

赵达声："刚才，我们学习了中央关于开展群众路线教育实践活动的精神，对市纪委开展这项活动做出了部署，下一步，机关党委将按照部署抓好落实。下面，我宣读一份处分决定，关于对欧阳春同志给予党内严重警告处分的决定……"

听到这个决定通报，干部群众在下面小声议论起来。

15

下班前，镜湖区纪委孙方明书记来到赵达声办公室，向他汇报李家斗村强拆致人死亡案的进展情况。

"镜湖区李李家斗村强拆致人死亡事件已经基本处理完毕，区里向死者家属赔偿八十万元，对区拆迁办主任江在涛党内计大过和行政撤职处分，给予拆迁办工作人员赵军强留党察看和行政开除处分。检察院已经对朱全胜提起公诉，马上就要宣判了。"

"嗯，村民们有什么反应没有？"

孙方明摇头："大的反应好像也没有，对纪委的处理还是比较满意的。目前，拆迁工作正在有条不紊地进行着。不过，区委常委会刚刚通过了一个建设开发李家斗村的方案，初步投资七千万元，政府出资两千万元，由政府和企业共同合作开发，其中划出一块商业用地，用于建设商业综合体，收益按出资比例分成。这个方案一出，各大房地产商闻风而动，暗地里找区领导疏通关系，找我的人都有好几拨了。我总感觉这个项目可能会出事儿，很有可能工程起来了，干部倒下了。我觉得，咱们纪委应该做点什么，不能让不法分子钻了空子，害人害己。"

"嗯，你说得对。这个事情，一定要抓好几个环节。一是把好准入关，二是抓好招投标，三是打造廉洁工程。"

"好的，我们一定会协同有关部门，做好监督检查。"

这时，从办公室门口"噔噔噔"地走进来一个人，也不敲门，直接走到赵达声和孙方明面前，"啪"的一拍桌子。赵达声一看，是许盈。

"赵达声，你这个没良心的东西，我弟弟对你掏心掏肺的，你倒好，把他往死里整。"

孙方明诧异地看着她。赵达声站起来："许盈，你干什么？我正在工作！"又对孙方明尴尬地说："方明，你先回去吧，有什么事情咱们及时沟通，好吧。"

"行，赵书记，那我先走了。"

赵达声随孙方明走到办公室门口，把门关上。然后转身对许盈说："许盈，你疯了？跑到办公室来闹！"

"我就疯了，怎么啦？就允许你往死里整我弟弟，还不许我有意见！"

"你说话不要这么难听，我怎么整小丰了？纪委办案都是依规依纪的，没有一项是人为故意的。对于被冤枉和诬告的干部，咱们纪委在调查属实后，还会为他正名，洗清冤屈。"

"哼，你说得好听！那我问你，仲君说要从轻处理小丰，你为什么还要揪住不放，你不是回避了吗，怎么还要伸手来管？你这不是想置小丰于死地是什么！"

"仲君想对小丰从轻处理是没错，但是他们歪曲事实，试图伪造证据来为小丰减轻处罚。这个事情是很危险的，一旦败露，不但小丰要从重处罚，受牵连的干部可不止仲君一个人了，会有一批干部为他承担责任。你说我知道这个情况，能不管吗？"

"你睁只眼闭只眼不行吗？你不细究谁会细究？你做事为什么总是先伤自己人呢？"

"许盈，你是我老婆，咱们生活在一起这么多年了，我赵达声是怎么样一个人你应该最清楚了。遇事讲原则，做事公平公正，这是党对一个领导干部最起码的要求，如果做不到这个，领导干部还哪来的威信？你在处理事情的时候，谁还会相信你？特别是在处理与自己有利害关系的人和事的时候更是如此，群众的眼睛都看着你呢，虽然他们不说，可你的一举一动，他们都看在眼里，他们的心里自有一杆秤，每一个干部什么分量，他们心里一清二楚。"

"你少给我讲这些没用的大道理，我也讲不过你。可是，明明已经可以对小丰从轻处罚了，你却硬要插一脚。你是怎么当他姐夫的？还说你是我老公，你比平常人都不如。我要跟你离婚！"

"你不要动不动就离婚离婚的，如果因为这个事儿你受不了，要和我离婚，那我不拦着你。我作为纪委书记，很难保证将来还不会有类似的事情。"

"好啊，赵达声，你宁愿离婚都不愿意帮我们，你太狠心了，你的心就是铁做的，你就是冷血动物！"

此时，李大可和苏红听到吵闹声开门走了进来。

李大可："嫂子，您消消气，赵书记也不是不想帮，问题是事情没有那么简单，就算赵书记帮了，人家检察院、法院说不准也会看出破绽，到那个时候，受牵连的就不止赵书记一个人了，那纪委就出大事了。"

苏红："是啊，嫂子，赵书记也有难处，请您理解他。"

许盈看到苏红，火气更大了："理解他？你意思是说我不理解他，那你理解他，你个骚狐狸精，怪不得他天天不回来，原来被你这个骚狐狸精给迷住了！"

苏红气得满脸通红："嫂子，你怎么这么说话？"

"我怎么说话？你不是给他打饭、带小孩来着，你不喜欢他，你干吗这么做？别以为我不知道你们有什么勾当。"

"你……"苏红气得一下子话都说不出来，一转身跑了出去。

赵达声也气极了，走出了办公室。

晚上九点多，余仲君回到碧海情天别墅里，阿芳过来迎接，帮他接过手提包。余仲君问："夫人呢？"

"夫人好像有些不舒服，先休息了。"

"噢，我去看看。"

"先生，夫人给您熬的参茸羹在煲里，我去给您盛过来吧？"

"噢，我等一会儿再吃。"余仲君朝二楼房间走去，看林妙雪躺在床上休息，林妙雪听到声音，侧过身来。

"亲爱的，你怎么样？"

"整天待在家里，心里烦躁，浑身无力，家里的事儿又来烦我，我都怕影响宝宝成长了。"

"要不出去散散心？出去旅游一趟。"

"出去旅游，你倒是省心啊！可家里的事儿我还是躲不掉，有什么办法！"

"你家里什么事儿？"

"还不是我二哥的事儿啊，他在老家组建了一个工程队，可他揽不到活儿，前些天跑到东江来了，找我想办法。我有什么办法？我让他先去做小工，他不干，天天打电话缠着我，还说要到学校去找我。我烦都烦死了。"

"这个事情，我还以为多大的事儿呢。好办，我来帮他解决。"

"真的？"

"当然真的。"

"你怎么解决？"

"老城区还有几个地块需要改造，原来的工程队与当地居民搞不好关系，因为噪音、卫生等问题，屡屡被居民投诉，我们正准备换掉它。这样，到时让你二哥接替他们，这不就行了。"

"我二哥的工程队可能资质不够，要不要找一个单位挂靠一下？"

"要的，先挂靠，慢慢再完善，他们工程队不可能永远做一些拆迁搭棚这样的事情。这样，让你二哥就挂靠在大麦集团下面的建筑工程公司吧，回头我跟麦思源说一下。"

林妙雪一下搂住余仲君的脖子，在余仲君的脸上亲了一口，说："谢谢你，老余！"

余仲君摸摸林妙雪的肚子："这算什么，小事情嘛。以后，有啥事儿你就对我说，别一个人为了一些小事在那里闷闷不乐，影响咱们宝宝成长就不好了。"

林妙雪点点头："知道了。"

早上六点多，赵达声刚刚从办公室的躺椅上起来，准备去卫生间洗漱，桌上的电话响了。"喂，噢，小苏啊，楚楚怎么啦？发烧了？在市第一人民医院，要住院？严重吗？肺炎啊。噢，那不能马虎，我马上给张副院长打电话，让他们务必安排最好的医生来看。嗯，好的，我一会儿跟大可说一下，你放心吧。中午时候，我去医院看一下。好，那就这样。辛苦了小苏！"

午饭后，赵达声赶往市第一人民医院儿童病房，推开病房门，看到楚楚躺在病床上，手臂上挂着点滴，床头柜上放着吃剩的馄饨，苏红坐在床前拿着楚楚的课本跟她说着什么。看到赵达声进来，苏红站起来："赵书记。"

楚楚看到赵达声也叫了声："赵伯伯。"

赵达声来到病床前，用手摸摸楚楚的额头："还有些烫，楚楚你感觉怎么样？"

楚楚："头昏沉沉的，难受。"

赵达声问苏红："医生怎么说？"

"医生只说是肺炎，先挂水退烧再说。"

"我已经跟张副院长说过了，他们会关照的。楚楚，不用担心，马上就会退烧，很快就会好的。"

楚楚："我这两天没法上课了，怎么办啊？"

苏红："别怕，我买了教辅书，会给你补课的，过两天上学后，你再问问老师，就差不多了。"

楚楚笑了："太好了，谢谢苏老师！"

苏红不好意思了，作势向她刮鼻子："病成这样还耍贫！"

楚楚笑着用被子掩住鼻子。

赵达声："小苏，我帮你跟大可请过假了，这两天你辛苦一下，在这里照顾楚楚。"

苏红："好的。"

赵达声："那我先回去了，下午市里还要开个会。楚楚，你听小苏阿姨的话，好吗？空了我再来看你。"

楚楚："嗯，赵伯伯再见。"

两天后，市一医院刘院长、张副院长和心胸外科朱主任正拿着楚楚的 X 光片、心电图和超声心动图检查报告，他们正在讨论着什么，赵达声敲门进来，三人站了起来。

刘院长："噢，赵书记来了，请坐，请坐。"

赵达声："刘院长、张院长，楚楚的病情怎么样？"

刘院长指了指心胸外科朱主任："噢，这位是医院心胸外科的朱主任，曾经留学美国，是全省心胸外科的一把刀之一，请他介绍一下情况吧。"

朱主任："噢，赵书记，楚楚的病情是这样的，她之所以发烧迟迟不退，其实并不是纯粹由肺炎引起的。经过仔细检查，我们发现她得的是一种先天性心脏病，医学上叫作室间隔缺损，这是由于室间隔在胎儿期发育不全而引起的，是最常见的先天性心脏病，约占先心病的 20%。缺损常在 0.1 厘米至 3 厘米。楚楚的缺损较小，大约 0.6 厘米，所以她之前没什么感觉，随着年龄的增加，她的心脏压力增加，会比正常儿童容易劳累，易得感冒，严重的还会引起肺炎心衰。"

赵达声紧张地问："那这个病要不要紧？"

朱主任："这个要看情况，好在楚楚缺损较小，我们建议对缺损进行手术治疗，采取直接缝合的办法，就是用医用涤纶织片缝补。"

赵达声："这个办法治疗愈后效果如何？"

朱主任："对于楚楚这种室间隔缺损不大者愈后效果良好，其自然寿命甚至可达七十岁以上，手术治疗后一般可以达到和正常人无异的效果。"

赵达声："那太好了。只是不知道手术费用贵不贵？"

朱主任："手术费用大概六万元左右。"

刘院长："我们建议先通知家长，由家长决定比较好。"

赵达声："那是自然。行，谢谢你朱主任，谢谢两位院长，我马上通知她家长。我先走了。"

张院长："我们送送您。"

赵达声用手阻止："不用，不用。"

当天下班前，赵达声赶往蓝湖监狱，在宋监狱长的陪同下，来到监舍探监区，等着民警将楚楚的父亲楚建强从监舍里带出来。

赵达声："宋监狱长，最近楚建强表现怎么样？"

宋监狱长："楚建强的表现还是不错的，自从您上回带着他女儿探望过他以后，他的表现确实比较突出，担任小组长，做事比较负责，服刑人员都比较听他的。看来，他确确实实想改过自新啊。"

赵达声："这就好，但愿他能够积极表现，争取立功，获得减刑，早日出狱与他女儿和母亲团聚。"

宋监狱长："看得出来，女儿是他的精神支柱，我们相信他。对了，赵书记，您今天来看他是有什么事儿吧？"

赵达声："没错，他女儿生病了，可能需要手术，我来征求他的意见。"

此时，狱警带着楚建强从监舍里出来，进入会客区。楚建强看看赵达声的身后，没有发现女儿，脸上露出失望的表情。

赵达声："建强，你最近好吗？"

楚建强："谢谢赵书记关心，最近挺好的。我每周都得最高分，一年下来就可以减刑三个月，如果两年下来，就可以减刑半年了。哎，赵书记，楚楚怎么没来？"

赵达声："噢，建强，你先听我说，楚楚生病了，可能需要手术，医生叫我来向你征求意见。"

楚建强紧张地问道："楚楚得了什么病，要不要紧？"

"楚楚得的是先天性心脏病，因为不是太严重，所以之前你们都没发现。最近她感冒后转为肺炎，反复了两次，医生仔细查了一下，确诊为先天性心脏病，叫室间隔缺损，缺损在 0.6 厘米。医生说，这在这个病里属于比较轻的，你别太担心。但是手术嘛，总是有一定的风险，医生让我务必告诉你，请你确定是否手术。"

"这个病愈后情况怎么样？"

"市一医院的朱主任说，基本上与正常人一样，不用担心。"

"真的？太好了。"

"可是，手术与否，还是得由你来决定。费用大概六万元左右。"

"我没那么多钱，该罚没的都罚没了。要不把我房子卖了吧？"

"那不行，房子等你出去时还要住的。这样吧，钱我来想办法。你只需要告诉我，需不需要手术？"

"我都听医生的吧！具体都全权拜托您赵书记了，因为我最信得过的人就是您。手术费我会想办法尽早还您的。"楚建强感激地说道。

"那我就让医院安排最好的医生为楚楚手术。具体事宜，我会帮你把握好的，请放心。"

楚建强听后，退后两步，"扑通"一声跪在地上，隔着探视栏，向着赵达声磕了三个头："谢谢赵书记，您真是我家的大恩人啊！"

赵达声忙说："建强，你干什么，起来，起来！赶紧扶他起来。"

狱警见状，赶紧扶楚建强站起来，楚建强已经激动得泪流满面。

入夜，柳公权陪着苏红正在照顾楚楚。楚楚在床下自由活动，她和苏红刚吃完饭，苏红想起身去洗碗，柳公权立马抢了过来。"我来，我来，你先休息，一会儿还要辅导楚楚功课呢。这种粗活还是我来干好了。"

苏红："今天晚上你不用值班了？"

"不值了，几个案子都移交了，暂时还没有新案子上来。"说完，柳公权捧着饭碗出去了。

楚楚朝苏红眨眨眼，指指柳公权的背影，轻声说："苏红阿姨，他在追你吧？"

苏红嗔怪："你小孩子家家的知道啥！来，背课文。"

苏红拿起语文书，让楚楚坐在床上，监督楚楚背起了课文。

此时，赵小燕带着一个英俊的男孩，拎了好些营养品和水果走了进来，看到苏红，愣了一下。

楚楚看到赵小燕来了，开心地叫起来："小燕姐，你怎么才来，我以为你不要我了呢？"

"哪能啊，姐姐疼你还来不及呢，怎么舍得不要你！"又对苏红说："苏秘书，这些天让你辛苦了！"

苏红："还好，不辛苦。"

楚楚："小燕姐给我带什么好吃的，我要吃，我要吃。"

苏红："你的烧刚退就跟野鸭子似的，开始呱呱乱叫了。刚吃完饭，等一会儿再吃吧，先背课文。"

楚楚嗫嚅着："这么多人，怎么背呀？"

赵小燕从拎来的袋子里拿出一盒巧克力，打开后取出一粒，塞进楚楚手里："没事，吃吧。"

楚楚开心地说："谢谢小燕姐！"

苏红看没法再背课文了，便从床前的凳子上站起来："那你们聊一会儿，我去外面走走。"

赵小燕没搭腔。苏红朝外面走，柳公权洗好碗回来，正好被她叫上。柳公权放下碗筷，便追了出去。过了片刻，赵达声也来到了病房。他看到赵小燕也在，边上还有一位穿着得体的英俊小伙子。他走到病床前。

赵达声："小燕也在啊。楚楚，感觉好一点了吗？"

楚楚边吃巧克力边说："好多了，我想出院去上学了，待在医院里闷死了。"

赵达声："医生说了，还不能出院。苏红阿姨陪着你，有啥闷的？"

楚楚："赵伯伯，我的病是不是很严重？"

赵达声："一点儿也不严重，但是，要做一个小手术。楚楚的身体里，有一个地方长得有点薄，让医生给你打一个小补丁，比指甲盖还小的补丁就可以了。"

楚楚不吃巧克力了："赵伯伯，我怕。"

赵达声走过来扶着楚楚的肩膀："别怕！没事的。今天我去见过你爸爸了，他让你别害怕，勇敢些，说你最懂事了。"

楚楚眼泪汪汪地："嗯，我要勇敢些，不害怕。那我上学怎么办啊？"

赵达声："上学没事的，让小苏阿姨先辅导着，等你出院以后，咱们再找老师补补课，会赶上去的，啊！别担心。"

楚楚："噢。赵伯伯，我出院后想回你家去了，我想婶婶了。许盈婶婶怎么不来看我呀？"

赵达声："你婶婶这段时间学校里特别忙，过两天来看你啊。"

楚楚："好的。"

赵达声看着那位小伙子，问赵小燕："这位是？"

赵小燕："我同学艾伦。"

小伙子："赵伯父好。"

赵达声点点头："噢，你好。"

赵达声、赵小燕和艾伦一块儿从医院里出来。赵小燕与艾伦告别，与父亲坐上了同一辆出租车。

赵达声又问："这男孩是谁啊？"

"不是说了吗，同学艾伦。"赵小燕转身问道："哎，爸，您今天怎么突然想起来要回家了？"

赵达声："我有点事要和你妈商量。"

赵小燕窃笑："爸，小别胜新婚，你可要好好把握哦。"

赵达声点一下女儿的头："你个小屁孩，知道啥……"

到家的时候，许盈正在客厅里看电视，一进家门，赵小燕便叫："妈，爸回来了！"

许盈："回来就回来，那么大声干什么？"

赵小燕跑过去搂住许盈的脖子："妈，今天可是机会，你一定要留住我爸。现在中年男人的心可野了。"

"他野他的，关我什么事儿？"

"你真舍得让我爸离开？"

"你不懂，你舅舅的事儿还没完呢！"

"这一码归一码嘛。"

"就是一码事儿。"

"你要这么说，那你自己看着办吧。爸妈，你们聊，我先回房休息了啊。"

赵达声把自己的杯子找出来，给自己倒了一杯水，然后坐在许盈旁边的单人沙发上。许盈的眼睛一直没有离开电视，看都没有看赵达声一眼。

赵达声看看电视，坐了一会儿，他动动身子，试探性地说："许盈，看什么电视剧呢？"

许盈一动不动，也没有吱声。

"我今天回来，是想和你商量点事儿。那个，楚楚病了，是先天性心脏病，叫什么室间隔缺损，医生说必须手术，大概需要六万元医药费。我今天特意去找了她爸，你也知道她家里那个情况。建强说把房子卖掉给楚楚治病，我说那就不要了，毕竟只有六万元，况且卖房子也需要时间，一时也来不及。所以我想，这个钱要不咱们先帮着垫一下，以解燃眉之急？"

许盈动了动嘴巴，沉默了片刻说："可以找她亲戚朋友借啊，咱家又不是开银行的，跟她家非亲非故，收留她就已经够好的了，再要让咱家贴钱进去，你觉得合适吗？"

"这不是借一下嘛，楚建强说一定会还我们的。"

"一个牢里的罪犯，他拿什么来还钱？他的话你也相信！"

"你对孩子的好，孩子将来会念着的。今天，楚楚还说起你呢，这些天，你也抽空去看看她吧。"

"看看可以，但是要钱，没有！"

"你怎么这么没有同情心啊！那这样，这六万元钱先从我的工资里支出，将来我再想办法还上。"

"你工资里支出？你的工资是咱家的共同财产，又不是你个人财产，这不还是从家里拿钱啊？我不同意。"

"那你把我发工资的银行卡给我，我的钱我自己支配。"

许盈起身去房间里把赵达声的银行卡拿出来扔给了他。

"银行卡你要你可以拿去，既然你认为是你个人的钱，那也说明你已经不把这个家当作家了。咱们好聚好散吧！"

这时，赵小燕从房间里出来。"妈，你说什么呢？你真的太没有同情心了，楚楚跟咱们也生活了两三年了，你就这么见死不救啊？"

"他对你舅舅不也是见死不救吗！"许盈指着赵达声说。

"妈，你讲讲道理好不好？这是两码事儿。"

"你们不要再说了！我就是不同意。你们爱咋样咋样！"

"燕儿，你不要再说了。我自己想办法！"说完，赵达声转身朝门外走去。

"爸，你别走。"赵小燕跑过去想拉住赵达声的手，赵达声早就快步出了家门，"噔、噔、噔"下楼去了。

赵达声出了小区大门，走进一家建设银行自助银行，看到卡里的余额只有六千多元。他摇了摇头，取回卡，出了自助银行。

第二天一早，赵达声吃过早饭，刚刚走进办公室，电话响了，是市一医院张副院长打来的电话。

"喂，张院长，你好。噢，这两天就可以手术了，那太好了，朱主任亲自动刀，这我就放心了。钱没问题，我这两天就送过来，嗯，是的，早手术早好。行，那就这样，钱到位就手术。好，谢谢啊，张院长。"

赵达声放下电话，坐在椅子上想了一会儿，忽然想到什么，他拿起电话拨了个号码。

"喂，小军，你一会儿在办公室吗？好，我有点事儿跟你商量，是的。不是查你，严格地说你已不是这家公司的老板，没有理由再查你。有点小事儿，嗯，那你等我，大概过一小时后到。嗯，再见。"赵达声放下电话，长长地舒了一口气。他起身出了办公室，走进市纪委常委李大可办公室，李大可站起来。

"大可，我出去一下，有事打我手机。"

"好的。"

赵达声打出租车来到大麦天心有限责任公司门口，也就是原先的天心集团公司地址。他从大门口朝里面走进去，一名保安把他喊住了。

"你找谁。"

"我是赵小军他爹。"

胖保安还想再说什么，赵达声已经阔步朝里面走去。保安没敢再拦，赶紧拿起电话快速拨着号码。

赵达声走到总经理办公室门口时，赵小军已经等候在那里了。

"爸，您真的不是来查我？"

"刚才电话里不是说了吗，现在你不是公司的老板，没有违反政策制度，这是允许的。不过，我还是劝你离麦思源这个人远一点。"

"先不说这个，您找我什么事儿？"

"楚楚生病了，是先天性心脏病，医生说必须手术，大概需要六万元医药费。昨晚我向你许盈阿姨拿钱，她因为兆丰舅舅的事儿不同意拿出钱来。你也知道楚楚的情况，我想能帮还是帮一把，她爸也答应了将来会还钱的。我来找你，就是想向你借六万元钱，医院等着这笔钱手术呢。你看行不行？"

"爸，在我心目中，您一直是顶天立地的大英雄，叱咤风云、无所不能，尽管您有时候冷酷无情、刻板教条，但是您做的事儿都是力求符合您心中的那个'道'。没想到您天大的事儿都能办，却办不了这么一件芝麻粒大的小事儿，我觉得您活得很累，更没想到您会为了这么点小事儿来找我。我真心疼您。"

"小军，你说这话什么意思，到底是借还是不借？"

"不借。"

"你怎么也和许盈一样，都是没有同情心的人？"

"我不借，但不是不愿意出钱。"

"什么意思？"

"这笔钱我出了，就当我送给楚楚的礼物好了。"

"真的？"

"当然真的。"

"那行，我把银行卡号写给你，今天你就打给我。"

"行，马上就可以转给你。"

"谢谢你小军！"

赵小军拿过纸和笔递给赵达声。赵达声接过来，掏出自己的银行卡，把账号抄在了纸上。

"那我现在就去医院准备交钱。"

"可以，估计等你到那里的时候，钱也到账了。"

赵达声起身向赵小军告辞，临出门时，拉着赵小军的手："谢谢你儿子！"

赵小军望着赵达声，会心地笑笑。

市一医院手术室的灯亮着，上面的牌子提示正在手术。许盈、赵小燕、王玉兰和苏红守候在手术室外面，苏红的眼睛红红的，似乎没有休息好。她一个人站在手术室的门边，而许盈、王玉兰和赵小燕坐在一边的长椅上，三个人小声地说着话。

过了一会儿，赵达声也匆匆赶来。

赵达声："许盈、玉兰，你们都来了。进去多长时间了？"

赵小燕："大概一个半小时了。"

赵达声走到苏红的旁边："小苏，你怎么样，身体吃不吃得消？"

苏红笑笑："我没事儿。这段时间，耽误委里不少事儿，让李常委忙坏了吧。"

赵达声："我已经安排其他同志暂时接替你的工作，等楚楚出院后，你再回去上班就行。哎，你去椅子上坐一会儿。"

"我坐不住，手术室的门随时会打开的，我想第一眼就能看到楚楚。"

"没想到你跟楚楚的感情这么深了。"

苏红笑笑："也许这就是日久生情吧。"

"那你为什么对柳公权不日久生情呢。"

"我也不知道，好像电路没通电似的。"

"听说他追了你十年？"

苏红笑笑："有那么久吗？我不知道。"

许盈坐在椅子上跟王玉兰和赵小燕聊天，眼睛却不时盯着赵达声这边，看到赵达声和苏红有说有笑的，她气不打一处来，倏地从椅子上站起来。

许盈跟赵小燕和王玉兰说："我走了。"

王玉兰："怎么现在就走了？楚楚马上就出来了。她要是看到你也在，会很高兴的。"

许盈："不等了，有些人看着烦心。"

赵小燕站起来拉住母亲的手："妈，你怎么跟小孩子似的。楚楚一直念着你呢，她一会儿出来要是看不到你，她会难过的。"

"你们那么多人在呢，怕什么。我还是走吧。"说完，许盈甩开赵小燕的手，顾自一个人向电梯口走去。

赵小燕叫了两声"妈"，许盈没有理她。

又过了大约半个小时左右，手术室的门终于打开了，护士推着手术床慢慢往前走，大家都跟在床边。楚楚看到赵达声他们，脸上露出淡淡的微笑。

楚楚轻轻地叫着大家："赵伯伯，小苏阿姨，小燕姐，王婶婶。"

赵达声摸摸楚楚的额头："哎，楚楚真乖，别说话，好好休息啊。"

大家跟着护士来到楚楚病房。

护士："病人需要休息，你们留一个人照顾她就可以，其他人回去吧。"

苏红："我留下来吧，赵书记，你们都先回去吧。"

赵达声："行，小苏你辛苦一下。玉兰、燕儿，我们都回去吧。"

王玉兰："好的，楚楚，我们先回去了啊！"

赵小燕："楚楚，姐姐先回去了，明天再来看你啊。"

楚楚朝大家摆摆手："赵伯伯再见，婶婶再见，小燕姐再见。"

苏红将大家送到病房门口。

赵达声和王玉兰、赵小燕从病房楼上下来。

赵达声："许盈人跑哪儿去了？"

赵小燕："妈学校有事儿，先走了。"

赵达声："噢，那我回去上班了，你们也回去吧。"

三人在医院门口分头离开。

这天午后，麦思源在宽大舒适的董事长办公室里闭目养神，忽然张开双眼，按下了桌上的对讲按钮："蓝洁，你来一下。"

一会儿，穿着时髦的蓝洁敲门走了进来。

"麦总，有什么吩咐？"

麦思源拿起桌上一张纸条："你让香港公司往这个账户上存入十万元现金，马上就办。"

蓝洁接过纸条的一瞬间，愣住了，纸条的账户名后面写着赵达声的名字。

麦思源："怎么，有什么问题吗？"

蓝洁："噢，没问题，马上通知香港方面，即刻就办。"

麦思源奸笑："这次，我要让赵达声跳进黄河都洗不清！"

蓝洁尴尬地笑了笑。

16

一周后的一天中午，赵达声到医院为楚楚办理出院手续。他拿着楚楚的住院单据在收费窗口交钱，共花了五万八千多元。赵达声看到收款处边上有一个建设银行的自动取款机，便走过去将卡塞进去，查了一下上面的余额，发现卡上还有十万元多的余额，"怎么还有十万元多，难道……"

这时，苏红从楼上下来，跑到赵达声的身边。

"赵书记，你怎么抢先付款啊，钱我都已经准备好了。上两回的钱都是你追加的，怎么能全让你付钱呢？"

"你这个年纪，正是用钱的时候，你好好存着，可能马上就用得着的。"

"我一个人用不着。"

"将来两个人甚至三个人时就用得着了。"

"我……"

"走吧，去帮楚楚收拾东西吧。她可早就闹着要去上学了！"

"可不是嘛，再在医院待下去，恐怕她都要私自出逃了。"

不一会儿，赵达声、苏红领着楚楚带着大包小包，从住院部门口出来，坐上出租车，朝苏红的宿舍驶去。到了宿舍楼下，赵达声帮着苏红把楚楚住院的东西都搬下车来，然后和苏红一道把东西往她的宿舍搬，楚楚背着自己的书包走在前面，来到二楼宿舍区，把苏红宿舍的门打开。楚楚第一个跨进苏红的宿舍，她把书包往自己的小床上一丢，大叫一声："我回来了！"

赵达声和苏红看着她，相对而笑。

赵达声："看把这小丫头憋的。"

苏红："是啊，都快一个月了。"

赵达声："你看，这还得麻烦你。我家里这个情况，唉！"

苏红："没事的，赵书记，您去忙吧，楚楚我一定会照顾好的。况且，我现在也希望和她做伴，我也有些离不开她了。"

赵达声："真的？"

苏红点点头："嗯。"

赵达声用凝重的目光望着苏红，一字一顿地说："小苏，你是个好姑娘。"

苏红躲开了赵达声的目光："行了，您去忙吧，我再收拾收拾。"

赵达声："好的，那我先走了，改天我再来看楚楚。你按医生吩咐，督促楚楚按时服药。"

苏红："放心吧，知道了。"

晚饭后，赵小军兄妹带着刘洋、艾伦以及五六位男女朋友来唱歌，几个人唱了几轮，都有些累了。最后只剩下赵小燕这个麦霸还在唱个不停，艾伦有时跟她合唱一首。赵小军和刘洋一直坐在角落里说话，光喝水，也不唱歌，也不吃其他东西。两个人似乎有聊不完的话，刘洋有时笑歪在赵小军身上。这时，有个戴银耳环的小伙子开始调侃他们："赵总，你和刘洋既然这么情投意合，我看啊，你们赶紧结婚吧！悄悄话嘛钻被窝里去说，多好啊！"

朋友们赶紧附和："是啊，钻被窝里说多好啊，省得有人妨碍你们。"

赵小军："哟，哟，哟，敢情碍着你们了啊？结婚算什么，老子不结婚照样和她钻被窝，你们信不信？"

刘洋愠怒着拎起拳头，在赵小军的胸前重重地擂了一拳："你说什么呢，谁跟你钻被窝啊？谁知道你跟谁钻被窝呢。"

"我跟谁都不钻，就跟你钻。"赵小军对着刘洋说道。

"你爱跟谁跟谁，与我无关。"

赵小军指着刘洋："你不承认。那与你无关，我跟别人去钻喽？"

刘洋："你敢！小心我扒了你的皮！"

此时，赵小燕放下话筒，对赵小军说："老哥，赶紧表示表示啊！"

赵小军猛然抱着刘洋在她的脸上亲了一口："亲爱的，我爱你，嫁给我吧！"

刘洋愣了一下，马上挣扎着站起来："讨厌，谁嫁给你呀！你爱娶谁娶谁，别来烦我。"

说完，刘洋转身出了包厢的门。众人赶紧催赵小军："小军，快追快追。"

赵小军站起来也往外冲，赵小燕抓起刘洋的衣服："衣服，衣服。"

赵小军拿着衣服追出门去。

刘洋跑到外面，走到马路边，伸手拦了一辆出租车。这时，赵小军追出来，看到刘洋坐上了出租车。赵小军喊："洋洋，衣服，衣服！"

出租车停住了。赵小军跑过去，把衣服递给刘洋。刘洋接过衣服，赵小军还想说什么，出租车"呼"的一声开走了。

第二天下午，赵小燕坐在赵小军办公桌的对面，两个人正商量着什么，从赵小军的表情看，似乎遇到了什么难事儿。

"燕儿，你们女孩子是不是都这样？刚刚还聊得好好的，说变脸就变脸，把人搞得云里雾里，到底什么意思？"

"是不是都这样我不知道，但是女孩子对某些事情是看得比较重的。比如求婚的形式，哪有像你这么随随便便说说的，让一个女孩子这么轻易就答应嫁给你，那是不可能的。"

"可是，刘洋好像真的生气了。"

赵小燕笑笑："女孩子的表现有时是反的，其实是想让你更在乎她。"

"你们女孩子真是太复杂了。那现在怎么办？"

"也简单也不简单。"

"怎么说？"

"简单的是你只需要弄一个富有创意的求婚仪式，难的是仪式的创意，千万不能落入俗套，否则有可能适得其反。"

"这个可以，我这人啥都缺，就是不缺创意。"

"别吹了，你好好想一想吧。"

"你放心吧！"

午饭后，赵达声来到建设银行东江支行行长办公室，他与曹行长正在聊天，等着工作人员核查银行卡的转账信息。一名中年女士敲门走了进来，手里拿着一张银行卡。"赵书记，我们查过了，两天前是有两笔钱存入这张银行卡，一笔六万元，一笔十万元。六万元是本市网银转入，对方账户我写在这里。另一笔十万元是从香港转入的，由于对方是用现金存入，所以没有办法知道对方的信息。如果需要进一步查证的话，需要香港方面协助。"

"噢，那不需要。我知道这笔钱的大致来历就行了，如果不涉及具体案情，没有精力去对付它，我把它上交组织就行。这样吧，我现在就跟你一起去柜台取一下现金。曹行长，那我先走了。"说完，赵达声站起来向曹行长告别。

曹行长："好的，希望赵书记有空常来指导。"

"指导谈不上，不麻烦你们就好，感谢你们啊！留步留步。"

回到委里，赵达声提着公文包走进李大可的办公室。"大可，我这里有不明来历的十万元钱，先上交组织，你登记一下，开个收据给我。"

"好的，那要不要好好查一下钱的来历？"

"不用了，没工夫对付它。以后再说吧。"

"知道了。"

午饭后，赵小军一个人坐在办公桌前，对着电脑拼命搜索。一会儿死死地盯着电脑屏，一会儿靠在办公椅子上苦想，一会儿又站起来绕着办公室转圈圈。董秘小杨敲门走进来，似乎打断了他，他大骂"滚出去"，小杨不知道怎么回事，吓得赶紧往外走。

赵小军转了几圈，似乎想到了什么事，他来到办公桌前，摁下了桌上的一个按钮："燕儿，你来一下。"

过了片刻，赵小燕敲门进来。

"燕儿，看来我年纪是大了，一个求婚仪式把我难住了，你快帮哥出出主意吧。"

"我说嘛，这个创意很难的，你还说没问题，现在知道难了吧？"

"要不然怎么说我自己年纪大了呢。"

"但是这个一时半会儿哪里想得起来，你得给我时间。"

"给你时间可以啊，你要多长时间？"

"短则几天，长则几个月，创意这个东西不是想来就来的。"

"那不是黄花菜都凉了！不行，不行，我必须马上要，最多一周，七天时间差不多了。"

"要得到好点子，哪儿那么容易。哎，哥，你不是不急着结婚吗，现在怎么急起来了？"

"这个没办法，心念一动，整个计划全都改了。"

"不过呢，我有一个办法保管行。"

"什么办法？快告诉我。"

"咱们向全公司征集金点子，搞一个求婚仪式金点子有奖征集令，对于富有创意、突显浪漫、具有情怀的金点子给予一定的奖励，发动公司的年轻人广泛参与，保管能征集到好点子。"

赵小军一听兴奋起来："燕儿，你太厉害了，这招好，这帮刚刚大学毕业的年轻人最关心情情爱爱的事了，他们的方式既时髦又浪漫，刘洋肯定喜欢。那这样，你跟董秘小杨商量一下，赶紧搞一个征集令，今天就通知下去。再有，奖金要高一些，足够吸引眼球。"

"行，我马上去办。"

晚饭后，员工们从食堂回来，经过大楼的门厅，看到电子屏幕上滚动播放着一则启事。有的员工边看边念："求爱求婚金点子有奖征集令。爱情是人类最美好的感情，求得一份爱情是每一个年轻人的向往。为了提高年轻人的求爱成功率，培养正确的爱情观，为公司增添浪漫气息，增强公司的凝聚力，本公司自即日起向广大员工有奖征集求爱求婚金点子。要求：浪漫、动人、有情怀、仪式感强。请广大员工广泛开动脑筋，积极参与投稿。也请恋爱成功的人士，向大家分享你们的成功经验——天心集团工会。"

员工们顿时议论纷纷。其中一个男员工说："求爱经验能宣传嘛，大家知道了不是没有创意了吗！"

有一个女员工回答："我觉得可以，经验的东西经过反复实践可以成为经典，虽然缺少创意，但体现诚意。"

其他员工也纷纷发表见解，这些意见无非是切蛋糕出现戒指、天空飘气球条幅示爱、大楼挂标语示爱等，不过这些都用滥了，都已经不新鲜了，要想创新浪漫有情怀，确实不容易。

一女员工道："这个征集令太好了，到时哪个帅哥的点子获大奖，我就嫁给他！"

女员工们哄地笑起来，纷纷取笑她"不害臊"。

林妙雪的肚子一天天大起来。她天天在房间里播放各种音乐，给肚子里的孩子进行胎教熏陶。晚饭时，她一个人在餐桌前吃饭，保姆阿芳在厨房间里忙乎。林妙雪吃了一半，忍不住给余仲君拨了个电话。

"喂，你什么时候回来啊，饭都凉了。快了，快了，现在都几点了？当然不等了，再等宝宝都要饿坏了。你还记得儿子啊！算了，不说了，你什么时候回来？九点！怎么每天都这么晚，不能早点吗？八点！就八点。那行，挂了啊。"

林妙雪边吃边自言自语："有你没你都一个样儿！真没劲！"

吃过饭，林妙雪来到楼上房间里，挺着大肚子，打开音响，随着音乐跳起了肚皮舞。她的舞姿仍然美妙，姿态仍然优美，仿佛只有这个时候，才能排解一时的寂寞，忘记生活中的烦恼。跳了一会儿，她有些累了，就打开电视看起了连续剧。一直到八点半的时候，她听到下面传来开门的声音。她赶紧躺到了床上，假装睡着的样子。不一会儿，余仲君来到房间里，走到床前看看林妙雪。然后，放下手提包，脱下外套，走到沙发前，刚拿起电视机遥控器，林妙雪的声音传了过来。"你还知道回来啊！你知道你几天没来了吗？"

余仲君走过来，坐在林妙雪身边，用手抚摸林妙雪的肚子："亲爱的，我不是下乡去了嘛。公务在身，身不由己，没办法。你今天感觉怎么样？"

"我感觉他在动了，轻轻的，特别是我听音乐和跳舞的时候，你说孩子长大了会不会成为音乐家？"

"只要是艺术家就行。艺术家可以很纯粹，不受公务烦扰，没有官场的明争暗斗，做本真的自己就好了。"

"那你得为儿子的成长铺好路，做好规划，不要再像我们自己一样活得那么累了。"

"放心吧，我当然会竭力为儿子的成长铺好路的。"

"那就好。前些天，麦思源找我，他说想参与镜湖景区商业综合体项目建设，这次你要帮帮他。他说事成之后，给我们五五分成，这也算是给咱们儿子打点基础吧。"

"亲爱的，这事儿不能干，我们一把手不能直接干预工程建设，这个领域十分敏感，多少领导栽在这上头。所以，我告诉你，这个事情你就不要动什么念头了。告诉麦思源，他要参与，我们欢迎，希望他以公司的名义参与公平竞争，不要走什么歪门邪道。"

林妙雪听了，脸色一变，沉默了一会儿，忽然扑在床上轻轻地哭了起来。

余仲君慌了神，问："亲爱的，怎么了？怎么一下子哭起来了，你不要哭，你心情不好，会影响宝宝发育的呀。"

林妙雪没有回答，反而越哭越凶了。

"哎呀，亲爱的，你倒是说话呀，你光这么哭，我的心都要碎了，你倒是说话呀！"

"我就知道你们男人都是无情无义的人，特别是你们这种上过战场的人，心肠就是硬，你这么不愿意帮自己，以后让我们娘俩怎么活啊！"

"谁无情无义啊！你不要太纠结了。你说的这个事儿我其实早就在考虑了，镜湖景区的工程太大，太招摇，大家的眼睛都盯着呢。我作为一把手插手这个工程，目标太大，不好掌握，万一有问题，到时会出大问题。我想，以后咱们就从一些市政小工程做起，零打碎敲的，单个工程看起来不起眼，但是积少成多，长期做下去，还是相当可观的。具体操作可以让你二哥的公司去做。至于麦思源那边，他是贸易类公司，工程建设的资质还不太够，让他先把资质做下来，等以后有合适的机会再说。好不好？"

"你说的是真的？"

"当然真的，上回你二哥做的工程不错，质量还好，你让他就这么做下去，只要质量过得去，活儿多的是，不用愁，只怕他做不过来。"

"这样好当然是好，可是，我们拿到手里的可能只是一些残羹剩菜了。这么下去，咱们娘俩猴年马月才能过上舒心的日子啊！"

"不急，很快的。"

"快啥呀，等过两年你退下来，想啥都没机会了。到时，咱娘俩只能喝西北风去了。"

"不会的，你放心吧，我会想办法的。"

"想办法，想办法，你就嘴上功夫，我的命怎么这么苦啊！"说着，林妙雪又轻轻地哭了起来。

"妙雪，你不要这样，总会有办法的……"

这天中午，赵小燕在哥哥的办公室里翻看征集来的求爱金点子，她边看边笑。赵小军则在一边苦笑。

赵小燕："这都什么啊。果然是切蛋糕藏戒指，这都二十世纪八十年代香港电影里的东西。不行，不行！看看这个，租一架直升机，抱着鲜花从天而降，突然出现在意中人面前，这个还行，不过也不够新颖，国外电影看多了，反而有点炫耀的意思。这个这个，叫人装扮成黑社会绑架女孩，然后你突然出现，英雄救美，捕获美人心……"

赵小军："这些哪叫什么创意，什么浪漫，还情怀，不行，不行。别说洋洋，我这里都通不过。"

"老哥，你的要求也太高了吧。你还别说，有的还是不错的，起码会让一个女孩动心，毕竟为了她花那么大的心思，况且浪漫这个东西，每个人看法不一样的。我倒觉得那个直升机的点子还行，只是得找一个时机，在她意想不到的时候出现。"

"不行，太俗。我得用一个从来没人用过的、极其浪漫的、极其美丽的、极其震撼的场景，而且是世间没有的场景，在这样的场景里，向洋洋求婚，那时候，我不相信她会不同意。"

"你说得那么玄乎，到底是啥玩意儿？"

"你看了今年的春节联欢晚会了吗？"

"看了呀！"

"你没觉得现在的舞美效果特别棒吗？"

"你是想创造一个绝世美景，在那样一个情景下向刘洋求婚？"

"你说呢？"

"这个主意太棒了！老哥，看不出来，你还真有一点儿浪漫的啊！"

"但是，具体的场景设置还得有高人来帮忙啊。"

"既然已经想到了这个点子，我想技术上的问题不是难事。你去弄吧，我都替刘洋动心了。可这次征集来的金点子怎么办？"

"照样评奖啊，这个不能失信于大家。具体你去落实吧。"

"好嘞。"

下午，赵小军开着他的宝马轿车停在阳光置业集团前方的停车场上，哼着小曲，下了车，朝公司里面走去。他来到刘洋办公室外，管接待的小张秘书把他拦住了。"请问赵总，您跟我们刘总有预约吗？"

"有啊，咱们说好了，除了约会，其余时间无须预约。你别管了，我自己进去找她。"

"那不行的，你直接进去，我会挨批的。而且，刘总特别关照，这几天她要做竞标标书谁都不见。"

"她还亲自做标书?"

"每到重大的竞标项目,全部都是刘总亲手做的。"

"厉害啊!行,那你去通报一声,说我要见她。"

"行,赵总您稍等,我进去报告一下。"

过了一会儿,小张出来:"赵总,不好意思,我们刘总说了,让你三天后再来。"

"她姐姐呢?"

"她去广州考察项目去了。"

"那我找一下你们刘总裁。"

"这个,得由刘主任安排。稍等。"小张拿起手中的对讲机,"刘主任,这边有一位赵先生,就是天心集团的赵总,他想见一下刘总裁。噢,好的,好的。"

"刘主任让您上去,在十七楼。"

"谢谢!"

赵小军走进刘家良办公室,明显感到比自己的办公室大多了。刘家良呵呵笑着从椅子上站起来,走过来跟赵小军握手,让他到沙发上坐下。

"刘总,我听说你们最近要竞标一个大项目?"

"也不算大,就是镜湖景区开发的一些配套项目。"

"刘总你这是稳操胜券啊!"

"现在不好说,新公司、外来公司那么多,他们的实力也都不可小视。哎,小军,你今天是来找洋洋吗?"

"是啊,洋洋好像有些生气了。我这不是来向她献献殷勤,不想她在忙着竞标的事儿,不见我。"

"是的,过两天要竞标了,咱们标书还没做完。自从洋洋从英国读书回来,标书都是她亲自带着公司骨干一起弄的,让我少操了不少心。哎,我跟你说,我这个女儿,外冷内热,她表面上生气,其实她心里还是喜欢你的,否则她反而不会生气。等过了这两天,她做完标书,你再加把劲儿,一举把她攻下。你千万别脸皮薄不好意思，追女孩子跟做生意一样，必须得脸皮厚，不怕难为情，功到自然成。"

"谢谢刘总指点，我一定尽力。"

"男人嘛，该往前冲的时候，就要奋不顾身地往前冲，直到攻下山头。我这儿可是万事俱备，只欠东风，我都等着抱外孙了，你一定要加油，我给你鼓劲，啊！"

赵小军笑道："谢谢，谢谢！"

三天后的上午，东江市招投标中心会议室里，九名专家坐成一排，面对一块投影屏幕。刘洋操作着电脑播放 PPT 文件，向专家组展示阳光置业镜湖综合体及配套设施建设的设计方案及效果图。

"各位评委，上午好！下面，我把阳光置业竞标的方案向大家汇报一下。我们的综合体方案整体采用中式莲花座传统造型，体现中国元素，内部则采取简洁大方的方直对称结构，上下五层，其中一层为地下室。从效果图上可以看出，我们的方案与环境整体风格相称，协调得体，融为一体。配套的园林均采用中式风格，亭台楼阁突出中国元素，恢复及异地重建遗漏及被毁的名人故居、纪念馆，重现东江人文历史景观，力求打造成镜湖景区唯一的游客集散购物休闲中心。文案的后面有整个工程的用料和造价预算，请评委专家一一审核。我的汇报就到这里，谢谢大家！"

评委们翻看着厚厚的竞标书，互相交流着各自的观点，频频点头。

一位年长的评委对刘洋说道："我看你这个方案中，局部中西风格都有，以中式为主，这样会不会有点像一个人上身穿着西装，脚上却穿着布鞋，给人不伦不类的感觉。"

刘洋肯定地答道："当然不会，你看咱们北京的人民大会堂，它整个造型方方正正，方直线条统领，既有西式线条美，又有中式的方直对称感，但细节造型又充满了中国元素，给人以厚重、大方、庄严之感，丝毫没有不伦不类的感觉。"

评委点点头，其他评委也都点头表示赞同。

这天晚上，赵小军请刘洋在天河老街天成饭庄吃饭，两人坐在靠窗边的雅座。赵小军举起面前的红酒敬刘洋。

"洋洋，为你高兴，你亲自制订的竞标方案一举夺魁顺利中标，来，让我们为中标干杯！"

刘洋面露喜色："赵小军，我告诉你，今天我本来要参加公司的庆祝酒会的，可是我心情好，被你拉到这里来了。你喝掉，我意思意思！"

"行行行，我喝掉。我今天车都没开，就是打算来喝酒的。"

"谁让你喝那么多了，我让你喝酒，可没让你喝那么多啊，你逞什么能！"

"都怪我，没有领会首长的意图，我罚酒一杯！"

赵小军端起酒杯，仰脖就要喝，刘洋一把按住他的胳膊："又来了，没让你喝那么多，罚一口。"

"遵命！"赵小军还是喝了一大口。又道："吃菜吃菜，今天我可都是按你的口味点的，你多吃一点。"

"你是不是想把我吃成个大胖子，然后再把我甩了，你这人怎么这么狠毒啊！"

"我哪里狠毒了，我是一片好心啊！"

"谁知道呢！你的心我又看不到。"

"我的心和我嘴上说的、脸上表露的都是一样，不信，你摸摸我的心，跳得突突的。"

赵小军忽然拉起刘洋的手往自己的心口上按。

刘洋一下子甩掉了他的手："你干吗，吃饭就吃饭，不要动手动脚的。"

"我没有动手动脚，我让你摸摸。"

"谁要摸，谁的心不跳得突突的。"

"刘洋，你看咱俩，父母也见过了，咱们感情也差不多了，是不是该办事儿了？"

刘洋笑眯眯地问："办啥事儿？"

"咱俩的事儿啊。你看我老大不小了，你也不算小了，咱们可以办事儿了。"

"不办！我喜欢一个人自由自在的，不想被男人烦。"

"你那是赌气的话。女人终究还是需要家庭，需要男人的，那样才有个家的样子。"

"别给我灌迷魂汤了。你再说这个我走了！"刘洋作势起身要走，赵小军慌了。

"哎，别走别走，我不说还不行吗。"

这时，天成饭庄外面似乎有摄制组走过，吵闹声不断传进来。

"哎，他们在干吗呀？"

"不管他们，吃饭，吃饭！"

晚饭后，赵小军和刘洋出了天成饭庄，朝着老街深处走去。路上行人渐渐多了起来，他们拐上主街背后的辅街，这儿行人较少，路灯幽幽的，有着春寒料峭的清冷。夜风吹来，刘洋不禁拢了拢她的浅色风衣，赵小军伸出右手揽住她的腰，刘洋没有推他，依偎着他往前走去。

"洋洋，前段时间你辛苦了，那份标书我看着都晕了，你却做得那么完美。"

"这有啥！事情总是要用心去做的。不管你是谁，不管你有多牛，但是，当你做事的时候，你就是一名纯粹的工作者，你就是一名艺术家，像对待艺术品一样追求完美，才能把事情做好。否则，不管你头上顶着多么耀眼的光环，在别人的眼里，你永远只不过是一个花瓶而已。"

"没想到你有这样的见解，我以为富二代都只会躺在前辈的功劳簿上享受而已。"

两人边聊边往前走，远远地看到放鹤桥了。他们慢慢地朝放鹤桥走过去，放鹤桥像一座鹊桥横卧在水系之上，水系自东向西穿桥而过，同时，向南向北分出两条支河通向两个方向，这里便形成一个类似盆地一样的宽阔水域。他们站在桥上，靠着栏杆，赵小军手抚栏杆上的狮子，两人望着河面，看到夜游的游船从河面上慢慢摇过。

此时，仿佛有仙乐从很远的地方传来，隐隐约约，同时在远处的河面上亮起一个白点，慢慢地朝他们飘来，渐渐地飘近。

刘洋一惊："你看那是什么，在河面上飘？"

"看不清，噢，是一朵花，是的，一朵莲花，是白莲花。"

"是白莲花。哇，变成三朵，六朵，十二朵，哇，二十多朵，不对，上百朵了。怎么天上也有了，是倒映上去嘛？"

"不知道，你看桥下也有了，还有荷花，好大的荷花。你看后面，后面也有了，我们全被莲花荷花包围了。"

"这些荷花莲花是哪儿来的？成花海了，这是真的还是假的？"

"你看得到就是真的，怎么会是假的呢？我们是不是来到仙境了呀！"

"我头晕了，这是怎么回事？我是在做梦吗？"

这时，花海里又出现了富贵的牡丹，满天满地的，两人被淹没在花的海洋里。附近的游人纷纷朝着放鹤桥跑来。

有游人喊："哇，海市蜃楼，这是海市蜃楼，太美了！"

一女游客也喊道："简直太美了！我这是在做梦吗？"

此时，从花海的上面，从天幕上飞来两只凤凰，拖着长长绚烂的尾巴，在牡丹间穿梭，国色天香，仙乐袅袅，恍如仙境，把在场的人都看呆了。

刘洋呆呆地看着，不知身在何处。赵小军看着刘洋，脸上露着微笑。此时，两只凤凰朝着放鹤桥越飞越近，最后飞到桥顶这里，围着赵小军和刘洋两个人翩翩起舞，赵小军伸出手去，刘洋也伸出手去，两只凤凰就在他们的手臂间穿梭、缠绕、翻飞。刘洋只是傻傻地看着这一切，享受着这一切。此时，远处的花海中出现了变化，其中的几朵牡丹花慢慢地变幻着，变幻着，渐渐地变成了几个长着花瓣的大字"洋洋我爱你"，大字变幻着颜色，绚烂多姿。

两只凤凰还在围着两个人翻飞，赵小军伸出手掌，刘洋一看，是一枚钻戒。赵小军握住刘洋的手，把钻戒戴在了刘洋的右手无名指上。刘洋看看戒指，看看赵小军，眼中泛着泪光。

赵小军深情地说："洋洋，我爱你，我爱你，我爱你。嫁给我，好吗？"

刘洋看着赵小军的眼睛，使劲点点头："小军，我也爱你，我答应嫁给你！

嫁给你！"

两人拥吻在一起。天上河上，莲花荷花牡丹争相绽放，双凤穿梭其间，恍如仙境。

这天，东江市镜湖区人民法院正在审理许兆丰的案子。庄严的国徽下，三名法官身着法官袍端坐在审判席上，书记员、公诉人、辩护人等各就各位。被告人席上，许兆丰表情镇定，平静地等待着法官的审判。赵达声、许盈、林芳、赵小燕等亲属坐在旁听席上，许盈和林芳早已经哭成了泪人。

审判长："经过合议庭的评议，本庭认为，被告人许兆丰于2006年6月至2013年10月，在担任东江市东望镇镇长、党委书记期间，利用职务之便，为他人谋取利益，收受东望水泥厂厂长杨某、博翼电子总经理林某等人现金人民币共计十一万六千元，其余有一百五十多万元财产不能说明合法来源，其行为已构成受贿罪和巨额财产来源不明罪，应依法予以惩处。公诉机关指控的犯罪事实和罪名成立。根据《中华人民共和国刑法》第三百八十五条之规定，判决如下：

"被告人许兆丰犯受贿罪，判处有期徒刑两年；犯巨额财产来源不明罪，判处有期徒刑三年，并处没收个人财产人民币五十万元。两罪并罚，判处有期徒刑五年，没收个人财产人民币五十万元。如不服本判决，可在接到判决书的第二日起十日内，通过本院或者直接向东江市中级人民法院提出上诉。"

宣判完毕，两名法警打开被告席的门锁，让许兆丰出来，押着他朝法庭边门走去。这个时候，许盈在观众席上大叫一声"小丰，别走"，便发疯一般扑了出去，冲到许兆丰面前，一把抱住许兆丰。林芳也跑上来，抓住许兆丰的胳膊。

许盈："小丰，你别走，姐姐对不起你啊！"

法警上来劝阻，许盈根本就没有听到。

许兆丰："姐，你干吗！你放开，我自己做的事情我自己承担，我受得起。姐，芳，你们放开，我要走了，我会好好改过的。"

许盈："小丰，你不能走，我不让你走。"

林芳只是哭："兆丰，我怎么办啊？我怎么办啊？"

许兆丰对林芳说："芳，带好孩子，等我回来。"

林芳："放心吧，我会的。"

这时，赵达声走过来，扶着许盈的肩膀，说："许盈，你别激动，小丰没事的，过几年就回来了，小丰受得住，你不用担心。"

许盈一把甩开赵达声的手："滚开，不要碰我！都是你，是你害了小丰，不要在这里猫哭耗子假慈悲。"

赵小燕也上来劝阻母亲，可是许盈根本听不进去，反而把弟弟抱得更紧了。法警一看没有办法，赶紧掏出电话向领导汇报。没过一会儿，边门那里出来两名女警，来到许盈身边，一边一个，托住许盈的两只胳膊，把许盈架开。许盈手脚并用，拼命挣扎，女警把她牢牢架住。许盈眼看着弟弟被法警带走，毫无办法，只是歇斯底里地叫："小丰别走，小丰别走。"

许兆丰也泪流满面，两名法警把他带离了法庭。

三天后的早晨，赵达声吃过早饭刚刚在办公室里坐定，许盈便敲门进来。

赵达声道："你怎么来了？"

"你把身份证带上，马上跟我走吧。"许盈冷漠地说。

"跟你上哪儿去？"

"去街道民政办，把事儿办了吧。"

"办什么事？"

"还能什么事儿，离婚手续！我不能面对一个对小丰见死不救的人，我心理上过不去。"

"能不能过段时间再说，你再冷静冷静？"

"冷静？我现在比任何时候都要冷静。你到底去不去？"

"你既然这么说，那走吧。"赵达声带上身份证，跟着许盈出了办公室。

赵达声出了办公室，走到旁边机要室门口，看到苏红在办公室里整理材料。"小苏，我出去一下，有事打我手机吧。"

"好的，赵书记。"

赵达声和许盈走进民政局，因为时间早，里面还没有办手续的人。接待的大姐五十多岁，快要退休的样子。她戴一副老花眼镜，看到赵达声，愣了一下，又从镜片上方看了看许盈，然后非常热情地招呼他俩坐，并为他俩倒水。

大姐笑眯眯地问："两位是结婚啊，还是离婚？"

许盈气呼呼地回答："离婚！"

"大姐，麻烦你了。"赵达声有些不好意思。

大姐仍然笑眯眯："不急，不急，结婚离婚就怕冲动。冲动做事往往不够理性，回头一想，都要后悔。两位都是有知识有一定阅历的人，我看不如先回家再考虑考虑，也许过两天你们又不想离了，这都是很正常的。免得日后再复婚也麻烦的。"

许盈："不用再考虑了，我都考虑几个月了，一定要离，不离我宁可死。"

大姐问赵达声："你觉得呢？也是非离不可吗？"

赵达声："我的意见当然最好不离，咱们都二十多年的夫妻了，哪能说散就散了。"

大姐："这说明你们的感情没有完全破裂，你们肯定是碰到什么事情了，迈不过这道坎才想离婚的。这样的情况很多，属于冲动型离婚，一般事后都后悔，所以我劝你们还是回去再好好想一想，好不好？"

许盈："不用想了，我们早就已经分居了。"

大姐问赵达声："是真的吗？"

赵达声点点头。

大姐："这个问题有点严重。你们分居多长时间了？"

许盈："大概三四个月吧。"

大姐："虽然你们分居了，但是从我的观察看，你们的感情还没有完全破裂，所以我建议你们再相处一段时间，然后再作决定，你们看好不好？"

许盈："不用，真的不用了。既然我们来了，你就帮我们办了吧，这样对大家都是一种解脱。"

大姐："不行，你们这种情况，我不能给你们办。如果你们真想办，那过一个月再来吧。"

许盈："大姐，你帮帮忙吧！"

大姐："不行，宁拆十座庙不毁一桩婚。我在这个岗位上，要为每一个家庭负责，不能随随意意地给人家办离婚。"

许盈恳求："大姐，大姐……"

大姐却很坚持："过一个月再来吧。"

许盈用哀求的目光看着大姐，还想说什么。此时，一对年轻人进来，大姐不再跟她说话，而去招呼那对年轻人。

赵达声和许盈站起来，朝外面走去。

大姐忽然追过来问赵达声："你是赵达声书记吧？"

赵达声点点头。

大姐忙道："赵书记，您反腐败不容易啊！我支持您，您要是不同意离，在我这儿，她别想离。放心！"

许盈："哎，哎，你怎么这样？你这是徇私舞弊，你不讲职业道德！"

大姐："我就徇私舞弊了，我就不讲职业道德了。你去告我呀！"

许盈气得脸都变了："你……"

下午上班后，江志华正在小会议室向赵达声和欧阳春汇报近期举报及初核情况。

"两位领导，下面我汇报一下阳光置业集团违规参与招投标的初核情况。上个星期，我们接到署名东江城建集团知情人的实名举报，反映阳光置业集团在参与镜湖综合体项目竞标中，向市招投标中心主任陈伟成行贿，通过私下串通、集中围标的方式串通投标，非法获取了镜湖综合体项目的建设权。这几天，我们对情况进行了初步的调查，没有发现陈伟成存在接受贿赂的问题线索，故向两位领导请示，是否对陈伟成和阳光置业围标情况作进一步深入调查，以查清招投标背后的腐败问题。"

欧阳春："近年来，工程建设领域腐败问题多发高发，工程完成了，干部倒下了，我们再也不能让这种现象长期存在下去了。我建议深入调查一下，先把问题查清楚再说。"

赵达声："嗯，招投标领域的腐败行为严重违背了招投标的初衷，破坏了建筑市场的正常管理和诚信环境，影响了招标投标的公正性和严肃性。这种行为必须严厉查处，严惩违规违法行为。此事，欧阳书记你牵个头，率有关处室对陈伟成进行深入调查，无腐则为干部正名，有腐则坚决查处。同时，将情况通报给公安经侦部门，让他们一并调查阳光置业违规招投标问题，务必查实情况，绝不让违法者的图谋得逞。"

欧阳春："好的。"

晚上九点多，余仲君约赵达声来体育馆练习搏击。他们穿着散打服，来到搏击馆，在擂台下活动筋骨。

"老赵，听说许盈拉着你去办离婚？"

"去了。小丰这道坎她就是过不去，总认为是我赵达声对小丰见死不救。"

"这也不能说见死不救。但是，当时你按照我说的办不就行了，那就什么问题都没有了。你就是太一根筋了，何必搞得全家都鸡犬不宁。"

"这可是原则问题，你这么做也是犯错误的，我要是不纠正，弄不好也要追究你的法律责任呢。"

"老赵啊老赵，不是我说你，你也一大把年纪了，经历的事儿也不少了，你就不能把这根红线稍微松一松，何必老是跟自己过不去呢！现在好了，你啊只能自作自受了。不管如何，我劝你千万别答应离婚，什么年纪了这都！"

"自作自受也只能如此，离不离也不是我一个所能决定的。谁让我是纪委书记呢，如果我都带头搞变通，带头走歪门邪道，那干部群众对我怎么看？对我们的党怎么看？我代表的不是我个人，而是党的纪律、党的形象。"

"话是这么说，但是我还是希望你悠着点，别把自己搞得太狼狈了。"

赵达声叹了口气，问道："唉，不说这个了。听说小军要结婚了？"

"是啊，女孩不错，是阳光置业刘家良的小女儿，两人自由恋爱，小军恋爱谈了一大摞，总算落实了下来。"

"阳光置业？"

"是啊，怎么啦？不会又有什么事儿在你手里吧？"

"没有，没有。对了，今天咱们对练，你不会又有什么限制条件吧？"

"什么限制条件？我从来没有对你限制过，你别耍赖就行了。"

"耍赖！你才耍赖呢，总是这样不行、那样不算的。"

两人活动完筋骨，便朝着散打擂台走去。

17

　　这天，欧阳春带着江志华、柳公权正在东江城建集团董事长办公室里找董事长谈话。董事长姓林，很胖，看到纪委的同志目光躲闪，神情很紧张。

　　欧阳春："林董事长，我们接到署名东江城建集团知情人的举报，反映市招投标中心主任陈伟成在主持镜湖综合体项目招投标中，收受阳光置业集团贿赂，今天特意前来了解一下，请问你知道举报人是谁吗？"

　　林董事长："有这回事儿？我一丁点儿都不知道啊！我问问办公室主任。"

　　林董事长对欧阳春他们抱歉地笑笑，拿起办公桌上的电话："喂，老江，你查查看，咱们公司里谁向纪委举报市招投标中心主任陈伟成受贿的问题线索了？对，查到后，马上告诉我。"

　　欧阳春与江志华互相看看，不知所以……

　　同时，市公安局经侦支队副队长储健带着两名便衣，与审计局的梁科长正在审核所有竞标材料。储健走到梁科长身边，问道："梁科长，怎么样，看出什么问题了吗？"

　　"嗯，你看，评标委员会按照评标文件明确的方法，计算出招标最低控制价为6269.67万元，最高限价6789.8万元。这里总共八家竞标单位，其中东江城建等三家单位的投标报价在5600万元至6100万元之间，低于最低控制价，按规定应作为废标处理。而阳光置业等五家公司投标报价，最高的竟然只比最高限价低五万元，最低的比最高限价也才低了三十五万元，还居然中标。而东江城建等三家公司的报价，比招标人公布的最高限价至少低六百多万元，却全成了废标。从这个角度，中标单位存在严重的串标围标嫌疑。而且，有效标的四家公司的保证金是由同一个叫作李霞的人支付的，而李霞就是阳光置业的出纳。由此基本可以认定，这是一起串标围标的违法行为。"

"嗯。下一步，我们再到其他各公司深入了解一下。"

下午上班后，赵达声和许盈如约再次来到民政局，赵达声到的时候，许盈已经在外面的街上等他了。

赵达声来到许盈的面前："你真的决定了？"

许盈的脚尖在地上画着弧线："嗯。"

"那走吧。"

赵达声和许盈一前一后朝办公区走去。还是那位胖大姐在当班，她正在接待一对年轻人，前面还有两对年轻人正在排队等着。赵达声和许盈坐在长凳上，排在最后。两人看着胖大姐忙乎，彼此也不说话。

赵达声轻声问许盈："燕儿知道我们今天来这儿吗？"

"有必要跟她说吗？"

赵达声没有正面回答，沉默片刻，感慨地说："我没想到我们会走到这一步，缘起于小丰，缘尽于小丰。人生总像是在画一个又一个的圆。从起点回到起点，我们都是这个世界上的过客。各行各业，各式人等，都有一个有别于人的角色。有的人扮演的是恶人，有的人扮演的是善人，有的扮演的不好不坏，有人从商，有人务农，有人为官，有人从这个角色变成了那个角色，而最后的那个角色也许都不是自己最初想扮演的角色。就像小丰，他在不知不觉中成了现在这个角色。我也一样，我也不知道怎么成了现在的这个角色，将来也不知道会不会变。但是到最后，每个人都一样，都将回到起点，归于虚无，留下来的只有他扮演那个角色时所释放出来的一点儿精气神而已。在人生的舞台上，我们相遇了，可是最终我们还将别离。我感恩相遇的每一个人，是他们成就了我，使我能够把每一个角色扮演好。我也感谢你，谢谢你留给了我那么多的美好。也许我们还将相遇，也许我们从此陌路，但是，我真心感谢你曾经的陪伴，带我走出了那个曾经让我迷茫的情感沼泽。"

许盈默默地听着，慢慢地低下头去，发出了轻轻的抽泣声。

前面的那对年轻人拿着结婚证轻笑着离开了办公室。

胖大姐抬头叫："下一个……"

晚上，赵达声和余仲君在市体育馆擂台上激烈地搏击。赵达声势如猛虎，力大招狠，向余仲君步步紧逼。余仲君不慌不忙，且退且应，心不慌招不乱，他趁着赵达声一个猛扑，猛地转身一个背飞，把赵达声重重地摔在擂台上。赵达声喘着粗气，趴在擂台上一动不动。

余仲君一看慌了，俯身问："老赵，老赵，你怎么样，摔着没有？"

赵达声没有回答，仍然趴着一动不动。余仲君也一下子躺倒下去，倒在赵达声的身边，侧过脸去看赵达声，看到他一脸的泪水。

余仲君慌了，连问："老赵，你怎么啦？你别吓我，咱们的老赵还会掉眼泪，说出去肯定没人相信，咱们的大英雄今天怎么啦？"

赵达声翻身坐起来，胡乱抹了一把脸，没有搭理余仲君。

"老赵，你在咱们战友心目中可是铁骨铮铮的汉子，摧不垮打不烂，任何艰难困苦都不能把你打倒，简直就是困难的克星，今天这是怎么啦？"余仲君有些担心。

赵达声深深地叹了口气："我和许盈分了，我又成了孤家寡人了。我倒不是怕成为孤家寡人，而是心里难受，因为连自己的爱人都不能理解自己，这说明用这二十多年的时间都不能感染一个人，更何况旁人呢？你说我是不是很失败？"

"老赵，你千万别这么想，任何事情都有其特殊性。许盈与小丰的感情非同一般，她这么做固然有她的道理，但是过后，她肯定会后悔的。"

"后悔也好，不后悔也罢，对我都已经没有意义了。我只是觉得孤独，心灵的孤独，一种不被理解的孤独，就像一匹独狼，行走在无垠的草原上。"

"老赵，你错了。你不是独狼，你身后有一个强大的后盾支持着你，没有比这个后盾更强大的了。那就是人民群众。"

"你说的我懂，可是我最需要的那份支持却离我而去了。"

"人生就是在缺憾中度过的，有分有合，有聚有散。也许此时分开了，彼时又相聚了。人生的舞台转来转去，所谓不是冤家不聚头。没准你们过些时候又在一起了。"

"但愿吧！"说完，赵达声从擂台上爬起来，把防护头盔夹在腋下，抖了抖散打服，重新紧了紧腰带，又把头盔戴上。

"来吧，看我怎么收拾你！"

"哟，咱们的老赵又回来了，你这恢复得也够快的啊！"

"去你的，我好得很。不信，你尝尝我的拳头。"

"乐意奉陪！"

这天上午，阳光置业小型会议室里济济一堂。刘家良正在召集各部门经理开会，刘婧和刘洋也在。

刘家良紧锁眉头，语速很慢地说："有一个情况向各位通报一下，咱们竞标镜湖综合体建设项目的事情可能要黄了。具体原因一两句话说不清楚，我只是提醒大家，如果有人来调查竞标的事儿，就按照之前我们商定的说，绝不能说错了。这个事儿，责任在我，有什么担子我会挑的，大家放心。"

刘洋："老爸，你为什么要这么做？把我都蒙在鼓里，我还加了那么多天的班，这也没啥，关键你太不把我的劳动当回事儿了，也太没有自信了。"

刘家良："洋洋，爸爸不好。事已至此，有什么事儿就让我去担吧。但是，有一点我心里很不爽，就是赵小军他亲爹。我听说，这事儿是由纪委开始查起的。而且我到最近才知道，原来赵达声是小军的亲爹。你说小军他是不是咱家的灾星啊，怎么在你俩快结婚的节骨眼上，公司偏偏出了这个事儿。以前我蹚过多少标，从来没有出过事儿，偏偏这次就栽了，你们知道我心里有多窝火。"

此时，有人敲门，秘书快步去开门，只见储健带着老侦查员张杰和四名穿制服的警察走了进来。刘家良神色大变："你们是谁？"

储健："你是刘家良吧，我们是东江市公安局经侦支队的，我叫储健，你们公司在竞标镜湖综合体项目中，涉嫌违法串标围标，现对你刑事拘留。请你跟我们走吧！"

说着，储健掏出了拘留证。

刘家良慢慢镇定下来，他对储健说："我跟你们走，但是我可不可以跟我女儿和大家说两句话。"

储健："可以。"

刘家良转身对大家说："婧婧，洋洋，爸爸这一去不知猴年马月才能出来，公司的事你们互相商量着办。至于，洋洋你的婚事，婚肯定不能结了。咱们家是靠当年的好政策、白手起家发展起来的，素来与当官的只是一种利用关系，如今咱家遭此一劫，肯定是因为咱家与当官的家庭相冲，咱家与他们家不合，幸好现在还没有举行婚礼，还来得及，洋洋你和小军没缘，早点散了吧，长痛不如短痛，好吧？各位兄弟姐妹，我们在一起打拼多年，闯下如今的局面不易，我感谢大家。如今我要离开阳光一些日子，希望大家看在我刘家良的面子上，多帮帮我两个女儿，拜托了！谢谢！"

说完，刘家良朝储健说："走吧。"

储健他们便带着刘家良朝外面走去。刘洋在父亲说这番话的时候，一个劲地摇头，眼泪禁不住往下流。她呆呆地看着父亲被带走，一句话都说不出来。

下午，余仲君和赵达声开完市委常委会，从常委会议室里出来，两人并肩走在一起，小声说着什么。

"达声啊，看来贯彻落实中央党风廉政建设主体责任任重道远啊，大部分县市思想上是重视的，措施是实的，落实是好的。但是，各地区情况不平衡，有的领导工作比较努力，但是思想上还有一些模糊认识，下一步咱们还要加把劲，把工作真正落实下去。"

"行啊，仲君，看来上次没给你白通报批评啊。"

"那当然，哪能老是拖后腿，这项工作咱们市里一定要赶到全省的前列去。"

"有你老鱼头这句话，咱们纪委的工作就好干了。"

"那就看你的了。"

这时，赵小军从楼梯口走过来，看到两位父亲都在，他愣了一下，然后继续走过来，到了面前，他没有看赵达声，朝着余仲君说："爸，我有事情找您。"

余仲君："噢，什么事儿？"

赵小军："这里不方便说。"

余仲君："那到我办公室吧。"

"噢，那我先走，你们聊。"赵达声随即走开，赵小军始终连看都没有看他。余仲君领着赵小军来到他的办公室。余仲君把资料往办公桌上一放，去给赵小军倒水。

赵小军拦住了他："我不喝。"

"什么事儿这么急，不能回家说？"

"爸，您想必已经知道了，洋洋她爸被抓了。"

"我不知道啊，什么时候的事儿？"

"就在上午十点多，是公安局经侦支队去带的人。"

"什么情况？"

"说阳光置业在竞标镜湖综合体建设项目中涉嫌违法串标围标，东江城建举报到了市纪委，后来经侦支队介入了。这事儿难道没有报到您这里？"

"没有，刘家良又不是领导干部，这是一桩刑事案件，具体情况我一会儿问问公安吧。但是，现在这么个形势下，一旦问题查实了，很难办。"

"这倒其次，主要是刘家良认为他们家跟咱们家相冲，不让洋洋嫁给我了。您知道的，洋洋是我今生最爱的女孩子，我不能没有她，我已经离不开她了，爸，您无论如何得想想办法，让洋洋爸爸赶紧出来吧。"

"事情没有你想象的那么简单，我试试吧。"

"爸，您赶紧打电话吧，我都急死了！"

"行吧，你等一会儿。"

余仲君拿起桌上的电话："喂，李局，我余仲君，嗯，听说你们把阳光置业的刘家良带过来了，他什么问题？噢，涉案金额大吗，这么大！这个案子情况有些特殊，刘家良一向比较守法，看看能不能弄一个监视居住，对，咱们办案也讲究一些人性化嘛，他们企业那么大，这么一弄，群龙无首，肯定马上就得趴下了，这对地方经济也是损失嘛。对，人性化办案吧，好吧，其他你们该怎么办还怎么办，好不好？嗯，那就这样。再见！"

余仲君放下电话："事情只能这样了，明天刘家良就可以回家了。让洋洋跟她爸爸好好说说，这个婚还是要结的，怎么能影响孩子的幸福呢。好吧？你先回去吧，有事儿再说。"

赵小军，一听高兴极了："好的，那我先走了。谢谢爸！"

第二天，储健和张杰来到看守所，他们来到刘家良面前。储健从包里拿出一份《监视居住决定书》，对刘家良念道："东江市公安局监视居住决定书，东公刑监字第 15 号，犯罪嫌疑人刘家良，男，年龄 49 岁，住址：镜湖湾阳光小区 18 号。犯罪嫌疑人刘家良因为案件情况特殊和进一步办理案件需要，根据《中华人民共和国刑事诉讼法》第七十二条之规定，决定对其采取监视居住的决定……"刘家良边听边冒汗，等他听储健念完，凝重的神色放松了许多。

当天晚上，刘家良一家围在餐桌边吃饭，大家闷头吃着，起先谁也不说话。刘家良先吃完，把饭碗向前一推："洋洋的亲事还是算了吧，咱们两家犯冲，小军的两个爸，咱一个都惹不起，还是躲他们远一些。"

刘洋也把饭碗一推："不行，我非小军不嫁。"

刘母："洋洋，这门亲事咱们本来一万个乐意，可是在这节骨眼上出了这个事情。我今天去胥鸣寺算了一卦，说咱两家确实相冲，如果硬要结合，将来麻烦不断，灾难不停。洋洋，你就听爸妈的吧，凭你的条件，什么样的小伙儿找不到，何必一棵树上吊死，反正现在分开还来得及。"

刘洋："来不及了！我非小军不嫁，你们说什么都没用。"

刘家良："你们没办事儿，就来得及。"

刘婧："没办事儿也来不及了，洋洋她怀孕了。"

刘家良扬手想打刘洋："什么？你想气死我啊！"

刘洋："你打，你打，我反正已经是他的人了。"

刘家良："这个孩子不能要！"

刘母："罪过，罪过！"

"我就要这个孩子，谁敢碰孩子我跟他拼命。"说完，刘洋起身走向沙发。

刘家良："你绝对不能和小军在一起，否则这个家就完了。"

刘洋："你们这是迷信，跟小军有什么关系！"

刘母涕泪双流："洋洋啊，你就听爸妈一回吧！"

刘家良："你要跟小军在一起，那你就从这个家里滚出去。"

"走就走！"说完，刘洋倏地站起来，快步朝着门外走去，"砰"地把门摔上。

刘洋来到和小军的新房里，与小军两人相拥坐在沙发上，眼睛呆呆地看着电视。

"小军，我们怎么办啊，咱们这婚还结不结？"

"结！为什么不结？咱们结婚是咱们的自由，这个世界上没有人能够阻止我们。"

"可是，我家里怎么办？"

"你放心，咱们先把婚结了，然后你就住在这里，安安心心地把宝宝生下来，到时候你爹妈慢慢地也就接受了。"

"可我们这婚也没法结得体面呀，我觉得憋屈。"

"谁也不愿意这样，可既然事已至此，咱们索性来一个婚事简办，以后有机会咱们再轰轰烈烈地补办过。"

"我离开家，爹妈气得要命，他们迟早会来这里找我的。"

"那又怎么样，他们要来，咱们客客气气地以礼相待。但是，他们要阻碍我们，那对不起，我们不欢迎他们。"

"你不知道，我爹发起脾气来，能把天拆下来。"

"我赵小军也不是好惹的，谁怕谁啊！"

"你们可别打起来啊，别让我当夹心饼干。"

"放心吧。"

这天一上班，省委常委、省纪委书记魏长安带着吴承甫秘书长忽然出现在余仲君办公室，没有一点思想准备的余仲君吓了一跳。

余仲君赶紧给两位领导泡茶："魏书记，您突然到访，什么情况？"

魏长安："仲君啊，你不要紧张，是这么回事。我们收到举报，反映赵达声的几个问题，一是收受贿赂十万元，二是违反规定单独与被调查人谈话，三是违反规定参与对亲属案件的调查处理。我们想请他过来说明一下情况。"

余仲君诧异地看着魏长安："不可能，魏书记，这绝对是诬告，我可以用人格担保，赵达声同志绝对是清白的。您要是说别人有这种问题，我或许还会相信，您说达声，打死我都不信。"

魏长安："说实话，我也不信。可是你我信不信都没用，咱们也不能光凭印象说事，咱们得凭证据说话。如果没有这种事儿，那咱们就要为他正名，不能让坏人的诬告得逞。"

"那魏书记您想怎么调查？"

"咱们先进行正常的诫勉谈话，无则正名，有则再采取组织措施。"

"那好吧。我现在就把赵达声叫过来，到常委会议室谈吧。"

"好的，你安排吧。"

半小时后，赵达声走进市委常委会议室，看到魏长安和吴承甫两位领导，他一愣，然后坐到两位领导的对面。

赵达声笑笑："魏书记，吴秘书长，两位领导今天怎么突然从天而降，看这架势，是来调查我的吧！"

魏长安："赵达声，今天我代表省委对你进行诫勉谈话。"

赵达声一愣："这么严重啊，嗯，有什么问题请领导问吧。"

魏长安："我们接到举报，反映你有以下三个问题，请你对此做出说明。一是收受贿赂十万元，二是违反规定单独与被调查人蓝洁谈话，三是违反规定参与对亲属许兆丰案件的调查处理。"

赵达声笑笑："领导接到的举报都没错。我先回答第一个问题，情况是这样的。你们都知道我收养了一个职务犯罪人员的小孩，前不久，她被查出患有先天性心脏病，急需手术费六万元，我家里一时拿不出钱来，我就向儿子赵小军借钱，他打钱进来的时候，我发现银行卡里多了十万元钱，后来我去建设银行东江市支行营业部查询，他们发现钱是从香港用现金存入的，一时查不到对方的信息。我没有时间和精力去对付这个事情，就把十万元钱上交给了组织。我办公室里还有收据，到时请领导查看。"

魏长安点点头："嗯，回头你把收据给我们看一下，再留一份复印件给我们。现在请你回答第二个问题。"

赵达声："好的。我确实单独与被调查人蓝洁接触过。因为当时蓝洁提出非得我一人谈话才肯提供线索，在不得已的情况下，我决定先掌握线索再说。结果，这些线索最后又被她否定，没有取得实质性进展。但是，在当时的情况下，为取得关键线索，我只好不得已而为之，确实违反了调查的纪律。"

魏长安："知道违纪就好。第三个问题呢？"

赵达声："第三个问题是这样的，许兆丰是我当连长时的通信员，当年我恢复记忆后，妻子已经嫁人。过了一段时间，许兆丰把他当老师的姐姐介绍给我，所以他实际上是我的小舅子。他退伍后在东望镇当镇长、镇委书记，近年来发生了受贿和收受礼金的腐败行为，案件披露后，由市纪委副书记欧阳春同志负责调查处理他的案子。然而，许兆丰对抗组织调查，不愿配合欧阳书记的调查，甚至谩骂、侮辱办案人员。市纪委常委会研究后，同意我以老领导的身份开导他，让他接受组织调查。最后，许兆丰提出让我以老连长的身份跟他对话，当时正好部队的老营长赵正明也在，通过一番开导，他终于愿意配合组织调查。我说明的这些情况两位领导可以向纪委各位常委调查了解，而且整个过程都有录音和视频监控为证。我要说明的情况就这些，请领导核查。"

魏长安："你把蓝洁的联系方式告诉我们。"

赵达声："行。她的住址是镜湖湾小区七幢……"

第二天上午，魏长安和吴承甫在欧阳春陪同下，约大麦集团财务总监蓝洁在镜湖公园曝书亭见面。他们挑选在镜湖公园见面，是为了营造宽松的谈话氛围。四人在亭中石桌石墩前坐定，蓝洁面对三位领导，素面朝天，成熟干练。

魏长安："蓝女士，你好，我们是省纪委的，我姓魏，他姓吴。今天约你见面主要是向你了解赵达声的一些情况，麻烦你跟我们说说。"

蓝洁："好的，魏书记，吴秘书长，你们问吧。"

魏长安一愣，然后笑笑："蓝女士，果然不简单啊，我们还没了解你的情况，你倒先把我们的情况摸清了。"

蓝洁笑笑："这没什么，我在电视上经常看到你们。"

魏长安："噢。听说，赵达声在办案过程中，曾经单独约见你，向你调查了解情况？"

蓝洁："是啊，总共约过三次，不过前两次是我找他，向他反映情况，后一次是他找的我。这有什么问题吗？"

魏长安："是有一些问题。我们办案有我们的纪律，他作为办案人员是不能单独与被调查对象谈话的。"

蓝洁："噢，这样。不过，令我纳闷的是，你们调查赵达声的目的是什么？难道是怀疑赵达声办案过程中有违法行为吗？"

魏长安："不能这么下结论，但是这是一种违纪行为，我们是不允许的。"

蓝洁："但是这是我要求的，必须单独见面，否则免谈。"

魏长安："谁要求都不行，办案必须服从纪律。"

蓝洁："你们什么纪律我不懂，但是既然你们来调查他，我就索性把我和他接触的印象一并告诉你们吧。赵达声他意志坚定，不受金钱和美色诱惑；机智勇敢，不畏强暴，面对强手，沉着应对，身手不凡；挫败敌手，令他的对手都佩服。"

魏长安："这话怎么讲？"

蓝洁："有些我不能明说，但是我可以告诉你，有人用一千万美元和别墅收买他，他不为所动；有人用女色诱惑他，他也没有动心。我还亲眼看到，有人请来四名彪形大汉想收拾他，却被他轻松拿下。现实生活中，我没有见过这样的人，我敬佩和欣赏这样的男人。"

魏长安："你说的那些人是谁？"

蓝洁："对不起，我只能说这些。我不懂你们的纪律，也不知道你们调查他的目的，但是，我想说的是，赵达声无论是一个人的时候，还是集体行动的时候，他都可以代表你们这个组织最优秀、最可靠的人。这是我发自内心对他的看法，没有任何添油加醋的地方。可以这么说，他对于一个组织或者一个家庭来说，是最忠诚可靠的。我想，你们应该明白我说这些话的意思了吧？我要说的就这些。"

魏长安与吴秘书长互相望了一眼。

吴秘书长："其他还有什么补充的吗？"

蓝洁："暂时没有了。"

魏长安点点头。

当天下午，魏长安、吴承甫又把赵达声叫到余仲君办公室，四个人轻声说着话，生怕被人听到似的。

魏长安："仲君啊，这次调查我们感受颇深，情况越查越明，对我们的干部也越来越有信心。赵达声同志是一名优秀的纪委书记，他对党忠诚，意志坚定，敢于担当，不为金钱女色所诱惑，抵住了不法分子糖衣炮弹的袭击，难能可贵啊。今天，我算是给达声同志正名了啊，对于这位同志，咱们尽可以放心，他的坚强的党性、顽强的意志、敢于担当的作风都是过硬的，无论从哪一方面讲，他都是优秀的纪委书记，是值得我们党放心的一名好干部。"

余仲君："我就知道达声是没有问题的，就是有人想捣乱，搞乱人们的思想，好从中渔利。"

赵达声："谢谢魏书记、吴秘书长给我正名，我一定不负领导期望，带领全市纪检干部，落实责任，扎实工作，争取更大进步。"

魏长安："好！"

春夏之际，正是垂钓的好时候。思源谷垂钓区小木屋的阳台上，麦思源和林妙雪一人一根鱼竿正在垂钓。林妙雪坐在椅子上，她的肚子看起来已经很大了。

麦思源看了看林妙雪的肚子："林老师，孩子几个月了？"

"六个多月了。"

"真快啊，眼看就要生了。你这下可给余书记立大功了啊！"

"立大功又有啥用？再怎么样，也还是没有名分的命。咱这辈子也许就这样，我啊，就盼着今后能够过得舒坦一些就行了。"

"什么命不命，你想要的都会有的。名分，我不敢说，但是过上舒坦的日子那是太小意思了。"

"怎么说？"

"眼下就有两条赚大钱的路子，保证你下半辈子、下辈子都能过上舒坦的日子。"

"什么路子？"

"一条是马上重新招标的镜湖综合体项目，一条是领导干部的乌纱帽。"

"镜湖综合体项目老余说太招摇，建议咱们不要参与。至于乌纱帽怎么赚大钱我就不懂了，你说说看。"

"镜湖综合体项目经过了前期的事情之后，我觉得咱们现在介入，反而是一个契机。前些天，咱们下属的建筑装饰公司已经获得了建筑工程施工总承包企业一级资质，完全符合镜湖综合体项目的竞标资格。至于乌纱帽，弹性很大，全市党政干部哪个不想提拔或者调整到好的位置。你想想，那么多干部，不都是余书记一句话的事情。而他们大多数连余书记家的门朝哪儿开都不知道，这时候，如果他们知道了林老师在余书记面前的地位，那他们会怎么样就不用我多说了吧？"

"你的意思我知道了，可是怎么把这种东西转化为实实在在的利益呢？"

"这个你不用担心，咱们只需这么办就行了……"

双休日，赵小军开车带着余仲君、王玉兰和赵达声来到镜湖湾别墅区。大家下了车，手里拎着大包小包，朝着刘家良家走去。刘家良家门前是一个三四百平方米的院子，用乡村栅栏围成，看起来很温馨的样子。赵小军按响了院门上的对讲门铃，一会儿传来刘婧的声音："赵小军，你们回去吧，我爸不想见你们。"

　　赵小军："婧婧，你看我爸妈都来了，你开开门，让我们进去和伯父伯母见个面吧。"

　　"等一会儿。"过了一会儿，刘婧仍说："我爸妈还是不想见你们，你们回去吧。"

　　赵达声站到了赵小军的身后，他对着对讲门铃说："家良，你好，我是赵达声，我知道你对竞标的事情有看法，这很正常。但是，这个事情是你们公司违法在先，作为监督部门，我们只是履行自己的职责，对竞标的任何一个对象都没有任何私人恩怨。请你理解！希望双方父辈都想一想，既然两个孩子情投意合，咱们就不要过多地干预，再说，他们现在已经是法律上的夫妻了，让我们为孩子的幸福着想，高高兴兴、热热闹闹地为他们办好这场婚礼，你们看可以吗？"

　　刘家良："你们不要再浪费口舌、浪费感情了，我们是不会同意的。"

　　余仲君也站到对讲门铃前："家良啊，你我基本上算同龄人，我长你两岁，说实话，到了这把年纪，咱们都无所谓了，主要是为两个孩子着想。婚姻是人生大事，咱们不能光为自己的一口气，而委屈了孩子们，你说是吗？"

　　刘家良："他们命里犯冲，不能在一起，如果硬要在一起，必然麻烦不断，灾祸连连，所以，你们不必再说了，我们是坚决不会同意的。"

　　王玉兰："亲家公，亲家母，我们定在下个星期六为俩孩子举办婚礼，地点就在东江饭店，希望你们抛开恩怨和迷信，都来参加婚礼，为孩子们祝福！"

　　刘家良："你们不要做白日梦了，我们不会来的，我们也绝不会让洋洋嫁入你们家的。"

　　余仲君与赵达声互相看看，余仲君无奈地摇摇头："看来我们白跑一趟了。"

18

　　入夜，东江饭店小宴会厅里，赵小军和刘洋的婚礼正常进行，他们总共请了五桌人。小军和刘洋的同学朋友各一桌，余仲君和赵达声的战友廖先成、大老赵、烟枪等和亲属各一桌，其他亲戚朋友一桌。刘洋家里一个人都没有来。赵小军一个在电视台当主持人的同学主持婚礼。婚礼虽小，但是各项仪式一样没少。此时，婚礼进行曲响起来了，新郎新娘正式出场。

　　赵小军身着藏青色的西服，刘洋穿着洁白的婚纱，他们在伴郎伴娘的相拥下，款款向大家走来，一个小男孩和楚楚衣着亮丽，跟在新娘的身后，提着婚纱的下摆一起走过来。宴会席里响起热烈的掌声。

　　主持人："好，新人已经来到我们的面前，下面请允许我向各位介绍一下这对新人，这位亭亭玉立、婀娜多姿的漂亮新娘，是一位经济学硕士，曾留学于英国华威大学，是一位名副其实的才女；而站在新娘身边的这位喜滋滋、屁颠颠的英俊潇洒、儒雅挺拔的帅小伙就是咱们今天的男主角新郎赵小军先生，他是东江的商业新星，大麦天心集团的董事长。这一对新人，可谓是郎才女貌，天生绝配。下面，请德高望重的省委常委、省军区司令员廖先成先生为新人致证婚词，有请廖司令员。"

　　廖先成站起来，向台上走去，边走边向在座的宾客挥手示意。

　　廖先成："谢谢大家，我今天是受老战友余仲君之邀来喝喜酒的，来了之后，老战友一定要让我做证婚人，我感到很荣幸。我讲两层意思，第一层意思是，向两位新人送上祝福，祝两位新人永结同心，百年好合，子孙满堂。第二层意思是，希望新人早生贵子，战斗精神代代相传。当年，我、仲君、达声和下面几位老战友都一同上过战场，咱们在战场上浴血奋战，敢于牺牲，九死一生，凭着精湛的军事技术和顽强的战斗精神凯旋，当时咱们就想，一定要把咱们的战斗精神发扬光大。如今我们都已经到了'廉颇老矣'的年龄，我们最希望把这种顽强的战斗精神一代一代传下去。今天，我看到战友的小孩都已成家，这种愿望变得越来越迫切。只是不知道这种顽强的战斗精神还合不合时宜，年轻人是否还需要。我心里也没底。但是，我希望我们的下一代，能够将战斗精神传承下去、发扬光大。我就讲这么多，谢谢大家！"

主持人："好，顽强的战斗精神无论什么年代都一样需要。我相信，一定会代代相传、发扬光大的。谢谢廖司令！谢谢！下面，两位新人将互换婚戒，以表示他们对爱情的忠贞不渝。"

赵小军拿起戒指，正要给刘洋戴上。正在这时，宴会厅的门开了，只见刘家良领着老伴和刘婧，还有十多名壮汉一起涌了进来。十多名壮汉一下子拥到前面，把刘洋从赵小军身边拉开，团团围了起来。赵小军拿着婚戒，被突如其来的情况弄蒙了，半晌才反应过来。

赵小军冲上去，被壮汉挡在外面。

余仲君站起来，向刘家良一抱拳："亲家公、亲家母，你们能来太好了，咱们今天的婚礼就圆满了。请你们稍候，我让服务员再添一桌。"

刘家良："余书记，不好意思，不用麻烦了，我们不是来参加婚礼的，我们是来带洋洋回去的。洋洋不能嫁给小军，这是胥鸣山的高人按照小军和洋洋的生辰八字合出来的。也是因为这个原因，前期咱们公司竞标失败，也差点给我带来了牢狱之灾，这真的是没有办法的事情。对不起，我们走了。"

赵达声倏地站了起来，奔到壮汉们面前挡住了他们的去路。一个壮汉上来想把赵达声推开，被赵达声一个大擒拿锁住了胳膊，跪在地上动弹不得。另外几个壮汉跟着上来，一起扑向赵达声。小军趁机去拉刘洋，可是被两名壮汉挡在外面，近不了身。赵达声放开那名跪地的壮汉，大老赵、烟枪也一起上来与他们对峙着，没有丝毫的让步。

刘洋急得大哭起来："爸，妈，你们不要这样，求你们不要这样，我不回去。"

余仲君走上前来，走到刘家良面前："家良啊，婚礼是人生的大事，今天本来应该是小两口幸福美满的一天，你们这么一闹，该给他俩造成多么大的影响啊。既然小两口情投意合，我们大人就不要再横加干涉了，否则会给他们带来极大的痛苦，甚至是毁灭性的打击。你能不能听我说，咱们顺其自然，事已至此就不要再倒退回去了，咱们一起往前走，有什么问题有什么困难一起想办法解决，好不好？"

刘家良："你说什么都没用，咱们两家就是犯冲，洋洋不可能嫁给小军的。"

赵小军："可是，我们已经结婚了，我们已经是法律上的夫妻了。"

刘家良："那又怎么样，这个关系随时都可以解除。"

余仲君："洋洋的肚子里已经有了小军的骨肉，希望你看在孩子的分上，成全他们吧！"

刘家良："孩子迟早会有的，关键是洋洋不能跟小军在一起。"

刘洋："不，爸爸，我非小军不嫁。"

赵小军："谁敢动洋洋，我就跟他拼命！"

"少废话，我们走！"刘家良又看看赵小军，说道："你有什么资格要我们洋洋？你有自己的事业吗？你不过就是个当官人的儿子。"

壮汉听到号令，护着刘洋往门口走去，大老赵他们丝毫不让，眼看两拨人顶起牛来，打斗一触即发。

余仲君："行，我们让一步，达声、大老赵，让他们走吧！"

大老赵："不行，不能让他们把洋洋带走。"

余仲君："不带走又能怎么样？反正今晚的婚礼已经被破坏掉了，咱们来日方长，从长计议吧。"

说完，余仲君朝大老赵挥挥手，大老赵只好给他们让出一个通道，壮汉们拥着刘家几个人，其中两名壮汉一边一个拉着刘洋，一行人呼呼啦啦出了宴会厅。刘洋叫着"小军""小军"，怎奈壮汉丝毫不撒手。赵小军也叫着"洋洋""洋洋"，拼了命地扑上去，想把刘洋拉回来，却被壮汉挡在人墙外，大家眼睁睁地看着刘洋被他们劫走。

赵小军从饭店里一路追出来，眼看着刘洋被壮汉们推拉着上了已经发动的面包车，他扑上去拦车，却晚了一步，看着面包车载着刘洋扬长而去。赵小军坐进自己的宝马轿车，准备去追面包车。此时，余仲君、赵达声都赶了过来，挡住了他的汽车。

赵小军摇下车窗玻璃，大叫："让开，让开。"

余仲君走到车窗前："小军，事已至此，从长计议吧。"

赵小军狠狠地拍了一下方向盘，大叫一声："我怎么这么窝囊啊！"

余仲君、赵达声、王玉兰和赵小燕把赵小军送回新房，几个人来到客厅沙发上坐下。

赵小军依然怒气未消："你们为什么不让我去追洋洋？"

赵达声："今天这个情况，你去也没什么用？弄不好会闹出事儿来。"

赵小军："今天是我结婚，老婆都被人家抢走了，我还算男人吗？"

赵小燕："哥，你别急，是你的总是你的，她怎么都跑不掉。不是你的你再强求都没用，咱们走一步看一步吧。"

王玉兰："洋洋有身孕，他们这么折腾，但愿孩子没事就好了。"

赵达声："应该不会有事儿的。仲君、玉兰，你们今晚就在这儿陪陪小军吧，让他千万别冲动，要是干出傻事儿来，那就真的连回旋的余地都没有了。"

余仲君："嗯，你和燕儿先回去吧，有事儿明天再说。"

赵达声和赵小燕站起来，与赵小军告别。赵小军一声不吭，朝他们摆摆手，起身去酒柜里拿出一瓶红酒，给自己倒了半杯，一口喝了个精光。

第二天早上，王玉兰在厨房做好早饭，便去赵小军房间里叫他。叫了老半天，房间里一点动静都没有，她推开房门一看，只见房间的床上整整齐齐，没有睡过的迹象，她看到床头柜上放着一张白纸，上面写了一段话，她拿起白纸看了一眼，急急忙忙去叫余仲君。

"老余，你看，小军说要离开东江，凭自己本事去干一番事业。"

余仲君接过纸条，轻声念道："爸、妈，昨晚我想了一夜，所有的思绪都向我发出一个声音，'离开家，靠自己，干事业'。想从前，从小到大，我都生活在英雄的光环里，生活在市领导的护佑下，什么事情都是你们给我安排好的，我就像一朵温室里的植物，同学、老师、同事都像众星捧月一样对我，我不知道生活里还有阴雨、激流和暗礁，反而达声爸爸把我当成一个普通人，像普通人一样要求我，使我感觉到作为一个年轻人应该具有的品格。从小，我钦佩你们，羡慕你们，我想象着有一天也能成为你们这样的人，可是这只能是一个梦想，永远都无法实现。这一次我与洋洋的结婚风波，使我更加看清了，你们给予我的光环，在洋洋爸妈眼里，反而是累赘。也许离开你们的护佑，才能使我真正开始自己的人生。爸，妈，达声爸爸，请不要找我，总有一天，我会回来的！"

余仲君"唉"地叹了一口气，仰天靠在沙发上，白纸飘落下去，落在了地板上。

而此时，刘洋也收到了赵小军的一条短信。"洋洋，我想离开家一段时间，是打工，也是逃避，我只想做一回自己，看看自己到底几斤几两，也许若干年后，我荣归故里。也许，我只是一个游子，但是我不后悔。希望你在家养好身体，善待自己，抚育好我们的孩子，等我回来，到那一天，我们再举行盛大的婚礼。让我们一起为这个梦想努力吧！"

刘洋看着看着，眼泪一滴一滴掉到饭碗里。

余仲君借口出差，来到碧海情天二十九号别墅。余仲君见林妙雪站在落地窗前，望着漆黑的大海，连他进入房间都没有发觉。

"亲爱的，我回来了！"

林妙雪没有回头，只是鼻子里"嗯"了一声。

余仲君放下手提包，走到林妙雪身后，关切地问："亲爱的，你怎么了，情绪这么低落？"

"我也不知道，今天我去例行体检，我也跟医生说了这个情况，医生说可能患了产前综合征，让我多参加有益的活动，让自己身心愉快，这样有益于宝宝生长。"

"对，对，对，宝宝最重要，你不要有什么不开心，有什么事交给我来解决不就行了吗。"

"交给你解决，说得好听。像你们这种打过仗的人，原则性最强了，跟你说了也是白说。"

"原则性与灵活性的统一，才是处事之道。我不是一个光讲原则性不讲灵活性的人，放心，我一定会处理好的。"

"还说能处理好，上回我提了一下，就被你回绝了。算了，我还是不提了。"

余仲君上前抚摸着林妙雪的大肚子："到底什么事？你说嘛，真是急死人了。"

"就是镜湖综合体项目的事情呀。我听说，现在要重新竞标了，前些天大麦建筑公司已经获得了一级建筑工程施工总承包资质，这总可以参加竞标了吧？"

"可以啊，欢迎大麦公司参加竞标。"

林妙雪把余仲君的手从肚子上拿开："参加竞标有什么用，你要保证他们顺利中标才行。"

"这哪里保证得了！我们领导干部是不能干预招投标项目的。"

林妙雪哭道："我知道你不肯帮忙！宝宝的命怎么这么苦啊，还没生下来就没人管没人疼的，将来可怎么办啊！"

余仲君从身后抱着林妙雪："哎呀，你不要哭嘛，咱家宝宝怎么会没人管没人疼呢，你让我想想办法嘛。"

林妙雪转过身来："真的？"

"当然真的。哎，那个麦思源到底答应给你多少好处？"

"如果是合作的话，所得利润的三成。如果是我经手拿到的，可以分得利润的五成。亲爱的，现在反正大麦也有资质了，给谁做不是做，只要保证质量就行了。"

“我想想办法，但是，这种事情还是少弄为好。”

“我知道，我还不是为了给咱们儿子打下好的基础嘛，别像咱们似的，苦了半辈子还在贫困线上挣扎！”

余仲君无奈道：“我知道，我知道。”

第二天晚饭后，余仲君还在办公室里批阅文件，高秘书敲了敲门，走了进来：“余书记，市招投标中心瞿扬副主任来了。”

“噢，请他进来吧。”余仲君放下手中的文件。高秘书领着瞿扬进来，为瞿扬泡了一杯茶便退了出去。

“余书记，您真是日理万机啊，下班了还在操劳啊！”

“没办法，白天忙于事务性的事情，晚上才有时间看看文件材料。对了，瞿主任在招投标中心有好多年了吧？”

“十一年了，当业务副主任已经七年了。”

“噢，这些年你们招投标中心工作任务比较重，项目做得是好的，没有出过什么大事儿。瞿主任付出了大量的心血，这些情况组织上是知道的。我们也知道，招投标中心是个敏感的部门，受到的诱惑比较多，一个不小心就会出问题，这些年中心都能够平稳运行，确实不容易。对于瞿主任，组织上是信任的，工作也是认可的，我也是比较放心的。”

瞿扬听余仲君这么夸自己有些受宠若惊，忙道：“哪里，余书记，我作为副主任，主要配合陈主任工作，关键时候还是陈主任在把握。”

余仲君笑笑，意味深长地说道：“不过，下一步可能要靠你来把握了。”

“靠我来把握？没问题，我一定履行好职责，把分管的工作抓好，不辜负领导的重托。”

“不是分管的工作，而是招投标中心的全面工作。”

“这……余书记，这？”

余仲君对他点点头：“是的，陈伟成主任马上要去交通局上任了，上回东江城建所谓的知情人诬告陈伟成同志，幸好纪委调查后及时给予了澄清，差一点冤柱了一名好干部啊。这次，组织上考虑让你来接任他的位置，这是我的意思。你看有什么问题吗？"

瞿扬脸上放光："没有任何问题，谢谢余书记栽培，我一定不负领导重托，努力工作，严格把关，为东江经济建设贡献力量！"

余仲君点点头："行，组织部马上会到招投标中心来考察你和陈伟成，你自己注意一下，谨慎处事。好吧，那就这样，我这边还有点事儿要处理一下。"

瞿扬站起来，向余仲君鞠了一躬："好的，谢谢余书记，谢谢余书记！那您忙，我先走了。"

余仲君摆摆手："去吧，去吧。"

新上任的招投标中心主任瞿扬春风得意，脸上每时每刻都洋溢着笑容。今天，他第一次以招投标中心主任的身份召集有关专家开会，就镜湖综合体建设项目的事项进行研究。

瞿扬："镜湖综合体建设项目，虽然是镜湖区的一个项目，但是它关乎整个东江的城市形象，市里决定把这个建设项目纳入全市的重点工程项目，所以，咱们专家组成员一定要高度重视，认真对待，把最好的公司选出来，以最切合实际的价格，建造最优质的工程。这里是报名参与竞标的单位，大家看看有没有问题，如果没有问题，咱们将对这八家竞标单位进行公示，这也是因为前次竞标出现问题，为慎重起见新增加的一个程序。大家都说说意见吧。"

东江建筑设计院赖教授："我先说两句，我个人认为，这次初选进入竞标程序的这八家单位资质都是过硬的，就是大麦建筑刚刚取得一级建筑资质，在建造经验上还比较欠缺，但是资质是符合的，最终还得看他们的标书情况。其他我觉得都没有问题。"

瞿扬："其他人看看，有什么问题吗？"

大家互相看看，摇摇头："没有问题。"

过后，瞿扬回到办公室，办公桌上的电话响了，他一看号码，有些紧张地接了起来。

瞿扬："余书记啊，您好，您好。还好，主要是一个重大项目要招投标，就是镜湖综合体建设项目。上一次出了事情，这次我们特别慎重，市纪委全程监控，每一道程序都把得很严。是啊，请余书记放心，我们一定会严格把关，确保没有任何差错。是的，最后经过认定，确定了八家企业，每家都符合资质条件。对，大麦建筑也来了，他们刚刚取得一级建筑工程施工总承包企业资质，对重大工程还缺乏经验，竞争力可能还不太够。噢，明白，明白，那您的意思是，把镜湖综合体建设项目给大麦建筑来做，我知道，我知道。这次纪委全程监控，把得非常严，真要让大麦建筑来承建这项工程，关键还得看他们的标书质量是否过硬。好的，好的，明白，我想想办法。我会尽力的！再见，余书记。"

第二天晚上，瞿扬约东江建筑设计院赖教授到天成饭庄吃饭，两人的脸上红扑扑的，看起来已经酒过三巡了。

"瞿主任，咱们是二十年的老朋友了，脾气秉性相仿，彼此惺惺相惜，啥都不说了。今天你请我吃饭，肯定有事相商，你说吧，尽管吩咐，我照办就行了。"

"痛快！不愧是二十年的老朋友了，我瞿某最佩服你这种知识分子身上的傲骨，不畏权贵，不媚钱财，我瞿某自愧弗如啊！来，我再敬你一杯，祝你身体健康，全家幸福，万事如意。"

赖教授一口喝掉杯中酒："瞿主任，你就不要给我戴高帽子了，有什么事儿你就吩咐吧！"

"赖教授，不瞒你说，我还真有一事和你相商，因为我吃不准这事儿到底能不能做成，心里没底儿，想跟你先沟通一下，你帮我参谋参谋。"

"瞿主任，你但说无妨。"

"就是镜湖综合体建设项目竞标的事情，这是个大项目，咱们管招投标的工作人员，也是专家组成员，理应站在公平公正的角度，把最有竞争力的企业和方案评出来。而且这个项目，市领导也十分重视，非常关注，但是他们关注的角度跟我们专家组还是有所不同的。因为参与竞标的这些企业中，数大麦集团综合实力最强。虽然他们的建筑公司刚刚才取得一级建筑工程施工总承包企业资质，但是大麦集团可是咱们东江的纳税大户，为东江的经济发展做出过非常大的贡献，领导的意思是想帮衬帮衬大麦建筑，毕竟谁都有第一次。或许，正因为是他们企业第一次参与重大工程建设，他们会更重视，做出优质工程也有完全有可能。我想，既然市领导有这个意思，咱们是否想办法成全一下大麦建筑，你看怎么样？如果可行的话，你在开标前说一个主导性意见，这样大麦建筑才有可能中标。"

赖教授想了想，说："这么做肯定是违规的，但是，既然市领导有这个意思，大麦建筑的资质也是符合条件的，如果大麦建筑报价合理的话，也未尝不可。只要能够保证工程质量，也不是一定不可以。最后，还得看他们的标书情况。"

"赖教授，听你这么说，我心里有点谱了。唉，你知道这个招投标中心主任也不是那么好当的，方方面面都要考虑到，否则有可能顾此失彼，一不小心得罪了哪路神仙，自己却还蒙在鼓里呢。"

"是啊，你这个主任确实不好当。不过这件事，我暂时只能说到这个份上了，最后究竟如何，还要看他们的运气了。"

"是啊，人算不如天算，只能看他们的造化了。我先谢谢赖教授了！"

"哪里，哪里。"

这日早上正值上班高峰，市信访局门口来了几十名上访的群众，他们堵住了半条马路，严重影响了道路交通。三名警察在维持秩序，可是群众太多，交通还是很乱。其中一名领头的村民是李家斗村的李大头。这时，市纪委纪检监察室主任宋天意到市信访局例行信访值班，他看到市信访局的钟处长在向群众做解释工作，但是场面还是乱哄哄的。

钟处长："乡亲们，大家听我说，你们有什么事儿派代表到会议室里慢慢讲，不要妨碍交通好不好？"

李大头："我们的拆迁补偿款区里明明已经下发，为什么不发给我们，我们没钱租房，让我们住到哪里去？"

钟处长："你们的问题我们一定会解决的，但是，先请大家冷静下来，把路让开，大家还要上班、上学，你们再有理儿，也不能影响别人的生活是吧！"

宋天意："是啊，钟处长说得对，大家有什么情况请到会议室里谈，不要影响正常秩序，好不好？"

一位过路的长者也说道："老乡啊老乡，你们有委屈，有正常的渠道可以反映，但如果以此为理由，影响别人的正常生活，你们就是有理变无理了，说不定还得承担法律责任。听这两位领导的，散了吧，啊，散了吧，到办公室去好好说。"

李大头似乎觉得自己理亏了，向着乡亲们挥挥手："大家往边上靠，把路让开，把路让开。"乡亲们随即向路边靠，过往车辆渐渐挪动起来。

钟处长："乡亲们，你们派几名代表到会议室里来，咱们一个一个慢慢说，把问题说清楚，你们要相信政府，一定会把你们的问题解决的。来，来，大家先到大厅里坐一会儿。"

钟处长和宋天意把大家带到信访局大厅。

钟处长："宋主任，正好，你要不也一块儿听听，说不定涉及基层腐败问题。"

宋天意："好，我一块儿听听。"

钟处长对乡亲们说："乡亲们，你们自己选出五名代表，随我到会议室里开会。你们自己推荐。"

乡亲们七嘴八舌，最后李大头点名，选出了五个人，两名工作人员带他们向会议室里走去。

五位村民进入信访局会议室，钟处长、宋天意和另外两名工作人员接待了他们。工作人员为他们泡上茶水。

钟处长："现在咱们面对面坐在一起，各位乡亲有什么问题就请畅所欲言吧。谁先来？你。"

钟处长指了指李大头，李大头正了正身子，说："各位领导，我是镜湖镇李家斗村的，我们村里今年拆迁了，本来是好事儿，可是面对突然出现的巨额安置补偿款，村干部红了眼，他们想尽各种办法截留克扣。咱们村里总共六百多亩土地，八十六户人家，按照镜湖区制定的拆迁补偿标准，我们每户人家获得补偿基准数在四十万元至七十万元之间，每人五万元到九万元不等。而村民真正拿到手的，只有三分之一，其余的都被村里以发展集体经济为由截留。可恨的是，村民们连租房补偿款都拿不到，好多村民只好到亲戚家里暂住，时间一长，矛盾就产生了。村里截留的两千多万元钱，被村干部以种种理由挥霍享受。村民们实在忍无可忍，才来反映这个情况，请领导核查，对违法犯罪人员严肃处理。"

钟处长："你说仔细点，你们村的村主任、村支书叫什么名字？区里的补偿款是什么时候下拨的？村干部截留资金的证据是什么？"

……

镜湖区综合体建设项目招投标工程开标的前一天晚上，东江市招投标中心主任瞿扬把九名评标的专家组成员集中到一起，他亲自给每一位专家沏茶倒水，热情有加。

"各位领导、专家，今天把大家临时紧急召集起来，就是为了明天镜湖综合体项目招投标的事情。因为这个标是东江的形象工程之一，市领导十分重视，特别是经过上一次阳光置业的事情之后，咱们这一次招投标可以讲只许成不许败，不能有任何一丝闪失。为此，市委余仲君书记专门找我去，对招投标的一些环节作了交代。我琢磨了一下领导的意思，感到领导考虑问题的角度与我们确实不一样。因为这一次竞标的企业中，有我们东江的大型企业大麦集团，这家企业一直以来是我们东江的纳税大户，而且这家企业也是省委副书记麦满仓的侄子所办，大家知道麦副书记是我们东江的老书记，对东江的经济社会发展做出了很大的贡献，对东江的感情很深。虽然，他没有表示什么，但是，作为咱们东江人民，是不是应该做点什么，对他有所回报。可能我的理解有点片面，也可能不符合当下的一些政策规定，但是，我觉得这样做没有错，对东江只有好处，没有坏处。你们觉得怎么样？大家都发表一下意见吧！"

赖教授立刻道："我说两句啊，工程招投标是一项十分严肃的工作，涉及资金大，影响面大，能否公开公正合规合法是关键。我搞招投标工作十几年了，碰到过各种各样的事情，有领导打招呼的，有竞标单位违规操作的，有弄虚作假的，但是都能把最适合的竞标方案和单位选出来。为什么说最适合的？因为有的竞标单位，公司大，牌子硬，资质强，他们竞标价普遍高于一般的价格，故而没有选上；而有的资质普通，竞标方案通俗地讲就是物美价廉，恰恰他们就选上了；也有的竞标单位大家都非常看好，最后却没有选上。这里面有一些偶然因素。这些年，大麦集团在东江的发展有目共睹，他们也确实为东江的经济社会发展做出了很大的贡献，领导有这样的考虑也是合理的，起码这家企业咱们熟悉，加上他们资质也够了，虽然以前没有做过这么大的工程，但是，谁没有第一次呢！那么从东江的发展全局来说，由大麦建筑来承建镜湖综合体工程是适合的，我觉得确实如瞿主任所说，利大于弊，瞿主任理解领导的意图应该没有错。我就讲这些，大家看看，都说说吧。"

瞿主任："赖教授不愧是搞了招投标十几年的老同志了，见多识广，大局观念强，我觉得赖教授的理解是对的。咱们既要讲原则性，也要讲灵活性，大家说对不对？"

人防办一位专家道："刚才，两位领导说了一下看法，我觉得是有道理的，也是合理的。这次，纪委监督工作做得很好，我建议把纪委监督向工程一线延伸，可以组织有关部门，比如审计、城建、安监等对工程建造过程中的每个细节做好监督，确保工程建造过程中不出现纰漏，这样，即使中标的企业稍微弱一点，问题也不是很大，也可以建造出优质工程。"

瞿主任："你的建议很好，监督延伸，这说不定还是一种工作创新呢。好！"

不过，一位小个子专家道："我反对这么做，这对其他企业不公平，也是违反招投标法的，一旦出了问题，追查起来，我们在场的都是有责任的。"

瞿主任脸上有些尴尬："噢，你讲的也有道理，大家畅所欲言，畅所欲言。"

……

第二天，镜湖综合体建设项目招投标正在市招投标中心会议室举行，招投标议程已经接近尾声，各竞标单位都详细地介绍了自己标书的情况，专家组对每个竞标单位的竞标情况进行了评议。此时，专家组成员将对八个竞标方案进行实名票决，得票最多者成为本次镜湖综合体建设项目的中标者。票决前，专家组组长东江建筑设计院赖教授进行了发言。

"刚才，八个竞标单位依次介绍了各自的竞标方案，大家也对各个公司的方案进行了问询和评议。现在，我们按照议程，将对各竞标方案进行实名票决，以得票最多者为胜。票决前，我先说两句。对于今天的竞标，市领导十分重视，多次关照，一定要把最有潜力最有实力最适合的公司评出来，让他们来承建这个项目。市纪委也全程监控这个项目，对每一道程序都进行了监督，并对整个招投标过程进行实时监控，希望大家本着公平公正的原则，投下自己神圣的一票。请各位专家在认为适合的方案编号上签上你的大名，签完以后就可以离开会场稍事休息，一会儿工作人员将统计好票决情况，十五分钟后，公布票决结果。好，现在开始。"

　　专家们纷纷拿起笔在各标书签上自己的大名，然后各自离开了会议室。

　　三名工作人员开始统计各标书的得票情况。

　　十五分钟以后，专家组成员全部重新回到会场就座，八家竞标单位的代表也回到会场，大家紧张地看着专家组组长赖教授。

　　瞿主任："下面请镜湖综合体建设项目招投标工作专家组组长赖建华宣布票决结果。"

　　赖教授："各位领导，同志们，经过各竞标单位自述、专家组问询、评议、票决，镜湖综合体建设项目的中标者已经产生，他们是大麦建筑有限责任公司。"

　　赖教授话音刚落，底下其他竞标单位一下子小声议论起来。

　　瞿主任："让我们向中标镜湖综合体建设项目的大麦建筑有限责任公司表示祝贺！"

　　瞿主任带头鼓起掌来，大家也跟着鼓起掌来。

19

这天下午，市纪委正在召开常委会，赵达声主持会议。

赵达声："刚才，宋天意同志把镜湖镇李家斗村村干部违法截留村民补偿款的情况向常委会做了汇报，这个情况很重要。前阶段，我们过多地把目光放在抓大案要案上，而忽略了对一些侵害群众利益的基层违法违纪行为的查处，功夫下在了'打老虎'上，而忽视了'拍苍蝇'，基层干部特别是乡（镇）村干部侵害群众利益的行为没有很好地得到遏制，老百姓没有切身体会到这场反腐风暴对他们生活的影响。今年，中央纪委提出要进一步加大基层党风廉政建设的工作力度，着力解决群众身边的腐败问题。所以，下一步我们在继续保持对大案要案高压态势的前提下，将加大对发生在群众身边的不正之风和腐败问题的查处力度。我们将以查处李家斗村村干部违法截留村民补偿款的违法行为为契机，对全市七个县市区五十八个乡镇进行党风廉政建设大巡查，重点解决拉票贿选、权钱交易、贪污贿赂、吃拿卡要等侵害群众利益的问题。会后，请办公室起草一个巡查工作方案，作为全市党风廉政建设的一件大事，确保上级指示在基层落实到位，避免出现大的问题。方案中把我排在镜湖区，我要亲自解决李家斗村的问题。整个方案于下周提交市长书记办公会研究，这个事情，大可你负责落实。"

第二天上班，赵达声带着宋天意、柳公权和审计部门的同志在镜湖区纪委书记孙方明和镜湖镇领导的陪同下，来到李家斗村临时村委会会议室检查村务监督委员会的工作。工作组一行来到临时村委会会议室，村里已经将有关台账归拢后集中到了会议室，等待工作人员的检查。村支书、村主任及村民委一班人全部集中在会议室里，村支书姜宝玉正在向工作组汇报情况。

"尊敬的赵书记、工作组各位领导，我们李家斗村委会按照中央、省委、省纪委、市委、市纪委的指示精神，深入贯彻落实中央党风廉政建设的指示精神，积极建立村务监督委员会，完善村规民约，坚决执行上级的制度规定，切实维护老百姓的切身利益……"

赵达声打断他："噢，姜书记，请你重点讲一下，这次拆迁过程中，市里、区里的补偿标准是如何执行的，是如何补偿到位的，上面下拨了多少资金，用掉了多少，还剩多少，剩下的资金用在什么地方，等等，好吧？"

姜玉宝有些紧张，仍故作镇定："好的，好的。咱们李家斗村不大，这次拆迁土地六百多亩，村民八十六户人家，按照镜湖区制定的拆迁补偿标准，我们每户人家获得补偿基准数在四十万元至七十万元之间，每人五万元到九万元不等，上面总共下拨的补偿款是三千六百多万元，目前已经下发到村民手里的是一千两百多万元，其余的还在村里的账上，噢，对了，为更好地安置村里的孤寡老人，我们拿出一千万左右的资金，准备在镜湖景区原石料厂旧址位置，造一个老年公寓，把村里老人都集中在一起赡养。以上这些，我们财务上都有明细，可以审查。"

孙方明："这一千多万元的资金从哪里支出？"

姜玉宝："目前还没有最后定下来，但是工程已经启动了，我们用补偿款先垫了一下，不过，这个马上就会还上的。"

赵达声："用村民的补偿款垫资建造老年公寓，这个违反了专款专用的规定，必须马上纠正。另外，还有一千多万元的补偿款为什么不及时下发给村民？"

姜玉宝："好的，好的。这是我们的疏忽，我们马上纠正。至于剩下的补偿款，我们也马上下发，马上下发。"

赵达声："嗯，这样，审计的同志留下来对村级财务进行审核。方明，咱们去老年公寓工地看看。完了咱们再找村委一班人逐个谈话。"

姜玉宝开车在前面带路，赵达声、孙方明带着纪委工作人员一行驱车跟着他来到村原石料厂旧址，这里离村民集中居住地稍远一些。一路上，大家看到村民的房子已经全部拆掉了，到处都是断壁残垣。石料厂已经废弃，两台旧机器被扔在一边，在旧址的开阔地上，已经造好了老年公寓的地基。

　　赵达声一行人下车，来到工地前，几十名工人正在忙碌着。这里比整个村庄地势略高，远眺镜湖，风景怡人，空气清新，确实是养老的好地方。赵达声发现公寓的地基上将建造的是一幢幢独立的建筑。他皱了皱眉头，对孙方明耳语了几句。孙方明点点头。

　　孙方明走到村干部面前："噢，老姜啊，我看到那边有村民还在地里干活，你们带我过去了解了解情况，让赵书记在这里看吧。"

　　姜玉宝："好的，好的。那边车子过不去，我们走过去吧。"

　　孙方明："走走就行了。公权，你跟我一起去。"

　　赵达声看孙方明和村干部们走远了，就来到建筑工地中间，看了看每个独立建筑的地基。然后走到一位老师傅面前。

　　"这位师傅，辛苦啊！我想问问，你们这儿建的是什么项目呀？"

　　老师傅头也不抬："老年公寓！"

　　边上一个小师傅补充："老年人住的公寓，别墅式老年公寓。"

　　赵达声笑笑："你们这儿的孤寡老人好福气啊，能够住在风景这么优美的地方养老！"

　　小师傅："孤寡老人！他们是孤寡老人？你说这些村干部、区干部是孤寡老人？太搞笑了！"

　　赵达声："你是说造的是村干部和区干部的别墅？"

　　小师傅："噢，不是，不是，我瞎猜的。"

　　赵达声给宋天意使了个眼色。

　　宋天意上来对小师傅说："这位小师傅，我们是东江市纪委的，这位就是赵达声书记。有人举报李家斗村村干部在拆迁过程中有违法行为，希望你们能把知道的情况，如实向纪委反映。"

听到宋天意说话，老师傅抬起头，疑惑地看了看赵达声，问："您就是东江市委常委纪委书记赵达声？"

赵达声朝他点点头。

老师傅一步上前拉住赵达声的手："赵书记，真的是您吗？我有眼不识泰山啊！"

赵达声朝老师傅点点头："我是赵达声。"

老师傅："赵书记，我们早就盼着你们来了。虽然说，我们都是外村的，他们李家斗村做什么事情，我们是无权过问的。但是，他们村里的干部太黑了，给他们干活，我们良心上受不了啊。"老师傅说着从地上一个脏旧的皮包里拿出一张图纸，"您看看，这是别墅的建造图纸，这哪是什么老年公寓，分明是豪华别墅啊。我们听说，村里总共造十三套别墅，村里的头头人手一套，镇里和区里两名主官一人一套，而且造别墅动用的是给村民的补偿款，这些村干部太黑了。您来了，这下好了，这帮村干部逍遥不了几天了。"

掌握初步情况后，赵达声带着宋天意回到临时村委会会议室，市审计局的梁科长和小张正在紧张地审核村里的财务。

赵达声问："梁科长，怎么样，发现什么问题了吗？"

"怎么说呢，村里的账很乱。近五年来，村里的土地不断地被征用，上面赔偿款、补偿款很多，但是村里的开销也大。前五年里，村委会办公室装修就搞了两次，八间办公室，每次装修都在三百万元左右，里面设施一应俱全。村务报销也很乱，每年以办公用品为名义报销的单据就有几十万元，但是没有具体的品名。还有大量的家庭用品也在村里报销。至于本次拆迁补偿款，还没有完全查完，初步看，截留村民补偿款是肯定的。上面下拨的补偿款三千六百八十多万元，而实际发给村民的补偿不足一千三百万元，其中一千多万元用于建设村老年公寓，专款没有专用。具体的数据恐怕得一周时间才能理清。"

"好的，辛苦了！我有数了。发现的问题暂时保密，特别是不能向村里有关人员透露。"

赵达声和孙方明又来到已经拆平的农居房旧址旁，他们看看断壁残垣，再看看远处的镜湖风景。

"方明啊，你对初步了解的情况怎么看？"

"依我看，李家斗村村干部违纪违法问题早就存在了，只是没有发现而已，或者已经发现，因为一时疏忽而没有去查处。现在发展到挪用巨额拆迁款的违法犯罪行为，我们区里也是有责任的。"

"嗯，先不说谁谁的责任问题，咱们合计一下，下一步怎么处理这个事情。"

"这简单，马上对姜玉宝和村里干部采取组织措施，进行专门的调查。"

"嗯，这个没问题。但是有一个事情，就是老年公寓的问题，可能涉及镇、区领导，所以，组织措施由我们市里直接监督指导，区纪委配合。对于目前掌握的情况，必须严格保密，防止相关责任人得到消息后逃避责任追究。"

"好的。"

市纪委干部教育中心调查室里。宋天意、柳公权还有孙方明坐在一张长条桌的后面，姜玉宝坐在对面的一张方凳上，他们正对姜玉宝进行调查谈话。

孙方明："老姜，知道我们为什么找你到这儿来吗？"

"不清楚。"

"老姜，你是老党员了，好像村支书都干了八年，党内的一些组织纪律你总还是知道的吧，你身上有什么问题自己还不清楚？"

姜玉宝故意抬头做思考状："我知道了，我有一次酒后与会计李铃香好过一次。不过，那次确实是我酒喝多了，脑子一下子糊涂了，我不应该啊，我对不起组织的培养，对不起家人，对不起村支书的身份，我后悔啊……"

"姜玉宝，别再演戏了，请你交代一下如何截留村民拆迁补偿款和以建造老年公寓为名为某些领导建造别墅的违法事实。"

姜玉宝："冤枉啊，天大的冤枉啊……"

与此同时，欧阳春副书记带着孙海和另一名工作人员，正找李家斗村村主任李开诚谈话。

欧阳春："李主任，听说你当村主任有三年了？"

李开诚："三年零一个月。"

欧阳春："李主任记得很清楚啊。"

李开诚："那是的，每个人对于特殊的日子总是记得清楚一些。"

欧阳春："李主任今年四十多了吧？"

李开诚："四十二。"

欧阳春："真是可惜啊。看目前的情况，村里的事情可能全部得由你一个人扛了。"

李开诚抬头望了望欧阳春，急得脸都红了："凭什么呀？"

欧阳春："不瞒你说，姜玉宝和李铃香已经向组织说明了情况，他们都说截留侵占村民补偿款、挪用资金以建造老年公寓为名为领导建造别墅的问题，你是主谋，点子都是你想出来的，是你怂恿村支书姜玉宝这么做的，李铃香可以证明。"

李开诚："他们血口喷人，这明明是姜玉宝勾结镇干部，侵占截留补偿款，挪用资金建造别墅，主意都是姜玉宝拿、镇里领导默许的，我只是被拉进来表表态的。还有，姜玉宝与李铃香早就已经是妍头关系，李铃香为他报销家里所有开销和个人用品，他俩在村里一唱一和，就跟开夫妻店似的。请领导明察啊！"

欧阳春："你说具体点，姜玉宝是在何时何地什么情况下，提出截留和挪用村民补偿款的？"

李开诚："这个，让我想一想……对了，是去年下半年的一次村委会议，姜玉宝主持，方案好像是早就草拟好的，小高做的会议记录，这个书面方案和会议记录应该还能找到。"

在与姜玉宝初次谈话失利以后，欧阳春将李开诚的供述及时与宋天意和孙方明作了沟通，他们马上对姜玉宝进行了二轮调查。

宋天意："姜玉宝，你现在没什么话说了吧？"

姜玉宝："李开诚胡说八道，他是推卸责任，不能相信。"

宋天意随即向姜玉宝出示了一张复印件："这是你们村委会去年 9 月 8 日的会议记录，上面详细记录了村里干部的发言内容，你要不要看看？"

姜玉宝脸色大变。

宋天意："你们建造的别墅到底是给哪些人的？"

姜玉宝："这不是别墅，就是普通公寓。"

宋天意："姜玉宝，你不要抵赖，会议记录明明写着别墅式老年公寓。"

姜玉宝低声道："别墅式是别墅式，但不是别墅。"

宋天意："从地基和图纸看，就是别墅。这些别墅除了会议记录上的村民委成员人手一套，镜湖镇杨镇长、史书记各一套外，剩下来的两套为什么还登记在他们的名下？"

姜玉宝："杨镇长和史书记说了，剩下来的两套虽然是机动的，但必须由他们来支配。"

宋天意："那镇长、书记的那两套别墅是他们自己要的，还是你们主动给的？"

姜玉宝："他们知道这个项目后，当场就卡住了，非要让村里给他们也弄一套，这么才同意的。"

宋天意："他们怎么卡住的？"

姜玉宝："杨镇长对村里说了，别墅式老年公寓不能批，除非镇里领导有份，否则门儿都没有。"

宋天意："口说无凭，你有什么证据吗？"

姜玉宝："这个可以问李开诚和李铃香证实，当时打的免提电话，他俩都听到过的。"

宋天意："机动的那两套别墅到底是给谁的？"

姜玉宝："那我就不知道了，这得问镇长、书记。"

晚饭后，赵小燕来到刘家良家里，刘家良夫妇以为她是刘洋的同学，便让她去了刘洋的房间。

"洋洋，我有办法让你出去啦！"

刘洋的眼中一下子放出光来："什么办法？说来听听。"

"你爸妈不是喜欢听越剧吗？正好我们有一个朋友在东江越剧团任副团长，我们想了个办法，准备花点钱，请团里的两名演员专门到你家为你父母亲演出，而你则趁乱逃脱。"

"这样行吗？"

"行，肯定行的，就看你有没有决心了。"

"对了，你给小军打个电话，我想听听小军的声音。"

"行，昨晚我在电话里把这个想法告诉他了，他还夸我们有办法呢。"说完，赵小燕拨通了赵小军的电话。

赵小燕把电话交给刘洋，她接过电话，话未说出口，眼泪先下来了。"小军，你跑哪儿去了，怎么不来救我啊！什么，你要在杭州注册一个公司，专门做进出口贸易。你在外面，那我怎么办？我知道，孩子我一定会保护好的，谁也别想动，否则我跟他拼命。可是，我怕他们对我用药，所以我要逃出去。你说来接应我？好，等越剧团来演出的时候。嗯，我一定等着你。"

"走，我们去跟你爸妈说说演出的事儿，看他们有没有兴趣。"

"好，我们这就下楼去跟他们说。"

刘洋和赵小燕从二楼下来，刘家良和刘母坐在沙发上看戏曲频道的节目。二老正对着播放的越剧节目看得如痴如醉，连刘洋他们下楼都没有发觉。刘洋和赵小燕下楼后，坐在二老的身边，他们才发现了她们。

"爸，妈，告诉你们一个好消息。"

二老眼睛仍旧盯着电视屏屏。

刘妈："什么好消息？"

刘洋："我同学认识东江越剧团的领导，可以安排团里的演员上家里来唱戏，这比看电视过瘾多啦！"

刘妈："这好啊。哎，老刘，你觉得怎么样？"

刘家良仿佛才从戏里被拉出来："你们说什么？"

刘妈："洋洋说，让东江越剧团的演员来家里唱戏，你觉得怎么样？"

刘家良："这当然好啊，不过，就得多少钱啊？"

赵小燕："不贵，每人每小时两百元。"

刘家良："怎么以前没听说过这个事情？"

赵小燕："新推出的服务，不公开的，熟悉的朋友介绍才能享受到。"

刘家良："太好了，那能不能及早安排上我家来唱啊，我可以多付钱。"

赵小燕："我跟朋友说说，试试看吧，应该没问题。"

晚饭后，艾伦开着赵小燕的大众 SUV，跟赵小燕一道，拉着东江越剧团的两名女演员前往刘家良家。两名女演员都化了戏妆，看起来非常漂亮。

赵小燕一行到了刘家良的家门口，刘家良夫妇和刘婧、李嫂及亲戚十来个人在门口迎接。看到两名演员下车，刘家良呵呵呵笑着跑上来为她们开车门。

刘家良一激动，说话有些结巴："欢迎，欢迎，辛苦了，里，里面请！"

大家帮着演员提包裹，一行人呼呼啦啦地往里走。

客厅里，电视背景墙前留出了一块场地，像是一个小舞台。两名演员穿上了戏服，坐在沙发上与刘家夫妇聊天，亲戚朋友端了凳子围坐在沙发边。刘婧帮着艾伦把笔记本电脑与家里的音响连接了起来，放进光碟试了试音。刘洋忙前忙后为演员倒茶端水，刘家良满脸堆笑，他看着两名漂亮的女演员说话有些语无伦次。亲戚家两位小朋友坐在演员的边上，小手在演员的戏服上摸来摸去，稀罕得不得了。

一会儿，音响调好了。两位演员开始为大家献唱梁祝的经典唱段《十八相送》。

……

刘洋看着父母越来越入戏，她悄悄来到赵小燕的身边，两人慢慢向门口移动。阿姨碰巧看到她俩，疑惑地看着她们，刘洋冲她摆摆手，阿姨便没有声张。

刘洋和赵小燕来到外面，看到赵小军的宝马轿车已经停在了外面，刘洋迅速上了车，车子出了路口，朝着小区外面驶去。赵小燕则又悄悄地返回客厅里。

刘洋坐在副驾驶位置，连安全带都忘了系，一把扑向赵小军。赵小军的方向盘抖了一下："我的姑奶奶，别激动，快系上安全带。"

刘洋心里高兴，可仍责备道："你怎么才来救我？我怕我都见不到你了，我好担心肚子里的孩子啊！怕他们把孩子弄掉。"

"现在没事儿了，咱们一起等孩子出生，一起把孩子养大。"

"可是我们现在去哪儿呢？"

"先在饭店住一晚上，明天一早去杭州，那是干事业的地方。我已经想好了，把天心集团公司的注册地转到杭州去，慢慢把天心公司的业务都放过去，依托杭州的地理和政策优势，我不相信我赵小军就干不成自己的事业。"

"小军，我相信你，一定会闯出属于自己的一片天空。"

"肯定的！放心吧。"

这会儿，刘家客厅里，越剧演员正在演唱最后一曲《红楼梦》里的《黛玉葬花》。

唱至结尾处，丽音婉转，余音袅袅，哀婉低回，触人心扉。刘家良听得呆掉了，刘母也泪光盈盈，不能自已。待小蔡唱完，整个客厅鸦雀无声，过了片刻才猛然响起热烈的掌声。

刘家良非常开心，说："太好了，太好了。我从来没有这么近距离聆听过演员的演唱，简直太震撼了。老婆，把咱们原定的酬劳再增加一倍，感谢两位的精彩表演！"

刘母站起来，边走向两位演员，边从口袋里掏出两个红包塞给她俩。然后朝身后看看："刘婧，快，再去包两个红包给她们。"

此时她却发现不见了刘洋，忙问阿姨："刘洋哪儿去了？"

阿姨说她也不知道。

刘母看到赵小燕还在，忙问："小燕啊，有没有看到刘洋？"

"伯母，前面我一直看她在这里看表演的，后来我看戏入迷了，没注意她去哪儿了。"

这时，亲戚朋友纷纷向刘家夫妇告辞，两名演员去卫生间换下戏服，简单卸装，赵小燕帮着艾伦收拾东西。

刘家良夫妇和刘婧楼上楼下到处寻找刘洋，每个地方都找遍了，就是没有刘洋的影子。

刘家良又气又急："洋洋肯定是趁着我们听戏没注意跑出去了。"

刘母："这深更半夜的，她一个姑娘家别出什么事儿啊！老刘，都是你出的傻主意，把她的电话也收掉了，这会儿好了，连个电话都没地方打，这可怎么办啊！"

刘婧："是啊，她这么跑出去，身上肯定也没带钱，要是碰到坏人就糟糕了。而且，她还怀着孩子呢！"

刘母："老刘，你快想想办法吧！"

刘家良："我能有什么办法？"

赵小燕他们收拾停当过来向刘家良夫妇告辞，几个人匆匆离开刘家。

刘婧看着赵小燕他们几个人离开，自言自语："奇怪啊，这个赵小燕好面熟啊，会不会是他们一块儿设计好的？"

刘家良："你说什么？"

刘婧找来阿姨："阿姨，你刚才看到刘洋出去了吗？"

李嫂支支吾吾："我看，看到了，哦，没看到。我不清楚。起先我看到洋洋和她同学在一块儿说话，后来一转眼她们两人就不见了，我以为她们回房间了。后来，再看时，只看到她同学一个人在这里，我以为洋洋回房休息了呢。"

刘婧："笨蛋，要你有什么用！"

阿姨不敢说话，退到了一边。

刘家良："我敢肯定是她那个同学设计好的，让洋洋趁着我们听戏时不注意，偷偷跑掉了。"

刘母这时候已经眼泪汪汪："我的儿啊，这可怎么办啊！"

刘婧："妈，你别哭啊，让我想想办法。爸，我有一个办法可以试试。"

刘家良："什么办法？"

早上六点半，东江恺撒大酒店，赵小军和刘洋已经醒了过来，赵小军先起来，他习惯性地打开电视机，边听着当地新闻，边穿衣洗漱。刘洋从床上坐起来，懒洋洋地靠在床背上，边穿衣服，边看电视。此时，电视机里播出的新闻一下子惊住了刘洋。

　　"本台消息，昨天晚上十一时许，东江阳光置业董事长刘家良先生因突发心肌梗死在家中晕倒，目前已送往东江市第一人民医院抢救。据悉，之前阳光置业因在镜湖综合体项目招投标中，违规围标串标受到处理，目前刘家良还在监视居住中。"

　　刘洋："小军，快过来，你看，我爸昨晚晕倒了，正在医院抢救呢！"

　　赵小军赶紧跑过来。

　　刘洋很紧张："小军，我爸患高血压和糖尿病十多年了，昨晚肯定是看戏太兴奋了，后来发现我又跑掉了，这么一刺激引起心肌梗死。怎么办？"

　　赵小军一下子也懵了："怎么这么巧，应该不会有事吧！"

　　"什么叫应该，不行，我得去医院。小军，这个时候我不能离开父亲，尽管他有时做得过分，但他毕竟是我的父亲，我不能在这个时候离开他，否则我的良心会不安的。"

　　"洋洋，你不能回去，你回去就出不来了。"

"不会的，等父亲的病情稳定了，我会说服他再出来找你。兴许经过了这么些事情，他会想通的。"

"等等，我觉得有点不对劲，你说你爸一个企业家，生个病还上新闻，以前你见过这样的新闻吗？"

"那不一定啊，因为我爸在监视居住期间，又有违规围标的事情。反正，既然我知道了这个事情，我肯定是要回去的。小军，对不起了，我现在不能跟你走，等我爸好一点我就来找你，好吗？"

"那好吧，洋洋，你一定要保住咱们的孩子。"

"放心吧，我会的。"

"那我们赶紧去医院吧。"

"嗯。"

刘家良躺在第一人民医院的 VIP 病房里，手上打着点滴。刘母坐在旁边的椅子上，刘婧在为父亲削苹果。

刘家良："婧婧，我们这么做，洋洋知道了，她会不会不高兴？"

刘婧："我们大家不说，医院不说，谁也不会知道。即使她将来知道了，也是父母爱女心切才出此主意，相信她会理解的。不过，话说回来，恐怕留得住人留不住心啊，她现在已经怀上了小军的孩子，他们又领了证，从法律上讲，他们是合法夫妻，他们又彼此相爱，我看还是成全他们算了。"

刘家良："不行，不行，绝对不行。咱们两家相冲，硬要在一起不会幸福的。你看他那个亲爹，上过战场，杀过人，到地方后，一会儿查这个人、一会儿整那个人，听说还跟老婆离婚了，他就是命硬克人，跟他们成亲家，会灾祸不断的。"

刘婧："这些都是说说的，不可信。关键看他们两个人性格是否合得来。"

刘母："老刘，要不咱们退一步吧，洋洋也挺苦的，我心里也不好受。"

刘家良："不行，起码等我过了这道坎再说。"

这时，门口响起了敲门声，刘洋和赵小军走了进来。

刘洋跑到父亲的床边："爸，你怎么样，要不要紧？"

刘家良见到洋洋和赵小军又惊又气："你还知道回来！我死不了。"

赵小军："爸，对不起，让您受苦了！"

刘家良："谁是你爸，你可把咱们家害苦了！"

刘婧："这也不能怪小军。"

刘家良："都是他带来的晦气！"

刘洋："这跟小军有什么关系。现在小军也离开了家，准备在外面干一番事业。爸，你要相信小军，他会让我幸福的。"

刘家良："干事业，谈何容易，像他这种公子哥儿，离开了父辈的护佑，往往都是一事无成。想当年，我一个人白手起家，不扒几层皮，哪那么容易做成一件事儿。"

赵小军："爸，我的两个爸爸曾经都是战斗英雄，他们身上有一种战斗的气质和精神，时时激励着我。虽然我也曾经混蛋过，但是，经过这么多的事儿，我现在明白了，一个男人要想在社会上立足，必须得闯出自己的一番天地，父辈的荣光只能带来一时的光环，不可能让人永远受益，所以我下决心，一定要干出一番事业，以此来证明自己。"

刘家良："那等你干出一番事业再来找我们家洋洋吧！"

赵小军："那好，爸，希望您说话算话。"

刘家良："绝无戏言。"

赵小军："行，那就等着我事业有成，风风光光地来接洋洋吧！"

刘家良："行，我等着你！不要让我失望！"

赵小军点点头，对刘洋说："洋洋，那我先走了，你在家里安心照顾父亲吧。等着我，短则一年半载，长则三年五载，我赵小军一定会回来，风风光光地把你和孩子带回家！等着我！"

刘洋早已泪流满面："嗯，我等着你！等着你！"

说完，赵小军看了看刘家良夫妇，看了看刘婧，默默地向二老鞠了一躬，转身出了病房的门。

刘洋带着哭腔，跟到病房门口："小军，小军……"

赵小军转身向刘洋挥手作别。

这天探监日，赵小燕一个人来到蓝湖监狱探望许兆丰。许兆丰看起来比以前瘦了好多，赵小燕眼泪汪汪地和舅舅说着话。

"舅舅，您在里面苦不苦啊？怎么会这么瘦了？"

许兆丰笑笑："燕儿，你放心，舅舅在里面不苦，像我这种上过前线在刀尖上滚过来的人，这么点苦根本不算什么。你们怎么样，最近还好吧？"

"不好，一点儿都不好。爸妈离婚了，小军也走了，我现在管理天心集团的日常运行，感觉好累。"

"什么？姐姐姐夫离婚了！这什么时候的事情？"

"就是上次大家一起来看过你以后。妈妈接受不了你坐牢的现实，把这个责任推在爸爸的身上，开口离婚，闭口离婚，爸爸也就同意了，两人偷偷地去办了手续。现在，爸爸一个人在外面租了一套小房子住，天天没日没夜地忙工作。妈妈也整天郁郁寡欢的，也不去跳舞了，整个人看起来老了一截。看着他俩这样，我心里很难受很难受，几次撮合他们，妈妈就是不松口，我也不知道该怎么办了，舅舅您给想想办法吧！"

"燕儿，你别急，舅舅会想办法劝他们的，没事，没事。"

"爸爸倒还好说，主要是妈妈态度强硬，不好劝。"

"你妈不就是我姐嘛，放心，我有办法。"

"真的！太好了。不过，还有一个事儿，下回我爸来看您，您得提醒一下我爸，让他离那个苏红远一点儿，别让她给迷惑了。"

"有这个事儿？"

"现在的女孩子啊，真不好说。年纪一大把了，也不结婚，谁知道她在打什么主意。"

"她不是帮着照看楚楚吗？"

"是啊，在单位里是秘书，回家后还帮着照看楚楚，我看他俩这关系迟早得升温。"

"不会的，我了解姐夫，他不是这样的人。除了和你妈复婚，我猜你爸不会再婚的。"

"你怎么知道？"

"凭感觉吧。"

"我看难说。那舅舅你既然有办法，就赶紧劝劝吧！"

"我心里有数。"

"行，那我先回去了。"

"放心吧。"

第二天凌晨，蓝湖监狱监舍里，路灯的微光从栅栏式门外透进来，许兆丰躺在监舍的床上，他翻了一个身，从身下把床单扯了上来，将床单一角放进嘴里咬了一下，然后用力撕开一个口子，接着又把床单塞进被子里，"哧啦""哧啦"撕扯着。过了一会儿，许兆丰从床上起来，拎起小马扎，抱着一堆变成碎面条似的床单，匆匆跑了出去。

许兆丰从监舍里出来，经过一截走廊，拐进了公共厕所。他把手里的布条抖搂开，快速搓成几条布绳，再打结连了起来。然后走到门框下面，将上面的气窗打开，把床单搓成的布绳甩过窗框，双手试了试牢度，然后站上小马扎，在布绳下面再打一个结，将自己的脖子伸进去试了试，又退了出来，再仔细地听听外面的动静。他似乎在等着什么信号似的，直到外面喇叭里响起嘹亮的起床号声，他才下了狠心似的把脖子再次伸进布绳圈里，一脚踢翻了脚下的小马扎，将整个人全部悬到了门框上。

早晨，赵达声从外面晨跑回来，他开门进入自己的出租房，正好手机响了起来，是赵小燕的电话。

"爸，不好了，出事儿了！"

"什么事儿？慢慢说！"

"舅舅在监狱厕所里自杀了，现在在武警医院抢救呢，您赶快去看看吧！"

"好，爸爸马上过去。"

赵达声简单擦了一把脸，就赶到武警医院。只见抢救室外面，两名身着制服的狱警和两名年轻的武警战士站在门口，狱警小声地交谈着。赵小燕坐在椅子上焦急地盯着抢救室的门口，林芳哭得跟泪人儿似的，儿子许林则木木地站在林芳身边，许盈在走廊里不停地走着，几个人非常焦虑。这时，赵达声从走廊的一头匆匆跑过来，脚步声在整个走廊里回响。赵小燕看到父亲跑过来，似乎看到救星似的，连忙朝他跑去。

　　"燕儿，你舅舅怎么样？"

　　"医生说舅舅窒息时间过长，已采取气管插管的办法进行抢救，没有生命危险。如再晚一步送来，后果不堪设想。"

　　赵达声走到林芳和许林面前："小芳、许林，你们别难过，小丰吉人自有天相，凭他的身体素质，一定会渡过难关的，放心吧。"

　　林芳头都没抬一下，只是一个劲地哭。

　　赵达声走到许盈面前，用温柔的口气说："你还好吗？"

　　许盈不置可否："死不了。"

　　赵小燕："妈！你就不能好好说话吗？"

　　许盈："这一切的一切，起因都是他，看到他，你让我怎么好好说话？"

　　赵达声："许盈，这个事情的原委你是知道的，我赵达声不偏不倚，没有任何一丝责任多加给小丰，我是问心无愧的，你应该理解。"

　　许盈："我不理解！我和小丰的感情你难道不知道，你是我们最亲的人，却见死不救，你说你这个姐夫称职不称职？"

　　赵小燕："你们能不能别吵了？"

　　赵达声和许盈听了赵小燕的话，都不作声了。

　　这时，宋监狱长匆匆赶了过来，喘着粗气，鼻尖上冒着细汗。

　　宋监狱长："哎呀，赵书记，对不起啊，是我们管理疏忽了，让你小舅子受苦了！"

　　赵达声："还好，没有生命危险就好！这事儿不能全怪你们，主要还是他自己心理上别不过来，才会做极端的事情。"

宋监狱长："他把整整一条床单撕成布条，然后连成一根布绳在厕所里寻短见。我们确实没想到呀，我从警二十多年也没有听说过这种事情。但是，归根到底，还是我们疏于管理，才出了问题，我向您作检讨。"

赵达声："下一步，要好好吸取教训，举一反三，加强防范，防止类似情况再次发生。"

宋监狱长："是，是，是，请赵书记放心，我们一定吸取教训，举一反三，防患于未然，杜绝类似问题的发生。"

过了一会儿，抢救室的门打开了，护士在门口叫："许兆丰家属在吗？"

许盈第一个扑过去："在，在，在！"

"许兆丰手术做好了，家属一起护送去病房吧。"

护工把躺在手术床上的许兆丰推了出来。看到许兆丰的脖子上缠着纱布，露出一根氧气管，一只手上挂着点滴，眼中无神疲惫不堪的样子，许盈泪流满面，拉着弟弟的手，舍不得放开。

"小丰，你怎么样，难不难受啊？"

许兆丰看看她，说不出话来，朝她摇摇头，又看看赵达声。

赵达声走过来俯向他。许兆丰拉过赵达声的手，把他的手和姐姐许盈的手放在一起，眼角随即流出了两行热泪。

护工："先去病房吧，你们有什么话到病房再说吧。"

到了病房，许兆丰躺在病床上，环顾着大家，招手把儿子许林和老婆林芳叫到跟前，他牢牢抓住儿子的手，静静地看着儿子，眼泪顺着眼角往下直流。许林怯怯地看着父亲，他眼泪汪汪的，想说什么，嘴巴动了几下，却没有说出来。

林芳急了，教儿子说："许林快说呀，说你最近学乖了，不玩游戏了，学习进步了，还担任了科学课代表，快说呀！"

许林："爸爸，我不玩游戏了，我学乖了，您放心吧，我们都爱您，盼望您早点回家！"

许兆丰眼泪奔流，在场的人都在抹眼泪。

片刻，许兆丰又把姐姐和赵达声招呼到面前，然后看着一名年长的狱警。大家也朝这名狱警看。狱警忽然拍了一下脑袋，似乎想起来一件重要的事情，从口袋里掏出一张笔记本的内页纸。

"哎呀，看我这人，差点忘了一件大事儿。这是兆丰出事前写给姐姐和姐夫的信，他让我们狱方转交给你们。"狱警把纸条交给许盈。许盈接过来，走到窗前，默默地看了起来。片刻，她回头看了看赵达声，又把信交还给狱警。狱警看看赵达声，又把信交给赵达声。赵达声接过来，看看许兆丰，又瞧瞧许盈，然后仔细看了起来。

> 亲爱的姐姐、姐夫，在这个世界上，你们是我最尊敬的人，当年我把你们撮合到一起，看着你们相知相爱，我的心里比自己谈恋爱还要幸福。姐姐，我当年从一名啥都不懂的青年来到部队，跟在姐夫的身边，是姐夫的言传身教，使我成长为一名合格的军人，是姐夫教会了我很多学校里学不到的道理，他既是我人生路上的导师，也是我生活中的兄长。没有他的培养，也就没有后来的许兆丰。没有他的护佑，也许我早就长眠在了战场上。这次犯事儿，主要是我骄傲自满，利令智昏，在人生之路上迷失了方向，受到了法律的惩罚，是我罪有应得，与任何人都没有关系。

> 姐姐，你不要埋怨姐夫，不要把我所受的惩罚怪罪到姐夫身上。相反，如果不是姐夫，也许我这次犯的罪恐怕就不是判个几年了，有可能是几十年，甚至掉脑袋。

> 姐夫，您是一位英雄，无论在战场上还是在政坛上，您都是一位骁勇善战的勇士，牛鬼蛇神无不见您胆战心寒，我支持您，我们党需要您。

> 姐姐、姐夫，我知道你们心里还是爱着对方的。如果这次有幸不死，我希望看到你们能够破镜重圆、和好如初，不要再让我用这种方式来撮合你们，听我的话，听燕儿的话，重归于好吧。

> 爱你们的小丰。

赵小燕从父亲手里把信拿了过去，迅速看了一遍，然后把父母亲推到舅舅的病床前。

"爸，妈，舅舅为了你们差点命都丢了，你们不该跟舅舅说些什么吗？"

赵达声看看许盈，许盈也看看赵达声，赵达声伸出手臂轻轻搂住了许盈的肩膀。赵小燕开心地把父母抱在一起，许兆丰的脸上也露出了会心的微笑，淌下了激动的泪水。

东江市镜湖区人民法院审判庭内，刘家良平静地等待着法官的判决。旁听席上零零落落坐着他的亲戚朋友和东江地产界的同行，刘洋姐妹和母亲也坐在旁听席上，三人眼泪汪汪地看着亲人受审。

审判长："本庭认为，被告单位东江阳光置业集团有限公司在参与镜湖综合体建设项目招投标过程中，违反《中华人民共和国招标投标法》之规定，串通东江第一建筑、东江良工建筑等四家单位，采取围标的方式，违法取得了镜湖综合体建设的承建权，其行为已构成犯罪，其法人代表应该承担相关的法律责任，依法予以惩处。公诉机关指控的犯罪事实和罪名成立。根据《中华人民共和国刑法》第二百二十三条第一款之规定，判决如下：判处被告单位东江阳光置业集团有限公司两年内不得进入招投标领域参与项目竞标。其法人代表刘家良犯串通投标罪，判处有期徒刑一年零八个月，缓期两年执行。如不服本判决，可在接到判决书的第二日起十日内，通过本院或者直接向市中级人民法院提出上诉。"

宣判结束，刘家母女三人相拥而泣。刘家良随即被法警带离法庭。亲戚朋友纷纷过来安慰刘家母女。

这天，省委巡视组正式入驻东江，在信访局设立接待处，由省委巡视组成员和东江市纪委、信访局等部门有关人员组成接访组，接待群众来信来访。

市信访局前的马路上，一辆出租车从远处驶来停在门口。车门打开，骆嘉从车上下来，头上戴着一顶棒球帽，他抬头看了看信访局的大门，发现门口聚集了很多人，他整了整衣服和背包，毅然走进了接待中心的大门。

信访局接待中心办公室里，市纪委和市信访局的同志正对来访人员进行登记接访，江志华负责与省委巡视组对接，在接待中心跑前跑后，忙得不可开交。省委巡视组的工作人员在接待室负责具体接待。骆嘉在接待室外排队，看到前来反映问题的大多数是老同志，他坐在一张长条椅上，按顺序排在其他人的后面，大家一个一个慢慢往前挪，好不容易才轮到了他，市信访局的同志问他："请问这位师傅，你想反映什么问题？"

骆嘉反问："您是市里的还是省委巡视组的？"

工作人员："噢，我是市里负责登记接访的，登记以后，你再向省委巡视组的领导反映问题。"

骆嘉："那我不能跟你说是什么问题，反正是重要问题，我只跟省委巡视组的领导说。"

工作人员："可以的。你叫什么名字……"

接下来，工作人员安排骆嘉直接向省委巡视组反映问题，唐巡视员和小杨接待了骆嘉。

唐巡视员："这位同志，请问您要反映什么问题？"

骆嘉："我要反映一个重要人物的问题，你们能秉公处理吗？"

唐巡视员："我们省委巡视组是代表省委到东江巡视的，只要发现问题，证据确凿，无论涉及何人，都将依纪依法做出严肃处理。"

骆嘉："希望如此吧，我之前向省纪委、市纪委反映好像都没什么用。"

唐巡视员："请您相信组织，相信我们，有什么问题您就直说吧，即使我们处理不了，也会向省委主要领导和上级职能部门反映的，总有部门可以处理的。"

骆嘉："那行，我反映的是东江市委书记余仲君，他有严重的生活作风问题，长期与女青年姘居，甚至已构成重婚罪，请领导明察。"

唐巡视员抬头看看骆嘉的眼睛："你有什么证据吗？"

"当然有证据。"

骆嘉说着从随身的背包里掏出几张照片，上前递给唐巡视员。

"这是余仲君金屋藏娇的地方，这是他去住所的照片，与他姘居的女青年是东江师范学院的老师，叫林妙雪……"

这时，办公室门外有人敲门，唐巡视员把照片翻过来叠在桌子上，喊了声"请进"。江志华手里拿着一盒签字笔匆匆走进来。

"哎呀，不好意思，打断你们了，我来给大家送笔来了。"

唐巡视员："没事，没事。我最近买的笔不行，老是不出水，这都没法写了。"

江志华走过去，把笔交给唐巡视员，没有转身马上离开，他的眼睛迅速扫向年轻巡视员小杨的笔记本。

江志华："这笔可以，非常流畅，水量正好。对了，你们笔记本要不要？我看你们这本子纸张也不太好啊。"

江志华故意伸手在小杨的笔记本上摸了摸，眼睛却盯着笔记本上的内容。

唐巡视员："笔记本还可以，咱们只能用制式的，其他笔记本不能用。"

"噢，那行，我先出去了，有什么需要你们尽管吩咐。"

"好的，谢谢江主任啊。"

"没事，没事。"

江志华匆匆地走了出去。

第二天晚上八点多，余仲君回到碧海情天别墅。到家的时候，李大可、麦思源、林妙雪已经等着他了。几个人到门口迎接他。

林妙雪："老余，你怎么才回来，都快九点了。"

余仲君："我不是让你们先吃的嘛。"

"当然先吃了，要不然不饿死才怪呢。"林妙雪的肚子看起来已经很大了。

麦思源："余书记日理万机，加上省委巡视组在东江，事儿肯定特别多。"

李大可："是啊，上级领导在，下面自然更忙了。"

几人来到客厅，余仲君在正中的位置上坐定，看看大家。

余仲君："大可，你说的这个情况属实？"

李大可："咱们信访室主任在省委巡视组接待点，亲眼看到有人告您的黑状。"

余仲君："他告我什么？"

李大可："还不是老调重弹。"

余仲君："他怎么会知道这事，难道告我的人还是东江师范的那个老师？"

李大可："很有可能，江主任说看起来有些书生气。"

余仲君："那八成是他了。"

麦思源："要不要我找人吓唬吓唬他？"

余仲君："绝对不行，现在什么时候，巡视组的眼睛像老鹰一样盯着咱们班子领导，没事儿都恨不得给你找一点事情出来。"

林妙雪："那怎么办，难道让咱们搬家不成？"

余仲君："对，搬家，这儿不能住了，咱们换个地方。然后，你向学校递交一份辞呈。"

林妙雪："辞呈？你要让我辞职？我干吗要辞职啊？"

余仲君："你不辞职，学校的人都盯着你，他们迟早都会知道咱俩的事儿。"

林妙雪："可是辞职，我将来老了怎么办？谁养我呀！还有咱们的儿子怎么办？"

余仲君："你放心，我不会不管你和儿子的，我会负责到底的。"

林妙雪撒娇："那你怎么管我呀，我想听听。"

余仲君："你先别着急，小心驶得万年船。现在不是激进的时候，现在是收缩的时候，在巨大的洪流面前，个人的力量是非常渺小和微不足道的，这个时候只能尽量少活动，安分守己一段时间，等巡视组走了以后再说吧。"

林妙雪嘟起嘴："这么麻烦！没劲。"

麦思源："那我再安排一个地方，您和妙雪马上住过去。"

余仲君："嗯，你去安排吧。"

麦思源轻咳了两声："余书记，有句话我不知道该不该说？"

余仲君："你说吧。"

麦思源："这次省委巡视组来东江，咱们是不是也该做点什么？"

余仲君："你什么意思？"

麦思源："咱们大麦集团在东江发展，之前一直都是顺风顺水，自从纪委书记赵达声来了之后，咱们的业务和发展受到了很大影响。他倒不是直接与我们对着干，但是他干的那些事儿，把咱们政府系统的好朋友都弄起来了，咱们的经营环境越来越差，与政府系统有关的业务受到很大影响。所以，我想是不是趁省委巡视组来东江，我们也给赵达声制造一点小麻烦？"

余仲君："你想得没错，但是，我跟你说，赵达声这人视制度规定为人生准则，你根本抓不住他任何毛病，你能有什么办法！就是中央巡视组来，对他也只会有利，不会产生负面影响。"

麦思源："那不一定，我想想办法。"

余仲君："我和赵达声是生死之交，你不要玩过火。"

麦思源："知道，您放心吧！"

省委巡视组组长吴承甫带着两名工作人员亲自找有关部门一把手例行谈话。市环保局局长靳柯在巡视组谈话室里接受谈话。

"靳局长，你谈的内容很重要，我们将按规定移交相关部门处理。请问，你还有什么问题反映吗？"

靳柯的眼睛在眼镜片后面不自然地闪动着："吴组长，我可不可以向你们反映市里领导的生活作风问题？"

"当然可以。"

"是这样的，我现在与市委常委、纪委书记赵达声住同一个小区，经常看到一个年轻女人带着一个八九岁的小女孩来找赵达声。看起来他们的关系不一般，他赵达声堂堂的市纪委书记，竟然在外面养女人，而且还生下了私生女，这么大的事情，你们上面怎么不管一管！我还听说，他经常单独与被调查对象见面，这违反了有关规定。"

"靳局长，你说的情况属实吗？道听途说的事情可不能乱说啊！要是引起不良后果，可是要负法律责任的。"

靳柯尴尬地笑笑："当然，当然。"

此时，在省委巡视组接待处另一个谈话室里，唐巡视员和小杨正在接待前来上访的大麦集团下属印染公司总经理孟大海。

　　唐巡视员："你说纪委书记赵达声的儿子女儿都在东江经商，有什么证据吗？"

　　"证据有啊！您可以去查一下，先前他儿子办的一家公司叫天心集团有限责任公司，后来为了逃避责任，故意挂靠在东江大麦集团有限责任公司，更名为大麦天心有限责任公司。虽然这家公司表面上属于大麦集团，但是，实际上还是赵达声的儿子赵小军和女儿赵小燕在经营。这个事情是违反领导干部子女经商有关规定的。请领导明察！"

　　"你提供的情况很重要，我们一定会查明真相，如果领导干部确实违反了相关规定，我们一定会将情况移交给相关部门进行处理的。"

　　"就这么好了？你们没有明确的答复嘛，到底对赵达声怎么处理？"

　　"请你放心，我们一定会对情况进行核查，如果情况属实，该怎么处理就怎么处理，到时我们也会向你反馈处理结果的。谢谢你给我们提供情况，谢谢你对省委工作的支持！"

　　孟大海有些失望："哦，那好吧！"

21

盛夏的晚上，纳凉的人们来来往往，欣赏着西湖的夜色。从湖面上吹来的阵阵凉风，给人们带来一丝丝惬意。赵小军带着小黑倚在沿湖的柱子上，看着湖中的音乐喷泉。

赵小军道："我明天打算把车卖了，买一辆便宜的二手车，然后去杭州的周边看看，或许有大商机也说不定。"

小黑一拍手："哎，对了，你看大城市周边地区的老百姓全都很富，他们到底靠什么发家的，我们是应该去看看。"

"这次你说对了，咱们也应该学学老一辈革命家，来一个农村包围城市。上次上海有一条新闻你还记得吗？"

"什么新闻？"

此时两人已经来到了出租房外面。赵小军打开门，两人走了进去。出租房很小，一室一厅，简单装修。厅里放了一张单人床，小黑就睡在这里。来到屋里，小黑往床上一躺，再也不想动了。

赵小军道："起来，起来。"

"你让我躺一会儿吧。"

"躺，躺，你躺，你睡着了，别怪我把你一个人扔在这里啊。"

"难道晚上还要出去？"

"这没准儿。现在咱们坐吃山空，总不能老让燕儿给咱们打钱吧。"

"对了，你刚才说的什么新闻？"

"你还记得吗，上次，上海出了一件大事儿，就是黄浦江中打捞起了几万头死猪的事儿。"

"记得啊，但这跟咱们发财有什么关系呢？"

"关系大了！也许咱们的机会就在眼前，尽管现在我还没有完全确认方向，但是方向似乎越来越明确了。"

"什么方向？"

"你看，前阵子咱们一心想做外贸生意，让人给骗了个精光，为什么？咱们对外贸法律法规还有外语不精通啊，一头扎进去，能不吃亏吗？我想了想，做外贸不适合咱们，咱们应该做自己懂的，做十拿九稳的事。"

"谁不想十拿九稳，可是开始的时候谁能知道呢？我说哥哥，你不会是让我跟着你去养猪吧？"

"切，养猪怎么啦？只要能挣到钱，不犯法，干什么都行。不过，我不会去养猪，咱怎么也得弄个高大上的啊！"

"那弄什么呢？"

"前两天还有一条新闻，讲的是蔬菜农药残留超标的问题，城里人吃不到放心菜，这可能就是咱们的契机。咱们就去弄绿色有机蔬菜，我听说有的有机蔬菜比普通蔬菜贵好几倍啊，这个事情可以做。"

"那不就是种菜，跟养猪差不多。"

"你懂个屁，那是有机蔬菜，包装漂亮、绿色新鲜、不施化肥，可以当水果吃的蔬菜，你说好不好？"

"可以当水果吃？"

"对。咱们就打一个口号，可当水果吃的蔬菜。"

"可是，这咱们也不懂呀，怎么弄呢？"

"说你笨吧，你还不承认。现在创业关键是点子，点子有了，还怕没有技术。咱们可以聘请农科院专家做技术指导，再找一些有经验的老农，用最传统的种植方法，最现代的包装和配送方式，到高档小区推广，邀请居民去农业园区参观，有了一定的知名度以后，再通过互联网发布和订购，每天按时配送。杭州这种大城市，需求肯定大的，做大肯定没问题。"

"听起来好像还不错。肯定已经有人在做这个事情了。"

"有人做不怕，公平竞争嘛。"

"那天心集团怎么办？"

"东江一块业务，由燕儿专做外贸。然后我们在杭州搞一个天心有机农庄。"

"这名字好土哦！"

"你懂个屁！现在你可以去睡觉了，明天早上咱们去找二手车商，把车卖了，换辆普通小车，去杭州周边地区转转，看有没有合适的地方。"

几天后赵小军和小黑坐在杭州郊县长桥村村支书的办公室里，两人与村书记正在讨论租赁耕地的事情。

赵小军："我说，老支书，你看咱们两个外地来的年轻人创业不容易，能不能给我们租金再便宜一些？"

老支书："已经很便宜了，我也做不了主，都是各家各户商量好的价格，如果要便宜，必须得征求广大村民的意见。"

赵小军："我知道，我知道，要不您再征求征求大家的意见，咱们过两天再来，如果大家同意，我们就马上付租金。"

老支书："看在你们两个年轻人态度诚恳的分上，我呀，再和村民们商量商量，你们下个星期再来。"

赵小军："好的，谢谢老支书，谢谢，谢谢！"

此时，赵小军的手机响了。"老书记，我们先回去了，下周末我们再来。"

老书记："好的，那我不送了。"

赵小军："留步，留步。"

赵小军用手机回拨给小燕："燕儿，啥事儿？不是跟你说了，没啥事儿不要打电话吗。什么？爸妈和刘洋到杭州来看我了，两个爸爸都来了？不要不要，我这边事儿都还没成呢，有什么好看的，看我笑话啊。以后再说，让他们回去吧！

刘洋她担心啥啊，我又不是小孩子。肚子里孩子怎么样了？担惊受怕对孩子不好，哎呀……那行吧，你们在哪儿，花园餐厅？行，我们过来找你们。"

傍晚，赵小军和小黑赶到杭州花园餐厅包厢内，余仲君、赵达声、王玉兰、赵小燕、刘洋和艾伦已经在等着他们了。王玉兰拉着儿子让他坐到自己和刘洋中间，看到赵小军变得又黑又瘦，眼泪在眼眶里打转。

"小军，你这段时间在忙什么，怎么这么黑这么瘦了？"

"黑啥，再黑也没有小黑黑啊！"

赵小军看着刘洋的肚子，笑了："老婆，咱们儿子几个月了？"

刘洋含泪笑着："快七个月了。"

"太好了，我马上要做爸爸了！"

余仲君："小军，你想凭自己的能力干一番事业，我们支持你，但我们不赞成你这样的做法，不管怎么说，咱们的关系总比你多一些，可以让朋友们帮助、支持你的。你倒好，把通讯断了，你在哪儿我们都不知道。"

赵小军："算了吧，你们的关系留着你们自己用，我不敢用，说不定哪天又被封了呢！"

赵达声："小军，你对我有怨气，我能理解，但是，咱们是父子，我是不会害你的，这一点你总不否认吧？所以，你有什么想法，有什么要求，就及时跟我们说，在政策允许的情况下，我们也会尽力帮你的。不能说咱们共产党的干部都是铁石心肠、都是六亲不认的，咱们还是讲感情的嘛。"

赵小军："不说这个了，我现在挺好的。杭州的项目基本有了目标，下一步，我们准备在杭州开辟新的战线，并逐渐把它变成咱们公司的主业。我这么做，总应该符合你们的那个政策规定了吧？"

赵达声："符合，完全符合。小军，你能这么想，说明你长大了，我为你感到高兴。"

赵小燕："哥，你们准备搞什么呀？"

赵小军："现代化农庄，主要向杭州市场供应绿色有机蔬菜，将来做大后，可做成一个强大的绿色有机食品供应基地，包括副食品。"

余仲君："这个点子不错，咱们东江曾经也想搞，但是苦于技术力量不够，没有搞起来，小军，你打算怎么解决技术问题？"

赵小军："我已经跟农科院联系过了，我们将聘请农学专家担任技术辅导员，他们也很重视新技术的实践运用，愿意给我们技术支持。"

王玉兰："你就是干得再好，一个人在外面有什么意思呢？刘洋不久就要生孩子了，你不如回去吧！"

赵小军："我不回去。"

刘洋："难道我和孩子都不能让你回去吗？"

赵小军赖皮地笑："我说过了，干不成事业决不回家。但是我可以接老婆孩子来身边啊！"

刘洋："你想得美，我才不愿意来这陌生的地方生活呢。"

赵小军："那我把儿子接来，咱们父子俩过！"

刘洋："你想跑？门儿都没有。"

大家都笑起来。

晚饭后，大家从花园餐厅出来。

王玉兰："小军，你住哪里？我们到你住的地方看看吧！"

赵小军："不用，不用，你们早点回去休息吧，明天我带你们在杭州转转、玩玩。"

王玉兰："不玩了，不玩了，老余他们还有很多事儿呢。"

刘洋："你跟我回酒店住吧？"

赵小燕："就是啊，哥，你跟刘洋姐那么长时间没见面了，是得好好叙叙了。"

赵小军："那行，你们先回去，一会儿我再过去。"

酒店房间里，赵小军和刘洋躺在床上，刘洋穿着薄纱睡衣，她的肚子已经高高隆起，赵小军用手抚着她的肚子，然后把耳朵放在刘洋的肚子上仔细地听着，刘洋摸着赵小军的头。

"你听到什么了？"

"听到我儿子在唱歌呢！"

"什么啊，是我肚子在叫吧，你儿子这会儿能唱歌，那比哪吒还哪吒了！你尽做梦吧！"

"真的，真的。那是属于他的语言，只是我们听不懂罢了。"

"行了，行了。你跟我说说，到底啥时候回来娶我？"

"上回我不是说了吗，少则一年半载，多则三年五载，怎么？你等不及了？"

"不是我等不及，是你儿子等不及了，他在我肚子里一天天长大，你总不会想我老是被人家指指点点吧！"

"哪能啊，我这边项目启动起来，稳住了，就可以回家完婚了。"

"那要我等到猴年马月啊？不要孩子都老大了，你还不来娶我，那我就成老太婆了。"

"不会的，你在我心中永远是最美丽的。对了，现在你父母对咱俩的事儿什么态度？"

"还能怎么样啊？我是他们的女儿，难道真想和自己的女儿成为仇人啊！父母总还是疼自己孩子的。"

"那就好。"说完，赵小军侧身抱住刘洋，凑过去要与刘洋亲热。

刘洋一把推开他："哎，哎，你小心一点，别碰着儿子。"

这天，赵达声和各市纪委书记在省纪委开完会，赵达声急匆匆地朝外走，省纪委书记魏长安从后面叫住了他："老赵，你等一下，你那么着急上哪儿去？"

"噢，魏书记，我想到麦满仓副书记那儿去一下。"

"那你先去吧，回头你到我办公室来一下，我有事儿跟你说。"

"好的。"

麦满仓坐在宽大的办公桌前，桌上堆着一摞文件夹，他正在打电话，好像很生气。

"死个把人有什么好大惊小怪的，多赔点钱，多说几句好话，老百姓还是好糊弄的。好吧，以后这些事情不要来烦我，你们按规矩办就行了。"麦满仓重重地搁下电话，"真是一群饭桶！"

秘书小李敲门进来："麦书记，东江的纪委书记赵达声想见您！"

麦满仓想了片刻："请他进来吧！"

秘书出去把赵达声带进来，给他泡了杯茶，放在沙发前的茶几上，然后退了出去。

赵达声说声"谢谢"，走过来坐在沙发上："麦书记您好，近来很忙吧！"

麦满仓刚刚阴沉的脸色一下子变得阳光灿烂："赵达声，这个响当当的名字，如雷贯耳啊！当过侦察连长，上过前线，立过战功，当纪委书记，所辖官员无不噤若寒蝉，谨小慎微。"

"惭愧，惭愧，让麦书记见笑了，做得不对的地方，还望麦书记批评指正。"

"没有什么不对的，很好，省里对东江的工作总体还是满意的。对了，赵书记找我有什么事儿吗？如果用得到我的地方，我一定尽力。"

"麦书记日理万机，真不好意思拿一些小事儿来打扰您。不过，这事儿已经有段时间了，又属于政法系统，所以斗胆想让麦书记过问一下。"

"你说来听听。"

"噢，事情是这样的。我们纪委有一名副书记兼监察局局长叫周强，去年被人陷害，省检察院把他带走了。后来，我们把陷害他的人找到了，他也承认是受人指使，这个情况我们反映到东江检察院，他们把情况报到了省检察院，可省检察院既不起诉，也不释放，一直折腾，但就是不放人。省检的答复总是还在调查，不同意放人。时间一拖一年多了，再不解决此事，将严重影响检察系统的形象。所以，只能冒昧地来请老书记给予关照一下！"

麦满仓故作诧异："有这样的事情？回头我问一下，看看什么情况！你们那个监察局局长叫什么名字？"

"太感谢麦书记了，他叫周强。"

麦满仓拿起桌上的笔在便笺纸上写起来。

"框吉周，强大的强。"

"好的。你等我的回音吧。"

"谢谢麦书记，本来这个事情再不解决我还想向省委主要领导反映呢，看来没有这个必要了，还是找家乡的领导管用啊！那麦书记，我先走了，下次您回老家跟我们吱一声，我以个人名义请您喝顿小酒。"说完，赵达声起身向麦满仓告别，麦满仓从位子上欠了欠身。

"好的，没问题。慢走，不送！"

"留步，留步！"赵达声从麦满仓的办公室里退了出去，麦满仓把笔朝桌子上一扔，气呼呼地自言自语："什么玩意儿，还想威胁我！"

赵达声从麦满仓办公室里出来，就来到省纪委书记魏长安的办公室，魏长安从办公桌前站起来，为赵达声倒茶。赵达声赶紧拦住，自己在茶几上找了个纸杯。

"我来，我来，怎么能让领导为我服务呢！"

"你这个老赵啊，真是让人对你又爱又恨。"

赵达声给自己倒了水，再给魏长安续水。

"怎么啦？我哪里又让领导难受了？"

"你啥时候让我省心了！我可告诉你，最近我这里可收到不少告你状的信啊，想不想知道都告你啥啊？"

赵达声坦然道："无所谓啊，该知道的，您自然会告诉我，我不想知道也不行。不该知道的，您也不会告诉我，我想知道也没用。"

"浑球，人家告你，你也不急？"

"我急啥！当纪委书记还怕人告吗，咱们得罪了那么多人，指不定哪个人想个什么理由告你一状，我急得过来吗？那我长一百个心脏也没用啊，早得心脏病死了。"

魏长安一笑："你倒是坦然，我可为你捏一把汗啊。"

"您不妨说来听听，什么事儿让您捏一把汗了？"

"两个是老调重弹，一个是收受十万元钱的事儿，这个上次已经调查了解过了，你处理得是对的，咱们没有精力去调查是谁捣的鬼，咱们把它上交组织，这样牵涉的精力最少；还有一个是单独与被调查对象谈话的事儿，这也是我上次亲自调查的，没有问题。关键最近又有新调调了，一是告你怂恿子女经商办企业，利用你在当地的影响力，为子女办企业提供帮助；二是告你生活作风有问题，与女性有不正当关系。我跟你说，这子女经商办企业的事情是查得清的，到工商税务一查，八九不离十。可这男女关系最难查了，如果被他们买通了女方，逮着你不放，还真不好办！"

赵达声的态度一下严肃起来："魏书记，这个事情您得给我做主，我赵达声最讨厌这些乱七八糟的事情了，怎么可能自己还干这种事。"

"你说得没错，关键是你最近离婚了，加上有女的逮着你不放，这事儿还真不好办。"

"那咱们就只能让他们白白地冤枉了？"

"你别急，相信组织会弄清楚的。"

"我才不急呢，只要别把我停职就行了。"

"停职！那不可能，我都不会答应……"

这天深夜，林妙雪躺在东江市妇幼保健院待产房的床上，忍受着产前阵痛，每一波阵痛来袭，林妙雪都要骂："老鱼，你不得好死！"

旁边有好几个产妇也等待着最后生产时刻的到来，产妇们的叫痛声不时在房间里回荡。阿芳陪在林妙雪的身边，不时安慰着："夫人，没事的，快了。我都生了四个小孩，没事的。"

这时，一个年轻医生领着一位戴眼镜的年长女医生从外面进来，来到林妙雪床前。

年轻医生："李主任，您看看，这位产妇的胎儿位置似乎有点问题。"

李主任给林妙雪检查了一下宫口，又伸手摸了摸林妙雪的肚子："这是典型的婴孩头脚颠倒，如果自然生产会给产妇带来危险，马上准备剖宫产手术。"

林妙雪的肚子一下子又痛了起来，她叫唤得更厉害了："老鱼头，你，你不得好……死不得好……死……"

李主任道："小王，你去看一下产房，让他们做好准备。"说完，李主任和年轻医生一起走出了待产房。不一会儿，年轻医生又领来了一位男医生。

男医生问阿芳："林妙雪的家属在吗，你是林妙雪的家属吗？"

林妙雪抢答道："不是。"

"剖宫产手术需要产妇家属签字。"

林妙雪满头大汗道："我，我自己签。"

"噢，我这里跟你说一下，根据胎儿现在的位置，自然生产的话，很可能会出现难产，可能会对胎儿健康产生影响。所以，经过医院专家组研究，决定对你进行剖宫产手术。因为任何手术都可能产生风险，有可能引起大出血、麻醉难苏醒、术后痊愈难等方面的情况，因此我们对你进行说明，提前告知可能出现的情况，如果你接受的话，请在手术风险书上签字。"

林妙雪伸手去拿男医生手里的笔："知道了。"

男医生把手里的硬面夹拿过来，林妙雪看都没看，就在上面签了字。接着，男医生和年轻医生一起推着林妙雪的产床往外走。

林妙雪被推进产房，李主任已经穿上了手术服，她来到林妙雪的床前："你是纪委李常委的朋友吧，他打电话给我了，今天由我亲自为你做手术，没事的，放心吧。"

林妙雪咬牙忍着疼痛，朝李主任点点头。

李主任："你是打算横剖还是竖剖？"

林妙雪："我不知道，我还要跳肚皮舞呢。"

李主任笑笑："那就横剖吧。不过，你打算生二胎的话还是竖剖比较好。"

林妙雪："我要跳舞，横剖吧。"

李主任："那就横剖。现在开始麻醉吧。"

话音刚落，一名女护士上来对林妙雪说"请侧过身"，又帮着林妙雪一起侧过身。

"弓起背，弓起背，哎，好，好，稍微有点痛，忍一下啊。"

麻醉师上来，将一针筒麻醉药慢慢地推入林妙雪的腰椎里。林妙雪有些紧张。"放松，放松，好，正过身，哎，好。"

林妙雪狠狠地咬着牙说："老鱼头，我，我一定要让你，让你付出代价！"

过了一会儿，无影灯亮了起来，李主任全副武装，走到产床前，与护士们忙乎了起来。

又过了一会儿，男婴嘹亮的哭声在产房里响了起来，护士把男孩抱过来贴了贴林妙雪的脸。

"瞧，是个男孩。"

林妙雪脸上汗渍渍的。她无力地看了一眼男婴："怎么这么丑啊……"

早上，赵达声早早地来到办公室，他拿起热水瓶去开水间打了瓶水，给自己泡上一杯茶，坐到椅子上翻看台历上记着的内容。此时，苏红敲敲门走了进来，把当天的报纸和新来的文件放在赵达声办公桌上，她正要离去，赵达声叫住了她。

赵达声边翻看文件边说："哎，苏红，最近你老是耷拉着脸，是不是楚楚又出什么情况了？有事儿，你就告诉我，别一个人扛着。"

"楚楚乖着呢，没出什么情况。她比有些大人乖多了。"

"那就好。"

苏红继续往外走去。

赵达声啪地一拍桌子："真是扯淡！"

苏红吓了一跳，站在那里一动不动。

"噢，小苏，不好意思，我是指报纸上的公示。"

"什么报纸内容，你就是故意的，我就这么让你讨厌吗？"

"不是，真的是报纸公示，你来看看。"

"我不看，你自己看吧！"说完，苏红气呼呼地拉开门走了出去。

赵达声望着苏红的背影："哎，别走，别走。"接着无奈地叹了一口气。

此时，宋天意和孙海拿着报纸敲门走了进来。

宋天意："赵书记，您终于回来了啊！您看报纸了吗，怎么李大可要当咱们副书记啦？"

赵达声："嗯。之前市委常委会票决通过的，我也不好说什么了。"

宋天意："赵书记，您怎么不让省纪委阻止呢？他李大可凭什么，就凭他是余仲君的秘书吗？"

孙海："是啊，而且周强的职务也被不明不白地免掉了。他余仲君也太一手遮天了吧。"

赵达声："我跟省纪委怎么说？这不是显得我们市委班子思想不统一吗！他余仲君事先给每个常委做了工作，票决时少数服从多数，我也没有办法。"

宋天意："怎么这样，这小人得志，下一步，咱们纪委有好戏看了。"

赵达声："能有什么好戏，不还有我吗！"

22

晚上天黑以后，胥鸣寺前的山道上走来三个人，其中一人的胸前还抱着一个婴儿，也许是睡着了，孩子没有发出一点声音。他们趁着夜幕来到胥鸣寺山门前。一人在山门上敲了几下，山门开了，透出一道灯光，看清来人是东江市委书记余仲君，后面跟着林妙雪和李大可。余仲君抱着孩子，累得脸上尽是汗。先前帮余仲君和林妙雪解签的大师在门里迎接三人。余仲君看到大师，双手合十作揖，林妙雪也向大师作揖。

大师向两人回礼。然后将三人迎向寺中的大雄宝殿。余仲君把孩子交给李大可抱着，与林妙雪一道来到观世音菩萨面前，双双跪在蒲团上。

"大慈大悲的观世音菩萨，谢谢您让我们续上了香火，保佑我们万般皆顺，孩子健康成长，欢乐常伴。"

说完，两人对着菩萨拜了三拜。

拜完菩萨，余仲君从口袋里掏出一个信封，交给大师。

"大师，这是我们的一点心意，以助佛事之需。望大师笑纳！另外，恳请大师赐予小孩慧名吧。"

大师对着他俩合掌，口诵："阿弥陀佛！"

大师看看孩子睡得正香，笑笑："小施主身处山中，气定神闲，具有大将风范，将来必成大器，我看就叫成贤吧。"

余仲君面露喜色："谢谢大师！谢谢大师！"

大师作揖，合掌："阿弥陀佛！"

稍作寒暄，他们便向大师告辞，三人趁黑匆匆下山。半小时后，来到山脚，李大可的黑色丰田小车静静地停在那里。三人上车，李大可驾车朝着镜湖景区方向驶去。他们穿过林间公路，驶到景区深处，那里是一个只有三五家农户的小村庄。他们在村头的三层农家别墅前停了下来。片刻，阿芳把院门打开，小车驶进了院子。余仲君和林妙雪从车上下来，余仲君抱着孩子。孩子似乎惊醒了，"嗯唉、嗯唉"地哭了起来。李大可掉转车头朝外开了出去。

余仲君和林妙雪进了屋子，阿芳赶紧回到屋里，从余仲君手里接过孩子，把早已准备好的奶瓶塞进孩子的嘴里。屋里装修非常豪华，从外面根本看不出来。余仲君凑过去看着儿子吮着奶瓶，开心地对林妙雪说："妙雪，你看，咱家成成吃得多香，小家伙饿坏了！"

林妙雪："就是啊，折腾了半宿。"

余仲君："夫人也辛苦了！一会儿早点休息吧。阿芳，你和孩子也早点休息吧。"

余仲君和林妙雪来到二楼的房间里，一进屋，余仲君一把抱住林妙雪。

"哎，别闹，别闹，一身的臭汗，先去洗澡。"

"遵命，夫人！"

一会儿，两人洗漱完毕，换上睡衣靠在床背上，余仲君搂住林妙雪。

"哎，妙雪，你知道我现在在想什么？"

"我又不是你肚子里的蛔虫，我咋知道啊！"

"你猜猜看。"

"你在想王玉兰或者赵小军吧？"

"嗨，这个时候，我哪有心思想他们。刚才看着儿子狼吞虎咽地喝着奶的样子，我的心里有一种无比的幸福和满足感，我忽然感觉，以前都白活了，我以前都是在为别人活啊，什么赵达声、王玉兰、赵小军，我的前半生，一半是为国家活着，一半是为赵达声他们一家活着。从现在开始，我要为自己活着，为咱俩和成成活着。妙雪，我要感谢你，是你给了我崭新的人生。有了你们娘俩，我的人生才算真正完整了。只要每天能够看到你们娘俩，让我做牛做马我也心甘情愿！什么市委书记啦，什么金钱地位啦，这些身外之物，一切都变得不重要了。"

林妙雪心里很是感动："说什么呢，怎么能让你做牛做马？你永远是我心中的顶梁柱。有了你，我和成成就有了依靠。有了你，我的心里就特别踏实。"

"真的？"

"那当然，我男人是战斗英雄，堂堂的男子汉！在我的心里，你比那个什么赵达声强太多了！"

"不，达声是个了不起的人！他有很多过人之处，我很钦佩他。"

"不过，话说回来，你说市委书记不重要，金钱不重要，那是不对的。真要没有了一定的物质基础，咱们娘俩以后的日子怎么过？你看，我现在把东江师范的工作辞了，又没有正式工作，将来你要是对我有什么三心二意，那我们娘俩就得喝西北风去了。"

"怎么会呢，你们娘俩就是我的命根子！我发誓，我绝不让你们娘俩受一点点委屈，否则，我余仲君不得好死。"

林妙雪一下子捂住余仲君的嘴巴："说什么呢，谁让你发毒誓的。我要你过得幸福快乐。我想过了，跟你在一起，什么名分不名分的，我也不去强求了，我只求咱们的成成能够健康快乐地成长，只求给他一个幸福的人生，不要再像我一样过得那么累。"

"你放心吧，有我余仲君在，就不会让你吃一点点苦。"

林妙雪搂住余仲君的腰："有你这句话，我就放心了。唉，想当初我当上大学教师，那是多么开心的事情。可后来我渐渐发现远远不是那么回事儿，虽然我从偏远的小县城来到东江，人生实现了一大步跨越，但是，无论我多么努力，我还是那个我，我不可能成为所谓的上等人，不可能拥有理想中的生活。还好，老天让我遇到了你，我觉得，你是那个真正可以改变我命运的人。所以，我要感谢你，老余！"说完，林妙雪依偎到余仲君的怀里。

"我也要感谢你，是你提升了我生命的质量和人生的高度。也许，这是上天对我们的最好安排。"

"嗯。对了，在你的关照下，我二哥的公司现在市政建设的小工程都做不完，他准备扩大规模，我想入一半股份，这样一年下来，咱们娘俩的日常开销就可以解决了。"

"好事情啊，这样咱关照二哥的同时，也不会亏待自己了。"

"麦思源的建筑公司也想让我入股，我没钱了，他说不用交钱，直接给我干股，这样也多一条生财之道，你说好不好？"

"麦思源这个人还是讲感情的。不过，你要小心一些，你以家人的名义，对，就用你父亲的名义入股比较好，这样神不知鬼不觉的，免得出事以后，查到你的头上来。"

"还是你聪明，就按你说的办。"

余仲君拥住林妙雪要亲热。

"哎，不行，不行，医生说还要过段时间呢。"

"妙雪，我太爱你了，我……"

这日，东江市委、市政府正在召开省委巡视组巡视反馈大会，市四套班子领导、全市市管干部、市纪委副局长以上领导参加会议。会后，见与会人员基本散去，吴承甫把赵达声叫到会场休息室，他们坐在相邻的单人沙发上小声说着话。唐巡视员一看领导在谈话，就退了出去。

"达声啊，这次来反馈巡视情况，我还领受了一项任务。"

"什么任务这么神秘？"

"刚才会上我说了东江领导班子和领导干部中的四个方面问题，这些问题都是有所指的。这次来东江前，省纪委魏长安书记找我谈话了，让我来了以后跟你谈一次，让市纪委协助省纪委对余仲君的有关情况进行初步了解。本来，省纪委想专门派工作组前来调查，考虑到巡视组刚刚来过，紧接着省纪委工作组马上进驻，做得太明显，恐在干部中引起不必要的猜忌，所以让东江市纪委先自查初核，将了解到的情况书面报给省纪委。"

"了解余仲君什么问题？"

"根据群众举报，余仲君的问题主要有四个。一是怂恿儿子在东江经商办企业，利用手中权力为儿子经营提供便利；二是利用行政手段干预工程建设项目；三是与东江师范学院女教师林某关系暧昧；四是在干部用人上一人说了算，独断专行，民主集中制执行不到位。"

"吴组长，您说的四个方面问题，有的我也听说过，有的我了解一二，这样，既然上级有要求，我们就对这四个问题进行深入的调查了解，并形成文字材料报省纪委领导。"

"这次调查事关东江的政局稳定，一切都要在秘密中进行，千万不要造成不良影响。"

"明白。我会派最信赖的骨干组织调查，请领导放心！"

"你办事，我哪有不放心的。还有，我得提醒你一句，你小子艳福不浅啊！"

"我有什么艳福？您别听人家乱说。"

"你看你这一离婚，省里就不断接到你与哪个哪个美女关系暧昧的举报，哎，你可得收敛些啊，免得出大问题。"

"既然您都说到这儿了，那我索性恳请领导趁这次来东江，把我的问题好好调查一下，以还我清白。"

"可我没接到这项任务呀，我不能擅自调查。"

"我恳请您调查我，请领导准许！"

"这个，那我得请示一下。"

"谢谢啦！您走的时候，我请您到我那儿喝酒。"

"行了，行了，又给我整糖衣炮弹，咱还是君子之交淡如水吧！"

赵达声笑了："瞧，看把您吓的。"

赵达声一个人来到市体育馆散打擂台上，他抱着一个人形沙袋，用各种姿势一次又一次把沙袋奋力摔在台上。他一边摔，一边嘴里不停地骂着："该死的老鱼头，我让你不守规矩，我让你不守规矩！我摔死你，老鱼头。"赵达声用尽全力，将沙袋一次又一次摔在擂台上，每摔一次，就骂一遍。也不知道摔了多少遍，也不知道过了多久，直至把自己累得倒在擂台上，和沙袋躺在了一起。又不知道躺了多久，赵达声举起拳头侧身朝着沙袋不停地打着，打了一阵，他终于打不动了，然后抱着沙袋号啕大哭起来。

回到住处，赵达声靠在床上拿起手机给省军区司令员廖先成打电话。

"老首长，您教教我吧，我该怎么办？说心里话，吴承甫让我调查老鱼头，我心里头别提多难受了。您知道，对战友表面一套背后一套的事情我做不来。现在，让我派人暗中调查他，总感觉像做了亏心事儿一样，您说我该怎么办？"

"达声，我问你，你在调查其他干部时是怎么想的？"

"我没有多想，那是我的职责所在，我代表的是一级组织，不掺杂任何个人恩怨。"

"那成，你对仲君也应该这样。"

"可是我做不到啊，老首长。我想向省纪委请求回避。"

"听着，达声，这个事情只有你来查最合适，任何人调查老鱼头，都会在东江引起不必要的麻烦，打乱省纪委领导的部署，使东江的反腐工作陷入被动，让调查功亏一篑。所以，你要放下思想包袱，像对待每一位被调查人一样，以一颗平常心来做好这次调查，有错则纠，无错则为其正名。"

赵达声沉默了一会儿："那好吧。"

这天上午，麦思源与高翔、孟大海、唐东明正在办公室里商量事情。

唐东明："麦总，这些天我跟建筑供应商联系了一下，发现最近建材普遍都涨价，我们镜湖综合体建设项目之前的竞标价，恐怕已经无利可图了。您看怎么弄？"

麦思源："亏你还是搞建筑的，操作政府项目连基本的套路都不懂，你再这么不动脑筋，小心我撸了你。"

高翔："这个好办。有两个办法可以解决这个问题。一个是在选材上，同一个品牌有不同的标准，尽量往低标准上靠，特别是一些隐蔽的地方，用次一点，影响不大。再一个是在建设过程中，等工程过半时，咱们再想办法追加预算，到时再找一些理由，不怕领导不批。"

麦思源对唐东明说："听到没有，学着点。"

唐东明："明白了。"

麦思源："下一步，咱们不仅要在资金材料方面精打细算，还要在方方面面做好充分的准备，应对城建和纪委对工程的监管。东明，你去找一下建筑设计院的赖教授，一方面向他表示表示，感谢他在咱们招投标中给予的帮助。再一个方面，让他帮我们参谋参谋，如何规避城建、纪委的监管，以顺利完成项目建设。"

唐东明："好的，我马上就去落实。"

第二天早上，赵达声刚到办公室，电话铃就响了起来。他一看，是市反贪局杜副局长的电话。

"喂，老杜，你好，好久没有你的消息了。什么，周强已放出来了，人现在在市检察院，让我们去领人！太好了，老杜，正义终究还是能够战胜邪恶的。这样，上午我亲自去接，咱们班子成员全部都去，这是纪委的大事儿。我就想听听检察院给我们一个什么说法！"说完，赵达声来到隔壁的机要室。苏红已经早早地来上班了，她正在分发文件材料和报纸信件。

"小苏，一会儿通知副局长以上领导，除驻在办案点上的，上午十点，全部去市检察院接周强局长回来。"

苏红惊喜道："啊，周局长要回来了？"

"回来了！"

"他没事儿了？"

"本来就没事儿！"

"太好了！"

"一会儿，你让李大可到我办公室来一下。"

"好的。"

赵达声刚回到办公室，新上任的市纪委副书记李大可走了进来，他还兼着办公室主任。

"大可，上午咱们去检察院接周强。"

"周局长要回来了？"

"嗯，你马上联系报社记者对周强平反昭雪事件以适当形式向社会发布，我们不能无声无息地就把人领回来了。这是给周局长澄清冤屈的最好时机。"

"赵书记，您这招厉害，绝对让咱们扬眉吐气！那要不要让电视台、门户网站的记者来一个现场直播？"

"那不用了，《东江日报》上发一个消息就行了。咱们也不能做得太过，还是得讲规矩。"

李大可点点头："是。"

上午十点差一刻，赵达声带着欧阳春等一行四人来到市检察院门厅，反贪局局长蔡林和杜副局长早早地在门厅里等着他们。蔡林和老杜热情地与赵达声及各位领导握手。

蔡林："赵书记，不好意思，我们检察长去省里开会了，他特意交代我在这里等您。"

赵达声："噢，开会去了。省检怎么没来人？"

蔡林："省检特意关照我们，让我们一定要把周局长交接好。"

蔡林和老杜领着赵达声和纪委的领导一起来到检察院会议室，工作人员给各位领导泡上茶水。蔡林向赵达声请示："赵书记，是否可以让周强局长过来了？"

"等一下，等一等报社的记者，或许他们需要采访你们。"

"报社记者？"蔡林一听这话脸一下子变得煞白，"这个……我没有听说有报社记者啊！"

"噢，是我邀请来的。咱们堂堂的一个纪委副书记、监察局局长，不能不明不白地被省检察院带走，也不能不明不白稀里糊涂地就被放回。有一个公开公正的交代，对社会、单位、个人都很有必要，你说呢？蔡局长！"

蔡林有些紧张："可是……行，行，那等一下吧。"

没过一会儿，李大可领着报社的一名女记者走进了会议室。

蔡林："噢，记者同志，请进，请进！"

赵达声："现在可以请周强进来了。"

蔡林："行。老杜，你去请周强吧。"

隔壁的办公室里，周强正和一名工作人员正在聊天。

周强："你说咱们市纪委的领导都来接我了？"

"是啊，好多人呢，在会议室里坐着。我看到赵达声书记了，他虎着脸，看起来挺吓人的。怪不得咱们检察长一听说赵书记亲自来接您，就坐上车出去了。"

"嗯，好多人都怕他。"

"听说这次把你放出来，还是赵书记写信给最高检的领导，才办成的。"

"那之前你们是以什么理由扣着我的？"

"这个谁也说不清楚，反正一提到你，咱们检察院的领导都摇头，弄不清是什么意思。"

老杜从门外进来，打着哈哈。周强板着脸，没理他。

老杜："周局长，不好意思，这段时间让您受苦了。但是，身正不怕影斜，沉冤必然昭雪，您终于守到了云开见月明的一天了。现在您跟我走吧，咱们一起去见赵书记他们。"

周强没理他，站起来朝外面走去。

老杜赶紧跟上来引导："这边，这边。"

这边会议室里，女记者正对蔡林一连串地发问，把蔡林问得有些招架不住了。

"请问蔡局长，当初周强局长被省检察院带走是出于什么原因？"

"这个……因为当时事情处于保密状态，省检察院也没有告诉我们具体的原因，所以我不是太清楚。"

"噢，那请问蔡局长，周强接受调查整整一年零三个月时间，已经远远超出了正常的羁押时间，检察院的依据是什么？现在，周强得以解除羁押，重获自由，又是什么原因，请您给我们解释一下好吗？"

蔡林非常尴尬，脸上的汗都下来了："这个，我真的不知道，省检没有给我们通报具体情况，我们也不好随意猜测……"

此时，杜副局长带着周强从外面走进来。

蔡林看到老杜，像看到了救星，伸手指着老杜："噢，这个案件是由咱们反贪局的杜副局长负责与省检联络协调的，你有什么问题可以问杜副局长。"

老杜绕过女记者，坐在了蔡林旁边。周强则坐在赵达声的旁边。

"杜副局长，您能回答一下这个问题吗？"

"当时的情况是这样的，周局长是省管干部，省检察院接到群众实名举报，反映周强局长收受某企业的贿赂，举报人有具体的交接时间、地点、金额，省检察院当时觉得事关重大，就直接派人查办此案。他们认为，周强身为市纪委的副书记、监察局局长，知法犯法，践踏法律，情况属实，必须严办。所以，根据举报人提供的信息，省检直接去周局长的办公室搜查，结果搜出了五十万元现金和一些玉石，就把周局长带走了。没想到，这是有人栽赃陷害。由于案情复杂，省检经过一年多时间的缜密侦察，特别是对细节的甄别，成功排除了周强局长的嫌疑，终于还周强局长清白之身。昨天省检专门派人把周强局长送了回来，让我们搞好与纪委的交接，把周强局长顺利交还给纪委，让周局长重新上任，这也算是功德圆满了。所以，今天请报社的同志来，省检的意思就是为了向社会和公众一个交代，身正不怕影斜，公道自在人心，浊者自浊，清者自清，正义终将得到伸张。"

众人听到此处，由衷地鼓起掌来。蔡林用赞许的目光看着老杜。赵达声也微笑地看着老杜。

"那到底是谁栽赃陷害周局长的呢，这个问题查清楚了吗？"

"这个，这个问题是省检察院调查的，我们目前还没有接到确切的信息。待有确切信息后，我们一定第一时间向媒体公开。"

"我这里想向赵达声书记提一个问题。"

赵达声微笑地向她点点头，做了个请的手势。

"请问赵书记，听说周强局长的职务已经被免掉了，那么下一步周强局长会不会官复原职？"

"周强局长肯定还会战斗在反腐败斗争的第一线，至于是不是官复原职我倒觉得不是很重要。按你这个说法，难道周局长就不能到更重要的岗位上去了吗？"

"明白了，赵书记，您的意思是周局长虽然前期被免职了，但是有可能会被重用。"

"可以这么理解，但是最后以市委的任命为准。"

"我想再问周强局长一个问题。"

"你问吧。"

"请问周局长，您无故蒙冤，又被免职，您对组织有过怨言吗？"

"心里的苦闷和痛苦肯定是有的，有时还有些想不通，但我坚信组织会给我一个公正的评判，最终还我清白之身！"

"那您会不会对自己的工作岗位产生厌烦，想调离现在的工作呢？"

"我很热爱自己的工作，我的工作就如一名医生，采取治病救人的方式，对党员干部违纪违法问题进行救治。我觉得我的工作是无比高尚的，我热爱这份工作，如果条件允许，我愿意一辈子从事这项工作。至于，受点委屈，到哪儿都会存在。如果连这点委屈都受不了，那这个人的承受力本身就存在问题。"

"那您受了委屈不怨恨谁吗？"

"不怨恨，因为若干年后，这些委屈也好，苦闷也好，在你的记忆中都会变得闪闪发亮，说不定还会成为你的人生财富呢。"

"周局长非常乐观啊！谢谢周局长！"

"也谢谢你啊！"

回来的面包车内，纪委的领导谈笑风生，周强享受着每个人的祝贺，看起来心情很好。只有李大可一个人心事重重的样子。

欧阳春："周局长，你终于回来了，咱们纪委盼星星盼月亮，就等着这一天哪，现在终于可以松一口气了。"

赵达声："可不是嘛，你在检察院待着，我总是感觉有人对着咱们纪委的脊梁骨指指点点，似乎纪委的干部全都干了见不得人的事儿似的。所以，这次必须让报社介入，给咱们一个交代。"

欧阳春："对了，赵书记，他们检察院虽然没有想到咱们纪委会来这么一手，但是那个老杜应变能力还不错，在报社记者面前，把场给圆了。那个蔡林，一听报社记者要来，整个人都懵了。老杜还真可以啊！"

赵达声："老杜在部队也是个团级干部，摔打多年，这点应变能力还是有的。"

周强充满感谢地望着赵达声："赵书记，我这次能够归队，多亏了您持续不断的努力。谢谢您！"

赵达声笑道："俗话说，守得云开见月明。乌云终会散去，日月终会放光。咱们共产党人无论什么时候，无论在什么情况下，都要对党充满信心。"

"嗯。这次回来，我不知道还能不能重新战斗在反腐斗争的第一线。"

"什么叫能不能？你压根儿就没有离开过，没有我的批准，你别想离开反腐战线！"

"真的？太好了！"

"不过，你先别急着上班，先去医院给我检查检查身体，然后再熟悉熟悉情况，到时我自然会给你分配任务的。"

"还不能上班啊，那要等到什么时候？"

"你急啥，等你休息完了，有的是活儿给你干。"

"可是，我哪儿等得了那么久！"

"等不了那么久，那我还得把你送回检察院，看你等得了等不了！"

"别，别，别，等得了，等得了！"

赵达声回到办公室，刚坐下来，就接到省城的一个电话，他看了看，是个陌生号码。

"喂，你是哪一位？噢，麦书记啊，您好，您好！领导难得来电话，有什么指示吗？"

麦满仓生气道："你给最高检和省委书记写信，这招挺狠啊！没想到你这小小的市纪委书记反腐反到省委来了，我不得不佩服你的胆识啊！"

"麦书记过奖了，我只是如实向上面反映了一下，我相信咱们共产党的天下，邪不压正，正义终究战胜邪恶，天空不应该被乌云所遮蔽。"

"行，这次算你走运，咱们走着瞧！"

"谢谢麦书记提醒，我赵达声是死过几回的人，生死早已置之度外，我愿以我身奉献给党，如有人要，随时来取。不过，我赵达声命硬，就怕取我命的人被我所克，自身难保，得不偿失啊！"

"简直狂妄！"

"嘿嘿，这是我赵达声最大的毛病，望领导海涵！"

"哼，茅坑里的石头……"说完，麦满仓"啪"的一声挂断了电话。

宋天意和江志华走进东江师范学院办公楼，他们挨个办公室找过去，一直走到楼道的尽头，看到办公室门口挂着"书记办公室"的门牌。

宋天意在门上敲了敲，里面传来"请进"的女声。宋天意拧动把手推开了办公室的门，看到许盈正埋头办公。许盈看到他俩进来，放下手中的笔，站起身来，去为宋天意和江志华泡茶。

"宋主任、江主任，请坐，请坐，不好意思，我这忙着，有失远迎啊！"许盈陪宋天意和江志华在沙发上坐定。

宋天意："许书记，是我们不好意思，打扰您了！"

许盈："哪儿的话，应该的。听你们电话里说，是想了解我们学院的女教师林妙雪的情况？"

江志华："是啊，许院长，您能不能跟我们聊聊林妙雪的近况？"

许盈："可以是可以，不过她现在已经不在东江师范上班了。"

宋天意："啊！辞职啦？"

许盈："听说她跟市里某位领导关系暧昧，起先不是辞职，领导特批她常年休病假、吃空饷，可是后来不断有人向上反映，省委巡视组进驻东江的时候，她打了辞职报告，离开了东江师范。谁也不知道她去了哪里。"

宋天意："你们知道她与哪位领导关系暧昧吗？"

许盈："不清楚。反正传说很多，跟这个跟那个。有人说我们学院的骆嘉就是因为她而被那位领导弄走的。"

江志华："骆嘉现在在什么地方？"

许盈："在南部山区天水县的天水师范任教。你们最好还是找到他本人再了解了解。"

宋天意："噢，那许书记您知道骆嘉在东江师范和哪个同事关系比较好？或许他们聊起过这个问题。"

许盈："他原来同宿舍的同事，叫耿平，要不让他过来跟你们聊聊？"

宋天意："好的。"

许盈回到办公桌前，拿起电话拨了一个号码。过了一会儿，一个小个子男人推门走了进来。

耿平："许书记，您找我？"

许盈："噢，耿平，进来，坐吧。这两位是市纪委的宋主任和江主任。"

宋天意和江志华与耿平握手。耿平也在沙发上坐定，看起来有些拘谨。

宋天意："耿老师，不好意思，打扰你一下。我们请你过来，就是想了解一下东江师范原老师骆嘉的情况。"

耿平稍稍放松了下来。

宋天意："请问耿老师，骆嘉在东江师范的时候，有没有向你提起过他女朋友林妙雪的事情？"

耿平："噢，这个呀，我是了解一些。严格意义上说，林妙雪不能称为骆嘉的女朋友，因为林妙雪从来没有承认自己是他的女朋友。他们是同时进的东江师范，走得相对比旁人要近一些，不是通常意义上的男女朋友关系。但是，骆嘉确实比较喜欢林妙雪，而林妙雪却始终没有把他当成男朋友。"

宋天意："噢，那他有没有提起过林妙雪与市里某个领导相好的事情？"

耿平："有，有，有，他提起过，但他没有说具体是哪位领导。"

宋天意："你再仔细回忆回忆，有没有印象？"

耿平："确实没有。"

宋天意："噢，那行，如果以后想起来情况可以向许书记反映或者直接找我们反映，好不好？"

耿平："好的，好的。"

两天后的下午，宋天意和江志华来到天水师范找骆嘉，他们在学校草坪上边走边聊。

宋天意："那么你有什么证据证明余仲君和林妙雪两人有不正当的男女关系？"

骆嘉："我有照片呀，余仲君去碧海情天别墅的照片。"

宋天意："这些照片我们看了，这只能证明余仲君去了碧海情天别墅，而不能证明他与林妙雪之间的关系。"

骆嘉："我看到他们前后脚进去的。"

宋天意："那也不能证明。"

骆嘉："这也不能证明！"

宋天意和江志华点点头："不能。"

骆嘉无奈地冲两人摇摇头。

23

　　这天一上班，赵达声就把余仲君堵在办公室里，他一脸不悦地坐在余仲君办公桌前面的椅子上。

　　"老鱼头，你不能说话不算数啊！周强现在回来了，你当初怎么说来着，说周强只要能回来，就给他官复原职，现在到你兑现的时候了。"

　　"这个很难的，李大可刚刚任命为监察局局长、市纪委副书记，马上改任的话，影响不太好。"

　　"你把秘书李大可安排在纪委我没有意见，但是，你在常委会上弄这个票决制，把他提到局长、副书记的岗位上，这完全打乱了我们纪委的干部安排。你看，人家欧阳春同志，资格比他老，工作经验比他丰富，副书记干了那么多年，任劳任怨，无怨无悔，真要提拔也该先提拔他啊。你太过分了！现在又不同意周强官复原职，说过的话又不算数，这可不是你原来的作风啊！"

　　"达声，你别急，我没有说不让周强官复原职，只是他的职位李大可不是已经顶上来了吗？这一下子换不太好！你让我再想想办法。"

　　"不行，把组织部部长叫来，咱们一起商量商量。"

　　"行，行，行，真是拗不过你！"说完，余仲君拿起电话拨了个号码。

　　没过一会儿，市委组织部何部长敲门走了进来。

　　余仲君："老何，这样，周强不是回来了吗？他的位置前段时间被李大可顶了，现在周强不好安排，不知道你有什么好的办法？"

何部长面露为难之色："纪委编制就两名副书记，增配是不可能的，除非另用，否则确实安排不了。"

赵达声："另用如果是提拔的话，我没意见。但是平职换岗使用我不同意，周强是办案专家，咱们纪委需要这样的干部。"

余仲君："老何，你想想办法嘛。"

何部长："这确实没有办法。李大可刚刚任命，马上调整不太好，要么等过段时间再说？"

赵达声："不行，凭什么要过段时间？你让周强怎么想！"

何部长："要不，让周强还当纪委副书记，把欧阳春交流出去。两位领导看看行不行？"

余仲君："这倒是个办法。老赵，你看行不行？"

赵达声："我还是那句话，提拔我没意见，平职交流我不同意。人家欧阳干得好好的，辛辛苦苦，任劳任怨，凭他的能力，当一名局处单位的一把手一点问题没有。老何，你看看，能不能安排一个这样的岗位给他？"

何部长："我再看看，对了，住建局的刘局长再过两个月就退了，能不能到住建局去干？"

赵达声："这个可以。"

余仲君："可以。"

何部长："那行，这样，改天咱们常委会过一下，把周强列为市纪委副书记人选，先报给省纪委。但是监察局局长的位置肯定不能换的。两位领导看看行不行？"

余仲君问赵达声："老赵你看行不行？"

赵达声："局长没有也可以，但是他的任命书上，必须注明排名在李大可之前，否则，难以服众。"

余仲君笑了："你这个达声啊，那就依你吧！"

何部长："这个没问题。"

这天下午，孙海和柳公权来到镜湖区纪委，他们与区纪委的几名干部正在开会研究案情。

孙方明："首先，感谢孙海主任和公权同志来支援我们侦查案子。下面，请刘向远同志介绍一下基本案情吧。"

刘向远："好的，这个案子其实是一个连环案。起先是由镜湖镇李家斗村的强制拆迁案引起的。后来，村民举报村干部截留挪用拆迁补偿款后，市、区纪委及时介入调查，发现李家斗村村支书姜玉宝、村主任李开诚勾结会计李铃香，截留挪用拆迁补偿款，以建造老年公寓为名，在镜湖风景区内违规建造别墅。据姜玉宝和李开诚交代，建造的别墅村委班子成员和镇长、镇委书记人手一套，还有两套别墅留在镇长、镇党委书记手上，而镇长、镇党委书记不承认有这个事情，后来姜玉宝和李开诚也矢口否认了。这就是目前的基本情况，应该说案情不复杂，但要查实，恐怕也不容易。"

孙方明："刚才刘局长介绍了基本案情，大家看看有什么金点子？"

孙海："我说一下，这个连环案，关键的节点应该还是在姜玉宝和李开诚身上，他们开始承认剩下的别墅是给镇长、书记的，过后又否认，说明目前手头的证据不足以证明镇长、书记已经取得了别墅的所有权。因为单凭村里的会议纪要，不能证明镇长、书记的问题，只能证明村里单方面的意愿。我想问问孙书记，不知道您最近在调查中发现了什么新的线索没有？"

孙方明："新的线索？我没有明显的感觉。"

孙海："那您最近重点在调查什么？"

孙方明："也就是对姜玉宝和李开诚进行细致的调查。"

孙海："收获怎么样？"

孙方明："这两个人老奸巨猾，反反复复，对之前交代的问题，不是否认，就是装糊涂，一问三不知。"

孙海："这也说明不了什么问题。"

柳公权突然问道："孙书记我想问您一下，按照您的工作步骤，接下来将调查谁?"

孙方明:"村会计李铃香啊!"

柳公权:"对了,问题就在这里。李铃香是个女人,情绪最不稳定,多盘问盘问她,她必然露出马脚,所以,我敢断定,突破此案,关键在李铃香,实质性的证据也许就在李铃香这里。"

孙方明:"公权分析得有道理。或许,李铃香手里还有其他的线索。"

孙海:"赶紧调查李铃香!"

孙方明:"对。向远,我们马上行动。"

孙海:"我们也去。"

孙方明:"好。"

当天晚上,刘向远、孙海、柳公权和区纪委的两名干部在村临时会议室找李铃香谈话,李铃香看到这个架势,显得十分紧张。

刘向远:"李铃香,之前你交代别墅式老年公寓有杨镇长和史书记的份,为什么后来又否认了。我们经过了解,已经掌握了全部情况,姜玉宝和李开诚也已经交待了问题,你打算死扛到底吗,难道你不怕承担法律责任吗?"

李铃香:"我不能说啊,说了会没命的。"

刘向远:"谁会要你的命?"

李铃香:"我真的不能说啊!我说了我和孩子的命就没了。"

刘向远:"那你不说,你和姜玉宝、李开诚同伙的罪名就担得起了?"

李铃香一听这话,吓得眼泪一下子就下来了。

李铃香:"我交代,我交代,我什么都交代,不过我恳请组织上保护我的家人。"

刘向远:"你放心,只要你彻底交代,我保证你和家人不会受到任何伤害。"

李铃香:"好。你们想知道什么,尽管问吧……"

几人回到区纪委会议室时,夜已经深了。大家都显得有些疲惫,孙方明一屁股坐在椅子上感叹道:"没想到,这次这么顺利,李铃香竹筒倒豆子,把事儿都倒得干干净净，特别是这份付款名单太重要了。"

刘向远："是啊，关键是每人十万元钱的银行付款凭证，让他们无从抵赖。"

孙海："怪就怪他们太聪明，因为聪明，他们还做了账外账，留下了付款凭证。不过他们没想到的是，机关算尽，最后还是栽在这份名单上。"

孙方明："这就是古话说的，'君子合而不同，小人同而不合'。他们各打自家小算盘，才有了这份名单。否则，我们也难找到真凭实据。"

刘向远："这样的话，咱们马上将掌握的情况报告市纪委，建议即刻对杨镇长和史书记采取组织措施。"

孙方明："对。这次调查这么顺利，主要还是市纪委孙海主任和柳公权同志的指导有力啊。在此，我代表区纪委向二位的指导表示衷心的感谢！"

孙海："别，别，谢啥，都是一家人！"

赵小燕回到家的时候，母亲许盈正在厨房里烧菜。她拿着为母亲新买的一条裙子进到厨房里，悄悄地站到母亲身后。

赵小燕大声地说："妈，看，给您买什么来了？"

许盈回过头："干吗这么大声，吓我一跳！这是什么？"

"我给您买的裙子，来，先试一下。"

"算了，看我身上的汗，等吃过饭洗完澡再试吧。"

赵小燕朝母亲身后看了看："老妈，我真为您骄傲，不愧为东江师范舞蹈竞赛队的领队，这身材比我们年轻姑娘还好啊。"

"行了行了，少拿你妈我开心。你今天怎么这么早就回来了？"

赵小燕边帮母亲洗碟子边说："现在公司慢慢在转型，以后东江的业务就保留外贸这一块，这样对拉动东江的经济有利，其他慢慢转型到现代农业公司，业务主要在杭州郊县。小军哥主管现代化农业这一块，我管外贸这一块。"

"这个小军啊，脾气跟达声一模一样，我看他不弄出点名堂来，是不会回来了。"

"那是肯定的。连老婆孩子都舍得放开，可见他下了多么大的决心，他就是为了证明自己，不躺在父辈的功劳簿上，照样可以干出一番事业来。"

"小军也够狠心的，把刘洋一个人留在家里。跟他爹一个样儿，都是没心没肺的。"

赵小燕忽然盯着母亲的眼睛："哈，妈，我知道了，您在想老爸了，太好了，您放心，我一定把他给你弄回来。"

许盈反驳道："我想他！我没事儿想他干吗，自寻烦恼啊！吃饭，吃饭！"

母女俩把菜端到餐桌上，许盈给两人盛了饭，端起来就准备吃。赵小燕从酒柜里拿出一瓶红酒。

"妈，我要喝酒。"

"没事儿喝什么酒啊！"

"没事儿就不能喝啊！这么多菜，老爸在的话，肯定得喝一杯。"

"你好好吃饭，老提他干什么！"

赵小燕打开酒瓶，给自己倒了小半杯："好，不提不提，您再不把他喊回来，恐怕就要被人家勾引去了，以后你们就再也没有机会复合了。"

许盈伸出去夹菜的筷子停住了，说："你什么意思，他有人了？"

"有人没人现在还不好说，也许早就有了。也许快有了。不过有一个女人你必须提防。"

"哪个女人？"

"苏红。"

"就是那个帮着带楚楚的秘书苏红？"

"对啊，她天天在爸爸身边转悠，又帮着带楚楚。很多您的优点，现在全到了她身上。您说该不该提防她？"

许盈故作轻松："有什么好提防的。"

"老妈，别说我没提醒您啊。到时，吃了亏，您可来不及了。"

许盈顾自吃了几口饭，看女儿也不说话了，又忍不住问："你说那个苏红，姑娘家家的带着一个孩子，难道她就不考虑谈男朋友结婚啊？"

"这难道您还看不出来，她带楚楚是为了博得爸爸的好感，也为了能够经常接触爸爸，久而久之，日久生情，这样下去，他俩不成都难。"

许盈仍旧说道："那随他们去好了。"话虽这么说，许盈眼眶却有些红了。

赵小燕笑着缩了缩头："我觉得，要想夺取这场战斗的胜利，有一个'高地'你必须夺下来。"

"什么高地？"许盈问。

"楚楚。"

"楚楚？"

"对啊！当初收养楚楚是爸爸的主意，如今楚楚由苏红帮着领养，爸爸的心里肯定非常感激，对苏红的印象也加分了不少。这在当今社会，有如此品质的女孩确实不多。但是，这一切本来就是您的呀！要想爸爸重新回到家里，回到您身边，目前唯一的办法就是再次把楚楚接回家来，这样用不了多久，爸爸就会乖乖地回到您身边的。"

许盈觉得女儿说得有理，就问："具体该怎么办呢？"

"这个简单啊，每天楚楚放学的时候，早点去把她接过来啊。"

"可我上班，有时候走不开啊！"

"这不是有我嘛！您走不开的时候，我去呀。"

"那就这么定了。"许盈语气轻快了起来。

"那您得陪我喝杯酒！"

"喝就喝，今儿高兴。"

第二天下午，许盈请了假，买了一袋水果，早早地来到明珠小学门口，静静地等着楚楚放学。许盈站在学校门口外面，看着放学的学生陆陆续续从门里出来。她等啊等，眼看着孩子都走得差不多了，还没有看到楚楚。许盈有些奇怪，便走进了校门，跟门口保安说了一下，朝楚楚班里走去。许盈站在班级门口朝里看，发现楚楚正端坐着做作业呢。她悄悄走到楚楚面前，轻轻叫了声"楚楚"。

楚楚抬起头，看到许盈，兴奋地叫了起来，一下子从座位上站起来，亲热地一把抱住了许盈："姊姊，您怎么那么长时间不来接我，想死我了。"

"我这不是来了吗！走，跟我回家，婶婶给你做好吃的。"

楚楚高兴地收拾起课本，可马上又停了下来，说道："不行，一会儿苏红阿姨接不到我，她会着急的。"

"不要紧的，我一会儿给她打个电话。"

"那好，我们现在就走吧。"

"楚楚，你肚子饿吗？"

"饿。"

许盈赶紧从袋子里拿出一个苹果和一把水果刀："等一下，我削给你吃。"

说完，许盈三下两下就削好了苹果，递给楚楚。楚楚接过来，放进口里咬了一口，说了声"真甜，谢谢婶婶"。

晚上，许盈、赵小燕和楚楚坐在餐桌前吃饭，两人不停地给楚楚夹菜。

许盈："楚楚，多吃点啊，你看你这段时间都瘦了，要加强营养。"

赵小燕："是啊，楚楚，以后你天天在家里吃饭啊，让婶婶和姐姐天天给你做好吃的。"

楚楚："谢谢婶婶，谢谢小燕姐姐。不过，这段时间我在苏红阿姨那里，也挺好的。"

许盈："苏红阿姨上班挺忙的，我们人多一点，可以更好地照顾你，这里条件也好一些。"

赵小燕："是啊，过段时间，你赵伯伯也要回来了，咱们一家子在一块儿，还像以前一样，多好啊！"

楚楚："嗯，太好了！不过，苏红阿姨一个人，她会难过的。"

赵小燕："苏红阿姨马上就有男朋友了，她不会难过的。你在她那里，她都没空交男朋友了。咱们不能太自私了，知道吗？"

楚楚："嗯，知道了。不过，今晚我还是要回去的，我换洗的衣服都没有带。"

赵小燕："这个没有关系，一会儿你做完作业，姐姐带你去百福百货买新衣裳去，好不好？"

楚楚："好啊。可是，我校服也没得换呀。"

赵小燕："不要紧，你晚上睡觉时，我把你的校服洗好烘干，明天就可以继续穿了。"

楚楚："那好吧。"

晚饭后，许盈母女带着楚楚去买了三套新衣裳。睡觉前，小姑娘穿着新衣裳在穿衣镜前试穿，兴奋得叽叽喳喳说个不停。

第二天早上，赵小燕开着车把楚楚送到明珠小学门口，楚楚下车后，赵小燕放下副驾驶位的车窗，对着楚楚挥手作别。

这天上午，苏红到赵达声办公室送完文件材料和报纸，站在赵达声的办公室里没有走。过了一会儿，赵达声看到苏红还站在办公室里，不解地看了看她。

"小苏，你有事儿？"

"您说话不算数！"

赵达声诧异地问："我怎么说话不算数了？"

"上次您不是答应我让楚楚待在我这儿吗，可是您又让人暗地里接走了！"

"让人接走了，什么意思？"

"您还装糊涂，这段时间放学，楚楚不是让许盈给接走了吗？"

"啊，有这回事儿，我不知道啊！"

"您不知道？不是您让她们接走的吗？"

"苏红，你别误会，我没有让她们接楚楚回去啊！等一下，我打个电话问问。"

赵达声拿起桌上的电话，拨了个号码，电话通了。

"许盈，我赵达声。这些天，你们把楚楚接回去了？怎么不告诉我一声，我答应让苏红照顾楚楚的。你们擅自做主接楚楚回去，没有征得我和苏红的同意，这对苏红不公平。她们感情已经很深了，你们又强行把楚楚接走，根本不把她们的感情放在眼里。还是让苏红照顾楚楚吧，你们不要管了，省得到时又当甩手掌柜，伤了孩子的心。不要再说了，就先这样吧。"说完，赵达声挂了电话。

"小苏，我答应你的话是算数的，下班后还是你去接楚楚吧。我看楚楚放在你那里很适应。"

"好的，谢谢赵书记！那我走了。"

当天下午，苏红请假提前到明珠小学去接楚楚，她走到门口正赶上学生放学，孩子们排着队从校园里出来。苏红正准备往校园里走，就远远看到许盈拉着楚楚的手从校园里出来。她犹豫了一下，还是迎着她们走了上去。走到近处，许盈也看到了苏红。

楚楚挣开许盈的手，向苏红跑过去，一下子抱住苏红的腰。

"苏红阿姨！"

苏红："许书记，您这么大领导怎么亲自来接楚楚了？这种小事儿，我来接就行了。"

许盈不自然地笑笑："自家的孩子还是自家管比较好，寒暑冷热自己有数。对了，前一段你帮着带楚楚辛苦了，回头我把工钱付给你。"

苏红气得满脸通红："我带孩子可不是为了什么工钱，难道许书记是为了什么目的而领养楚楚的吗？"

许盈："噢，不是为了工钱啊！那为了什么，难道还有更深的、不可告人的目的？"

苏红："你……我可没有你那么阴暗，你不要以小人之心度君子之腹。"

许盈："不就照顾了几天孩子吗，我付钱就是了，还想怎么样？不要得寸进尺，不知好歹。"

苏红："你……想不到堂堂的东江师范党委书记，竟说出这种没有理智和品位的话来。楚楚，走，我们回家！"

苏红拉起楚楚就往校园外走。许盈一看急了，快步冲上来从苏红手里夺下楚楚的手。

许盈："楚楚，跟婶婶回家啊，赵伯伯也要回家了。"

苏红上前拉住楚楚的另一只手："楚楚，赵伯伯晚上会来看你的，你还是到阿姨那里去吧！"

楚楚看看这个，看看那个，委屈地说："你们把我的手弄疼了。"

两人同时放了楚楚的手。

许盈："楚楚，那你自己选，想到哪里就到哪里，好不好？"

楚楚眨巴着眼睛，看看这个，又看看那个，不知道怎么选择。许盈慈祥地望着楚楚，苏红也微笑地看着楚楚。楚楚犹豫了好一会儿，慢慢地向苏红靠近，轻轻地拉住了苏红的手。苏红随即抓住楚楚的手，朝许盈看了一眼，然后朝着校门口走去。

许盈着急地叫了一声："楚楚！"

楚楚回头看着许盈，脚却不由自主地跟着苏红朝校园外走去。

许盈气得在原地狠狠地跺了一脚。

下班前，许盈去美容院精心打扮了一下，然后向市纪委机关走去。她来到赵达声办公室门前，抬手敲了敲门，赵达声叫了声"请进"，自己还全神贯注地看文件。许盈轻轻地走了进来，坐在赵达声对面的椅子上，静静地等着。过了一会儿，赵达声才想起来有人进来，抬头看了她一眼，眼里闪过异样的神色。

"许盈，你怎么来了？"

"我就不能来看看你？"

赵达声笑笑："当然能，欢迎，欢迎！有什么事吗？"

许盈正色道："当然有事儿啊，我有重要线索向你汇报！"

"啊，什么重要线索？"

"这儿不能说，你赶紧忙完跟我去一个地方，到那儿我才能告诉你。"

"这么严重？要不你跟我在食堂吃一点再过去吧。"

"那边有你吃的，放心吧。"

"行。那我把委里的小柳叫上一块去。"

"不行，你叫其他人，那就免谈。"

"你们女人怎么都这样？"

"嗯，都这样？我想起来了，你上次三更半夜跟一个女调查人见面，这个事情，你不提醒我还差点忘了。"

赵达声忙解释："事情不是你想的那样。"

"不过，我现在不会再跟你计较这个事情了。对了，你忙好了吗？"

"没有，我晚上还得过来加班。要不，有什么线索，你就在这儿说吧。"

"不行，在这儿我说不出来。"

"那赶紧走吧，一会儿我还得回来加班呢。"

"好吧，我们走。"

赵达声起身把文件材料简单收拾了一下，就和许盈一起往外走去。他们在市政府门口打了辆车，来到镜湖景区怡人居。

迎宾小伙子问道："请问有预订吗？"

许盈："许女士订的。"

小伙子看了一下手上的单子，便把他们往里面带，来到一个雅座前，许盈和赵达声坐了下来，许盈拿过菜单递给赵达声。

"想吃什么你自己点吧。"

"我喜欢吃什么你还不知道吗，简单一点就行了。"

"那行，我来点。"许盈便在菜单上打钩，又问，"你想喝点什么酒？"

"不喝酒，现在凡是在外聚会，除特殊情况都不喝酒。"

"这都是你们纪委搞的，这个私人会所，现在也对公众开放了。表面上看高档餐饮业受到了影响，但是干部们的吃喝风得到了遏制，公款吃喝的负担减轻了。"

"是啊，中央'八项规定'、反'四风'，可谓深入人心，受到党员干部特别是基层干部的欢迎。党员干部可以从酒桌上解放出来，把更多的精力投入到工作中去。"

赵达声讲得眼里放光。许盈笑了："我发现这些规定对你特别适合，否则，你那些个战友喝起酒来，真是吓死人。"

赵达声："什么叫特别适合我，搞得我好像是大酒鬼似的。"

"那倒不是，不过，公私加起来，你喝的酒还算少啊。"

"倒也是。"

一会儿，点的菜陆续上来了。

"哎，对了，你现在可以讲一下线索了。"

许盈给赵达声续了点水，没有接赵达声的话茬，顾自说道："上周末，我们又去看小丰了，他目前情绪还算稳定，人看起来也精神多了。他又问起咱俩的事情，我也没法正面回答他。老赵，我想问你一句心里话，你到底还在不在乎我？"

赵达声喝了一口茶，说："许盈，你这个问题确实比较难回答。如果再年轻十岁，甚至年轻五岁，我都会毫不犹豫地告诉你，我很在乎你。但是，现在已经不一样了，咱们孩子都二十多岁了，我们早过了充满激情的年纪了。我们更多的可能是一种相知相伴的亲情关系，彼此融入，彼此需要，平平淡淡，真真实实。至于，在不在一起，可能主要还是选择怎样的一种生活方式而已。在一起，是一种生活方式，分开也是一种生活方式。不瞒你说，和你分开的这段日子，我想了很多，特别是经历了小丰自残的事情以后，我对咱俩的关系进行了一番自我审视。当初，咱们认识的时候，严格意义上来说，可能也不能叫爱情，只能说是一种好感，加上相互信任，彼此能够理解，能够谈心交心。咱们的感情是这么培养起来的，不是充满激情的那种爱情。所以，将来如果还能在一起，我觉得可能也还是出于这样的考虑和需要。也许，我这种死过几回的人，对人生的追求不够积极。我这么说，不知道有没有回答你的问题。"

"可是你对你的工作却永远充满激情，永远积极进取，永远有使不完的劲，你对待自己的生活为什么这么消极呢？"

"这也谈不上消极吧。我总是想，相比那些长眠于边疆的战友来说，生活给予我的点点滴滴都是一种恩赐，对于生活我没有更多的要求，包括感情。我感谢你陪我走过了那么多年，感谢你给我带来燕儿，此外，我已没有过多的要求。"

"我知道你在怨恨我，恨我跟你离婚，恨我不理解你。现在，我回头想想，当时我确实很不理智，做事情有些过头。但是，从道理上讲，我也没有错。小丰是我的亲弟弟，我们父母去世得早，姐弟俩相依为命，感情深厚，他锒铛入狱，对于我来说，绝对是晴天霹雳，我做姐姐的当然希望你这位主管纪检工作的丈夫关照他一下，起码在政策方面可上可下的时候，能够往下靠靠。你倒好，非但啥都不管，还利用连长身份突破了案情，而且在余仲君提出照顾的时候，还主动查实了他的其他问题。你这不是把他往火坑里推吗？"许盈越说越激动，脸涨得通红，引得旁座的客人都朝他们看。

赵达声看许盈如此激动，便不说话了，静静地等着她把话说完。可能许盈也感觉到了自己的失态，也不说话了。两人默默地吃着饭。

吃了一会儿，赵达声平静地说："许盈，这件事情我们之前已经争论得太多了，我也不想再解释什么了。你一定要认定是我把小丰往火坑里推，那我也没有办法。如果你没有什么问题线索，那我们就回去吧。我还得去加班，这两天市里开会，积压了好多文件和材料需要阅办。"

"达声，对不起，我太激动了。"

"没事儿，我能理解。"

许盈看赵达声吃好了，便用纸巾擦擦嘴，也不吃了。赵达声叫服务员要买单，许盈怎么都不同意，赵达声只好让步。

回到家里，许盈和赵小燕坐在沙发上边看电视边聊天。

"老妈，您怎么又跟爸扯舅舅的事情了？您一说这个事情情绪就控制不住，真是哪壶不开提哪壶。"

"我也不知道，怎么说着说着又说到这个事情上去了。你说现在该怎么办啊？难道眼看着你爸爸让那个苏红勾引了去？"

"那不可能，他们成不了！"

"你怎么知道？"

"他们想在一起，还需过我这一关。我不会同意的。"

"这样下去也不行，咱们还得想想其他办法。"

"老妈，您放心，我一定会把老爸完完整整地送到您身边的，让你们相伴终身，白头偕老。"

许盈轻轻地说："但愿吧！"

24

这天上午，东江市委小会议室里，市委正召开党委民主生活会，市委各常委参加会议，省委副书记麦满仓及省委林副秘书长莅临指导。余仲君主持会议。各常委都进行了认真的发言，并做了诚恳的自我批评。从发言看，每个人都做了精心的准备。麦满仓对每个人的发言都进行了点评，当说到赵达声的时候，他显得特别严肃，但是赵达声看起来非常平静，面带微笑地看着麦满仓。

麦满仓："赵达声身上的问题很多，也很严重，主要问题他在刚才的发言中没有谈到。但是，自己没谈到，不等于身上没有。一是纵容子女利用纪委书记的影响，在当地经商办企业，其儿子赵小军、女儿赵小燕在东江创办天心集团并开展业务，违反了中央关于领导干部子女不能在当地经商办企业的规定。二是收受贿赂十万元，虽说主动上交给组织，但是其收贿的事实已经成立。三是违反规定单独与被调查人谈话。四是违反案件调查纪律，私下打听上级检察机关对周强冤案的办案情况。五是违反规定参与对亲属许兆丰案件的调查处理。对于这五个问题，不知道赵达声有什么要说的？"

余仲君咳嗽了两声，说："麦书记，我可不可以先说两句？"

麦满仓点点头。

余仲君："刚才，麦书记谈到了赵达声同志的五个方面问题，由于我平时与赵达声同志接触比较多，以前又是战友，对这五个问题略有了解，请允许我先说一下。关于赵达声同志纵容子女利用纪委书记的影响，在当地经商办企业一事。据我所知，赵小军确实在东江有一家公司，但是企业的注册地不在东江，赵达声也没有为他的企业介绍过生意、拉过业务。相反，赵达声同志在得知子女的企业有违规的现象后，立即要求改变企业的经营模式，不允许他们在东江开展业务。而儿子女儿不听，无奈之下，赵达声派工商部门查封了儿女的天心集团。后来，天心集团被大麦集团收购，变为大麦集团的子公司，而他儿女也成为大麦集团的员工，并且天心集团的业务渐渐转型为外贸公司，他们没有利用父辈的关系在当地开展业务，反而为东江的出口创汇做出了不小的贡献。"余仲君顿了顿，继续说道："关于其他四个问题，我记得上次省纪委魏长安书记带时任省纪委秘书长的吴承甫专门来调查过，对于说他收受十万元贿赂的事情，肯定是不能成立，因为他第二天发现账户里多了十万元钱之后，马上联系了建设银行的同志，及时把钱上交给了组织。单独与被调查人谈话确有其事，省纪委魏书记和我们都对他进行了批评，让他吸取教训。至于参与对亲属许兆丰案子的调查，是因为许兆丰当时抵抗组织调查，组织上在没有办法的情况下，由市纪委集体研究决定，让他参与一起做许兆丰的思想工作，目的是以亲情来感化许兆丰，以协助办案，而不是干涉调查……"

余仲君在讲这番话的时候，麦满仓的脸色很不好看，终于他忍不住打断了余仲君："不管事情结果如何，赵达声同志的违纪问题还是存在的，咱们还要作进一步的调查。余仲君同志的解释有一定的道理，但是并不能完全削减赵达声同志的错误，咱们回去以后，还要专门向省委作一次汇报，具体怎么处理，请省委定吧。赵达声同志还有没有什么说的？"

赵达声笑笑："没有了。我只有一个请求，就是希望组织上对我的问题认真核查，并从严处理。"

晚上九点半，余仲君和赵达声穿着散打服，戴着头盔，正在市体育馆的拳击擂台上拳来脚往对练着。两人你来我往，打得难解难分。练着练着，双方较上了劲，憋住气顶在了一块儿，也许两人都觉得有点累了，顶了片刻就分开了。两人背靠背坐在擂台上喘气，等平静了一会儿，赵达声先开口说话了。

"老鱼头，今天谢谢你啊，关键时候替我解了围。"

"没什么，不过这次麦副书记似乎有挺大怨气似的，揪住你不放，我估计是你在什么地方得罪他了吧？"

"是啊，我估计是两个事情得罪他了。一是他的亲侄子麦思源的事情，我们纪委先后查办了牵涉大麦集团的几个案子。二是为了周强同志延期羁押的问题，我向最高检反映了政法系统存在的问题。"

余仲君恍然大悟："我说呢，麦满仓怎么对你那么关注呢。我估计，他回去后，会向省委参你一本，看他怎么反映了，说不定还会处理你呢。"

赵达声呵呵笑了两声："老鱼头，不瞒你说，我还真不在乎上级如何处理我。会上我也说了，希望组织上认真核查我的问题，从严处理。"

余仲君嗔怪道："你啊真是茅坑里的石头又臭又硬，要我说，你上门去向麦满仓道个歉，服个软，再说说好话，事情就简简单单过去了，你跟他计较，你不是自己找不自在吗？"

"我赵达声是什么样的人，你还不知道吗？你明明知道我不会去道歉，你还说这种话。"

"那你知道自己身上的毛病，就不能改一改吗？"

"改不了啦，也不想改，就算到了阎王爷那儿，我也是这个脾气。"

"真是的，让我怎么说你呢！"

"那就啥也别说了。"

"哎，听玉兰说，小军在杭州那边搞了个有机蔬菜基地，前期十亩样板田已经搞好了，搭了十个大棚，第一批蔬菜已经下种了，过个一两个月，就可以有收成了。"

"燕儿告诉我了。说实话，听到这个消息，我一夜都没有睡。我感觉小军变了，他身上不愧流淌着咱侦察兵的血液，男儿当自强，我真希望他跳出父辈影响，能够有所作为，打出自己的一片天地来。"

"我看他行！"

这天上午一上班，省委书记殷国民把省委副书记麦满仓、省纪委书记魏长安、省委组织部部长路永良、省委巡视组组长吴承甫找了去。几个人在殷国民的办公室里坐定，殷国民皱着眉头静静地听着麦满仓汇报。

"中央三令五申，严禁领导干部配偶、子女及其配偶经商办企业，我省也出台了相应的规定，可是赵达声同志置规定于不顾，怂恿其子女赵小军、赵小燕在东江开办天心集团有限公司，尽管后来公司被大麦集团收购，名义上公司老板已不是赵小军，但实际经营情况跟以前差不多，其女儿仍然担任大麦天心公司的总经理，公司还在照常经营。赵达声身为监督执纪部门的领导干部，知纪违纪，组织上指出问题后，又整改不力，应该给予严肃处理。所以，我建议免去赵达声同志东江市委常委、纪委书记的职务。"

殷国民平静地看着大家："这里我打断一下啊，这个赵小军既然又是市委书记余仲君的养子，那余仲君也有同样的问题，麦副书记你为什么只建议免去赵达声一个人的职务呢？"

麦满仓："这个事情我认为应该这么看，余仲君虽然也是赵小军的养父，但是赵达声是分管监督执纪工作的领导干部，在遵纪守法方面应该比一般领导干部要求更高，所以对这件事情，应该重点处理赵达声同志。当然，对余仲君同志也要给予批评教育。"

殷国民："嗯。大家都说说吧。"

魏长安："我不同意麦副书记的建议，麦副书记刚才说的赵达声的问题，我前面已经向各位领导解释过了，基本都不成立。反而可以看出，赵达声同志在处理家庭与纪律的矛盾时，是把纪律放在更加重要的位置的，在当前社会关系复杂、就业矛盾突出、反腐败斗争形势复杂严峻的时候，能够保持清醒的头脑、保持共产党员的本色，是需要一定的定力的。在这方面，我觉得赵达声同志是合格的。"

吴承甫："赵达声同志的问题，我上次跟着魏长安同志专门去东江市了解过，我的感受和魏长安同志一样，我觉得赵达声同志是我省纪检监察战线一名优秀的纪委书记，反腐败斗争需要他，尽管他的身上确实有一些小问题，但是他对党忠诚、干净干事、勇于担当的品格是十分突出的，我同意魏长安同志的评价。"

殷国民："老路，你有什么意见？"

路永良："我刚才听了三位领导的陈述，感觉麦副书记了解到的情况可能也是存在的，无风不起浪嘛。不过因为账上多了十万元钱就直接认定是受贿可能有点勉强。作为市一级纪委书记，他无暇顾及给他账户汇钱的人是谁，随后将钱直接上交给了组织，这是明智的。至于，调整赵达声同志的岗位，我觉得应该慎重吧，毕竟赵达声同志当纪委书记还是相当称职的。"

麦满仓越听脸色越难看。

殷国民："嗯，老麦，你看你还有什么意见？"

麦满仓轻咳两声："这个，也许是我的调查还不够深入，也可能偏听偏信了某些人的话，结论下得过早，但是，我还是保留进一步对赵达声调查的意见。我相信，调查得越深入情况就会越明了。好吧，我就这个意思。"

殷国民："情况大家凑一凑、讲一讲就明白了。所以，有时候我们下结论的时候，不能光凭自己单方面得来的信息，还应该多了解了解其他人得到的信息，综合起来考虑，就不会出现偏差。我个人感觉，赵达声同志这个纪委书记还是合格的，甚至可以说是优秀的，他的存在肯定会让很多腐败分子不舒服，甚至让他们如坐针毡，他们就会想方设法把他搞掉，因而我们就会收到很多不利于他的负面信息。这种情况跟两军对垒时的反间计是一个道理，我们千万不能被表面现象所迷惑啊！一个让腐败分子胆战心惊的纪委书记，我们就要支持他，让他放开手脚干，为我党打赢反腐败斗争这场世纪战役增添筹码。那大家看看，还有什么问题？"

众人摇头。

殷国民："那大家忙去吧，散会！"

周末，麦满仓冒雨回到东江探望老母，余仲君、麦思源跟着一同前去探望。傍晚，麦满仓的黑色红旗轿车驶进了思源谷。车停在甬道上，麦思源和司机打着雨伞下车，分别给麦满仓和余仲君挡雨，几人一同朝着贵宾包厢走去。进了包厢，依次坐定，看到桌上已经摆好了六个东江特色冷菜。一名服务生正在为他们斟酒，然后在旁侍候。

麦满仓举起面前的半杯白酒："仲君啊，每次看到老母亲，我心里就觉得对不起她。虽然说我也谋了个一官半职，但是母亲却没有因此享什么福，让她去城里住吧，她说住不惯，不愿去。住乡下吧，我又有些不放心，这些年多亏你们地方政府的领导经常去看看她、关心她，我代表我母亲敬你一杯，感谢你们的关心！"

余仲君忙道："哪里，应该的，应该的。"

麦满仓又问："上回我来市里参加的民主生活会，你怎么一味给赵达声开脱，搞得我都没有办法，只能苦苦撑着，很被动。"

"麦书记，不好意思，我那时都糊涂了。不过，主要还是我与他是曾经的生死战友，我们一起流过血、流过汗，不希望他出什么问题。那天您列举了五个方面的问题，事实上他确实也没有达到严重违纪的程度。就是那个单独与被调查人谈话和子女经商办企业的事情，还算是违反规定。但都不是什么大问题，子女经商这块，后来经过麦总的大麦集团收购和转型，也没有大问题了。我只是给他澄清一下，没有帮谁不帮谁的问题。"

"我知道你和他是生死战友，互相救过对方的命，你又是他儿子的养父，彼此了解，感情很深。但是，仲君啊，你想想，他这么搞法对我们有什么好处，对你这个市委书记又有什么好处？只会搞得人心不稳，经济不活，长远看或许有些好处，但是，你我难道真能干一辈子？到时候谁都得退。等到那时候，你不还是开门七件事样样都要操心的老百姓啊。所以，咱们还是得早点想想后路。考虑考虑退下来以后，是否还能过上相对体面的生活，无愧于自己，无愧于家庭，无愧于大半生的奋斗。"

余仲君看着酒杯中的酒，没有说话，陷入思考中。

麦思源也说道："赵达声这个人脑筋非常死板，自从他当了东江纪委书记以后，我麦思源就没有过过舒坦日子，直接影响了公司的发展。从大的来讲，其实也影响了整个东江的经济发展，是要给他挪挪位置。"

麦满仓："接下来，我想给你争取弄一个中管后备干部人选，将来有机会的时候弄个中管干部干干。我呢下一步可能到政协过渡一下，然后就完全退休了。所以，趁着在台上还有那么几年，咱们多想想自己的后路，多做些铺垫，到时候总得弄个颐养天年吧！"

麦思源："是啊，余书记，您应该多为小成贤考虑考虑啊！"

余仲君点点头："麦书记，您是我的老领导了，没有您的提携就没有我余仲君的今天，我听您的，您怎么说，我就怎么干。"

麦满仓举杯与余仲君的杯子碰了一下，说："仲君啊，咱们的关系非比寻常，一定要随时沟通。思源在这里，就是咱们的一个补给站，他做得越大，对咱们越有好处，所以他的事儿，就是我们自己的事儿，能关照的时候，应该不遗余力地关照。你说对不对？"

余仲君看看麦思源："对，对，思源是自己人，我一直都把思源当自己人看待。"

麦思源赶紧向余仲君敬酒："谢谢余书记！"

余仲君端起酒杯跟麦思源碰了一下，两人一饮而尽。

麦满仓："不过，有一点，思源你要抓紧时间办一下，把大麦集团的法定代表人改为其他人，你就任个副总就可以了，其他不变。"

麦思源："那人家不听我的怎么办？"

麦满仓："你还是老板，只不过所有备案的地方变更掉，他们能不听你的吗？这样更有利于做大做强，有时候我们反而更好说话。"

余仲君也表示同意。

麦思源："那我抓紧时间去办一下。"

雨后放晴，镜湖综合体项目建筑工地上，工人们纷纷走向各自的工作岗位。工程已进入打地基阶段。六名工人分别在六个部位深入到地下四五米的位置挖掘基坑，每个基坑大约深五米、直径一米，工程进度挺快。正当工人在基坑内埋头掘土作业的时候，突然，传来闷闷的"隆隆"声。工友们发现，其中相邻的两个基坑相继塌方，深井塌成了一个大窟窿，两名工人连叫都没来得及叫，就被埋在四米多深的坑里！上面的工人大叫起来："塌方了！塌方了！快救人啊！"

十多名工人赶紧聚拢过来，四名工人在腰上系上保险绳，分别进入两个塌方的井里掘挖泥石块。由于洞径狭窄，一次只能下去两个人。工人们拼命挖土，工地负责人、施工员赶紧四处打电话，一会儿，消防队员来了，他们与工人轮流挖土。时间一分一秒过去，工人加快挖掘，外面的人急得团团转。

此时，麦思源和总经理高翔在办公室里接待五名广东来的客户，麦思源正在向客户介绍大麦印染的先进工艺。

这时，孟大海敲门匆匆进来，在麦思源的耳边低语了几句。麦思源的脸色一变，然后对客户说："噢，对不起，我有点急事，失陪一下。接下来，由高总向大家继续介绍情况。"

然后，麦思源随孟大海一起离开了办公室。

工地上，工人们和消防队员还在紧张地对掩埋人员进行施救，基坑的洞中不断有土石运上地面来。忽然有人叫起来："看，头！头！"

麦思源和孟大海匆匆赶到了工地，大麦建筑的唐东明经理在现场指挥抢救。随着叫声，麦思源往洞口望去，看到基坑洞中，被掩埋人员的头已经露了出来，但他已经昏迷了过去。接着，另一个基坑洞中也传来找到人的叫声。

麦思源喊："小心点，不要硬搬他的身体，先清理一下他的口鼻。"

不一会儿，两名被掩埋的工人都被抬出了洞口。四名医护人员也赶到了现场，他们拉开架式准备对伤者进行抢救。两名伤者先后有了心跳和呼吸，工人们帮着医护人员把他们抬到救护车上，车子响起笛声飞快地开走了。望着救护车离去，麦思源终于松了一口气，他把孟大海和唐东明招呼到跟前："东明，你赶快通知工地各小组，今天的事情，大家务必做好保密工作，任何人不得向外界透露半点信息。如有违反者，即刻开除，并扣发工资和奖金。"

救护车上，两名恢复神智的工人还非常虚弱，他们的脸上都带着氧气罩。两名医护人员坐在伤者的旁边，耐心地看护着他们。其中一名坐得远一些的救护人员，摸出手机看了看，顺手将一张照片和一条信息发到了自己的微博上。没过一会儿，车到市第一人民医院。伤者被送往抢救室。

麦思源回到自己办公室，立即给余仲君打电话。"噢，余书记，是我。咱们镜湖综合体建筑工地出事儿了……"

余仲君听到麦思源的电话，鼻子尖上一下子有汗珠子冒了上来。他搁下电话，随即拨了一个号码，要求你利用有关渠道，妥善处理好网上舆论，积极引导，避免恶性炒作并且通知各家媒体，淡化这一新闻，不要在媒体上刊登任何有关此次情况的消息。

孟大海和唐东明等公司人员焦急地等在医院抢救室外，他们边等边安抚受伤工人的家属。两位伤者的妻子都是工地上的小工，她们坐在抢救室外的长条椅上，目光焦急地看着抢救室的门。此时，从走廊的电梯口匆匆走来五六个人，其中一个小伙子还扛着摄像机，一个女记者手里拿着一个采访话筒。他们来到抢救室门口一下子把孟大海、唐东明和伤者家属围住了。

女记者："请问，你们谁是镜湖综合体建设工地负责人？"

唐东明："我是大麦建筑的唐东明，今天的事情只是个意外，两名工人都在抢救，没有大碍，没有大碍。哎，你先不要拍，不要拍好不好？"

女记者："唐总，您好！您能告诉我们当时工地发生了什么情况吗？"

唐东明："当时，工人在基坑洞中作业，上面的土层由于这段时间下雨松软，滑落下来，压住了作业工人。由于我们抢救及时，目前两名工人都无大碍。"

女记者："唐总，您的意思是基坑发生了坍塌，埋住了两名作业工人？"

唐东明："算不上坍塌，算不上坍塌，只是泥土滑落。"

一名男记者看到两名家属哭得和泪人似的，便上前询问。

男记者："两位大姐，在里面抢救的是你们什么人？"

一家属道："是我们的丈夫。"

男记者："他们是怎么受伤的？"

一家属道："当时他们在地基基坑洞中作业，也不知道怎么回事，上头的泥土忽然就坍塌了下来，一下子把他们埋住了，太吓人了，整个人都看不到了。我当时腿都软掉了，有人拼命地喊'救人'，可是埋得太深了，一时半会儿挖不出来。后来，终于把人挖上来了，可是他们人已经昏过去了，经过抢救，总算缓过来一口气，但是，到底能不能活过来，不知道啊！"

大家看这位家属在那里哭诉，便都围住了她。大家你一言我一语地发问。孟大海一看场面有些控制不住，便跑到一边赶紧给麦思源打电话。

孟大海："喂，麦总，情况不好，新闻媒体的记者全都到医院采访来了，挡不住啊，他们是正常的采访，怎么拒绝。封他们的口？怎么封法？嗯，嗯，知道了，那让蓝洁马上过来吧。好，我先稳住他们。"

孟大海挂上电话走到公司随行人员面前："你先去街上买点饮料过来，多买一点，快点。"

看着记者们刨根问底式的采访，孟大海急得团团转。他又拨通了蓝洁的电话："喂，你到哪里了？快点儿，快点儿。"

这时，蓝洁拎着手提袋匆匆进来。孟大海看到蓝洁，像看到救星一样，忙问："蓝洁，怎么才来，钱拿来了吗？"

"拿来了。"

过了一会儿，记者们采访结束了。孟大海、蓝洁和公司随行赶紧给他们送上饮料。

孟大海："各位记者，辛苦了，辛苦了！先喝口水解解渴吧！"

蓝洁也在一旁附和。

记者们接过饮料，向孟大海他们连连道谢。

此时，抢救室的门开了，一名医生出现在门口。

医生道："伤者赵乐因为掩埋时间过长，心肺功能衰竭，经抢救无效死亡。伤者王大柱伤情严重，马上转重症监护室实行重点护理。"

医生话音刚落，楼道里马上响起了撕心裂肺的哭声。蓝洁上去扶住死者家属的胳膊，小心安慰着。唐东明赶紧从蓝洁的手提袋里拿出几个信封，塞到几个记者的手里。

"不好意思，一点车马费，车马费！"

记者们十分警觉，当场推辞。唐东明尴尬地站在原地，手拿着信封不知所措。

25

　　这天上午，赵达声把宋天意叫到办公室里，宋天意以为叫他领受新任务，兴致勃勃地来了，一屁股坐在赵达声的面前。

　　"天意，这两天你上网看新闻了吗？"

　　"看了。"

　　"有没有发现问题？"

　　"没有发现。"

　　"没有发现？你的嗅觉真是太不敏感了。镜湖综合体项目出事儿了！"

　　"噢，这个我看到了，在什么南方都市网上，这么一条小消息。"宋天意用手指比画了一下，我当时是留意了一下。后来我查了当地的媒体，都找不到这方面的消息，也就没在意。"

　　"镜湖综合体项目招投标是你去监督的，当时你有没有发现什么问题？"

　　"没有啊，一切正常进行。但就是有一点，之前觉得大麦建筑刚刚取得一级建筑企业资质，不太可能成功竞得这次招投标的，可结果他们却偏偏成功了。我当时也觉得奇怪，但是也没有发现有什么违规的地方。"

　　"违规是肯定的，只是他们做得比较隐蔽，违规人员隐藏得比较深罢了。天意，这个招投标事关重大，不能一而再再而三地出事情，你得把隐藏在后面的违纪问题给我摸清楚，绝不让不法分子钻了空子。"

宋天意领命："是。"

晚上，余仲君在办公室和市招投标办公室主任瞿扬说话，市纪委副书记李大可作陪。

"瞿主任，最近工作可忙啊？"

"还好，现在中央严禁建设楼堂馆所之后，工程项目明显减少，招投标工作比起以前，大项目少了不少，但是因为要求招投标的金额降低了，很多小项目都必须经过招投标才能实施，所以总量上还是有所增加的。"

"瞿主任辛苦了！你的工作我们是看在眼里的，心里也还是有数的。应该说，这段时间以来，你的工作能力和领导水平我们还是认可的，看来我没有选错人啊。"

"衷心感谢余书记的栽培，余书记有用得到我的地方，我必当全力以赴，万死不辞。"

"瞿主任言重了，言重了。不过，既然你把自己当作我的人，那我也就有啥说啥了。"

"余书记，您尽管吩咐，我做得不对的地方，您多批评，多包涵！"

"你做得很好，没有什么不妥的。只是，现在有一个事情，你得把握一下才好。"

"有什么需要我效劳的，余书记您尽管吩咐。"

"是这样的，上回那个镜湖综合体建设项目的事情，现在出了点小事情。他们在施工中死了个人。下一步，有可能纪委、检察机关会向你了解情况，你就照直说，懂吗？"

"这个我懂，我就说一切都按招投标规矩办的，没有接到过领导的招呼，跟任何人都没有关系。到时，我再跟赖教授沟通一下，让他也按这个意思说。"

"瞿主任不愧是聪明人。"

一直在旁边听两人说话的李大可忽然插话："瞿主任，人在官场，最关键是一个'稳'字。你再风光、再高高在上，你屁股坐不稳，短命皇帝，那也不是本事。最有能耐的是你为官期间不被纪委查，没有污点、没有把柄落在别人手里，那才是本事。反过来说，纪委如真想查你，你能够经得起查，不怕查，那才是真正的为官之道。"

瞿扬频频点头："李书记说得对，瞿某受益匪浅、受益匪浅。"

上午，宋天意带着柳公权打车来到市建筑设计院，他们在门口下车，向保安亮了一下工作证就直接进入了办公楼。宋天意在赖教授办公室的门上敲了几下，听到里面传来"请进"的声音，他们才推开办公室的门，满面笑容地走了进去。

赖教授赶紧起身给宋天意和柳公权倒水："真不好意思，宋主任，本来应该到您那里去汇报的，怎奈任务实在太紧，抽不开身来。"

"一样的，一样的。"

"宋主任亲自上门，不知道有什么指教？"

"指教谈不上，就是有两个问题想向您讨教一下。"

"宋主任客气，有什么问题您尽管问吧。"

"主要想了解一下，镜湖综合体项目招投标的情况。"

赖教授脸色微微一变，宋天意和柳公权看在眼里。

赖教授："镜湖综合体项目啊，知道知道，宋主任不知想问什么问题？"

宋天意："我就是想知道，当时大麦建筑在刚刚取得一级建筑资质、建造经验相对缺乏、没有优势的情况下，是如何竞标成功的。您是评标组的组长，我们想听听您当时的想法。"

赖教授反问："噢，综合体项目出什么事了吗？"

宋天意："没有，没有，例行复查。最近，上面有要求，所有标的超过五千万元的工程必须要复查。"

赖教授："噢。当时参加竞标的八家单位，资质都是过硬的，虽然大麦建筑资质最浅，但也是符合要求的。虽然是刚刚取得一级建筑资格，可他们的设计确实体现出了过人之处，这与他们外聘了美术学院的世界知名建筑设计师参与设计有关，特别是在细节的设计上，既充满了中国传统元素，又体现了现代意识。最关键的一点，他们的报价还不贵，在所有竞标单位中排在中上位置。所以他们的竞标自然就取得了大家的认可。我们九个评委，好像只有两名评委投了否决票，其他都是赞成票，他们是此次招投标活动中得票最高的。基本情况就是这样，宋主任方便的时候，可以去招投标中心核查一下，那里都有留档。"

宋天意："噢，那这次招投标活动，自始至终，有没有什么领导给你们打招呼，要求评给哪一家建筑公司的情况？"

赖教授肯定地说："没有，肯定没有！我当评标组组长七八年了，从来都没有过，即使有，那也是必须坚持标准坚持原则的，这根弦我的脑子里还是有的。要不然，我评标组组长的位子也不可能坐那么长时间，您说对不？"

宋天意："对，对，对。那个小柳，你看还有什么问题需要向赖教授请教的？"

柳公权："没有了。"

柳公权在赖教授说这番话的时候一直盯着他的眼睛，发现赖教授虽然对答如流，但是他的目光始终有些飘忽不定。

宋天意和柳公权回到单位，两人在办公室里还在讨论刚才与赖教授见面的过程。

"宋主任，我看这个赖教授肯定有问题。一看就是个老狐狸，加上他说话时眼神飘忽不定，心里肯定有鬼。"

"这个事情，当时也怪我，招投标时就应该仔细又仔细，没想到还是让他们钻了空子。但是，这个空子到底钻在哪儿，我心里怎么一点儿数都没有，真是奇了怪了。"

"也许当时只关注了程序上的问题，忽略了对幕后可能出现情况的监控。不过，这也确实很难。他们要是做非法的勾当，也不可能当着我们纪委干部的面，你说是不是？"

"咱们还是再去问问招投标办公室瞿扬主任吧？"

柳公权："我估计去也是白去，因为他即使有问题，也不可能主动向您承认的。"

"小柳，那你的意思是……"

"我们不如去走访走访那两名投反对票的评标组成员，看看他们到底怎么说。"

"有道理，这两个人我知道，我联系一下，下午一上班就过去。"

午后，市政府门口广场上，骄阳似火，热浪滚滚，宋天意和柳公权从市政府大院里出来，看到大街上车辆很少，他们站在树荫下稍等了一会儿，身上早已大汗淋漓。好不容易等来了一辆出租车，柳公权赶紧拦了下来。两人上车，柳公权让宋天意坐在后座，宋天意一坐上车，就直喊"好凉快，好凉快"。

宋天意："去人防工程设计院，江成路23号。哎呀，这天气，真要把人烤熟了！"

柳公权："就是啊，再烤下去就成烤鸭了。"

司机："两位领导这么热的天还外出公干，真是为人民服务啊！"

宋天意："你怎么知道我们外出公干呢？"

司机："看您这位领导说的，我再怎么眼拙，你们干部的样子我还是认得出来的。但是，你们的官不大，要不然，你们就坐专车了！"

宋天意："哟，你这位师傅眼力不错啊！"

司机："那当然，咱干出租少说也有十多年了，这点眼光还是有的。"

宋天意："佩服，佩服。"

司机："这有啥可佩服的，您要是也干这么长时间，您眼力肯定比我还好！"

宋天意："为什么？"

司机："因为您聪明啊，您比咱们这些人聪明啊！"

宋天意："这位师傅，你真会说话！"

出租车到了市人防工程设计院门口，宋天意付了车费和柳公权从出租车上下来。猛然又踏进烤箱一样的热浪里，宋天意一下子站在那里没有动，扶着自己的头慢慢挪动脚步。柳公权走了几步回头看到宋天意走路有些摇晃，便朝宋天意走过去。

"宋主任，你怎么啦？哎，哎，宋主任……"

只见宋天意的身子又摇晃了几下，便一头栽倒在了地上。

柳公权一下子慌了神，赶忙把宋天意扶住，然后掏出手机拨通了急救电话。

宋天意靠着柳公权，脸上大汗淋漓，喘着粗气，一只手按着胃部，非常痛苦的样子。

"宋主任，你怎么样，要不要紧？"

"没事儿，小柳，你扶我到设计院门厅休息一下。"

"哎，好的。来，慢点，慢点。"

两人刚站起来，一辆120救护车就拉着笛声呼啸而来，柳公权赶紧朝车子挥手，车子驶过来停到了他们面前。两名救护医生从车后门下来，跑过来扶住宋天意，三人一起把宋天意扶到了救护车上。医生关上车门，车子拉起笛声，朝着市一医院方向疾驶而去。

过了一会儿，赵达声、周强、李大可和已任住建局局长的欧阳春等领导、纪委的部分同志赶到了市一医院，大家焦急地等在抢救室门外。

赵达声："都怪我啊，其实我早就知道天意的胃不好的，可就是没有下决心让他休一个完整的假。一听他说'老毛病，没事儿'，我就不当回事儿了。其实他的胃病早已经很厉害了。"

周强："是的，天意他从来都不愿意说自己有困难，他总是默默地自己承受，从来不向他人说过一句抱怨的话。"

孙海："我和天意私下沟通比较多，他说他就是喜欢纪检工作，喜欢做一名公平公正、两袖清风的纪检人。"

这时，宋天意的妻子和女儿都来到了抢救室外。赵达声迎上去，握住他妻子宋萍的手："小宋，对不起啊，我们组织上没有照顾好天意，才使他的病拖得这么重。我们有责任！"

宋萍和女儿哭得说不出话来。这时，一名年轻医生打开了抢救室的门，朝着门外叫喊："宋天意家属在吗？宋天意家属在吗？"

宋萍跑上前去："在，在。"

"你进来吧。"

赵达声上前："医生，我是宋天意的领导，我可不可以一起听听？"

"好的，一块儿来吧。"

说完，医生把宋萍和赵达声带进了抢救室。

赵达声和宋萍跟着医生来到抢救室内，里面一位来自上海大医院的年长微胖的医生，戴着口罩、手术帽、身穿湖蓝色大褂站在那里正等着他们。看到赵达声和宋萍，他摘下了半边口罩。

胖医生："你们是宋天意的家属？"

赵达声："噢，我是宋天意的领导，这位是他的爱人。"

胖医生："我跟你们说，你们作为家属和领导，对病人太不负责任了，他已经病成这样，怎么还在一线工作岗位？你们这是什么行为，我看等同于谋杀！"

赵达声："医生，我是领导，我有责任，没有让他好好休息，才酿成了大病！"

胖医生："你们这些领导都这个德性，为了自己的乌纱帽，根本不顾部下的死活，他已经胃癌晚期，现在连个手术都不能动了，你这不是要拖死他吗！"

宋萍一听，放声大哭起来。

胖医生："你现在哭有什么用，你不要怪我说话直啊，你爱人病成这样，现在搞得我们医生也无能为力，这对你有什么好处。"

赵达声："医生，那现在还有什么好的办法吗？"

胖医生："现在还能有什么办法？手术不能动，只能放化疗，但是这个副作用很大。他这么弱的身体，吃不吃得消还很难说。这样吧，先进行检查，三天后开始化疗，看看效果再说。"

赵达声："好的，好的。谢谢医生！"

宋萍一直在哭，望着胖医生终于憋出一句话："医生，难道没有其他办法了吗？"

胖医生："如果早几年看的话，那办法还是多的，现在除了放化疗真的没有其他办法了。"

宋萍又哭了起来。

医生已把宋天意转到了肿瘤科病房，赵达声一行也都前往病房看望宋天意。宋天意靠在病床上，看着大家，满不在乎地朝大家笑。看到妻子宋萍眼泪汪汪的，女儿也瘪着嘴巴，将哭未哭的样子，宋天意有些无奈。

宋天意："哎，我说小萍你哭个啥啊，那么多领导在呢！我还没死呢！真是的！不好意思啊，她就这样，碰到个事儿，就喜欢哭。"

赵达声："天意，听医生的话，好好治病，有什么要求，你就对我说，我来协调。"

宋天意："赵书记，我没有要求，我只想早点出院，早点回到工作岗位上，和战友们在一起，我离不开他们。"

周强："天意，我们知道你热爱这份工作，但是，身体是革命的本钱，先看好病再说，身体好了，才能更好地为党工作。"

欧阳春："是啊，天意，纪检事业需要你，战友们需要你，家人朋友需要你，你要听医生的话，好好看病，争取早点好起来，咱们期待着与你再次并肩战斗。"

宋天意笑笑："没问题，我身体棒着呢，就是有点胃病，那不是老毛病了嘛。男人在外闯荡，谁没有胃病？吃两颗药压一压不就好了，没什么大不了的。"

赵达声："天意，不管你的感觉怎么样，咱们听医生的话，好吗？医生让咱们住院咱们就住院，让咱们吃药咱们就吃药，身体好起来，咱们才能更好地工作。"

宋天意："没问题。我就听他们一回。"

赵达声对宋天意的妻子宋萍说："小宋，别担心，医院这边我已经关照过了，他们肯定会用最好的医疗条件给天意治病，回头咱们再请更权威的专家诊断一下，确保不误诊、不耽误。"

宋萍："谢谢赵书记，谢谢！"

这天，孙海和柳公权来到市人防工程设计院，找到了市招投标评估小组成员梁立工程师，他们在会议室里谈话。

孙海："梁工程师，听说在镜湖综合体建设项目评标中，你是其中一个投反对票的人员，你为什么对大麦建筑的方案投了反对票？"

　　梁立："我这人有个毛病，虽然学识不够，能力不强，但是自恃有那么一点点的骨气，有人说这就是所谓的小知识分子的臭毛病。在我的眼里，只有一条标准，那就是科学。任何不符合科学的所谓权威、权贵、金钱，以及种种种种，都不能撼动我的主张，即便剥夺我的生命，我的意志也绝不动摇。这也是我自以为值得称道的一点点闪光的地方。"

　　孙海："梁工程师的处世为人，孙某非常敬佩。所以，我们这次来，只想听你一句话，得到一个真相，希望梁工程师能够如实相告。"

　　梁立："没问题，有什么问题，你们尽管问，只要我知道的，我一定如实相告。"

　　孙海："镜湖综合体建设项目招投标过程中，有什么违反制度规定的地方吗？"

　　梁立："明显违反制度规定的地方肯定没有，你们纪委也全程监控，从表面上看，一切都是符合规矩的。但是，有一个你们纪委没有掌握的情况，就是在招投标开始前一天，市招投标办公室主任瞿扬召集评标小组成员开了一个碰头会，向大家传达了市里领导的意见，要求我们以大局为重，让大麦建筑公司中标，因为大麦集团是东江的纳税大户，老板又是省里什么领导的亲戚，反正我听得不太清楚。我刚才说的，我这人就是不爱搭这种茬，该怎么样就怎么样。越是有人以领导名义想要左右公正性的，我就越不买账。"

　　孙海："市里哪个领导的指示？"

　　梁立："余仲君书记啊！瞿扬把意思一说，设计院的赖教授趁势附和，评委们自然就心领神会，后来一投票，大麦建筑果然高票中标。"

　　孙海："你是说，是余仲君书记亲自打的招呼？"

　　梁立："瞿扬的话里就有这个意思。不过，也有可能是瞿扬'假传圣旨'。"

　　孙海："嗯，有道理。那就这样吧，如果下一步我们想到什么问题，到时再来麻烦你！"

梁立："没问题，我随时恭候！"

回来后，孙海和柳公权还在研究调查结果。

孙海："你说赖教授不承认有领导打招呼一说，而梁立却认定余仲君打过招呼，这两个人肯定有一个人在撒谎。你说谁在撒谎？"

柳公权："那还用说嘛，当然是赖教授在撒谎。我看梁立还是有点知识分子的骨气的，如今这样的人已经不多了。"

孙海："但是单凭梁立一个人的说辞也不能完全确认余仲君确实打过招呼，而且真的可能存在瞿扬假传圣旨的情况。"

柳公权："是啊，这情况有点儿复杂。"

孙海："咱们再去问问另一位投反对票的评标组成员。"

柳公权："嗯，城建局的商副处长。"

早上，市一医院肿瘤科病房的窗前刚刚露出一片微白，宋天意躺在病床上翻来覆去折腾着，似乎在考虑着重大问题。天稍放亮，他就从病床上起来，伸展伸展胳膊，转转脖子，扭扭腰，然后走到阳台上，眺望着城市风景，长长地叹了一口气。

过了一会儿，护工送来饭菜，宋天意只吃了一半，便把饭菜推在一边。他手捂着胃部，脸上露出痛苦的表情，但片刻，又恢复了正常。吃过饭，宋天意感觉有些无聊，看了看手机，又走到阳台上看看，一会儿又折回房间，看起来有些心烦意乱的样子。好不容易挨到医生查房，宋天意像看到救星一样，朝值班的潘医生和护士讨好地笑。

潘医生给宋天意初步看了看，开了一大堆检查的单子，然后对护士说："先挂两天水，头孢抗生素，等检查结果全部出来，再进行下一步的治疗。"

说完，潘医生、护士转身朝外面走。宋天意有些急了，叫住了医生、护士。

"医生，医生，不好意思，我有个请求能不能向您说？"

"什么请求？"

宋天意看看医生胸前的牌子："噢，潘医生，这样的，您看我现在没什么不舒服的，一会儿检查完了，我可不可以先回去上班，等检查结果全部出来，正式治疗的时候我再过来？"

"你这是在说胡话，还是跟我开玩笑呢？"

潘医生没理宋天意，顾自朝外面走去。宋天意赶紧上去把潘医生拦住了。

"潘医生，潘医生，您考虑考虑，我可是纪委干部，您得对我特殊关照。"

"什么纪委干部不纪委干部，在我眼里只有病人，你就是中央领导，成了我的病人，我照样按正常看病，别想什么歪点子。"

"知道，知道，我知道您潘医生公正廉明，铁面无私，贫贱无欺，但是，我有很多公事要办，咱也是为了工作不是？"

"工作重要还是命重要？你别胡搅蛮缠了，赶紧休息，一会儿先去检查吧。"

"行，行，那您先去忙，一会儿我去您办公室，咱们再商量。"

"行，你一会儿过来吧。"

接着，宋天意到医院化验科抽血，然后去影像室做透视和 CT 检查，整整忙了一上午。午饭前，宋天意来到住院部医生办公室。看到潘医生正好坐在办公桌前，正在为一个病人打印出院小结。他的前面围了几个病人家属，大家你一言一语地提着问题。

宋天意走过去，站在病人家属的后面，等着潘医生忙完。过了好一会儿，病人家属都走开了，宋天意赶紧站到潘医生跟前。

"潘医生，您好！"

潘医生朝他看看："你有什么事儿？"

"潘医生，早上您查房的时候我找过您的，我的意思……"

"你不要说了，那是不可能的。"

"潘医生，不是的，我的意思是……"

"不管你什么原因，凭你目前的身体状况，想要出去工作，那是痴人说梦，不可能的事情，你不要说了。"

"我是有特殊情况的。"

"什么特殊情况，就因为你是纪委干部？告诉你，中央领导都不行，除非现在医院马上撤换我，否则，在我这儿，不可能！"

"哎，你这医生怎么这么难说话，我话都没说完，你就不可能、不可能，难道你名字就叫不可能啊！"

潘医生笑笑："宋天意，纪委干部是吗？告诉你，不可能！不可能，就是不可能！"

宋天意听到这儿，脸色一变，忽然"啪"的一掌重重地拍在桌子上，把潘医生和办公室里的其他医生吓了一跳。

潘医生露出惊恐的神色："你干吗？想打人！"

"我不打你，我就是想让你听我把话说完，好不好？"

"那你说。"

"我知道我的病已经到了晚期，而且回天乏术，如果按照你们的治疗方案，我剩下的日子可能只能在病床上度过了。所以，我不想接受放化疗，我不想把剩下的时间都耽误在病床上，我想有体面和尊严地活着，因为我有工作、我有老婆孩子、我有还没有完成的心愿。我想在这最后的日子里，让手头的事情都有一个相对圆满的交代。我想心无挂念地离开，也不枉来人世间一遭。我就这么点要求，让我有尊严地过完最后的日子，好吗？潘医生！"

潘医生默默地听着，没有一下子接宋天意的茬。过了一会儿，他点了点头："宋天意，你讲的话、你讲的每一个字我都记住了，你是我当医生以来最特别的一个病人，一个纪委干部，我记住你了。但是，这个治疗方案不是我一个人能够决定的，究竟怎么治疗我还得上报医院专家组研究后才能决定，况且你是我们医院领导特别关照过的，轻易改变治疗方案，恐怕没有那么简单，这个你要有心理准备。我这边会向专家组积极反映你的想法，在减轻你病痛的情况下，会尽量满足你的要求。你等通知吧！"

"谢谢潘医生！那我先回去了。"

说完，宋天意转身离开。

边上的医生聚到潘医生桌前，议论纷纷：

"这是什么人？他这不是想放弃治疗吗？"

"听说是市纪委的干部，真不简单！"

"这种人真少见！"

第二天上午，刘院长带着肿瘤科林主任亲自到赵达声办公室汇报宋天意的治疗情况。周强也在场。

赵达声："简直瞎胡闹！有病不看，逞什么英雄！还上班，我市纪委不差他一个。告诉他，我不同意他的想法，这让人家怎么看我们纪委，我们就这么照顾生病的战友，不行，不行，绝对不行！"

刘院长："我们也跟他讲了道理，可是他态度很坚决，还冲我们主治医生发火了。按道理我们应该尊重病人的意见，但是这可是性命攸关的大事，所以我们必须来征求单位领导和家属的意见。"

赵达声："医院专家组什么意见？"

刘院长："我们肯定倾向于按照常规的放化疗治疗，但是也尽量考虑尊重病人的意愿。因为这个病非常凶险，就算手术也没有百分之百的把握，而放化疗对身体的伤害，注定了他剩下的日子会非常痛苦，可能就此躺倒在病床上，直到生命结束。如果放弃放化疗，采取更为保守的姑息疗法，可能暂时他还不会一下子栽倒在病床上，还能保持一段时间过正常人的生活，在生活质量上，肯定是后者更高一些，但是结果很难说。"

赵达声站起来，在办公室里踱着步，一会儿他停下脚步："周局，你什么意见？"

周强："站在组织的角度我也拿不定主意，但是换位思考，如果换成是我患了这个病，我可能也会和天意一样的想法。人都有一死，怎么样死得体面、死得有尊严，这确实是一个问题。所以，我赞成天意的想法，尊重他的选择。"

林主任："这个病后期很痛苦，如果选择放弃放化疗，我们医院就把功夫下在如何减轻病人的痛苦上。"

赵达声："宋天意啊宋天意，你小子给我出了个难题。我的意见是，我们再送天意到上海大医院去看一次，再看看他们的诊断。再一个就是，必须充分尊重家属的意见，如果他的家属执意不同意，我们不能遂天意的愿，该怎么治疗还怎么治疗。你们看行吗？"

刘院长："好的，我们听赵书记的。"

赵达声："周局，你把手头工作理一理，马上带天意去上海，有什么情况随时向我报告。"

周强："是。"

下班后，赵达声又处理了几件事情后才离开办公楼大院，他骑上自行车匆匆朝余仲君家里赶。余仲君早已回家了，许盈和赵小燕也在。

赵小燕："爸，你怎么才来？就等你了！"

赵达声："老鱼头，今天什么情况，你难得这么早下班啊。"

余仲君从沙发上站起来："来，来，来，先坐下来吃饭，咱们边吃边聊。"

几人一起到餐桌前坐定。

王玉兰把许盈拖过来，让她坐在赵达声身边，许盈的表情有些不自然，不愿瞧赵达声。赵小燕坐在赵达声的另一边。

赵达声："怎么都不说话？这到底啥情况？"

余仲君笑笑，拿起筷子，给赵达声夹了一块萝卜："你先吃吃看，吃了再说。"

赵达声："不就萝卜嘛！"

赵达声夹起萝卜放进嘴里，仔细品尝了一下，说："嗯，好吃！这什么萝卜，这么好吃？"

王玉兰再指着茄子和其他蔬菜："你再吃吃这个，吃吃这个。"

赵达声一一夹起来放进嘴里，连说"好吃，好吃"。

赵达声："这菜怎么特别好吃，有点咱们部队菜地蔬菜的味道，老鱼头，你说是不是？"

余仲君："没错，你的味觉很灵敏。"

王玉兰："这是小军的天心农庄种的蔬菜，怎么样，好不好吃？"

赵达声笑了："这兔崽子，这兔崽子……不错，老鱼头，不错啊。我知道兔崽子行的，有点咱们侦察兵的精气神啊！"

余仲君："那是，咱们培养的孩子，哪能差啊。"

赵达声："看来，咱们得抽时间再去看看他，给他鼓鼓劲，看他有什么需要，咱们帮帮他。"

许盈呛声道："你这会儿想起来帮他们了！"

赵达声："那当然，只要是符合规矩的，咱们就要帮他们。我赵达声是讲原则的，但是，这并不代表我冷酷无情，这个不能混为一谈。"

许盈："这翻过来倒过去，都是你的理儿！"

王玉兰："我看啊，你俩也别僵着了，趁早复了吧。"

余仲君："要得，要得，这个要得，赶紧办了吧。达声，我等着喝你的喜酒啊！"

赵达声："这都哪跟哪啊，一大把年纪了，哪儿那么复杂！"

王玉兰："那不行，必须得隆重，这能让你们更珍惜。从此以后，别再跟小孩子过家家似的，说散就散、随意而为了。"

赵达声："可这又不是一个人的事情，咱在这个问题上，不能搞法西斯那一套。"

余仲君："达声，咱们都是当兵的人，别给我磨磨叽叽的，拿出点男人样儿来。"

赵小燕："就是，老爸，我支持你，需要什么情报，我向你提供。"

许盈的脸有些红，朝女儿的头上拍了一下："说什么呢，像话儿吗，小心我抽你。"

赵小燕捉住母亲的手，一手拉过父亲的手腕，把母亲的手放进父亲的手心里边，说："你们啊今天就握手言和，从今往后，永不分离！"

许盈一下子把手从赵达声的手心里抽了出来，眼睛看着别处。王玉兰走到赵达声跟前，端起他面前的酒杯，递到赵达声手里，给他使眼色。赵达声端着酒杯，犹豫了一下，向着许盈举着。

赵达声："老婆，对不起，我这人官不大，毛病不少，以前的事做得有点过分，惹你生气了，以后我决心改掉身上的臭毛病，全心全意为着这个家，咱们好好过日子吧！"

王玉兰又把许盈面前的饮料端给许盈，许盈没接，说："谁是他老婆，满嘴胡话，罚他一杯。"

王玉兰："对，他胡说，该罚，该罚！达声，你自罚一杯。"

"应该，应该，我喝了。"赵达声仰脖把酒一饮而尽，笑意不自觉地爬上了许盈的脸。

晚饭后，余仲君和赵达声在书房里谈事，赵达声的表情很凝重，余仲君也很严肃。

"老鱼头，你老实告诉我，当初镜湖综合体建设项目招投标的时候，你有没有让瞿扬关照大麦建筑公司？"

余仲君一愣，喝了一口茶，点了点头："我说了，让他们关照一下大麦建筑。"

"你怎么能做这种影响招投标公正的事儿呢？"

"老赵，你别急，你听我给你解释。大麦集团是我们东江的支柱企业，十多年来，一直是东江的纳税大户，为东江的经济社会发展做出了很大的贡献。同时，麦思源是省委麦满仓副书记的亲侄子，麦副书记也是东江的老书记，对东江的感情很深，咱们作为他的家乡，应该对他的关心给予一定的回报。所以，我就让招投标中心在同等条件下，对大麦建筑给予一定的关照。我觉得我的做法没有错啊，这有什么问题吗？"

"你这么做破坏了招投标的公开公平和公正原则，对其他企业是不公平的，也是违反《招标投标法》的，严格说起来，这次招投标活动是违法和无效的。"

"达声，你能不能不要那么较真啊！"

"不行，不较真，咱们纪委就形同虚设。不较真，谁还会给你守规矩。还有，你有没有收受大麦建筑的好处？"

"看你说的，越来越离谱了。我怎么会收受他们的好处呢？"

"没有就好，如果你真要犯事儿，我可不会对你手下留情的，到时你别怪我对你不讲情面啊！"

"我真要犯事儿，我就自己戴着手铐向你请罪。"

"行，有你这句话我就放心了。"

几天后的晚上，余仲君和麦思源、林妙雪在林妙雪的住处商量着什么，阿芳带着小成贤在隔壁的房间玩。

余仲君："思源，一死一伤两名工人的善后工作做得怎么样了？"

麦思源："我们一个赔了三十万元，另一个赔了八十万元，目前家属那边已经安抚好了，他们没有什么问题。"

余仲君："嗯，这个事情不能再出问题了。还有，妙雪的酬劳以后不能直接打到她的卡上了，得想另外的渠道。"

麦思源："要不让妙雪直接在香港开个户头，酬劳由香港的公司转过去吧。"

余仲君："还是不要直接用妙雪的名字开户。妙雪，用咱们小成贤的名字开吧，这样神不知鬼不觉的，确保万无一失。"

麦思源："行，这个让香港的公司落实就行了。"

余仲君："还有，以后我们尽量不要直接见面，包括与妙雪也是，一切小心为妙。"

林妙雪："老余，你现在怎么变得这么胆小了？"

余仲君："不是胆小，形势不同了，咱们该收敛还是收敛一些，只要我还在领导位子上，还怕没有赚钱的机会！"

麦思源："余书记说得对。"

几天后，周强来到赵达声办公室汇报宋天意去上海看病的情况。

"赵书记，我们这次去上海瑞金医院看的专家门诊，天意的诊断结果与之前上海来的专家的诊断结果基本一致。他们也不主张动手术，建议采取放化疗。可是，天意坚决不做放化疗，现在就看他家属那边怎么说，看看能不能劝动他，让他听医生的话，接受放化疗的治疗方案。"

"天意现在在哪里休养？"

"暂时在家里，由他爱人和岳母照顾。"

"天意的病情到了这个程度，虽然他没有主动向组织上报告，但是我们组织上也是有责任的，怪我们没有尽早发现，不然可以早点治疗。可是，到了现在这个程度，天意的选择也许是对的，起码这样可以让剩下的日子过得体面一点，不至于天天躺在病床上，靠着仪器和盐水过日子。但是，这个决心还是要他们自己来下，看家属什么意见吧。"

晚上，等孩子睡下，宋天意夫妇躺在床上小声说着话，可他们的说话声马上大了起来，变成了争论。

宋萍有些激动："我不同意你拒绝医院的治疗方案，上海和市一医院都让我们放化疗，说明放化疗是目前唯一，也是最佳的治疗方案，全世界大多数肿瘤病人都在用。你说你不用，你还有什么好的办法？"

宋天意平静地说："手术和放化疗固然是西医治疗肿瘤的唯一办法，但是，据我了解，这在医学界也是有争议的。现在，我这个病肯定已经到了无法挽回的程度了，不然，医院早给我动手术了。既然已经到了这个程度，化疗还有什么意义呢？只会破坏病人的心情，增加病人的痛苦，与其如此，不如让我开心又平静地过完最后的日子吧。"

听宋天意这样说，宋萍一下子哽咽了，说不出话来。宋天意侧转身，轻轻地拥着妻子微微颤抖的身子。宋萍的身子抖得更厉害了。

宋萍转身紧紧抱住宋天意，号啕大哭："天意，你不要抛下我们，我需要你，佳佳需要你，我不让你走！"

夫妻俩紧紧地抱在一起，宋天意眼中的热泪也奔涌而出，弄湿了枕巾。

早上，柳公权吃过早饭来到办公室，他扫地、擦桌子，然后习惯性地拿起两个热水瓶去打开水，但看到宋天意空空的办公桌，又把其中的一个热水瓶放下了。片刻，他打完水回来，将热水瓶放到桌上，拿出茶杯，放了少许茶叶，给自己泡了一杯茶，随手拿起当日的报纸翻看起来。此时，有人没敲门就进来了，柳公权抬头一看，愣住了。

"宋主任，您怎么真来上班了？您不要命啦！"

宋天意朝他笑笑，然后在自己的位子上坐下来："什么不要命，没那么严重。我在家待着，闷得发慌，就到单位来看看。"

"您到单位上班，赵书记知道不知道？"

"我不知道他知不知道。我就是来看看，帮大家处理一些杂务吧，又不是正儿八经地上班，不告诉他也罢。"

"哟，这个不行，我必须马上向领导报告，影响了您的休息，我可担待不起。"说完，柳公权快步朝办公室外面走去。宋天意"小柳，小柳"叫了几声，柳公权也没应他。宋天意无奈地坐在办公桌前，给自己倒了一杯水，打开电脑看内网信息。不一会儿，赵达声和周强来到了办公室。

赵达声："天意，谁让你来上班的？你现在最大的任务就是休息，只有休息好，以后才有可能更好地为党工作。"

宋天意朝赵达声笑笑："赵书记，谢谢您的关心，可是我没有时间休息了。我得再做点事情，为自己的人生画一个不算圆满的句号。"

赵达声："天意，你别胡思乱想了，只要你听医生的话，病情会控制住的，你别这么想不开。"

宋天意："没错，我听医生的话，或许可以多活几天，但是，我剩下的日子只能在病床上度过了。赵书记，求您不要让我躺回到病床上去，我想把最后一点力气花在干自己喜欢的事情上。"

周强："天意，你不能对自己这么不负责任！你这么任性做事，是自私啊。"

宋天意笑了："我是自私的，古有'武死战、文死谏'之说，武将战死沙场、马革裹尸，文臣为国死谏、血洒庙堂，这是士大夫阶层的最高境界，我虽比不上他们，但是，我想把自己最后一丝力气都用在干自己喜欢的事情上，我就这么一点要求。这应该不算过分吧！"

周强："天意啊天意，你也是上有老下有小的人，你怎么就这么不懂事，你的生命不是属于你一个人的，况且你还有组织，你总得顾及大家的感受吧，怎么能一个人任意而为呢。你爱人、孩子同意吗，你父母兄弟同意吗？"

宋天意："可是，你们想过没有，你们到底是想让我开心地走呢，还是让我遗憾地离开？"

赵达声："我同意你来上班，不过，你得每天去一趟医院，接受医生的例行检查和治疗，减少病痛。"

宋天意一听，脸上立刻绽放出笑容："真的啊！谢谢您，赵书记！只要让我到办公室来转转，怎么样都行。"

周强："赵书记，这么做行吗？"

宋天意抢着说："行，行，怎么不行。"

赵达声："咱们尊重天意的意愿，随时掌握病情，保证不出意外。"

周强："那好吧。"

宋天意："谢谢赵书记！谢谢周局长！"

商量结束后，周强带着柳公权来到市勤俭小学，找到了宋萍，三人坐在会议室，商量给宋天意治病的事情。

周强："小宋，天意的想法你知道，不知你是怎么想的？"

宋萍抽泣着："天意前两天跟我说过这个想法，你说我哪知道怎么办啊！我希望根本就没有这个病，可是事已至此，到底是放化疗好，还是不做放化疗好，谁能给我一个明确的答案？"

周强："现代医学对某些病还是有无可奈何的时候，谁也没有办法给出一个明确的答案。"

宋萍无奈道："既然这样，你来问我，我也不知道怎么回答你。"

周强："今天天意到单位，表示要把自己的最后一丝力气用在干自己喜欢的事情上，要求来办公室上班，我们商量后也不知道该怎么办。最后，赵达声书记答应了天意的要求，不过要求他每天去一趟医院，接受医生的例行检查和治疗，并且派专人护送和接送上下班，我们这么决定，不知你是什么意见？"

宋萍的眼泪又落下来了："我不知道，你们不要再问了，我真的不知道。"

周强："小宋，你不要太悲伤了，这件事我们再商量商量吧。"

宋萍不说话，在那里埋头抹眼泪。

回来以后，周强把情况向赵达声做了汇报，赵达声又把市一医院的刘院长叫了过来，几个人在办公室里商量办法。

周强："宋天意的爱人情绪很不好，她根本拿不定主意该怎么办，这个事情我们组织上到底是同意还是不同意呢？"

赵达声："如果天意执意坚持，医院又能保证对他的检查和治疗，我觉得可以考虑，毕竟在主观上，天意不希望最后的日子在病床上度过。"

周强："但是，对于延长他的生命来说，到底哪一种方式更有效呢？"

刘院长："这个谁也说不准，两种可能性都有，医学上确实难以给出准确的答案，但是又不可能都去尝试一下。"

赵达声："刘院长，现在宋天意提出来，想坚持上班，你觉得有这个可能吗？"

刘院长："如果一定要到单位来，正儿八经地上班恐怕不行，但是到单位来转转，讨论讨论工作，看看文件材料，做做力所能及的小事儿，这倒也不是完全不可以。不过，有一点，绝对不能让病人劳累，还有必须每天到医院检查和进行必要的治疗，医院必须时时刻刻掌握他的病情状况，确保不发生意外。"

赵达声："嗯，有一些情况之前我们也想到了，但是，他家属这个态度，又让我们犹豫了。"

刘院长："对于家属来说，这是很难一下子接受的。这相当于放弃治疗了！如果一定要满足宋天意同志的要求，那么配套治疗检查必须跟上，否则万一出了问题，这个责任我们院方承担不起啊！"

赵达声："嗯，那我们再跟宋天意同志沟通沟通，最后再作决定吧。"

刘院长："好的。"

赵达声："那就这样，刘院长，你先回去吧，我们商定后，再请院长做好相关配合工作。"

刘院长："没问题，宋天意同志的事迹，对我们医院来说，也是一笔宝贵的精神财富，值得我们全院医护人员学习。赵书记、周局长、孙主任，那我回去了，有事情及时沟通。"

赵达声："好的，小柳，你去送送刘院长吧。"

柳公权起身送刘院长离开。

赵达声："下面，我们再分析一下镜湖综合体建设项目招投标的问题，去把孙海叫来。"

一会儿，孙海和柳公权来到赵达声办公室。

赵达声："前些天，镜湖综合体建设项目出现了事故，宋天意、孙海、柳公权对镜湖综合体项目当初的招投标情况进行了调查了解。下面，孙海你把调查情况简单说一下吧。"

孙海："好的。前些天，镜湖综合体项目建筑工地出现了基坑埋人致人死亡的事故，承建方大麦建筑公司虽然极力封锁消息，但是外地的一些媒体还是抢先报道了出来。得到消息后，我们怀疑大麦建筑在招投标过程中存在违规行为，委里派宋天意、柳公权同志和我对此进行调查。我们走访了两位在招投标过程中给大麦建筑投反对票的专家和市招投标中心的主任，据他们提供的情况，在这次招投标活动中，市招投标中心主任瞿扬专门关照，这个项目市委书记余仲君要求在同等条件下，把承建单位投给大麦建筑。因而，虽然大麦建筑刚刚取得建筑工程施工总承包一级资质，但是在瞿扬的主观意见主导下，大麦建筑顺利取得了镜湖综合体建设项目的承建资格。"

赵达声："这里我插一句，余仲君打招呼这个情况，经我对余仲君书记的问询，他也承认了这个事实。还有，在镜湖综合体项目招投标开始前，市招投标中心主任被临时换成了瞿扬。这个应该也是余仲君专门安排的，这也印证了余仲君对大麦建筑参与此次招投标项目是花了心思的。我就补充这一点，孙海，你接着说。"

孙海继续说道："所以，从目前掌握的情况看，余仲君为大麦建筑招投标的事情给瞿扬打招呼的事实是成立的，瞿扬为此专门召开会议，向评标组专家传达余仲君书记的指示也是事实，这直接促进了大麦建筑的顺利中标。"

赵达声："现在的问题是，在这个过程中，瞿扬、余仲君和另外五位给大麦建筑投赞成票的评标组专家，到底有没有接受大麦建筑的好处，这个事情必须搞清楚。如果没有接受大麦建筑的好处，只是因为大麦集团对东江的所谓贡献而关照他们，那与接收了好处而关照他们，性质是不同的，所以我们当务之急是要把这个情况搞清楚。下一步，周强你来牵这个头，带孙海、柳公权再进一步深入调查。这个事情事关重大，务必保密，对委里的其他同志也是一样。周强，你说说看，对深入调查有什么想法。"

周强点点头："好的，从前期掌握的情况看，我觉得要弄清涉及的官员和工作人员有没有受贿，第一步要调查他们每个人银行账户的资金往来，以及近期他们家庭的资产变动情况，查清他们是否存在收受好处的事实。"

赵达声："这个周强你比较有经验，调查中的具体细节问题，你来把握，不用事事都请示，先把涉及人员的个人银行账户和家庭资产变动情况查清楚再说。

好吧，那今天的小会就到这里，大家忙去吧！"

第二天，宋萍一早起来为女儿准备早饭，小宋佳吃完早饭，背上书包，向父母告别后就去上学了。

宋天意坐到餐桌前，与宋萍一块儿吃早饭。他只喝了半碗小米粥，就不吃了。

"小萍，你今天怎么还不走？"

"我今天不上班，这段时间都不上班，我要陪着你。"

"陪什么陪，我这么个大男人，不用你陪。再说一会儿小柳会陪我去医院的，你陪着也没什么用。"

"人家再怎么陪，那也是外人。"

"跟你说不用陪，你自己去上班，我和小柳去医院。"

两人正说着，柳公权的电话来了。宋天意接起电话："我马上下来了。"

说完，宋天意撂下饭碗，夹起门口的公文包，就出了家门。他下了楼，来到院内，坐上车，柳公权发动汽车刚要走，他妻子宋萍赶了下来，拦下了车子，也一屁股坐了进来。

宋天意："哎，小萍，你真不去上班啦？"

"真不去了，我要陪着你。"

"跟你说了不用陪，怎么不听呢！"

"爱人生病，我不该陪着吗？"

"没必要，我跟你说。我现在不是好好的嘛，有小柳陪着就行了。"

"我不管。"

宋天意不再坚持，几人来到肿瘤科住院部护士站，柳公权去向护士要了一个临时床铺放在走廊里，让宋天意坐着，一会儿潘医生带着两名实习医生过来了。潘医生让宋天意躺倒在临时病床上，然后用手轻轻地按压宋天意的上腹部。

"什么感觉，疼不疼？"

"有点疼，哦，疼、疼……"

"这两天胃口怎么样？"

"胃口不好，不想吃。"

"大便颜色正常吗？"

"最近颜色比较黑。"

潘医生对实习医生说："他这个症状比较典型，持续内镜微波治疗，持续注射无水乙醇。"

潘医生又对柳公权和宋萍说："你们要密切注意观察患者反应，如有紧急情况必须马上住院治疗。"

柳公权、宋萍连连答应。

上午十点半左右，宋天意从内镜治疗室里出来，脸上挂着一丝疲惫。等在门口的宋萍立即迎上前去，看着丈夫的脸。

"天意，你感觉怎么样？"

"我没事，就是有点累。"

宋萍泪眼婆娑："那咱们住院吧，在医院里总比在家里好。"

"我不住院。人生莫过如此，住院五六月，不住院四五月，何必那么麻烦，我还是想在有限的日子里做些有意义的事情。"

宋萍的眼泪哗哗地淌下来："天意，你别这样作践自己好吗，你就不能多为我们着想一点吗？"

"小萍，我不想把最后的日子耗在病床上，你就成全我吧，好吗？"

"不行，我没有这么强大，我受不了，我要你完全听医生的，你不能自作主张。"

"小萍，咱们从小既是邻居，又是同学，你最了解我了，在家听父母的，在单位听领导的，结婚后听你的，可这最后的日子，我想自己做一回主，我想听自己的。你就成全我吧，好吗？"

宋萍号啕大哭起来："我做不到，天意，我做不到啊！"

宋天意哽咽："小萍，你就让我去吧，让我把自己的路走完，让我感受到自己的一点价值，好吗？"

"不要，不要，我不要你离开。"

看到旁人在看他们，宋萍把哭声压低下来，再压低下来，一直低到旁人再也听不到了，但是她的人却抽搐得越发厉害起来。

临近中午，柳公权正在办公室里整理调查资料，宋天意拖着疲惫的身子走了进来。

"哎，宋主任，我正打算去接你呢，你怎么自己过来了？"

"接来送去的太耽误事儿，以后我自己来去就行了。"

"宋主任，你其实可以在家休息的，反正领导也不会给你派任务，过来也没啥事儿。"

"可是我在家里没事儿待不住，还是到单位来待着心里比较踏实。对了，公权，你有什么事儿来不及做的，我可以帮你。或者，有什么疑问，咱们可以讨论。"

"哎，你说到点子上了，咱们前阵子调查的镜湖综合体招投标项目，我们查到目前为止，虽然说余仲君书记关照了大麦建筑，然后评标组的专家也都关照了他们，但是，从他们的个人资金往来中，看不出收受了大麦建筑的好处，你觉得会不会存在一个第三者收取了大麦建筑的好处？"

"你的怀疑完全有可能，赶紧向领导建议调查涉案人员全部家庭成员的资金账户情况。"

"会不会转到家属以外的特定关系人账上？"

宋天意点点头："情人！林妙雪！马上调查林妙雪账户的资金往来情况。"

"太好了，说不定转机就在这里。宋主任，你不愧是老办案，这些线索一理，思路就清晰了。"

这天，周强带着孙海和柳公权坐在公务车上，柳公权开车，三人边赶路边讨论着调查情况。

周强："宋天意办案还是有经验的，虽然我们没有找到林妙雪的行踪，但是我们查到了她银行账号的资金明细，这已经是很大的收获了。"

孙海："可是，从账号上看不出有什么异常，很难抓住她的把柄。"

周强："可我们起码知道了，她确确实实在大麦集团领薪水，是大麦集团的雇员，这是不可否认的。这也间接地证明，余仲君与大麦集团有着相当密切的联系。"

孙海："我感觉，大麦集团拉林妙雪进去，绝对不会才给这么点钱。但是如果查不到林妙雪的非法收益情况，那我们拿他们一点儿办法都没有。"

柳公权："我估计她有境外账户，他们把钱直接存到了境外。"

周强："嗯，莫伸手，伸手必被捉。狐狸尾巴总有一天会露出来的。"

临下班前，外出的柳公权回到办公室，看到宋天意趴在办公桌上，面前摊着几本案卷，豆大的汗水从额头冒出来，浸湿了案卷，模糊了上面的字迹。柳公权赶紧放下手中的公文包，跑到宋天意面前，看到他一手紧紧摁着自己的胃部，大口喘着粗气。

柳公权慌神了，大叫："宋主任，宋主任，您怎么样？"

宋天意咬着牙，答不出话来，好不容易抬头从牙齿缝里挤出个字："药。"

柳公权赶紧从橱柜里拿出宋天意的公文包，从里面找出一瓶药，倒出两颗，宋天意把药塞进嘴里，从柳公权手里接过水杯，喝了一口，把药咽了下去。过了一会儿，宋天意脸上痛苦的表情缓和下来了，从办公桌上直起身子。

"宋主任，您要不要紧，要不咱们赶紧上医院吧？"

"不要紧，挺一下就过去了，没事的。"

柳公权看宋天意脸上的汗渐渐地收了，摁着胃部的手也松开了，他的表情也变得轻松起来。

下班时，宋天意和柳公权走出办公室，正好碰到从外面回来的赵达声，他叫住了两人。

"天意，看你越来越瘦了，这两天感觉怎么样？"

"赵书记，我还好，只是每天上医院太麻烦了，我看是不是不要去了？"

"这绝对不行，每天的检查和治疗不能少。"

"治和不治都一样。"

"胡说什么！不管什么事儿，既然定下来，就一定要认真去做，至于结果如何，那咱们不强求。对于治疗问题，你就不要再讨价还价了，不然只能听医生的，接受放化疗了。"

"赵书记，千万不要让我做放化疗，我宁可少活几年，也不要降低生命的质量。"

"你爱人小宋怎么说？"

"起先她不赞同我保守治疗，可经过我的解释和坚持，她同意了。"

"天意，希望你开心、快乐地过好每一天！"

宋天意笑着点点头。

三天后的上午，赵达声带着江志华去镜湖区调研。车子刚走到一半，科接到了柳公权的电话。

"喂，公权啊，你说什么，天意走了！这么快！什么时候的事情，现在在哪里？好，我马上过来。"

赵达声挂上电话："马上去市一医院，宋天意病逝了！"

江志华："啊，怎么这么快？"

"谁也没想到啊，癌细胞扩散，肝脏、心脏都出现了功能衰竭。唉，这都是我不够重视啊，早就知道他有胃病，可没想到这么严重。"

"赵书记，这怎么能怪您呢！胃病可以说每个人都有，谁能想到变成胃癌了呢。天意是拼命三郎，开始也太不把身体当回事儿，结果就越来越严重了。"

"是啊，你们都给我好好爱护身体，别再给我出什么状况了。"说完，赵达声拿出手机拨通了周强的电话："周强，宋天意病逝了。对，我现在正赶往医院，你牵头成立机关治丧工作领导小组，我任组长，你和李大可任副组长，安排好治丧工作，关照好殡仪馆，做好追悼会有关准备。让苏红马上到医院去，做好宋萍的安抚工作，让她从现在开始不能离开宋萍母女半步。先这样，有情况我们随时沟通。好，再见。"

过了一会儿，赵达声和江志华赶到市一医院，他们下车后直奔急救室。远远地看到楼道尽头的急救室门口围着一群人，赵达声跑过去，正好急救室的门打开了，一辆盖着白布的手术车从急救室里推出来，楼道里顿时响起宋萍撕心裂肺的哭声，随后小宋佳的哭声也响了起来。宋萍扑在手术床上，发疯一样扯下盖在宋天意头上的白布，摇着宋天意的身子，哭声响彻整个楼道。

"宋天意，你这个骗子，你说要和我一起活到九十岁的，你怎么说话不算数了？你这个骗子！你说要和我一起把佳佳养大成人的，你怎么说走就走了？你这个大骗子，你起来啊，你起来跟我回家，你躺在这里干吗啊！佳佳，快叫你爸爸起来，叫爸爸回家啊！"

小宋佳拉着妈妈的手一个劲地哭，叫着"妈妈""妈妈"。

赵达声拉了拉宋萍："小宋，小宋，你冷静一点，让天意安息吧，我们会照顾好你们母女的，你放心。"

可此时的宋萍根本听不到任何人的话，兀自沉浸在悲痛中。一名女护士上来拉宋萍的手，可宋萍死死地抓住宋天意的肩膀，根本不肯撒手。仍喊着："宋天意，大骗子，你起来啊！你走了，让我们母女怎么活啊！我要你起来，快起来啊！"

这时，周强和苏红也匆匆跑过来，苏红帮着护士一起抱着宋萍勉强把她拉开，护工终于推着躺着宋天意的手术床离开了楼道。

殡仪馆灵堂里，黑色横幅上"宋天意同志告别仪式"几个白色大字分外醒目，宋天意的遗体被放在鲜花丛中，身上盖着一面党旗。哀乐低回中，来自市、县、（区）纪委及干部群众一百多人，胸戴小白花，参加告别仪式。赵达声代表组织在仪式上作悼词。

"同志们，各位来宾，大家上午好！今天，我们怀着无比悲痛的心情，在这里与我们朝夕相处的好战友、好同事宋天意同志作告别。宋天意同志，是市纪委纪检监察一室的主任，他从事纪检监察工作二十多年，从乡镇纪委委员干起，一心扑在纪检事业上，他对工作充满激情，任劳任怨；他对百姓平易近人，谦虚谨慎；他对妻女疼爱有加，一往情深；他对父母孝顺尊敬，常怀感恩。在宋天意同志病重时，为了能够在纪检监察岗位上战斗到最后一刻，他主动放弃放化疗，以他无限的忠诚和热爱，把最后一腔热血洒在了心爱的工作岗位上。'小萍，你就让我去吧，让我把选择的纪检之路走完，让我怀着幸福离开。'这是宋天意同志在离世前对妻子说得最多的一句话。"

此时，站在旁边的宋萍早已泣不成声，参加追悼会的人群中也是呜咽声一片。

赵达声："长生百年岂足，哀哉天降不幸，宋天意溘然驾鹤西归，带着对美好生活的无限眷恋，带着对纪检监察事业的无限热爱，带着对妻女的深深爱恋，他永远地走了。从此，女儿失去了一个慈爱的父亲，妻子失去了一个温情的丈夫，父母失去了一个孝顺的儿子，我们失去了一个好战友。宋天意同志的离去，是我们纪检监察战线的一大损失，但他对事业的忠诚、对工作的热爱、对老人的孝敬、对家庭的负责、对女儿的关爱、对朋友的坦诚，则将永远铭记在亲朋好友的心中。此时，天地同泣，日月黯淡；音容虽逝，德泽永存。让我们永远记住宋天意同志，这样一位平凡而又伟大的纪检人。"

周强："下面，请同志们依次向宋天意同志的遗体告别！"

顿时，哀乐声响起，赵达声带头向宋天意的遗体三鞠躬，接着周强、欧阳春、李大可、孙海等人跟上，大家绕遗体一周，随后和宋萍母女握手。苏红一直扶着宋萍的胳膊，生怕她出意外，宋萍母女早已成了泪人。

这天晚上，余仲君与麦思源坐在思源谷贵宾包厢里密谈。

"思源啊，最近这段时间，我一直睡不好。你知道吗，现在省纪委的魏长安和市纪委的赵达声，两级纪委书记可能把矛头对准了麦书记和我。尽管对麦书记的调查不属于他们的职责范围，但是如果他们发现问题的话，照样可以向上面反映。你别看咱们当领导的，表面上看似风光，其实，每一步都在涉险滩，弄得不好就栽了。"

"余书记，您也不用太担心。就算他们真的对您进行调查，我谅他们也找不到实实在在的证据。"

"怎么说？"

"因为一切都在暗中进行，与您有关的事情，从表面看，全部都是合规合法的。如果真有事儿，我想好了，咱们准备几只'替罪羊'，再怎么查也查不到您和我叔叔的头上。还有，您还可以再发挥发挥李大可的作用，他可是您的人啊。"

"嗯，大可是值得信赖的。你不提，我还没想到这茬儿。不过，咱们还是要小心应对，别让纪委抓住了把柄。"

"明白。"

晚上十点多，赵小燕刚洗漱完躺到床上，正迷迷糊糊的时候，一阵手机铃声把她惊了个激灵。她从毯子里伸出手，抓过手机一看，是赵小军的电话。"老哥，这两天我累死了，拜托你白天打我电话行不行？什么，婶婶怎么啦，晚上一直不接电话？余伯伯出差了啊。好，好，公司保险柜里有家里钥匙，行，我马上取了钥匙过去看看。那这样，拜拜！"

赵小燕放下电话，一骨碌从床上爬了起来，快速穿衣服。她赶到公司取了钥匙，就匆匆忙忙来到余仲君家。打开房门，屋里的灯都亮着，赵小燕来不及换鞋就跑了进去，一眼看到客厅里电视还开着，王玉兰倒在电视机前，一只水杯摔在地上。赵小燕跑过去一看，只见王玉兰口歪目斜，身体歪躺，半边身子僵直，不能动弹。王玉兰看到赵小燕，嘴里呜噜呜噜地叫着，就是说不出话来。赵小燕一看慌了神，赶紧拨打120电话，又拨通了父亲赵达声的电话："爸，玉兰婶婶好像中风了。余伯伯出差了。您赶紧过来看看吧，救护车叫过了。行，您直接去市一医院吧，离这儿最近。"

片刻，一辆救护车闪着蓝色的顶灯停在余仲君家楼下，两名医生用急救床抬着王玉兰快速上了车，赵小燕随即跟着上了车。医护人员为王玉兰盖上毛毯，额头上敷上冷毛巾。赵小燕紧张地看着医生，直问医生，玉兰要不要紧。

医生回答："现在很难说，还好发现得早，如果超过三个小时就麻烦了。"

到了市一医院，医生马上把王玉兰送进急救室。赵小燕一个人坐在门口的椅子上等。她不时看看急救室的门，看看手机，再看看周围，脸上流露出无助的神情。过了一会儿，她看到赵达声匆匆从医院楼道方向赶过来，像看到救星似的扑过去。

赵小燕带着哭腔："爸，爸，你怎么才来，吓死我了，吓死我了！"

"怎么回事？"

"小军哥打电话给我，说晚上八点后打玉兰婶婶电话，一直没人接，他就让我去看看，没想到婶婶中风了。医生说幸好去得及时，超过三个小时就麻烦了。"

"没事的，没事。小军什么时候回来？"

"已经在赶回来的路上了。"

"别怕，别怕，爸爸在，你先坐吧。"

赵小燕在椅子上坐下，赵达声走到一边拨通了余仲君的电话。"老鱼头，你在哪里？什么，省城？你什么时候去的，我怎么不知道，临时通知的啊。噢，这样，你赶快回来吧，玉兰中风了。对，就刚才，小军打电话没人接，让小燕过去看，这才发现的。现在还不好说，还好送来得不算太晚。你赶快回来吧！什么，要明天下午才能回来？你最好快点回来，她现在最需要你和小军的陪伴。小军估计过两小时就到了。好吧，你事情办完了就往回赶吧。那先这样。"

　　赵达声收起手机，走过去坐在女儿身边。赵小燕把头靠在父亲肩上，眯起了眼睛。过了一会儿，抢救室的门打开了，护士推着病床出来了，病床一头的支架上挂着一瓶盐水。

　　护士站在门口叫："王玉兰的家属在吗？王玉兰、王玉兰家属在吗？"

　　赵达声站起来赶紧跑过去："在，在，在。"

　　护士道："今晚先在病区走廊将就一晚，明天安排好床位，办入院手续！"

　　赵达声父女和护士一起推着病床朝病区走去。赵达声扶着病床边往前走边望望病床上的王玉兰，看到她的面部有些僵硬。王玉兰看到赵达声，脸上勉强地浮起笑容，但她笑起来的表情有些哭笑不得的样子。

　　"玉兰，你感觉怎么样？"

　　王玉兰动动嘴唇，举起右手，冲他摇摇，含糊不清地说："我还好。"

　　护士在一边补充："她的左半边有些偏瘫，恢复需要一些时间。你们家属要积极配合治疗，一起帮助她恢复功能。"

　　赵达声忙回答："好的，好的。"

　　赵达声把王玉兰的病床推到一排椅子前，他和女儿一块儿坐在椅子上看护着王玉兰。病床上的王玉兰看着赵达声父女，嘴巴嚅动了几下，没有说出话来，眼角眼泪直淌。

　　赵达声对女儿说："燕儿，你回去睡吧，这儿有爸爸在，没事的。"

　　"不要，我和您一块儿陪着婶婶。"

　　"那行，你靠一会儿吧，盐水爸爸会看着的。"

　　"噢，好，我先靠一会儿，等一下您叫我，我们轮流看。"

"好吧。"

赵达声坐在椅子上，看着女儿闭起眼睛，靠在椅背上，像睡着的样子。他再看看王玉兰，王玉兰也拿眼睛看着他，四目相对，眼中似有千言万语。他们就用眼睛交流着，似乎一切尽在不言中。

赵达声看着袋中的药水挂完了，就叫护士换下一袋，等三袋药水全部挂完，时间已到凌晨两三点了。赵达声看王玉兰闭起了眼睛，自己也闭起眼睛靠在椅背上休息。此时，王玉兰却又睁开了眼睛，看着赵达声父女，她的眼泪又夺眶而出。这时，从楼梯口传来一阵脚步声，赵达声听到声音马上睁开眼睛，看到赵小军从电梯口方向跑过来。赵达声向小军做了"嘘"的手势，赵小军便蹑手蹑脚朝着他们走过来。走到了跟前，赵小军坐到了赵达声身边的椅子上。

"爸，妈怎么样？"

"你妈中风了，左半边身子不能动，目前看已没有大的危险，幸亏你电话通知了小燕，不然超过三个小时再抢救就麻烦了。"

"唉，都怪我，我早就说给妈请个阿姨的，照顾她的起居，可是她坚持不要，我就放弃了。"

听到赵小军的声音，王玉兰朝赵小军看过来，嘴里含糊不清地叫了声"小军"。赵小军走过去蹲在母亲的病床前，眼泪夺眶而出。

"妈，小军对不起你！"

王玉兰也已热泪纵横。

第二天晚上，市一医院的 VIP 病房里，王玉兰仍旧躺在病床上，有一名女性按摩师正在轻轻地为她做手部按摩。赵达声晚饭后来到医院时，看到赵小军、许盈、赵小燕围在病床前，刘洋也挺着大肚子来看望婆婆。赵达声走到病床前看了看王玉兰。

赵达声："玉兰，你感觉好点了吗？"

王玉兰"嗯嗯"了两声，然后慢慢地点点头。

赵达声问赵小军："医生怎么说？"

赵小军："医生说，母亲这次中风主要是血压偏高引起的，还好不是太严重，但是恢复起来有一个过程，少则一两个月，多则半年。如果恢复得好的话，应该不会有后遗症。这段时间，除了治疗之外，必须进行功能性锻炼，加快恢复。我请了个按摩师兼护工，为母亲做做按摩。"

赵达声："嗯。哎，刘洋什么时候生？"

赵小军："预产期下月中旬，也快了。"

许盈看着赵达声，表情挺复杂的样子。她凑过来说："本来多好，玉兰姐马上可以抱孙子了，没想到出这个事情。"

赵达声："我跟刘院长、张副院长都关照过了，让他们安排最好的医生，放心吧。"

过了一会儿，赵小军让刘洋先回去，刘洋凑到床前向王玉兰告别。

刘洋："妈，您放心养病，我先回去了，明天再来看您。"

王玉兰含糊地说："好，好。"然后，举起右手摆了摆，跟刘洋作别。

又过了一会儿，余仲君终于回来了，他和麦思源匆匆地从病房外进来，后面跟着秘书小高。麦思源的手里还拎着一只大花篮。余仲君和麦思源看到赵达声，不由地怔了一下。三人来到病床前，余仲君关切地问："玉兰，你还好吧？"

王玉兰点点头："嗯，好。"

赵达声："玉兰左半边身子有些偏瘫，所幸抢救及时，没有大问题，但是有可能会有一些后遗症，就看下一步的恢复情况。"

余仲君："达声，谢谢你！"

赵达声："不用，主要是小军发现情况异样，他往家打电话一直没人接，让小燕去看看，这才发现的。如果间隔时间太长，后果不堪设想。"

余仲君："是啊，本来早就想给家里请个阿姨，玉兰怕费钱，就是不让，这下可好，自己摔倒了都没人管，这多危险啊。"

许盈："就是，下次不能由着她了。"

晚上十点多，赵达声和余仲君从病区出来。两人下了楼，出了楼道，看到司机还在等着余仲君。

余仲君："达声，这么晚了，你跟我一起走吧。"

赵达声："不，我想再和你聊一会儿，你让他们先走吧。"

余仲君："噢，那行，小高，你们先回去吧，一会儿我自己回去。"

小高："噢，行，那余书记、赵书记，我们先走了。"

余仲君和赵达声朝他挥挥手，然后两人朝院门外走去。秋凉渐深，余仲君不由地拢了拢夹克外套。两人沿着马路朝前走去，似乎各怀着心思，一直沉默地走着。待经过一个街心小广场的时候，赵达声拐了进去，余仲君跟了过去。赵达声在一条长椅旁站住了，回过身来看着余仲君。小广场外围不时有人匆匆走过，但广场中心一个人都没有。

"仲君，咱们是生死战友，又有割舍不断的亲情友情，我希望你我之间能够坦诚相对。"

余仲君走过来坐在椅子上："达声，干吗搞那么严肃，有什么你就说呗！"

"我问你，你昨天真的在省城吗？"

"怎么你还不相信我？"

"不是不相信你，因为我看领导本周工作安排中没有去省城的任务，所以问一下。"

"那是省委殷国民书记召集的，商议后备干部配备问题。"

"噢，那我想再问你一下，你和东江师范的林妙雪到底怎么回事？为什么有人一直检举你这个问题，上次你说人家捕风捉影，可是捕风捉影不可能揪住不放，你能不能坦诚地告诉我？"

"人家举报我，我也不知道为什么。我跟什么林妙雪一点关系都没有，而且我也压根不认识这个人。人家硬要说我什么，我有什么办法，我不可能把人家的嘴封起来吧。"

"但是人家有证据，他有照片为证，虽然不是你和林妙雪在一起的照片，但是你和她前后脚去了同一个地方，你应该知道是什么地方吧？而且据调查，这个林妙雪不简单，行踪诡秘，背景复杂，连公安部门都查不到她的居住地。但她定期在麦思源的公司领取报酬，这表明她与大麦集团有些千丝万缕的联系，你最好离她远一点。"

余仲君一听此话忽然吼道："达声，没想到你居然在背后调查我，你到底什么居心？"

"你不做亏心事，你吼什么？你不做亏心事，你为什么怕人家查？老鱼头，不是我不相信你，正常的调查取证也是对干部的保护，你应该主动向组织说明情况。"

"我是省管干部，说明情况也轮不到向你说明。"

"但你也是东江市委班子成员，你有向组织说明情况的义务。昨天，你到省城去是不是殷书记召集的，我表示怀疑。"

"你不是喜欢查吗，你可以去查啊！"

"你放心，一切都会搞清楚的！"

"懒得理你！"

说完，余仲君起身要走。

赵达声把他叫住了："等一下，玉兰现在中风了，她现在最需要你和小军在身边，希望你多抽点时间陪陪她。"

余仲君听闻此言，一下子站定在那里，刚刚消下去的火气，又蹿了上来。

"赵达声，我告诉你，我们家的事儿不要你管。王玉兰虽然曾经是你的老婆，但是现在是我的老婆，我知道该怎么做，不要你在这里指手画脚。"

"王玉兰全心全意为了这个家，只知付出，从不索取，对你知冷知热，用心体贴，希望你不要辜负他。"

"玉兰中风了，你心疼是吧？我知道你心里还有她，她心里也有你，你们别以为我不知道！"

"你，你他娘的放屁！"

"你心虚了吧？"

"我不想跟你胡搅蛮缠。我只想好心劝你，人在做，天在看，希望你心有敬畏，慎独慎微，不要自我放纵，否则悔之晚矣！"

余仲君边朝广场外走边喊："我不要你管！"

赵达声看着余仲君的背影，长长地叹了一口气。

第二天晚上，余仲君忙完工作，和秘书小高来到王玉兰的病房，才进病房，一下子被眼前的情景惊呆了。只见病房里里三层外三层堆满了水果花篮，靠里面的地方，一层一层叠了起来，几乎到了无从下脚的地步。另外有两个老板模样的人，还在病房里待着。

老板刚要自我介绍，余仲君的眉头就一下子皱了起来，边摆手边大声喊："出去，出去！"

两个老板仓皇而逃。

余仲君问在病房里的赵小军是怎么回事。

赵小军："我也不知道是什么人，来了放下东西就跑掉了。有的留了名片，有的什么都没有留下，我都不知道怎么处理。"

余仲君："小高，你看一下，上面有名片的，打个电话，让他们自己来领回去。找不到电话的，统统处理掉，像什么样子。"

小高便开始按名片上的电话，一个一个打过去。

余仲君来到王玉兰的病床前，俯身看着她："玉兰，你受苦了！"

王玉兰僵硬地笑笑，含糊地说："还好。"

余仲君坐到床边，在王玉兰的病手上轻轻按摩起来。他轻轻地、自言自语地说："玉兰，我对不起你。你跟了我那么多年，我啥都没有给过你，你啥都不要我关照，一个人默默地撑持着这个家，安贫乐道，相夫教子。我知道，你的心里总觉得亏欠我什么，其实，你什么都没有亏欠，是你的默默撑持，才让我能够全身心地投入到工作中，才使咱们这个家像个家。与你比起来，我是一个自私自利的人，我对不起你！"

王玉兰看着余仲君，听着他慢慢地说着话，使劲想摇头，却只能稍稍摆动两下。

此时，赵达声走进了病房，绕过堆成山的水果花篮，走到王玉兰的病床前，余仲君抬头看看他，两人都不说话。

赵达声问王玉兰："你今天感觉怎么样？"

王玉兰勉强笑笑，冲他点点头。

这时候，许盈和赵小燕也来到了病房里，小燕叫着"婶婶""婶婶"跑过来，俯下身子问候王玉兰，帮着按摩王玉兰左边的大腿。

"婶婶，你好点了吗？"

王玉兰点点头，口齿不清地回答："好点了。"

不一会儿，刘洋也挺着大肚子和母亲一道前来探望。赵小军赶紧去扶刘洋，两人一起走到病床前。

刘洋："妈，您快好起来吧，小孙子马上就要出生了，您还要帮我们带孙子呢！"

王玉兰一听这话笑了起来，嘴张得很大："嗯，我会好起来的，我要抱孙子。"

大家都会心地笑起来。

回去的时候，赵小燕开着她的 SUV 汽车，许盈坐在副驾驶位置，两人有一搭没一搭地聊着天。

"兰姐看到刘洋快生了，精气神马上就上来了，这么看啊，她的病康复有希望了！"

"是啊，这个时候，什么药都比不上孩子对婶婶管用。"

"那当然，你什么时候也让我抱上小外孙啊？"

"干吗说到我的头上来了，我还没准备好呢！"

"什么没准备好，一晃马上就要奔三十去了，你还是抓紧吧。"

"我有什么好急的，还是老妈您的事情抓紧一点吧，您看老爸一个人在外面孤苦伶仃的，我看着都心疼，您不心疼啊！"

"心疼有什么用，他的心大着呢。单位有一个美女秘书，眼前跟王玉兰藕断丝连，将来说不定又弄个什么什么人，我都人老珠黄了，他哪里想得到我！"

"老爸不是这样的人，他是一个原则性很强的人，不会这么不靠谱的。我看，你俩赶紧把事情定下来，否则夜长梦多，恐生变故。"

"我一个人急有什么用，你看他气定神闲的样子，难道让我去求他，那是不可能的。"

"行，行，行，那让我给你们当红娘吧。说出去非让人笑掉大牙不可！"

"谁要你当红娘，我才不稀罕他呢！"

沉默了片刻，许盈又说："燕儿，你说妈妈做人是不是很失败？活了大半辈子，到头来孤家寡人一个，难道我这么对你爸，真是我错了吗？"

"妈，你可真是当局者迷啊，人家说夫妻过日子没有谁对谁错的，谅解和包容是最重要的，如果大家都互不体谅，那日子怎么过得下去。"

许盈轻笑起来："哟，小丫头训导起我来了，真是的……"

晚饭后，余仲君把市纪委副书记李大可叫到办公室，两人坐在办公桌边小声交谈着。

李大可："现在赵达声有些事情都不告诉我，具体调查哪些问题，查到哪一步，只有赵达声、周强和具体调查人员才知道。我听说，当时省委巡视组走的时候，巡视组组长吴承甫和赵达声密谈了很长时间，不知道会不会有什么猫腻。现在还不好说。"

余仲君："这段时间，你要密切关注赵达声的动向，别啥都不知道，让我蒙在鼓里。妙雪的住址及近况，一定要保密，不能让任何人知道，否则出了问题，咱俩都麻烦。"

李大可："余书记，您放心，您待我恩重如山，我绝不会辜负您的栽培，保证不出任何问题。"

余仲君："你这么说，我就放心了，还是自己人可靠啊。"

这天是赵达声的生日。下班后，许盈和赵小燕买了许多好菜，来到赵达声出租房为他做饭。母女俩在厨房里忙乎着，屋子里弥漫着炒菜的香气。

"燕儿，看你爸一个人住在这里，冷冷清清，怪可怜的。"

赵小燕转头盯着许盈的眼睛："您心疼啦！"

"才不心疼呢，我都恨死他了。"

"恨得越深爱得越切，您啊，心里头早就原谅他了，只是嘴上还不肯承认罢了。"

"胡说什么呢。燕儿，你说你爸这么忙，会记得自己的生日吗？"

"他呀，记得也不会过的。您又不是不知道！"

"燕儿，你还是给他打个电话吧，否则他肯定在食堂里吃好了回来，那我们不是白弄了吗？"

"不打，不打，他要是吃好了，我们就给他当夜宵。打了就没有惊喜了！"

"好，好，好，真是自找麻烦！"

赵达声处理完公务，骑着自行车回到小区的时候，已经晚上八点多了。他把自行车停到公共车棚里，拎着公文包从车棚里出来。走到出租屋的楼底下，他看到路灯下站着一个穿风衣的女人，手里拎着一个大蛋糕。赵达声经过她身边时朝她看了一眼，不由放慢了脚步。

"赵书记，你怎么才回来，让我好等啊！"

赵达声奇怪道："蓝洁，你怎么在这里？"

"我在等你啊！今天不是你的生日吗，我就想过来给你庆祝一下！"

"你怎么知道今天是我的生日？"

"想知道的话，总是有办法的。"

"是啊，你们的办法多了去了，不管什么事儿，只要想办，什么办法都能想到。"

"这事儿，好像跟我的公司没什么关系吧，赵书记未必有些草木皆兵了吧。"

"就算如你所说，可我好多年都没过过生日了，对自己生日早就淡忘了！"

"这也太不应该了，你的家人应该想到的啊！噢，差点忘了，你离婚了啊，怪不得，和我一样，孤家寡人一个。咱们同病相怜啊！"

赵达声看到路过的人在看着他们，有些不自然。"我可不是孤家寡人，我有老婆孩子，只是不在一起罢了。"

"赵书记真会安慰自己。哎，赵书记，您难道就这么让客人一直待在屋外不成？"

"不好意思，我屋里可只有我一个人，这孤男寡女在一块儿不好吧！"

"哟，看不出，我们赵书记还挺封建啊！"

"这跟封建不封建好像没有关系吧。你的心意我领了，你回去吧，我也要回去休息了。"

蓝洁把蛋糕拎着往赵达声眼前晃晃，说"你看我这个蛋糕，难道还让我拎回去不成？"

"这个你自己处理吧，我也无能为力。"

"那如果我说有问题线索向你透露，你还拒绝和我谈话吗？你一个堂堂的战斗英雄，还怕被我一个女人吃了不成？"

"那行，我们进屋里去聊吧。"

说完，赵达声便朝着自己出租房走去，蓝洁拎着蛋糕紧紧地跟在后面。

此时，许盈和赵小燕在赵达声的出租房里干等着。两人坐在餐桌前，眼看着一桌丰盛的菜肴，筷子都没有动一下。

"你看你，我让你打个电话给你爸，你不打，这下好了，他这不知道啥时候才能回来。我们在这儿傻等，说不定他跟别人一块儿过生日去了。"

"不可能，他在家里都不愿意过生日的，一个人更不可能去过生日了。"

"我看难说。燕儿，你要是肚子饿的话，先吃一点。"

"我不饿，妈你先吃一点。"

"我不吃，饿一饿有好处。"

此时，楼道里响起脚步声，赵小燕赶紧站起来，跑到门口，把门打开一条缝，耳朵贴在门边听了听，然后把门关上，回头对母亲说："来了，来了，我关灯喽！"

赵小燕"啪"的一声把灯关上："看我们怎么吓他一跳。"

"燕儿，你关灯干吗，你这孩子，把灯打开，别闹，我要去热一下菜。"

"这样好，别说话，别说话！"

许盈站起来，去把厨房间的灯打开，拿着两个菜去灶台上热。

赵小燕站在门边，张开双手对着门口，似乎要给来访者一个饿虎扑食。此时，响起了门锁转动的声音，赵小燕紧张地等待着。片刻，门开了，赵小燕张牙舞爪一下子蹦出来，嘴里叫着"当一当一当一当"，一下子把开门的人吓了一跳，不过她看到父亲带着一个女人进来，一下子愣住了。

赵达声："燕儿，你怎么在这儿？"

赵小燕没有回答父亲，指着蓝洁质问父亲："她来干吗？"

赵达声呵斥她："燕儿，她是客人，别这么没礼貌。"

赵小燕一下子拦在蓝洁的面前："客人？咱家没有这样的客人。蓝小姐，咱家不欢迎你，你请回吧！"

蓝洁使劲把赵小燕推开："这又不是你的家，我来这儿，不需要征得你的同意。"

赵小燕冲上去想要发作，赵达声挡住了她："吵什么吵，搞得鸡飞狗跳的。"

许盈听到争吵声端着一碟菜从厨房里出来，一眼就看到气质优雅的蓝洁，她的脸一下子拉了下来，放下菜碟，狠狠地瞪了赵达声一眼。许盈一句话都不说，拿起自己的手提包，气冲冲地朝门外走去。

赵达声"许盈、许盈"叫了两声，许盈头都没回。赵小燕"妈、妈"叫她，她也没有回头。

赵小燕瞪着赵达声："爸，你，你太让我失望了！气死我了！"

蓝洁走到餐桌前看了看，说："哟，菜不错啊，正好咱们边吃边聊！"

赵小燕走到蓝洁跟前，指着门说："这菜不是烧给你吃的，你给我出去！"

"我干吗要出去，我是你爸的客人，既然是客人，吃点好酒好菜总不过分吧。"

"真不要脸，我告诉你，你不要缠住我爸，否则我对你不客气！"

"我没指望你对我客气。"

说着，蓝洁拿起桌上的筷子，夹了一口菜放进嘴里："嗯，不错，就两个人吃有点浪费了。那个小燕，你也在这儿吃吧。"

赵小燕怒不可遏，上前甩手朝蓝洁的脸上抽过去，被蓝洁躲过了。

"哟，你还想打人，脾气真够大的。"

赵达声："燕儿，爸爸与她有话要谈，你不要无理取闹。"

赵小燕："行，你们谈，好好谈吧！我给你们腾地方。我走了！"

说完，赵小燕气呼呼地走出门去，"砰"的一声重重地把门关上。

赵达声："小孩子不懂事儿，你别在意啊。来，坐吧，有什么情况你说。"

蓝洁坐下来，拿起筷子又吃了几口："嗯，味道不错，你也吃吧。"

赵达声站在那里，静静地看着蓝洁，几次欲言又止，等她稍作停顿，才说："蓝洁，上次你提供的信息，你后来又都推翻了。这次我希望你把大麦集团向政府官员行贿的内情有根有据地告诉我，这些对我们很重要。"

"我这人记性不好，不记得提供的什么信息了。但是，我可以另外告诉你一些信息，不过我有一个要求，如果你同意的话，那我就把所知道的都告诉您。"

"什么要求？"

"很简单，你单身我未嫁，如果咱们能够成为传统意义上的男女朋友，那我就把所知道的信息都告诉你，怎么样？"

赵达声呵呵笑："有这么好的事情！但是反过来说，你都不愿意把情况告诉我，你又怎么能做我的女朋友呢。"

"我们成了男女朋友，我就会把情况告诉你的。否则保密！"

"那没办法，只好依托我们自己的力量，把问题查个水落石出。既然你不肯说，那就请回吧，我也想早点休息了。"

蓝洁把筷子一放："真没劲，算了，那我走了。再见！"

"不送！"

蓝洁甩开胳膊大踏步走出门去，"砰"的一声，门再一次重重地关上。赵达声望着她的背影摇了摇头。

晚上，在东江市体育馆散打擂台上，赵达声和余仲君两人刚刚完成对打，他们摘下头盔，喘着粗气坐在擂台上，各自拿着一瓶矿泉水喝着。两人沉默了一会儿，赵达声先开了腔："老鱼头，玉兰什么时候出院？"

"医生说快了，再过半个月就差不多了。"

"玉兰这次命大，不过真的太危险了。哎，你把我找来，不会就为了打拳吧？"

"是啊，我就是想揍你！"

"咱们已经互相揍过了，你心里有什么不痛快的，你就跟我唠叨唠叨吧。"

"达声，有一点我很好奇，当年你失忆如果落入敌人手中，加入敌方的阵营，那在战场我们相见的话，你会不会对我开枪？"

"不可能，我怎么会加入敌方阵营！"

"我知道你不会，我是说如果。"

"那肯定开枪啊，我又不记得咱们是生死兄弟。"

"假如记得呢。"

"记得啊，记得也会开枪的。因为我们各为其主，与私交无关。"

"我不会开枪，我绝对不会对兄弟开枪。"

"那你就不是真正的军人。哎，老鱼头，你说这话什么意思？难道你真拿了人家好处来试探我啊？"

"瞧你说的，那不可能。我是提醒你一点，你在明处，人家在暗处，你还是小心为好。"

"有什么好小心的，我赵达声的脑袋在这儿搁着呢，谁想要就来取好了。"

"知道跟你说也白说。"

"那咱们还要不要再互相揍两下？"

"揍就揍，谁怕谁啊！"

两人重新站起来，向擂台中间走去。

赵小军将车子开到市一医院住院部楼下，赵小燕扶着婶婶王玉兰，艾伦帮忙提着东西从住院部楼里出来，医院的刘院长、张副院长都亲自陪下来。王玉兰的行动还不太灵便，赵小燕扶着她上了车，艾伦放好东西。一行人在楼下告别，赵小军的车子便驶离了医院。回到家里，赵小军把母亲扶到沙发前坐下，这时从厨房里出来一位五十岁左右的阿姨，见到王玉兰，赶忙鞠躬行礼。

"太太，您回来啦？"

王玉兰一脸疑惑："你是？"

赵小军忙说："啊，这位是王阿姨，与您同姓，以后她就住咱们家里，照顾您的起居。"

"不用，不用，我不也是苦出身，哪要人照顾！不行，不行，我浑身不自在。"

"妈，您就不要犟了，您都中风了，家里没个人照顾怎么行！听我安排就是了。"

赵小燕也在一旁帮腔："就是啊，婶婶，您的健康是我们最大的快乐，您要快点好起来，过不了多久，您还要帮着带小孙子呢。"

王玉兰："这句话中听。小军啊，跟你老丈人家里商量商量，把洋洋快点接回来吧，孩子总应该生在咱们家里吧。"

赵小军："知道，知道，您现在就别操心其他事儿了，先把自己的病养好再说。"

王玉兰："妈的身体妈自己知道，你该办的事情抓紧办。农庄的事儿先缓缓再说！"

赵小军："农庄的事儿真缓不了，现在农庄规模上来了，杭州市里高档小区有机蔬菜配送已经越来越被人们接受。二期项目已经在洽谈，下一步，我们还将为高档客户提供私家厨师，汇集全国各大菜系特色厨师，打造最温馨温情的家宴产品，满足家宴款待贵宾的需求……"

王玉兰："你不要跟我谈这些，我又听不懂，你爽快点，就说什么时候把洋洋娶回家？"

赵小军："快了，快了。"

王玉兰："我不要听你这些虚话，到底什么时候？"

赵小军："那我得跟洋洋和她父母合计一下，然后再告诉您。"

王玉兰："快点，快点，你今晚就去见洋洋的父母，带上礼物，多说些好话，把事办了，越快越好。"

赵小军："好吧，我听您的还不行吗！"

晚上九点多，余仲君回到林妙雪住处。一进门，林妙雪就抱怨起："我给你打了那么多电话，你干吗不接啊？"

余仲君走到沙发前坐了下来，松松衣领："你又不是不知道，早就跟你说过，上班时间尽量不要打我电话。你二哥又怎么啦？"

林妙雪过来坐在他的身边："有个公司是他的竞争对手，听说以前是最大的市政工程承包商，我二哥做市政以后，一直在背后捣乱，昨晚又派两辆无牌大卡车在刚刚铺好的马路上辗压，被我二哥公司逮个正着，我二哥他们就把对方打伤了。现在我二哥被警察叫进去了，你快想想办法吧！"

"我跟你说，让你二哥低调一些，一点点破事，动什么手，事情闹大了不好收拾。现在非常时期，多少双眼睛都盯着我们呢，有人巴不得我们出事儿。"

"知道了，知道了。那我上次说的，我舅家的表妹，今年大学毕业，想在东江找个工作，你给办了没有？"

"哎呀，我的小祖宗，这些鸡毛蒜皮的事儿，你下次少管管，不要向你家人朋友透露我的情况。咱们一定要低调，等将来咱们有了一定的基础，就离开这里，到一个谁也不认识咱们的地方，过神仙眷侣的生活。"

"我知道，我这都生了孩子，只有家里人和舅舅家知道，你还说我不够低调？还要怎么低调啊，我一个姑娘家偷偷地在外面生了孩子，算怎么一回事儿嘛！你就一点都不体谅我，还怪这怪那的。"说着，林妙雪佯装生起气来。

余仲君扶住林妙雪的肩膀："好了，好了，下次注意啊！反正小心一点吧。你表妹的事情，我再问问，到好点的企业去吧，公务员和事业单位逢进必考，我也无能为力，好不好？"

林妙雪点点头。

余仲君问："儿子呢？"

"已经和保姆睡了！"

"我去看看。"

"哎，别看了，都睡着了，谁让你这么晚回来的！"

"那我下次早点回来。哎呀，真想儿子啊，有空的时候我就看手机里的照片，你看他是不是越长越像我了？"

林妙雪嗔怪道："看你，光想着儿子，就不想着儿子他妈。"

"谁说的，没有他妈哪有儿子啊。"

说完，余仲君一把搂住了林妙雪的腰。

林妙雪佯装生气，推开他："哎呀，别闹，让阿芳看到了。"

这天，孙方明开完会，来到赵达声办公室，顺便汇报工作。他已于不久前调任致远县纪委书记。两人面对面坐在办公桌的两边，小声交谈着。

"方明啊，你调任致远县三个月了，工作还顺利吧？"

"还好，县里工作更加复杂一些，面对的大部分是农村基层的一些具体问题，情况比较复杂，党纪法规制度与村规民约以及村落的一些土办法，有很多地方存在冲突，理顺关系。让农村基层党员干部树立党纪意识、法治意识，还真有些不容易。不过，我一定努力适应新的环境，把工作做深做细，力争取得新的成效。”

"嗯，当时市委考虑把你从市属区纪委书记平职交流到偏远地区，主要是因为你对农村基层党风廉政建设这一块还相对生疏，为了让你多岗位锻炼，才这么安排，有些委屈你了。但从长远来看，对你有好处，希望你能够理解组织的用意！"

"这个请赵书记放心，咱也是一名老党员了，这些问题都能理解，而且都能正确处理好。"

"这就好，你能这么想我就放心了。"

"我目前唯一在意的就是怕工作做不好，拖了全市的后腿，那样就不好了。"

"现在碰到什么棘手的问题没有？"

"太棘手的也谈不上，只是好多事以前在区里没有碰到过，感觉有些吃力。"

"说来听听。"

孙方明大喜："那好，正想请教呢。比如说，现在正好碰到的一个问题，有一个村叫傅家圩，村里竞选村干部都有宴请村民的习惯，他们把村民邀请过来吃个饭，然后在宴席上发布一下自己的所谓'从政宣言'。几乎每个村干部都这么干，这个行为到底算不算贿选？这问题有些不太吃得准。"

"选举宴请，就是村规陋习，要教育他们不能再这么干，以往的事情，只要村干部称职，能干事儿，群众没意见，那都没问题。但是今后绝不允许类似情况发生，否则一律按贿选处理。"

"明白了。赵书记，您这么一点拨，我心里头就有谱了。看来，还是对党的政策法规没有吃透啊！对了，赵书记，还有一个情况，有一个林家埭村，村里老支书叫林向前，他有一个儿子叫林妙雨，有点缺心眼，本来这也没什么，但是，他通过贿选硬是将村支书的位子传给了傻儿子。这么一来，虽然他已经从村支书的位子上退了下来，但实际上还是在幕后操控。不但如此，还大肆侵吞村集体资产，村里账户上连年赤字，但是他自己却富得流油。"

"你说他傻儿子叫什么名字？"

"林妙雨。"

"林妙雨？林妙雪！难道……"

"赵书记您知道他们？"

"现在还不知道，将来会知道的。这样，方明，你回去以后，赶紧对这户人家进行调查，把他们的基本情况摸清楚，包括家庭成员、工作单位、现在住址，到时把情况向纪委办公室报一下。"

"好的，赵书记，那我先回去了，再见！"

"再见！"

这天，孙方明带着两名县纪委干部和一名审计局干部，在万安镇纪委严书记的陪同下，一起来到林家埭村。他们把村委成员集中在会议室里，老支书林向前、现支书林妙雨、村主任林永生、村会计林越露等一班人全部在场。

孙方明："今天我来，主要是考察一下村里的基层党风廉政建设、村委干部廉洁自律和执行上级指示情况，下面请村里先介绍一下吧。"

林向前献媚地笑笑："好的，首先欢迎县领导来村里指导工作，领导辛苦了……下面，我简要地介绍一下村里党风廉政建设的情况……"

孙方明打断了他的话："对不起，我问一下，谁是村支书？"

林向前："我是老支书。"

林向前又指指林妙雨："他是新支书，是我的儿子。"

孙方明："既然他是新支书，那就让新支书汇报吧。"

林向前笑笑："他口齿不是太清楚，汇报起来有点困难。"

孙方明："他是村支书，有这个能力，不然当不上村支书。你让他说！"

林向前尴尬地笑笑往边上让了让："妙雨，你来说吧。"

林妙雨打开手边的稿纸念了起来："欢迎县纪委的孙书记来村里检查工作。我们村里党风廉政建设在县纪委的领导下，在万安镇党委的指导下，一年来，各项工作顺利开展，村里建立了村务监督委员会……加强了对村级基层党员干部队伍的建设……"

林妙雨按稿子念着，忽然停住了，翻来覆去地翻着稿纸。众人只听见他弄得纸张"哗啦哗啦"响，就是听不到他自己的声音发出来。

　　林妙雨："我这怎么少一页，怎么回事？"

　　林向前赶紧把自己手里的稿纸拿给他，林妙雨看了好一会儿才接上刚才的话："村里党员都严格遵守各项制度，做到……"

　　孙方明大声说："不要念了，稿子我自己看吧。下面你们来回答我的问题。林妙雨是什么时候选上村支书的？"

　　林向前："不久，两个多月前镇里批准我退休后，经村支部和全体党员推选他才当上的。"

　　孙方明："这样吧，我们一个一个谈，林向前同志先谈，其他人到办公室等候，叫到的时候再过来。"

　　村主任林永生和其他人便站起来朝外面走。

　　孙方明："林向前同志，听说村支部推选村支书的时候，你为了让儿子林妙雨接任村支书的位子，在县城国际大酒店摆了两桌？"

　　林向前："是啊，我年纪大了，干不动了，我儿子年纪轻，肯干活，我就想让他继续我的事业，带领村民继续致富奔小康。所以我就摆了两桌，跟村里的党员骨干掏了掏心窝。"

　　孙方明："你不觉得这样做有什么不对的吗？"

　　林向前："有什么不对？没有啊，咱们这儿选村主任、推选村支书，全部都要宴请的，不宴请谁选你啊！"

　　孙方明冲他摇了摇头。

　　第二天，孙方明、镇纪委严书记和两名县纪委干部继续到林家埭村了解情况，他们找村主任林永生谈话。

　　严书记："林向前于8月25日在县国际大酒店的宴席你参加了吗？"

　　林永生想了一下："参加了，村里的党员都去了。"

　　严书记："他为什么要宴请你们？"

林永生："还不是为了他儿子林妙雨当村支书的事情嘛。"

严书记："你认为他儿子林妙雨有这个资格当村支书吗？"

林永生："他有个屁资格，去年连个党员都不是，推选村支书前两个月才突击入的党。工作上狗屁不懂，还不是仗着他老头子的影响干上了村支书。"

严书记："你既然不同意他当村支书，为什么还要支持他？"

林永生："我不支持能行吗？人家都支持，我不支持，我的村长也干不长。他林妙雨不是个玩意儿，可他的老爷子林向前可不简单，玩起阴的来，谁也不是他的对手。加上他们家里又攀上了大人物，谁惹得起啊！不如让着他，支持他算了。"

孙方明："攀上什么大人物？"

林永生："具体也不太清楚。有一次喝完酒，林向前吹牛，说他女儿林妙雪攀上了一个大人物，在东江市呼风唤雨，他二儿子到东江干工程就是靠这个人安排的。"

孙方明："他有没有说什么大人物？"

林永生："我问他了，他就是不说。"

孙方明："他女儿在东江做什么？"

林永生："听说是东江师范的老师，但是最近很少听到他提女儿的事情，不知道有什么变化。"

过了一会儿，孙方明他们开始与林妙雨谈话。与其他人不同的是，林妙雨在谈话时始终表现得很兴奋，笑眯眯的，脸上的横肉堆积起来，把眼睛挤成了一条缝。他对调查人员有问必答，语速很快，说话的时候，还不停地摆弄手机上的卡通挂件。

"妙雨，当上村支书三个月了，感觉很好吧？"

"感觉很差，老是开会开会，一坐就是半天，一点都不好玩。"

"不好玩你怎么还要当这个村支书呢？"

"我也不知道，老头子让我干我就干了，哪知道这么没劲。早知道，我肯定不要干的。"

"听说你妹妹在东江混得不错啊。"

"我妹妹长得可漂亮了，你们见过她没有，她可漂亮了。"

"是啊，很漂亮。她最近回来过吗？"

"没有，以前经常回来，现在很久没有回来了。"

"那你们有没有去看过她？"

"没有。老头子去看过她。对了，我妹妹生了个男孩，老头子回来可高兴了。"

"你妹妹结婚了？"

"结婚？噢，结了，不结怎么生孩子？结了！"

"那你见过你妹夫吗？"

"没有，没见过。"

孙方明觉得林妙雨这里也问不出什么情况，于是又找林向前谈话。林向前显得很圆滑，对有的问题装聋作哑，有的问题刻意回避。林向前始终斜着眼，不屑地看着调查组的几个人，没等调查人员开口，倒先发问了："孙书记，我这是犯了哪一条啊，怎么跟查犯人似的？"

孙方明笑笑："我们就是例行检查，干一回基层党风廉政大巡查的回访，没有什么特别的意思。"

"我当村支书十多年了，从来没有碰到例行检查搞得这么认真的。你当我不知道？"

"是从来没有这么认真过，如今上面有要求，为了党风廉政建设和反腐败工作的需要，县级纪检监察机关必须要抓好落实。"

"孙书记，你是刚来的不知道，咱们这里天高皇帝远，政策制度执行起来自然比别的地方松一点。你啊，也不要太较真了，太较真容易伤及自身，到时弄得吃力不讨好，何必呢！"

"谢谢林支书提醒，可是我这个人就爱较真，从小养成的毛病，什么事儿非得打破砂锅问到底，办案查案更是如此。没办法，改不了喽！对了，我听说，你女儿林妙雪在东江干得不错啊！"

"没什么不错，就是一个普通老师，比上不足，比下有余，马马虎虎吧。"

"林支书谦虚了。听说你小儿子在东江也干得风生水起啊，他怎么这么能干，找到什么门道了？"

一提起小儿子，林向前似乎来了兴致："不瞒你说，孙书记，我这个二儿子和女儿都是很聪明的，他们在东江说实话，混得确实还不错。也没有什么奥秘，就是靠朋友们关照。"

"你二儿子是做工程的吧？这个事儿可不好弄啊，听说一般工程很难拿到的，他有什么诀窍吗？"

林向前听到这里，盯着孙方明愣了一下，似乎回过味儿来了："噢，这个我也不太懂，都是孩子们在弄，我从来不问的。"

"不瞒你说，我老家有一个表弟，是建筑工人，活儿不错，让他当个小头目没问题，想找一家建筑公司干干，但是人家老是让他做普通工人，他不甘心啊。我想如果可能的话，可不可以让他到你小儿子的公司去学习学习，让你儿子给他个机会呗。"

林向前刚想说什么，眼睛又骨碌一转："这个，我说了也不算，再说我也不懂建筑，我没法开口啊。"

"噢，那算了。"

接着，孙方明、严书记及县纪委高主任和小周在万安镇纪委办公室找村会计林越露谈话。林越露四十来岁，风韵犹存，不过胆子很小，看到纪委书记找她谈话，神情极度紧张。

孙方明开门见山地问："前年，致远中学迁址林家埭村，置换土地建造的安居房，为什么卖给承建的开元建筑公司的价格比安居房的价格还要低？"

"我不知道啊，我只管记账，价格什么的都是林书记和林主任他们定的。"

"开元建筑与村干部之间有没有经济往来？"

"我哪知道啊。我只知道项目开发后，开元建筑隔三岔五请村里干部吃饭和消费，而且都是到县里最高档的场所。"

"你收过开元建筑多少礼金礼卡？"

林越露神色惊慌："我总共才收了一万多元礼卡。我马上退，我马上退，我有上初中的儿子，我不能坐牢啊，我男人啥都不会干，我不能坐牢啊！"

说着，林越露在办公室里号啕大哭起来。

孙方明喝道："林越露，冷静一点，把你和其他人收受礼金礼卡的情况、细节仔细地回顾一下，告诉我们，不能隐瞒，否则后果自负。"

林越露："我坦白，我坦白。"

……

孙方明回到办公室加班，分析当天调查掌握的情况。他在办公室里踱来踱去，忽然停下步子，走到办公桌前，拿起电话拨了个号码。

"喂，赵书记，我就猜到您还在办公室。我把手头的情况先简单向您报告一下。林家埭村村支书林向前确实就是林妙雪的父亲，她的二哥在东江做工程，似乎受到了什么人的关照。但是，一谈到林妙雪和二儿子，林向前就非常警惕，根本不愿意多透露半个字。估计想从正面了解到林妙雪和她二哥的情况非常困难。"

"嗯，再继续深入调查，多来几个迂回，多找找村上的群众。"

"明白。"

"村里有没有存在腐败行为？"

"就目前看，大的还没有发现，但是苗头已经出现。他们在致远中学迁址林家埭村，置换土地建造安居房过程中，有接受建筑单位礼金礼卡的现象。现正深入调查中。"

"好，这个情况很重要，务必调查清楚。"

"是。"

与此同时，林家埭村村委会会议室里，圆桌上堆满了待查的财务账本。账本装订得很马虎，显得很不规范。三名审计人员正对村里三年来财务情况进行审计检查。

第二天，县纪委纪检监察室高主任和小周把开元建筑的老板林开建叫到县纪委办公室协助调查。林开建年纪五十开外，胖乎乎的，外表看起来很油滑，但是一走进纪委会议室，看到表情严肃的高主任和纪委干部小周时，神情有些不自然。也许走得急，他口中喘着粗气，额头上汗津津的。

高主任："你就是林开建？"

林开建："是，是的。领导，您找我什么事情？"

高主任："林家埭村的安居房是你公司建的？"

林开建："是，是的。领导，有什么问题吗？"

高主任："现在不是你问我，而是我问你！安居房原计划造两幢三单元的小高层总共一百三十二套，为什么后来变成两幢四单元一百七十六套了？你是怎么改变规划的？"

林开建一听这个问题，额头上的汗水滋滋地往外冒："这个，这个，事情是这样的，原先这个工程不是我们公司做的，我提出可以改变规划多造四十四套房子，林向前和林永生觉得有利可图才把工程交给我们来做。后来，我找县规划局的张亮局长，花了点钱，改变了规划，多批了两个单元四十四套房子。"

高主任："你找张亮花了多少钱？"

林开建："二十万元。"

高主任："你在什么时间、什么地点、什么情况下给张亮钱的？"

林开建："时间是前年的五月上旬，具体几号记不清了，在万福茶楼二楼的一号包厢，当时我提了十万元现金过去。"

高主任："当时你说了什么？"

林开建："我说想改变林家埭村安居房的规划，能不能帮忙多增加一个单元的房子。"

高主任："张亮当时怎么说？"

林开建："他说，这个事情不那么简单，要回去研究研究。我一听这话，觉得是不是钱给得太少了，就说这个事情务必请张局长帮忙，事成之后，再付十万。"

高主任："张亮说什么？"

林开建："他说让我等消息，一周内给回音。后来，过了一周，好像是星期五，不对，是周末。他打来电话说事情弄好了。我就又提了十万元现金到他办公室，把钱交给了他。"

高主任："你说给了张亮二十万元现金，有什么证据？"

林开建："我有当时两人的录音为证。他还说了好几句'一定要保密'之类的话。"

高主任："嗯，除了向张亮送过二十万元以外，还有没有向谁送过钱？"

林开建："送倒是没送过，但是被人家要去了四百多万元钱。"

高主任："谁向你要的？"

林开建："就是林家埭村的林向前和林永生。"

高主任："他们是怎么向你要钱的？"

……

晚饭后，孙方明回到办公室，高主任和小周跟了进来。

孙方明问："哎呀，今天开了一整天的会，你们怎么样，今天有收获吗？"

高主任笑着回答道："没有收获我也不会这么急地向您汇报了。"

孙方明："来，坐，快说说。"

小周去给两位领导倒水，三人在沙发上坐定。

高主任："今天我和小周找开元建筑的老板林开建谈话，他提供了两个重大线索。第一个线索是，在县致远中学迁址林家埭村时，与村里置换了一块土地，建设安居房。原先按照规划，只能造两幢三单元的小高层住宅共一百三十二套。林开建通过向县规划局局长张亮行贿二十万元，改变了原先的规划，增加了两个单元四十四套房。村干部一看有利可图，就把这个项目交给林开建的公司来做。林开建为表示感谢，向村干部大肆送礼金礼卡。第二个线索，随着时间的推移，当地房价节节攀升，等房子结顶时，房价已经涨到每平方米五千多元，多建造的四十四套安居房总价超过两千万元。面对这笔多出来的巨款，林向前和林永生两名村干部心理严重失衡，几次三番向林开建索要好处。从去年初开始，他们已向开元建筑公司索贿四百多万元，并且还在不停地向开元建筑公司要钱。"

孙方明："真是无法无天。明天你们抓紧办理组织调查手续，尽快对张亮、林向前、林永生采取组织措施。"

高主任："是。"

农家别墅里。

林妙雪抱着小成贤，手指着墙上的闹钟："贤贤，那是什么，钟钟，钟钟。"

林妙雪又指着墙上的电视机："这是电视机，记住了，电视机……"

孩子的眼睛随着林妙雪的手指一处一处望过去，嘴里咿咿呀呀地叫着。这时，外面传来开关院门的声音。

林妙雪高兴地说："啊，爸爸回来了，我们去看爸爸去。"

林妙雪抱着孩子走到门口，余仲君正打开房门走了进来。孩子一看到余仲君，就挣脱开林妙雪的手，整个身体向着余仲君扑过去。

余仲君赶紧放下手提包，一把抱过儿子，在儿子的脸上亲了一口："乖儿子，想爸爸了吧？"

孩子在他的手里嗷嗷地叫着。

林妙雪道："你终于回来了，急死我了。我家里出事儿了！"

"出事儿，出什么事儿了？"

"咱们到房间去说。阿芳，阿芳，你把孩子抱过去，哄他早点睡吧。"

阿芳快步从厨房里出来，手里拿着一块毛巾，两手使劲擦着。走到余仲君面前，想从他手里抱走贤贤，可是孩子抱住余仲君的脖子不肯撒手。林妙雪上来，硬是把孩子从余仲君手里抱过来。孩子不肯，哇哇地哭起来。

余仲君道："让我再抱一会儿吧，看儿子都哭了。"

林妙雪硬是把孩子塞给阿芳："孩子有的是时间抱，我这可十万火急，走，赶紧上楼。"

说着，林妙雪推着余仲君朝楼上走去，不顾孩子在阿芳怀里挣扎哭闹。

林妙雪把余仲君推进卧室里，关上房门，终于听不见孩子的哭声了。

"到底什么事儿，搞得这么心急火燎的。"

"我家里出大事儿了！今天下午，大哥打来电话，说我爸和村主任一块儿被县纪委叫走了。纪委通知家属，让送换洗衣服过去呢。你说这可怎么办啊？我爸刚退休下来，正准备享享清福，没想到出事儿了。"

"那你知道你爸到底因为什么事情让县纪委叫进去的吗？"

"我哪儿会知道啊，纪委又没有对我们家里人说。只说到纪委接受组织调查，这到底要不要紧啊？你是市委书记，赶紧跟县里说说，把我爸放出来吧！真是急死人了！"

"亲爱的，你先别急，等明天一上班我就问问致远县，看看到底什么情况。"

"要等到明天啊，这黄花菜都凉了！"

"既然是接受调查，那说明情况还没最后弄清楚，你现在贸然让县里放出来，这不明摆着我干预纪委公正办案嘛。如果闹大了，对我和你爸都不好，还是慎重一些，先把情况弄清楚再说。"

林妙雪心中尽管气恼，可眼下也没别的办法了，只好先作罢。

晚上，林妙霖心急火燎地来到林妙雪的住处，一进家门就冲她发起脾气来。

"小妹，你难道眼看着老爸就这么被抓起来，他这刚刚退休，本来可以享享福，这下好了，恐怕他这一辈子都得待在牢里了。"

"二哥，你这乌鸦嘴不要乱说，现在事情还没有查清呢，怎么就一定会坐牢了。"

"我知道的，肯定是安居房的事情，当时多造了四十四套房子，他们这么弄，肯定会出事儿。那时我还劝过老爸，他不听。现在好了，洗干净屁股等着坐牢

吧。"

"你也好不到哪儿去，都不是省油的灯。还是大哥好，起码不惹事儿。"

"不惹事儿？他当上村支书这事儿，肯定也要处理的。"

"再处理也不会把他处理到牢里去吧。"

"咱们说这些都没用，你赶紧让老余想想办法吧。"

"我也急，已经让他在了解情况了。"

"了解？有什么好了解的，放了不就得了。"

"你懂啥啊，你以为是家事儿呢。"

"我看老余的办事能力也不咋样，这么个破事儿，打个电话不就完了。"

"算了，你不懂就不要在这里瞎咋呼了。你听好了，咱们两条腿走路，一方面让老余对致远县施加压力，让他们对老爸从轻发落；另一方面，你赶紧回致远去活动活动，能捞就把老爸捞出来。"

"行，行，听说县里新上任的纪委书记是镜湖区纪委书记调过去的，我马上回去找人，争取把老爸弄出来。"

"那你快去。"

"好的，那我走了。"

晚上，忙了一天的孙方明回到宿舍，掏出钥匙刚打开房门，忽然有一个信封从门缝里落下，掉在门口的地上。他顺手捡了起来，走进了房间。这是一套中套住房，中等装修，简洁大方。孙方明走进屋里，放下手提包，把信封往餐桌上一丢，去厨房打了一壶水，放到煤气灶上点上火。随后，他回到客厅，拿起信封，一把撕开，取出里面的一沓照片，坐在椅子上看起来。照片上的画面让孙方明触目惊心，都是一些重大车祸的照片，照片上的人被车轮辗压得血肉模糊。孙方明一张一张往下看，眼神里透着疑惑，不明白是什么意思。但当他看到最后一张照片上妻子和儿子甜蜜相拥的画面时，他明白了。他放下照片，又朝信封里瞧瞧，发现里面还有一张纸条，取出来展开一看，上面写了五个大字："放了林向前！"

孙方明放下照片和纸条，掏出手机拨通了家里的电话：

"喂，老婆，还没睡吧，小豪睡了？噢，那就好。没事儿，这两天上下班和接送小豪你就坐公交车去，对，不要问为什么，每天早点回家，除了买菜什么的，尽量不要出门。对，你按照我说的做就行了。我没事儿，你们小心点儿。小豪上兴趣班就让你弟送，啊！麻烦就麻烦点，到时我们好好谢谢他！那就这样，你早点休息，挂了啊！好，晚安！"

第二天早上，孙方明吃过早饭就早早地到了办公室。时间尚早，办公楼里还没有什么人。孙方明在办公桌前坐下，翻开记事本，想看看这两天的工作安排。此时，响起了敲门声，孙方明随口说了声"请进"。话音刚落，林妙霖和林妙雨兄弟俩就从外面进来。林妙霖二话不说，把一个黑袋子重重地放在孙方明的办公桌上。

孙方明诧异地看着两人："你们想干吗？"

林妙霖道："你是孙方明书记吧，我们是林向前的儿子，我们知道老爸犯了事儿，念他年纪大了，身体不好，想请您高抬贵手放了他，我们一定重谢。这里是三十万元您先拿着，事成之后，再送三十万元，我们求您了！"

说着，兄弟俩竟在孙方明的办公桌前"扑通"一下跪了下来。

孙方明站了起来，高声说："别这样，你们父亲的事情还没有完全查清楚，等到完全查清以后，法律会给你们一个公正的交代。该他承担的责任，他推脱不了；不该他承担的责任，法律也不会冤枉他。你们的钱你们收好，千万不要错上加错。"

"孙书记，您千万得帮帮忙，您的大恩大德，我们永世难忘，我们祖祖辈辈都会感激您的。"林妙霖恳求道。

孙方明无奈地说："你们起来说话好不好？"

林妙霖和林妙雨站起来，哭丧着脸，可怜兮兮地看着孙方明。

"钱你们拿回去，事情会查清楚的。"

"这个钱您千万得收下，拜托了！"林妙霖不死心。

孙方明一下子把脸拉下来："林家兄弟，你们不要再添乱了，你们这是在行贿知道吗，是犯罪行为，这个行为只会让你们和你们的父亲加重处罚。请你们收好钱，赶紧回去吧。"

林妙霖坚持道："您不收下，我们就不走了！"

孙方明冲他们摇了摇头："那行，你们不走，我让人来请你们走！"

说着，孙方明拿起桌上的电话，拨了个号码。"喂，保卫处吗，我孙方明啊，你们带两个人到我办公室来一下，对，就现在。"

林妙霖听到孙方明打电话给保卫处，抓起孙方明办公桌上的黑色袋子，拉着林妙雨匆匆离开。

晚上，余仲君住在林妙雪这里。睡前，两人躺在床上，表情严肃，说话的声音越来越大，渐渐地争吵起来。余仲君穿着睡衣"呼"地从床上坐起来，大声嚷道："我这不是见死不救，而是不能救。"

林妙雪也大声问："为什么不能救？"

"你想啊，我这要是出面，纪委马上就会发现我们的关系，进而牵扯到你和大麦集团的关系，你收受大麦集团好处的事就会大白于天下。"

"有这么严重吗？"

"有人一直在盯着我们的关系做文章，一旦查到你这里，我也脱不了干系。"

"我又不是党员怕什么？"

"你虽然不是党员，但是是基于和我的关系，人家才会向你输送利益，这叫特定关系人受贿。所以，你和我的关系是绝对不能让人家抓到把柄的，否则我们所有的努力都将前功尽弃、付诸东流。"

"那难道就置我父亲于不顾吗？"

"绝对不能管。这叫舍车保帅，不得已而为之。要做大事，肯定是要有牺牲的。"

"那我爸不是得老死在监狱里啊！"说着，林妙雪扑在枕头上哭起来。余仲君看林妙雪这样，口气便缓和下来，抚着她的肩膀。

"我想好了，现在查案阶段我不好出面，等判完以后，我倒是可以让他们关照一下，弄个保外就医、减刑什么的，争取早点出来。"

林妙雪听到此话，抬起泪脸："真的？"

"当然真的，到那时我再出面，神不知鬼不觉的，谁也不会再关注了。"

"我明白了。这样也好，我还以为你真的不管这事儿了呢！"林妙雪温柔说道。

余仲君拥住她："哪能啊！"

随着案件调查的步步深入，余仲君的身影慢慢浮现出来。赵达声心里非常难受。作为昔日的生死战友，说心里话，赵达声最不想调查的人就是余仲君，调查生死战友，无异于锥子扎心，那种痛彻心扉的感觉无以言表。但是，赵达声明白，只有深入调查才是他唯一的选择。此时，他正向几名得力手下布置进一步调查余仲君的工作。

赵达声道："今天把大家找来，主要是商量一下继续调查镜湖综合体项目背后的腐败问题。上次，我们确立了余仲君关照大麦建筑取得镜湖综合体项目中标的事实，而余仲君也承认了这个事情。但是，我们没有查到余仲君收受大麦集团好处的证据，所以不能确立余仲君是否存在以权谋私的行为。大家还记不记得，省委巡视组来我市巡视的时候，有人实名举报余仲君存在生活作风问题，与东江师范老师林妙雪有不正当的男女关系，但是最后也没有找到确实的证据。现在，情况有了进展，林妙雪的父亲利用村支书的便利，伙同他人向企业老板索贿。在办理案件过程中，通过林妙雪父兄的通信工具，我们已经基本锁定了林妙雪的手机号码及大致位置。下一步，一是将前期掌握的初步情况向省纪委作专门的汇报，严格按照上级纪委的指示办事；二是我们必须做好情况初核，做到言之有物，不能捕风捉影；三是协调公安或通信技术部门，采取措施锁定林妙雪的位置，找到林妙雪，让她开口说话，弄清镜湖综合体项目的幕后情况。"

周强有些顾虑："我们这么做如果让余书记知道，可能会很被动吧！"

"调查了解本身是双向的，如果有问题我们可以把它消除在萌芽状态，避免进一步发展到不可收拾的地步。如果没有问题，可以澄清传言，保护干部。这也是我们纪委的职责之一。回头我与省委巡视组吴承甫组长沟通一下，让他帮我们把握一下。放心，出了问题我来负责！"赵达声答道。

周强点点头："好的。我明天就联系公安技术部门，尽快查到林妙雪的确切位置。"

晚饭后，赵达声早早地来到省委巡视组入驻的东江饭店，直接去了巡视组组长吴承甫的房间。门铃响了两遍，里面传来吴承甫低沉的声音"来了"。随即房间门打开了，吴承甫看到赵达声，笑道："达声，快进来，几天没见，我有情况和你沟通沟通。"

"我也是有事儿想向您请教啊。不知道我这私底下与您见面，算不算违反巡视纪律？"

"也算，也不算，咱们纯粹探讨工作，我觉得没什么不可。"

"那我们到外面逛逛吧，透透气。"

吴承甫答道："行，行，等我穿件外套。"

赵达声在门口等吴承甫出来。片刻，吴承甫关上房门。两人一前一后离开了房间。他们来到饭店的中式小院，只见院中曲径回廊，亭台碧池，别有一番韵味。两人在院中小径慢慢地踱着步，交谈着。

赵达声道："吴组长，您是省纪委的老领导了，有个问题我还真有些吃不准，不知道怎么处理比较好，您给我指导指导。"

"什么指导，说来听听，咱们共同探讨。"

"就是纪委到底能不能对同级党委班子成员进行初查？如果初查的话，有什么需要注意的问题。我看党章规定各级纪委发现同级党委委员有违反党的纪律的行为，可以先进行初步核实，需要立案检查的，应报同级党委批准，涉及常务委员的，经报告同级党委后报上一级纪委批准。这里有一个问题，如果调查的是党委一把手也就是党委书记，到底还要不要向同级党委报告？"

"我明白你的意思，你想问如果对党委一把手进行调查，如何向党委报告的问题。我的理解是，如果是情况初核，则不需要向同级党委和上级纪委报告。需要立案检查的，可以先不向同级党委报告，直接向上一级纪委报告，由上级纪委具体实行立案检查。"

"明白了……"

赵达声不说话了，径直朝前面的池塘走过去。吴承甫跟了上来。两人走到池塘边，手扶在栏杆上，望着池中的假山。

过了片刻，吴承甫说道："达声啊，我还是很佩服你的，一是一，二是二，法纪与情感，分得一清二楚。我们很多人都做不到这一点。我知道，你和仲君的感情不一般……"

听到这里，赵达声的身子朝着栏杆俯下去，几乎趴在了栏杆上，肩膀一耸一耸的。

吴承甫看赵达声有些异样，探身过去看他，发现赵达声的脸上湿漉漉一片。

"达声，你怎么啦？"

赵达声没有说话，片刻，他在脸上抹了一把，说："没什么，今晚露水真浓。其他我也没什么事儿，我先回去了。"

说完，赵达声便丢下吴承甫顾自朝饭店外走去。

吴承甫"达声""达声"叫了两声，赵达声也没有回头。

第二天，赵达声在办公室里审阅汇报材料，李大可敲门进来，身后跟着一位小伙子和一位戴眼镜的女孩子。

"赵书记，他们是委里新考进来的公务员崔莉和骆嘉。小崔、小骆，这是市委常委、纪委书记赵达声。"

骆嘉、崔莉同声道："赵书记好！"

赵达声抬头朝他们看了一眼："噢，你们好，坐吧。欢迎你们来到市纪委这个大家庭啊！我们委里工作确实需要年轻的同志充实进来。大可，要不就按照常委会的研究，先让他们到纪检监察室锻炼一下。"

李大可道："好的。"

"咦，小崔怎么看着有些眼熟啊？"赵达声问。

"噢，她就是崔名贵的女儿！"

赵达声一下就想起了："噢，想起来了，大义灭亲，举报父亲的报社记者。你怎么想起来报考纪委公务员来了？"

崔莉答道："起先我也没想到会考纪委的公务员，特别是想到父亲被纪委查办这个事儿。但是，我父亲被判了刑以后，在监狱里面整个心态、身体状况都变好了，也表达出对家庭生活的渴望，像完全变了一个人。他积极改造，刑期也由无期徒刑减为有期徒刑十八年，关键是他的心也回到了我们母女俩身边。看到父亲的转变，我母亲心情也变好了，身体也好了许多。这让我感觉到，纪委工作是神圣和充满正义的，是挽救人、挽救家庭的一项十分有意义的工作，我愿意为之奋斗。所以，就立志报考市纪委公务员，没想到真考上了。以后还请赵书记多关照、多指导！"

赵达声欣慰地点点头："嗯，知道了你家庭向的方面的变化，看到你对纪委有这个认识，我很高兴。但是，纪委工作远没有这么简单，它政策性强、业务要求高，工作中有时候还会经常被人误解、受到恐吓威胁，甚至有遭受人身攻击的危险，做一名合格的纪检监察干部远没有想象的轻松啊！你要有思想准备噢。"

"这些我都想过，但纪委工作可以教育人、改造人、挽救人，这是非常有意义的事情，受到再大的委屈和不公都值了。"

"嗯，女孩子有这个认识不简单。那个，小骆啊，听说你原来是东江师范的教师，怎么也报考纪委公务员了？"赵达声又望着骆嘉道。

骆嘉大声地说道："阴差阳错，我也不知道，我就想投身到当前的反腐败斗争中去，在纪委多做点事儿，多查几个腐败分子。"

李大可看着骆嘉，发觉他脸上的表情有些复杂。

赵达声点点头："行，那大可，你先带小崔、小骆去各个办公室转一转，熟悉一下环境和同事。"

"好的。赵书记，那我们去忙了。"

"去吧。"

下班前，苏红正在机要室整理当天发送的文电，李大可走了过来。

"小苏，你现在有空吗？"

"李书记，有什么吩咐？"

"不好意思，刚刚市委办公室打来电话，说有一份文件明天一早要传达到市纪委每个常委，麻烦你现在去取一下好吗？"

"好的，我马上去。"

苏红从铁皮柜里拿出文件包，准备锁门。

李大可道："我在这儿呢，没事儿，你快去吧，他们等着呢。"

"嗯，好。"说完，苏红拿着文件包匆匆朝办公室外走去。

李大可走到门口，把机要室的门关上，回到苏红的办公桌前，翻看苏红当天收发的文电。他翻了翻，又走到铁皮柜前，在里面找到一封待发给省纪委办公厅的机要信，信已密封。他拿出信封，迅速从口袋里取出一个小盒子，从里面拿出一片刀片，顺着信封黏合的位置轻轻划过去，把信封划开，取出信件看起来。他的脸色随即大变，马上拿出手机对着信件翻拍起来，全部拍好后又把信件装进信封，用固体胶把信封封好，原封不动地放回铁皮柜原来的位置。然后他坐到苏红对面的位置上，拿起桌上报纸翻看起来。过了片刻，苏红回来了。

"李书记，拿到了。"

"我看一下，噢，对，就是这个讲话，你收好吧，明天上午上班后给我，常委会集体学习要用。"

"好的。"

当天晚上，李大可来到林妙雪的住处，向余仲君、林妙雪报告最新掌握的纪委调查林妙雪的有关情况，三人坐在沙发上一起商量对策。阿芳带着小成贤到二楼的孩子活动房玩去了。

"你说的都是真的？"余仲君问道。

"我亲眼看到市纪委向省纪委的情况报告，千真万确，所以特地跑来报告，余书记、林老师，你们一定要提防着点，小心着了赵达声的道儿。"

林妙雪神情紧张："怎么调查起我来了，赵达声难道知道我的情况？"

余仲君说："你以为呢！你东江师范的那个追求者一直在告我，也不知道他怎么知道我们关系的。"

李大可点头："加上前期纪委了解到你在大麦集团领取过报酬，知道你与大麦集团关系不一般，所以肯定要调查你。"

"可我不是党员干部，纪委凭什么调查我？"

"无论是谁，只要与党员干部违纪违法案件有牵连，纪委就有权请任何人协助调查。"李大可解释。

余仲君想了想，又说："不过，你们不要紧张，纪委光凭目前掌握的证据是治不了我们的。因为认定受贿罪客观方面必须具有利用职务上的便利，向他人索取财物，或者收受他人财物并为他人谋取利益的行为，否则不能成立。目前，纪委拿不到我们收受大麦集团贿赂的证据，这个行为就只能算对大麦集团的关照，还不能上纲上线。"

林妙雪有些疑惑："这么说，没什么事儿了？"

"也不能这么说，如果让纪委掌握了我或者你有收受大麦集团好处的证据，那么就麻烦了。纪委为什么急于找到你，就是因为他们急需找到证据。所以现在务必小心。实在不行，我们再搬一次家，妙雪的手机号也要换掉，确保万无一失。"

"又要搬家啊！我不搬。"

"没办法，还是小心一点吧。"

"真是烦死人了！"

余仲君又想到了什么，对林妙雪说道："另外，告诉你的两个哥哥，这段时间千万别惹事儿，否则必定自食其果，难以收拾。"

"可怜我爸啊！"林妙雪说着眼泪又下来了。

余仲君拍拍她的手背："为了保全大局，只能做出局部的牺牲了。等案子判下来后，我再想办法关照一下吧。"

李大可对余仲君说："赵达声这个人还真怪。没事的时候对朋友比亲兄弟还亲，有事儿的时候一点情面都不给，铁面无私，公事公办。"

"我就是佩服他这一点！若是在战场上，他会毫不犹豫地为你挡子弹；但你如果犯了纪律，他该批你就批你，毫不留情。在纪律面前，在原则问题上，他能把感情放在次要的位置，不掺杂丝毫的个人恩怨。他就是这样公私分明。"

"这个人真是太复杂了！对了，余书记，还有一个情况我要汇报一下，骆嘉回来了！他考上了市纪委的公务员，现在在孙海手下锻炼呢。咱们对这个人要格外小心！"

余仲君看看林妙雪，林妙雪表情平静，一脸漠然。

余仲君答："噢，知道了。"

早上，刘家良夫妇和刘婧、王玉兰、赵小燕守在东江市妇幼保健院产房门口，焦急地等待刘洋生产的消息。刘家良搓着手，不停地在门口转圈圈。

刘母道："你别转圈圈行不行啊，搞得我头都晕了。"

不一会儿，产房的门打开了。护士向大家报喜："生了，是个小子，母子平安，马上转病房吧。"

刘家良停止了转圈，站在门口，嘴里不停地说："太好了，太好了。"

赵小燕激动地跳起来，搂住王玉兰的脖子："婶婶，婶婶，是个小子，是个小子。"

王玉兰也激动地拉着她的手，说不出话来，只是不住地点头。

医护人员把刘洋转到产科单人病房。刘洋躺在病床上，她的大床边挨着一张小床。床上躺着新出生的宝宝，正在酣然大睡呢。刘家一家人和王玉兰、赵小燕围在小床边上，大家轻声并热烈地议论着。

赵小燕掏出手机给赵小军打电话："哥，你到哪儿了？刚进城啊，倒是快点儿啊，你这么慢，等你到了，孩子都会叫爸爸了！"

刘洋笑道："别催他了，让他慢慢来吧。"

王玉兰和亲家母在商量出院后谁带孩子的问题。

王玉兰说道："亲家母，洋洋终于生了，母子平安，我的一颗心啊总算放下了。接下来，我赶紧把正式退休办了，准备在家里好好带孙子了。"

"嗯？噢，亲家母，你的身体还没有复原，你好好休养休养，孩子么你就不用担心了，我和老头子会带的。"

王玉兰摇摇头："你们都是干事业的人，哪儿有时间带孩子呢，还是由我来带吧。"

"不，不，还是我来带。"

两人谁也说服不了谁。不一会儿，赵小军从外面进来，冲到刘洋的病床前："洋洋，你还好吧？"

刘洋眼泪汪汪地盯着赵小军，片刻泪眼中绽放出笑意来，说："你终于回来了！你看，咱们的儿子，八斤六两，将来肯定是个小帅哥！"

赵小军笑道："那是必须的。"

刘母和王玉兰还在据理力争，赵小燕凑过来和哥嫂说话："你们看，向老太太谁也说服不了谁，我看啊，只有两人轮着带，那样才谁都没意见，否则商量到孩子上学都商量不好。"

刘洋笑了："让她们先闹去吧。"

晚上，刘洋靠坐在病床上，刘母正在旁边小床上为孩子换尿不湿，孩子像是受了惊吓，不停地哭闹。王玉兰嘴里絮絮叨叨，这不对那不对的。赵小军在旁边使不上劲干着急。

王玉兰："哎，裹得太低了，太低了，孩子不舒服的。哎呀，不行，不行，胶带黏着皮肤了！孩子会痛的。让我来，让我来。"

刘母："不用，不用，好了，好了。"

王玉兰："咱们孩子块头大，这小号的尿不湿不行，胶带还是黏着皮肤了。"

刘母："刚才收紧过了，没黏着，你看，没黏着。"

王玉兰："那怎么哭个不停！"

赵小军："过两天出院，咱们请个月嫂，这些事情都让月嫂去做好了。"

王玉兰："月嫂？月嫂，那得多少钱啊，自己的孙子还是自己带，交给她们带哪能放心啊。"

刘母难得表示同意："是啊，我也不放心。"

赵小军："你们可以在旁边看着的嘛！又不要紧的。"

这时，赵达声从外面走进来："啥事儿让人家做不放心啊？"

看到赵达声走进来，刘洋、赵小军和刘母向他打招呼。

刘母道："噢，赵书记啊，我们说小孩的事儿交给做月嫂不放心，她们毕竟不是自家人，哪儿会那么细心呢。"

刘母把孩子横抱起来，轻轻地拍打着孩子的屁股部位："噢，噢，不哭了啊，咱们小孙孙不哭了！"

赵达声："我赞成小军的建议，你们俩不用什么都亲力亲为，那样也累。你们就在旁边看着，月嫂做得不到位的，可以指出来。"

赵小军："就是嘛，还是老爸比较开明。"

这时从门口传来余仲君的声音："什么老爸、老爸，老爸在这儿呢！"

刘洋："爸！"

赵小军："爸，你怎么才来？"

余仲君凑到孩子面前："哎呀，今天忙了一天，不然早就过来了。来，小孙孙，让爷爷抱抱！"

余仲君说着从刘母手中接过孩子。

余仲君："哇，有分量啊，胖小子一个。小军，孩子取名了吗？"

赵小军："还没呢。"

余仲君："我看啊，就叫余杰，人中豪杰。就这名儿，大方，豪气。"

赵达声："不行，不行，怎么能叫余杰呢，要叫他赵杰，这姓怎么能改呢！"

余仲君："怎么叫赵杰，我的孙子，不能再姓赵了。当初，没改小军的姓已经便宜你了，现在一定得随我的姓。"

赵达声："老鱼头，你怎么不讲道理。孩子，总是随爸爸的姓，或者随母亲的姓，哪有随爷爷姓的，这天底下没有这个理儿。"

王玉兰："你们不要吵了，听小军的。"

余仲君："不行，这次一定得随我的姓，不然，我不是白忙活了吗？"

赵达声："看你小气的样儿！小军，你说！"

赵小军："咱们先不讨论这个，等报户口时再定吧。"

赵达声凑到余仲君面前看着孩子："再说就再说。让我看看，瞧这孩子，多像小军啊！"

余仲君："是啊，虎头虎脑的。"

这天下午，林妙雪约麦思源到思源谷见面，商量应对纪委调查的办法。大麦集团的总经理高翔也在。三人在思源谷垂钓区包厢外的阳台上坐着，边钓鱼边谈话。

"真没想到，现在纪委把我都列入调查对象了，如果市纪委再这么往下查，我估计咱们的价值同盟马上就会全部暴露出来，搞不好会影响到老余。这个赵达声怎么这么让人讨厌。"

麦思源道："我早就说过，赵达声是一个非常危险的人，他那个较真劲儿，放谁身上谁受得了。"

"现在老余都不敢动赵达声，生怕引火烧身，所以放弃搭救我爸。唉，什么海誓山盟，真要遇到事儿了，都是一句空话。"

"余书记是长远考虑，稳扎稳打。因为这个时候，他要是出面的话，有可能非但救不了你父亲，而且还会把自己搭进去。我觉得他做得没错，你要理解他。"

高翔也赞成麦思源的说法："是啊，干大事肯定会有牺牲。也许这是最好的选择！我也赞成余书记的做法。"

"那咱们的价值同盟呢，难道就这样让赵达声肆意践踏吗？"

麦思源回答："怎么可能呢！赵达声这个人，不光你讨厌他，我也很讨厌他。他是我们事业发展的绊脚石，我早就想搬掉他了，苦于找不到合适的时机和办法。"

高翔附和："是啊，咱们镜湖综合体项目追加预算的事儿又被他卡了。本来财政局和市政府领导都同意了，但是报到人大的时候，说是为了打造廉洁工程，得征求一下市纪委的意见，赵达声一看就把它卡住了？他这人好像跟咱们有仇似的。"

麦思源："你看看，他就是咱们大麦集团的克星，咱们想做点事儿，他总会给你使绊儿。"

高翔："要不咱们一不做二不休，把他除掉算了。"

麦思源："怎么除？他可是搏击高手，你忘了，上次在镜湖别墅那次，他一个人把我们五个人几分钟就解决了，你怎么动他？"

高翔："没错，咱们明的动不了他，咱们来暗的不行吗？"

麦思源："怎么暗的？蓝洁不也撼不动他，老子送他别墅和千万美元都没撼动他，还有什么办法？"

高翔："麦总，您思路太正了，我有一个办法，应该可以。"

麦思源："什么办法？说来听听。"

……

清晨五点刚过，赵达声照例早早地起来，穿上运动装，沿着环城马路的街边公园晨跑。这边路上行人稀少，车辆也还没有多起来，整条马路还比较安静。赵达声身板挺拔，步子轻快，浑身充满了活力，丝毫看不出已经是五十多岁的中年人了。跑了一会儿，他进入最为僻静的环城北路，这儿街边道路窄小，晨练的人比较少，再往前就是天河老街。这时，街头出现了一辆越野小车，悄悄地尾随在他后面。起先赵达声有所觉察朝后看了看，发现了车子，但没当回事，仍旧不紧不慢地朝前跑着。车子跟了赵达声一两百米路程，到了一个立交桥下的时候，突然加速朝着赵达声背后撞去。赵达声听到身后传来汽车加速的声音，也突然加速，朝着前面猛跑。眼看着将要撞到时候，车子再次加速，赵达声朝右前方猛扑出。只听到"砰"的一声，车子撞到赵达声的大腿，赵达声朝前滚了好几圈趴在地上，立刻迅速爬起来，一瘸一拐地朝后跑去，越野车"吱"的一声在前面刹住车，然后倒着车朝赵达声撞来。赵达声跑到桥墩前，身子贴着桥墩，眼睛盯着车子。看到车子快速朝他撞来，就在车子将要撞上的一刹那，赵达声朝着侧后躲避。摔倒在地的同时，越野车的车尾"砰"的一声，重重地撞上了混凝土桥墩，车屁股凹进去一大块。这时，路上驶过来两辆车，越野车停顿了一下。司机探头朝四周看看，然后加大油门快速朝前驶去。

路过的第二辆面包车在赵达声身边停了下来，一位胖司机摇下右侧玻璃，探头看看表情痛苦的赵达声："师傅，你怎么样？要不要送你上医院？"

赵达声朝他点点头。

胖司机赶紧下车，架着赵达声上了车后座。赵达声坐在车上，脸上直冒冷汗。

胖司机道："师傅，你忍着点，一会儿就到。"

"谢谢你，小兄弟。你能借手机给我用一下吗？"赵达声艰难说道。

胖司机把手机递给赵达声。赵达声拨通了赵小燕的电话，喘着粗气，慢慢地说："喂，燕儿，我是爸爸，刚才我被车撞了，现在去往最近的市二医院，你快过来。"

得到消息的市二医院丁院长急匆匆地赶到急救室，进来就奔到赵达声的病床前。

丁院长："赵书记，您感觉怎么样？"

赵达声："咱当兵的，受过的伤多了，没事儿。"

丁院长问参与会诊的骨科杨主任："杨主任，赵书记的伤怎么样？"

杨主任："具体受伤程度要等拍完片才知道。刚才我问了赵书记，好在受到撞击的一瞬间，赵书记有所防范而向前扑出，得到了很大的缓冲，从目前检查情况看，骨裂的可能性更大一些。"

丁院长："那就好，赵书记你这次可要好好接受治疗，千万不能敷衍了事。"

赵达声："放心吧，我听你的。"

这时，赵小燕从外面进来，跑来到父亲的病床前。

赵小燕："老爸，住院手续办好了。刚才想给那个司机一些钱作为感谢，但他死活不要，我只能口头感谢他了。"

丁院长："杨主任，那赶紧将赵书记转到病房吧，一会儿让影像室安排拍片，到时你亲自诊断一下。"

杨主任："好的，院长。"

赵达声："丁院长，你忙去吧，这边有医生呢。"

丁院长："没事儿，没事儿，我在这边等一会儿。"

赵达声对女儿说："是你让杨主任过来的吧？"

赵小燕："我认识这里的一个护士长，让她联系了杨主任。我怕年轻医生没经验给耽误了。"

赵达声："下次不能这样，医院有医院的制度规定，咱们不能坏了人家的规矩。"

赵小燕："知道了。"

丁院长："没事儿，应该的。"

过了一会儿，赵达声住进了骨科单人干部病房，赵小燕为父亲买了大饼油条和豆浆，父女俩在病房里吃早点。这时，周强、孙海、苏红闻讯赶了过来，赵达声一看到周强有些不高兴："我说你们不要过来了，一点儿小伤不碍事，不要影响工作。"

周强："我已经协调交警去调查肇事车辆了，通过现场监控估计不久就能够查到。"

赵达声："查到又怎么样？干咱们这一行，被人暗算太正常了，查得过来吗！关键是我们不能被不法分子的嚣张气焰给吓住了，咱们该干啥还干啥，该查的案件照查，该做的工作照做，这样才能震慑不法分子。行了，你们回去上班吧，这边医生会照顾我的，没什么大事儿，贴个膏药，擦个药水，我就回去上班了。"

周强："那可不行，既然已经住院了，那就仔细查查再说。"

赵达声："查什么查，越查毛病越多。一会儿我去拍个片，如果没什么问题，我就回办公室去了。"

周强："要不让苏红留下来照顾您？"

赵达声："不要，不要，我又没变成残疾人，你们都回去上班吧。"

周强还在那里犹豫，苏红望着赵达声，欲言又止。

赵小燕看着苏红："没听见我爸说话啊，你们都走都走，这儿有我呢，不劳烦你们啊！"

周强没辙，冲孙海和苏红招招手。

周强："赵书记，那我们走了，您这边有什么事儿，就招呼我们一声。"

赵达声："行，你们赶快去吧，这两天家里的事儿你多操点心。对了，告诉委里的同志，一律不准来医院看我，否则以违纪论处。苏红，你每天上班后给我送一次文件材料和报纸。"

周强、苏红答应后离开了医院。

晚饭后，赵达声坐在病床上，他的左边大腿两侧绑着两块夹板，腿伸得直直的，看起来不太舒服的样子，他正在收看中央电视台的《东方时空》。

这会儿，门口响起敲门声，苏红领着楚楚走了进来。

楚楚跑到床边，伸手轻抚赵达声左腿的夹板："赵伯伯，您疼不疼？"

赵达声拉开肩膀上的毛衣，露出一个不规则的伤疤，问楚楚："伯伯年轻的时候被子弹击中过，那时也没感觉到疼。你说，枪伤和这个伤，哪个疼？"

"那肯定枪伤疼啊！"

"所以嘛，枪伤伯伯都不怕疼，这个伤怎么会疼呢。"

楚楚忽然捂住鼻子："赵伯伯，您的脚好臭啊！"

赵达声赶紧摸摸自己的脚丫子，然后放到鼻子底下闻闻："是吗，噢，味儿是有点重啊。对不起，我去卫生间冲一下。"

苏红赶紧跑上来，按住赵达声的肩膀。

"别动，别动，我帮您洗。"

"这怎么成？我自己去洗！"

苏红一下子把脸拉下来："您不动不行啊，伤成这样还逞什么能！"

赵达声一看苏红这架势，便不动了，说："好，行，行，你去帮我端一盆水过来。"

苏红从床头柜下面拿出脸盆去卫生间接了半盆凉水，放在床前，然后从热水瓶里倒了半瓶热水进去，用手试了试水温。她抬头朝赵达声笑笑，去扶赵达声的胳膊，把他挪到床沿，然后帮着赵达声先将单腿垂下来，放进水盆里。苏红蹲下身子，双手伸进水里替赵达声洗起脚来。

赵达声急了："哎，苏红，使不得，使不得。"

苏红不听，顾自仔细地洗着。赵达声看着苏红低着头的身影，他长长地叹了一口气。

苏红："楚楚，你去卫生间把挂在下面的那一块毛巾拿过来。"

楚楚把毛巾拿过来，递给苏红。苏红用毛巾把赵达声的脚又洗了一遍，然后使劲把毛巾拧干，抬起赵达声的脚，仔细地擦干。擦完这一只，又将受伤脚上的袜子脱去，用湿毛巾仔细擦起来。她似乎丝毫没有闻到脚臭的味道，眼睛盯着赵达声的脚，仿佛在擦拭一件艺术品。

赵达声想把脚往回缩，却又动弹不得，嘴里连说："行了，行了。"

苏红抓住赵达声的脚背："别动，别动。"

正在这个时候，病房的门被打开了，赵小燕手里提着一台笔记本电脑和许盈忽然出现在门口。两人看到这一幕，一下子愣住了。赵小燕跑过来，抢下苏红手里的毛巾："你在干吗？我们会洗的，你别在这里献殷勤。"

苏红的脸一下子涨得通红，站在一边不知道怎么说。

赵达声厉声道："燕儿，你干吗，态度好一点行不行！"

"不行！有人到咱家偷东西，我凭什么还要对她态度好一点。"

苏红有些尴尬："赵书记，我先回去了，您要的文件和材料我放在床头柜上了。楚楚，我们回家吧，明天还要上学呢。"

楚楚乖巧地和大家道别："噢，赵伯伯、许盈婶婶、小燕姐，再见！"

赵达声叮咛："小苏，路上小心！"

苏红没有回答，拉着楚楚的手，头也不回地离开了病房。

赵达声："燕儿，你太过分了！"

"这儿哪轮得到她来献殷勤！看到她，我就来气。"

"我看到你才来气呢。人家苏红怎么啦，就凭她帮着带楚楚的分上，你就不应该对她这样。"

"谁知道她安的什么心！"

"你才安的什么心呢！"

赵达声不再理女儿，拿过床头柜上的文件，靠在床头看起来。

许盈站在旁边有些尴尬，她在赵达声床边的方凳上坐下，默默地看着他。

许盈定了定神，轻声说："你的腿怎么样了？"

赵达声放下文件，看了看许盈，态度缓和了一些，说："X 光片检查是骨裂，养一段时间就好了，没事儿。"

"你在医院里就别看这些了，好好休息休息。"

"不碍事儿。"

这天，余仲君领着市委常委、副市长以上领导，在阳浦港港区外看现场，受邀的还有来自上海港的两男一女三名权威专家。在港区外公路上，他们一行站在路边，眼望海港方向。

　　专家说道："余书记、赖市长，各位领导，经过前期的认证考察，我们判断，阳浦港区水域完全适合港口拓展，在原来主港口的基础上，拓宽两翼，形成主副港口相得益彰的港口群。这样完全可以提升港口的吞吐量，成为衔接上海港的重要副港。我们觉得，港口群建成以后，必将成为连接内地、衔接大上海的重要港区，必将推动东江市经济社会的稳步发展，提升东江市的核心竞争力。"

　　"太好了，专家的认证给了我们建设港口群的信心，我相信这是我们东江实现跨越式发展的重大契机，我们一定要把握机遇，立足跨越式发展，抓好顶层设计和长远谋划，科学绘制发展蓝图，到时再请各位专家给我们把脉会诊，争取把它列入东江'十三五'规划，明年上半年通过认证，下半年正式动工。"余仲君很满意。

　　一位女专家又补充："我们相信，不久的将来，东江市必将成为东部沿海地区现代化港口型工贸城市的典范。"

　　余仲君连连道谢。

晚上，余仲君来到市二医院骨科病房。一进病房，他就看到赵达声坐在病床上，面前的小桌板上放着笔记本电脑和报纸文电材料，许盈在收拾碗筷。余仲君在病房的门上敲了敲，便大步走了进来。

"老赵，不错啊，虽然脚受伤了，但是有专人伺候，比起平时，你在这儿过的可是神仙般的日子啊！"余仲君笑道。

"说得轻松，你又不是没受过伤，你倒是再来试试，我保管你一天都待不住。"

许盈看到余仲君，停下手中的活："余书记来啦！你劝劝他吧，养病就养病，一天到晚不知道在捣鼓啥，好像他不弄这些，天会塌下来似的。"

"天不会塌，但是我会蒙，到时一上班，两眼摸黑，啥思路都没有了。"赵达声说道。

许盈给余仲君搬凳子过来："余书记，您坐吧。"

余仲君说声"谢谢"，便在凳子上坐下来："老赵啊老赵，你休息就休息，事情是忙不完的。"

"我把这段时间的思考在脑子里理了理，想把它记下来，省得到时候忘了。"

"不会是什么领导干部监督的文章吧？"

"嗯，差不多，我这写了十多万字，快完稿了。"

"行啊，真有你的，还真让你干成了。哎，到时如果要出版，我给拉赞助。"

"不用，不用，我自己出。唉，出书事小，重要的是我这东西到底对工作有没有帮助。"

"凭你的一股子钻劲，观点又来自实践第一线，我觉得没问题。哎，对了，你的伤怎么样，医生怎么说？"

"骨裂，小意思！比起当年我肩膀上那一枪，小巫见大巫了。"

"不能这么比啊，你那时什么年纪，现在什么年纪，好汉不提当年勇啊！"

许盈在一边说："他还当自己二十四岁呢。"

余仲君说："这回啊，你就趁这个机会，好好休养休养，单位的事交给周强和大可去干就行了。"

赵达声答道："话是这么说，可是单位那么多事儿，我不管，他们哪儿忙得过来啊！"

"什么忙得过来忙不过来的，纪委的工作弹性最大了，你要是每样事情都较真到底，你纪委再增加一倍的人也干不完。但是，你要是政策稍微松一松，你们事儿就可以少一半了。你说对不对？"

"不对。纪检监察机关是党和政府的监督部门，凡是有党员干部违反党纪国法的，我们都要一查到底，对犯罪分子形成震慑，对处于违纪边缘的党员干部进行警示教育。就目前形势来看，任务是越来越重了，很多事情，按正常时间来安排，确实做不完。"

"你这不是受伤了嘛，那就得老老实实休息，休息好了才能更好地为党工作。对了，那个镜湖综合体项目追加预算的事儿，听说被你们纪委卡住了，有什么问题吗？"

"这个事儿，你不说，我正要问你呢。工程建设领域是腐败多发易发地带，大麦建筑公司是一家刚刚取得一级建筑资格的企业，在前期招投标过程中是因为得到了你的关照，才顺利中标。"

"我是跟瞿扬说过，在同等条件下，可以引导大家关照一下大麦建筑。因为这个工程本身并不是太复杂，对他们来说完全可以胜任，只要设计科学，报价合理，同等条件下，让大麦建筑锻炼锻炼，使企业在实践中积累一些经验，便于成长发展。我觉得这没有错啊！"

"你这么做对其他企业是不公平的。"

"老赵啊，你对大麦集团总是存有偏见，总以为他们在搞一些不正当的勾当。"

"难道不是吗？这家企业，凭着有一些背景，总是想践踏法律，扰乱正常的经济秩序，拉拢腐蚀党员干部为他们服务。老鱼头，凭着咱们三十多年的生死友谊，你给我说句实话，你到底有没有拿过他们的好处？"

余仲君笑笑："老赵啊老赵，在你的眼里是不是每一位党员干部都是腐败分子啊？你真是有些草木皆兵了，连我都不相信！"

赵达声追问:"有没有?"

余仲君收了笑容,正色道:"没有!"

许盈在旁边看着他们,觉得气氛有些紧张,赶紧替两人圆场:"哎呀,老赵,你干什么呀,有你这么问的吗?也就是仲君,换了别人,谁受得了你。你当个破纪委书记,还真以为多么了不起了!"

余仲君忙说:"没事儿,红红脸是好事儿。他就这么个人,我理解。"

赵达声与余仲君对视了片刻,又都不由地笑起来。

晚上,等来探望的朋友都走了,许盈还等在病房里,陪着赵达声。

赵达声:"你也回去吧,明天还要早起上班呢。"

许盈:"再等一会儿吧,燕儿说十点钟来接我。"

赵达声从病床上把身子横过来,抓过床头的拐杖,准备下床。许盈赶紧过来扶住他。赵达声走到卫生间门口,许盈还是扶着他,要把他送进病房卫生间里去。赵达声停顿在门口没有动,看了看许盈。许盈便放开了手,让赵达声一个人走了进去。她在门口等着赵达声出来。不一会儿,忽然从卫生间里传来"咣当"一声,好像是什么东西摔倒了。许盈一惊,赶紧闯进去,一眼看到赵达声双手扶着洗脸台盆,拐杖倒在了地上。

赵达声:"没事儿,没事儿,不小心把拐杖弄倒了。我马上就好,你在外面等一会儿吧。"

许盈把拐杖扶起来,送到赵达声的腋下让他架着。

许盈嗔怪:"都这样了,还硬撑。"

赵达声笑笑,给牙刷挤上牙膏,开始刷牙。许盈没有出去,就在卫生间里看着赵达声。赵达声刷完牙,看许盈还不出去,有些尴尬。

赵达声看看她:"你在这儿,我不方便。"

许盈斜了他一眼:"真啰唆!"

说完,许盈走了出去。她把门带上,回到病床前,从床头柜上拿起当天的报纸,坐在椅子上翻看起来。过了一会儿,卫生间的门打开了,赵达声从里面出来。许盈赶紧跑过去扶他,搀着他慢慢地走到病床前。赵达声坐靠在病床上,仍旧拿起文电批阅。许盈在椅子上坐下，没有要走的意思。过了一会儿，许盈打破了沉默："达声……"

"嗯。"

"那个，苏红很喜欢你吧？"

"嗯，什么？噢，你别瞎猜，人家还是小孩子，懂什么。"

"年轻才好呢！人家都喜欢年轻的，难道你不喜欢啊？"

赵达声抬起头看着许盈："你别瞎扯了，我老头子一个。噢，明白了，你在担心这个啊！现在终于知道我的好了？"

许盈嗔怒道："好什么好，铁石心肠，冷血动物！"

赵达声看着许盈美滋滋地笑。

此时，赵小燕推门进了病房，看到父母亲和颜悦色地在交谈，很高兴。她调侃他们："哟，你俩卿卿我我聊什么呢！"

许盈害羞起来："死丫头，瞧我撕烂你的臭嘴。"

说着，许盈站起来，去追打女儿。

赵小燕故意夸张地大叫着"救命啊""救命啊"，躲到父亲的身后。

许盈隔着病床抓不到女儿，只能放狠话："看我回去怎么收拾你。你也不早点过来，刚才你爸在卫生间差点摔倒，他还逞能呢。"

赵小燕赶忙问："爸，您没事儿吧？"

"我能有什么事儿！"

赵小燕："爸妈，我跟小军哥和仲君叔叔、玉兰婶都商量过了，等老爸您的腿康复了，我们就把你俩的事儿给办了。"

许盈："小孩子别瞎掺和大人的事儿了，顺其自然吧。"

赵小燕："不行，等你们两个老古董顺其自然，我的头发都白了！"

许盈："小孩子懂什么！"

赵小燕："现在兆丰舅舅不在，那就只能听我的了！"

赵达声："哎，最近怎么没见着艾伦？"

赵小燕："不管他，他最近不乖，晾他一阵子再说。"

许盈："你也老大不小了，别再贪玩了，差不多就可以定下来了，别拖成困难户，那就麻烦了。"

赵小燕："可以啊。但是，你们得先办事儿，再考虑我的。"

许盈："行了，不说了，我们走吧。"

赵小燕："老爸，你晚上一个人行不行？"

赵达声："没问题，你们回去吧。"

许盈："那我们走了，明天下班后再过来。"

赵达声："太麻烦了，不用每天过来，我看看文件、报纸，时间过得快。"

赵小燕："文件报纸白天看还不够啊！您又想让那个小妖精送材料过来啊，我不同意啊！"

赵达声冲娘俩摆手："不跟你说，快走吧，走吧！"

孙海和柳公权在办公室里抱着一大沓通话记录，逐条查看，看到有疑问的，就在纸上画一条线。看了一会儿，纸上已经被画上了很多线。

柳公权疑惑道："咱们既然已经找到号码的通话位置，要这通话记录有什么用？"

孙海打击他："看你平时挺聪明的，她的生活朋友圈不都在这上面吗？"

"这倒是，但是光凭这个啥用没有。短信上不可能留有实质性的内容。"

"起码可以知道她跟谁关系密切。"

"哎，孙常委，你看这个号码，基本上每天都有通话，长则半个小时，短则几秒钟，如此频繁的通话，他们的关系肯定不一般啊。"

"哪个号码？"

"139991××××，您看看！"

孙海凑过来看通话记录。

"果然是啊，这个人跟她的关系肯定不一般。我给移动公司的毛经理打个电话，看看这个人什么身份。"

说着，孙海拨通了毛经理的电话："喂，毛经理吗，我是市纪委的孙海啊，不好意思，你再帮我查一个号码，看看对方什么身份。对，139991×××，好的，我等你电话。"

孙海挂上电话，继续查看其他的通话记录。过了不一会儿，桌上的电话响了起来。孙海立即接了起来："喂，毛经理，是吗，太好了。是谁的手机号码，啊？好，我知道了，谢谢啊！"

孙海放下电话，喃喃自语："果然是他。"

"是谁的电话？"

"余仲君，咱们的市委书记。"

"啊，这么说骆嘉举报余书记的情况是真的！"

孙海沉重地点点头："应该是真的。"

午饭后，孙海和柳公权来到赵达声的病房汇报情况。

赵达声："这个情况在其他渠道中也得到了证实，看来余仲君和林妙雪的关系非同一般，这是可以肯定的了。但是，他们是否属于特定关系人，还没有取得实质性的证据。林妙雪一直在大麦集团领取报酬，与大麦集团存在千丝万缕的联系。所以，关键还是要找到林妙雪，让她开口说话，我们才能找到确实的证据。"

孙海："那要是她不愿意开口呢？"

赵达声："总会找到办法的。"

孙海："那下一步我们怎么办？"

赵达声："严密监视林妙雪两个哥哥的动向，监控他们的通话，查找林妙雪的行踪。"

孙海："对了，赵书记，您说您这次车祸会不会与林妙雪或者大麦集团有关？"

赵达声摇摇头："现在不好说，不清楚。"

晚上，余仲君、麦思源同在林妙雪新住处的客厅里商量事情。余仲君在客厅的地板上踱来踱去，若有所思。

麦思源："前些时候，致远县纪委调查了妙雪爸爸和大哥，现在妙雪的身份纪委基本已经掌握了。再这样下去，不久纪委就会把妙雪的情况查个一清二楚。"

林妙雪："是啊，这样的话，我和老余的关系也就瞒不住了。虽然我的香港账户他们一时查不到，但是也不能保证以后查不到。一旦他们知道我和大麦集团的特殊关系及收取的巨额报酬，那么到时老余也会受到牵连。"

麦思源："余书记，您该下决心了！我们必须团结起来，把赵达声搞倒，只有这样，咱们才有太平日子过。"

余仲君："你们说的没错，但是要让我对自己的生死战友下黑手，我真下不去手！战场上，他救过我的命，我也救过他的命，加上王玉兰和赵小军的关系，我们比亲兄弟还亲。也许这个世界上除了血缘亲情，没有比我们的关系更亲的了。"

林妙雪："老余，你说得没错，可是他的存在，或者说他的在任，已经严重威胁到了我们的幸福。如果咱俩出事了，我们的孩子怎么办？他赵达声知道这个情况难道会手下留情吗？我看不会！这个你最清楚了。"

余仲君猛地停住脚步："你们想怎么样？难道想让我把他就地免职？我告诉你们，我没有这个权力。"

林妙雪："我们可以想其他办法的。"

余仲君："什么办法？"

麦思源："比如类似于周强那样的办法。"

余仲君："那你们觉得麦副书记还会出面吗？上回周强那个事情，把他搞得很被动，你们再让他过问，难道他会冒着累及自身的危险来关照你们！你们觉得有这个可能吗？"

林妙雪："那怎么办，难道让我们坐以待毙吗？"

余仲君："你们就打消这个念头吧，或者谋划着早点出去，也许只有这条路才是唯一彻底解决问题的办法。"

麦思源："现在天心公司还挂靠在大麦集团的下面，小军虽然已经另外创业了，但赵小燕还在当总经理，或许这个事情可以做做文章。"

余仲君："嗯，还有他打探检察院调查周强的事情也是违反纪律的，我明白该怎么做了。"

晚上，余仲君和林妙雪躺在床上，两个人表情严肃，心事重重的样子。

"老余，你怕吗？"

"怕什么？"

"你不怕我们的事情被曝光？"

"怕！说实话，到了我这个层面，最在乎的就是面子。如果咱俩的事情被曝光的话，那我的政治生涯，以及我一辈子的荣光就会灰飞烟灭。"

"那你为什么还要和我在一起？"

"为什么，难道你不知道吗？"

"我要你自己说。"

"说实话，在认识你之前，我的人生目标就是在这个岗位上尽心尽责，为老百姓多做一点事情。我曾经觉得这是从政之人最幸福的事情，当然，也包括早年为国家的尊严而冲锋陷阵。然而，自从认识你以后，我忽然觉得，我不完全是一个政治化的人，我还有生活，还有感情，还有潜意识中的舐犊之情。特别是小成贤的降生，让我真正体会到了做父亲的喜悦。忽然之间，我觉得我的人生之路铺满了鲜花，洒满了霞光。而我的前半生却是那么暗淡，那么无趣，所以我下决心要为自己活、为儿子活、为新生活活。这才是我的人生终极目标。你放心，无论发生什么事情，我会始终守护在你和小成贤的左右，为你们铺路搭桥、遮风挡雨。"

林妙雪紧依在余仲君的胸前："谢谢你，老余！我没有看错你。"

第二天晚上，麦思源带着厚礼，赶到麦满仓家里，与麦满仓夫妇一起吃晚饭。麦满仓家里配的全部是清一色的红木家具，看起来豪华上档次。

麦思源举杯敬了麦满仓一杯酒，说："叔叔，这套家具您用着还满意吧？"

麦满仓："不错，我还是比较喜欢的，就是你婶婶她嫌硬。"

麦妻："就是，我还是喜欢真皮沙发，坐着舒服，这些个木头疙瘩坐着硬邦邦的，有啥好！"

麦满仓："你不懂，跟你没法沟通。"

饭后，麦满仓和麦思源来到书房谈话，保姆给他们泡好茶就退了出去。两人坐在单人沙发上，麦满仓拿起案头的《曾国藩修身经》翻看着。

"说实话，我也讨厌赵达声这个人。上回周强那个事，他还把我告到最高检和中纪委，搞得我很被动。"

"现在到了该收拾他的时候了。"

"说得容易，怎么收拾？如今这个形势下，弄得不好会累及自身，没有你想得那么简单。"

"他的女儿在当地经商办企业，公司就挂靠我的公司下面。"

"那又怎么样？我又不能直接处理他，他是省管干部，处理他得殷国民书记点头，不是我能说了算的。再说，处理干部违纪问题的职能部门是省纪委，不是公检法。"

"那难道就没有办法可以治他了？"

"办法嘛，也只能向省委反映他的问题，至于怎么处理，那不是哪个人说了算的。但是按照规定，如果从严处理的话，那就是免职。这还要看具体的事实。"

"他们狡猾啊，当初在东江的业务基本上都剥离了，只剩下外贸这一块。他儿子到杭州近郊去开了一个农庄，女儿管理东江的公司。"

"严格说起来，外贸公司还是促进当地经济的呢，又不靠领导的影响来经营公司。但是，不管是内贸还是外贸，都是公司，而且以前是做内贸的。"

"做过，做过，还做过市环保局的环评业务。"

麦满仓点点头："这个可以，还有就是他私下打听省检察院调查周强案的情况，咱们就拿这两个事情做文章。"

麦思源一拍大腿，大喜："那太好了，只要他赵达声倒了，咱们大麦集团的经营环境就会大大改善，集团的发展才能顺风顺水，不断壮大起来。"

"这样，你找人整一个材料，越细越好，到时给省委组织部、省纪委、省委主要领导各寄一份，再给我一份，咱们得唱一出好戏。"

麦思源大喜："太好了。谢谢叔叔！"

这天一上班，赵达声拄着拐杖一瘸一拐地朝自己办公室走去，纪委的同志纷纷向他打招呼。

苏红正好从办公室里出来，一眼看到赵达声，赶紧跑过来扶着他。

赵达声躲着："不用，不用。"

苏红不放手："看不出来啊，您还挺封建。"

赵达声："人家看着呢！"

苏红嗔怪："看见就看见！"

苏红仍然扶着赵达声朝他的办公室走去。进了办公室，他又挣脱了两下，苏红总算放开了对他的搀扶。赵达声看到办公室里东西摆放整齐、纤尘不染，办公桌被擦得锃亮。他走过去在办公桌前坐下，狠狠地伸了个懒腰。

赵达声："办公室你打扫的？"

苏红："知道了也不说声谢谢！"

赵达声笑笑："谢谢，谢谢！"

此时电话铃响了起来，赵达声看了看号码显示，接了起来。

赵达声："魏书记您好，我是赵达声啊，小意思，现在不碍事了，这点伤算什么，比我当年战场上那几下子差远了。对了，魏书记您有什么指示？什么，这件事情不是您上次和吴承甫来专门调查过的吗，怎么又要唱这一出啊，您可要给我撑腰啊。非常时期！非常时期也得讲道理是吧！什么整改不彻底？儿子的公司都搬走了，女儿的业务也仅剩外贸业务了，外贸是促进当地经济的好不好。以前？以前都过去了，还要纠！那怎么办？反正您要给我做主！那行吧，我问心无愧！该怎么样就怎么样吧，要来的终究躲不过，我不想多说了。好的，再见！"

苏红听得云里雾里："赵书记，什么事儿？"

赵达声看着苏红："好事儿！"

此时省纪委书记魏长安、省委组织部部长路永良坐在省委书记殷国民办公桌的对面，他们正在商量如何处理赵达声的问题。殷国民看看这个，又看看那个。

殷国民："我记得上次好像也讨论过这两个问题，后来没有处理，没有往下纠。现在既然底下的干部群众有反映，那我们还是要拿出一个意见，给他们一个交代。你们说说，怎么处理比较好？"

路永良："这个事情搁以前，大家根本就不会当回事儿。现在嘛，在中央抓'四风'和'八项规定'，在把纪律挺在前面的大背景下，确实是一个不容忽视的问题。所以，我觉得，我们还是要从严执纪，给予赵达声同志一定的处理。"

殷国民："那你看给予什么处理比较合适？"

路永良："违纪私下打听检察院办案，作为纪委书记，知纪违纪，是绝不应该的。还有按照中央关于领导干部子女经商办企业的有关规定和省里的实施细则，对存在问题整改不力的，应给予免职处理。"

魏长安："这太夸张了吧？路永良你什么意思！"

殷国民安抚道："长安，你先别激动，听永良把话说完。"

路永良："现在东江的干部群众对这个事情议论比较多，已经造成了一定的影响，况且其女儿赵小燕仍然担任大麦天心公司的总经理，虽然名义上公司已经不是赵小燕和其儿子赵小军的了，但是实际跟以前差不多，只是变更了经营项目，由综合性公司变更为单纯的外贸公司。毕竟公司还在照常经营，这就不好办了。中央和省里文件上规定的公司，肯定也包括外贸公司，赵达声这种情况属于整改不力，应该给予处理。"

魏长安："这个事情上次麦副书记去东江市委参加民主生活会后也提出来过，包括其他的一些问题，当时我们没有处理，就是因为赵达声整改彻底，把儿女开的公司都封停了，之后他们的公司被大麦集团收购，也符合政策，而他女儿毕竟只是在公司里担任了总经理，不是公司老板，这是有区别的。如果按照这个逻辑，那么难道领导干部的子女不能去公司企业任职了？或者说任职后，只能到一定的职务，不能担任重要的岗位了？那么具体是什么职务呢？况且企业也有大有小，我觉得应该区别对待。在当前大学生就业压力普遍加大的情况下，如果卡得太死，也是不符合实情的。至于，私下打听检察院办案，那是因为周强遭人诬陷，赵达声不得已而为之，应该区别对待。"

路永良："话虽然这么说，道理也没错，但是，我提出对赵达声同志免职处理是有两个前提的。一是在中央加大反腐力度，从严治党的新形势下，仍然出现这种情况是不应该的。二是赵达声同志是纪委书记，他作为监督执纪部门的领导，身份特殊，理应成为遵守纪律的表率，却带头违反制度规定，这是更不应该的。而且在上次提出批评之后，整改也没有完全落实到位，所以我坚持我的看法，给予赵达声同志免职的处理，以儆效尤。"

殷国民："这样吧，永良你拿个意见，常委会上专门研究一下。"

路永良："好的。"

当天下午，省委常委会议室里，气氛严肃，省委书记殷国民主持会议。省委常委、相关厅局领导及省委办公厅领导列席会议。

殷国民："刚才永良同志介绍了东江市委常委、纪委书记赵达声同志的违纪错误情况，提出了处理意见，组织部将前些年省里颁布的关于禁止党员领导干部子女亲属经商办企业和有关检察办案纪律有关规定发给了各位，请各位常委对照党章及有关规定，考虑一下组织部对赵达声同志的处理意见，一会儿表决。"

殷国民话音一落，常委们都看起了手头的文件，翻纸的声音"哗啦哗啦"响了起来。魏长安坐在那里似乎浑身着了火似的，他看看殷国民，看看麦满仓，看看廖先成，再看看其他常委们。最后，他拼命向省委书记殷国民使眼色，殷国民当作没看见。过了一会儿，殷国民轻轻咳了两声。

殷国民："下面，请大家举手表决。"

魏长安："等一下，我有不同意见。"

殷国民："长安，你要讲的两层意思，刚才永良同志都说过了，该考虑的组织上也都已经考虑到了，纪律毕竟是纪律，主观因素每个人都有的，如果都强调主观因素，那还要纪律干吗。好吧，下面请大家表决吧，同意对赵达声同志给予免职处理的请举手。"

殷国民、麦满仓、路永良等七个常委举起了右手。

殷国民挨个数了数："请放下。下面，请不同意对赵达声同志给予免职处理的举手……七位同意，五位反对，一位弃权，过半数了，通过。同时，对于有同样问题的东江市委书记余仲君给予批评教育。请组织部行文吧。"

会议结束后，魏长安不肯走，拉上省军区司令员廖先成紧跟着殷国民进了他的办公室。殷国民见他们跟着自己，明白他们是什么意思。殷国民回到办公桌前，给自己倒了杯水，看着两个人，说："坐吧。"

魏长安："殷书记，现在反腐败斗争形势这么严峻，您怎么就同意把全省最得力的纪委书记给免掉了呢？"

廖先成："是啊，殷书记，赵达声这个人我了解，他对党忠诚，坚持原则毫不含糊，前期为了执行领导干部子女不经商的规定，他督促工商部门封停了儿女的公司，害得他的女儿被人贩子拐卖，差点出了大事。对这样一个领导干部，是否处理过严了？"

魏长安："就是啊，殷书记，组织上也要讲道理、讲人情的吧！你们这么做，我想不通！"

殷国民笑笑："长安，老廖，你们的想法我知道，赵达声这个人我也了解，可是既然事情已经出来了，法纪是不讲感情的，纪律不会跟你强调什么原因，它的标准只有一条。如果对纪委书记都执纪不严，对其他人怎么还严得起来？"

魏长安嘟囔："道理是这么说，但是赵达声的事情确实是情有可原的，不能一概而论吧！好好的一名干部就这么让你们给毁了！"

殷国民又笑了："谁说毁了，难道赵达声同志就这么容易毁吗？如果这样的话，那他还叫赵达声吗？"

魏长安不解地看着殷国民："殷书记，您什么意思？我不明白。"

……

在东江市纪委大会议室里，市纪委正在召开全体干部职工大会，省纪委书记魏长安、省委组织部部长路永良、东江市委书记余仲君及市纪委全体干部职工参加会议。

路永良："下面，我宣布省委的决定。关于给予赵达声同志免职的决定，鉴于赵达声同志违反党员领导干部子女亲属禁止经商办企业的规定，经省委研究，决定免去其东江市委常委、市纪委书记职务。本决定自 2015 年 10 月 2 日起生效。"

路永良念到这里，会议室里一下子响起嗡嗡的议论声。

余仲君："同志们，刚才路部长宣了省委的决定，这里我再宣布一项市委决定，为了不影响市纪委的工作，即日起由周强同志主持市纪委的工作。赵达声同志留任市纪委副厅级调研员（享受正地厅级待遇），配合周强同志开展工作。"

余仲君话音一落，会议室里议论的声音更响了。

下班后，赵达声匆匆往住处赶去。他一瘸一拐走进家门，看到餐桌上已经准备好了三个菜。听到开门声，赵小燕和艾伦从厨房里探出半个身子。

赵小燕："爸，您回来了，您稍微休息一下，晚饭马上就好！"

艾伦："叔，您回来了！"

赵达声："噢，艾伦也来了。今天怎么啦，又弄那么多菜，哪吃得完！"

赵小燕："谁说一个人，一会儿妈也过来。"

赵达声："噢，今儿个什么日子，搞得这么隆重？"

赵小燕："特殊的日子。要不您先吃着，我们马上就好了。"

赵达声："那等等你妈吧。"

话音未落，敲门声响了起来。

赵小燕："说曹操，曹操到。艾伦，开门！"

艾伦走过去将房门打开，看到许盈站在门口，肩上挎着棕色背包，脸上略施粉黛，显得楚楚动人。

赵达声笑笑："来了！进来吧。"

许盈："嗯。"

赵达声："不用脱鞋，不用脱鞋。"

许盈进门，将包往沙发上一放，从包里拿出一瓶酒放在桌上，是一瓶虎骨酒，随后问女儿："燕儿，菜弄得怎么样了？"

赵小燕的声音从厨房里传出来:"快了,您和老爸倒上酒,先喝着。"

许盈去厨房里端出几个碗,放在餐桌上,拿起虎骨酒,在手里弄了一会儿打不开,又递给赵达声:"你开。"

赵达声手上稍用力,一下子就打开了。许盈抢过酒瓶,给赵达声倒了小半碗,又给自己碗里倒了半碗开水,举起碗敬赵达声:"老赵,来,我以水代酒敬你,希望你看开点,没事儿。"

赵达声不解地看着许盈:"什么看开点,啥意思?"

许盈:"仲君把事情都跟我说了,本来他说他也要过来的,但临时有急事来不了,让我们多开导开导你。"

赵达声笑了:"开导我?我赵达声还需要开导吗!我以为啥事儿呢,原来你们是为这个。早知道我在食堂吃了,看把你们忙的。"

这时,赵小燕和艾伦把菜端上来,他们一起入座。赵小燕也给自己倒了半碗水,她端起碗,眼里含着泪。

赵小燕:"老爸,对不起!我错了,您原谅我的任性吧。"

赵达声:"傻丫头,你没有错,是爸爸的身份特殊,影响了你的发展。"

赵小燕含泪摇头:"我已经和小军哥商量好了,我们把天心公司从大麦集团中分离出来,卖给艾伦的爸爸,然后我给他爸爸打工,还是负责外贸这一块儿,当个部门经理就行了,总经理让艾伦当。这样总应该符合你们的政策了吧。"

赵达声:"傻丫头,爸爸没啥。爸爸就是再想干,最多也就再干个十来年,免了就免了,无官一身轻。可是爸爸耽误了你,我心里不好受。"

赵小燕:"爸爸,您别这么说,我还年轻,还有大把大把的机会,不怕。我就想通过这么做,让组织上恢复您的职务,让您能够继续您的事业,您心目中的伟大事业。"

赵达声端起酒碗,与女儿的碗碰了一下,一口将碗中的酒喝干,说:"谢谢小燕,你长大了,爸高兴!爸受点委屈不要紧,就怕让你受委屈。"

许盈:"老赵,我为你鸣不平,像你这样一心为党、大公无私的干部都要免掉,那其他干部统统可以免掉了。不行,我明天去找余仲君,让他想想办法,恢复你的职务。我觉得完全可以由市委向省委打个报告，请求省委重新研究对你的处理意见。"

赵达声笑了："许盈你也是老党员了，看问题怎么这么简单，省委一级做出的决定，不是儿戏，哪能说改就改。况且我根本没有太在意职务上的升迁去留，只要还能留我在党内，我就还能够为党工作，为百姓做事。多大的平台做多大的事儿。即使今天乌纱丢了，照样无怨无悔，明天照样干好组织分配的工作。"

许盈："老赵，你真傻！"

赵达声笑笑："没办法！我十九岁入党，二十岁提干，二十三岁当连长，三十二岁当团长，我的每一个成长进步都离不开党的培养，党性意识早就与我血脉相融了。我不知道除了相信党、依靠党、为党分忧外，我赵达声还能干什么。"

艾伦端起酒碗："赵叔叔，我虽然不太懂您说的话，但是我敬佩您，您可以为了您的党受任何委屈，并且还能对她充满感情，我第一次看到这么执着的人，我敬您一碗。"

两人的碗"当"的一声碰在了一起。

第二天，市纪委常委会召开集体学习会，周强主持会议，纪委常委、监察局副局长以上干部参加。会议结束时，周强作会议小结，他看了看赵达声，说："今天的学习会就到这里，赵书记，您看还有什么需要说一下？"

赵达声："没有。"

周强："行，散会。"

李大可："等一下，我有话要说。"

大家刚刚站起来，便又坐了下来。

李大可清清嗓子："同志们，最近委里领导出现了大的调整，鉴于赵达声同志犯的严重错误，省委免去他的市委常委、市纪委书记职务，在我们这个高度纪律性的单位，我们市纪委应该也要有所反应。赵达声同志既然没有担任市委常委、市纪委书记的资格，那么他同样没有担任市纪委常委的资格，所以我建议向市委提出免去赵达声同志的市纪委常委职务，请大家研究讨论一下。"

李大可的话激起了常委们的激烈反应，会议室立即炸开了锅。

"这是两码事儿吧。"

"赵书记工作经验丰富，保留纪委常委，有利于开展工作。"

"纪委常委应该保留……"

赵达声的脸上很平静，似笑非笑地听着大家的议论。

周强："大家静一静，关于李大可同志提出的问题，我觉得值得商榷。首先，赵达声同志除了所犯的错误以外，我觉得他是一名合格的纪委书记，他的才干我们都是有目共睹的，也是得到市纪委、市委和上级纪委的一致认可的。至于是否保留赵达声同志的市纪委常委职务，省委、省纪委、市委肯定权衡过的，我私下也认为，就工作来讲，保留赵达声同志的市纪委常委比免去更有利。所以，我反对李大可同志的建议。"

孙海："赵达声同志虽然不是纪委书记了，但是他仍然是我们纪委级别最高的领导。我建议，赵达声同志的纪委常委非但要保留，而且我们委局在讨论研究重要事情的时候，要充分考虑他的意见，以使我们的决策更加科学合理。"

李大可："你们这是在官官相护，纵容他犯更大的错误，我得向市委专门汇报这个情况，建议市委免去他的市纪委常委。还有，以后我是纪委监察局的'第二把手'了，你们有什么事情必须向我汇报，委里重大事项我必须参与讨论研究。"

周强："放心，有你用权的地方。赵书记，你有什么想法？"

赵达声："我没任何意见，我现在无官一身轻，自在逍遥。不过，我想强调一点，我仍然是市纪委的常委，是一名老共产党员，享受正厅级待遇的领导干部。谁要是想在纪委监察局搞什么名堂，休怪我赵达声对他不客气。"

李大可："你！赵达声，你什么意思，你针对谁啊！"

赵达声："谁也不针对，谁刺针对谁。"

李大可愤愤地说："你，你们，别太得意……"

周一上午，致远县纪委书记孙方明带着县纪委的高主任，在市纪委汇报林家埭村腐败案办理情况。赵达声、周强、孙海、柳公权参加会议。

孙方明："各位领导，我这次来主要是向大家汇报一下林家埭村腐败案的办理情况。这个案件在市纪委的领导下，进展比较顺利，中间虽有小插曲，但总体进程比较正常。林妙雨的村支部书记已经由乡党委免去。案子上个月移交给检察院，下星期就要开庭了。由于这个案子牵涉到林向前的子女，特别是他女儿的情况比较复杂，所以，我专程来向各位领导汇报一下。"

周强："我们近来一直在找林向前的女儿林妙雪，但由于种种原因一直没有找到。这次她父亲开庭，她有可能在法庭上出现。这是一个难得的机会，一旦她出现，我们必须想办法找到她。"

孙方明："如果需要我们配合做什么工作，领导尽管吩咐。"

周强："过两天看看具体情况再说。"

赵达声："不，等过两天再想对策恐怕来不及，我们必须设想好几套方案，务必引他女儿林妙雪出现。"

孙方明："什么方案？"

赵达声："比如，开庭前我们向家属传递林向前身体不适的信息，引他女儿出庭。如果她不出庭的话，我们增加开庭次数，并再次向其家属传递林向前身体不适的信息，务必让她出庭或者在法庭附近出现。然后我们直接约谈她，或者摸清她的住处，等条件成熟再找她。根据这个设想，你们再想想办法，看看有没有什么更好的法子。"

周强："明白了。"

赵达声："其实，我们现在的致命弱点就是手上没有她违法的确凿证据。目前她与余仲君的情人关系可以基本确立，但她是否存在代替领导收受贿赂的事实，还没有找到证据。这个时候贸然约谈她，确实也是一种冒险的行为。"

周强："但是不约谈她，证据更是难以搜集。"

赵达声："是啊，所以只能希望在与她的谈话过程中，能够找到破绽，找到证据。这么做，一方面我们是本着有腐必查的原则；另一方面，如果确实查无实据，那也可以为领导正名。当然，其生活作风方面的违纪问题，还是要专门向省纪委和省委领导汇报的。"

孙方明："行，那我们县纪委马上与法院联系，让他们配合纪委，传递好信息，争取引林妙雪出来。"

赵达声："好的，具体方案你们再商量商量，尽量做深做细，争取获得好的效果。"

此时，会议室门上响起敲门声，柳公权站起来去开门。打开后，只见李大可板着脸站在门口，他一步跨进会议室，扯着嗓门叫起来。

李大可："赵达声、周强，你们到底在搞什么名堂？你们有什么见不得人的事情要瞒着我？你们说，我要听你们亲口告诉我！"

周强："大可，这是之前赵书记督办的一个案子，还不宜让更多人知道……"

李大可："谁是赵书记，现在咱们纪委没有姓赵的书记，你有没有搞清楚？我作为市纪委副书记，我有权知道单位里的重大事情，你们没有权力瞒着我，你们在犯大错误知不知道！我要去向市委反映这个问题。"

赵达声："大可，你要反映尽管去反映，但是，我告诉你，按照组织调查纪律，不该让你知道的你永远不会知道。"

李大可气得浑身发抖："赵达声，你不要太猖狂，你这么弄下去，总有一天你会后悔的……"

这天下班前，李大可带着两名勤杂工，敲门走进了赵达声的办公室。赵达声正在审读文件，不解地看着他们。

李大可正色道："不好意思，赵达声同志，这间是市委常委、纪委书记的办公室，既然你现在已经不是纪委书记，那么你已经没有资格再待在这里办公，请你配合工人一起整理好东西，晚上加个班搬到别的办公室去吧。"

赵达声呵呵一笑："可以，但是请问我们委里还有比这间办公室更好的地方吗？"

"什么意思？你难道还想搬到更好的办公室去！"

"那当然，我是享受正厅级待遇的领导干部，与市长、市委书记同级别，本来在这间办公室办公已经委屈了，你除非能够安排更好的办公室给我，否则我不用搬。"

李大可有些急了，说话带着颤音："这可是市委常委、纪委书记的办公室，你现在已经不是了，请你明早以前搬走。"

"我不搬，除非有更好的办公室。"

"你无赖！"

赵达声笑笑："别把自己搞得跟小丑似的，来日方长！"

"什么意思？"

"没什么意思，就是说来日方长，谁笑到最后还不一定呢，你又何必咄咄逼人呢！"

"这么说，你是不肯搬了？"

"没有啊，只要有更好的地方，我随时可以搬。但是，如果没有更好的办公室，那对不起，我还得在这儿待下去。"

李大可狠狠地说："行，你不搬没问题。你们把门口'纪委书记'的牌子拿下来。我看你还得意什么！"

赵达声做了个请的手势："现在你们可以出去了。不送！"

李大可朝赵达声翻翻白眼，气呼呼地朝办公室外走去。

第二天上班后，李大可来到机要室，看到苏红一个人在分发文件，他走过来，佯装翻看文电。

李大可道："小苏，你记住了，下一步市里和上级机密以上的文件和材料不要再送给赵达声看了。"

"为什么？他只是暂时免去纪委书记，不久后就要续任的，你这样做，似乎有点落井下石啊！"

"什么落井下石，你说话怎么这么难听。"

"你这就是落井下石。举例说明，赵达声同志刚刚被省委免去东江市委常委、纪委书记职务，市纪委副书记李大可就让人摘去赵达声办公室的纪委书记门牌，不再派送有关机密文电，这种行为就叫落井下石。报告，回答完毕！"

"你，苏红，你怎么这么说话？"李大可脸气得发红。

"我不会说话，李书记，您多包涵！"

"岂有此理！"说完，李大可气呼呼地走了。

李大可回到办公室里，一会儿翻翻报纸，一会儿看看材料，才看了一会儿，又气呼呼地把材料合上，似乎在生谁的闷气。过了一会儿，有人敲门，李大可叫了声"请进"。他在座位上正了正身子，看着门口，只见江志华满脸堆笑地推门走了进来。

"李书记，您找我？"

"噢，志华，来，来，坐，坐，我给你倒杯水。"

李大可说着起身要去给江志华倒水，被江志华拦住了："不用，不用，真不用，办公室里一直喝着呢。李书记，您找我有什么事儿？"

"也没什么特别的事儿，找你来就是随便聊聊。"

"噢。李书记，先向您道喜了！"

李大可不解："道喜，道什么喜？"

"赵达声这次被免职，排在您前面的领导也就剩周强一个人了，这不是无意中把您的位置向前挪了一位。"

"那又怎么样？"

"那下一次提职不是可以提前了吗？"

"那不一定，暂时还看不出形势的好转。哎，志华，你说为什么我当上了纪委副书记，可是有的干部对我还是不够尊重，你说这到底是怎么回事？就连我分管办公室的同志，像苏红这样的女孩子都不重视我，这真让我弄不懂了。你说这是怎么回事？"

"这都怪这些人狗眼看人低，李书记，您千万别在意，是他们没有福分承受您的恩泽。我看，就随他们去吧。"

"我就感到憋气。志华，在我们委里，只有你是我的知己，咱俩无论何时何地都要一条心，站在一条战壕，互相帮助，互相提携，只有这样，才能使咱俩永远立于不败之地。"

"李书记，您说得对。您对我这么器重，我感到非常荣幸。您有什么指示，尽管下达，我一定不折不扣地完成。"

"好，对于你的觉悟和认识，我一定如实向市委余书记汇报，将来有机会，市委必将会好好重用你的。"

"谢谢李书记栽培。"

"栽培不敢说，我会尽力的。眼下，有个事情你要帮我一下。"

"有啥事儿，您尽管吩咐，我一定想办法做到。"

"你想办法跟孙海、柳公权他们多接触，搞清楚他们的查案动向，以便我掌握纪委大局，不至于领导问起来，我一问三不知啊。"

江志华连连点头应下"明白，明白。"

天刚黑，赵达声拄着拐杖下到一楼，把拐杖放在大楼保安处，从办公楼里出来。冷风呼呼地吹着，转眼已经进入严冬。他回头看看办公楼，大半灯光都熄掉了，大院里也清静下来，身边偶尔有人经过。他一瘸一拐地走着，身子一晃一晃地，慢慢穿过环形路面，走进中间的花坛小径。此时天已经完全黑了，路灯下，赵达声的身影映在地上，时而拖长，时而缩短，一晃一晃地。又走了一会儿，赵达声明显感到累了。他停下来，叉着腰，喘着粗气。歇了片刻，他又朝前走去。此时，从身后上来一个人，走到赵达声身旁，伸出双手，一下子挽起赵达声的胳膊，扶他往前走。赵达声回头一看，是苏红。

赵达声停下来："小苏，你怎么来了，楚楚呢？"

"楚楚今晚到要好的同学家去了。最近，她经常去要好的同学家，跟他们一块儿做作业。我看她在我这儿住久了，可能又想换换地方了。"

"不行就让许盈领回去吧，上回她们还争着要领回去呢。"

"还是我来带吧。"

"唉，名义上是我们带楚楚，没想到现在变成了你的任务，真是给你添麻烦了。"

"我反正一个人没事儿干，楚楚让我的生活更充实，我喜欢这孩子，非常懂事儿。"

赵达声想挣脱苏红的手往前走，苏红没让，他挣了两下，没挣掉，只能由着苏红挽着。两人慢慢地往前走着，气氛温馨平和。

赵达声问："对了，你和小柳怎么样了？"

"我和小柳什么事儿？"

"你和小柳不是在谈恋爱吗？"

苏红一下停住脚步，有点着急："谁说的，我和他只有校友关系，研究生我还比他高一届。除此之外，我们没有任何关系。"

"小柳不错，就是个子稍矮一点，其他方面还是很优秀的。听说，他对你很有意思。你可以跟他谈谈看，深入了解一下，或许缘分就在眼前。"

"哎呀，您怎么像老太太似的，唠叨起来没完。"

"我这是关心你，委里两个单身女孩，听说新来的崔莉也还没找男朋友。你说现在的女孩都怎么啦？一个个看起来挺优秀的，可就是找不到男朋友。"

"可能是她们要求太高了吧，也可能是优秀的男孩子太少了，但我觉得还是没有缘分。可这些都跟我没关系，我有喜欢的人，至于他有没有喜欢我，我就不知道了。"

赵达声继续往前走，苏红仍然挽着他。

"你喜欢谁啊，我来帮你去跟他说说。"

"我喜欢战斗英雄，刚刚被免职的。"苏红望着赵达声。

"那不可能。我都可以做你的父亲了。"赵达声一口拒绝。

"年龄不是问题，杨振宁都可以做翁帆的爷爷了，他俩不照样结婚啦。"

"我怎么能跟大科学家比啊。"

"不都是人啊！有什么不能比的。"

"关键不是这个，你知道我前面还经历过一次婚姻的离散，当然那是有特殊的原因。这一次是因为许盈弟弟的事情，这两次婚姻都没有因为感情破裂而离开。尽管许盈嘴巴上有时还不承认，其实我们内心还是非常后悔的。我们这一代人与现在的年轻人不一样，我们相对比较保守，感情专一，可能也很念旧，所以说句心里话，我还是希望能与许盈复合。加上我们的孩子也已经大了，她们也迫切希望我们复合，给他们一个完整的家。"

苏红不说话，静静地听着，挽着赵达声慢慢走着。

"小苏，你还年轻，希望你有一个更好的归宿。接下来，你要是愿意，我让小燕把楚楚接过去。"

苏红停下脚步不动了："我不愿意，就是不愿意。"

"这样你找男朋友方便一点，以免让人家误会。"

"误会就误会，我才不怕呢。"说完，苏红甩下赵达声的手，头也不回地走了。赵达声"小苏""小苏"叫了两声，苏红没有回头，大踏步朝院门口走去。

第二天一大早，赵达声在食堂吃完早饭回到办公室，刚要关上门，苏红似乎跟着他的，"呵呵"笑着挤了进来。

"你怎么这么早？"

"就许您这么早，我就不能这么早吗？"

"那倒不是。"

"我来是告诉您一件事，本来昨晚要告诉您的，后来给忘了。"

"什么事？"

"我想告诉您的是，李大可这段时间一直在打听和收集委里的重大情况，特别是您卸任以后，委里重大调查处理情况，他打听得比较多。"

"让他打听去吧，说不定还是好事儿呢。"

"好事儿？"

赵达声点点头。苏红凝视着赵达声，然后微笑道："我似乎有点明白了。"

赵达声走到饮水机边给自己倒水。苏红抢过他的茶杯，为赵达声泡好茶，端到他的面前。

"赵书记，您的心里真的这么淡定？"

"你指什么？"

"还有什么？当然是您被免职的事情啊。"

"人这一辈子，除了生死，其他都不值得一提。而我赵达声生生死死几十回，生死在我的眼中也不过如此，受点委屈又算得了什么。我赵达声光明磊落、毫无私心、坚持原则、不计得失，我坚信组织上会搞清楚的，会给我一个说法。"

"不行，我得向市委、省委反映，不能让他们不明不白地给您免了。如果像您这样，主动封停儿女的公司、主动执行上级规定的领导干部都要被免职，那么我看省里、市里很多领导干部都可以被免职了。"

"我是纪委书记，理应成为遵纪守纪的模范。组织上没错，你不要乱来！"

"我不会乱来，我是通过正常渠道反映问题，这是一名党员的权利。我只是正常反映而已，绝不会乱来，您放心！"

"你打算怎么办？"

"这个您就不用管了，我自有办法。"说完，苏红匆匆地朝外走去。

赵达声"小苏""小苏"叫了两声，苏红头也没回一下。

一会儿，苏红"咚咚咚"敲开了周强的办公室。她重重关上门，手里拿着一张纸，走到周强的面前。

"周书记，赵书记被无辜免职了，现在反腐形势这么复杂，这不等于在帮坏人吗，不知道上面领导怎么想的？我以纪委普通干部的名义打了个报告，要求恢复赵书记的职务，您看一下，如果觉得可以，请您也在上面签个字。"

周强惊讶地看着苏红，愣了半晌："小苏，这个办法你怎么想出来的？如果我不是纪委副书记的话，我会毫不犹豫地签上自己的名字。可是，赵书记的免职决定是由省委做出的，作为纪委的领导，我只能坚决贯彻执行，哪怕上级的决定是错误的。这个字，我不适合签。但是，我会在适当的时候向上级领导反映赵达声同志的情况，让他们尽量考虑赵达声同志和东江市的实际，采取相应的补救办法。"

"周书记，您怎么这样？平时看您挺仗义的，可这节骨眼上却畏首畏尾的，难道您忘了自己蒙冤时赵书记是怎么搭救您的？"

"我当然没有忘记赵书记对我的搭救，但是这是两码事儿，不能混为一谈。"

"没想到你周强是一个忘恩负义的胆小鬼，算了，你不签，自然有人签。"说完，苏红收起报告，气呼呼地朝办公室外走去。

星期日，苏红与柳公权骑着电动车，来到东望镇赵家圩村，他们并排骑行在乡村公路上。

"苏红，你这么弄行不行啊，赵书记要是知道，他肯定不会同意的。"

"怎么不行，我只是把这个信息传递给老百姓，老百姓知道事实后自然会向党委、政府反映情况，这应该没有错吧。"

"错是没错，但是我们都是有组织的人，我们没有从正常渠道向组织反映情况，而采取这种方式，会不会违反组织纪律啊！"

"柳公权，你这人怎么这样，一点点小事儿请你帮忙，看你前怕狼后怕虎的样儿，你有点男人气概好不好？"

"我再有男人气概，也比不上人家战斗英雄啊！"

苏红侧脸朝他一瞪眼："说什么呢，你要是不愿意去，你自个儿回去吧。"说完，苏红加大电力朝前开去，把柳公权甩在后头。柳公权一看急了："哎……你等等我，谁说不愿意去了。"

柳公权也加大电力朝苏红追了上去。半小时后，便来到赵家圩村，他们放慢速度朝着村中骑去，一路打听，找到了赵四家。赵四的家是一幢两层简易楼房，外墙没有粉刷，看起来斑驳不堪。苏红和柳公权锁好电动车，看到门开着，苏红便在门上敲了敲，径直走了进去。

"请问有人吗？"

只见一个干瘪老头从里屋走了出来，正是赵四。

"你们找谁？"

苏红答道："我们找赵四。"

"我就是，你们找我有什么事儿吗？"

"哦，你好，你好。我们找你有一件事儿想请你帮忙。"

"什么事儿？"

"是这样的，你知道市纪委的赵达声书记吧？"苏红往前走了一步说道。

"当然知道啊。赵大胖子就是在赵书记督促下抓起来的。赵书记是好人，咱们的干部要是都像赵书记那样，那咱们老百姓就有福了。"

"可是你知道吗，赵达声书记被免职了。"

"啊，为什么？"

"是坏人暗算赵书记。我这次来就是想让你为赵书记洗清冤屈的。"

"我来为赵书记洗清冤屈！我有什么办法？"赵四吃了一惊。

"你当然有办法。"

"什么办法？"

"这样，你看我这里有一份材料，你拿着它去找村里百姓，让大家都签上自己的大名，然后寄给这几个地方就可以了。"苏红从柳公权手里拿过一张纸，交给赵四，纸上面写着几个地址。

"这么弄行吗？"

"肯定行。"

"那好，只要赵书记能够官复原职，让我干什么都行。"

……

苏红和柳公权从赵四家出来，出了村口，驶上乡村公路。

柳公权紧跟上来："苏红，我们现在去哪儿？"

"去镜湖景区李家斗村。"

"啊！这可得兜一圈啊！"

"怎么，你不去啊！"

柳公权坚定地说："去，谁说不去。"

"那你啊什么啊！"

苏红在前面领路，柳公权紧紧跟在后面。

致远县人民法院审判庭，审判席上方，国徽高悬，审判长、审判员端坐其上。书记员、辩护律师等各就各位。旁听席上坐着二三十个群众，有的是法学系学生，有的是乡镇、村普通干部群众。林向前的两个儿子林妙霖、林妙雨和林家埭村的村民坐在一起。孙海和柳公权坐在最后一排，注视着法庭里的每一个人。

审判长重重地敲了一下法槌："致远县人民法院对致远县人民检察院提起公诉的被告人林向前、林永生、张亮被控受贿一案，现予公开开庭审理。提被告人林向前、林永生、张亮到庭。"

法庭边门一响，六名法警分别押着林向前、林永生、张亮从审判席旁边的边门进入法庭，朝着三张被告席走去。

法庭肃静，大家的目光集中到了审判长的身上。

审判长："现在开始法庭调查，先请公诉人宣读起诉书。"

公诉人："致远县人民检察院起诉书。致检刑诉〔2015〕720号。被告人林向前，男，1953年6月23日出生，身份证号码33050519530623××××，汉族，初中文化程度，致远县林家垛村原村支部书记，户籍所在地：致远县林家垛公寓三号四十栋二单元四零一号。因涉嫌向开元建筑公司索贿，于2015年12月15日由致远县纪律检查委员会移交本院，于当日由本院批准并执行逮捕。被告人林永生，男，1960年10月7日出生……"

公诉人不紧不慢地宣读着起诉书。孙海、柳公权坐在座位上，不停地扭头看看后面，似乎在等着什么人。

柳公权低声问："孙常委，你说林妙雪会不会来？"

"会的，一定会。"

公诉人："经依法审查查明，2013年3月至2015年7月期间，被告人林向前在担任致远县万安镇林家垛村党支部书记期间，利用职务之便，在致远县中学与村置换用地安置房建设中，利用开元建筑有限公司的关系，通过县规划局局长张亮，私下改变安置房建造规划，多造了四十四套房源。由于在房子建造过程中，房价不断上涨，到房子结顶时，建筑公司白白多出两千多万元毛利。林向前心理失衡，伙同该村村主任林永生，以安置房超面积为由，分四次向开元建筑索要贿赂款八十万元整，每次二十万元，与林永生私分，林向前分得款项五十五万元整，林永生分得款项二十五万元整……"

审判长："被告人林向前，你对起诉书指控的事实及罪名有无异议？"

林向前低着头："没有异议。本人林向前，是林家垛村的前任村支部书记。在致远县中学置换用地安置房建设中，我和林永生确实向开元建筑索要过钱，总共要过四次，每次二十万元，总共八十万元整。我很后悔这么做，败坏了村干部的形象，对不起党，对不起家人。"

话音刚落，法庭下的村民们热烈地议论起来，法庭里响起嗡嗡的议论声。

审判长"啪啪"敲了几下法槌："请肃静，请肃静。"

孙海听到林向前的自述，一下子惊呆了。

孙海："嗯，是我听错了吗？四百万元变成了八十万元，这不成变魔术了吗！"

柳公权："就是，赶紧问问孙方明书记。这怎么回事？"

孙海："你多注意一些后面，看看林妙雪到底有没有来。我再听听，他们到底是怎么把四百万元变成八十万元的。"

此时，致远县纪委书记孙方明带着高主任在县公安局监控室察看县法院附近街面情况，一名公安民警帮他们操作监控设备。孙方明密切注视着靠近法院的每一辆车子，每一个行人。

午饭后，孙海、柳分权、孙方明、高主任几个人坐在孙方明的办公室沙发上，一起商量对策。

孙方明："林向前案的前后变化太大。咱们纪委移交时，所有的交代材料、证据都被否定了，这么彻底性的改变，在我们纪检监察机关合署办公以来，还没有碰到过。"

孙海："真是闻所未闻，肯定有人串通有关人员，联合串供，几个关键证人的口供全部改掉了，把纪委的调查彻底改变，这不是某个人可以做到的。事关重大，刚才吃饭前，我已将情况向赵达声书记做了汇报。"

高主任："谁也想不到，这个案子在咱们纪委办案的时候就已经几乎是铁案了，但是如果有人串通所有涉案人员，恶意串供，那这个情况就非常复杂，黑的也会被他们描成白的了。"

柳公权："问题是司法程序都对的，我们没有办法干预。下午就要宣判了，恐怕短时间内改变这个案子的命运已经不可能了。唉，这事儿想想都觉得窝囊。"

当天下午，致远县人民法院审判庭里，全体人员安静地看着审判长，等待着他最后的宣判。

审判长："本庭认为，被告人林向前于 2013 年 3 月至 2015 年 7 月，在担任致远县万安镇林家塘村支部书记期间，利用职务之便，伙同该村村主任林永生，以安置房超面积为由，分四次每次二十万元，向建筑公司开元建筑索要贿赂款共计八十万元整，与林永生私分。林向前分得款项五十五万元整，林永生得款项二十五万元整。被告人林向前与林永生的行为已构成受贿罪，林向前属主犯，应依法予以惩处。公诉机关指控的犯罪事实和罪名成立。鉴于被告人林向前，在未被办案机关宣布采取调查及强制措施前，主动交代其犯罪事实，可以认定为具有自首情节，依法予以从轻或减轻处罚；被告人林向前归案后，已退清全部犯罪所得，可酌情从轻处罚。根据《中华人民共和国刑法》第三百八十五条之规定，判决如下：

"（一）被告人林向前犯受贿罪，判处有期徒刑五年六个月；（二）犯罪所得人民币五十五万元及其收益予以追缴。

"如不服本判决，可在接到判决书的第二日起十日内，通过本院或者直接向东江市中级人民法院提起上诉……"

孙海和柳公权四下里不停地张望，始终没有见到林妙雪的身影出现。

第二天上班，周强、孙海、柳公权来到赵达声办公室，几个人坐在沙发上，正在分析林向前案出现的新情况。

孙海："情况就是这样，没想到会这样。本来是一件铁案，出现了这么大的变故，我们都不知道该怎么办了。"

周强："出现这个情况，确实非常突然。但我分析，出现这种情况无非有两个方面的原因。一是检察机关在提起公诉前，对纪委提供的证据线索进行调查确认时，发现了更重要的疑点，而由他们重新调查得出结论；或者是恶意串通被告人、证人篡改证词。二是由律师或其他人串通被告人、证人推翻供词，篡改证词。所以，我建议下一步从知情人林开建和辩护律师入手，调查林向前、林永生翻供的真相。"

赵达声："周强说的没错，这个案件由简单变得复杂，明显存在人为操控的痕迹，但是人家是有备而来，恐怕查明真相有点难度。比如，如何让林开建放下心理包袱，讲出事实真相，恐怕不是一件容易的事情。我们一定要好好谋划，避免受制于人，陷入被动。"

周强："赵书记，您放心，我们一定会找到一个万全之策，把事实真相查个水落石出。"

赵达声放下拐杖勉强可以走路了。这天是周五，下班后，赵小燕开车来他单位，直接把他拖上车，拉到了自己家里。小燕拉着父亲进了家门。赵达声看到家里还是老样子，他脱下鞋，穿上了自己以前的拖鞋，整个人非常放松，走入客厅。

赵达声："燕儿，你爸肚子饿死了，问你妈饭好了没有？"

小燕一愣："噢，爸您先坐一下。妈，妈，饭好了吗，我爸说肚子饿死了。"

赵达声在客厅沙发上坐下来。许盈从厨房门口探出半个身子："叫啥叫，我也才刚到家，饿不死你们。"

说完这句话，赵达声、许盈和小燕三个人都愣住了。

赵小燕笑："爸、妈，你们以前天天说这两句话，我都听烦了。这么久没听了，今天听起来格外亲切。"

赵达声："不好意思，我说漏嘴了，现在哪还能这么说呢！"

许盈笑笑："没关系。"

小燕："老夫老妻了，没关系，我现在就喜欢听你俩还跟以前那样吵吵闹闹的。多好，这才叫生活。"

赵达声："燕儿，你去帮帮你妈。"

"好嘞。"小燕来到厨房，看着母亲配了五六个菜。

"这么多菜啊！妈，恭喜您啊！"

"恭喜我什么？"

"爸回来了。"

"回来就回来，怎么啦？"

"爸的心回来了，他没有走远，我早就说过，你俩还会走到一起的，你们的离婚跟人家的不一样。"

"有啥一样不一样的，该是你的赶也赶不走，不是你的强求也没用。"

"妈，今晚别让爸回去了，他一个人怪可怜的。"

"你小孩子，不害臊，管起大人来了。"

"你们再不复合，我都快要结婚了，我总不能赶在你们前头吧？再等下去，你们不怕我变成老太婆啊！"

"当然怕啊。"

"那你们得抓紧了，我可有点等不及了。"

许盈有些不好意思："别啰唆了，快把菜端上去。"

赵小燕笑嘻嘻地说："好嘞。"

一会儿，三人坐在餐桌前，赵小燕给父母各倒上半杯红酒，给自己倒了一杯饮料。赵小燕端起饮料："爸，妈，前些天兆丰舅舅给我打电话了，让我催着你们点儿，赶紧把事儿办了。我琢磨着下个月十号日子不错，咱们三人一块儿去民政局把证给领了。当天晚上在东江饭店，邀请几个亲朋好友吃顿饭，你们看怎么样？"

赵达声朝许盈看看："我没意见，只是别太铺张就行了。"

"妈，你呢？"

"你们定吧。"许盈轻轻说了声。

"行，那就这么定了，可别再出什么幺蛾子了！"

此时，小燕的电话响了起来，她接了起来："喂，艾伦啊，在哪儿呢？噢，行，那我马上过去，你等我，我自己开车。OK。"

小燕放下电话，站起来往外走："爸，妈，艾伦找我有事儿，我得出去一下，你们慢慢吃啊！"

许盈："你再吃两口饭吧。"

"不了，那边有吃的。走喽！"小燕回头朝赵达声挤挤眼睛，"老爸，再见！"

小燕出了门，"砰"的一声把门带上。只听见门锁转动了一下，传来轻轻的声音。

赵达声看着桌上都是自己喜欢吃的菜，举杯敬许盈："你辛苦了，做了那么多的菜。"

"辛苦什么，不就比平时多两个菜而已，举手之劳。"两人吃了些菜，许盈又说："哎，前一阵子，大家都在议论，省委凭什么把你的纪委书记给免了？这还有没有公道！"

"组织上这么做，自有这么做的道理，作为个人来说，唯一的做法就是服从。再说，我现在无官一身轻，感觉很好啊！"

许盈笑笑："我知道这不是你的真心话，我还不了解你啊，在咱们东江的共产党员中，恐怕找不出几个比你更忠诚于党的，就凭着燕儿在大麦天心当了总经理，就把你免了，按这个标准，咱们市里一半以上的领导都应该免掉。"

"最近，省委是下了文件，让领导干部自我清理。我是纪委书记，理应带头做好表率。可是现在我第一个出了问题，组织上免了我的纪委书记，是有道理的，我毫无怨言。"

"就你傻，按现在这个状态，你也参加工作三十多年了，还不如提前退休算了，索性完全清闲下来，好好颐养天年吧。"

"颐养天年？这好像早了点吧，我都还没感觉老呢。现在委里的工作我还放不下，有些事情周强还压不住，李大可权力欲望太强，我如果不在，怕委里会出问题，如果那样，那就真出洋相了，到时市委的面子都不好看。"

"你啊，都无官一身轻了，还操那个心干啥，我真搞不懂你这个人，到底是咋想的，这个工作就这样让你放不下？"

"工作再不放下最终也得放下，但是我作为一名党员，与组织早就血肉相连，休戚与共。党员领导干部的领导角色是一时的，而党员的角色是一辈子的啊。"

"哎呀，不和你说这些了，好像党离开你不行，地球离开你不转了似的。"

"话不是这么说的。"

两人吃完饭，赵达声帮许盈收拾碗筷。许盈没让他动手："你就别添乱了，这几个碗我还收拾得了，你去看电视吧。"

赵达声便坐到沙发上看起了新闻。过了一会儿，许盈收拾好碗筷，也来陪赵达声看电视。

赵达声问："许盈，你那时候和你们学院的林妙雪接触多吗？"

许盈回忆了一会儿："还叮以，她是学院的活跃分子，全市肚皮舞冠军，我那时组织学院的文体活动，和她接触稍多一些。后来，她辞职以后，就再也没有见过她。哎，上次你们委里的江主任和宋主任也来找过她，后来找到没有？"

"没有，好像人间蒸发一样，无影无踪。"

"你们纪委找她干吗，难道她也贪污受贿？"

"现在还不好说。你别告诉人家说纪委在找她！"

"知道，当了你二十多年的老婆，这点常识还是有的。"说完，许盈有些不好意思地低下了头。灯光映衬下，赵达声看到许盈的脸变得绯红，看起来楚楚动人。又稍坐了一会儿，赵达声起身告辞，许盈送他到门口。赵达声来到门前，换好鞋，去拉房门把手，却怎么也打不开，仔细一看，门被反锁了。两人互相看看，有些尴尬。赵达声拿出手机拨打女儿的电话，小燕没接。接着赵达声接到女儿发来的一条短信："老爸，祝您周末愉快！"后面还跟着一个"调皮"的表情。

第二天午饭后，小燕回家，她打开房门："老爸，老妈，我回来了！"她看到父亲赵达声仍然坐在沙发上，跟昨晚离开时没有什么两样；母亲似乎也很平常，在厨房里收拾碗筷。

从厨房里传来许盈的声音："燕儿，你昨晚上哪儿去了？"

小燕走过来盯着父亲的脸仔细看，赵达声也盯着女儿看。小燕偷笑着跑进厨房。片刻，从厨房里传出母女俩的嬉闹声。

致远县纪委书记孙方明带着高主任和县纪委干部小周到县看守所找开元建筑老板林开建谈话。

高主任："林开建，知道我们为什么找你吗？"

林开建："不知道。请领导明说吧。"

高主任："前阶段，我们纪委找你，你起先认定林向前向你索贿四百万元，而到了法庭上，却变成了八十万元整，是什么原因？"

林开建："也没有特别的原因，就是我记错了。因为开始的时候，林向前和林永生是提起过，想要四百万元，但是后来大概是慑于法律吧，他们只要了八十万元。这个是事实。"

高主任："搞错了？难道林向前和林永生也和你一样搞错了，请你老实回答问题。"

林开建："他们有没有搞错，我就不知道了。"

高主任："那你们公司账上几次大额提现是怎么回事？"

林开建："那是公司给员工发放奖金，你知道建筑工人都是外来打工的，他们喜欢拿着呱呱响的现钞，自己去银行存钱，所以我们公司奖金都还是用现金发放的。这个你们可以去问咱们的员工。"

孙方明："林开建，看你也是'老码头'了，这个案子属于索贿，罪责在林向前他们，你不是行贿者，你是无辜的。如果你出于某种胁迫或者其他原因，而做了伪证，那么对不起了，你也是有罪的。请你搞清楚，纸最终是包不住火的，真相总有一天会大白于天下，到时候，你为了他人而承担无谓的罪责，受到法律的惩处，你难道不觉得冤吗？"

林开建脸上的肌肉微微地跳动，沉默了一会儿。

孙方明："怎么样，林老板，想清楚了没有？"

林开建迟疑了一会："嗯，林向前他们确实只要了八十万元整。"

孙方明朝高主任使了个眼色，高主任拿出一本账簿。

高主任："这是你们公司的账簿，上面显示从 2013 年 3 月至 2015 年 7 月，你们分别有四次一百万元的大额提现，而提现的时间，与林向前他们向你索贿的时间相吻合，请你想清楚，你每次到底给了林向前和林永生一百万元和还是二十万元？"

林开建："确实是二十万元。"

高主任："那么其余的八十万元呢？"

林开建："其余八十万元都被我赌博输掉了。"

高主任："赌博输掉了！在哪里赌的钱？跟谁一起赌的？"

林开建："这个不能说啊，说了他们会灭我全家的。"

孙方明："林老板，谎言再美丽，总有一天会破灭的。请你自重！"

谈话结束，小周将谈话记录递给林开建确认签字。

接着，高主任、万安镇纪委严书记和小周找林向前案的辩护律师林豪谈话。林豪高高瘦瘦，戴一副眼镜，看起来文质彬彬。他见到纪委的干部，比较冷静，看起来一点都不慌。

高主任："你叫林豪？"

林豪："我是林豪。"

高主任："你做律师多久了？"

林豪："从大学毕业到现在，十年多一点。"

高主任："这次为林向前和林永生案件辩护，是谁找的你？"

林豪："因为我们是一个村的，彼此比较熟悉，是林向前的儿子林妙霖找到我的。起先因为太忙了，我没答应。后来看看案情比较简单，就答应了下来。这个案子办起来确实比较轻松。"

高主任："那你接手这个案子后，有关涉案金额有没有过变化？"

林豪："没有变化，几方面一致确认都是总共索贿八十万元。我后来跟林妙霖讲，这个律师费花得不值！林妙霖却说花得很值。事情就是这样。"

高主任："好吧，谢谢林律师，如果有需要，我们下次再来找你。"

林豪："没问题。"

在大麦集团总部，麦思源坐在豪华、精致、超大的办公室里，高翔、孟大海陪在他的左右。大麦天心有限公司董事长赵小军、总经理赵小燕坐在麦思源的对面，三人正在签署有关协议。赵小军翻开协议正要签时，发现管理费一项比原先商定的数额高出了五倍，这让赵小军兄妹难以接受。

赵小军道："麦总，感谢您啊，在我们天心公司最困难的时候，让我们挂靠过来，帮我们渡过了难关。到目前为止，咱们的合作还是非常愉快的，近来主要因为咱爸受到这个事情的牵连，所以咱们兄妹决定把企业转型和转卖，也找好了买家，天心集团和大麦集团好聚好散。感谢麦总的理解，不过，这里的挂靠管理费比我们原先商定的高出了整整五倍，不知什么原因？"

麦思源笑笑："这个嘛，是这样的。一个原因呢，是因为天心挂靠大麦期间，人工成本上升很快，情况比原先想象的复杂，大麦集团为此付出了较大的心血；第二个原因呢，是因为天心集团单方面结束挂靠大麦集团，属于违约行为，理应对此做出赔偿。五倍呢确实是多了些，不过，你知道咱们大麦也难啊，希望赵总理解。"

小燕："你们这是在抢钱啊，有你们这么不讲理的吗？"

小军朝妹妹摆摆手，对麦思源点点头，说："行，我们给。"

小燕："哥，这可是我们天心外贸整整半年的利润啊，凭什么就这么给他们了，他们这是在敲诈和抢劫，知道吗？"

高翔："哎，赵总，你说话别这么难听啊。"

小燕："你们就是在抢劫，就是敲诈！"

小军制止了妹妹，抬手在终止挂靠协议上签上了自己的名字。

小燕无奈地叫："哥！"

小军把签好字的协议交给麦思源："麦总，那我们就按上面的日期交割啊，三天后，天心集团与大麦集团完全脱离关系。祝大麦集团越办越红火，业绩年年翻一番。"

麦思源站起来，与赵小军握手："谢谢赵总，谢谢！"

回来的车上，赵小燕开着车，她还在为刚才的挂靠费生气呢？"哥，你就这么白白地将外贸半年的利润拱手送给人家，你可真大方啊！真是气死我了，咱们一年到头累死累活的，他麦思源真是厚颜无耻，强盗！"

"老妹，你就别生气了，开车注意安全。"

"能不生气吗！这么多钱，说没就没了。"

"想想咱爸吧，他为了这个事儿，连官都免了，那可是他一辈子的荣耀啊，不也说没就没了！你看他抱怨过吗，你看他生谁的气了吗？没有，他的内心难道不憋屈，难道不痛苦？以前我对咱爸不理解，总觉得他们这一辈人，思想僵化，观念陈旧，说得难听点就是脑子有病。可是，我开始试着站在他们的角度去理解事情，用他们的思想去解释看到的一切，我似乎明白了一些道理。特别是创办天心农庄的经历，让我更加真切地感受到他们这一辈人身上的品质，他们的无私、豁达、责任、理想以及精神追求，都是我们这一辈人应该学习的地方。"

小燕转头看看赵小军："哥，你变了，变得都快让我不认识了？"

小军笑着看她："是吗，是变好了，还是变坏了？"

"变得有男人味了！感觉怎么你的身上有了咱爸的一些影子！"

赵小军笑道："是吗，我怎么没觉着！"对了，上次让你办的事儿，你办得怎么样了？"

"哎呀，甭提了。他们这一辈人啊，什么都好，就是太抹不开面子，这么下去，要想让他们自己复合啊，难！"

"我明白了，咱们只能让他们先登记，再办事儿，然后才能让他们真正在一起。其他，说啥都没用。"

"那天跟老爸说了，就下个月十号，日子不错，咱们到时就拖他们去登记。"

"干吗非要下个月十号呀，就这两天，周四或者周五，登记完了，当晚就请亲朋好友聚餐，吃完就入洞房，速战速决，哪儿那么磨叽！"

"好，好，太好了。如果他们没时间怎么办？"

"会有时间的。放心！"

周强、孙海和柳公权三人坐在赵达声办公室里，与他商量林向前案调查事宜。赵达声在办公室里踱来踱去。

周强："从孙方明那边反应过来的情况看，有人对林向前案子串供翻供做了缜密细致的部署，几名当事人和律师都是一个口径，加上林开建帮他们圆谎，我们确实很难取得突破。"

孙海："这个案子的幕后推手非同一般，加上林妙雪的刻意回避，这恰恰可以看出有某个重量级人物幕后操控事件的可能，而这个重量级人物非余仲君莫属。"

柳公权："法律讲证据，我们怎么才能找到证据呢？"

赵达声停下脚步："猜测不能代替事实，但猜测有可能非常接近事实。这个案子，虽然我们已经大概知道什么情况，但是没有足够的证据，向省纪委汇报的条件也不成熟，不能轻举妄动。下一步，仍需确认余仲君与林妙雪之间的关系，找到余仲君和林妙雪收受贿赂的证据才是关键。现在，林向前的案子审结了，林妙雪肯定以为纪委方面的关注度会下降，说不定过些日子，她会去监狱探望父亲，咱们联系一下蓝湖监狱，让他们协助关注，如发现林妙雪的动向，立即通知我们。同时，我们一定要做好严格的保密工作，防止泄密，致使调查陷入被动的局面。对了，差点忘了一个事情，委里新来的骆嘉，据说原来是林妙雪的男朋友。他之前一直在反映余仲君的问题，包括向省委巡视组都反映过，鉴于目前的情况，不宜让他掺和进来。公权，你看啥时候把他找来，我和他谈一次，让他服从组织安排，不要擅自行动。"

柳公权答应下来。

晚上七点多，一个摩托车手装备穿戴整齐，坐在熄火的摩托车上。车停在市府大院外的人行道上，骑车人的摩托头盔眼罩翻起。借着路灯的光亮，可以看到他犀利的目光。他紧紧地盯着从市府大院里出来的车辆。等了一会儿，他看到一辆尾号009的红旗轿车从市府大院里驶出，便发动摩托车，放下头盔眼罩，将车驶上机动车道，悄悄地跟了上去。前方遇到红灯，摩托车便隔着三辆车停在后面。绿灯放行，红旗轿车朝着镜湖景区方向驶去，而摩托车始终隔着三五十米，远远地跟着。

红旗轿车进入景区后，在偏僻的地方，轿车的车牌号瞬间变换，换成了一副普通的私家车牌。这里车辆不多，车子的灯光在林间公路上时隐时现，像萤火虫钻进密密的草丛。摩托车还在跟着，但是与红旗轿车保持了更远的距离。又往前开了一段路程，红旗轿车消失了，摩托车放慢了速度，慢慢地往前开。在一个岔路口，他看到前方有一个小村落，便开了过去。离村落近了，他发现村落由十来幢别墅式庭院组成，每户人家都有一个院落，院门看起来都挺高大。他慢慢地朝前开过去，却发现红旗轿车朝外开了出来，而车后头的一家庭院院门前的路灯则刚刚熄灭。摩托车与红旗车车灯交会，两车擦身而过。摩托车继续朝庭院开了过去。

晚饭后，赵达声看到骆嘉从食堂里出来，便从后面叫住了他。骆嘉回头看到是赵达声，站住了，叫了声"赵书记"。

赵达声赶上来："小骆，晚上有什么事儿吗？没事儿咱们一块儿走走吧。"

"好啊。"

赵达声和骆嘉并肩向院里草坪间的小道走去。已进入早春，给人感觉不算冷。

"小骆，听说你以前谈过一个女朋友？"

"是啊。您肯定听说过，我因为女朋友的问题，之前一直向市纪委、省纪委反映过某位领导的问题，但是一直没有结果。后来，我受到打压，他们把我调到偏远山区当老师。我倒不是讨厌当山区老师，而是吞不下这口气，就辞职了。然后就报考了市纪委的公务员，没想到竟让我考上了。"

"嗯，你的情况我知道一些，我们委里的干部也找你了解过一些情况。但是，你为什么一定要报考市纪委当公务员呢，难道你想利用纪委干部的身份，继续深究某位领导的问题吗？"

骆嘉笑笑："没有，没有，只是因为我之前学的教的都是法律，考纪委系统相对专业对口一些吧。不过，说心里话，我曾有过这个念头，但是后来还是打消了。"

"这就好，咱们纪委工作政治性、政策性、纪律性很强，执纪者应该以正常、平和的心态，投入当前的反腐败斗争中去，而不是出于个人的目的，带着个人恩怨去开展工作，不然会有失公允。"

"嗯，这个道理我懂的。"

"在工作生活中，碰到什么问题，要向老同志多学习，跟他们多交流。有解决不了的问题，就向领导汇报。"

"明白了，赵书记。"

"哎，我现在已经不是市纪委书记了，你不要叫我赵书记，叫我老赵吧。"

"在我心目中，您一直是纪委书记，免不免职您都是。"

第二天下午下班后，骆嘉从办公楼里出来，到自行车库的一辆摩托车旁，戴上头盔，骑上车子。在一阵轰鸣声中，摩托车朝着院外疾驶而去。他骑着摩托车穿过大街小巷，朝着镜湖景区方向驶去。摩托车在镜湖景区公路上穿梭，在一个岔路位置拐了进去，朝着村庄驶进去，停在了林妙雪租住的庭院前。骆嘉下车，按响了院门口的可视门铃。不一会儿，有年长女人的声音传来："你找谁？"

"我找林妙雪老师。"

"你找错了，这里没有这个人。"

"我没找错，我知道林老师在里面。你们不开门，我就一直等在门口，直到开门为止。"

"你等也是白等，还是走吧。"

"我不走，见不到林老师我就一直等下去。"

"那你等吧。"

女人挂断了可视门铃。骆嘉叹了口气，站在庭院的门口，四下张望，摘下头盔，坐在自己的摩托车座上，等着里面的人把门打开。过了一会儿，骆嘉下了车，在门前晃荡着。又过了一会儿，"咣当"一声，庭院的门终于打开了，林妙雪站在门口。骆嘉看到林妙雪，欣喜地走上前去。

"妙雪，我终于见到你了，你怎么在这儿啊？"

"到院里说话吧。"

林妙雪回头朝院里面走，骆嘉锁好车，跟了进去。他们走入庭院，林妙雪背对着骆嘉站在前面，冷冷地说道："你来干吗？"

"妙雪，我一直想见你，我找了你很长时间。我知道你的一些事情，我也告过余仲君，可我只是想让你离开他，因为你和他是没有结果的。只有我们才是真正一对，我爱你。只要你愿意，我们可以远走高飞，离开这个地方，到一个没人认识的地方开始新的生活。"

"我早就说过，咱俩不合适，我不爱你，我们才是没有结果的。"

"不，我相信只要你给咱俩时间，你会爱上我的，我们肯定会幸福的。"

"相爱就一定幸福吗！"

"妙雪，我真的很爱你，这个世界上，除了你，我别无所求，你跟我走吧！"

"我已经不是以前的那个林妙雪了，不再纯洁，没有你想象的那般美好。你也没必要一棵树上吊死，天底下好姑娘多得是。"

"不，你在我心目中永远是天底下最美丽的公主，我不在乎这些，只要咱俩能够在一起。"

林妙雪嘲讽地笑："那是不可能的。"

此时，别墅的正门开了，阿芳抱着一个男孩走了出来。

阿芳："夫人，先生的电话。"

骆嘉看到阿芳怀里的孩子，脸色一下变得十分难看。

骆嘉抢步向前，大喊："这是谁的孩子，这是谁的孩子？林妙雪，你怎么可以这样？你太让我失望了，我要告你们，我要去告你们！"

林妙雪没拿正眼看骆嘉，转身走进屋里接电话去了。

骆嘉在院子里大喊："林妙雪，你出来，快出来！林妙雪，听到没有，快给我出来……"

天色渐暗，骆嘉叫了半天，房门纹丝不动，他只好悻悻地离开。

林妙雪站在二楼的窗台前，看着骆嘉渐渐消失在夜幕中。她在窗口站了许久，然后慢慢回到床前，坐在床上，看看床头柜上余仲君、自己和孩子的合影照片，再回头看看窗口，下定决心，拿出手机拨了一个号码。

"麦总，上次那个司机还在吗？有一辆摩托车，号码是江 C · 23366，对，做得干净一些，事后让他去外地躲躲吧。好的，拜托！再见。"

林妙雪挂上电话，长长地叹了一口气。

下午两点，许盈正在办公室和一名女老师交代事情，小燕坐在一边，不停地向母亲使眼色。

见女老师离开，小燕赶紧冲过来："老妈，你快点啊，要不然来不及了。"

"知道了，我们这就走。"

说完，两人匆匆离开了办公室。许盈坐上女儿的车子，看小燕开车开得有些凶，便说："燕儿，你开慢点，真来不及就改天好了。"

"不行，已经说好了，改来改去多麻烦啊。"

"你真的跟你爸约好了？"

"肯定约好了，那必须的。"

此时，赵达声坐在赵小军的车上，他们朝着街道民政办驶去。

"小军，你怎么还不去杭州，老待在这里，别耽误了工作。"

"这些天，天心外贸业务跟大麦集团彻底脱离了关系，刚刚跟艾伦父亲签订了合作协议，我们把外贸业务全部转让给艾伦父亲的艾克贸易公司，小燕在里面当个部门经理，负责业务的对接，其他事情一律交给艾克贸易公司打理。这样，咱们钱虽然少赚一点，但小燕工作相对轻松，关键是这样能够符合你们领导干部子女经商办企业的有关规定，我们到时再向组织上要求，恢复您的职务。"

沉默片刻，赵达声说道："爸这辈子，对当不当官从来就看得很淡，官位只是一个为百姓服务的平台，位子越高，平台越大，为百姓服务的舞台也就越大，而所承担的责任也越重。没有了官位，唯一的遗憾就是为百姓服务的平台小了，但是，只要自己想干，照样可以干得很好，毕竟这不是一个必然条件。所以，你们也不要刻意为之，顺其自然就好了。"

"爸，在这方面，是我和小燕对不住您，让您受委屈了！"

"瞧你说的，没什么委不委屈的。对了，你们跟许盈约了几点钟？"

"四点前，小燕已经去接了。爸，您身份证带了吧？"

"带了。"

"爸，不是我说您，您在战场上是英雄，敢冲敢杀，但是在许盈阿姨面前，您好像还是放不开。"

"谁说的？你不懂。"

"您看，您和许盈阿姨既然已经有了复合的意思，可你们就是迈不出关键的一步，如果让你们自己复合，不知道要到猴年马月呢。所以我和小燕，就商量着用这个办法，把这事儿给办了。"

"算你们有心了。但是，感情的事儿还是顺其自然，水到渠成比较好。"

"早就水到渠成了，只是你们还不愿意承认罢了。"

说话间，民政办到了。赵达声看到女儿的车停在旁边，才下了车，就听到女儿小燕在楼上叫他。"爸，快上来，三楼。"

赵达声朝着楼梯间走去，小军停好车，也跟了上来。

赵达声走进民政办，看到原先的胖大姐还在，旁边多了一名年轻的女孩，像是她的助手。许盈和小燕坐在椅子上等他们。排在前面的两对年轻人正在办理结婚登记手续。

赵达声见到许盈，许盈也看看他，两人会心地笑笑。赵小燕赶紧站起来，把父亲拖过来，让他坐在母亲身边。几个人静静地看着工作人员忙碌着。

过了一会儿，终于轮到了他们。赵达声和许盈坐到胖大姐面前。胖大姐朝赵达声看看，又朝许盈看看，表情怪怪的："你们是来结婚啊，还是离婚啊？"

小燕忙道："复婚，是复婚。"

胖大姐不满道："让他们自己说。"

赵达声："我们是来复婚的，麻烦大姐了。"

胖大姐："噢，复婚啊，身份证带了吗？"

赵达声和许盈分别把身份证拿出来，交给胖大姐。

胖大姐："离婚证呢？"

赵达声："复婚还要带离婚证啊？"

胖大姐："那当然，复婚的话，离婚证是要收回的，喏，有规定的。"

赵达声："离婚证我们没带啊，能不能先让我们把复婚办了，明天我们把离婚证给您送过来？"

胖大姐眼睛一瞪："那不行，你能先开车再办驾驶证吗？"

小燕有些生气："哎，这位阿姨讲话能不能注意点，别那么损，行不行？"

胖大姐："什么损不损的，我说话就这样。"

赵达声用手制止女儿："大姐，能不能通融一下，我请个假不容易，单位还有好多事儿呢。"

胖大姐："好多事儿，免职了还有好多事儿？你骗谁呢！你们这些人，总想着搞特殊化，告诉你，在我这儿行不通。你们啊，改天再来吧！"

小军吼道："免职了怎么啦？免职了就不能结婚啦！"

胖大姐也大声叫道："你吼什么吼，嗓门大了不起啊，你这是理屈词穷！"

赵达声赶紧制止小军和小燕，对胖大姐说："是我们的错，我们改天再来，麻烦您了。"

许盈的脸色很不好看，但她始终没有说话。赵达声站起身来，许盈也只好站起来。

赵达声朝女儿摆摆手："我们走吧！"

大家一起朝外面走去。

胖大姐还在嘀咕："官都丢了，还神气啥啊！"

小燕转身想跟她论理，被赵达声拽住了。他们从民政办出来，小燕嘴里还在嘟嘟囔囔："这个老太婆，气死我了！"

"人家没有错，咱们不能怪人家。"赵达声倒像个没事人一样。

小军道："糟了，现在怎么办？"

赵达声问："怎么啦？"

小军："我已订了晚餐，邀了仲君爸爸、咱妈，还有林芳舅妈、许林一块儿吃饭庆祝呢。现在事儿都没办成，还吃不吃？"

赵达声："你看你还是个董事长呢，这办的叫什么事儿。"

小燕自责道："都怪我们事先没把手续了解清楚。爸，妈，对不起！"

"也不能全怪你们，走，咱们去吃，饭总还是要吃的。"许盈心里虽不大高兴，却故作轻松说道。

赵达声也附和："也行，咱们三家人也好久没一起吃饭了，正好聚聚。"

晚上八点多，赵达声、余仲君和林芳三家人在东江饭店的包厢内聚餐，除了楚楚，人都到齐了，只是气氛有些尴尬。他们边吃边聊，氛围慢慢缓和起来。

余仲君："怎么会这样？本来多好的事情，唉，可惜了。"

小燕："那个老太婆太可恶，不给办就算了，那个嘴巴实在太损了，我恨不得甩她两个耳刮子。"

余仲君："哪个老太婆？"

小燕："就是办理结婚手续的老太婆。"

余仲君："她说什么？"

小燕："还不是说我爸免职了如何如何的。我真弄不懂，这跟免不免职有什么关系！"

许盈:"这不能怪人家,人家也是正当理由,谁让咱们没带齐证件呢。"

小军:"都怪我们事先没有了解清楚。"

赵达声:"没事儿,下次再去就行了。"

余仲君:"免职这个事情,我觉得省委做得有点过了,咱们的企业已经挂靠在人家那里,又没在当地注册,况且做的是外贸生意,是促进当地经济发展的,按理应该支持和鼓励,可他们一定要上纲上线,这样肯定会挫伤干部的积极性。达声,你别太计较这个事儿了,看开点,我想组织上迟早会恢复你的职务的。"

许盈:"组织上哪会来了解具体的细节,他们觉得有问题就按规定处理了。"

赵达声:"这个事情我看得很开,没关系,咱坐得端、行得正、无愧于心就行了,组织上怎么处理,百姓怎么看,我都能承受。"

余仲君举起酒杯:"不说这个了,咱们今天还是要高高兴兴的,提前祝达声、许盈破镜重圆、百年好合。林芳,你得代小丰子单独敬一杯。来,干杯!"

众人举杯,"当""当"的碰杯声响成一片。

"干!"

正在这时,赵达声的手机响了,他接起电话:"喂,周强,你说。什么?!骆嘉被车撞了,他现在在哪里?噢,好的,我一会儿就过去!"

赵达声放下电话,众人都看着他。"我们委里一名干部被车撞伤了,我得马上去医院一趟!"说完,赵达声就匆匆离开了。

晚上,市一医院抢救室门口,周强、柳公权和两名交警守在那里,一脸的焦急。看到赵达声拖着不太灵便的伤腿,急匆匆地从外面进来,几人迎了上去。

赵达声:"小骆怎么样?"

周强:"刚刚醒过来,医生说可能有些脑震荡,身上其他地方还好,等待明天做进一步的检查。"

赵达声转而问交警:"肇事车辆找到了吗?"

交警:"目前还没有,因为事发地段相对偏僻,路上监控不多,警队正在查找沿途相关监控,一有线索,马上向您汇报。"

过了一会儿，抢救室的门打开了，一名护士推着病床从里面出来，骆嘉躺在床上，头上缠着纱布，看到赵达声他们，嘴唇动了动，似乎想说什么。

赵达声摆手制止了他。

周强和柳公权帮护士推着骆嘉朝病房区走去。几人跟着护士一起进入骨科病区的六号病房。护士把骆嘉安置妥当就离开了，众人围着病床看着骆嘉。只见他躺在病床上，手上打着点滴，额头上有一个大包，身上看不出有明显的痕迹，只是人看起来非常疲惫。他吃力地睁开眼睛看着大家："赵书记，周局长，我没事儿。"

赵达声示意他不要动，说："你啥都不要管，好好休息。我明天给刘院长打电话，一定想办法在最短的时间内，让你康复。公权，你在这儿看着小骆。"又对周强和两名交警说："我们到外面聊一会儿。"

他们一起出了病房，走到一个拐角的空地。赵达声问交警："现场勘查情况怎么样？"

一名交警道："由于是晚上，我们勘查得可能还不够彻底，但是可以肯定的是，这是一起交通肇事逃逸行为。通过地面勘查可以看出，肇事车辆在碰撞到摩托车瞬间的力量很大，方向明确，没有正常的刹车痕迹，这表明是一起蓄意交通肇事行为，目前交警部门正在全力追查肇事车辆。"

周强："对了，赵书记，真奇怪啊，上次您碰到的也是一个交通肇事逃逸行为，这两个事件不知道会不会有什么关联？"

另一名交警道："这个很难说，但也不能排除，我们会做仔细的比对，相信不久就会出结果的。"

赵达声："这个很重要，希望交警部门认真比对，尽早把结果告诉我们。"

"没问题。"

第二天上午，赵达声刚到办公室，就接到了老团长、省军区司令员廖先成的电话。

"达声啊，最近不忙了吧？不是说无官一身轻嘛。"

"首长好，现在咱们纪委的工作量是以前的三倍以上，事情哪儿忙得完！"

"你免职了，还忙啥呀忙？你就不会偷偷懒啊。"

"老首长，你又不是不了解我，我这人啊就是闲不下来，不弄些事情做做，浑身难过。"

"有个事情，本来我还不太想说，可是老战友们非要让我代他们跟你说说。"

"老首长，有什么吩咐，但说无妨。"

"是这样的，前些天，老赵头他们联合一批战友，联名给我写了一封信，意思是听说你现在暗中在调查余仲君，他们想让我跟你说说，咱们'英雄团'的战友们留下来的不容易，像余仲君这种立过战功又救过你命的人，能否对他网开一面？他们知道你铁面无私，跟你讲了也没用，所以委托我向你求情，希望你高抬贵手，放余仲君一马。"

"谁说我在调查余仲君，谁告诉您的？"

"这个……战友们都在说，应该不会有错吧，你说有没有？"

"是老鱼头自己跟战友们说的吧？如果这样的话，表明他真的有问题，心虚了。"

"你甭管心虚不心虚，你到底放不放过他？"

"老首长，您知道了还问我。"

"余仲君和别人不一样，起先我和你想法一样，有了问题就要面对，就要承担，但是随着退休年龄的临近，我对这个问题有了新的认识，对于我们这一类人来说，保持名节比利益更重要，余仲君立过战功，救过你的命，说句不中听的话，也许是我不该说的话，如果问题不是太严重的话，给他保留个名节吧。"

"老首长，您此言差矣，余仲君真有什么问题，我们市纪委没有处置权，他是省管干部，对他的处理得由省委决定。目前我们也没有在调查他，有的也只是一些正常的摸底了解。战友们都理解错了，不是这么回事儿。"

"真的？"

"当然真的！"

赵达声、周强、孙海和柳公权来到骆嘉的病房。病房里共有三张床位，四人进来后，房间里一下子显得非常拥挤。骆嘉靠在病床上，正在看《职务犯罪研究》，看到领导和同事进来，想下床为他们倒水，赵达声让他靠着不要动，骆嘉便没有下床来。

　　赵达声："小骆，你感觉怎么样？"

　　骆嘉："感觉还好，只是头还是有些昏沉沉的。"

　　赵达声坐在骆嘉的病床前："这段时间你什么都不要管，好好养伤，争取早日回到岗位上来，同志们都很关心你，我受他们的委托，向你表示慰问。"

　　骆嘉："谢谢大家。"

　　赵达声："我想问问你，当时你有没有看清撞你的那辆车子的号牌？"

　　骆嘉："没，根本没来得及反应就昏了过去。"

　　周强："那你觉得谁有可能会来撞你吗？"

　　骆嘉："不知道，不过我想有可能跟我之前反映某位领导的情况有关吧。这只是我的猜测，不一定准。"

　　周强："你平时有没有得罪过什么人？"

　　骆嘉迟疑了一会儿："没有啊，但也可能有，我想不起来。"

　　赵达声："小骆啊，我们上次谈话聊了不少，但是我感觉你对某些事情好像还有所保留，希望你敞开心扉跟我们说，以便于我们更多地掌握情况，好不好？"

　　骆嘉带着歉意，笑笑："赵书记，真不好意思，我真的没有什么情况保留。现在我是一名纪检干部，这点觉悟我还是有的。如果下一步发现什么情况，我一定第一时间向领导汇报。"

　　赵达声与周强对视了一眼，没有再细问下去。

　　这天下午，省纪委书记魏长安带着两位副书记在省委书记殷国民办公室汇报工作。他坐在殷国民的对面，两位副书记坐在沙发上。汇报快结束的时候，魏长安将两封信交给殷国民书记。"殷书记，您看，这是最近收到的东江市下属两个村的村民给省纪委写来的信，都恳请省纪委、省委恢复赵达声同志的职务。两个村分别有五十多位村民签名，从信件的措辞来看，不太像村民自己所写，但表达的意思还是比较准确的。"

"噢，有这种事，我看看。"

殷国民从魏长安手里接过信件，慢慢看起来。过了一会儿，殷国民看完信件，放在办公桌上，对魏长安说："同样的信件我也收到了。看来赵达声在百姓中的口碑不错啊，省委对他免职是不是有点过了？"

魏长安接着说："听说赵达声虽然被免职了，但是纪委内部还是把他当成纪委书记看待，什么事情都向他请示汇报。但有个别同志也有不同看法，包括部分群众。现在看起来，让他暂时撤离风口浪尖，对于东江市的反腐败工作或许更有利。"

殷国民答道："凭赵达声的威望，只要不调离纪委，那么实际上他还是纪委书记，只是有实无名而已，周强主持市纪委的工作，重要工作肯定会主动与赵达声沟通，并且受他的领导。把他放到暗处，有利于保护我们的干部，也让他开展工作更趋隐蔽。"

"那村民那边我们怎么回复？"

"省纪委出面给村民们回一封信，讲些大道理，讲清党纪党规，请他们理解。同时，也阐明干部能上能下，组织上会考虑赵达声的特殊情况的。"

"好的。不过我在想，赵达声的免职不会是您的有意安排吧？"

殷国民笑笑："我安排得来吗……"

骆嘉在东江师范的同事耿平趁着下午没课，来医院看望骆嘉。骆嘉还在靠着床背看《职务犯罪研究》。看耿平来，他放下书，从床头柜上的袋子里取出一个苹果，拿出小刀削起来。

"你小子终于记得来看我啦！"

"早就想过来了，只是你现在待在这么大的衙门里，我轻易不敢来啊。纪委纪检监察室，听听都让人害怕。"

"你不贪不占不拿人家好处，你怕什么？"

"怕倒是真不怕，不过你们这种衙门，还是少来为好。"

"什么少来，多来来习惯就好了。对了，你最近怎么样，教研组副组长干上了吧？"

"没干上，管它呢！让我干我就干，不让我干我就管好自己的一亩三分地，省得让自己瞎操心。你怎么样，林大美人还没对你动心啊？"

骆嘉把削好的苹果递给耿平："别提了，按理说，她就是一块铁也该被我熔化了。但是，她非但没有被熔化，反而离我越来越远了。"

"怎么这样？这只能说明，她是一个功利心很强的人。但是，你凭什么这么说人家。"

"我有证据，但是我不能告诉你。"

"真是白当了那么多年的好朋友。"

"告诉你可以，但你得给我保密。林妙雪跟那个领导可能已经生了孩子，那天我跟踪领导的车子找到她的住处，和她见了一面。我这次被撞，估计跟她有很大的关系。"

"啊，那咱们去告他们！"

"千万别！我现在改变想法了，不想告他们了。因为告赢了他们，我必然也永远失去妙雪了。我始终觉得，妙雪迟早会离开他的，只要离开他，我们就可以在一起了。要是告他们的话，妙雪也会受到伤害，这是我不能接受的。所以，我宁可死，也不会再去告他们了。"

"骆嘉啊骆嘉，你啊真是无可救药！你这辈子非毁在林妙雪身上不可！"

骆嘉笑道："我愿意！"

临下班时，赵达声坐在办公桌前冥想着什么，有人敲响了办公室的门。

"请进。"赵达声抬眼一看，见英雄团的老营长老赵头笑着走了进来。

赵达声站起来，拖着微瘸的腿迎上去。

"老赵头！哎呀，想死我了，你怎么来啦，怎么不事先打个招呼。"

老赵头哈哈笑道："想到你这儿来就直接来了，还要打什么招呼。你几点下班？"

"还有半小时。"

"行，咱们一块儿吃饭去。"

"等一会儿，这次真的就你一个人过来？"

"是啊，我到省城出差，顺道来看看你和老鱼头，还有小丰子。"

"那我叫一下老鱼头，看他有没有空。"

"先不要叫了，我打过他电话，他说晚上有公务活动。"

"噢，那行，我们去天河老街吧。"

晚上，在天河老街的天成饭庄，赵达声和老赵头坐在临河窗前的雅座里，两人边喝着老酒边聊天。

老赵头语重心长地说："老赵，不是我说你，你这个倔脾气如果不改改，还会吃苦头。你看你，与老婆离婚了，又被罢官了，你怎么就越活越不明白呢！"

赵达声笑笑："我挺开心的，我觉得活得挺好的，认真做事，无愧于心。宁丢乌纱，不负百姓。虽然这次我真的丢了乌纱，但是我可以拍着胸脯告诉你，我是无愧于心、无愧于百姓的。"

老赵头与赵达声碰了一下酒杯："我知道，在这方面我绝对相信你的忠诚，你的原则性，你的大公无私，但是往往过犹不及，太过了，就会伤人，伤及自己，伤及他人。"

"我伤及谁了？"

"你的孩子，你的家人，你的朋友。"

"我没有过，是他们越线了，他们先触犯了政策红线，我只是帮助他们纠偏了一下，我掌握的度是合理的，是每一个人都应遵守的度。但是，由于他们的过度放纵而觉得受不了，这不能怪我吧。"

"瞎说，就知道自己有理儿，那你为什么会离婚，难道这也是原则问题？"

"这不能完全怪我，许盈坚持离婚，这也是对她的尊重。"

"狗屁尊重，你不了解女人啊，她们那是在气头上，你要是不同意，她还怎么坚持？拖过那一阵子不就没事儿了。"

赵达声不说话。

"有的时候，你就不能稍微松一松？就下不就上，适当通融一下，那不就海阔天空了吗。"

"不行，那还不如把我撤掉，我眼不见为净。否则，绝对不行，这是我赵达声的原则，这个任何时候都不能放松。你说再多也没用！"

"让我怎么说你呢！最近，我听说你在暗中调查余仲君？"

"哎，我就奇怪了，你怎么知道我在调查余仲君，即便真的在调查，这么保密的事儿，你怎么知道的？"

"这个你就不要管了，我反正知道。"

"现在我正式告诉你，我现在已经不是市纪委书记了，调查谁不调查谁，与我一概无关。再说，余仲君是省管干部，调查处置权不在我们市纪委。"

老赵头又端起酒杯与赵达声的碰了一下，两人喝掉了杯中酒。

"老赵，我跟你说，不管你是不是在调查余仲君，我想以一名曾经出生入死的老战友恳请你，对余仲君适当通融，就下不就上，毕竟你们是一条战壕里出来的，互相救过对方的命。仲君还立过赫赫战功。加上小军，这个世界上，还有谁比这样的关系更亲密的呢？"

"老营长，党纪国法，战友情深，孰轻孰重，我想你心里应该很清楚吧。其他话，我也不想说。最后不管是什么样的结局，我想都应该是公正的。"

"老赵，你居然跟我玩起太极来了，我告诉你，如果你一定要调查余仲君，别怪我们战友骂你，到时候战友们的唾沫星子都会把你淹死。"

"老营长，既然你把话说到这个份上，那么我问你，当初咱们入党、提干到底是为了什么，咱们上前线打仗又是为了什么，是为了当官吗，是为了名利吗？不是！我相信你的想法也和我一样，一是为国分忧，二是为百姓做事。那时候咱们有过私心吗？没有！如今回到了地方上，脱下了军装，咱们为国分忧的心还在不在？为百姓做事的愿望还有没有？如果让我做有愧于国家、有负于百姓的事，那还不如让我背一身骂名，这样反而会让我好受一些。"

"跟你唱不成一个调，算了，我走了，你自己喝吧！"老赵头愤愤地起身，甩手撩开门帘出了雅间。

赵达声"老营长""老营长"叫了几声，老赵头头也不回，转眼没了踪影。

第二天正好是蓝湖监狱的探监日，老赵头去看望许兆丰。两人隔着探视栅栏，轻声说着话。

"你姐夫这个人什么都好，就是太不讲人情，一碰到问题，什么感情都不讲，简直是冷血动物。"

"老营长，你错了，起先我也这么想，但我现在不这么认为。你说他不讲人情，他收养了职务犯罪人员楚建国的女儿，他百里追查救女儿，他对百姓掏心掏肺……他只是把这种常人的感情深深地埋在心底里。而他的秉公执纪、铁面无私恰恰成了他的'名片'，给人以不讲人情的印象。"

"你说他讲人情，他现在连你副连长都要查，这也叫讲感情？你说说，他俩什么关系，生死战友，过去救过命的兄弟，又连着亲情，还有比他们的关系更亲近的吗？这样下去，他会遭人唾骂的，你还是劝劝他吧。"

"我劝也是白劝，那是他的原则，是丝毫不可动摇的。如果副连长真有问题，我姐夫肯定不会手软的。但是，副连长是省管干部，按理说轮不到我姐夫调查他的。"

"那样最好了，但愿不要落在你姐夫手里。对了，你最近还好吧？万事想开点，时间过得很快，等你出来，咱们战友一起照样快活。"

"嗯，谢谢老营长。"

晚上十点后，赵达声一个人在市体育馆拳击擂台，面对人形沙袋，狠命地背摔过去，一次又一次。汗水湿透他的练功服，他却不知疲倦地摔着。他的嘴里还是不停地叫着：老鱼头，我让你使坏，我让你使坏。

赵达声似乎有使不完的劲，一遍又一遍地摔着沙袋，直到自己筋疲力尽，连同沙袋一起摔倒在擂台上，汗水和着泪水一起在脸上流淌……

33

　　这天早上，赵达声、孙海和柳公权一行三人乘坐公务用车朝致远县方向驶去。

　　赵达声："这次我们去致远县，主要调查林开建和律师林豪的一些情况。大家琢磨琢磨，一会儿见到林开建和林豪，怎么样让他们开口讲实话，这是我们要考虑的问题。"

　　孙海："显然，林开建这次才被判了拘役，只追究了他向张亮行贿的责任，判得明显过轻，咱们应该抓住他害怕重判的心理，进行引导，让他讲出实情。"

　　柳公权："我觉得林豪这个人很有可能是翻供的关键性人物，因为只有他才有机会为几个人串供。"

　　赵达声："是的，除了检察院本身外，也只有他才有这个便利。公权，林豪的财务上有什么状况吗？"

　　柳公权："您不提起，我还差点忘了。林豪中国工商银行的账户在林向前案审结时，收到过一笔五十万元的款子，而打款人就是林妙霖。"

　　赵达声："嗯，这是铁证。"

　　上午十点多，赵达声一行顺利抵达致远县看守所门口，孙方明和高主任早已等在那里。几人寒暄过后，在看守所韩所长带领下，朝着所里走去。一会儿，韩所长和两名民警开始提审开元建筑的老板林开建。孙方明、赵达声一行在旁边看着他们谈话。林开建看到一下子来了那么多人，神情有些慌乱，但是他硬装作无所谓的样子。

韩所长："林开建，你能猜到我们为什么找你吧？"

林开建："我哪儿知道啊，你们想搞什么名堂？"

韩所长："林开建，有人告你，在公诉机关审查期间，与他人串供，向公诉机关作伪证，篡改供词，将林向前索贿四百万元的事实篡改为八十万元。在公诉机关证据确凿的情况下，谎称赌博输钱，模糊公诉机关的视线，致使林向前案审判出现重大偏差。现请你主动交代问题，这可能是你目前减轻处罚的唯一途径，否则一经查实，审判机关将会对你加重处罚。请你考虑清楚！"

林开建："知道，知道。可是我交代的都是事实，没有一句虚言。"

韩所长："你说的话到底哪一次是事实？四百万元和八十万元，这可不是简单的两个数字，意义相差十万八千里。告诉你，平时和你赌钱的人我们都进行了走访，他们告诉我们，前年、去年你从来没有输那么多钱给他们，说明你后来在纪委调查时说的话都是假的，从这个情况断定，你存在明显的篡改供词行为。现在给你一个机会，请你把篡改供词的情况，详细地交代清楚，否则……仔细想一想吧，下一步，你因为作伪证、串供，可能会被判多少年？"

林开建看看坐在一边的赵达声、孙方明和高主任他们，额头上开始冒出汗珠，在灯光照射下，汗津津的，闪着亮光。

林开建："那我全部交代以后，会不会对我从轻处理？"

韩所长："这个请你放心，我可以负责任地告诉你，在场的市纪委还有县纪委的领导都可以为你作证。我们可以把你的行为作为主动交代问题写入卷宗，审判机关以此来审理，完全可以从轻处罚。"

林开建："那好，我交代……"

下午，赵达声一行和孙方明坐在会议室等待律师林豪前来接受调查。

孙方明："没想到上午调查林开建会这么顺利，本来我还以为会费很大劲呢。"

赵达声："关键是咱们把他的赌友搬出来了，他就招架不住了。"

孙方明呵呵笑："咱们只不过唬了他一下，他就全招了。"

赵达声也笑了："这就叫做贼心虚。"

孙方明："这个林豪果然不简单，参与和谋划被告人串供，几个嫌疑人口径一致，滴水不漏，怪不得把我们搞得一下子束手无策。"

赵达声："他也是受人指使，拿人钱财，替人消灾。"

孙方明："我有点不相信林妙霖有那么能耐，不知道幕后还有什么人在撑腰？"

赵达声："不管他什么人，我们必须坚持原则，决不动摇。"

孙方明："没错。不过，这个案子这么一弄，恐怕与检察院的个别领导会有牵连，这样与他们的关系又要搞僵了。"

赵达声："只要咱们坚持以事实为依据，拿证据说话，就不怕得罪人，因为我们代表的是法纪，而不纯粹是纪检机关。咱们只是履行职责，与他们部门和个人没有恩怨，相信他们会理解的。"

孙方明点头。

过了一会儿，高主任敲开了会议室的门，他把林豪律师带了进来。高主任示意让他坐在赵达声和孙方明的对面。林豪律师坐下来，两只眼睛在镜片后面滴溜乱转。高主任为他倒了一杯水，林豪说了声"谢谢"。

孙方明："你是林豪吧，这应该是我们县纪委第二次找你谈话了吧？"

林豪朝孙方明看了看，面无表情："是的，你们还有什么事吗？"

孙方明板起脸，劈头盖脸地问："既然找你，肯定有事情。在林向前这个案件中，你是怎么让几名当事人一夜之间把口供全部推翻的，是什么人指使你这么干的？"

林豪还是面无表情："我介入这个案子后，他们第一次告诉我的就是现在的口供，至于以前是什么情况，我没有参与，不好评说。"

孙方明："你不知道之前纪委查办时已经取得了口供？"

林豪："不知道。当事人家属找到我让我为林向前他们辩护，我就来了。我第一次了解的情况就和现在的口供一模一样。"

孙方明："但是林开建没有这么说，他说第一份口供是县纪委派人录取的，是真实的。而林律师你介入案子调查后，跟他说可以大事化小，小事化了，只要几个当事人统一口径，咬定不放，就可以改变结果，少判几年刑。"

林豪神色微变："我没有说过这种话，是他们捏造的。"

孙方明朝高主任使了个眼色，高主任把纪委与林开建的谈话复印件拿了过来，放在林豪面前。

孙方明："你自己看看吧，林开建已经承认了，接下来，林永生也会承认，他林向前不承认也没用。"

林豪激动地叫道："这是林开建捏造事实，他才是做伪证。"

赵达声打断他："你不承认也行，到时候当事人都承认了，只剩下你不承认，照样可以追究你的法律责任。你身为律师，抛开职业操守，想办法为当事人开脱罪责，向法院提供虚假证据，并且教唆当事人逃避法律制裁，这个罪责你担得起吗？"

林豪："你们不要讲故事了，我根本就没有为当事人串供。你们这是在血口喷人！"

赵达声朝柳公权看看，柳公权从包里拿出一份银行的转账凭证复印件，从座位上站起来，放在林豪的面前。

赵达声："这是当事人林向前的儿子林妙霖向你工商银行的账户转账凭证复件印，这个五十万元，你不会说是纯粹的律师费吧。而且林妙霖在朋友面前多次吹嘘，他父亲的事情是怎么怎么摆平的，当然他对你的表现大加赞赏。"

林豪耷拉下脑袋，狠狠地骂道："真是一只只会哼哼的猪……"

晚上，忙碌了一天的市、县纪委办案人员都回去休息了，赵达声和孙方明两人还在办公室里回顾一天的工作情况。

"赵书记，今天收获很大，忙碌了一整天很值啊。本来，林豪心高气傲，面对着转账凭证和林妙霖的言辞，他也不得不承认串供的事实。只可惜幕后的指使人还没有发现，像林豪这样的人，不到万不得已，他是不会主动交代问题的。"

"阴谋无论隐藏得多么深，最终都会大白于天下的。让我们拭目以待吧！"

"那接下去应该比较好办了。先找林永生查实林豪协同串供的事实，至于林向前，他承认最好，不承认也不能逃脱罪责。等证据全部查实以后，我们就把相关材料提交法院，请他们重新审判。"

"好啊，就是要让腐败分子偷鸡不成蚀把米，打掉他们的侥幸心理。"

"这次全靠市纪委办案专家的帮忙，不然我们还不知道会查到什么时候呢。"

赵达声笑笑："都是一家人，不说两家话。"

第二天早上，赵达声刚到办公室，正在擦桌子、倒水，周强就兴冲冲地走了进来。

"赵书记，告诉你一个好消息，撞伤骆嘉的车子找到了，是一辆失窃车。失主半年前报失，一直没有找到，前天被人发现丢弃在郊外河沟里。这些天连续干旱，水退下去车就露了出来。交警通过监控比对，确认无误。这辆车的屁股位置凹进去一块，经过取证，与撞您的那辆车油漆吻合，初步判断这辆车两次肇事撞人。只可惜车子内指纹已经被精心处理过，肇事者还未找到。"

"嗯，大家都辛苦了。林向前的案子也有了进展，律师林豪串供翻供，证据确凿，接下来县纪委将把相关材料提交法院，请他们重新审判。"

"可惜，林妙雪一直没有出现。"

"是啊，如果她一直不出现，接下来，我们就应该防止她外逃，特别是防止她逃往境外。我们要吸取刁梦良的教训，及早部署。"

"嗯，我到时跟公安方面协调一下。"

晚上，市一医院骨科病房里，骆嘉靠坐在病床上看书。隔壁床位来探视的亲属朋友也已经离开，病房里显得冷清起来，陪夜的人也开始洗漱，准备休息。正在这个时候，病房门口有人敲门，一个漂亮女人走了进来，来到骆嘉的病床前，站在那里也不说话。刚开始骆嘉以为是来看其他病人的，也没在意，可他用余光一扫，惊得一下子跳了起来。

"妙雪，你怎么来了？"

林妙雪朝他笑笑，没有直接回答，反问道："你怎么样，好点了吗？"

"头昏昏的，但是已经好多了。妙雪，你怎么想起来来看我？"

"骆嘉，我想来想去，还是决定来看看你，也是为了告诉你，请你千万不要再等我了，我们不可能在一起的。你这样只是徒劳而已，我现在唯一的愿望就是把孩子带大，给他一个体面的生活，不要让他像我们一样，只能做一个卑微的人。"

"妙雪，卑微不卑微，不能以财富多少来衡量，关键是要让他做一个善良的人，一个对社会有用的人。"

"这个你还不懂，因为你还没有孩子，你是体会不到我的感觉的。"

"妙雪，你离开他吧，你知道我有多爱你，我等你早日回到我身边。"

"不，我不能离开他，孩子是他的命根子，让孩子离开父亲，那样做太残忍了，我也于心不忍。所以，你不要等我，找个好姑娘结婚吧，成家以后你就不会再挂念我了。"

"不，这辈子我一定会等下去，哪怕终身不娶。"

"你太傻了，我不值得你爱。"

林妙雪咬咬嘴唇，下定决心说："这次车祸把你撞伤，是我让人干的。"

骆嘉点点头："我猜到了，但我这不是还好好的吗，是你舍不得我了吧？"

"我……骆嘉，你真的是个大傻瓜，世界上最笨最笨的大傻瓜！"

"我喜欢听你说我大傻瓜，我喜欢，你叫我什么我都喜欢。"

林妙雪的眼中闪现泪光："你知道吗，对于你，我从来就没有放在心上过，甚至在心里还经常嘲笑你。可是，这段时间，我想了很多，特别是我制造车祸把你撞伤以后，我觉得对不起你。我很后悔，觉得自己很可耻，用卑鄙的手段来对待一段真挚的感情，我简直禽兽不如，骆嘉，请你原谅我！"

"妙雪，你不要这么说，只要能在心里爱着你，我就很幸福了。"

"你太傻了，真的太傻了。好了，已经很晚了，我要回去了，你好好休息

吧。"

　　林妙雪转身要走，骆嘉翻身下床，要去送她，被林妙雪挡住了："你别动，否则我生气了。再见！"

　　骆嘉只好仍旧躺回床上，目送着林妙雪的背影离开病房。

　　晚上八点半，余仲君来到林妙雪的住处，一进门，看到儿子正在哭闹，林妙雪和阿芳都没哄住，便走过去看情况。

　　"怎么啦，怎么啦？"余仲君从阿芳手里接过孩子，抱在手里哄了起来。

　　余仲君心疼道："乖儿子，不哭了，不哭了。我们去看电视吧。"他抱儿子走到电视机前："乖儿子，电视机呢，电视机在哪里啊？"

　　小成贤转动着眼珠子，去看挂在墙上的电视机。

　　"真乖，钟钟在哪里，看看钟钟在哪里？"

　　余仲君走到挂钟前，小成贤又转动脑袋去看挂在墙上的时钟。

　　"嗯，乖儿子，真聪明。"

　　余仲君抱着小成贤一转两转，小成贤停止了哭闹，咿咿呀呀跟着余仲君互动起来。

　　林妙雪笑了："这小冤家，看来是等着你来哄呢。"

　　余仲君也笑了："喜欢爸爸，好，看来咱们儿子将来长大了，肯定是一个小男子汉。"

　　阿芳看孩子不哭闹了，就上前对余仲君说："先生，我来抱吧，您累了一天了。"余仲君把孩子交到阿芳手里。不久，孩子眼皮打架，昏昏欲睡了。

　　余仲君道："可见孩子哭闹是因为想睡觉了，你们还在那里拼命哄他，他肯定闹得更凶了。"

　　林妙雪笑道："嗯，还是你有经验。"

　　回到房间，林妙雪坐在床头不脱衣不上床，却偷偷地抹起了眼泪。余仲君一看，有些慌了。余仲君走过来扶住林妙雪的肩头："亲爱的，又怎么啦，是谁欺负你了？"

林妙雪边抹眼泪边说："老余，你说我爸转到检察院后，就可以关照了。这下你看，还不是被纪委的人给扳回去了。他都这么大岁数了，这可是要让他老死狱中啊。"

　　"今天判了？"

　　"判了十五年。纪委这帮人怎么这么狠啊！"

　　"还是做得不够严密，被他们抓住了把柄。"

　　"最可恶的是那个建筑公司老板，简直是个混蛋，纪委一找他，就竹筒倒豆子，全给招了出来。大家说得对，老板是最靠不住的。"

　　"所以，跟老板打交道要多留个心眼。"

　　"还有纪委这些人也是讨厌至极。特别是孙方明、赵达声这两个人，像苍蝇一样盯着我们，迟早要让他们知道我们的厉害，我再也不能忍受他们为所欲为了。"

　　"你想怎么样？"

　　"我一定要让他们死无葬身之地。"

　　"你不要乱来，现在可是非常时期，能收敛还是收敛一点吧，忍一时海阔天空。"

　　"忍，忍，我就是忍不下这口气！"

　　"那也没有办法。还有，现在'八项规定'强调得紧，我经常谎称外出公干，王玉兰早就怀疑了。"

　　"你又来了，你这前怕狼后怕虎的，到底啥时候能离开她？"

　　"等我退休的时候吧，但是退休以前，我们还是收敛一些为好。"

　　"收敛，收敛，行，那你不要来了！就让咱们母子俩过吧！"说着，林妙雪又哭了起来。余仲君只好哄她："我只是说少来一些，又没有说不来，你别急嘛！"

　　"不来就不来，不来干净。"

　　"你看，你看，又来了！唉……"

　　这天下午，余仲君难得清闲，他饶有兴致地从铁皮柜里拿出那支老首长送的美制左轮手枪，拿在手里不停地把玩着。他又拿出一块棉布，蘸上一点点润滑油，擦拭手枪，然后举起手枪向着墙上的一个目标瞄准。正在这个时候，赖利民敲门走了进来，看到余仲君拿着手枪把玩，羡慕得不行。

"余书记，这就是传说中的'金枪'啊，真是太棒了。"

余仲君边说边把枪收起来："是啊，不过也就是个纪念品罢了。你们常务会议开得怎么样？"

"按照预定计划，全体顺利通过，两天后正式向省发展改革委上报阳浦港辅港项目建议书。"

"好，从此我们要走一条以港兴市、以市促港的发展道路。"

晚上，余仲君和赵达声正在散打擂台上交手，两人拳来脚往打得不可开交。几个回合下来，余仲君渐渐显出疲态，赵达声却越战越勇，把余仲君逼到了拳台角落里。余仲君急于想摆脱困境，连出几个狠招，离开角落，却被赵达声一个反身锁喉牢牢地控制住。余仲君挣扎了几下却无济于事，只好松劲投降。两人喘着粗气同时坐在拳台上。赵达声在拳台边抓过两瓶矿泉水，一瓶递到余仲君手里。

"老赵，你真是越战越勇。看到你身体恢复得这么快，我很高兴。是不是小燕给你吃了什么大补东西，看你壮得又跟牛一样了。"

"那当然，她们娘俩三天两头给我烧骨头煲，不快点恢复我都不好意思了。不过，说到底还是我技高一筹啊！"

"去你的，咱还不知道谁跟谁啊。"

"就知道你不会承认。但是没用，咱们以事实为准。"

余仲君笑笑："行，行，这次算你赢了好吧。"

"什么叫算啊！哎，听说阳浦港辅港建设项目，省政府常务会议已经通过了，正向国家发改委报呢。按这个进度，估计年底或者明年初能批下来。"

"应该差不多吧，眼下国家实施海洋发展战略，我们抓住这个契机，肯定能占得先机，保持先发优势，推动全市经济社会实现跨越式发展，顺利实现'十三五'战略目标。"

"目标是宏伟的，蓝图是美好的，但是，如果不遏制重大工程建设领域的腐败问题，即使工程建起来了，百姓也会戳咱们党和政府脊梁骨的。"

余仲君呵呵一笑："老赵啊老赵，你可真是三句话不离本行啊。"

"那当然，这是现实问题。"

"对，对，告诉你，市里已经向省委打了报告，请求省委尽快恢复你市委常委、纪委书记的职务。"

"这事儿，我倒不是太在乎，反正没有职务，他们还是把我当纪委书记。"

"那不一样，街坊邻居可不这么看。你反正是心一横，不去管这些闲言碎语，但是许盈、燕儿她们可不一样了，让人家在背后指指点点的日子不好过。"

"你说得对，那我真要谢谢你了！"

"谢啥谢，咱俩说这话就生分了。哎，对了，啥时候喝你俩的喜酒啊？"

"我也不知道，应该快了吧。"

"你小子，对我还卖关子。"

上午，赵达声、孙海、江志华和柳公权来到东江市住建局。他们在门口下了车，有两名工作人员领着他们走进了住建局办公楼。他们在会议室里坐定，住建局局长欧阳春、市纪委派驻住建局纪检组组长杨河及监察室的同志全部参会。

赵达声："今天，我和孙海常委、志华主任及公权同志到住建局，主要是对今年开展的廉洁工程建设情况进行调研。工程建设领域，是腐败现象易发多发领域。年初市纪委全会上，对抓好这项工作进行了全面部署，现在到了年底，我们就是来看一看，听一听，一年来廉洁工程建设的情况。"

欧阳春："赵书记，听说您要来，我很高兴，我跟杨河说了，我要参加。"

赵达声："欧阳，咱们老同事了，你别书记、书记的，我已经不是纪委书记了，你就叫我老赵吧，这样更亲切。"

欧阳春："不，赵书记，别人不了解，咱们自己人还是了解的。您的事情搁以前根本就不是个事儿，说实话，您在我们心目中，永远都是纪委书记。"

赵达声："唉，不说这个了，你们看谁介绍一下情况。"

欧阳春："这个由杨河同志介绍。"

杨河："好的，各位领导，下面我来介绍一下今年住建系统抓好廉洁工程建设的做法。今年以来，全市开建在建三百万元以上工程一千一百六十三个，工程监理员即廉洁工程监督员全部到位。我们发现，监理工作越到位，廉洁工程就做得越好。监理工作中发现的二百五十二个倾向性苗头得到了纠正，对比较严重的三十八个违纪问题进行了处理，起码在工程建设领域，打造廉洁工程已经深入人心，对想在工程建设中捞一把的人形成了强有力的震慑。"

赵达声边听边做笔记，不时发问："有没有碰到比较难解决的问题，或者发现了问题，却又抓不住证据的情况？"

杨河点点头："这个，也有。比如说镜湖综合体建设项目工程，我们在监理中发现，这个工程设计上应该没有问题，充分考虑到了堤岸河床土层的特殊性，对地基进行了三层加固设计，各种用材标号也都不同程度地提高，然而在具体实施中，建筑单位施工不规范，没有整体布局，干到哪里是哪里，材料管理也比较混乱，用材比较随意，在我们监理师提出问题后，整改也不到位，致使隐患较多，而且发生了两起事故。"

赵达声："噢，两起事故？你具体说说。"

杨河："一起是坑基坍塌事故，大家都知道的。还有一起是设置在基坑边坡上的塔吊倒塌事故。"

赵达声："塔吊倒塌事故是怎么回事，你详细说说。"

杨河："好的。由于该基坑工程地质情况复杂，软土深厚，支护重要性等级为一级，支护体系采用双排前缘水泥土桩支挡，为保证安全，我们提出基坑周边10.5米至15.5米范围内进行被动区土体加固，加固厚度为两米，而大麦建筑在施工中实际加固厚度仅为1.5米。基坑开挖时，发现部分工程桩出现偏斜，最后导致塔吊连同基础整体倾倒，幸好没有造成人员伤亡，但是这个事故教训还是非常深刻的。之后，我们增派了多名监理师，对工程施工进行监督，避免发生更大的事故。从这个工程实施情况看，我们发现大麦建筑把其中的一些小工程承包给小建筑公司去干，施工环节又没有把控住，管理混乱，我甚至怀疑这到底是不是一家有一级建筑资质的企业在施工。同时，对监理师的廉洁问题也存在一定的疑问。"

赵达声:"这个情况为什么不报告?"

杨河:"我们报告过了,是专题汇报。"

赵达声问孙海、江志华他们:"你们知不知道?"三人都摇头。

赵达声:"你们报到哪里了?"

杨河:"应该是报给派驻室了。"

孙海:"派驻室?是李大可书记分管的。"

赵达声点了点头:"你们把材料也给我们一份,我们了解一下。"

杨河:"好的,没问题。"

赵达声:"这个工程是市里的一项标志性工程,务必保证工程质量。发生工程事故,我们作为派驻纪检部门,重点要调查事故后面隐藏的腐败问题,至于工程质量问题,请有关部门调查清楚,无论如何都要把好工程质量这道关。"

欧阳春:"请赵书记放心,我们一定会派出最强的监理机构,加强对镜湖综合体工程的监理,严把工程质量,严防工程事故。该停工的停工,该处罚的处罚,不达标准绝不复工。"

赵达声:"好的。严把工程质量,严防工程事故,这是当前镜湖综合体建设项目的重中之重。同时,我建议请上级建筑管理部门,核查大麦建筑的一级建筑资格企业的资质,调查大麦建筑在申报一级建筑资格企业过程中是否存在腐败行为。这个事情,孙海常委你配合杨河组长一起,先向省有关部门反映,然后一起向住建部门反映,请他们协助调查。"

孙海、杨河:"是。"

晚上五点半,新郎赵小军、新娘刘洋身穿结婚礼服站在东江饭店门口迎接宾客的到来。晚上天气骤冷,刘洋在婚纱外面加了一件长外套。赵小燕、小娟、艾伦和小黑做伴娘和伴郎。来宾们到得差不多了,可还是不见刘洋的姐姐刘婧过来。刘家良跑上跑下抱着电话拼命催她,可大女儿却偏偏迟迟未到。这不,刘家良正生闷气呢,又拿着电话开始拨刘婧的手机,只见一辆豪华奔驰轿车驶进门厅，大女儿刘婧和麦思源从车后座里下来。刘家良跑过去，一把把女儿拽过来。

刘家良冲刘婧吼："你好意思把他带到这里来，你不要脸，我还要脸呢！""人家麦总是大老板，能来是看得起你们，别给脸不要脸。"刘婧毫不示弱。说着，刘婧挽着麦思源的胳膊朝门口走去，刘家良一下子把他们挡住了。

刘家良道："等一下，麦总，谢谢您的光临，但是我们这里不欢迎您，您还是请回吧，免得大家面子上不好看。"

麦思源哈哈笑笑："刘老板，大家都是老朋友，何必那么较真呢！我去跟新郎、新娘打个招呼。"

麦思源牵着刘婧快步走到新郎新娘面前，从西服口袋里掏出一个红包交给赵小军。

麦思源："赵总，朋友一场，祝你们白头偕老，百年好合。"

赵小军接过红包："麦总这么客气，谢谢啊！"

麦思源笑笑："小意思，小意思。刘婧，你喝喜酒吧，我先走了。"

"好吧，你路上小心。"

麦思源朝着自己的车子走去，刘家良对着他的背影狠狠地"呸"了一声。

东江饭店大宴会厅里，高朋满座，欢聚一堂。小军和刘洋的婚礼正在进行，余仲君、赵达声和刘家良三家的亲戚朋友，以及小军、刘洋的同学朋友，整整齐齐，刚好十五桌。战友老赵头、烟枪、小肥仔等都到齐了。小军在电视台当主持人的同学主持婚礼。此时，婚礼进行曲响起来了，新郎、新娘正式出场，站在两侧的同学朋友手持礼花弹，向着新人上空喷射。

小军身着藏青色的西服，刘洋穿着洁白的婚纱，他们在伴郎伴娘的簇拥下，款款向大家走来。一个小男孩和楚楚衣着亮丽，跟在新娘的身后，提着婚纱的下摆。宴会厅里响起热烈的掌声。

廖先成司令是婚礼的证婚人："各位来宾，各位朋友，大家晚上好！在座有的朋友可能记得，之前我已经为两位新人当过一回证婚人，不过今天我是为三位新人当证婚人，我们多了一位可爱的宝宝。燕儿，把宝宝抱过来。"

小燕赶紧去把宝宝抱了过来。廖先成从赵小燕手里抱过宝宝，问小军："宝宝叫什么名字？"

"乐乐。"

"好名儿。"廖先成把话筒递到宝宝嘴边，"乐乐，今天是你爸爸妈妈结婚的日子，请问你有什么感想？"乐乐伸出小手去抓面前的话筒，嘴里发出"啊噢""啊噢"的声音。

"啊，乐乐说的话可能大家都听不大懂，我来给大家翻译一下。乐乐小朋友说了，今天爸爸妈妈结婚，也是我和爸爸妈妈结婚，我们三个人结婚，你们有什么礼物，也要送我一份，可别忘记喽！"廖先成模仿小孩子的说话声，把大家全都逗笑了！

宴会过后，刘家良一家坐上车准备回家，新郎新娘送到饭店门口。刘洋与父母分别在即，一下子激动起来，抱着母亲不肯松开，眼泪吧嗒吧嗒地往下掉。

刘母："好了，好了，你也是当妈妈的人了，别让人家看见笑话。赶紧跟小军去新房吧，朋友们都等着闹洞房呢。"

刘洋点了点头："嗯。"

刘婧把车开过来，刘家良夫妇上了车，他们挥手告别。车子驶出东江饭店。

宴会过后，晚上九点多，赵达声打出租车回到住处。他晚上和战友多喝了几杯，走路有些不稳。他进入楼道，慢慢朝楼梯上走。走到自己的房门前，摸索着揿亮灯，忽然看到一人瘫坐着靠在墙上，头歪靠在门上，旁边还有一堆呕吐物。赵达声定睛一看，发现是大麦集团的财务总监蓝洁，她正睡得死沉死沉的。

赵达声拍拍她的肩膀："喂，喂，蓝洁，蓝洁，醒一醒。"

蓝洁一点反应都没有。

赵达声自言自语："怎么喝那么多？"

赵达声打开房门，把蓝洁扶起来，慢慢扶进屋里，把她放在沙发上。赵达声去卫生间拿了毛巾，走到蓝洁面前，刚要俯身给她擦脸，没想到她头一歪，又哇哇呕吐起来。赵达声赶紧回卫生间拿了一个脸盆出来放在她的头边，然后又拿来畚箕，将呕吐物扫进畚箕，去卫生间处理掉，再用拖把将地上拖干净。经过这么一折腾，蓝洁略微清醒过来。她睡眼蒙眬地看着赵达声："达声，是你吗？我不是在做梦吧！"

赵达声把拧好的毛巾递给她："你喝醉了，倒在我房门口睡着了。我怕你受冻生病，就把你扶进来，让你在我这里休息一下。"

蓝洁笑笑："谢谢！"

"酒不是什么好东西，你干吗喝这么多？"

蓝洁苦笑了一下："我心里难受，我想喝，喝醉了才好，可以让我忘记烦恼。"

"别想太多，时候不早了，既然你醒了，我现在就送你回去吧。"

"我不回去，家里冷冰冰的，像个冰窟窿。"

"你可以开空调啊，温度调高一点不就行了。"

"我不是指气温，我是指温情，家里没有爱人，哪来的温暖。"

赵达声顿了顿，似乎没有找到合适的话来回答蓝洁。

蓝洁继续说："达声，你不介意我这样叫你吧？我现在浑身酸痛，你就让我在这待一晚上吧。"

"不行，你休息一下，一会儿我送你回去。"

"你怎么这么狠心啊！那如果我没有醒过来呢，你会不会让我在这儿待一晚上？"

"可以。可是，你现在已经醒了。"

赵达声去厨房为蓝洁倒了一杯白开水。蓝洁坐起来，接过水喝了一口，然后"咕咚""咕咚"一下子全喝了下去。

"蓝洁，其实我们一直怀疑大麦集团存在向政府官员行贿的事实，只是找不到相关的证据，你是公司的财务，应该知道这个情况的吧？"

"我，我不知道。麦思源这个人什么事儿都做得出来，黑白通吃，心狠手辣，你斗不过他的。"

"狐狸再狡猾也斗不过老猎手。总有一天，他会为他的行为付出代价的，你瞧好吧。"

"你不要跟他斗，你会吃亏的，我害怕。"

"害怕什么？"

"害怕你受伤害。"

"到底谁受伤还不一定呢。走，我送你回去吧。"说完，赵达声把蓝洁扶起来，慢慢朝门外走去。两人来到小区门口的马路上，坐上了一辆出租车。两人并肩坐在出租车后座上。车子经过一段正在维修的路段，蓝洁的身子晃来晃去的，她顺势靠在了赵达声的肩膀上。赵达声避了一下，但看她醉得厉害，便任由她靠着了。蓝洁把脸贴在赵达声的肩膀上，她把手伸过来，挽着赵达声的胳膊，像只小绵羊一样依偎着赵达声。

蓝洁轻轻地说："达声，我喜欢你，我们在一起吧。达声，你答应我好吗？"

"你喝醉了，别乱想，咱们不可能的。"

"为什么，你离婚，我单身，为什么不可能？"

"我已经尝过两次妻离子散的滋味了，我不想再有这样的经历。"

"我以后不会再让你有这样的经历的。"

"不，我和前妻马上要复婚了，我们才是一个完整的家。你不一样，你没结过婚，应该找一个与你年龄相仿、真正爱你的人在一起。"

"你嫌我不漂亮？"

"不是。"

"你嫌我有过不好的经历？"

"不是。"

"那为什么？"

"因为我不爱你，我不能骗你，也不能骗我自己。"

蓝洁不吭声了，沉默了一会儿，然后大哭起来。

"蓝洁，你别这样……"

出租车到了镜湖湾小区门口，赵达声扶着蓝洁从出租车上下来，向小区里面走去。保安把他们拦住了，蓝洁从口袋里掏出门卡朝他扬了扬，保安便放他们进去了。蓝洁走路不稳，几乎把身子的重量全压在赵达声的身上。赵达声只好伸手搂住她的腰，吃力地往前走去。

这时，从小区里面出来一拨人，又呼又叫又笑的，赵达声和蓝洁与他们渐渐走近了。赵达声忽然听出了小燕的声音，他一下子慌了，想扶着蓝洁往旁边靠。可是已经来不及了，借着灯光，小燕已经认出了父亲，她冲上前来，挡住了他们的去路。

"爸，您怎么在这里，您不是回去了吗，怎么又跑这儿来了？"

"燕儿，我朋友喝醉了，倒在我家门口，我把她送回来。"

小燕走上前来，定睛一看，一下子火冒三丈："又是这个女人，爸，您怎么老是跟她在一起？您，您太让我失望了！"

赵小燕看着蓝洁靠在父亲的肩膀上，一脸享受的表情，气不打一处来，一下冲上来把蓝洁的手从父亲的胳膊上扯开，将蓝洁往边上一推。蓝洁便"哎哟"一声跌坐在地上。赵小燕不管三七二十一，俯身朝着蓝洁的脸上连抽起耳光来，边打还边骂："我让你勾引我老爸，我让你勾引我老爸。"

蓝洁捂着脸没有还手之力。赵达声一看不对，一把抓住女儿的手，把她扯开。大家都围上来看热闹，艾伦走过来拉住小燕。

赵达声大声吼："燕儿，你别乱来好不好！"

赵小燕也大声吼回去："爸，您太让我失望了，我讨厌您！"

说完，赵小燕转身哭着向小区门口跑去。艾伦"小燕""小燕"叫着，追了上去。

赵达声扶着蓝洁打开她的家门，两人走了进去。赵达声把蓝洁扶到真皮沙发上坐着，把她的身子靠在靠背上，然后去饮水机上取水。赵达声一走开，蓝洁的身子便瘫软下来，歪倒在沙发上。赵达声倒了半杯热水，兑了半杯冷水，送到蓝洁面前，把她重新扶坐起来。蓝洁还是醉眼惺忪的样子，她接过赵达声递过来的茶杯，又"咕咚""咕咚"喝了几口，然后把杯子递还给赵达声。

蓝洁看着赵达声："达声，有你真好。"

"你早点休息吧，我走了。"

蓝洁听到这句话，一下子从沙发上蹦起来，抱住赵达声："你不要走！求求你不要走。"

赵达声挣开蓝洁的双手，重新把她按坐在沙发上："你不要这样，先休息吧，有什么事情，明天再说。"

蓝洁靠在沙发上："达声，我爱你，求求你让我们在一起吧！"

赵达声笑笑："蓝洁，我们之间是不可能的。不过，我谢谢你看得起我这个粗人。"

"难道我俩就一点儿机会都没有吗？"

赵达声摇摇头："没有，我劝你还是找个人早点嫁了吧。"

蓝洁也摇头。

"那我走了，你好好睡一觉吧，明天起来就没事儿了。"说完，赵达声转身要走，蓝洁叫住他："达声……"

赵达声停住回头："嗯？"

"没事儿，你走吧。"蓝洁想把大麦集团这些年来向政府官员行贿的事实全部告诉赵达声，可是话到嘴边，又害怕了，她实在不知道那样会在东江掀起怎样的滔天巨浪，这是她从来不曾经历过的，她害怕。

第二天上班时间，东江市政府大院门前，排起了两拨人，大约一百多人，看样子都是从乡镇村里来的。他们既不喊也不闹，只是整齐地站成两排，在院门口两侧一字排开。两队各拉着一条横幅，分别写着"赵达声，好书记，百姓支持你！""恢复赵达声职务，百姓需要你！"

车辆从大院里进进出出，有的车子摇下车窗朝外看看。上下班的机关干部不时朝他们看看，但是，没有一个人出来干预他们。

赵达声正在办公室里翻阅刚刚送来的报纸，孙海匆匆敲门，神色有些慌张："赵书记，有情况！"

赵达声抬头朝他看看："什么情况？"

"您去看看吧，大院门口来了两拨人，他们拉着横幅，呼吁尽快恢复您的职务，似乎在为您鸣冤叫屈。"

"有这回事儿？我怎么没看到。"

"您上班来得早，当然没有看到。"

"噢，走，去看看！"

赵达声带着孙海来到市府大院门口，看到两排队伍齐刷刷地站在大门的两侧，为首的分别是赵家圩村的赵四和李家斗村的巧珍嫂。两排队伍的人看到赵达声出现在门口，呼啦一下子拥到门口，赵达声把他们引到院门的旁边。

赵四："赵书记，乡亲们为您请愿来了，您不能退啊！乡亲们还有好多事儿指望您为我们做主啊！"

巧珍："赵书记，百姓需要您，您不能退啊！"

乡亲们纷纷说："是啊，赵书记，乡亲们需要您，您不能退啊！"

赵达声朝大家摆摆手："乡亲们，静一静，听我赵达声说两句。我谢谢乡亲们的好意，你们大老远赶来为我讨公道，我心里感到热乎乎的。但是，乡亲们的做法有些不妥，影响了政府机关的正常办公秩序，希望乡亲们赶紧回去吧，我赵达声谢谢大家了！"

赵四："不行，赵书记，我们既然来了，就要他们答应恢复您的职务，不然我们决不会走的。"

乡亲们："是啊，我们不会走的。"

赵达声："乡亲们，你们错了。我的职务不是某个人说了算的，需要经过严格组织程序才能做出决定，你们这么做是没有用的。况且，我赵达声是共产党的干部，升迁去留，都是由组织决定的，我本人只有服从的权利。而且，有没有官位，对于我赵达声来说无足轻重，只要党给我一个为人民服务的机会，我赵达声都会竭尽全力为百姓做事，鞠躬尽瘁，死而后已。所以，请大家赶紧回去吧，如果真的影响了政府机关的正常办公，那我赵达声真无地自容了。"

赵四和乡亲们商量着。一会儿，赵四对赵达声说："赵书记，您说得对，咱们虽然不希望您退下来，但是我们也是讲道理的人，不想因此而影响机关的正常办公。那我们就回去了，但是，我们还会一直向上级部门反映，让领导重视起来，让他们早日恢复您的职务，好让您更好地为百姓做事。"

赵达声抱拳致谢："谢谢乡亲们，谢谢乡亲们！"

说完，赵四招呼众人准备回去。赵达声似乎想起来什么，问赵四："赵大爷，我想问您一个事情，您怎么知道我被免职了呢？"

赵四："那个苏同志、柳同志告诉我们的呀！"

赵达声："哪个苏同志、柳同志？"

赵四："一个年轻的女孩儿，还有一个小伙子。"

赵达声明白了："噢……"

回到市纪委，赵达声直接去了机要室。看到苏红一个人在办公室里整理资料，赵达声虎着脸说："你到我办公室来一下！"说完头也不回，径直朝外走去。苏红一看，乖乖地跟着赵达声朝外走。

赵达声回到办公室，苏红跟着进来，随手把办公室门带上。赵达声走到办公桌前，猛然回身，朝苏红瞪了一眼。苏红一看，吓得不敢作声。

"谁让你这么干的？"

苏红怯怯地问："干，干什么？"

"你自己干的什么事情不知道啊！"

苏红嗫嚅："我，我不知道。"

"那我问你，谁让你把我免职的事情告诉乡亲们的？你什么意思？"

苏红轻声辩解："我没有啊……"

赵达声："还说没有！那为什么乡亲们又是写信，又是请愿的，不是你和柳公权告诉他们的，还能有谁！"

苏红沉默了片刻，突然昂起头，看着赵达声："是我告诉乡亲们的，我没有做错。子女经商的领导那么多，凭什么就免您的职？我想不通！"

"违反了规定，该承担什么责任就承担什么责任，没有什么可以讨价还价的。"

"可是您不是封停了小军的公司了嘛。您没有做错，凭什么还要免您的职。我就是要告诉乡亲们，让大家一起为您鸣冤，让上级尽快恢复您的职务。"

"简直胡闹！有你这么干的吗，你还是一名党员吗，还有没有规矩！"

"我不管，我就是要让上级知道，他们也有犯错的时候。"

"无组织无纪律！信不信，我处分你！"

"处分就处分，我不怕。"说完，苏红转身朝办公室外走去。

"行，你自己说的啊！等一下，把柳公权给我叫来。"

"不叫，要叫你自己叫。"说完，苏红"噔噔噔"出了办公室，"砰"的一声重重地把门摔上。

孙海带着柳公权在住建局纪检组组长杨河的办公室里，沙发前的茶几上堆放着大麦建筑公司申报一级建筑企业资质的档案资料。他们仔细翻看了一会儿。

孙海："你们看，大麦建筑在申报一级建筑资质的时候，在以往建筑案例中，只有三例是东江本地的建造工程，其他都在全省各地，甚至有一家是在外省。我觉得这里面可能有问题。"

杨河："你觉得大麦建筑申报资料有假？"

孙海："嗯，我觉得这个可能性很大。"

杨河："你有什么想法？"

孙海："没有好办法，只有挨家走访各工程所在地住建局，核实工程的建筑单位，看看到底是不是大麦建筑所建。如果真的有假，咱们理好材料和证据，向省住建厅和国家住建部反映，要求核查大麦建筑的一级建筑资格。该取缔的坚决取缔，以杜绝后患。特别是提请住建部纪检部门，调查大麦建筑在申报一级建筑资质中可能存在的腐败行为。"

杨河："好的，我马上召集职能科室组建精干队伍，立即行动，尽快把问题查清楚。"

孙海："那行，老杨，辛苦你们了！"

杨河："没啥，应该的。"

送走孙海和柳公权，杨河当即带着住建局业务科三位科长，来到东江市城市建设档案馆。刘馆长把大家带到会议室，圆形会议桌上已经堆满了大麦建筑近几年来在东江承建的三例工程的档案资料。大家开始分头翻看检查起来。

午饭前，赵达声从市里开完会回来，刚进办公室，把手提包放进文件柜，孙海就敲门匆匆走了进来。

"赵书记，撞人的司机抓到了，撞伤您和骆嘉的确实是同一个人。"

"太好了，撬开他的嘴巴，搞清楚他撞人的目的动机是什么，以及是什么人指使他干的。"

"好，下午我亲自去一趟交警支队，把事情彻底搞清楚。"

骆嘉拿着几份文件从纪委办公室里出来，路过李大可办公室门口，正好碰到李大可出来。李大可叫住了他："哎，小骆，你来一下。"

李大可把骆嘉带进自己的办公室。他坐在办公椅上，招手示意骆嘉坐在对面。

李大可看着他笑眯眯地说："小骆，你现在感觉怎么样，怎么不多休养几天？"

"我已经没有什么大碍了，我想早点回来工作，再休养下去，我身上都快长出虱子来了。谢谢李书记关心！"

李大可笑笑："那就好，那就好，不过，你平时还是要多休息，不要太劳累了。"

"知道了，谢谢领导关心！"

"哎，不要客气。噢，对了，回来以后看你跑进跑出的，在忙什么呢？"

"也还好，就是跟着孙常委出去搞一些调查。我和崔莉刚来，啥都不懂，孙常委带我们熟悉熟悉业务。"

李大可半开玩笑："怎么，对我还保密？"

"哪里！是撞伤赵书记和我的肇事者找到了，没想到竟然是同一个人。但是那个家伙鬼得很，在调查人员面前装疯卖傻，说东言西，咱们一时还没有好办法调查到真实情况。"

"噢，这样，这些人都是不见棺材不掉泪，只有等证据查实了，他们才会老实。对了，孙常委除了调查这个，整天看不到人，好像还在忙什么事吧？"

"是啊，最近赵书记他们去住建局调研廉洁工程建设情况。局里反映镜湖综合体工程项目开工时间不长，却出了两次事故。他们怀疑承建单位大麦建筑的建筑资质有问题，正在调查呢。"

"噢，对，上次委里开会说起过，看我这记性。"

"那李书记，要是没事儿的话，我先忙去了。"

"行，行，你先忙去吧，注意休息，辛苦啊！"

"没事儿，没事儿。谢谢李书记关心。"

晚上，余仲君、麦思源和李大可坐在思源谷问雪包厢里边吃饭边商量事情。三个人的表情都有些凝重，皱着眉头似乎都在想问题。过了一会儿，麦思源打破了沉默。

"大可，你说的都是真的？"

"应该差不多。现在他们对我防得很牢，啥事儿都不让我知道，但是我从新来的骆嘉口中套出了情况，应该不会有错。"

余仲君抿了一口酒："既然这样，思源，你得破点财，让相关的这些建筑公司严把口风，别再出什么岔子了。"

麦思源："这个赵达声一日不除，我们大麦集团就一日不得安宁。老子非除了他不可。"

"不要鲁莽，小心驶得万年船，咱们不是为了出气，而是获取最大的利益。当务之急你还是先把事情弄妥为好，不要再生出什么事端来。当前形势之下，谁都经不起折腾，麦副书记也不希望你搞得太过分，好吧，你去安排一下。"

麦思源："那行，我跟相关公司通个气，让他们别乱说话。"

余仲君："嗯，你去办吧。"

李大可端起酒杯敬了余仲君一杯，说："余书记，我还有一个事情，不知道该说不该说？"

余仲君："你说。"

李大可："我听说，市委向省委打了报告，要求恢复赵达声的市纪委书记职务，不知道有没有这回事？"

余仲君："嗯，有这回事儿。老百姓联名上书，要求恢复他的职务，信都寄到了省委殷国民书记手里了。百姓有这个呼声，咱们市委也应该有所反应。"

李大可一听急眼了："余书记，不能让他恢复职务啊。这段时间我和赵达声闹翻了，他要是上了台，不得下死命整我啊？"

余仲君："你啊，就是小人得志，我还不知道啊，你就想把他整走，自己的位置再向前挪挪。你不问问自己的德行，够不够得上？"

李大可急道："那怎么办，难道就眼睁睁地看着他再次骑到我的头上来啊！"

余仲君笑了："瞧你这点出息，省委同不同意还不一定呢。况且，即使同意了，不还得有一个过程吗。"

李大可："那您把我调走吧，我可不想再待在纪委。"

余仲君："你又错了，你不能走，你还得在纪委老老实实待下去。"

李大可："啊，为什么？"

"你说为什么？"余仲君望着李大可说道。

晚上九点多，许盈坐在家里的沙发上，边看电视边等着女儿回来。看着看着，有些瞌睡了，便迷迷糊糊地靠在沙发上睡着了。过了一会儿，许盈被开门声音惊醒，她刚睁开眼睛，就听到小燕的声音"妈，我回来了"。可是，没等许盈起身，小燕就进自己的房间去了。

许盈自言自语："这丫头怎么啦，进进出出，一天到晚没几句话。"

许盈起身，向小燕的房间走去。她敲敲房门，推门进去，看到小燕仰天躺在床上，两眼瞪得溜圆，脸上绷着，一副不高兴的样子。许盈走过去坐在小燕的床沿，伸手摸摸小燕的额头，再试试自己的额头。

"燕儿，你怎么啦，没事吧？"

赵小燕没理母亲，转身朝向床里面。

"你要是不舒服就早点洗洗睡吧。"说完，许盈从床沿上站起来，准备出去。这时，小燕一下子把身子转过来，对着母亲。

"妈，我爸外面有女人！"

许盈脸色一变："你不要胡说，你爸不是这种人。"

"什么胡说，我亲眼看到了。"

许盈一惊："亲眼看到！在哪里，什么时候？"

"就是小军哥结婚那天，在小军哥他们的小区里。那天闹完洞房，我们一大拨人从新房里出来，正好看到爸送那个女人回来，两个人黏在一起。我还动手打了那个女人。本来，我打算让你们早日团聚，早点结束这种分居的日子。但是，爸爸的行为深深地刺痛了我，我不想再催他了，一切顺其自然吧。妈，作为一个女人，我提醒您，有些事情要看开一点。最后，还是您自己定吧，反正我把知道的都告诉你了。"

"应该是个误会吧。"

"一时误会有可能，但是不能一直误会，我觉得爸爸还是有问题。这是我的感觉，您要是觉得无所谓，那我也没意见。"

"我了解你爸，他和你们现在的年轻人不一样，他做事有自己的原则，什么事儿可做，什么事儿不可做，心里有一杆秤，我觉得即使他与其他，女人有接触，也会把握好分寸的。我相信你爸。"

"既然这样，算我白说。您自己掂量吧，我睡觉了。"说完赵小燕就拉过被子准备睡觉。

"你倒是洗一洗呀，这样怎么睡！"许盈实在看不下去，直推她。

小燕懒洋洋地从床上爬起来："烦死了！"

这天下午，周强、杨河、孙海和柳公权坐在赵达声办公室的沙发上，正商量事情。

孙海："赵书记、周局长，交通肇事案和大麦建筑虚假申报建筑资质的情况都有了新的进展。交通肇事者是一个叫杜明的无业人员，撞伤赵书记和骆嘉的两起肇事案件都是他一个人所为，并且都是受同一个人的指使。指使他的这个人也是个混混，在东江的江湖上颇为出名，一年四季理着光头，外号就叫'光头'。我们和交警支队及派出所刘所长一起找到光头。他承认有人花钱要他找人教训两个人，但是对方是谁、被撞的人是谁，他说自己都不知道，这是行规。"

柳公权："也有可能是他故意不说。"

周强："那他拿到的钱是转账的还是现金？"

孙海："他说是现金。给他钱的人约他晚上在街边公园里交接的。"

周强:"那对方长什么样?"

孙海:"他说没有看清,当时给了他钱和两张照片,以及两个人生活中的活动路线。现在,公安方面正在通过街面监控对这个买凶的人进行查找。"

周强:"这样找起来还确实有些困难。"

赵达声:"嗯。老杨,你说说,你那边调查情况怎么样?"

杨河正了正身子:"前段时间,我们派出三个业务科长,走访了大麦建筑申报材料中涉及的十一个工程,本市的两个,外地的九个。除本地的两个工程确实为大麦建筑全程建造外,外地的九个工程都是采取再承包的形式参与建造,而且其核心主体工程基本上都是再承包的企业进行施工,大麦建筑多数只参与简单的非主体工程的施工。"

赵达声:"这个情况很重要。这样老杨,你们把情况整成一份反映材料,按级向省住建厅和国家住建部有关部门反映,越快越好。"

杨河:"好的,我们会做好的,请领导放心。"

孙海:"那交通肇事案怎么办?"

赵达声:"只能让公安方面继续调查。你协助杨河做好大麦建筑资质的调查工作。"

孙海:"好的。"

余仲君开完会刚回到办公室,桌上的电话铃就响了。他快步走到办公桌前,将公文包在办公桌上一放,看了一眼来电显示,拿起电话接听:"喂,麦书记,您好!好久没有接到您的电话了,您有什么指示吗?"

麦满仓靠在办公椅里:"仲君啊,告诉你一个事情,你注意把握一下。年底,省委准备向中央推荐两名中管干部人选,拟在全省市委书记中选拔产生。我向省委极力推荐你,我觉得从资历和工作能力看,你的希望还是比较大的,希望你好好把握,特别是近段时间,不要有什么负面的信息传出来。"

余仲君恭敬地立着说话:"谢谢麦书记的关怀!不过,我听说,前段时间省委巡视组来巡视的时候,有人反映过我生活作风方面的问题,不知这个事情现在有没有什么说法？"

"我就是这个意思，不能再有其他负面的信息传到省里来了，上次的事情因为没有确实的证据，现在倒是有些淡化了，但是也有可能被人重新提出来。所以，你要格外小心，尽量消除不利的影响。"

"我知道了，谢谢麦书记！"

春节后，东江市委召开年后第一次常委会，余仲君主持会议。会议听取了发改局领导和有关专家关于阳浦港港口群建设的建议方案，投影仪上展现着新的港口群规划图，阳浦港的两翼出现了两个比阳浦港略小的港口，形成了点连成片的港口群宏伟蓝图。市委各常委及发改局、监察局领导，及有关专家参加了会议。

余仲君："同志们，国家发改委对我市建设阳浦港港口群项目非常重视，在这么短时间内就批复了下来，这也是国家对我市'十三五'战略规划重点布局的充分肯定。刚才我们听了各位专家的三个建设方案，同志们也提出了意见建议，结合实际，言之有物，我觉得都挺好。这三个建设方案，各有千秋。下一步，我们建议专家组对今天各位领导提出的意见，再进行深入的研究，科学论证，反复斟酌，与阳浦港现有港口有机结合，合理对接，努力打造'一加一大于二'甚至'大于N'的优化方案。认真研究中央、省里政策导向，加强与省重点项目办的汇报沟通，争取赢得更多政策、资金支持。各项目责任单位主要负责人，要切实负起责任，形成工作合力。要强化监督检查，打造廉洁工程，确保项目按计划扎实推进。我就讲这些，大家看看还有什么问题。"

午后，屋外飘着零星的雪花，麦思源和林妙雪站在垂钓区小木屋的阳台上，看着远处的雪花。他们身后的小屋门口，大麦集团的总经理高翔、副总孟大海以及刘婧小声说着话。

麦思源长长地叹了一口气："大雪要来了，听说今年的春雪特别大。"

林妙雪冷笑着说："雪不怕，我都叫了半辈子雪了。只是要及时做好消雪除雪，防止被雪压垮，酿成灾害。"

"现在住建局纪检组整了个材料已经报到了省里，正在揭我们的老底呢，麦副书记已经关照了。这年头人心险恶啊，之前那些合作的建筑公司，收了我们的好处费，一个个拍着胸脯说得那么动听，到头来还是经不住纪检组的威逼利诱，统统给我倒了出来。"

"这个纪检组与纪委是什么关系？"

"现在的住建局纪检组都是市纪委派驻的，说到底都是纪委的人。这次他们对大麦建筑一级资质的调查，就是在赵达声去住建局调研后发起的。"

"又是这个赵达声！"

"是啊，关键是他们不光反映咱们申报材料不实的问题，最要命的是他们要调查事情背后的人，这么弄下去，谁也受不了，连关照咱们的住建部领导都有可能被牵出来。"

"那怎么办？"

"目前，我已经找了上海的一家公司来帮助我们建造镜湖综合体项目，严把工程质量，绝不敢再出什么纰漏了。"

"万一真的发现了大麦建筑资质申报问题，那会怎么样？"

"最起码停止施工，清退出场。那样就前功尽弃了。"

林妙雪脸色一变："这么严重？"

"这还算轻的呢。有关人员撤职查办甚至坐牢，都是有可能的。"

"这个结果，无论如何都要避免。老余曾经提醒过我，实在不行就躲吧。"

"躲！躲哪儿去？我不走，下一步，市里最大的阳浦港辅港建设项目就要启动了。除非把这个项目拿到手，否则我绝对不会离开东江。"

林妙雪担忧道："我们镜湖综合体项目的资质都不符合，港口工程建设的资质恐怕更不符合吧，咱们怎么拿到这个项目呢？"

麦思源轻笑："这个我自有办法，到时你只要助我一臂之力，拿下港口群建设项目易如反掌。"

"那咱们还是老规矩！"

"没问题，老规矩！"

这天十点左右，赵达声正在办公室审阅材料，周强忽然急匆匆敲门进来。

"赵书记，我刚刚接到蓝湖监狱宋监狱长的电话，他说这会儿有一个女人带着孩子前来探望林向前，问我们怎么处理。"

"女人，带着孩子？等一等！周强，这个人很可能就是林妙雪。你赶紧给宋监狱长打电话，让他派人盯着，安排车辆悄悄跟着她。让孙海带人过去接应，务必找到林妙雪的住处。有什么情况马上向我报告。"

"好的，我这就去安排。"说罢，周强急忙离开了赵达声办公室。

一会儿，孙海带着柳公权、崔莉匆匆从办公楼里出来，上了纪委的桑塔纳轿车。

此时，林妙雪和二哥林妙霖正在蓝湖监狱探监处探望他们的父亲。林妙雪将怀中的儿子抱到父亲面前，林向前凑到栅栏前，看着自己的外孙，脸上露出了笑容。

林妙雪双眼湿润："成成，这是外公，让外公看看。"

林向前："成成，成成，嗯，成成好乖，让外公看看。"

小成成看着铁栅栏里的外公，莫名有些害怕。他拼命地朝母亲怀里躲，并且朝地下挣扎。

林妙雪在儿子的屁股上"啪啪"拍了两下："小冤家，你躲什么，这是外公啊。"

小成成不听母亲的训斥，仍然挣扎着，躲避着外公。林向前看到林妙雪打儿子，有些急了："妙雪，你别打他，小孩子你打他干吗，多见几次不就熟了嘛！"

小成贤瘪着嘴巴，欲哭未哭的样子。

"行，行，让你舅舅抱吧。"林妙雪把孩子交到二哥林妙霖手里。

林妙霖笑了："还是舅舅好啊，舅舅外甥最亲了！"

林妙雪对父亲说："爸，您在里面要好好的，保重好身体，咱们会想办法让您早点出来的，您放心！"

林向前："你就别纠结这个了，我都半截身子入土的人，无所谓了。你们别费那个劲了，影响女婿的前程不好。"

林妙雪："您别管了，我们一定会想办法的。"

林向前："听爸的话，你们甬管，千万别连累女婿。爸都这把年纪了，小外孙也看到了，就是死在里面也没有遗憾了。"

林妙雪听到父亲说这话，热泪奔涌而出，脸上的妆容都花了。

探监结束，林妙雪抱着孩子跟着林妙霖从蓝湖监狱出来，上了门口停车场里的一辆帕萨特轿车。林妙霖坐进驾驶室里，发动车子，匆匆地驶上了马路。停车场的另一辆朗逸轿车随即跟了上去，不紧不慢地跟在帕萨特轿车的后面。

此时，柳公权正驾着车朝着蓝湖监狱方向驶去，孙海坐在副驾驶位置上，用手机与朗逸轿车上的袁警官通着电话。

孙海："袁警官，你好，请告诉我你的具体位置。环城北路蓝湖监狱方向即将驶入环城北路。好的，我们现在就赶往环城北路西北口。对方车牌号是多少？江C·63C36，黑色帕萨特轿车，好的。"

孙海仔细搜寻着目标车辆，在驶入环城北路前的一个红绿灯前，柳公权将车拐上了人行道，在道边停了下来。

孙海赶紧又拨通了袁警官的电话："袁警官，我们已经到了环城北路西北口的红绿灯前，你们到哪儿了？快到环城北路西北口了，好的，到时你们看到一辆尾号为2637的桑塔纳轿车跟上来，你们就撤退，咱们就在路上交接。对！"

手机里传来袁警官的声音："没问题，对方的车再有两百米就到了，请注意跟随，请注意跟随。"

孙海："好的。"

这时，一位交警开着警用摩托停在了他们车子的旁边，向柳公权示意马上驶离当前位置。柳公权朝他摇摇头，交警下车走了过来。柳公权放下左侧车窗，从口袋里掏出驾驶证、行驶证和工作证交给交警。

柳公权："对不起，交警同志，我们正在执行任务。"

交警拿着柳公权的驾驶证、行驶证看了看，然后又拿着柳公权的工作证上下前后翻看着。这时，孙海看到目标车辆从西北口红绿灯前驶过来，朝西南方向驶去。

孙海："他们来了，快跟上。"

柳公权见交警还在查看他的工作证，发动车子，伸手从交警手里抢过驾驶证、行驶证和工作证，一加油门，便朝红绿灯方向驶去。

交警愣了一下，便上车朝柳公权的车子追上来。在红绿灯口，看到柳公权的车子正等红灯，交警便打开警灯，示意柳公权跟着他走。柳公权便跟着交警穿过横向车流，朝前开去。可是交警仍然在前引路，柳公权一加油门，追上他，朝他摆摆手。交警会意，点点头，即刻调头离去。再往前开，又遇红绿灯，柳公权看到目标车辆正在等绿灯，他把车停在隔六七辆车的后面。这时，袁警官的电话打了过来。

孙海："袁警官，你好，我们就在目标车辆后面，已经跟上，你们可以撤回。对，辛苦你们了！谢谢，谢谢！方便时一定登门感谢，好的，再见！"

一会儿车子启动，沿着环城北路拐上了环城西路，一直朝前开去，然后渐渐出了主城区，向着镜湖景区驶去。车子在景区林中的公路上穿行，不远处就是美丽的镜湖，只见两三条游船游弋在湖面上。

柳公权："这儿环境不错啊，他们真会选地方。"

崔莉："嗯，闹中取静。"

孙海："这里确实不容易找到。公权，你别跟太近，小心被他们发现。咱们看看她林妙雪到底躲在什么地方。"

车子再往前开，穿过林区，镜湖基本看不到了。又开了一会儿，车子便拐上右边的一条简易乡村公路。驶不多远，前方出现了一个小村庄。柳公权减速，拉大与目标车辆的距离，他们远远地看到目标车辆在一幢三层农家别墅前停了下来。驾驶员放下车窗玻璃，伸出一个遥控器，朝着院门按了一下，院门便缓缓打开，目标车辆慢慢地驶进了小院。柳公权继续往前开，路过小院时，孙海朝小别墅看了看，上面贴着门牌号码：穆家圩十二号。柳公权继续朝前开，在前方路口驶出了村庄。

孙海他们回来以后，就和周强局长一道，来到赵达声的办公室汇报情况。赵达声听了以后，掩饰不住兴奋。

赵达声："今天收获不少，咱们持续半年多的调查终于有了眉目。情况确实让人震惊，如果说这个孩子是余仲君和林妙雪所生的话，那么可以断定，余仲君已经卷入了林妙雪与大麦集团的利益纠葛中。下一步，我们还是要确认林妙雪与余仲君的关系，这个非常关键。现在直接去把林妙雪找来，恐怕她也不会承认，必须想一个办法，找到确凿的证据。"

周强："我觉得孩子很有可能就是余仲君和林妙雪所生，因为余仲君没有亲生儿子，从这个角度来说，他有这种愿望，与情人生下孩子，合乎情理。对不起，赵书记，我知道您与余书记的关系，不要怪我说话太直啊。"

赵达声："没事，你分析得对。"

孙海："可是现在用普通的调查办法，没法证明这个孩子与余仲君的关系，证据很难找到。如果进一步采取调查手段，不知道符不符合政策规定。"

赵达声笑笑："小孙啊，说明你对党章还学得不透啊。党章明确规定各级纪委如发现同级党委委员有违犯党纪的行为，可以先进行初步核实。目前，我们掌握的证据还不够确凿，需要进一步核实。待确认后，再向上一级纪委报告。"

孙海："那我们下一步怎么办？"

赵达声："必须先查实再报告。尽管我们的初步调查基本可以判定余仲君和林妙雪的关系，但是缺乏有力的证据，所以必须先把证据查实，否则我们将陷于被动之中。"

周强："我建议不妨从孩子身上入手，如果能够拿到孩子与余仲君的 DNA 比对结果，那么真相不就大白了吗？"

孙海激动地一拍大腿："对，对，对。可是，这个 DNA 信息到哪里去查呢？"

一直没有说话的柳公权抢着说："体检中心啊！干部每年都要去体检中心体检，那里会采集每个人的血液，可以查到 DNA 信息。"

周强："这个倒是可以想想办法。"

赵达声："这样，过些时候我约余仲君一块儿去体检，争取拿到余仲君的血液样本。周强你到时安排好，隐去姓名，让公安方面提取 DNA 信息。至于孩子的 DNA 信息，可以关照好市儿保医院，等孩子生病抽血的时候再提取。"

孙海："嗯，这样可以悄无声息地把证据查实，如果万一没有比对成功，也可以证实干部的清白，不会产生任何负面影响。"

赵达声："对。"

商议结束，众人离去。

麦思源带着总经理高翔和蓝洁来到北京，拜访在央企中能建筑的老同学徐东成董事长。徐东城的司机到机场把麦思源一行接到公司。他们下了车，步入公司总部大厅。只见总部大厅里，地面和墙体都用花岗岩铺就，豪华气派。徐东成董事长已经等在门厅，看到麦思源他们进来，上来与他们握手。

徐东城："老同学啊，几年未见，还是这么英俊潇洒啊！"

麦思源："不行，老了，老了。我介绍一下，这位是高总，这位是刘秘书。"

徐东城："幸会，幸会！走，去我办公室聊吧。"

徐东成领着他们向大楼的观光电梯走去。电梯上到最高层第二十九层，徐东成把麦思源一行让进办公室，办公室宽敞明亮、装修豪华。徐东成拉着麦思源一起坐在中间的沙发上，然后招呼大家坐下，行政秘书过来给大家泡上茶水。

徐东成笑道："老同学，我们一别五六年，听说你在东江干得风生水起，业务遍布全省，早就发达了。"

"哪里，哪里，比起徐总来，小巫见大巫了。"

"这个没有可比性，我这儿再怎么干也是公家的，你那儿干多干少都是自己的。我是打工的，你是大老板，这怎么比呢！"

"老同学过谦了，你这可是行业巨头啊，绝对的大佬，你跺一脚，中国整个行业都得来个大地震啊。我们充其量只不过是个暴发户而已。"

"你这家伙还跟我绕啊，说吧，有什么事儿，你尽管吩咐。"

"吩咐谈不上，倒是有一事儿相求，想向老同学讨口饭吃。"

徐东成一边和麦思源边直盯着蓝洁看："你就损吧，在我面前从来都不好好说话。"

"真的，实话跟你说，我们东江有一个工程，是港口建造工程，这是你们集团的拿手好戏。我不知道你们以前是否有过其他企业以你们集团的名义竞标，或者你们拿项目，然后再转包给人家干的？"

"这个你知道的，在这个行业里，以前这种事情应该是比较多的。现在不一样了，应该说基本没有了，起码近两年我们集团还没有过。怎么，你有什么想法？"

"嗨，还有什么想法，就是想向老同学的嘴里讨口饭吃呗。"

"老同学客气了，你是想以我们集团的名义去竞标吧。这个事情恐怕不行了，早些年还行，现在中央对央企的监督管理也严起来了。前一阵子，中央巡视组刚来过我们集团，还特别指出了集团这方面的问题。"

麦思源脸露失望表情："那不是没戏啦！老同学你给想想办法嘛。"

"只能是我们集团去竞标，成功后再将部分工程承包给你们来做，这样没问题，只是这样你们公司可能收益不会太高，你看怎么样？"

"可以啊，有部分承包给我们就很好了，我们小企业知足了，谢谢老同学啦。"

"没事，具体方案我们再商量。"

"好的，好的。这样，晚上全聚德，请老同学和集团高层参加。"

徐东成推脱道："吃饭不行，现在'八项规定'查得严，不能参加客户宴请。"

"什么客户！我个人做东，老同学聚一下，顺带着几个朋友，有什么不行的。"

徐东成略一考虑，说："个人请？那行吧，到时我和集团几个人一起过来。"

"好的，晚上七点，全聚德，不见不散！"

"行，行，不见不散。"说这话时，徐东成的眼睛还是只盯着蓝洁。

离吃饭时间还早，徐东成的司机送麦思源一行回到下榻的北京饭店，麦思源他们下了车，回头与司机挥手告别，便朝着饭店大厅走去。他们来到饭店咖啡厅坐下，蓝洁到吧台为大家各点了一杯咖啡，自己坐在一边角落，边喝咖啡边听麦思源与高翔谈事情。

高翔："麦总，中能只是答应把部分工程分包给我们，那还有什么花头，还不如我们大麦建筑自己去竞标呢。"

麦思源："自己竞标，咱们有这个资质吗？没有。咱们只能委曲求全。但是，只要中能把工程分包给我们，除核心工程外，我们就有办法把工程做大，到时他们天高皇帝远，鞭长莫及，加上他们大工程多，这种小工程也不会太重视，这样这个工程也就基本上控制在我们手里了。"

高翔："对呀，我们怎么没想到啊。凭中能的实力，拿下阳浦港项目易如反掌，到时，咱们就等着数钱了。"

蓝洁看了看高翔，不屑地笑笑，说道："没这么简单吧，还是得精心核算，把分包合同签好，别到头来辛苦一场，却无利可图，那才叫郁闷呢。"

麦思源："蓝洁说得有道理，这个分包合同很关键，到时还得跟中能好好谈谈，希望我的这位老同学能够真正起点作用。"麦思源又望望蓝洁，试探性地问道："蓝洁，我看我这位老同学对你还挺有好感的，要不咱也钓钓他？"

蓝洁没有抬头，她抿了一口咖啡，起身说道："你要舍得的话，派你的刘秘书去吧，我没这个本事。"

星期五一早，余仲君和赵达声来到市一医院体检中心。医院为他们开辟了绿色通道，在普通体检室边上，专门安排人员为领导体检。他们走进一个检查室，一名护士已经准备好抽血器具，为他们抽血。

余仲君跟赵达声说："起先我看到血就会晕，没想到后来到战场上，满眼都是血雨腥风，居然也会泰然处之。"

"说明人啊适应环境的能力往往出乎意料，有时连自己都想不到。"

护士为他俩抽完血，余仲君和赵达声各拿着一根棉签压住出血点，坐到一旁的椅子上。

余仲君道："对了，那些战场上留在你身上的老伤现在有感觉吗？"

"当然有啊，人一劳累它们就会出来提醒你，平时倒还好。"

"我也是，特别是我肩膀上的那一枪，遇到寒湿阴冷天气，就会有酸痛感，并且年纪越大越明显。"

赵达声笑笑："这是战场留给我们的纪念，可不是每个人都能体会到的。"

"你啊你，我看只有你才会把它看成是最高荣誉，比一等战功都稀罕。"

"你不也是啊。"

"我才不呢。"说完，余仲君站起来，随手把止血的棉签扔进废纸篓里。

余仲君："走吧，去做 B 超吧。"

赵达声还在低头看抽血的针眼。

"哎呀，瞧你出息的，上过战场的人，现在看到这么个血滴子都害怕成啥样儿了。"说着，余仲君出了检查室的门。

"我看看还出没出血。"赵达声边说边弯腰，背对着护士把自己手里的棉签放进废纸篓里，同时捡起了余仲君刚刚扔掉的棉签。看到棉签上有一点点干血，他赶紧从衣服口袋里拿出一个保鲜袋，放了进去，重新装入衣袋里，然后起身匆匆走出了检查室。

回到单位，赵达声兴冲冲地敲开了周强的办公室。周强看到赵达声进来，马上从办公椅上站起来。

赵达声从口袋里掏出保鲜袋交到周强的手里："瞧。你跟公安方面联系过了吗？"

"嗯，我跟梁局说好了，一会儿就可以送过去了。"

"好。下一步，想办法把孩子的 DNA 数据拿到。对了，查到林妙雪的户籍了吗？"

"查过了。林妙雪的户籍还放在师范学院的集体户口，倒是她二哥的户口本上一年前登记了一个孩子的名字，叫林成贤。"

"噢，很有可能就是这个孩子。现在看户籍倒不是最主要的，主要盯着林妙雪，看她哪天带孩子去看病抽血什么的。"

"要不索性让街道通知她们，让小孩去检查身体，到时抽取血样。"

"那还不得通知街道所有孩子，如果不通知的话，可能会引起林妙雪的怀疑。她因此而选择外逃的话，那不是更麻烦吗？"

"那就等一等，这个年龄的孩子抽血检查的机会还是比较多的。"

"只能先这样，让市儿保医院保卫科协助，一旦发现林成贤的名字，及时采取血样，并立即跟我们联系。"

"好的。"

这天上午，赖利民正在主持召开阳浦港港口群建设项目招投标说明会，十多家央企、省属国企及省内外有实力的民企到会，中能集团徐东成董事长亲自前来参加会议。大家在会议室，一边翻阅资料，一边听赖利民市长介绍项目情况。

"今天，很高兴大家能够来到东江参加我们的阳浦港港口群建设项目招投标说明会。阳浦港港口群建设，是在原有阳浦港的基础上，在港口的左右两翼重新建造两个新的港口，每个港口的规模与目前的港口基本相当，其中建一个专门的危化品码头，主要解决区域内危化品流通中的瓶颈问题，工程计划总投入三亿多。这是东江市为实现'十三五'规划做出的重大决策，这个决策通过专家组科学评估，反复论证，得到了省发改委和国家部委的认可和支持，现在大家看到的是阳浦港港口群建设的初步方案，目前方案还在进一步细化中。为了把港口群建设成东江的优质工程样板工程，市里决定先召开今天这个会议，到时再进行招投标。在座的企业都是行业的翘楚，届时希望各位都能踊跃参与竞标，与东江市一起打造最完美的优质工程，为东江市的社会经济发展提供有力的保障。下面，是提问答疑议程，有什么问题请大家踊跃提问。"

大家纷纷举手。赖利民指着徐东成说："请中能集团的徐董事长先提问。"

徐东成："不好意思，我就想问一下，港口群建设项目的资金来自哪里？是否能够做到绝对的保障？之所以提这个问题，是因为我们曾经遇到过有的单位后续资金跟不上，导致工程无法进行下去，成了'烂尾'工程，不但影响了政府的形象，还对我们公司造成了不良影响。请赖市长为我们解答一下。"

赖利民："这次阳浦港港口群建设项目，资金主要从三个方面解决。一是财政支出，这个占51%，政府占绝对控股权；二是国家重大建设项目基金，这个占25%；三是民间参与投资资金，占24%。财政支出已经列入今年预算，并由两会讨论通过，重大基金和民间投资资金分步到位，开工建设时，先到位50%，后续再分两步到位。所以，这个问题请在座各位放心，东江市委、市政府绝不搞半拉子工程！其他还有什么问题，大家可以尽管提出来。"

下午，市住建局会议室里气氛严肃，住建部与省住建厅联合工作组来东江检查工作。局领导班子成员全部参加会议，局长欧阳春、纪检组组长杨河全程陪同。

住建部王调研员："各位领导，这次我和中央纪委派驻住建部纪检组的刘主任一道，到省里检查工作，今天到东江来看看。东江是东部沿海发达地区地市级城市的代表，经济社会发展引人瞩目，我们来一方面是来吸取东江的好经验好做法，以在更大范围内给予推广；另一方面也是想对可能存在的问题进行检查。要不，先请局里汇报一下情况吧！"

欧阳春："好的，尊敬的王调研员、刘主任，下面我先向检查组的各位领导介绍一下东江市住房与城乡建设局的工作情况……"

同一时刻，大麦集团的核心高层被集中叫到了麦思源的办公室，高翔、孟大海、唐东明、蓝洁以及办公室的领导都来了。

麦思源："我刚刚接到消息，国家住建部和省住建厅联合检查组已经来到东江，现在正在市住建局开会呢。这次他们来，有一个主要目的就是调查咱们大麦建筑申报一级建筑资质的事情。之前，我们与合作的建筑公司都谈好了，但是他们有的又变卦了，向市住建局的人说出了实情。市住建局把情况反映到了省住建厅和国家住建部，所以他们来东江调查我们。现在情况紧急，唯一的办法，就是一定要封住合作建筑公司的嘴。一会儿，我们兵分三路，我负责东江本市，高翔、大海和东明你们分头到其他地市，把各合作公司都跑一遍，把工作做在前面。蓝洁你联系一下银行，马上提四百万元现金，绝对不能再出什么幺蛾子了！"

蓝洁："那么多现金恐怕没那么快。"

麦思源："你现在就去联系，几家银行都联系一下，下班前我们就去取。"

"好的，我马上就去联系。"说完，蓝洁起身走出了办公室。

孟大海："麦总，您说我们这笔钱是给他们公司，还是给他们老板？"

"当然是给他们老板，因为调查组肯定找他们老板谈话，这些人拿了好处才会为我们讲话，所以你们一定要亲手交给他们。"

唐东明："麦总，您说我们给他们那么多钱，是不是太委屈自己了？"

麦思源："那没办法，咱们这时候只有委曲求全，因为不光是这个资质和镜湖综合体项目的事情，还可能会影响到咱们下一步的港口群建设项目。如果我们公司现在出问题，中能集团也不敢把项目再承包给我们。那时候，别说董事长是同学，就是亲爹也没用。"

唐东明："明白了。"

麦思源："还有，镜湖综合体项目工程，你让大麦建筑的几个业务老总这几天给我二十四小时轮流值班，死死盯在工地上，绝不能出半点纰漏。"

唐东明："好的，我马上去安排。"

麦思源和林妙雪坐在思源谷垂钓区的阳台上，春日阳光照得周围暖洋洋的。两人都是轻便的户外春装打扮，面前的架子上各支着一根渔竿，漫不经心地钓着鱼。

麦思源喝了一口茶，慢慢地说："妙雪，阳浦港港口群项目马上要进行招投标了，你一定要想办法让余书记做做工作，把项目放给中能集团，这样我们还可以从中能的手里承包工程，否则，凭我们的资质是不可能拿到项目的，现在再去弄资质的话，难度极大，再一个也不保险。所以只能通过老办法，确保拿到项目，尽管利益小了，但是咱们可以想办法把利润做大。如果不这样，这块肥肉就没有我们大麦集团的份了。"

"麦总你说得对，这个工程是近年来东江市最大的工程，也可能是将来一段时期里全市的最大工程了。我们就是苦于没有港口建设的资质，否则真是一块大肥肉。不过，你讲得有道理，让中能集团负责技术难题，咱们大麦建筑配合做好工程施工，背靠大树，然后再想办法依托我们'地头蛇'的优势，把项目做大，把利润做大，我们同样可以赚个盆满钵满。老余这边，你放心，我会尽力做工作的，加上中能的实力，如果不出意外，让中能集团拿到这个项目应该没什么问题。"

麦思源露出兴奋的表情："我们要的就是这个结果。"

林妙雪叹口气："唉，等做完这一项，我还是想早点离开东江，这种躲躲藏藏的日子，我是不想再过了。"

"你们去哪里想好了吗？"

"还没想好，要么香港，要么国外吧，这样对孩子也好。"

"那是，国内应试教育孩子太累了，而且孩子没有个性，全是一个模子里出来，没啥两样。"

"是，还是出去好。"

"那好啊，咱们还是老规矩，我绝不会亏待你的。"

"谢谢麦总。"

住建部王调研员、刘主任和省住建厅领导在欧阳春、杨河的陪同下，召集相关建筑公司的老板前来接受调查。东江山河建筑的齐老板坐在调查组领导面前，眼神躲闪，看起来很紧张。

刘主任眼神坚定地看着对方："你就是山河建筑的齐浩观？"

齐浩观嘴唇有些哆嗦："我，我就是齐浩观。"

刘主任："你们与大麦建筑有过几次合作？"

齐浩观："只有一次，就是市文广新局的文新大厦，他们是总承包，我们只是负责外立面的修饰。"

刘主任："你要对你说的话负责，否则等我们查出来，将严重影响你们公司的信誉，下次参加工程竞投标就会受到限制，你要想清楚。"

齐浩观："是，是，是，我知道，我知道。我讲的是实话，不敢有半点虚言，请领导明察。"

次日，调查组前往隔壁的嘉宁市调查，被调查的是市属嘉宁建工公司，公司董事长钱邦良被嘉宁市住建局纪检组叫到单位接受调查。

刘主任："钱董事长，请问嘉宁大厦是你们建造的吗？"

钱邦良："噢，不是，起先我们是中标了，后来我们又放弃了，结果是由排第二位的东江市大麦建筑负责承建的。"

刘主任："放弃了，为什么放弃？"

钱邦良："因为当时我们同时竞标了两个工程，那个工程性价比更高，加上我们一下子腾不出手来同时建两个大型工程，所以只有放弃了。便宜了大麦建筑！"

刘主任："你讲的都是真的吗？"

钱邦良："当然，我句句实言，如有一句假话，天打五雷轰。"

刘主任朝王调研员看看，没有再问下去。

这天下午，欧阳春和杨河来到赵达声办公室，向赵达声和周强汇报上级调查组的调查情况。

欧阳春："没想到住建部和省厅的调查竟然一无所获，之前那些公司说的话，又整个调了个儿，一致推翻了对大麦建筑项目造假的指证。这个事情，如果没有更加有力的证据，恐怕难以抓住大麦建筑虚假申报一级建筑资质的证据，更加无法查证背后的腐败问题。"

周强："现在这些老板都不愿得罪人，只要花点钱，想让他们说啥就说啥。世道就这样！"

赵达声："如果真的是大麦建筑花钱让他们改变了指证，那么最有力的证据只有从大麦集团内部才能取得。"

周强："大麦集团内部？这怎么可能！"

赵达声："可能性是很小，但是可以试试，要不怎么有'一切皆有可能'这句话呢。"

欧阳春："看起来赵书记已经有办法了。"

赵达声："不知大家还记不记得，去年大麦集团的财务总监蓝洁向我们提供了一份大麦集团向官员行贿的清单，但是她后来自我否定了。我感觉这个蓝洁手头肯定有大麦集团的内幕资料，我们不妨想想办法，看能不能得到。"

周强："能得到固然很好，但是，我看很难。"

赵达声："要不让我会会她，我再带一名女同志，让苏红或者崔莉配合我，大家觉得怎么样？"

欧阳春笑笑："对了，我想起来了，这个蓝洁对咱们的赵书记好像很有好感，赵书记亲自出马，肯定马到成功啊！"

赵达声咳了一声："尽力而为吧。"

次日晚上，赵达声带着崔莉把蓝洁约到咖啡厅，他们找了个位于角落的雅座坐着。蓝洁到了以后，看到崔莉也在场，一脸不悦，转身欲走，赵达声起身叫住了她。

赵达声："蓝洁，等一下，你先坐下，听我说。"

蓝洁斜眼看了一眼崔莉："我不想跟人聊个天还被人盯着，我走了，你俩自个儿聊吧。"

赵达声对崔莉说："小崔，你去楼下找个地方等我吧。"

崔莉起身："好的，那我下去了。"

崔莉起身下楼。蓝洁脱掉浅灰色风衣，露出身上穿着的紧身羊绒衫，曼妙的身材一览无遗。她大方地在赵达声对面坐了下来。

赵达声问："你喝什么？"

"冰咖啡。"

赵达声按了按桌上的呼叫键，说："这个时候喝这么凉会得病的，还是换杯热的吧。"

蓝洁看着赵达声，媚眼如丝："知道心疼我啦？"

"你别误会，我是怕伤你的身体。"

"那就是心疼我。"

"你要这么想随便你。"

女服务员过来了："先生，请问需要什么？"

赵达声又看看蓝洁："一定要喝冰咖啡？"

"当然。"

"那行吧，冰咖啡一杯。"

女服务员："好的，请稍等。"

蓝洁盯着赵达声："上次谢谢你送我回家。"

"不用谢。"

蓝洁憧憬着："你知道吗，那天我肆无忌惮地靠着你，就像小时候靠在父亲的身上一样，那么踏实，那么安稳，我喜欢这种感觉。谢谢你，达声！"

赵达声不说话，喝了一口红茶，掩饰脸上的尴尬。

过了片刻，赵达声开了口："蓝洁，我今天约你来，有重要的情况想向你了解，你能不能如实告诉我？"

蓝洁愣了一下："我就知道你另有所图。如果你想问大麦集团的什么内幕的话，那就请打住吧，我什么都不知道。"

"蓝洁，你知道我的工作性质，我们就是为了维护正常的社会经济秩序，不被某些拥有特权的人破坏。大麦集团虽然在东江市的经济社会发展中起了很大的作用，但是他们利用各种关系，破坏了正常的社会经济秩序，扰乱了正常的竞争，腐蚀了大批党的干部。而我们现在苦于没有找到有力的证据，包括大麦集团行贿的证据，以及各级官员受贿的证据，这是我们迫切想知道的，所以我非常希望你挺身站出来，为维护社会的公平正义出一份力。"

蓝洁苦笑道："你说得那么轻松，可是我要是这么做，那么我和我的家人都会遭遇不测。他麦思源后台很硬，什么事儿都做得出来，你们对付不了他的。我害怕我的家人出事儿，也害怕你出事儿。我不能说，什么都不能说，请你原谅。"

"不光是说的问题，我们需要有力的证据，比如对哪些领导输送利益，在什么时间，什么地点，或者什么银行账户，多少金额，是因为什么事情，等等。我们需要详细的内容，希望你提供给我们。至于你的家人，我们会派人保护的，请你放心。"

"麦思源这个人黑白两道通吃，手段阴险毒辣，你们防不住的。如果是因为这些事情你才找我，那我无能为力，我不能害人害己，不忠不孝，更不能做过河拆桥的事情。"

"蓝洁，请你相信我，我们有这个能力保护你的家人。你要明白，你是在维护社会公平正义，是正义行为，你一定要放下包袱，做出正确的抉择，我期望你早日觉悟。"

"我做不到，我的家人和朋友都不允许我这么做！对不起，我要走了，谢谢你约我。你自己小心点吧，拜拜！"

说完，蓝洁起身披上风衣，头也不回地走出了咖啡馆。赵达声没有动，怔怔地坐在座位上。

这天晚上，蓝洁躺在床上辗转反侧无法入睡，她记不清有多少个这样的不眠之夜了。赵达声主动找她了解情况，她话到嘴边，就是没有胆量向他和盘托出。家人和自己的安全是她不得不考虑的一个现实问题，但又似乎不是问题的全部。此时，她仿佛看到了十年前青涩单纯的自己，罩着满身霞光从天边走来。那个时候，又怎么会有当下的心境呢。生命的意义究竟在哪里呢？蓝洁吃惊地想，自己怎么会思考起这样沉重的问题来了。一个人如果能够活得像赵达声那样纯粹，那他肯定是幸福的。生命的本真永远不随外在的东西而改变，纵然到了耄耋之年，纵然依旧孑然一身，仍然能保持当年白马长枪出发时的豪迈与痴狂，人生如此足矣。可是，这个世上又有几人能够做到这样呢。蓝洁庆幸遇到了赵达声，让她能够停下脚步思考一下自己的人生，去窥探灵魂深处的隐痛和挣扎……直到窗际发白的时候，蓝洁终于睡着了。

不知道睡了多久，蓝洁醒了。她马上起床，动作利索。洗漱完毕，在卫生间的镜子前化妆。客厅音响正在播放汪峰的《怒放的生命》，她也轻轻地跟着唱："我想要怒放的生命，就像飞翔在辽阔天空，就像穿行在无边的旷野，拥有挣脱一切的力量……"她满意地看着自己的妆容，对着镜子里的自己笑笑。然后到厨房做早餐，从冰箱里拿出牛奶，放到微波炉里热了一下。取出平底锅，打进两个鸡蛋，把煤气灶开到文火，慢慢煎着。等到差不多了，就把鸡蛋盛到镶着金边的碟子里，然后端到餐桌上，一个人吃起来。等吃过早餐，墙上的挂钟已经指向了八点半的位置，蓝洁来到客厅，坐在沙发上，拿出手机拨通了一个电话。

"喂，新嘉房产吗，你们上次给我推荐的新加坡购房移民现在还有吗？噢，可以，可以，我上午就过去看一下……"

周六午饭后，骆嘉骑着黑色摩托车穿过市区，朝着镜湖景区方向驶去。半小时不到，他的摩托车停在了林妙雪所住的别墅门前，他揿响了门边的电铃。片刻，对讲门铃响了，里面传来阿芳的声音："你找谁？"

"我找林太太。"

"请等一下。"

过了一会儿，对讲门铃中响起了林妙雪的声音："你怎么又找到这里来了，你赶紧走吧。"

"我有要事要跟你谈，你开一下门，在院中谈也行。"

院门响起"嗒"一声，骆嘉推门走了进去，看到院中种着许多花草果树，一条小水渠环绕一周，东南角有一个小水池，池子里堆着几块名贵山石，水系通到石头上面，一个小小的瀑布从石缝中流出。骆嘉站在水池前，看着山石水流。不一会儿，林妙雪推门从屋里出来，走到骆嘉的身边。

骆嘉看到林妙雪，动情地叫："妙雪……"

"你找我什么事儿？"林妙雪显得很冷漠。

"噢，没有特别的事儿，只是想和你聊聊。"

"没事儿你就快回去吧，这儿不是见面的地方。"

"我现在非常担心你，所以忍不住过来看看你。"

"我有什么好担心的？"

"你忘了，我现在是市纪委的干部了，或多或少知道一些事儿的。"

林妙雪紧张地问："你得到什么消息了？"

"那倒没有。可是根据我的观察和猜测，委里好像在调查什么重大的案子，主要办案人员经常在一起商量事情。赵达声书记找我谈过几次话，他好像猜测我知道什么内情似的，想让我把知道的情况告诉委里。可是，我没有说。"

"你说不说无所谓，他们没有证据，不能拿我们怎么样。"

"妙雪，你还是小心一点，我希望你早点离开他，你和他不合适。"

"你怎么知道不合适？"

"我……"

"你赶紧回去吧，我要进去了，以后你别再到这里来了，不方便。"说完，林妙雪头也不回，转身朝屋里走去。

骆嘉看着她走进屋里，只好悻悻离开。直到此时，骆嘉才明白他在林妙雪心中的地位。那次林妙雪到医院来看自己，可能只是她一时的良心发现，其实在她心目中，自己只不过是众多追求者中比较痴情的一个而已。而隐藏在背后的那位当官的，还有她自己的处境，才是她现在最在意的。骆嘉开始重新审视自己走过的情感历程，他忽然觉得是那么的不值。他甚至在心中嘲笑起了自己。林妙雪和耿平说得对，自己是全世界最傻最傻的大傻瓜。他开始反思自己的身份和行为，那么辛辛苦苦考进市纪委，到底是为了什么呢？

这天下午，余仲君主持召开书记市长办公会，专题研究关于阳浦港港口群建设招投标有关事项。市发改委、监察局、住建局、财政局、规划局、国土资源局、市招标办等相关部门，以及省、市港口建筑方面的专家出席会议。相关部门领导、专家表达了意见建议，赖利民市长部署了招投标方案。

赖利民："刚才各位专家和瞿扬同志提出了很好的意见建议，讲得很专业，特别是省建筑设计院的瞿院长为我们拿出了港口建设的主体方案。前期他带领专家去实地进行勘测，下了很大功夫，做了大量的功课，借鉴了国内外的成功经验，这个方案我们市委、市政府的领导还是认可的。下一步，我们将邀请上海港、天津港以及国外知名港口建设方面的权威，对这个方案进行进一步论证、完善、优化、提升，力求完美。然后再邀请国内最有实力的港口建造企业进行招投标，把最优的方案交给最强的公司去建造，打造一流的港口，推动东江市经济社会全面发展。下面，请余仲君书记讲话，大家欢迎！"

与会领导和专家一起鼓掌。

余仲君喝了一口水，环视一圈，说："各位专家，同志们，阳浦港港口群项目是事关东江市实现'十三五'规划和跨越式发展的重大工程项目，在东江市长远发展中有着不可估量的战略地位，因此，建设好港口群，是我市今年至明年一项重中之重的工作，也是我市重点工程的一场硬仗，我们必须举全市之力，借全省、全国乃至全球之力，把港口建设好，所以希望在座的各位领导、专家齐心协力，同心同德，充分发挥各自的聪明才智，把方案做好，力争打造最优方案、最优工程。大家有什么困难，可以向市委、市政府提出来，我和利民为你们当好后勤部长，做到最强的保障，要钱有钱，要人有人，特事特办，唯一一个目标，就是把阳浦港港口群项目建设好，向东江市的父老乡亲交上一份满意的答卷。"

与会者又热烈鼓掌。

晚上七点多，余仲君坐车回到林妙雪住处。他进门换鞋，林妙雪牵着儿子小成贤的手，朝他走过来。

"看，爸爸回来了，我们去看看爸爸带什么好东西回来了。"

小成贤看到余仲君，跌跌撞撞快步朝他奔过来，嘴里含糊不清地叫着"啪啪、啪啪"。林妙雪紧张地跟着他，生怕他摔着了，手牵得更紧了。

余仲君把手里的公文包往门口的矮柜上一放，冲着儿子跑过去，一下子把儿子抱起来，双手把儿子高高地举过头顶，嘴里"噢噢"地叫，把儿子逗得"咯咯"大笑。

林妙雪看了，赶紧叫："小心摔着，快放下，快放下。"余仲君这才把儿子放下，抱在怀里。

林妙雪把儿子从余仲君手里抱过来："来，妈妈抱，让爸爸洗手，吃饭饭了。"

小成贤还是抱着余仲君的脖子不放，舍不得从余仲君怀里下来。余仲君就一直抱着，直到走到客厅，才把儿子交给林妙雪，自己去卫生间洗手。

余仲君和林妙雪坐在餐桌前吃晚饭，阿芳在一边给小成贤喂饭。

"你都多久没在家吃饭了，成天忙得见不到人。"

"最近确实比较忙，没办法，大大小小那么多事儿都要过问。我一不关注，他们就给我出情况，唉。"

"你啊，就是个劳碌命！"

余仲君笑笑："不过，我喜欢劳碌命，天天忙忙碌碌的，充实。要是天天闲得慌，那我非生病不可。"

饭后，阿芳带小成贤去儿童房玩了，余仲君和林妙雪坐在沙发上边看电视边聊天。

林妙雪抱怨："你怎么这么长时间才来？现在你有了孙子，就忘了儿子了！"

"说什么呢，自己的儿子能忘吗？再说，这孙子再好，又不是自己的。"

"你知道就好。哎，前阵子，思源跟我说，阳浦港港口群建设项目马上要启动了，其中有一家中能集团，你得关照关照。如果中标了，大麦建筑可以再承包部分项目。"

"现在工程项目上面盯得非常紧，各项审计、监督非常严，想走野路子有点难。港口工程，大麦建筑又弄不了，我看啊，让思源放弃算了，别蹚这趟浑水了。"

林妙雪噘起了小嘴："这怎么是蹚浑水呢，我跟你说，这家中能集团的董事长是麦思源的同学。他们已经说好了，中标后，除技术含量特别高的主体工程外，其他工程都转包给大麦建筑来做。由于工程预算高，这些工程弄好了，利润也非常可观。只要你帮忙拿下工程，我和大麦建筑还是按照老规矩。这样下来，也可以积累一点资本。将来咱们去香港也好，去国外也好，到处都要用钱。你不为我考虑，也该为咱们儿子考虑考虑吧。"

"我肯定会为儿子考虑的。"

"说实话，看到你和孩子嬉闹的样子，我就想，我们到底能不能让儿子一辈子过上无忧无虑的生活呢。作为父母，我们该为儿子做点什么呢。"

"你想多了，儿孙自有儿孙福，不用太担心，他们肯定比我们过得好。"

"你老是说这种话，你的心肠怎么这么硬啊！"

"孩子还这么小，他的事情我们考虑得过来吗？"

"你自己从死人堆里爬出来，历经千辛万苦，难道你也想让儿子再受一遍你这种苦吗？"林妙雪说着哭了起来了，余仲君一看林妙雪伤心落泪，马上变得六神无主起来，慌乱着说："这怎么可能！"

"怎么不可能，你要是不帮儿子，我宁可和儿子哪儿都不去，到时等着被纪委一块儿查处，一家人都在牢里过吧。"

"呸，呸，干吗说这么晦气的话啊！"

"什么晦气不晦气，马上就要变成现实了，你还在这里盲目乐观。我们娘俩怎么那么苦啊！"

林妙雪呜呜地哭出了声，余仲君急了："哎哎哎，你先不要哭好不好，我只不过说说，我肯定会想办法的嘛！"

林妙雪止了哭声："真的吗？"

"当然真的，我能骗你吗！"

监察局局长周强和孙海在赵达声办公室里研究廉洁工程有关事项。

周强："这次港口群工程对参加竞标企业的资质要求特别严，要求必须是从事海港建设十年以上的大企业。所以符合要求的，基本都是一些技术成熟的大型央企和少数涉足这个领域较早的民企。这些企业在这个领域摸爬滚打数十年，信誉好，守规矩，技术过硬，为我们打造廉洁工程，奠定了很好的基础。"

赵达声："嗯。工程建设领域一直是腐败易发多发领域，而且往往案值高，案情大，社会危害性极大，以往我们有过这方面的教训。有些工程表面上看起来没有任何问题，可是弄到后来，还是出现了腐败问题，所以我们必须慎之又慎。这次港口群建设项目，虽然表面上看起来无可挑剔，但是背后往往暗藏危机，情况比想象的复杂得多。"

周强点点头："明白。所以这次港口群建设项目，咱们纪检机关一定要全程参与、全程监督，确保万无一失。"

赵达声："特别是要加强对重点人的监督，比如招投标办、央企及市里要害部门领导等，层层把关，处处设防，让腐败现象无处容身，从而杜绝腐败现象的发生。"

周强、孙海："明白。"

这天中午，麦思源吃过中饭回到办公室，桌上的电话就响了起来。麦思源紧走几步看看来电显示，快速拿起听筒。

　　麦思源："东成，你说你说。啊，中港建筑集团也要来竞投？你怎么知道，他们老总在报纸上看了招投标公告，就决定来投标啊。那怎么办？是啊，如果他们来，中能的把握就不那么大了。按理说，对中港建筑来说，这个工程不算大，怎么突然会对这个三线城市的港口工程感兴趣了呢？是啊，那也没办法。这个是公开招投标的，符合条件的企业都可以来竞标，让我再想想办法。好的，有情况我们及时联系。嗯，那先这样，再见。"

　　麦思源放下电话，重重地坐到老板椅上，呆呆地看着桌上的电话，陷入了沉思。

　　过了一会儿，他揿了桌子上的按键："请高总、孟总、唐总来一下。"

　　周六上午，一辆省城牌照的红旗轿车停在了东江近郊麦丰村一幢二层小楼前，麦满仓和余仲君及麦满仓的秘书从车上下来。小楼的院门开了，一位精神矍铄的老太太站在门口，麦满仓快步走上前去拉老太太的手。

　　麦满仓："妈，我回来了。"

　　老太太："满仓啊，你二十一天没来了，我数着日子呢。"

　　麦满仓："妈，我这不是一忙完就回来了嘛。"

　　余仲君："麦妈妈，您的记性真好，哪像八十五岁啊，您准能活过一百岁。"

　　"小余子，这话可是你说的，要是活不过一百岁，我死后来找你啊！"说着，老太太先笑了，大家也跟着笑。

　　余仲君："麦妈妈，您真会开玩笑。您要活不过一百岁，不够的日子拿我的阳寿补给您。"

　　老太太："小余子，你才会开玩笑呢，这也能补吗！"

　　几人说着话，一起朝屋里走去，司机和秘书从车子后备厢里拿下两个大盒子送进屋去。

　　没过一会儿，麦思源乘着他的奔驰车也来了，并且带来了一名厨师和好多蔬菜。大家坐在一楼客厅的八仙桌前喝茶聊天，厨师则在厨房里忙活起来。

麦思源："叔，您看我这厨师多好啊，可是来了几次都被奶奶打发走了，没办法，她说让人伺候跟以前的地主婆似的，怎么都不习惯。"

麦满仓："你奶奶就是这个脾气，也难得你孝顺。既然这样，你每个礼拜来一趟看看奶奶就可以了，给她带些好吃的。"

麦思源："我每周都来的，只是带来的东西奶奶都不吃，你看看，全给堆在这儿，快坏掉了。"

老太太："满仓啊，你们都是孝顺孩子，但是你妈我真的吃不下这些东西，我也吃不惯，你们以后啊不要再浪费钱了。我呢就吃些自己种的萝卜、青菜、土豆、芋头、毛豆这些就够了。"

麦满仓："妈，给你买来了，你就吃嘛。"

老太太生气道："我不吃，我宁可到地里拔个萝卜吃，那才够味。"

余仲君笑了："麦妈妈，您吃的可都是有机无公害蔬菜啊，怪不得您这么健康啊！"

老太太也笑了："小余子，你不知道，我种了好多土豆，一会儿刨几个你带回去吃，包你喜欢。"

余仲君："喜欢，不但我喜欢，我们全家都喜欢吃。"

老太太："你住得近，下次想吃了就来我这儿拿，啥蔬菜都有。"

余仲君："好，好，我一定来。"

大家聊了一会儿，烧好的菜就被端上了桌，老太太便招呼大家吃中饭。秘书帮着司机把茶杯撤走，换上了酒杯、碗筷，大家便推杯换盏吃了起来。

饭后，麦母午休去了，麦满仓带上余仲君和麦思源去楼边的菜地看母亲种的菜。三人看到一亩左右的菜地上，种了各种蔬菜，四季豆、黄瓜、茄子，长豆藤爬满了三脚架，番茄蔓上挂上了青青小果，土豆藤蔓茂盛，紫色的蚕豆小花迎风初绽，蜜蜂、蝴蝶环绕花间，一派勃勃生机。

麦满仓呵呵笑："你们看，老太太这菜地弄得，连一根杂草都没有，简直是艺术品啊。"

余仲君："就是啊，老太太是把种菜种成了生命的艺术，怪不得她不愿意去省城享福呢。麦书记，我看啊，老太太不要说活过一百岁，活过一百二十岁都可能啊。"

麦满仓："那不是要把你的阳寿补一半给她了啊！"

余仲君："补就补，看到老太太这个精神头，我心里高兴。"

麦满仓："是啊，老人健康，是我们小辈的福分啊。仲君啊，这次省委中管预备干部推荐推迟了，不过，也就在这个月或者下个月的事了。省委殷书记没有反对我对你的提议，估计上报应该没问题。这段时间，你自己要把握好，绝对不能出什么问题。"

余仲君感激地说："明白。谢谢老领导提携！"

麦满仓拍拍余仲君的肩，说："谢什么谢，我们迟早都要下来的，到时靠谁？还不是靠自己人关照啊！"

余仲君："这个仲君心里有数。"

麦满仓："知道你是本分人。对了，我听说阳浦港港口群工程马上就要招标了？"

余仲君："是啊，这次招投标汇集了国内顶尖的国企和最具实力的民企，竞争相当激烈。请老领导放心，我们一定会把它打造成最优工程。"

麦满仓："嗯，我听说央企中能建筑集团也来竞标啊，这家公司实力很强，如果能给他们做，工程质量肯定能得到保证的。"

余仲君："是啊，不过最后让谁做，还得看竞标结果。因为中港建筑也来竞标，他们是国内港口建设的老大，所以结果很难说。"

麦思源插话："那如果中港建筑不来了呢？"

余仲君肯定地说："中港不来的话，那凭中能的实力，中标基本上没有什么问题。"

麦满仓："中港能轻易放弃吗？"

麦思源颇有深意地笑笑："有可能……"

麦满仓顺着菜地走过去，来到菜地中间，眼望远方。余仲君和麦思源跟过去站在他的身后。

麦满仓："仲君啊，我们老了！"

余仲君："麦书记不老，将来您要是进了中央，那还算年轻干部呢。"

麦满仓笑笑："仲君，你哄我开心啊。唉，我发现咱们这些当干部的，说到底，这个官都不是为自己当的，而是在为别人当。为家庭、为朋友、为各种关系，咱们很少真正是为自己办什么事儿的。你看我老母亲，啥都不需要，我就是想利用手中的权力为她办点事儿，她都不让。最近我一直在想，咱们当官到底为了什么？想当初咱们刚当上干部那会儿，一心一意为老百姓谋福祉，心里纯净得像白纸似的，现在想想，只有那会儿干得才最有劲。后来，渐渐地手中的权力开始为各种各样的关系办事儿，做的都不是自己真正想做的事儿。可是，有什么办法呢？人总是生活在各种各样的关系之中，你想生活得滋润一些，生活得体面一些，就得付出一定的代价。"

余仲君："是啊，麦书记，人很多时候都是身不由己的，所做的事情并非都是出自内心。但是，我们又不得不去做，可能人生本来就是如此吧。"

麦满仓："嗯，所以说人生无奈啊。"

这天下午，省委召开常委会，临近下班，会议结束了，常委们收拾好笔记本，一个个离开会议室。秘书过来帮殷国民书记收拾好笔记本，拿起本子和茶杯往外走。殷国民将眼镜放进眼镜盒，对秘书说"还有这个"。秘书又回来把眼镜盒拿在手里。纪委书记魏长安与组织部部长路永良坐在一块儿，他拉了拉路永良的手，起身叫住了殷国民书记。

魏长安："殷书记！"

殷国民站住了："长安，还有事儿？"

魏长安："殷书记，我们和组织部联合向省委打的报告您看了吗？"

殷国民看看魏长安和路永良："你们是指给赵达声恢复职务的报告吧？"

魏长安："是啊，殷书记，赵达声的问题已经纠正了。现在百姓有呼声，东江市委也向省委打了报告，您看是不是也提请常委会研究一下？"

殷国民："你俩的心情我非常理解，但是，你们想过没有，以赵达声的个性，他在任上目标大还是下来目标大？"

魏长安："那当然在任上目标大啊。"

殷国民："那么好了，如果说他一直在任上的话，说不定恶势力会变本加厉地加害他。"

路永良："这么说，免职对达声是一种保护。"

殷国民："可以这么理解。东江的反腐败形势比较复杂和严峻，以达声同志的斗争经验，我认为他能够应付。"

魏长安："原来殷书记早就考虑得很细了，我们却只看表面。只是如此一来，得让达声同志多受一些委屈了。"

殷国民笑着朝魏长安和路永良点了点头。

晚饭时间，中能建筑集团的董事长徐东成带着工作人员去自助餐厅吃饭。他进入餐厅，一眼看到中港建筑集团的严总经理，便上前去与他打招呼。

徐东成："严总，你们也是来参加港口群工程项目竞标的吗？"

严总："是啊，没想到我们又同台竞标了，你们的实力总是鞭策着我们不断进步，每次看您老大一出马，都给我们造成很大的压力，看来你们势在必得啊！"

徐东成笑道："哪里，哪里，跟你们竞争，我们无疑是鸡蛋碰石头，你们可要漏一点残羹剩饭给我们填饱肚子啊，否则今年我们可要食不果腹了。"

严总："谦虚了，谦虚了。先吃饭，先吃饭。"

徐东成："请，请。"

晚饭后，麦思源办公室里依然灯火通明。麦思源一手抱在胸前，一手捻着自己的下巴，在办公室里踱来踱去。高翔、孟大海、唐东明和蓝洁以及几个公司高层坐在沙发上，都是一副忧心忡忡的样子。

孟大海："麦总，明天就要竞标了，咱们现在还是一点儿把握都没有，如果再不想办法，听天由命的话，那想做这个工程就有点玄了。"

高翔："你不要再说了，说得人心里烦得要命。"

孟大海顶回去："你心里烦，跟我有什么关系？"

麦思源吼道："不要吵了！"正说着，他的手机响了，他看了看号码，快速接起来："喂，徐总，你说，中港来了个严总经理，住在东江饭店8803房间，好的，好的，我试试看。谢谢，谢谢。"

麦思源揿掉电话，抬头朝大家看看："刚才徐东成电话里说，中港建筑来了个总经理，住在东江饭店8803房间，让我们自己上门做做工作，看能不能让他们在竞标中放点水，把工程让给中能建筑来做。但是，我觉得这个办法没有把握，基本上去了也是白去。大家看，怎么办？"

大家沉默片刻，高翔站起来，对大家说："我说一下，刚才麦总接电话的时候，我就在想，咱们要想让中港在竞标中放水，这种可能性几乎为零，他们堂堂一家国内最具实力的公司，成心放水，明眼人一眼就能看出来，再说中港也不会答应的。但是，我想，咱们只要阻止中港集团的人出现在明天的竞标现场就可以了。这样，他们只能被视为自动放弃。"

麦思源："嗯，你继续说。"

高翔："照常理，今天晚上中港集团的工作人员肯定加班加点，反复认证完善竞标方案，差不多的时候，他们肯定会让饭店送夜宵到房间。届时，我们只要在夜宵上做做手脚就行了，保证让他们明天全部到不了竞标现场。"

唐东明："那他们如果没点夜宵呢？"

高翔："那我们就主动配好餐送过去。"

唐东明："这么做行吗？"

高翔："怎么不行，这是最佳方案，神不知鬼不觉的。只要中港集团不出现在竞标现场，中能拿到标就如同探囊取物，手到擒来。"

麦思源："嗯，就这么办。即使中能拿不到标，咱们也可以想办法在别的公司手里再承包项目。好吧，这事儿就这么定了。高翔，你马上去安排吧。"

与此同时，余仲君坐在办公室，悠闲地翻看着报纸。过了一会儿，他又从身后的铁皮柜里掏出那把心爱的美制左轮手枪，捏在手里摆弄着，枪发出清脆的"咔咔"声。他又举起手枪向着门口方向瞄准，然后轻轻扣下扳机，手枪发出"啪"的一声。这时，桌上的电话铃声响了起来，他伸长脖子看了一下号码，接了起来。

　　"喂，瞿主任，怎么样，每个专家和领导都说好了吗？好，辛苦了！那我就静候佳音了啊！"

　　余仲君笑眯眯地放下电话，再次拿起手枪，对着门口扣下了扳机。手枪再次发出"啪"的一声，声音清脆悦耳。

　　晚上九点，一辆出租车停在了东江饭店门口，高翔带着两个人从车上下来。他们抬头望了望饭店大楼，高翔数着楼层，嘴角露出轻蔑的微笑。他们一行三人进了饭店大门，直接到一楼大厅咖啡厅入座，各点了一杯咖啡，慢慢地喝着。三人坐了一会儿，高翔掏出手机看了看时间，让手下点了几样西点和一壶热咖啡。

　　手下走到服务生跟前，对服务生说："不好意思，我们想送些点心到客房，因为我的同事在加班，想犒劳犒劳他们，借一下你们的餐车可以吗？"

　　服务生："可以啊，没问题。"

　　服务生从服务台里推出一架餐车给他。

　　这边，高翔吩咐另一名手下去卫生间换上了咖啡厅服务生的服装。回来后，他的手下推着装好点心和咖啡的餐车，朝着电梯走去。高翔坐在座位上，静静地看着他们行动。

　　假扮的咖啡厅服务员推着餐车慢慢走到八楼楼道的转角处，从口袋里拿出一小包粉状东西，打开咖啡壶盖，匆匆地倒了进去，再迅速把包装袋放回衣兜。他拿起咖啡壶晃了晃，便朝着8803房间走去，随后敲开了房间门。

　　"服务生"露出职业的微笑："先生您好！今天是我们六十周年店庆，这是饭店特意送给每个房间的夜点和咖啡，请各位慢用。"

　　"噢，那个8805房间你晚两个小时再送，我们得过一会儿再回去。"

"好的，没问题。"说完，"服务生"把餐车推进房间，一会儿，又推着空餐车出来，并带上了房间的门。

第二天上午，东江市招投标中心招标办，长方形的会议桌前，一边是十三名有关专家，一边是竞标单位中能集团的三位竞标人。徐东成亲自向专家组介绍着竞标方案，另一名工作人员在电脑上操作PPT文件，一张张壮观的效果图通过投影仪一一呈现在专家组面前。专家组成员边看边点头。

一会儿，专家组面前换上了另一家民营港口建筑企业，一位女士在向专家介绍，投影仪上播放着效果图。

……

市招投标中心主任瞿扬心事重重地在招标办门口来回走动。过了一会儿，手里的手机响了，他一看号码，便走到楼梯口，接起了电话，轻声说："麦总，您好，九家竞标单位来了八家，中港建筑啊，没来，听说他们昨晚不知吃了什么东西，全部送医院了。对，对，那结果一出来我就告诉您。行，那就这样，再见！"

下班后，赵达声准备去食堂吃饭。周强匆匆地敲开了赵达声办公室的门，快步走到赵达声跟前："赵书记，阳浦港港口群项目招投标结果出来了，中能建筑集团中标。"

"中能！中港怎么没中标？"

"中港的竞标组人员听说都吃坏了肚子，全部在医院躺着呢。不知道怎么回事！"

"还有这种事情，奇怪！"

"我也觉得这件事儿蹊跷，而且我听说了中能建筑集团的徐东成董事长是麦思源的大学同学。"

"噢，这么回事！我估计，大麦集团不知道又耍了什么诡计，中能集团很有可能中标后将工程转包给大麦建筑来做。"

"很有可能。"

"你有没有发现，这次中能建筑中标与上次大麦建筑中标镜湖综合体项目有些类似。"

"嗯，表面上天衣无缝，无懈可击，难道余书记幕后又做了什么文章？"

"我觉得可能性很大，如果这个假设成立，那么咱们的调查又回到了余仲君的身上、回到了林妙雪身上，转了一圈又回到了原点。"

"那我们怎么办？"

……

当晚，中能集团董事长徐东成带着三名工作人员来到大麦集团总部，麦思源率公司全部高管欢迎徐东成一行，双方在会议室坐定。麦思源介绍完情况，双方就阳浦港港口群建设合作事宜签署了意向书。

麦思源："徐董事长，这次竞标旗开得胜，希望咱们的合作也能顺顺利利啊！"

徐东成："没有问题，咱们老同学了。说句实话，我们国企赚多赚少倒不是最关键的，关键是合作顺畅，不要出什么情况，特别是工程质量问题。"

麦思源："这个你放心，我们一定严格按照工程设计施工，关键环节一定请你们把关，确保不出任何问题。"

徐东成："这我就放心了。下一步，咱们按照计划再进行一次实地勘查，然后就开始进入基础工程施工，也请你们公司做好准备，大量的基础性施工，可能都要依托你们来完成。"

麦思源："没问题，我们随时听从你们的调遣。"

上午十点左右，周强正在办公室向信访室主任江志华了解近期信访情况，这时周强的手机响了，是一个陌生的号码。

"喂，我周强，你哪位？噢，你好，林成贤来看病了！好好，你赶紧通知主治医师，想办法采取他的血样。对，要快，千万不要错过了这次机会。嗯，采到血样后马上告诉我，我们过来取。好，谢谢！"

周强挂掉电话对江志华说："哦，志华，你把信访件放我这儿，我慢慢看，你先忙去吧，有事我再找你。"

江志华转身离开了，周强站了起来，看起来有些激动，不停地在办公室走来走去，走了几个来回就去办公桌上拿起手机看，随后，又在办公室来回走。过了一会儿，他手里的手机终于响了，他赶紧接起来。

周强："好，太好了，我们马上派人过来取。谢谢，谢谢！"

一小时以后，孙海向赵达声和周强汇报情况，三人在赵达声办公室商量对策，周强和孙海坐在沙发上，赵达声在他们面前踱来踱去。

赵达声忽然站定下来："我们现在暂时还不能向省委、省纪委汇报这个情况，因为我们看到的可能是整个问题的冰山一角，余仲君的主要问题可能还是利用职务便利为他人谋利，利用林妙雪收受贿赂，我想等我们初步掌握了他受贿的线索以后，再向省委、省纪委汇报比较好。"

周强："我也这么认为，目前是个重婚问题，我想余仲君主要可能还是经济问题。尽管他不直接从利益方手里拿钱，但是他是利用情妇受贿。"

赵达声："没错。"

这时，办公室的门被猛然推开了，李大可气呼呼地走了进来，两眼瞪着大家。

李大可气势汹汹地说道："好啊，终于被我逮住了，一个被免职的纪委书记，你有什么权力召集委里领导开会啊！你们在密谋什么，现在请你们放到台面上来讲清楚，不要搞什么阴谋诡计。"

赵达声正色道："李大可，我们在做什么没有必要事事告诉你，难道我的私事也要向你报告吗？"

"私事！什么私事？"

"本人要复婚了，这不是私事吗？"

"私事也要向组织汇报！"

"那我先向机关党委书记周强同志汇报，难道有什么错吗？"

李大可愣了一下，一时无言以对。他看到赵达声办公桌上放着一叠资料，一下子扑过去，拿起桌上的检验数据："这是什么，DNA 数据，这是谁的数据？"

赵达声一个箭步上前，夺下李大可手中的数据单，把他推开。

"这是本人的检验单，请你尊重一下他人的隐私好不好？"

"你的检验单！我不相信。"

"你爱信不信！"

"我要去告你们！"

"请便吧。"

李大可气呼呼地扭头快步朝办公室外走去。

晚上，余仲君坐在沙发上，抱着小成贤，翻画册给儿子看。林妙雪坐在旁边两人一块儿指着画册教儿子。

余仲君指着画册上的西瓜图片："成成，这是西瓜，跟爸爸念，西——瓜，西——瓜——"

小成贤："咝——哇，咝——哇——"

林妙雪边笑边纠正："西——瓜，西——瓜——"

放在茶几上的手机响了起来，余仲君接起电话："大可，有事啊？什么，DNA？赵达声查什么 DNA，不对。这样，大可，你密切关注纪委的动向，有什么异常马上告诉我。对，不分时间，随时报告！"

余仲君挂掉电话，不再说话。

"怎么啦？"

"赵达声可能已经查到了我们的关系，包括我与小成贤的血缘关系。妙雪，既然这样，我觉得你还是和儿子赶紧先出去避避，在外面待几年，我差不多的时候再过来。"

"没那么严重吧，按理说，不可能拿到小成贤的 DNA 数据。"

"目前也不清楚，还是早作准备吧！"

"行，我先了解了解看。"

晚上，周强、孙海和柳公权把了解到的阳浦港招投标情况向赵达声汇报。

周强："前期，我们调查了参与阳浦港港口群项目评标组的十三名专家，他们都表示开标前一天晚上，接到了市招投标办公室主任瞿扬的电话，传达了东江市领导的意思，要求他们尽量把工程中标单位落实给中能集团。但是，他们表示都没有收取任何好处费。其中，还是有三名专家坚决把中标票投给了一家民营企业。"

赵达声："这次招投标的过程与上次镜湖综合体项目招投标过程有些类似，领导打招呼，但是没有金钱上的往来，这就形不成职务犯罪，只不过是违反招投标纪律。还有，这究竟是瞿扬假传圣旨收受贿赂呢，还是得利者暗中向某领导输送利益，或者得利者向第三方输送利益。目前这些问题都需要我们进一步弄清楚，起码得掌握初步线索，否则这个案子没法向上级汇报。"

孙海："查来查去，有一个症结我们始终没法解开，上次镜湖综合体项目也是一样，就是得利者向谁输送了利益，通过什么渠道输送的，输送了多少利益。在镜湖综合体项目中，表面上余仲君关照到了得利者大麦集团，按道理大麦集团应该把利益输送给余仲君，而调查没有找到余仲君得到利益输送的任何证据，包括他的情妇林妙雪，这让人难以置信。所以，我怀疑余仲君或者林妙雪，在境外肯定有银行账户，但是这查起来非常困难。"

周强："所以只有找到知情人，这才是关键，否则等于大海捞针啊。对，蓝洁，大麦集团的财务总监，只有她才有可能知道这些资金往来的内幕。"

赵达声："可是，这个人对我们纪委向来没好感，我接触了几次，她就是不愿意告诉我们实情。而且，她非常担心麦思源会对她的家人和自己发难，所以她不敢对我们说什么。"

周强："赵书记，这个事情我们能不能想办法再找找她，做做她的工作，想办法让她把实情告诉我们。"

赵达声："对，我们应该为她考虑好退路，特别是保护好她的家人，可即使那样，她们这些人舍得离开轻松优越的环境、抛弃安逸的生活吗？"

……

这天上午，春雨蒙蒙。蓝洁戴着墨镜，打扮得像个海外华侨，手里拿着登机牌，挽着一男一女两位老人的手朝安检入口走去。到了安检入口队伍前，两位老人站了下来，反过来拉住蓝洁的手舍不得放开。

蓝洁："爸、妈，你们放心去吧，那边有人接应，你们先住下来，等我把这边的事情安排好，马上就过来和你们团聚。"

蓝父："小洁，爸爸妈妈尊重你的选择，我们也愿意天涯海角陪着你，但是，你要向爸爸妈妈保证，你不能出任何事情。既然你选择放弃，那就早点出来和我们团聚，将来如何日后再作打算，不要随意改变主意，那样肯定会自乱阵脚，必受其累。"

蓝洁："爸、妈，你们放心吧，相信你们的女儿会处理好自己的事情的。"

蓝母拉住女儿的手，眼泪不停地往下流，嚅动着嘴唇，再也说不出话来。

此时，东江市委、市政府主要领导正在参加阳浦港港口群工程奠基仪式，工地上只拉了一条横幅，上书"东江市阳浦港港口群建设奠基仪式"，不设彩旗，没有礼炮，不搭礼台，一切从简。市领导余仲君、赖利民和市发改委、住建局领导以及中能建筑集团徐东成等人，在横幅底下站成一排，前面站着一百多名统一着中能建筑制服的工人，边上停着十几辆大型机械和几十辆橙色的工程车。余仲君正在一个扎着红绸的立式话筒前作奠基讲话。

"同志们，今天是我们东江市撤地建市三十周年纪念日，在这样一个特殊的日子里，我们举行阳浦港港口群工程奠基仪式，意义十分重大。阳浦港港口群工程的顺利实施，必将推进我市'十三五'规划的稳步实施，实现向现代化港口型工贸城市的转型。下面，我宣布，东江市阳浦港港口群工程正式开工！"

话音一落，工人们发出热烈的掌声。随即大型机械车工人纷纷上车，工地上顿时响起隆隆的发动机声，十几辆大型机械向着既定的目标进发。工人们在班组长的带领下走向各自的工作岗位。

晚上，大麦集团高层领导邀请徐东成和随行人员以及林妙雪到思源谷就餐，庆祝工程奠基。

麦思源举杯发表祝酒词："徐董事长、妙雪女士，各位同仁，今天是个好日子，对于东江市来说，撤地设市三十周年、阳浦港重大工程奠基，预示着东江的发展迈上了一个新的台阶。而对我们大麦集团来说，今天同样是个不平凡的日子，我们与中能集团的合作也正式开始，大麦集团也将迎来跨越式发展。为此，我要感谢我的老同学徐东成董事长，感谢林妙雪女士，是你们的鼎力相助，才使大麦集团又一次圆梦。现在我提议，大家共同举杯，庆祝这一具有历史意义的时刻。来，干！"

大家起立互碰酒杯，各自喝了一大口。麦思源看到有人没喝，便招呼大家喝掉。"喝掉、喝掉，今儿高兴。一会儿，大家多敬敬徐董事长，还有林妙雪女士。"

大麦集团的高层纷纷响应，频频向徐东成和林妙雪敬酒。在刘婧向徐东成敬酒的时候，徐东成的眼睛眯成了一条缝。

刘婧："徐董事长，您是我们的总舵主，您一出马，啥事儿全部一举拿下，咱们大麦集团受您的恩泽，我刘婧敬您一杯，以表谢意！"

高翔："好，好，我们小刘从来不喝酒的，今天她见到徐董事长，就像美女见英雄，对您十分仰慕啊！这杯酒徐董您要喝掉的。"

徐东成端起面前的一小杯白酒："好，好，好，我喝，我喝。"

麦思源端起酒杯："今天我特别高兴，不光是与中能合作顺利，还因为我和徐董事长的老同学关系，那么多年过去了，咱们的同学情谊历久弥新，经受住了岁月的考验。来，老同学我再敬你一杯，感谢老同学的关照！"

徐东成："哪里，哪里，既然咱们是合作关系就不说两家话了，好吧，合作愉快！"

"合作愉快！"放下酒杯，麦思源向蓝洁招了一下手。蓝洁走过来俯下身子，麦思源向她耳语了几句，蓝洁点了点头。

蓝洁从随身的小包里取出两个信封，走到徐东成和林妙雪身旁，从桌子底下悄悄塞进两人的手里。

饭后，麦思源和刘婧将徐东成送到东江饭店的房间门口，徐东成醉眼蒙眬地站在门口与两人告别，他拉着刘婧的手不肯放。

徐东成脚跟不稳，舌头也大了："小婧，你今天没喝多少，赶明儿一 …… 一定要陪我再喝一次。"

麦思源和刘婧扶着他。

刘婧道："一定，一定。"

麦思源从徐东成的口袋里掏出门卡，"嘀"一声打开了房门，两人扶着他进了房间，进门的时候刘婧趁机挣脱了徐东成的手，站在门口没有跟进去。片刻，麦思源也从房间里出来，两人匆匆离去。

徐东成躺在床上，听到麦思源带上了房门，他慢慢地爬起来，找到床边的西服，从上衣口袋里掏出蓝洁给的信封。只见上面印着"香港渣打银行"的字样。他打开信封，见里面是一张存折，上面显示存款金额五百万元港币，里面还有一张密封着的含有密码的信笺。徐东成看了看，嘴角浮起了一个浅浅的微笑。

当晚，赵达声和余仲君在市体育馆拳击擂台上，拳来脚往，打得不可开交。忽然，赵达声故意漏个破绽败下阵来。他去擂台边取来两瓶矿泉水，递给余仲君一瓶，两人坐在擂台上边喝水边聊起天来。

"仲君，最近你特别忙吧，孩子怎么样？"

"噢，乐乐这小家伙真可爱，我两天不见，就想得慌。"

赵达声正色道："不是小乐乐，是小成贤！"

余仲君的脸色一下变了："你在说什么，我怎么听不懂。"

"林成贤，你和林妙雪生的儿子。我们已经拿到了小成贤和你的 DNA 比对结果。"

"我不知道你在说什么！赵达声，你不要对谁都疑神疑鬼的，你还不了解我吗！"

赵达声从口袋里掏出两张纸："老鱼头，别装了，不是我诬你，这是你和小成贤两人的 DNA 数据和比对结果的复印件，你看一下。"

"我不看，我看不懂这些玩意儿。"

"老鱼头，主动向组织交代问题吧，作为生死战友，我提醒你一句，现在向组织主动说明问题，可以作为自首处理，否则一旦组织上查实问题，就有可能从重处理，那就真的回天乏力了！"

"老赵，你让我交代什么？真是岂有此理！我根本听不懂你在说什么！什么小成贤，什么 DNA 数据，这些东西跟我到底有什么关系！我走了，我不跟你说了！"

说着，余仲君从擂台上站了起来，不理赵达声，匆匆地朝着门口走去。

赵达声在后面直叫"老鱼头，老鱼头"，余仲君头都没有回一下。

第二天下午，麦思源坐在办公室，靠着豪华椅子，眼睛盯在墙上的一幅油画上，仿佛在思考某个重大问题。这会儿，蓝洁敲门走了进来，兴冲冲地对麦思源说："麦总，资金到了。"

麦思源忽然来了精神："多少？"

蓝洁："中能、大麦合同价的 50%。"

麦思源高兴地拍了一下桌子："好，徐东成够意思。"

晚上，赵小军从杭州回来，王玉兰打电话让赵达声过来吃饭。饭后，小军让刘洋和王姨带着小乐乐去隔壁房间玩。王玉兰、赵达声和小军坐在沙发上看《新闻联播》。

王玉兰给父子俩沏上茶，把电视机的音量调小了点，她坐下来，看看儿子，看看赵达声，然后说："达声，今天让你过来，一是小军回来了，你们也好久没见了，让你俩聚聚。二是因为仲君的事儿。你来之前，我把仲君的情况跟小军都说了，他和我一样，起先感到非常震惊，甚至难以接受。毕竟这种事儿本身不是一件小事儿，对一个家庭来说，足以掀起惊涛骇浪。但是，商量过后，我们觉得事已至此，打算原谅他。说实话，他对于我们这个家庭来说，包括对你，都是大恩人。那时候，得到你牺牲的消息，我的精神彻底崩溃，小军才刚刚出生，我们娘俩无依无靠，孤苦伶仃……"

说到这里，王玉兰声泪俱下，她控制了一下情绪继续说下去："那时候，我根本不知道以后的日子怎么换下去。这时，仲君主动向我们伸出了温暖的手，无微不至地关怀我们，对我们付出了无私的爱，特别是对小军，他视如己出，呵护有加，一有空就陪小军玩，给小军讲故事，使小军也能感受到父爱，令他甚至没有感受到失去父亲的痛苦。因为这个，仲君那时的女朋友向他提出分手，他也无怨无悔，始终陪着我们。达声，你和仲君都是战斗英雄，在战场上，你们互相都救过对方的命，你们的友谊经受住了血与火的考验。那时候，你们情同手足，现在你们也可以说是心意相同。只是仲君犯了错误，我知道，作为一名合格的党员领导干部，他是有差距的。作为一名丈夫，一名父亲，在道德层面上，他也是有缺陷的。但是，达声你知道吗，在我的心里，他是合格的丈夫，合格的父亲，他为这个家庭付出了太多太多。你说他图什么呢？当然，如果你不受伤，不失忆，也就没有这些事儿了，但是命运就是这么安排的，你让我们怎么办呢？今天，我絮絮叨叨说了这么多，也不知道说了什么，但是我的意思是明确的，就是想让你放仲君一马，我求求你了！"

说着，王玉兰一下子"扑通"一声跪在赵达声面前，流着泪朝赵达声磕头。赵达声赶紧去拉王玉兰的手，想把她扶起来，却怎么也扶不起。小军叫了一声"妈——"，也扑过来，跪在母亲面前，跟着母亲流下了眼泪。

王玉兰拉住小军："小军，给你父亲磕个头，让他发发善心，放过你爸。啊，听话，给你父亲磕一个。"

小军真的朝赵达声磕了头，赵达声赶紧扶着母子俩，使劲把他们拉起来。

"玉兰，你这是干什么！仲君是个明白人，我已经和他交流过了，他会知道怎么做的。现在事情还没有彻底弄清楚，怎么处理也是组织上的事情，我起不了什么大作用，但是我会帮助仲君争取获得宽大处理的。"

王玉兰："什么，宽大处理！你还是想处理他啊！小军，你也说两句，求求你父亲！"

这时，刘洋和王姨从隔壁房间出来，看到眼前的一幕，惊呆了，不知道该怎么办，呆呆地看着他们。

小军抹了一把眼泪："爸，我求您放过仲君爸爸，他是好人，您放过他吧。"

赵达声把母子俩扶坐到沙发上，他稳了稳情绪："玉兰，小军，你们的心情我理解。仲君是我的生死战友，在工作上相互支持，我们情同手足，我比谁都不愿意他犯错误。但是，我们是组织上的人，我们的组织是一个有着严明纪律性的组织。组织要求每一个成员都具有高度的纯洁性和先进性，犯了错误，就要受到组织的处理。仲君的问题是严重的，首先他触犯了组织纪律，同时，他也触犯了法律，肯定会受到纪律和法律的处罚。即使我睁一只闭一只眼，暂时不向组织反映问题，到时候组织也会知道情况，并追究他的责任的。到那时，他受到的处罚可能更重。现在，我的心情也和你们一样，最希望组织上不要处理他，但这是不可能的。所以，我就是想让你们跟我一起做做仲君的工作，让他主动向组织说明问题，争取组织的宽大处理。"

小军把脸上的眼泪擦了擦，忽然站了起来："爸，我不管你们什么纪律不纪律，我就是不允许您抓仲君爸爸，他对我们恩重如山，我们不能忘恩负义，有什么问题，我们家庭内部解决，不行吗？"

赵达声："小军，你不是组织内的人，对我们组织可能还不太了解。我们的组织具有严明的纪律性，在这个组织内部，无论是谁，不管你的职位多高，只要你违反了组织纪律，组织肯定要做出处理。除了组织以外，谁也无法处理谁。所以，仲君的问题，既不是我来抓他，也不是我个人来处理他，一切都要看组织怎么处理他。"

王玉兰："既然这样，我也不多说了，只是有一点，希望你不要太较真，给仲君留一点面子，他是个爱面子的人。"

"我会的。你们不用太担心，组织上会公正处理的。"说完，赵达声站了起来，毅然朝着门口走去。

小军急道："妈，你怎么不拦着他啊，他这个人那么爱较真，仲君爸爸会受不了的。"

"你仲君爸爸是个明白人，他在做某些事情的时候，心里肯定清楚组织有哪些规定，清楚会承担什么样的责任，也许他早就做好接受组织处理的心理准备了。"

　　"我就是想不通，我们都是一家人，为什么就不能帮仲君爸爸一把呢，而非要让组织来处理他。不行，我得告诉仲君爸爸，让他想办拦治住父亲，只有这样，才能使仲君爸爸免受处罚。"说完，小军也快步走出了家门。

　　王玉兰在后面叫了几声"小军""小军"，小军头都没回一下。

小军开车回到原先的家，发现没人，便掏出手机拨通了余仲君的电话。

"喂，爸，您在哪儿呢？爸，您赶紧回来吧，我告诉您一件事儿。电话里说？那我简单点，达声爸爸可能会处理您。因为他，他说，他说您有一个私生子，要向组织报告。什么，您知道这个事儿了！那您快想办法啊！爸，您得想办法阻止达声爸爸，怎么没必要，喂，喂……"电话被挂断了。

夜深了，赵达声坐在桌前，面对着笔记本电脑，困意袭来。电脑显示屏上，整齐地排列着大段的文字，他正在为自己的《党员领导干部权力监督浅析》作最后的修改。

此时，响起了急促的敲门声，过了好一会儿，赵达声才彻底清醒了过来。他打开门，看到蓝洁拖着一个大手提箱，肩上还背着一个双肩包。蓝洁看到房门一打开，立马不由分说闯了进来。

"哎，哎，蓝洁，你什么意思？"

蓝洁没有理他，她放下手提箱，快步走到电脑桌前，从双肩包里取出一个U盘插进电脑的插口，然后打开里面的文件，都是一些银行的电子汇款信息。随后，蓝洁又从包里拿出一沓文字资料，交给赵达声。

"你不是在查找大麦集团向政府官员行贿的证据吗？这里是近年来所有从财务上走账的向政府官员账户打款的记录。包括早几年银行未实行实名制时，用化名给一些官员办理的信用卡信息及汇款记录。这是向麦满仓、余仲君、林妙雪和徐东成境外账户的汇款信息，这是办理建筑工程施工总承包企业一级资质时，向合作建筑公司老板及住建部领导所送的好处费凭证。"

赵达声翻看着这一大堆梦寐以求的证据，一下子不敢相信自己的眼睛。他抬头看着蓝洁，似乎找不到合适的语言来感谢她。

"蓝洁，谢谢你！"

蓝洁笑笑："不用谢。本来我对行贿受贿没有概念，我以为那是本事大，路子宽，无论啥事都能用钱摆平，大家都这么干。可是，自从认识你以后，我开始理解了什么叫公平正义，什么叫正气凛然，什么叫视金钱如粪土，什么叫国家利益。惊奇之余，我试着去了解你们这一类人，试着了解你，我感觉你们这一类人与我平时接触的人是那么的不同，你们的内心是晶莹剔透的，你们的思想是干净纯洁的，而我平时接触的人，他们的内心都藏满了污垢。我曾经想着，希望能够和你在一起，真的很认真地想过，也许你觉得非常可笑，可是女人有时候就是这样。后来我觉得，那是不可能的事情，所以我放弃了，我准备离开这里，去一个很远的地方。我把手头的这些所谓的证据都交给你，希望你带领你的人去为社会伸张正义。最后，我想问一句，我有罪吗？"

赵达声怔怔地听着，眼神也渐渐变得温柔起来："不，不，不，你非但没有罪，你还有功。"

蓝洁笑了："那就好，将来如果需要我作证的话，我会再回来的。我的手机不会变，你随时通知我。"

"谢谢你，蓝洁。"

"那我走了，我得去赶明天一早的飞机。达声，临走前，我有一个小小的请求，不知你能不能满足我？"

"什么请求，你说？"

蓝洁羞涩地说："达声，你能不能拥抱我一下，像爱人一样拥抱我一下？"

赵达声怔住了，看着蓝洁渴求的目光，不知道怎么办。

片刻，蓝洁大方地笑笑："瞧你紧张的，我只不过说说而已。好了，我走了，祝你好运！我们握手话别吧！"

说完，蓝洁大方地伸出手，赵达声也伸手。蓝洁紧紧地握了握赵达声的手，忽然放开了，像下了很大决心似的，背上双肩包，拖起行李箱朝着门口走去。赵达声送她到门口，站在楼道里，目送蓝洁的身影消失。

第二天清晨，旭日初升，赵达声早早起来，他没有像往常一样去晨跑，而是把蓝洁送来的资料整理好，塞进手提包，准备出门。临走时，他似乎又想起什么，重新走回来，从手提包里找出蓝洁提供的 U 盘，抬头环视了一下屋里，走到门旁的鞋柜前，打开柜门，拿出里面的一双旧皮鞋，把 U 盘塞进鞋子里，然后关上柜门。接着再回到电脑桌前，把桌上的笔记本电脑装进电脑包里，背在了身上。他拉开门正准备出去，忽然门口闯进一个人，把他推回屋里。他一看，是儿子小军。

"小军，大清早的，你怎么来了？"

"爸，我想再和你谈谈，关于仲君爸爸的事情。"

"我们不是已经谈过了吗？现在我要上班去，没有时间，改天好吗？"

赵达声边说边往外走。小军一下子靠在门上，挡住了父亲的去路。

"不行，我马上也要回杭州了，只能现在谈。"

"小军，你这是干什么……"

此时，大麦集团总部正在召开晨会，公司高管加上分公司负责人参加会议。大家在会议室坐定，一个个交头接耳，私下议论着什么。麦思源从外面进来，他习惯性地走到方形办公桌的头上，眼睛环视一周，发现财务总监蓝洁还没有到，脸上马上露出不高兴的神情。

麦思源回头问女行政人员："蓝洁为什么还没来？"

"昨天下班时通知她了，但今天没看到她，刚才去她的办公室也没找到，电话关机了。"

"关机？"

麦思源的眼里闪过一丝不易察觉的慌乱神色，他大吼："赶快去找！"

不一会儿，出去寻找的人纷纷跑回来报告说："没找到。"

麦思源倏地站起来："岂有此理，散会，都给我去找！"

他气呼呼地来到蓝洁的办公室里，走到办公桌旁的保险柜前，只见钥匙插在保险柜上，他伸手一拉保险柜的门，门开了，只见里面空空如也，只剩一些空白的单据。麦思源把那些空白单据全部扔在了地上。再看她的办公桌抽屉，里面也只剩下一些杂物。打开她的办公电脑，只见显示屏上出现了一段话：

> 麦总，你们不要找我了，我已经到了一个很远的地方。离开大麦的想法已经有很多年了。在这里，我从一个刚刚跨出校门的少女变成了一个历经沧桑的女人。你曾经给了我一个女人年轻时该拥有的一切，但是，岁月又无情地消磨掉了我们之间的所有温情。自从担任大麦集团的财务总监，我看到了集团背后不为人知的内幕，大麦集团在我的心目中的形象从原本的光鲜亮丽变成了污浊不堪。所以，我想有朝一日离开这里，离开黑暗与污浊，去过一种简单纯粹充满阳光的生活。顺便说一下，我手头掌握的所有重要信息，都去了该去的地方。请原谅我的不辞而别，但愿永世不再相见！

读完之后，麦思源脸色阴沉得可怕，他狠狠地说："蓝——洁，居然跟我玩失踪，一旦让我找到，看我怎么收拾你。大家都给我去找，调查车站、码头、机场与航空票务信息，务必把她给我找回来！"说完，麦思源喘着粗气朝外面走去，大家吓得纷纷向两边躲开。

高翔："大家别傻站着了，按麦总吩咐，赶快分头去找吧！"

大家这才嘀咕着朝办公室外走去。

麦思源回到自己办公室，坐在办公椅上大口大口喘着粗气。高翔和孟大海跟了进来。

高翔："麦总，现在我们怎么办？"

麦思源："还能怎么办！第一位的是，先把蓝洁给我找回来。"

高翔小声说："可是，麦总，我有种预感，蓝洁可能已经出去了，我们一下子不可能找到她。"

麦思源点点头："你们说说，她把资料放哪儿去了？去了该去的地方，到底指的是哪里呢？"

孟大海："会不会被她销毁掉了。"

麦思源："不可能，她说我们公司黑暗、污浊，听这口气，似乎把自己置身于公司之外。"

高翔："交给了公安？"

麦思源："不会，她知道我们政法系统有人。对了，纪委，肯定是纪委！没错，而且肯定在赵达声手上，因为蓝洁最信任他。你们都给我听好了，马上找到赵达声，不惜一切手段，阻止信息的进一步扩散。高翔，你赶紧联系李大可，让他把纪委的动向及时告诉我们。大海，你准备车辆，停在市府门口，一旦有纪委的车辆出来，你在半途截停他们，决不能让他们把资料送往省城。不，选择合适的时机，制造交通事故，把信息资料全部都给我抢回来。"

两人分头去落实。不一会儿，高翔回到麦思源办公室。

"麦总，李大可说，赵达声目前还没到办公室，不知道他去了哪里，委里也不知道有什么关于大麦集团的信息资料。"

"什么？难道他独自去省城了！妈的，乱套了！你通知省城办事处，派人守在高速公路出口、火车站等地方，给我围追堵截，不惜一切代价，不惜一切手段，一定要把资料给我抢回来。"

这个时候，赵达声和小军还在房间里相持，小军就是不让父亲出去。赵达声没法，索性把儿子叫到沙发前，两人坐下来。

"这样，既然你想不通，那我就跟你说清楚，为什么我们平日里情同手足，是生死之交，但是在这些问题上却一定要锱铢必较。那天我跟你和你母亲也说了，我们是一个具有严明纪律的组织，铁的纪律打造铁的队伍。我们每一个人，每一个职位都有自己的职责，履行职责是组织对我们每一个党员的最基本要求。

仲君是市委书记，他有他的职责；我是纪委书记，我也有我的职责。我现在检举揭发他，是在履行我的职责，与个人恩怨没有关系。尽管，我的内心非常痛苦。对此，我们彼此理解，心里都明白，所以哪怕我亲手把他的问题全部揭露出来，他也不会怨恨我。同样，要是是我犯了错误，他揭露我，我也不会恨他！"

"我不管你们的组织怎么样，反正我就是不想让仲君爸爸受到惩罚，我要让他好好的，不想让他受到任何委屈。所以，我不允许您揭露他。"

"小军，你为什么还不明白？只有组织出面解决问题，才能使仲君的问题得到最终解决，才能使他有可能得到宽大处理，并且，这是目前唯一的出路。所以，我现在一方面要把已经掌握的情况告诉组织，一方面让仲君主动交代组织未掌握的情况，这样可以作为自首情节，争取得到组织和法律的从轻处理。"

"爸，您讲的这些我都懂，可我就是不明白，您能不能不那么较真啊，放仲君爸爸一马，难道不行吗！"

"不行。"

"为什么不行？"

"因为事情迟早都会败露，因为我是纪委书记！"

……

同一时刻，余仲君正在小会议室里接待兄弟省市来东江考察的领导，他正在介绍城市基础设施建设有关情况。余仲君放在手边的手机一直持续不断地震动着，他瞄了一眼，看到是麦思源的电话。

余仲君便把手中的稿子交给旁边的鲁俊副市长："不好意思，我有要紧事情要处理，下面请鲁市长继续介绍情况。"

说完，余仲君匆匆离开了会议室。

回到办公室，余仲君拨通了麦思源的电话。

"喂，思源，什么事儿这么急？什么？财务总监跑了！资料信息全丢了，真是岂有此理！你怎么知道在赵达声手里？对，公检法她肯定不会送的。李大可说纪委现在没什么动静？那就好，那赶紧想办法找到赵达声，把证据销毁掉。让人在交通要道围追堵截，千万不能让他把信息送出去！你想怎么样？不行，赵达声是我兄弟，你们不能乱来……这样，我考虑一下，再跟你通电话！”

余仲君放下电话，呆呆地坐在办公椅上，像在琢磨问题。过了片刻，他又拨通了麦思源的电话："思源，你马上到妙雪那里来一下，我们一块儿商量一下对策，对，我们马上过去，在妙雪那里。好，一会儿见！"

余仲君赶到林妙雪住处的时候，麦思源已经等在那里。余仲君招呼他们到二楼小客厅，三个人都有些紧张。

林妙雪："老余，这下怎么办啊？要是让赵达声拿到了证据，那我们不都完了吗！"

余仲君："别急，咱们先想办法，怎么阻止赵达声把证据送出去。"

麦思源："目前我已经派人把守在了市府门口，让李大可传递信息，如果赵达声一出来，我们就跟踪，伺机下手。另外，我们在火车站和汽车站都派人蹲守，包括省城的各个交通站点都派了人，只要他一出现，肯定第一时间就能发现。"

余仲君："嗯，但是，你做的都只是一个方面，就算你顺利拿到并销毁了证据，他赵达声照样可以把证据复述出来，并利用他们的手段查实证据。"

林妙雪："那怎么办？这不是死路一条了吗！"

麦思源："啥死路一条，我要让他死路一条。如果证据在他身上，既然市纪委里没有见到他的人，那说明证据的信息还没有传递出去，只要找到赵达声，就可以把证据销毁，或者我们干脆一不做二不休（麦思源将手掌朝前一挥做了一个砍杀的动作），这样就再也没有人知道事情的真相了。"

余仲君："不行，我电话里就说过了，赵达声是我的生死战友，我们情同手足，生死与共，我绝对不同意你们这么做。"

林妙雪急得不行："他都快要把大家都害死了，还不行！那怎么样才行？"

余仲君歪过头去："反正我不同意，你们不能这么做。"

林妙雪："你下不了狠心，他可是狠心得很，这么一来，咱们娘俩就要死无葬身之地了！"

说着，林妙雪背过身去，呜呜呜地哭了起来。

余仲君："谁说你们娘俩死无葬身之地，我早就想好了，思源，待会儿麻烦你帮我准备一辆车，派两个司机，把妙雪和成贤连夜送往深圳，中间不要停留，不坐飞机、火车。到了深圳后，我会派人来接应你们，到时秘密送你们去香港。"

林妙雪回头问余仲君："那你怎么办？"

余仲君："我得留下来，处理善后事情。"

麦思源："余书记，你该清醒清醒了，他赵达声虽然是你的生死战友，可是他却要置你于死地啊。还有，我听叔叔说，省委可能马上确定您作为中管后备干部人选上报，您难道就甘心眼看着自己的大好前程就此葬送吗？"

余仲君在小客厅里走来走去。麦思源的话似乎戳中了他的痛处，他的脸色非常难看。其实在余仲君的心里，官位比什么都重要，如果政治前途没有了，那就什么都没有了。他走了一会儿，忽然停了下来，眼睛直勾勾地盯着麦思源，把麦思源吓得不敢吭气。

余仲君一字一顿地对麦思源说："那就按你的意思办吧！"

赵达声和小军父子俩还坐在沙发上，促膝交谈。小军耷拉着脑袋。

赵小军轻声问父亲："难道没有其他办法了吗？"

"这是最好的办法，是受到最轻处罚的最佳途径。"

赵小军默默地点点头。

赵达声看看表："我得去单位了。你回去吧，跟你妈也再说说，咱们都要正确对待。"

"知道了。"

"那行，咱俩一块儿走吧。"

说完，两人站起来，赵达声拎起手提包，肩背电脑包，与小军一块儿出了房间的门。他们从小区门口出来，小军的车停在小区外面的店铺门口。

"爸，我送你去单位吧。"

"不了，你忙去吧，我打车走好了。"说着，赵达声走到马路边，左右寻找出租车。赵小军坐进自己的车里，发动车子，慢慢地朝马路口驶过去。这时，只见一辆别克商务车快速驶来，停在了赵达声的旁边，上面下来两个人，手里各拿着一根棒球棍，把赵达声一下子打晕了。两人迅速把他拖上车，然后飞速离开。赵小军被这突如其来的一幕惊呆了，等他反应过来，赶紧去追，可已经找不到别克商务车的影子了。

两个彪形大汉左右夹着赵达声坐着，赵达声的手机忽然响了起来。他被自己的手机铃声吵醒，睁开眼睛，发现眼睛被黑布蒙着。他动了动双手，手被捆得结结实实。坐在他左边的一个蒜头鼻子的人从赵达声口袋里摸出手机，看了看号码，然后把手机扔到地上，拿起棒球棍，"砰"的一声，把手机砸扁了，铃声也戛然而止。蒜头鼻拿起赵达声的手提包，把里面的东西拿出来，一页一页地翻看着，然后拨通了麦思源的电话。

"喂，麦总，您要的资料都找到了，对，一会儿给您拿过来。"

赵小军焦急地等在市政府大院门口的岗哨边，他不时朝门口张望，过了一会儿，看到市监察局局长周强走了出来，他赶忙迎了上去。

"周局，我父亲被人打晕带走了，您赶快想办法去找他吧！"

"小军，别急，先说清楚情况！"

周强朝门口的哨兵出示了工作证，领着赵小军朝大院走去。他们与孙海、柳公权会合，三人在周强办公室商议着。

周强："这么说，有人蓄意打伤绑架赵书记。小军，你看清车牌了吗？"

赵小军："看清了，江C·765Q7，你们赶紧派人查一下。"

周强："公权，你跟交警部门联系一下，看看车子和车主情况。"

柳公权答应了一声，立刻走出了办公室。

周强："小军，你觉得谁最有可能对你父亲下手？"

赵小军摇摇头："我不知道。"其实，赵小军心里想说余仲君，可是他却不敢说。

柳公权回到办公室："周局，交警部门查过了，说该车牌对应的是一辆悦达起亚轿车，别克商务车可能是一辆套牌车。"

周强："行，知道了。孙海，你马上联系一下公安局梁栋梁局长，让公安协查赵书记的下落。"

傍晚。

在阳浦港入海口附近的海边，有一处烂尾的别墅区，闲置着五六十幢外墙没有粉刷、没有门窗的别墅。从别墅窗口向海上眺望，不远处，一条丁字坝直插入海中，海面上零星的船只在缓缓移动。昏暗的别墅里，赵达声被反捆着双手坐在地上，四名彪形大汉坐在垒起的砖凳上看着他。一盏应急灯亮着，灯光照着赵达声，他的表情非常淡定，脸上露着轻蔑的冷笑。他的对面，麦思源正在翻看蓝洁提供的信息资料。

"赵达声啊赵达声，你没想到吧，居然会落到我麦思源的手里！你个战斗英雄、破案专家，有个屁用，我不照样把你弄得服服帖帖。现在怎么样，你做梦都想得到的证据就在我的手里。现在我当着你的面把它烧掉，看你还有什么办法。"

说着，麦思源把手里的证据资料扬起来，一名大汉上前，掏出打火机，一下子点燃了纸，火势渐旺，照得房间里一片通红。赵达声微笑地看着他，似乎在看一个小丑的表演。赵达声的表情，似乎触到了麦思源的哪根神经，他一下子咆哮着奔到赵达声面前，大吼："赵达声，你傲什么傲，你不就是一个小小的市纪委书记吗，有什么了不起，我现在就可以叫你生不如死！"

赵达声哈哈大笑："麦思源，我很理解你现在的心情，看着你，我也更深地理解了什么叫困兽犹斗，我告诉你，这些资料我都已经作了备份，并已转发给了省纪委、市纪委的领导。你的大麦集团以及你的利益同盟马上就将灰飞烟灭，你赶快逃吧，不然，就洗干净屁股准备坐大牢吧！"

麦思源也大笑："赵达声，吓唬谁呢，你这资料拿到手还没看完呢，备份，你备个屁啊！"

"麦思源，我告诉你，我给你指一条明路，你现在把我放了，然后把大麦集团贿赂腐蚀拉拢党政干部，扰乱经济秩序的罪行特别是资料中还没有涉及的违法行为详细地向纪委或者公安部门交代清楚，我们将作为自首情节对你宽大处理，我希望你慎重考虑一下！"

"你做梦去吧！英雄就是英雄，跟常人确实不一样，死到临头了，还这么乐观！"

"哼，谁先死还不一定呢，你有什么可得意的。"

"那就走着瞧吧。"

此时，在林妙雪住处，一辆黑色轿车停在院子中。余仲君站在车旁，将怀中的小成贤交到阿芳手中。小成贤不愿让阿芳抱，拼命挣扎，嘴里叫着："爸爸，爸爸……"

林妙雪临上车，又转身扑到余仲君怀里，眼泪夺眶而出："老余，你一定要好好的，把事情处理完就马上过来，我和成贤在那边等你。"

余仲君拍拍她的后背，然后扶住她的身体，看着她的眼睛，朝她微笑着："放心吧，我把事情处理好就过来。假如我来不了的话，你要找个好人家嫁了，然后把小成贤养大成人，那样我会很高兴的。"

林妙雪拼命摇头："不，老余，除你以外，我不会嫁给任何人，你答应我，一定要来，答应我，要知道，小成贤不能没有父亲。"

余仲君点头："好的，我答应你！你们赶快上车吧！阿芳跟你们过去，等我那边的战友接应上你以后，她再随车回来。"

林妙雪抱过孩子，坐进后座，阿芳坐在旁边，两名驾驶员也上了车。余仲君站在车旁跟林妙雪告别，小成贤看着余仲君，又向着他伸手，拼命叫："爸爸，爸爸。"

车子缓缓启动，驶出了小院，消失在了夕阳的余晖中。

掌灯时分，三盏应急灯都亮了起来，但是房间里还是不太亮堂。随从买来盒饭、提子、西瓜等，放在砖头搭成的平台上吃起来。一个随从拿出折叠的小水果刀，切开西瓜，把第一块递给了麦思源。麦思源吃着西瓜，看看赵达声，对一名随从说："去，给他喂饭，不要让人家说我们不人道，让他做个饱鬼，别到时变成饿鬼来找我们。"

随从遵命，夹起一口菜准备喂给赵达声吃。

赵达声摇摇头："我要吃西瓜。"

"你他妈要求还挺高，有得吃就不错了。"

麦思源："给他吃。"

随从很不情愿地过来拿了一瓢西瓜放到赵达声嘴边，赵达声便吃起来。赵达声边吃边盯着麦思源那边看，他的目光停留在放在砖头平台上的那把水果刀上。这时，麦思源他们已经吃完西瓜，东倒西歪坐着边吃提子边聊天。这时，随从又开始给赵达声喂饭，他嫌弯着腰累，索性让赵达声站起来吃。刚吃两口，赵达声忽然"噗"的一声，将一口饭吐在了随从的脸上。

随从气不打一处来，扇了赵达声一个耳光，吼道："你他妈有病，不好好吃还喷人！"

赵达声抬脚把随从踹倒在地。那家伙恼羞成怒，从地上爬起来，扑上来跟赵达声拼命，对着赵达声的脸上、胸口一阵乱拳。赵达声边挨打边往水果刀那边挪过去。此时，随从也向着赵达声猛踹一脚，赵达声朝后倒去压在平台上，平台倒了。赵达声就在倒地的一刹那，快速把水果刀抓在了手里。

麦思源抱怨："真他妈的晦气，把他拖走！"

两个随从又把赵达声拖到边上，让他蹲着。麦思源把几名随从招呼到跟前，耳语了几句，便走出了别墅。四个人从身边拎起棒球棍，朝赵达声走来。赵达声一看势头，赶紧站起来，背后贴墙，盯着他们。

"你们想干什么？"

"既然你自己不想做个饱鬼，那我们只好让你做个饿鬼了。别跟他啰唆，上！"

四个人便三面围攻赵达声。赵达声双手被反捆，只能边躲闪对方的棒球棍，边用腿向他们进攻。几个回合下来，四个人没有占到任何便宜，反而吃了赵达声几脚。赵达声趁势朝楼梯下跑去，四个人在后面紧追，他跑到别墅门口，刚一露头，"砰"的一声，就挨了一记闷棍。赵达声应声倒地，鲜血从他的额头上淌了下来。四个人追下来，看到麦思源拎着棒球棍站在门口。

一名随从忙问："死了？"

麦思源："死了最好，赶紧把他给我扔到海里去。"

听到这些，赵达声干脆躺在地上一动不动，心里盘算着对策，手里紧紧攥着水果刀。

几人把赵达声弄上车。车子没开灯，趁着夜色开上堤坝，直接在丁字坝前停了下来。麦思源下车，站在堤坝上，看着车继续朝着丁字坝驶去，直到离丁字坝尽头三四米的地方，四个人把门窗关好后下车。司机又在驾驶室外操作了一下，然后"嘭"的把前门重重地关上，只见车子朝海中继续开去。车子随着潮水在海面上漂浮了一会儿，便晃晃悠悠沉了下去，再也看不到了。四个人看事情办成了，便回身离开。

此时，赵达声双手背在身后，正在拼命地用水果刀割捆住自己的绳子。水从车子缝隙间慢慢渗进来，车子头朝下倾斜过来，他调整自己的身子，手中不停地割着。过了一会儿，绳子终于被他割断。他又迅速爬到后备厢位置，翻开后备厢下面的盖板，摸到底下的千斤顶。他双手拿着千斤顶，朝着侧面车窗的边角猛砸，一下、两下，砸到第五下的时候，海水一下子喷射进来。瞬间，车内就灌满了海水，赵达声从车窗钻了出去，迅速向海面上游。片刻，他的头一下子冲上海面。他看了看天上，辨别了一下方向，试图朝岸边游去。游着游着，他看到一艘货运船，便调转方向朝货运船游去。

半夜，一阵手机铃声骤然响起，周强一个激灵醒过来，拿起手机。

"喂，赵书记，您在哪儿，海上？怎么回事，嗯，嗯，果然是大麦集团。嗯，您家钥匙办公室抽屉里还有一把。好的，然后去取 U 盘，好的，先备份，我和孙海会马上送往省纪委。衣服？噢，知道了，给您带来。您坐的船刚好是开往省城的，好，那明天一早咱们在省纪委机关碰面。"

早上上班前，周强和孙海就到了省纪委书记魏长安办公室门口。他们看到赵达声拎着一包湿衣服，穿着一件灰色旧夹克，头发凌乱，脸色憔悴，就坐在墙边，靠着墙眯着眼睛睡着了。孙海想叫他，周强朝他摆了摆手。周强从随身纸袋里拿出一件外套俯身轻轻地披到赵达声身上，没想到赵达声还是醒了。

周强握住赵达声的手："赵书记，您受苦了！"

赵达声呵呵笑："海龙王知道我还有要紧事儿要办，没有收我！"

这时，省纪委魏长安书记匆匆进来，把他们请进办公室。孙海已经把 U 盘内容打了出来，魏长安仔细地看着那些资料。随后，魏长安赶紧领着他们敲开了省委书记殷国民的办公室。

殷国民看罢魏长安呈上的资料，眉头紧锁。

"长安，我们预感余仲君有事儿，可没想到事情这么严重。大麦集团简直无法无天，什么事儿都敢做！你们纪委立即成立专案组，以省纪委的名义向香港廉政公署发函，要求协查麦满仓、林妙雪、徐东成等在港账户情况，一经查实立即将案情及麦满仓、徐东成的情况上报中央纪委。同时，对余仲君立案调查，采取组织措施。对其他违法人员，协调公安及边防做好布控，防止外逃，一经发现，立即抓捕。"

殷国民走到赵达声面前，在他的胸口上轻捶了一拳："好样的赵达声，我知道你能罩得住，好样的！"

赵达声憨憨地笑笑："殷书记过奖了。"

上午十时，省纪委、省公安、武警系统十辆小车停在省委大楼前，专案组二十多人齐刷刷地站在车前等候命令。此时，省纪委书记魏长安从省委大楼里出来，走到台阶上，朝大家喊："请同志们上车，立即出发！"

赵达声、周强和孙海，随着大家分别上了不同的车。车队亮起警灯，驶出省府大院，向着东江市呼啸而去。

上午，东江市常委会议室正在召开重点工作书记、市长办公会议，研究部署党的群众路线教育实践活动整改阶段工作，余仲君主持会议。

这时，省纪委戴常委、赵达声以及两名公安人员已经来到了会议室门口。会议结束后，当余仲君走出会议室看到赵达声和公安民警时，愣住了，呆呆地看着赵达声。

戴常委走到余仲君面前："余仲君同志，我是省纪委常委、专案组组长戴吉林，经省委批准，省纪委决定对你采取组织调查，请你跟我们走吧。"

余仲君当场脸色煞白，他抬头看了一眼赵达声，两人的目光交汇，然后又慢慢分开。他跟在戴吉林的身后，慢慢地走着。两位公安民警和赵达声跟在他的身后，一行人朝外走去。

余仲君走得很慢，在经过他办公室的时候，他停住了。

"我可不可以去取一下老花镜。"

戴吉林："可以。"

余仲君朝自己办公室走去，一行人都跟在他的身后。

此时，一场收网行动正在各地悄悄展开。

北京中能建筑集团徐东成办公室。三名工作人员在两名公安民警的配合下敲开了徐东成的办公室。

"徐东成同志，我们是中央纪委的工作人员，你在参与东江市阳浦港港口群建设项目招投标中，涉嫌收受大麦集团的贿赂，请你接受组织调查。"

两名公安民警走到徐东成身后，徐东成乖乖站了起来，朝着门外走去。

省委大楼前。麦满仓坐车刚回来，三名中央纪委工作人员在公安民警的配合下，截住了麦满仓的去路。

"麦满仓同志，我们是中央纪委的工作人员，你涉嫌滥用职权，以权谋私，收受贿赂，干预司法公正，现对你进行组织调查，请你跟我们走吧。"

麦满仓神情沮丧，一言不发，低着头跟着工作人员坐上了停在旁边的一辆红旗轿车，车子朝省府大院门外驶去。

两辆小车和两辆面包车载着二三十名公安民警停在了大麦集团大楼前，民警们下车迅速朝着大楼里冲了进去。

深圳宝安国际机场安检口。林妙雪持化名为林雪的身份证办好行李托运，背着双肩包，抱着孩子来到安检口。她把身份证和一本深圳本地户口簿交给安检员，安检员检查完身份信息和机票，把东西交还给她。林妙雪正准备通过安检口朝里走。这时，骆嘉和东江市公安局经侦支队副队长储健从里面走了出来，骆嘉朝林妙雪叫了一声"妙雪"。林妙雪一愣，看到又过来两名年轻的女警，截住了她的去路。

林妙雪："你们是什么人，你们干吗？"

储健："林妙雪，不要再演戏了，请你跟我们走吧。"

林妙雪的眼睛紧紧地盯着骆嘉，流露出些许疑惑，又有些许期盼。而她看到骆嘉的眼中，虽然还有些许的温柔，但更多的是一种她不想去正视的坦荡。

骆嘉走到林妙雪跟前："妙雪，还是跟我们走吧！"

林妙雪垂下眼睑，动了动嘴唇，却没有说什么。犹豫片刻，她朝骆嘉点点头。骆嘉从她身上接过双肩包，领着她朝机场警务室走。储健和两名女警紧跟在她身后，几人一起离开了安检处。

此时，戴吉林、赵达声一行跟着余仲君走进他的办公室。余仲君慢慢地走到办公桌前坐下，他看了看面前的人，定了定神，拉开抽屉，露出那把金色的美制左轮手枪，还有手枪旁边两颗金灿灿的子弹。迟疑片刻，他快速抓起手枪，迅速将子弹装进转轮，按下枪机，举枪对准自己的太阳穴。

众人一看吓坏了。赵达声大喝一声："老鱼头，你干什么！"

"达声，咱们情同手足，生生死死几十回，曾经为祖国和人民，赢得了无上荣光，咱俩的头上都顶着耀眼的光环。而如今，你纯洁依旧，我却腐败不堪。你知道吗，我曾经想置你于死地，我都不知道自己已经成了什么样的人！事到如今，除了杀你之心，我不后悔所做的一切。我向往美好的生活，可是我追求的却是一种畸形的有毒的幸福，让我在幸福的陶醉中病入膏肓。"余仲君说着，眼泪夺眶而出，"达声，如今我已无脸苟活于世。最后，如果有可能的话，我想拜托你照顾我的小儿子余成贤，谢谢你老连长，永别了！"

赵达声冲上前去，大叫："住手！"

话音未落，余仲君手中的枪响了，鲜血喷出，溅在了后面书柜上他和战友穿着军装戴着军功章的合照上。

赵达声抱住余仲君大哭："老鱼头，你这个笨蛋，你这是干什么啊，你这个笨蛋，我命令你回来，你回来……"

晚上，赵达声一个人在体育馆拳击擂台上，他没有戴头盔和护身装备，在惨白的灯光下，对着人形沙袋连续出拳，拳头击打沙袋的"砰""砰"声在场馆里回响。也不知道打了多久，赵达声击打的速度渐渐地慢了下来，直至，变得很慢很慢，他似乎已经耗尽了最后的力气。赵达声开始骂起来："老鱼头，胆小鬼，笨蛋，谁让你逃走的，你这个胆小鬼，笨蛋……"

最后，赵达声一下都打不动了，他躺倒在了擂台上，泣不成声……

赵达声带着周强、苏红来到东江市公安局看守所，随民警一道与林妙雪谈话。林妙雪戴着手铐坐在大家对面的一张方凳上，一脸漠然。

赵达声："林妙雪，听说你想找我聊聊，现在我来了，有什么话你说吧。"

林妙雪冷冷地抬头看看赵达声，嘴巴嚅动了一下，说："赵达声，你和老余是生死兄弟，但是我就是不明白，你为什么要对他、对我们娘俩赶尽杀绝，你到底有没有人性？是不是当了纪委书记，就一定要抛开亲情、友情，一定要六亲不认？"

"我一下子也不知道怎么回答你的问题。但是，你应该知道，一个成年人做任何事情，都应该承担由此产生的责任，这是永远无法回避的。纪委书记是党的监督执纪部门的一名领导，依纪依法办事是职责所在。严格执纪并不是不讲感情的从严处理，而是严格依纪秉公办理。讲感情与依纪办事是不矛盾的。仲君离开的这些日子，我眼前浮现的全都是我们当年朝夕相处时的身影，还有出生入死时的战斗瞬间。可以说，他的死最痛苦的人是我，因为我失去了一位生死兄弟、人生知己。我为他的执迷不悟而愤怒，又为他的撒手西归而痛心，这种折磨你是不会懂的。"

"你说得比唱得还好听，我不相信你这种冷血动物还会痛苦！"

"冷血不冷血，不是取决于他所做事情的表象，而是看他是否具有大的情怀，是否具有博爱之心，是否有对国家、对百姓的深厚感情。"

"哼，虚伪！狡辩！"林妙雪似乎没有话说了，眼睛看在别处，不再搭理赵达声。

片刻，赵达声咳了两声："林老师，我也有个问题不知道能不能问问你？"

林妙雪朝赵达声看了看，没有说话。

"作为教书育人、为人师表的大学老师，你投怀献抱于余仲君，充当他的特定关系人进而收受贿赂，除了对金钱和物质生活的需求外，还为了什么呢？"

"哼，跟你说了你也不懂。"

"我愿意洗耳恭听。"

"我告诉你，我最初跟着余仲君当然不是为了爱情，只是为寻求人生的另一种价值而已。"

"是你与生俱来的美女的价值吗？"

"是，也不完全是。可是，后来我和老余是有感情的，他的魅力深深征服了我，我觉得他就是我最佳的人生伴侣。特别是有了孩子以后，我对他产生了更大的依赖，我离不开他，孩子也离不开他。我没有远大和崇高的理想，我只想将来咱们娘俩的日子过得好一些、体面一些、舒坦一些，而不想辛辛苦苦操劳一辈子。我就这么一个小小的愿望，你却偏偏不让我们如愿，对我们赶尽杀绝。老余瞎了眼，摊上了你这么一个生死兄弟。我为老余感到难过，老余在天之灵是不会放过你的！"说完，林妙雪耸动肩膀抽泣起来。

"看来，你还没有认识到自己的问题所在，希望时间能够让你慢慢反省。"

东江市中级人民法院审判庭，正在审理大麦集团系列违法犯罪案，被告席上坐着麦满仓、麦思源、高翔、孟大海、唐东明、林妙雪、李大可七个人，蓝洁和刘婧坐在证人席上。旁听席上来了三十多人，赵达声、周强、孙海、苏红、骆嘉和崔莉及市纪委干部代表，王玉兰抱着小成贤和许盈坐在一起。小成贤的手里拿着一个变形金刚，不停地玩弄着。

审判长："现在进行宣判。"

书记员："全体起立。"

审判长："经过几天的庭审和调查，本庭认为，公诉机关指控麦满仓、麦思源等嫌疑人的犯罪事实和罪名成立。麦满仓利用担任省委副书记的职务之便，滥用职权，造成恶劣社会影响，其滥用职权罪名成立，根据《中华人民共和国刑法》第三百九十七条规定，判处其有期徒刑三年；

"根据《中华人民共和国刑法》第二百三十四条之规定，麦思源犯故意伤害罪，判处其有期徒刑三年。根据第三百八十九条、第三百九十条的规定，犯行贿罪，致使国家利益遭受重大损失，情节特别严重，判处其有期徒刑十二年。两罪并罚，判处有期徒刑十五年；

"林妙雪利用其市委原书记余仲君特定关系人的影响，索取或收受他人贿赂，总计港币两千六百三十九万元，被告人林妙雪受贿罪名成立，根据《中华人民共和国刑法》第三百八十八条之规定，判处其有期徒刑十年，并处没收个人全部财产；

"……

"如不服本判决，可在接到判决书的第二日起十日内，通过本院或者直接向省高级人民法院提起上诉。"

宣判完毕，法警打开被告席的门锁，分别带被告人离开。当林妙雪被押离法庭时，她回过头来，望向旁听席上的小成贤，忽然朝着旁听席上扑过去，口里大叫"成成""成成"。小成贤听到了母亲的叫声，朝母亲看过去，看到了母亲，他也张开双臂朝母亲的方向扑过去，嘴里大叫"妈妈""妈妈"。然而法警拉住了林妙雪的双手，把她带离了法庭，空留孩子的哭声在法庭上回响。

周日上午，许盈早早去菜场买了菜，一个人在家里忙活。她的气色不错，脸上甚至带着一丝少女的红晕。也就在前天，她与赵达声到民政局重新领回了结婚证，当晚与亲朋好友简单聚了一下，算是正式复合了。对于这次婚姻上的变故，从内心讲，许盈有过自责，也有过后悔，但更多的是对赵达声更深的理解。赵达声没有错，从本质上讲她也没有错，两人只是对某一事物有不同的理解，从而产生了不可调和的矛盾。如今，事情渐渐平息，一切都朝着好的方向发展，两人的复合就变得水到渠成了。而此时，赵达声正拉着楚楚的手和赵小燕站在蓝湖监狱大门口，静静地等待楚建强出狱。不一会儿，狱门徐徐地打开。只见楚建强背着一个大包，穿着新衣服出现在大门边。他站在意味着自由与禁闭的铁栅门前，眼睛朝着大门外张望，脸上表情复杂，心里头有一些忐忑，又一些期盼。两名狱警跟在他的身后，一名狱警将出狱通知单交给了值班武警。武警按下电动铁栅门按钮。楚建强犹豫了一下，然后回过身与狱警告别。

"谢谢你们，再见了！"

"不要再见，快回家吧！"

楚建强转过身，看到了等在大门外的赵达声父女和女儿楚楚。

楚楚已经挣脱了赵达声的手，朝着楚建强奔了过来，嘴里叫着"爸爸""爸爸"。楚建强一步跨过铁栅门，也朝着女儿奔过去，叫着"楚楚""楚楚"，然后俯下身子，将扑向自己的女儿紧紧地抱在怀里。眼泪在两人的脸上肆意奔流。

许久，父女俩才分开来。

楚建强抹着脸上眼泪："楚楚，爸爸对不起你。爸爸回来了，爸爸再也不离开你了！"

楚楚帮着楚建强抹眼泪："爸爸不哭。"

"嗯，爸爸不哭，从今天开始爸爸就要和楚楚在一起了，爸爸高兴。以前爸爸做了错事，害得你无家可归，爸爸不乖，是爸爸不好。"

"爸爸，我们回家吧，我等了你好久好久，以后你再不要离开我了。"

"嗯，爸爸永远都不会再离开你了。"

这时，赵达声和赵小燕走到他们身后。楚建强放开女儿，拉着女儿的手。

楚建强突然跪在赵达声面前："楚楚，快给赵伯伯跪下，赵伯伯是我们的大恩人，是你的再生父亲，我们一辈子都不能忘了赵伯伯的大恩大德啊。"

"哎，建强，你这是干吗，快起来，快起来，我赵达声可不喜欢婆婆妈妈这一套，咱们赶紧回家。你许盈嫂子准备了好菜在家等着你们呢。"

赵达声将楚建强父女扶起来，几个人朝小燕的车走去。

赵小燕笑着说："是啊，我妈今天起了大早，做了好多好吃的，早就来电话催过了。"

楚建强："赵书记，您对我们父女真是太好了，让我们怎么报答您啊。上次楚楚做手术的钱还是您出的呢。"

赵达声推让："建强啊，钱的事你先不用管。我呢跟开房地产公司的战友打了个招呼，过几天，你啊就去他的公司上班，把工作和生活安排好。楚楚已经完全康复了，我呢，现在把楚楚完好无损地还给你，从今以后，你们父女俩就可以团聚了。生活上还有什么困难，你可以直接来找我。"

赵小燕忙说："还有我呢。说真话，楚楚在我们家待了那么久，现在真要走了，我啊还真有些舍不得呢。"

楚建强犹豫着："赵书记，我真不知道该怎么谢您。俗话说：大恩不言谢。从今往后，我一定谨遵您的教导，重新开始，好好做人。还有，如果您不嫌弃的话，就让楚楚认您做义父吧，她今后也是您的女儿，将来让她为您尽孝吧。"

赵达声："好啊，我又多了一个女儿。咱们永远都是一家人。"

楚建强："谢谢赵书记。楚楚，快叫义父，叫姐姐。"

楚楚："义父，姐姐。"

赵达声、赵小燕齐声应下："哎。"

赵小燕："快上车吧，我妈都等急了。"

一行人上车，车子开离监狱，朝着来路渐渐驶去。

这天，省委巡视组召开干部大会，省纪委书记魏长安及巡视组吴承甫、赵达声等领导端坐在主席台上。

魏长安："下面，我宣布省委的任命书。经省委研究决定，任命赵达声同志为省委第三巡视组组长，下面请赵达声同志讲话，大家欢迎。"

赵达声站起来，向着台下鞠了一躬。台下一下子响起热烈的掌声。

"各位领导，同志们，感谢省委和同志们对我赵达声的信任。今天，是我到省委巡视组工作的第一天，我就简单说两句。之前，我在部队干了二十多年，在市纪委干了五年，我最大的体会，一是组织观念，二是群众观念。所谓组织观念，就是对党绝对忠诚，这是党员领导干部的立身之本；所谓群众观念，就是人民利益高于一切。当前，全国范围内反腐败斗争压倒性态势已经形成，但是反腐败斗争形势依然严峻。国家监察体制面临重大改革，机遇和挑战并存，作为战斗在反腐败斗争第一线的一名党员领导干部，我还是那句话，宁丢乌纱，不负百姓，只有把对党绝对忠诚和人民利益统一起来，勇于担当，干净干事，才能使我们党员领导干部永远立于不败之地，使我们党永远为人民群众所拥戴！我的讲话完了，谢谢大家！"

　　热烈的掌声再次在会议室里久久回荡。

图书在版编目（CIP）数据

风雨送春归 / 吴东著. — 杭州：浙江人民出版社，
2020.10（2023.2重印）

ISBN 978-7-213-08834-6

Ⅰ.①风… Ⅱ.①吴… Ⅲ.①长篇小说–中国–当
代 Ⅳ.①I247.5

中国版本图书馆CIP数据核字（2018）第146807号

风雨送春归

吴 东 著

出版发行：浙江人民出版社（杭州市体育场路347号 邮编 310006）
市场部电话：(0571)85061682 85176516

责任编辑：余慧琴
营销编辑：陈雯怡 陈芊如
责任校对：戴文英
责任印务：刘彭年
封面设计：大漠照排
电脑制版：杭州大漠照排印刷有限公司
印　　刷：杭州丰源印刷有限公司
开　　本：710毫米×1000毫米　1/16　　印　张：37
字　　数：559千字　　　　　　　　　插　页：1
版　　次：2020年10月第1版　　　　印　次：2023年2月第2次印刷
书　　号：ISBN 978-7-213-08834-6
定　　价：68.00元

如发现印装质量问题，影响阅读，请与市场部联系调换。